これからの国文学研究のために

——池田利夫追悼論集

佐藤道生
高田信敬【編】
中川博夫

笠間書院

はじめに

池田利夫先生、編者は三人共にその薫陶を受けたのでかく呼ぶことをお許しいただきたい、先生が亡くなられたのは平成二四年（二〇一二）三月一二日、享年は八〇歳であった。

池田先生は、昭和六年（一九三一）七月一一日、横浜に生まれた。慶應義塾大学から同大学院に学び、久松潜一先生の教えを受けた。昭和三八年三月に同大学院博士課程を単位取得退学後、新設の鶴見女子大学文学部に学部長として迎えられた久松先生に従って、同年四月に同大学日本文学科の専任教員（講師）となった。昭和五一年三月に、『日中比較文学の基礎研究 翻訳説話とその典拠』により、慶應義塾大学より文学博士の学位を授与された。その後、共学となった鶴見大学に於いて助教授を経て教授となり、日本文学科長や文学部長あるいは図書館長等の役職を務め、平成元年四月からは新設の大学院文学研究科担当教授（初代研究科長）ともなり、平成一四年三月に鶴見大学を定年退職した。この間、慶應義塾大学・富山大学・学習院大学・徳島大学等に出講し、昭和五九年度には国文学研究資料館の客員教授を務めた。併行して、昭和三九年三月から『源氏物語』の専門学会である紫式部学会の幹事となり、制度変更の昭和四七年以降は理事として同学会の運営に携わり、また、日本古典文学会の理事を昭和六二年六月から平成一八年一二月の同会解散まで務めた。

池田先生の専門は、中古から近世までの古典文学で、特に『伊勢物語』『源氏物語』『更級日記』『浜松中納言物語』『堤中納言物語』等の平安朝の物語や日記文学、あるいは『唐物語』『蒙求和歌』等の漢文翻案作品の本文研究や考証や注釈等に取り組み、歌人で源氏学者でもあった河内源氏の源光行一統の年譜作成や、『契沖全集』の校訂・解題にも従事した。論文・著書は、「浜松中納言物語に於ける唐土の問題」(『藝文研究』一〇、昭三五・六)から「明月記の紙背文書」(『古文書の諸相』平二〇・七、慶應義塾大学文学部)まで、『浜松中納言物語総索引』(昭三九・六、武蔵野書院)から『源氏物語回廊』(平二一・一二、笠間書院)まで、多岐にわたり多数にのぼる。時に、与謝野晶子の短歌等の近現代の文学者やその作品にも論を及ぼすことがあった。

池田先生の葬儀で弔辞を奉じた者達の間で、先生を記念して本を編み公刊しようという話が出たのは、平成二二年の先生の誕生日、ご存命ならば八一歳の七月一一日頃であった。昭和四九年一月に先生の博士学位論文『日中比較文学の基礎研究 翻訳説話とその典拠』を出版し、先々代の池田猛雄社長の時代から池田先生とそれこそ親戚同様に懇意にしていただいていた、笠間書院の先代池田つや子社長(現会長)が出版をご快諾下さり、実現の運びとなった。

論文等をご執筆いただいたのは、慶應義塾大学、久松潜一門下、紫式部学会、日本古典文学会、鶴見大学という、先生の来歴に縁がある方々である。といっても、単なる人間関係ではなく、研究上の繋がりがその根底にある。池田先生の学問は、文献に基づく実証を基本とする。その姿勢は揺るぐことはなかったけれども、先生と同様の研究に従う者にはもちろんのこと、研究手法の異なりや時代や分野の別にこだわることなく、意欲に満ちた研究や真摯な研究者には、常にあたたかい視線を注いでいたと思う。そのような意味での研究上の繋がりである。その方々から寄せられた古代から近世までの論文を、先生の研究分野にも沿いつつ、日記・物語、漢学・学芸・仏教、和歌に分かって編集した。

当初、先生の八三回目の誕生日をめどに刊行しようとしていたが、編者の不手際で遅れこの時期になってしまった。早くに原稿をお寄せいただいた方々だけでなく、時間をやりくりして原稿を間に合わせて下さった方々にも、御礼申し上げたい。

また、笠間書院の池田圭子社長、橋本孝編集長、そして献身的に編集の実務に当たられた大久保康雄氏には、言葉に尽くせないほどの感謝の念でいっぱいである。

本書刊行にあたって望むのは、この本が一人でも多くの方々に読まれ、少しでも学問の進展に寄与することである。個人の名前を冠した論文集を好まなかった先生だが、あえて副題に「池田利夫追悼論集」を添えて、書名を「これからの国文学研究のために」としたのは、それこそが池田先生の思いであると信じるからに他ならない。

平成二六年九月

編者　佐藤道生
高田信敬
中川博夫

これからの国文学研究のために・目次

——池田利夫追悼論集

執筆者一覧

左1

[日記・物語]

菅原孝標女の出仕に関する一臆説

秋山　虔

常陸介として任国にあった菅原孝標が任期満ちて帰京したのは長元九年秋であった。一家は西山の別邸に住んだが、母は出家し、孝標は隠棲の身となって、孝標女はおのずから一家の主婦として父母から頼られる立場であった。そうした彼女のもとに「聞こしめすゆかりある所」から、「なにとなくつれづれに心ぼそくてあらむよりは」と、出仕の勧めがもたらされたのであった。更級日記定家本の本文には「祐子内親王当今第三皇女母中宮嫄子崩後也御坐于関白殿号一宮」と傍注されている。祐子内親王は後朱雀天皇の第三皇女であり、母は嫄子女王（一〇一六―一〇三九）である。嫄子は皇后定子を母とする敦康親王（九九九―一〇一八）の女であり、親王が早世の後に関白左大臣藤原頼通の養女に迎えられた。長暦元年（一〇三七）に入内し、翌年四月に祐子内親王を産み、その翌年八月に禖子内親王を出産の後に崩御した。二歳の年に母宮と死別した祐子内親王は関白頼通の高倉殿で養育されていたのである。孝標女のもとに、その御所への出仕の件をもたらしたのが誰であるかは更級日記に語られていないが、その人がかつての継母、孝標女と別れてから後も後一条天皇の中宮威子のもとに出仕していた上総大輔であっただろうと推定する説が本保洋次郎によって提出されている。ここで氏の考証をたどることは省略し、以下の文章を紹介させていただくことにしたい。「上総大輔の周辺には彼女が宮仕えしていた関係から生じた繋がりや、縁戚を通じて藤原摂関家（具体的には頼通）との、或いは伊勢大輔やその子どもたち、また大弐三位などといった華やかな宮廷世界で活躍していた人々との繋りが確実に存在しており、孝標女の後ろ盾となり得る人物であったということは十分言えるだろう。」その上総大輔は孝標女に対して実子同様に情愛を注ぎ、その気性を、そして才能をも熟知しえていたのだから、彼女が古風な家庭に埋もれてしまうことを惜しみ、宮廷社会でその才に花開かせたかったとする本保の推定はいかにもと納得されるのである。親たちがその宮仕えに必らずとも賛成でなかったのは、いまは彼女によりすがる「古代の親」として当然でもあっただろうが、その仲介者が上総大輔であったとしたらなおさらのことでもあっただろう。しかし当今こうした宮仕えは普通のこと、それでこそ好運にもめぐりあうこともあるのだという、それは複数の人々の勧めでもあったようだから、親としても反対しきれなかったということか。

いったい、孝標女が祐子内親王家に出仕することになったのが、前記のように上総大輔の慫慂によるものであったかどうかは別として、というよりも想定されるそのような経緯を包摂して、この宮仕えの件は、祐子・禖子両内親王を庇護する養祖父、関白左大臣頼通の意向とまったく無関係とは考えがたいのではなかろうか。頼通が鍾愛の女宮の存在を盛り立てるために、歴とした名門、菅原氏本流の家の才女を見逃すはずはなかったと思われるのである。

父孝標は前記のように隠棲の身となっていたが、兄定義は菅原氏の家名に恥じることなき壮年の儒官であったといえよう。『日本詩紀』および後藤昭雄編『日本詩紀拾遺』によれば、摘句とも含めて十九篇の詩作が数えられるが、なお池田利夫によって定義作の詩序、願文、奏状等がすべて蒐集されている。(1)

さて、ここで注意しておきたいのは、孝標女が祐子内親王家に出仕することになった、その長暦三年、三十八歳の兄定義にとってははなはだ不本意というほかない経験を余儀なくされたのであった。蔵人頭であった藤原資房の日記である『春記』十二月十五日条の記載によると、その時期がいつなのかは不明だが、この年の六月二十七日に内裏が焼亡したために、復旧のため渡船場のほとりに積まれてた木材を没収徴発に及んだところ、そのなかに権大納言頼宗家所有の木材が少々交じっていたところから、検非違使と頼宗の家司との間に紛争が生じ傷害沙汰にも及んだので、頼通とて不問に付しえなかったために、蔵人頭資房や同じ蔵人頭であった藤原経輔はしばしば頼通のもとに参向し、また右大臣実資の提言も加わって、結局は頼宗の家司の一人である定義が検非違使庁において糺問されることで決着がつけられたのであった。この件は定義にとって承服しがたいことであっただろう。同じく『春記』閏十二月二十二日条によれば、彼は病と称して参入せず、またこの件によって主家の頼宗も出仕を拒んだために、事態を憂慮する蔵人頭たちは頼通に申請して結局は定義の勘問免除ということでこの一件は落着に至ったのであった。(2)

関白左大臣頼通については、角田文衛によってその人間像が「心やさしき宇治殿」として彫り立てられている。摂関時代の転換期ともいうべき頼通時代の政治的社会的状況については坂本賞三著『藤原頼通の時代』にくわしく、ここに立入ることもあるまい。かつての道長時代のごとき陰々たる政争や対立意識の消失をもってその一面の特徴づけられるこの時代をあたかも象徴するのかのごとく、頼通は角田の文言を借用すれば「温厚」で「恵和の心」の持主であり、「俊英な人物ではなかったけれど聡明な篤実な人柄」であった。歌壇史上にも記念される『賀陽院水閣歌合』(長元八年一〇三五)をはじめとする遊宴的な数々の歌合の催行、十巻本歌合の類聚、私家集の集成など、頼通が文運振興の領導者であったことは、ここにいまさら強調するにも及ばなかろう。和田律子著『藤原頼通の文化世界と更級日記』に詳述されるところであった。頼通とは年差一歳の異母弟頼宗は、そうした頼通に対抗する政敵ではなく、その文華殷盛のための積極的な協力者でもあった。歌人としても声望高い頼宗は、頼通家主催の数々の歌合に出詠し、あるいは判者としても重きをなしている。頼通にとってこの異母弟は股肱としてつねに引寄せておきたい存在でもあったはずである。

さて、前記のように検非違使と頼宗家家司との紛争から検非違使庁において勘問されることになった定義の反撥、その主家頼宗の不出仕という経緯は、頼通にとって看過しがたい事態であったであろう。その事態収拾のための蔵人頭らの奔走も、両者の関係の険悪化を防止すべく、頼通の意向に沿うものであっただろう。

さて、以上のごとき経緯と、孝標女の祐子内親王への出仕とは、けっして無関係ではなかったのではないか、というのが私の臆測である。頼通にとっては、定義の妹、地味な家庭の女性として埋もれてはいるものの、その才華のおのずから洩れ聞こえる孝標女を起用し、彼の宰領する文化世界のなかに抱き入れる、そのことが前記のようなめんどうな一件をも水に流すことの、ある程度有効なてだてではなかっただろうか。孝標女の祐子内親王家の女房としての在りようは、更級日記の記載から解される限り非常勤の客分めいており、主家のために精励する女房ではまったくなかった。にもかかわらず彼女は十分に重んじられていたという印象ではある。

彼女の初見参の日がいつであるかは不明だが、十一月七日以降の某日とする小谷野純一『更級日記全評釈』の説は妥当であろう。それまで祐子内親王は頼通とともに右近衛中将藤原行経(行成三男)宅に逗留していたのだが、この日に高倉殿に帰還している。孝標女はその高倉殿に出仕することになったのだが、しかし盛装を凝らして参入したその世界に、彼女は居るべき座席を見いだすことができないのであった。自伝の物語、更級日記創作の主体の発生の機微をそこに私はさぐりあてるのである。

この小稿は、私の更級日記論の一節である。更級日記研究の先達池田さんのご批判をいただきたかった多くの私見のなかの一条を披露するものである。直接に参照させていただいた文献は左のごとくである。

・小谷野純一著『更級日記全評釈』（平成八年、風間書房）
・津本信博著『更級日記の研究』（昭和五七年、早稲田大学出版部）
・和田律子著『藤原頼通の文化世界と更級日記』（平成二〇年、新典社）
・本保洋次郎「菅原孝標女の出仕に関する一考察　継母上総大輔に着目して」（広島大学「古代中世国文学」11号、平成一〇年）
・角田文衛「心やさしき宇治殿」（『平安の春』昭和五八年、朝日新聞社）

【注】

（1）池田利夫『原文&現代語訳シリーズ　更級日記』（平成一八年、笠間書院）
（2）池田利夫『更級日記　浜松中納言物語攷』（平成元年、武蔵野書院）

『和泉式部日記』前史——為尊親王伝の虚実——

後藤祥子

和泉式部日記の冒頭は知られるように、為尊親王追慕をめぐって和泉式部と親王の弟宮敦道親王との応酬で幕を開ける。読者は当然、和泉と為尊親王との間に、追懐されて然るべき、中身のある恋愛関係を想定して読んで来たのでは無かったか。そうした通念に対して、二人の間に果たしてそれほど実態のある関係があったろうか、という疑問が投げかけられたのは、すでに四十年も以前のことになる。小学館版「和泉式部日記」の校注者でもある藤岡忠美の問題提起がそれであった。(1) 以来、賛同も批判も聞かない。所詮、自記の日記とは言え、作品には虚構があって当然で、たとえ事実は関係が希薄なものであったとしても、作品は作品、史実は史実として切り離して理解するというのが大方の立場であるように思われる。

さて藤岡説の主旨は、「和泉式部集」の信頼すべき伝本中には、為尊親王の存在が全く見られない、というのが最大の理由である。それに付随して、同時代の他の史料にも、和泉と為尊親王との深い関係を窺わせる確実な根拠が無く、結論として、「日記」に底流する為尊親王と和泉との関係は虚構だったのではないか、と言われるのである。

一　家集中の為尊親王無根の確認

まず、信頼すべき和泉式部集に為尊親王の明徴が無いことについては、既に早く藤岡論以前から指摘があり、早くは岡田希雄によって、

……勅撰集などに式部が弾正宮の薨去を悼んだ歌として出ているのは、其の弟宮帥宮に関したものなるを誤ったのである。明らかに弾正宮を悼んだ歌と見られるものは家集に無い（『岩波講座・文学』）

と言われている。同様の主旨は、清水文雄「和泉式部続集に収載されたいわゆる「帥宮挽歌群」について」（『国語と国文学』昭和三九・五）にも、大橋清秀『和泉式部日記の研究』にも述べられていて、和泉の歌の根幹資料である信頼すべき「和泉式部集」に、為尊親王の名が現れない、というのは、いわば和泉研究者の了解事項になっている。岡田論の指摘する「勅撰集などに式部が弾正宮の薨去を悼んだ歌」は、具体的には、『和泉式部続集』九四〇番の（2）「宮の御四十九日」という詞書に始まり、一〇六一番までの一二二首の帥宮挽歌群中の歌が勅撰集に登載される際に、

・　弾正宮為尊のみこにおくれ侍りてよめる　和泉式部
をしきかな形見に着たる藤衣ただこのころに朽ちはてぬべし（千載集哀傷　五四七）
（続集九五八詞書「袖のいたう濡れたるをみて」）

・　弾正宮為尊親王におくれて嘆き侍りけるころ
寝覚めする身を吹きとほす風の音を昔は袖のよそに聞きけん（新古今集哀傷　七八三）
（続集一〇四七詞書「夜なかの寝覚」）

・　弾正尹為尊親王かくれて後、つきせず思ひ嘆きてよみはべりける
かひなくてさすがにたえぬ命かな心を玉の緒にし撚らねば（続拾遺集雑下　一三四一）
（続集九五一詞書「つきせぬことを嘆くに」）

のように「弾正尹為尊親王」関連歌とされているが、和泉式部集ではこの歌群は帥宮敦道親王関係の挽歌群として異論が無い。

これらのことに関してさらに藤岡論は、「（和泉式部集）宸翰本は、（勅撰集から和泉の歌を収録した家集であるにも関わらず）、勅撰集の詞書をそのままにせず、「弾正の宮」とあるべき所をわざわざ「なにのみことかや」とぼかしたり、人名を消して「物想ひはべりしころ」としているのは、宸翰本が「千載集」や「新古今集」とは違った伝承に基づいているのではないか」と言われている。これは、俊成・定家の周辺で和泉式部日記が書写されたことにも象徴されるように、和泉と親王たち（殊に日記発端に強く関わる為尊親王）との恋の経緯に急速に関心が高まったこと、それに対して批判的な勢力のあったことを示している、と解釈されている。

ちなみに、和泉式部集には、「敦道親王」すなわち「帥の宮」の名は正集に六回見えるのに対して、「弾正の宮」は正続両集に一度も見えないこと、すでに言われる通りで、さらに、「宮」とだけあるものも、正集の七か所、続集の四か所が敦道親王を指すことが明らかである。「宮」という呼称は他に「彰子中宮」を指すものが正続両集に、また敦道親王と和泉の間に生まれた「岩倉の宮」永覚、（後に成尋阿闍利母集にも出てくる大雲寺の座主がその後身と考えられている）を指すものも正集に見えるが、為尊らしき人物の呼称は和泉式部集には影も形も見えない。

二　歴史物語の虚実

次に藤岡論が、和泉と為尊親王との関係に疑問を呈するのは、同時代の歴史物語である『栄花物語』の描写のあいまいさであり、いずれも二人の関係の決定打にならない、とされる。すなわち

『栄花物語』「鳥辺野」巻に

弾正宮うちはへ御夜歩きの恐ろしさを、世の人安からずあいなきことなりと、さかしらに聞こえさせつる。今年は大方いと騒がしう、いつぞやの心地して、道大路のいみじきに、ものどもを見過しつつあさましかりつる御夜歩きのしるしにや、いみじうわづらはせ給ひて、うせ給ひぬ。この程は新中納言・和泉式部などにおぼしつきて、あさましきまでおはしましつる御心ばへを……

とあるのは、「みはてぬ夢」巻の

弾正宮いみじう色めかしうおはしまして、知る知らず分かぬ御心なり。世の中の騒がしきころ、夜夜中分かぬ御ありきもいとうしろめたげなり。

に呼応し、さらに「はつはな」巻

和泉をば、故弾正宮もいみじきものに思ほしたりしかば、かく帥宮もうけとりおぼすなりけり。

は、「『和泉式部日記』に取材することによって成った部分であるように思われる」とされ、このように、為尊親王と和泉式部とを関係づける文献は意外に少なく、「鳥辺野」巻にしても、和泉式部の名が新中納言と並べてあげられるにとどまり、それ以上の言及のされていないのは、やはり親王にとっての漁色の対象としての扱いでしかなかったといえるのではないか。……すくなくとも、いつのまにか定着した

現在の和泉式部伝のいうような、二人の熱烈な恋愛というかたちではまったく描かれていないことは、明らかにしておかねばなるまい。そうした考え方からすると、和泉式部日記冒頭に示されるような、親王の死後もなお一年にわたる悲嘆追慕をつづけたという和泉式部の心情とは、一体実際にありえたことなのだろうかという疑問につつまれざるをえないのである。と結論づけられる。

三　為尊親王の死因

そしてこれらの疑問に決定的な裁断を下すことになるのが、弾正の宮の死に至る経緯である。為尊親王は長保四年（一〇〇二）の六月に亡くなるが、この時の状況が、親王の身近にあってこれを書き留めた、藤原行成の日記「権記」から、かなり詳しく窺うことができる。そしてそれによると、親王は死の八箇月前、前年の十月に発病しているというのである。

長保四年（一〇〇二）六月十三日薨去（『権記』）

昨今物忌也。丑剋許惟弘来云、弾正宮薨給云々者、即惟弘参入。

十五日、……前弾正親王薨去給、昨依右将軍召、詣将軍、命云、康保之間又有此事云々、召遣挙直朝臣、示宮御事、年二十六、去年冬十月受病之後、数月懊悩、遂以逝去給、親王冷泉院太上皇第二子、母故前太政大臣第一娘、女御超子也、元服年叙三品、後任弾正尹、天暦朝拝為威儀、叙二品兼太宰帥、遷上野太守、臨病其剃髪入道云々。

為尊親王の最期は一般に、『栄花物語』「鳥辺野」巻の記述によって、当時流行の疫病によったものとされてきたのであるが、前年十月罹病、当年六月逝去という期間は、疫病に罹って死に至る経過にしては長すぎる。しかも、死の一カ月ほど前の五月六日の記事では、医師が親王の腫れものに針を射して、膿を一斗ほど出したという。

五月六日……詣弾正宮、奉謁入道納言、為時眞人、正世朝臣等祇候、正世針宮御腫物、膿一斗許出、各給疋綾。

これはますます、疫病とは違う死因と思われる、とされる。つまり、栄花物語の言う疫病伝染とは違う死因が分かったことで、栄花物語の信頼性はこの点でもすっかり揺らいでしまった。為尊親王の死因の虚実が明らかになったことで、和泉の恋まで宙に浮いてしまったのは、作品の読者にとって、すくなくとも私にとって大きな衝撃であった。

このことからさらに藤岡論文は、為尊の病気の原因の相違というだけでなく、長保三年の十月(遅くも年末)から病に倒れて逢えないままで終わった為尊親王との関係を、長保五年四月の敦道親王との恋の始まりまで一年半も、熱愛として和泉が意識し続けたというのは、日記の虚構では無かったか、とも言われるのであるが、ここは異論のある所であろう。ことに和泉の場合、長保三年暮れから理不尽にも逢えなくなった親王が、逢えないままで亡くなったという衝撃は、悲しみを余計に増すものとして持ちこされ、翌夏の敦道親王との恋の始まりまで忘れられることはなかった、と言う可能性まで否定することはできまい。

とは云え、為尊親王を忘れ難い和泉式部の心情はそれとして、それならば何故、膨大な歌数を収める「和泉式部家集」に「為尊親王」の名が現れないのか、という基本的な疑問は厳然として残るのである。すべての問題はここに発している。

四　「観身論命」歌群の詠歌事情

現『和泉式部集』正続に「為尊親王（弾正の宮）」の名が現れないのは事実としても、それにも関わらず、これまでに「為尊親王（弾正の宮）」関連歌ではないかとして読まれてきた歌群がある。それは主として小松登美の『和泉式部集全釈』によるもので、まずは、為尊親王の没後、敦道親王にはまだ巡り合わない、長保四年十月頃の作か、と見られてきた、いわゆる「観心論命歌」群である。『和漢朗詠集』雑部に載る羅維の句を和文に読み下して（みを観ずればきしのひたひにねをはなれたるくさ、いのちをろ（ん）ずればえのほとりにつながざるふね）各歌の頭に置いた四三首からなる歌群で、ここには、恋の相手がすでに亡くなったという事実が読みとれる歌があり（二七四）そこからこの歌群を帥宮挽歌群と捉える見方も少なくない（森本元子・藤岡忠美・吉田幸一）のであるが、この歌群は全体的に見ると、挽歌的作品の割合は極めて少なく、むしろ自傷的、厭世的色彩が濃厚なのである。

二六九　みるほどは夢も頼まるはかなきはあるをあるとて過ぐすなりけり
二七〇　教えやる人もあらなん尋ねみん吉野の山の岩の崖道
二七一　観ずれば昔の罪を知るからになほ目の前に袖は濡れけり
二七二　住之江の松に問はばや世に経ればかかる物思ふ折やありしと
二七三　例よりもうたて物こそ悲しけれ我が世の果てになりやしぬらん
二七四　はかなくて煙となりし人により雲居の雲のむつまじき哉
二七五　消えぬとも朝にはまた置く霜の身ならば人をたのみてまし
二七六　潮の間に四方の浦々求むれど今は我が身の云ふかひもなし

二七七　野辺見れば尾花が元の思ひ草枯れ行くほどになりぞしにける（詠歌季節）
二七八　ひねもすに嘆かじとだにあるものを夜はまどろむ夢も見てしが
二七九　たれか来て見るべき物とわが宿の蓬生あらし吹き払ふらん
二八〇　人問はばいかに答えん心から物思ふほどになれる姿を
二八一　庭の間も見えず散りつむ木の葉くづ掃かでも誰の人か来て見ん
二八二　音に泣けば袖は朽ちても失せぬめり身の憂き時ぞ尽きせざりける
二八三　緒を弱み乱れておつる玉とこそ涙も人の目には見ゆらめ
二八四　花を見て春は心も慰みき紅葉の折ぞ物は悲しき（詠歌季節）
二八五　難波潟みぎはの芦にたづさはる舟とはなしにある我が身かな
二八六　例よりも時雨やすらん神無月袖さへとほる心地こそすれ（詠歌季節）
二八七　たらちめのいさめしものをつれづれと眺むるをだに問ふ人もなし
二八八　瑠璃の地と人も見つべし我が床は涙の玉と敷きに敷ければ
二八九　暮れぬなりいくかをかくて過ぎぬらん入相の鐘のつくづくとして
二九〇　さ雄鹿の朝立つ山のとよむまで泣きぞしぬべき妻恋ひなくに
二九一　命だにあらば見るべき身の果てを忍ばん人も無きぞ悲しき
二九二　野辺に出づるみ狩りの人にあらねどもとりあつめてぞ物は悲しき
二九三　塵のゐる物と枕はなりぬめり何の為かはうちもはらはん
二九四　惜しと思ふ折やありけむあり経ればいとかくばかり憂かりける身を

二九五　櫓も押さで風に任するあま舟のいづれの方に寄らむとすらむ
二九六　住み馴れし人影もせぬ我が宿に有明の月の幾夜ともなく
二九七　例ならず寝覚めせらるる頃ばかり空飛ぶ雁の一声もがな
二九八　春立たばいつしかも見むみ山辺の霞にわれやならむとすらん
二九九　えこそなほ憂き世と思へどそむかれね己が心のうしろめたさに
三〇〇　軒端だに見えず巣がける我が宿は蜘蛛のいたまぞ荒れ果てにける
三〇一　ほど経れば人は忘れてやみにけむ契りし事を猶頼むかな
三〇二　外山吹く嵐の風の音聞けばまだきに冬の奥ぞ知らるる
三〇三　竜胆の花とも人を見てしがな枯れやははつる霜がくれつつ
三〇四　鳰どりの下の心はいかなれや見なるる水の上ぞつれなき
三〇五　露を見て草葉の上と思ひしは時まつほどの命なりけり
三〇六　何の為なれる我が身といひ顔にやくとも物の嘆かしきかな
三〇七　限りあればいとふままにも消えぬ身をいざ大方は思ひ捨ててん
三〇八　さなくても寂しきものを冬来れば蓬の垣の枯れがれにして
三〇九　類よりも一人離れて知る人もなくなく越えん死出の山道
三一〇　吹く風の音にも絶えて聞こえずは雲の行方を思ひおこせよ
三一一　寝し床に魂なき骸を留めたらば無げのあはれと人も見よかし

ここには、愛人を喪った悲嘆というよりも、身を誤った悔恨と嘆きといった趣が色濃くて、無常観（二六九・二七三・二七七・二九八・三〇五）出離願望（二七〇）原罪意識（二七一）自己嫌悪（二八二・二九四・二九九・三〇六・三〇七）苦悩（二七二・二八〇）悲嘆（二八三・二八四・二八六・二八八・二九〇・二九二）男女関係の破綻（二七五・二七九・二八一・二九三・二九六・三〇〇・三〇一・三〇三・三〇四）寄る辺無さ（二七六・二八五・二八七・二九一・二九五・三〇九）不眠と過ぐし難さ（二七八・二八九・二九七）といった要素が交々読み取れて、実らなかった恋故に失ってしまった道貞との夫婦関係を悔やみ、さらにそこから派生した親や親族からの孤立、といった状況を推測するに相応しい内容を持っている。ここから小松論が委曲を尽くしながら、

私は甚だ大胆だが、少なくとも前半は、道貞に捨てられ、親に勘当され、為尊親王に死別し、その他にもとかくの噂はありながら、敦道親王にはまだめぐりあわなかった時、即ち、長保四年十月の作ではないかと思ふ。……この歌群から帰納し得る、歌群制作当時和泉のおかれてゐた事情は、現存資料にもとづいて言ふ限り、長保四年十月、和泉がおかれてゐた事情と最もよく似てゐる（新版『和泉式部集全釈』二七二〜二七三頁）。

と結論するのに賛同すると同時に、その指摘の早さ（昭和三四年初版）に驚くのである。

とりわけ、親族からさえ孤立した苦しみと悔恨を歌う、二七六・二八五・二八七・二九一・二九五・三〇九の歌群に敷かれた状況は、小松が『和泉式部集全釈』同歌群の【余説】のなかで、

「これと相似た構想の歌群（正集N四二二〜N四四四）が、やはり勘当下によまれてゐるらしい事も、この推測を強める」

としていることが首肯される。いわゆる「巌の中に住まばかは」歌群と通称されるもので、古今集雑下に載る詠み人知らず歌の上の句十七文字を歌の頭に据え、題となった古今集歌がいみじくも示すように、耳をふさいでも

聞こえてくる世間からの指弾に堪えかねている、という趣で、『全釈』の読みに異論は無いのではないか、と思われる。

五　「巌の中に住まばかは」歌群の詠歌事情

今更の感があるが、「巌の中に住まばかは」歌群の主調を見ておこう。

心にもあらずあやしき事出で来て、例住む所も去りて嘆くを、親もいみじう嘆くと聞きて、いひやる。上の文字は世の古言なり

四四二　いにしへや物思ふ人をもどきけん報いばかりの心地こそすれ
四四三　はかもなき露のほどにも消ちてまし玉となしけんかひもなき身を
四四四　ほかにもやまた憂き事はありけると宿かへてこそ知らまほしけれ
四四五　残りても何にかはせん朽ちにける袖は身ながら捨てやしてまし
四四六　涙にも波にも濡るる袂かなおのが舟舟なりぬと思へば
四四七　悲しきはこの世ひとつが憂きよりも君さへ物を思ふなりけり
四四八　濁り江のそこにすむとも聞こえずはさすがに我を君恋ひじやは
四四九　過ぎにける方ぞ悲しき君を見て明かし暮らしを月日と思へば
四五〇　まどろまば憂き世夢とも見るべきにいづらはさらに寝られざりけり
四五一　花咲かぬ谷の底にも住まなくに深くも物を思はるるかな
四五二　かくしつつかくてややまんたらちねの惜しみもしけんあたら命を

四五三　春雨の降るにつけてぞ世の中のうきもあはれと思ひ知らるる

この歌群の詠作時期推定には、「例住む所も去りて」などから敦道親王邸入りを当てて、その翌年春すなわち寛弘元年春を、歌群末尾の春季とする説もあるなかに、「観身論命歌群」との状況の類似を読むのが小松説であった。

右の「巌の中に住まばかは」歌群も先の「観身論命」歌群同様、続集の敦道親王挽歌群に見られるようなひたすらな故人追慕の調子とは一線を画し、自分の暗い運命に関心が集中している。そして季節的には、(二七七「野辺見れば尾花がもとの思い草枯れ行くほどになりぞしにける」)に示されるように、秋の暮から冬の始めであって、長保四年十月ころの作かという小松評釈の想定が首肯できる。

以上、「観心論命歌」と「巌の中に住まばかは」歌群は、悲しみの激しさや出家志向において帥宮挽歌群に勝るとも劣らないものであるが、帥宮挽歌群がひたすら、亡き人を恋うる典型的な挽歌であるのに対して、己の罪深さを責め、誰からも顧みられないままに死んでしまうかも知れない我が身の拙さを悼むといった趣が濃厚で、その色合いは、帥宮挽歌群と突き合わせると際立つのである。続集九四〇から一〇六一に至る纏まった挽歌群の冒頭辺から引いて置こう。主題主調の違いが歴然とする。

宮の御四十九日、誦経の御衣物打たする所に、「これを見るが悲しきこと」など言ひたるに

九四〇　打返し思へば悲し煙にもたち後れたる天の羽衣

また人のもとより「思ひやるらん、いみじき」など言ひたるに、

九四一　藤衣きしより高き涙川汲める心の程ぞ悲しき

同じ所の人の御許より、「御手習のありけるを見よ」とておこせたるに

九四二　流れ寄る泡となりなで涙川はやくの事を見るぞ悲しき

師走の晦日の夜

九四三　亡き人の来る夜と聞けど君も無し我が住む里や魂なきの里

南院の梅の花を、人のもとより、「これ見て慰めよ」とあるに

九五〇　世に経れど君に後れてをる花は匂ひも見えず墨染にして

なほ尼にやなりなまし、と思ひ立つにも

九五三　捨てはてんと思ふさへこそ悲しけれ君に馴れにし我が身と思へば

六　禁忌と救済

為尊親王の影が濃厚に窺われる歌群を見た上で、改めて問いたいのは、親王との恋を、和泉が何故、実名を挙げて家集に書きとどめることをしなかったのか、という問題である。これに答えるのに確実な拠り所がある訳では無いが、一つの解釈として、身分違いの恋愛の場合（無論この場合、身分の高いのが男性、低い方が女性）、男性の側からの認知（社会的に公開）がないと、女性の側から相手に断り無しに公開することには、強いタブーがあったのではないか、ということである。男女関係に留まらず、それによって生まれた子供の父親に対する名乗りについても同じことが言えるであろう。今でこそ社会の広がりや変革から、弱者である女性や子どもには然るべき法的擁護や社会的味方がついて、当該関係の心情的破綻は覚悟の上で、弱者側からの公開が珍しいことでは無いが、

身分秩序のやかましかった古代、構成員の極めて限られた貴族社会で、身分の低い女性の側から、相手の意思を無視して関係を公開することは、有効で無いどころか、自滅に繋がる無謀な行為だったろうと思われる。たとえば源氏物語の玉葛が、九州から上京してきて、何故直接に父大臣のもとに名乗り出なかったか。彼女は上京後、母の乳母一族と共に京都の南の町はずれに仮寓して、石清水八幡に詣で、更に初瀬に参詣して、図らずも母夕顔の侍女であった右近に再会し、その伝手で源氏に引き取られるが、玉葛はもとより、その庇護者である乳母や豊後の介も、当初から全く実父頭中将（時の内大臣）に名乗り出ようとした形跡が無い。古代においては、父親あるいはそれに替る実力者によって周囲や社会に公開される以外、実子として認知される方法は無かったのではないか。「常夏」巻の近江の君の身分低さはもとよりとして、『蜻蛉日記』下巻の養女のように、母方の祖父が然るべき身分ある立場であってさえ、日記作者の掘り出しが無ければ人知れず朽ち果てるしか無いことを考えても、弱者側からの名乗りは無効で、まして家族内においてさえ不倫を問われる和泉の場合、その原因を明記すること自体、タブーだったに違いない。

和泉の場合、為尊親王との関係がどの程度のものであったのかは推測の域を出ないが、残された歌稿から、敦道関係とはっきりしているものを弁別すると、二人の親王との恋の様相が、明暗二つに分かれるのは明らかである。無論、敦道親王の方も早死にするのだから、その挽歌は暗いに違いないが、少なくとも、敦道親王との関係において、和泉はそのことだけを純粋に悲しんでいるのであって、親王との関係で自分を責めたり、社会から指弾されるということは無かった。それに対して、為尊親王との場合、それは和泉にとっても最初の不倫で、一方、夫道貞や親である大江雅致夫妻にとっても、初めて遭遇した家庭崩壊であるから、世間への面目という点でも和泉を責めること一通りではなく、特に財政的にも役目上でも、婿の道貞に頼らねばならないことの大きかった雅致にとって、道貞に対する申し訳なさもあって、娘にことさら厳しく当たることになったのは当然であろう。

為尊親王が二人の関係を秘密にしたまま、責任を取らない状況で病床に倒れ、そのまま亡くなったとすれば、残された和泉は、不倫の罪を一身に背負い、父親からも夫からも見放され、わずかに女の親族や乳母、侍女といった非力の庇護者に支えられて、生きる望みも断たれ、先の見えない暗闇を生きて居たのではないか、と想像される。そういう時に詠みだされる歌は必然的に彼女の心境をありのままに映し出している筈で、にもかかわらず、そこで相手の名を明らかにすることは憚られた、と思われる。それは貴族社会の秩序をいたずらに紊乱する行為であり、社会的指弾を受けること（具体的に言えば、誰からも相手にされなくなること、村八分的状況にさらに追い打ちをかけること）を意味した筈である。

為尊親王とは対照的に、敦道親王がいかに和泉との関係公開に尽力したか、これもよく知られた事柄ばかりだが、まず第一は無論、彼女を侍女として邸に引き取ったこと（これによって怒った本妻、済時女が実家に帰るのが日記の結末）だが、翌年の春の始めには、親王と二人で公任の北白河山荘に、当時話題の紅梅を見物に行ったことも、公任集・和泉式部集によってよく知られている。

この時公任は別荘に来合わせては居ないのだが、親王が「我が名は花盗人と立たば立てただ一枝は折りて帰らん」という意味深長な歌を宿守に残し、それを知った公任が「山里の主に知らせで折る人は花をも名をも惜しまざりけり」と返すと、今度は和泉が挨拶の歌を贈り、歌主を和泉と知った公任は、元の夫の道貞がその頃ちょうど、陸奥に旅立ったことに引っかけて「今更に霞閉じたる白河の関をしひては尋ぬべしやは」とからかう歌を返している。和泉は公任集では「道貞が妻」と呼ばれていて、それ以外に呼ばれようが無いこの時の和泉の立場を示している。自分を花盗人と言いたければ言えという敦道親王の言揚げは無論、主の居ない白河山荘の紅梅を断りもなく手折ることに、和泉を引き取った（人の花を手折った）と世間の話題になっていることを掛けて、自ら挑戦的に公言したものであるし、一方公任の側も、白河山荘に陸奥の白河の関を掛けて、今更捨てた夫の跡を追うのかと和泉をからかい、つまり、この春、都が親王の和泉引き取り事件で持ち切りだったことを雄弁に物語っている。

加えて『大鏡』の兼家伝には、賀茂祭りの見物に和泉と相乗りで出かけた親王が、「御車の口の簾を中より切らせたまひて、我が御方をば高う上げさせ、式部が方をば下ろして、衣長う出ださせ、紅の袴に赤き色紙の物忌いと広きつけて、土と等しく下げられたりしかば、いかにぞ、物見よりはそれをこそ人見るめりしか」という派手な行為を伝える記事がある。これと別に『栄花物語』の「初花」の巻には、寛弘二年の賀茂の葵祭りに、道長の嫡男頼通が祭りの使いをした折、親王が車の尻に和泉を乗せて見物に出たと書かれているが、「大鏡」の派手な記事は、云われるように、親王が和泉を引き取った直後の葵祭り、すなわち寛弘元年の初夏のことであろう。つまり敦道親王は、必要以上に派手に和泉の存在を誇示したわけで、これには、彼が単に派手好みだったというだけでなく、為尊親王との関係で和泉がいかに深く傷ついたか、公表されずに終わった不毛の恋にいかに苦しんだかを知った親王の思いやり、兄宮の罪の償いとも言うべき力学を感じないわけにはいかない。そして、和泉の心の傷を親王に知らせることになったルートこそ、為尊親王の名を明記出来ずに歌われた歌群だったのではないか、と思われる。

七　続集日次詠歌群の位置付け

『続集』日次詠歌群は、その性格、詠作年次、対象となる人物に、実に様々な想定がなされ、関連論文の多い作品である。これを為尊親王関連歌とするには、解けていない問題が山積し、無謀ではあるが、これまで多くの論者に依って提起された結論にも、かならずしも納得しない所があり、疑問は疑問なりに、為尊関連歌の可能性を探ってみたい。

この歌群は続集の末尾七十二首を一まとまりとして、一日一首づつ詠み継いで行った、つまり日次の歌群だとされている。全体量が多くなるので、歌や詞書から情報量の少ないものは省いて対象とする。その始まりをどこと考えるかについても、若干異論があるが、文庫本番号一四七八番歌を始まりと考えるのが大方の理解であろう。(3)

今日はいつよりも、空の気色ものあはれにおぼえて

一四七八　暮れ方に遠の山辺はなりにけりいどこばかりに駒とどむらん

と思ふほどに月も出でぬれば、空も心を知るにやおぼろなれば

一四七九　宿らでも今宵の月は見るべきを曇るばかりに袖の濡るれば

とひとりごつを聞き給ひけるぞわりなきや

一四八〇　思ひ知ることあり顔に月影の曇る気色のただならぬかな

傍線部は相手が格段に高貴な人であることを窺わせる敬語である。そして冒頭から数首あとの一四八三番歌に「九日」とあって、菊綿の歌すなわち「長陽の節句」の九月九日という暦日が明記される。

九日、綿覆はせし菊をおこせて、見るに露しげければ

一四八三　をりからは劣らぬ袖の露けさを菊の上とや人の見るらん

しかし次の十日が、続く一四八四番でなく一四八五番なので、必ずしも一日一首でなく二首になる場合もあることを承知しなければならない。また逆に、一日ならず飛んでいる個所もあり、冒頭から六首目が九月九日で、全体が七二首なので、大の月にすれば一一月一五日まで行くはず、この歌群では九月も十月も二十九日をつごもりとしているので、毎日一首なら十一月十七日まで行くはずの所、実際には十一月三日で終わっているから、一日二首の箇所も一～二に止まらず、末尾などは、十一月二日の後に日付を記さず三首続いており、更に日付表記も、十一日とあるべき所がただ一日とあったり、十四日とあるべき所が二十四日とあったり、相当無秩序ではありながら、しかし時間の流れは意識されており、これまで考えられてきた通り、日次詠と規定することにためらいは無い。

さて、九月と十月が二十九日をつごもりとする、いわゆる小の月になる実際の暦に当てはめてみると、長保二年も三年も九月はまさに小の月で該当するが、十月は両年とも大の月である上に、和泉の生存年代中には九月と十月が続けて小の月という年がそもそも無いこと、平野由紀子論(4)の指摘の通りである。つまり、日次詠歌群が暦を正確に反映していると仮定すると、該当する歴史的年次は無いことになる。しかし、一日当たりの歌数や日にちの表記の不統一に免じて、厳密な正確さを問わないこととする。

さてこの歌群の内容は、夫のあるらしい女性が恋人を持ち、しかも相手は多情らしくて其の噂が女をはらはらさせ、遂に夫あての主君からの文箱を女が秘かに開封するに及んで夫婦仲は決定的に破たんする、という大筋のなかに、二人の連絡の拠点として近江の「大津」の地名が出てきたり、

十日、もしもやとてかの大津に人やりたれば、ただいまありつるとてあるをみるにも

一四八五　思ふ人おほつよりとぞ聞くからにあやしかりつる袖の濡れぬる

また旅なる所で「近江大夫」という縁者らしい人物の名や、それに関わる子供の存在が見え、

八日、端の方を眺むれば、子ども見ゆる方あり、あれなむ近江の大夫のものする所と言ふを聞くにも

一五二九　同じ野に生ふとも知らじ紫の色にも出でぬ草の見ゆれば

九日、いとちひさき童のありしを、いづこなりしぞと問はせたれば、しかしかの人の近江より率ておはせしと語れば、何とか名は言ふと問へば、にほ、と言ふ。下に通ひて、など人々怪しきをわらふを聞きて

一五四一　世とともにながるる水の下にまた住むにほ鳥のありけるものを

さらに「四条」や「讃岐殿」といった地名や人名らしきものの存在が窺われ

一日、おぼつかなくおぼえて、四条に問はせしを、讃岐殿にものし給ひけるほどにて、うへはひと（空白）ののたまひ（け脱）るをあさまし

一五三二　ながれ木のうへも隠れずなりぬるをあなあさましの水の心や

あるいは恋敵として「一品の宮なるしかしかの人」という女性の存在が語られ、

三日、人来たりと聞きて、もしやと問はんと思ふもつつましければや、来む程に取うでたるを、いか

でかくと思ふにも

一五四六　種を取るものにもがなや忘れ草生ひなばかかる跡も見えじを

と思ふに、さきにも所々ありけり、一品の宮なるしかしかの人には、このたびもありけり、と聞くにも取り分きたる心地もなき心地して

一五四七　十列に立つるなりけり今はさは心比べに我もなりなむ（頭注「此歌在大弐集」）

さらに、夫の主君たる「殿」の存在が背後に知られる

大方にある文ども、殿の御物忌み、御前なる程はえ見ぬに、添ひたる文箱のうはつけの心もとなさに、端を開けて見るままに

一五四八　これにこそ慰まれけれ面影に見ゆるには似ぬ（以下欠）

ようさりまかり出でて文見るに、殿なりけるものを、まづ開けて、いみじう言はれてもみづからのみ

一五四九　ありはてぬ命待つ間のほどばかりいとかく物を思はずもがな

と言った具合に、いかにも具体的な背景をちらつかせている。こうした地名や人名から、四条や讃岐に関わって四条中納言定頼を想定するのが久保木寿子論[5]であり、また中継地点の「大津」（前出一四八五）や、

つれづれと過ぎにける日数をのみながめて

一四九四　人つてに聞き来し山の名にし負はば忘れゆくとも思はましやは

の「人伝てに聞き来し山」を越前の鹿蒜山とみて、正集六六七番「急ぎしも越路のならの月はしもあやなく我や嘆き渡らん」を手がかりに、長和三年六月に越後守に再任された藤原信経を当てるのが清水好子論[6]である。信経と言えば、『枕草子』であれだけ軽い扱いを受けた彼が、よりによって後年、和泉の平穏な夫婦生活を狂わせる

ほどの伊達男ぶりを発揮したとは考えにくく、日次詠歌群に秘められた恋の相手は受領風情では無くて、上流貴族という感触を得る。その点で、久保木寿子の上げる四条中納言定頼は身分的に可能性無しとしないが、なにぶん、定頼には娘の小式部を組み合わせた説話の印象が強く、やはり一世代下の男性と考えるべきであろう。また、武田早苗は、(7)帥宮の御子（岩倉の宮）を身ごもった和泉が出産の為に里下りしている時期の歌とみるが、この日次詠歌群の持つ不安や焦燥感は、思う相手との間に子供の出産を待つ女性の感覚にはそぐわないものがあるのではないか。結果、最も共感するのは、小松登美の『和泉式部の研究』(8)で呈された説のうちA説の最初の為尊親王説である。氏は同書の中で、

A　長保二年秋以降～長保四年冬まで（道貞妻の時代）――為尊・雅通・俊賢

B　長和元年～寛仁二年冬まで（保昌妻の時代）――道綱・定頼

の二つの時代範囲をあげながら、最後にAの時期をよしとするのは、日次詠歌群の女主人公がまだ親掛かりであるという点である。

九日、午の刻ばかり、ある人も見咎むべき人も無き所にて、心易く見るままに

一四九五　白露のうち置きがたき言の葉は変らん色のをしきなるべし

の詞書に「見咎むべき人」とあるのがそれに当たる。そしてこのAの時期に想定された貴族のうち、該当するのは為尊以外には考えがたい。というのも、家集に見える左のような雅通との応酬には、この歌群の醸し出すじりじりした焦燥感・不充足感とはおよそ無縁の（恋愛とは無縁の）淡泊な社交関係しか想定されない。

一一一　夕だすきかくる車のながえこそ今日のあふひのしるしとやみれ
まさみちの少将などのり給へりし、それやよみけむ

まさみちの少将、ありあけの月を見ておぼし出づるなるべし

二五四　ねざめしてひとり有明の月みればむかしみなれし人ぞ恋しき

かへし

二五五　ねられねど八重むぐらせる槙の戸におしあけがたの月をだに見ず

また俊賢の名は、『和泉式部日記』中の治部卿に俊賢を宛てる説のある所から出ており、日次詠歌群の身も世もない焦がれ方の対象がこれに該当するとは思われない所から、外してしかるべきであろう。

いささか問題となるのは、長保二、三年当時の和泉の身分である。一般に近年では、中宮彰子に出仕する前の和泉は、道貞妻という立場から敦道親王邸に引き取られて召人格の女房として過ごし、寛弘六年頃中宮後宮に出仕したと考えられ、道貞の妻時代は家の女と考えられているが、日次詠歌群の女は明らかに上流貴族の邸宅に出入りしている。そのことを如実に示すのが

六日の夜、時雨などまめやかにするを、夜居なる僧の経読むに、夢の世のみ知らるれば

一五一六　物をのみ思ひの家を出でてふる一味の雨に濡れやしなまし

の詞書にある「夜居なる僧の経読むに」のくだりで、受領の家などでは夜居の僧を招くことは無い。かつて与謝野晶子は、和泉の母親が冷泉天皇の皇后昌子内親王の乳母（世代的には乳母子が妥当）だった所から、和泉も童女として仕えたか、という説を掲げた。中古歌仙伝に「童名御許丸」とあるのを、幼少時どこかに宮仕えしたと考えれば、最も考えやすいということであろうが、万一、その説が復活するとして、昌子大皇太后は長保元年（九九九）暮れには亡くなって居る所から、これを歌群での出仕先と考えると、時間を一、二年遡らせねばならない。昌子

大皇太后の死に際には、舅の雅致を大いに助けて道貞が関わっているから、和泉がここに出入りすることはまんざら荒唐無稽な想定でもないだろうが、その場合、歌群の恋を遅くとも長保元年に想定しなければならず、為尊親王の死去まで少なくも三年という間があり、歌群の刹那的な激しさと、道貞との関係破綻に至る時間的経緯の相関から言って、長保元年以前の可能性は皆無と言ってよく、歌群の「夜居僧」の存在は昌子大后とは無関係に探るべきであろう。

今一つに、小松論が為尊親王説を退ける根拠とする敬語の問題がある。すなわち

三日、夜の夢に、いと近き所になむ来たる、と見ても醒めてたけきこととは、と思ふにも

一五三四　世の中もはるけからじなかくながら通ふも近き命無からば

の詞書に、「いと近き所になむ来たると見ても覚めて」とあるのは、相手が自分の近い所に遣って来たと夢に見た、という意味にとれるが、親王を指すにしては無敬語はあり得ないと言われる所である。そこでやや身分の軽い源雅通を選択し、結論として長保四年の秋九月から一一月とされるのであるが、それではその年の六月に亡くなった為尊親王に対する哀悼の情を翌春まで持ち越して初めて成り立つ『和泉式部日記』と、どのように結び付けることができるのか、大いに疑問の湧く所である。むしろ敬語の問題を棚上げにして、為尊親王説で一貫させるのが順当ではないか。一五三四番歌の無敬語が、為尊親王では不都合だが雅通ならよい、と考えるよりも、和泉は終始、相手を為尊親王とは明らかにせずに書くという姿勢を貫いていて、無敬語によって、恋の相手を読み手に韜晦することが、計算のうちであったとする方が、あれだけ詠歌要因のはっきりした「観身論命歌」や「巌の中に住まばかは」歌群はもとより、家集に為尊親王の名を一切留めない方針と相容れるのではあるまいか。さらに言えば、『続集』日次詠歌群の謎の要素でもある意味ありげな固有名詞（地名や人名）群にしてからが、公開を予

定した献上家集のように上流貴族社会での通りのよさを意図したものではない記録目的に照らせば、上流社会に通用する呼称にこだわる必要はもとよりなく、むしろ韜晦して改変したものさえあるかも知れない、ということまで想定したくなる。

以上、和泉式部の家集に為尊親王を指す「弾正の宮」という呼称が現れないにも関わらず、和泉はその痕跡を家集にとどめているのでないか、ということを述べた。そして恋の経緯が最も生々しく描かれた「日次詠歌群」は長らく作者の篋底深く留め置かれたもの、それに対して「巌の中に住まばかは」歌群や「観心論命」歌群は、沓冠という遊戯歌のよそおいを持っている為に比較的公表されやすく、周囲に伝搬していく可能性が大きかったのではないか。そしてこれらには、心の傷の原因となった相手の名前が伏せられているにもかかわらず、人は道貞との不和や親からの勘当といった和泉の不幸と思い合わせることによって、為尊親王との不倫の事実が想像を掻き立て、和泉がその名を明記しない節度への同情・共感と相まって、敦道親王の関心をいやが上にも掻き立てたのではないか。その結果親王は、奈落の底から和泉を掬いあげることに使命感を抱いたかもしれない、周囲から激しく批判されながら邸への迎え入れを敢行し、都大路で派手なデモンストレーションをすることに依って、兄宮の罪作りな行為を償おうとしたのではあるまいか。

【注】

（1）藤岡忠美「和泉式部伝の修正―為尊親王をめぐって―」（『文学』昭和五一・一一）。

（2）番号は旧版岩波文庫版に依る。「私家集大成」や「新編国歌大観」、伊藤博・久保木哲夫に拠る「和泉式部集全集本文と総索引」、そして小松登美の「和泉式部集全釈　続集編」などが、続集の番号を一番から起こしているのに対して、清水文雄による岩波文庫および笠間の校訂本が、正集に続けて九〇三番から起こして居り、正続の番号を継続するのは現在のテキストの普及状況からすれば少数派なのであるが、ここは藤岡論文も清水テキストに依られている所からそれに倣う。

（3）日次詠歌群の本文は、吉田幸一『和泉式部集定家本考　上』（古典文庫、平成二年十一月）に影印された「伝西行筆大弐三位外題本」に拠りつつ、岩波文庫本の番号及び読みに異論の無い所はその表記に拠った。

（4）平野由紀子「和泉式部続集日次歌群新考」『和歌文学論集2　古今集とその前後』（風間書房　一九九四年）。

（5）久保木寿子『和泉式部』『日本の作家　13』（新典社　二〇〇〇年）。長和三〜寛仁二年頃。相手は中納言定頼説。

（6）清水好子『和泉式部』（『王朝の歌人6』（集英社　一九八五年）。越路の恋人藤原信経、長和三年説。

（7）武田早苗『和泉式部』（『日本の作家１００人　人と文学』勉誠出版　二〇〇六年）。

（8）小松登美「和泉式部続集日次詠歌群私見」『和泉式部の研究　日記・家集を中心に』（笠間書院　一九九五年）。

［付記］

中古文学会、わけても紫式部学会で格別に学恩を蒙った池田利夫先生の追悼論文集にお加えいただき、当初、更級日記作者論を試みましたが力及ばず、編集委員会の御主旨に適いませんでしたことを、故池田先生にも委員会にも申訳なく、お詫び申しあげる次第です。

朗詠享受に見る『枕草子』『源氏物語』

岩佐美代子

一 「朗詠」とその享受文化

有名漢詩文の一節を、美しい曲調をもってうたいあげる「朗詠」は、声楽曲としてばかりでなく、時、折節に合せた口ずさみとして貴族生活の中で享受され、特に紀元一千年前後の宮廷において最高の達成度を示した。その状況を遺憾なく活写したのが、『枕草子』『源氏物語』である。この二作それぞれの特色・効果の程を比較考察してみたい。本文は、渡辺実校注『枕草子』（一九九一、新日本古典文学大系、岩波書店）・阿部秋生他校注『源氏物語』（一九四～九八、新日本古典文学全集、小学館）による。但しルビは場合により適宜取捨した。

和歌の朗吟も勿論「朗詠」に含まれるが、本稿では漢詩文のみを対象とする。和漢を比較するに、「漢」には「和」にない独自の性格と朗吟効果があるからである。全部を吟じても仮名三十一字の和歌に対し、口にのぼせるのは漢字五～十四字程度ながら背後に長大な出典を持つ漢詩文朗詠は、言外にはるかに豊富な内容を盛り得る。これを無視して、一両句の表面的理解での迂闊な引用はなし得ない。たとえば、菅原道真の悲痛な配流行を叙した「詠楽天北窓三友詩」（菅家後集）の一節、「東行西行雲眇々　二月三月日遅々」を、単なる遊楽詩と心得て春の野遊びに口ずさんだら、忽ち軽侮されるであろう。当該詩の全容を心得ていたら、行楽の場で口に出せる句ではない。

その上この句は天神の教えとして、「とさまにゆきかうさまにゆきくもはるばる、きさらぎやよひひうらうら」と詠ずべし、と伝えられている（『江談抄』四・六六）。すなわち、朗詠に当っては漢文を和化した一種の読み癖が独立定着して、和漢混済の特異な面白みを形成し、朗詠者の教養程度をはかる尺度ともなっているのである。

以上、朗詠の享受は単に言葉の風雅にとどまらず、複合成熟した貴族文化の典型として、甚だ興味深い問題を内包している。この事を基本として押えた上で、『枕』『源氏』それぞれの朗詠享受表現の妙境を解析したい。

両作における朗詠引用は甚だ多彩であり、特に『枕』においては作者が学識をひけらかすように一般的に見られがちであるが、それは誤りで、当代の宮廷社会全般に行き渡った知識・好尚にもとづくものであった事を思わねばならぬ。いかなる名句の引用も、受ける側にその知識が無ければ通用しないのである。『白氏文集』はもとより、秀逸詩選集『日観集』（大江維時編、九四六、散佚）『千載佳句』（同、九五〇頃）は既に存し、やがて『和漢朗詠集』（藤原公任編、一〇一二頃）『本朝文粋』（藤原明衡編、一〇六六以前）も成る時代である。儒臣ならぬ男女宮廷人も、これらの佳句を幼時からの耳学問として、また常に目にする屏風色紙形を通じて、現代人の想像以上に熟知していたに違いない。『枕』『源氏』はそれに深く信頼を寄せて成立した作品である。

二　『枕草子』における享受

1

『枕草子』中、朗詠享受の事例は一八段、二二三箇所。『白氏文集』からの引用九（『和漢朗詠集』と重複三）、『菅家文草』一（『朗詠集』と重複）、のちの『朗詠集』に入るもの八（うち一句は二箇所に重出）、『朗詠集』『本朝文粋』に重複して入るもの三、『本朝文粋』に入るもの一、出典未詳一。更に関連して『前漢書』『蒙求』の知識も示されるなど、引用形態は甚だ多彩で、当時の社会文化の高さを示している。

2

文学的連想として一般的であろうかと思われる、自然賞美としての言及はむしろ少く、

○木の花は……、梨の花、……楊貴妃の、帝の御使にあひて、なきける皃《かほ》ににせて、「梨花一枝春雨をおびたり」などいひたるは、……（三四段）

の、言うまでもない「長恨歌」引用と、

○雲は……、あけはなるゝほどの黒き雲の、やう〳〵消えて、白うなりゆくもいとおかし。「朝《（あした）》に去る色」とかや、文にもつくりたなる。（二三六段）

が、『白氏文集』巻一二、「花非花」の、

花カ非ズレ花ニ　霧カ非ズレ霧ニ　夜半ニ来リ　天明ニ去ル
来ルコト如クニ春ノ夢ノ一幾多ノ時ゾ　去ルコト似テニ朝ノ雲ニ一無シニ覓ルニ処一

によるかとされるものの二者のみであり、他はすべて宮廷社交の場における機知的応酬にかかわる、詩句朗誦のみならぬ自在な享受相を見せ、独自の楽しい文学世界を展開する。

時、折節に会った適切な朗誦の一般的な描写としては、次の五例がある。

○殿上人あまた声して、「何がし一声秋《（の）》」と誦してまいる音すれば、（七四段）

池冷《スズシ》クシテ水ニ無シニ三伏ノ夏一　松高クシテ風ニ有リニ一声ノ秋一（朗詠集一六四　英明）

○ひとわたり遊《（あそび）》て琵琶ひきやみたる程に、大納言殿、「琵琶声やんで物語せんとする事をそし」と誦し給へりしに、（七七段）

忽チ聞ク水上琵琶ノ声　主人ハ忘レ帰ルヲ客ハ不レ発セ
尋テレ声ヲ暗ニ問フ弾ズル者ハ誰ゾヤ　琵琶声停ンデ欲スルコトレ語ラント遅シ
（白氏文集巻一二　琵琶行）

○（斉信が）「西の京といふ所の、あはれなりつる事。……垣なども皆ふりて、苔おひてなん」などかたりつれば、宰相の君の「瓦に松はありつるや」といらへたるに、いみじうめでて、「西の方、都門を去れる事、幾多《いくばく》の地ぞ」と口ずさみつる事など、かしがましきまでいひしこそをかしかりしか。（七九段）

高高タル驪山上ニ有リレ宮　朱楼紫殿三四重　……
翠華不レ来ラ歳月久シ　牆ニ有リレ衣兮瓦ニ有リレ松　……
西去ルコト二都門ヲ一幾多ノ地ゾ　吾君ノ不ルハレ遊バ有リ二深意一
（白氏文集巻四　驪宮高）

○又雪のいとたかうふりつもりたる夕暮より……あけぐれのほどに返《かへる》とて、「雪なにのやまにみてり」と誦《ず》したるは、いとをかしき物也。（一七四段）

暁入レバ二梁王之苑ニ一　雪満テリ二群山ニ一
夜登レバ二庾公之楼ニ一　月明カナリ二千里ニ一
（朗詠集三七四　白賦）

○大路ぢかなる所にて聞けば、車にのりたる人の、有明のをかしきに、簾あげて、「遊子、猶残の月に行く」といふ詩を、声よくて誦したるもをかし。（一八五段）

佳人尽ク飾ル二於晨粧ヲ一　魏宮ニ鐘動ク
遊子猶行ク二於残月ニ一　函谷ニ鶏鳴ク
（朗詠集四一六　賈島）

更に感深い享受例としては、長徳元年（九九五）四月十日没の道隆のための経供養を、

○九月十日、職の御曹司にてせさせ給。……果てて、酒のみ、詩誦しなどするに、頭中将斉信の君の、「月秋

と期して身いづくか」といふことを、うちいだし給へり。詩はた、いみじうめでたし。いかでさはおもひいで給けん。（一一八段）

金谷ニ酔レシ花ニ之地　花ハ毎レニ春匂テ而主不レ帰ラ
南楼ニ嘲レシ月ヲ之人　月与レ秋期シテ而身何クンカ去ル（朗詠集七四五　菅三品）

これについては定子と清少納言の共感の言葉が続けられており、他にも御仏名の夜、貴人男性と同車退出の楽しさを活写した、

○月のかげのはしたなさに、後ざまにすべり入るを、つねにひきよせ、あらはになされてわぶるもおかし。「凛〳〵として氷鋪《し》けり」といふことを、かへすぐ〳〵誦しておはするは、いみじうおかしうて、夜ひと夜もありかまほしきに、いく所のちかうなるもくちおし。（二八三段）

秦甸之一千余里　凛々トシテ氷鋪ケリ
漢家之三十六宮　澄々トシテ粉餝レリ（朗詠集二四〇　公乗億）

および大納言伊周の才と風雅をたたえた、

○上の御前の、柱によりかゝらせ給て、すこしねぶらせ給を、……（鶏が犬に追われて鳴きさわぐので）上もうちおどろかせ給て、「いかでありつる鶏ぞ」などたづねさせ給に、大納言殿の、「声、明王の眠《ねぶ》りをおどろかす」といふことを、たかううちいだし給へる、めでたうおかしきに、（二九三段）

雞人暁ニ唱フ　声驚ニスス明王之眠一ヲ
鳧鐘夜鳴ル　響徹ニス晴天之聴一ヲ（朗詠集五二四　良香）

○夜中ばかりに、廊にいでて人よべば、「下るゝか、いでを《(お)》くらん」との給へば、裳、唐衣は屏風にうちかけ

ていくに、月のいみじうあかく、御直衣のいと白うみゆるに、指貫を長うふみしだきて、袖をひかへて、「たうるな」といひて、おはするまゝに、「遊子、猶残《のこり》の月に行《(ゆく)》」と誦し給へる、又いみじうめでたし。

（同上。既出一八五段参照）

の二段三条が存する。

以上各段、機知的、しかも自然な口ずさみで、当代公家社会一般の朗詠享受の、洗練、浸透の度合を知るに十分であろう。

3

あからさまな詩句朗誦でなく、意表を衝いた巧みな引用により、絶大な効果を招いた例は、逸話の聞き書をも含めて七段、いずれも他作品の追随を許さぬ、有名な章段である。

○　蘭省花時錦帳下　と書きて、「末はいかに〳〵」とあるを、……たゞその奥に炭櫃にきえ炭のあるして、草の庵りをたれかたづねん　と書きつけてとらせつれど又返事もいはず。（七八段）

蘭省ノ花ノ時錦帳ノ下　廬山ノ雨ノ夜草庵ノ中

（白氏文集巻一七　廬山草堂……、朗詠集五五五）

○いとくろうつややかなる琵琶に、御袖を打かけて、……そばより御ひたひの程の、いみじうしろう、めでたく、けざやかにて、はつれさせたまへるは、たとふべき方ぞなきや。近くゐたまへる人にさしよりて、「なかばかくしたりけんは、えかくはあらざりけんかし。……」といふを、（九〇段）

千呼万喚始テ出デ来ル　猶抱テ二琵琶ヲ一半バ遮レ面ヲ

（白氏文集巻一二　琵琶行）

○「思ふべしや、いなや。人第一ならずはいかに」とかゝせ給へり。……筆紙など給はせたれば、「九品蓮台の間には下品といふとも」など書《かき》てまいらせたれば、（九七段）

十方仏土之中ニハ　以テ二西方ヲ一為スレ望ト
九品蓮台之間ニハ　雖モ二下品ト一応シレ足ンヌ
（極楽寺建立願文、朗詠集五九〇　保胤）

○殿上より、梅の、花ちりたる枝を、「これはいかゞ」といひたるに、「たゞはやく落ちにけり」といらへたれば、

大庾嶺之梅ハ早ク落ヌ　誰カ問ン二粉粧ヲ一
匡廬山ノ之杏未ダレ開ケ　豈趁《モトメンヤ》二紅艶ヲ一
（朗詠集一〇六　維時）
（一〇一段）

○そよろとさしいるゝ、呉竹なりけり。「おひ、この君にこそ」といひたるを、……「うへ（ゑ）てこの君と称す」と誦して、

晋ノ騎兵参軍王子猷　栽テ而称ス二此君ト一
（朗詠集四三二　篤茂）
（一三〇段）

○村上の前帝の御時に、雪のいみじうふりたるを、様器にもらせ給て、梅の花をさして、月のいとあかきに、「これに歌よめ。いかゞいふべき」と兵衛の蔵人に給はせたりければ、「雪月花の時」と奏したりけるをこそ、いみじうめでさせ給けれ。

琴詩酒ノ伴ハ皆抛ツレ我ヲ　雪月花ノ時最モ憶フレ君ヲ
（白氏文集巻二五　寄殷協律、朗詠集七三四）
（一七五段）

○雪のいとたかう降たるを……「少納言よ。香炉峰の雪いかならん」と仰せらるれば、御格子あげさせて、御簾をたかくあげたれば、笑はせ給。

遺愛寺ノ鐘ハ欹テレ枕ヲ聴ク　香爐峯ノ雪ハ撥テレ簾ヲ看ル
（白氏文集巻一六　香炉峯下…題東壁、朗詠集五五四）
（二八〇段）

いずれも解説するにも及ばぬ、本作の代表諸段である。『枕草子』の漢籍引用といえば、とかく作者の自己宣伝、ひとりよがりと受取られかねないが、決してそうではなく、宮廷社会全体にこれを理解し、受入れ、共に楽しむ

豊かな漢文学教養が行渡っていた、そのような環境の中でこそ生れ、生彩を放った文学である事を思うべきであろう。

4

朗詠を中心主題とする章段の中でも、とりわけその享受実態を生き生きと写して興味深いのが、一五四段「故殿の御服のころ」である。引用底本にして六頁余の長段の中に、五件の朗詠章句が有機的に盛込まれ、当時の社交の中におけるその活用の面白さが存分に発揮されている。年次設定には諸説あり、史実考証の上からは問題が残ろうが、本稿ではそれにこだわらず、宮廷生活文化のサンプルとしてこれを見たい。

先ず、関白道隆の服喪のため定子が太政官庁の朝所を居所としていた、長徳元年六月末頃、

○殿上人日ごとにまいり、夜もゐあかして物いふをきゝて、「豈はかりきや、太政官の地の、いま夜行《やかう》の庭とならんことを」と誦しいでたりしこそ、をかしかりしか。

この朗詠は典拠未詳、「やかう」は本来かな書きで、「野郊」「野干」「夜行」の諸説あるが、おそらくは「野干」すなわち「狐」で、原詩は滅亡し荒れ果てて狐でも出没しそうな宮廷政庁を悼む趣旨であったのではなかろうか。それを、儀式的会食や政務の場所であるはずの「朝所」の庭が、殿上人の「夜行」——夜遊びの場になっている事を諷する意に転じて吟じた事を、「をかしかりしか」と興じているものかと考えるが、如何。

次に、七月七日、ここで乞巧奠を行うにつき、

○宰相中将斉信、宣方の中将、道方の中納言など、まいり給へるに、人々いでて物などいふに、つゐでもなく、「明日はいかなることをか」といふに、いさゝか思まはしとゞこほりもなく、「人間の四月をこそは」といらへ給へるが、いみじうをかしきこそ。

人間ノ四月芳非尽ク　山寺ノ桃花始テ盛ニ開ク

長恨ス春帰テ無二キヲ覓ルニ処一　不レ知転ジテ入二リ此中一ニ来ラントハ

（白氏文集巻一六　大林寺桃花）

七夕の後朝を問うているのに四月初頭の詩で答える。その謎解きが次に示される。

○この四月の一日《ついたち》ごろ、……たゞ頭中将、源中将、六位ひとりのこりて、……「あけはてぬなり。かへりなむ」とて、「露はわかれの涙なるべし」といふことを、頭中将のうちいだし給へれば、……「いそぎける七夕かな」といふを、いみじうねたがりて、「たゞ暁のわかれ一すぢを、ふとおぼえつるまゝにいひて、わびしうもあるかな。……」とてにげをはしにしを、七夕のおりにこの事をいひいでばやとおもひしかど、

露ハ応二シ別涙一ナル珠空ク落ツ　雲ハ是レ残粧髻未レダ成ラ

（菅家文草　七月七日代牛女惜暁更、朗詠集二一四）

その後頭中将斉信は参議に昇進、身分柄、乞巧奠の当日果して参殿するか否かあやぶんでいたのに、

○まいり給へりしかば、いとうれしくて、……たゞすゞろにふといひたらば、あやしなどやうちかたぶき給。さらばそれにを、ありしことをばいはん、とてあるに、つゆおぼめかでいらへ給へりしは、

前回、季を誤った失敗を記憶していて、今回は七夕だというのに、四月朔日にこそ言うべきだった詩句の朗詠で即答した。月頃このシーンを考えて七夕を待ちかねていた自分も物数奇だが、見事に対応した斉信の面白さ。両度同席した源中将宣方がすっかり忘れていてたしなめられるのとは、雲泥の相違である。

斉信の朗詠の才は、

○宰相になり給ひしころ、上の御前にて、「詩をいとをかしう誦《ずう》じ侍ものを。蕭会稽之過古廟《（せうくわいけいがこべうをよぎっし）》なども、たれかいひ侍らむとする。しばしならでもさぶらへかし。……」

蕭会稽之過二シ古廟一ヲ　託締《ツケテムスブ》二異代之交一ヲ

張僕射之重ゼシ二新才ヲ一　推テ為セリ二忘年之友ト一

（朗詠集七三七　朝綱）

と賞讃されるが、対抗意識を持つ宣方が、

○源中将おとらず思ひて、ゆへだちあそびありくに、宰相中将の御うへをいひいでて、「「いまだ三十の期にをよばず」といふ詩を、さらにこと人に似ず誦《ずう》じ給し」などいへば、「などてかそれにをとらん。まさりてこそせめ」とてよむに、……「三十期《さんじふのご》、といふ所なん、すべていみじう愛敬《あいぎやう》づきたりし」などいへば、ねたがりて笑ひありくに、

吾年三十五　未ダレ覚エ二形体ノ衰フルヲ一
今朝懸ケ二明鏡ニ一　照二見ス二毛ノ姿ヲ一　……
顔回周賢者　未ダレ至ラ二三十ノ期ニ一
潘岳ハ晋ノ名士　早ク著ス二秋興ノ詞ヲ一

（本朝文粋一　見二毛　源英明）

宣方はこっそり斉信に教わって、よく似せて誦じ、清少納言もそれに興じて、「これだに誦《ずう》ずれば出で、物などいふ」。図に乗った宣方が、

○内の御物忌なる日、……畳紙にかきておこせたるを、みれば、「参ぜむとするを、けふあすの御物忌にてなん。三十の期にをよばずはいかゞ」といひたれば、返事に、「その期はすぎ給にたらん。朱買臣が妻《め》を教へけん年にはしも」とかきてやりたりしを、又ねたがりて、上の御前にも奏しければ、宮の御かたにわたらせ給て、「いかでさる事はしりしぞ。「三十九なりける年こそ、さはいましめけれ」とて、「宣方はいみじういはれにたり」といふめるは」とおほせられしこそ、物くるをしかりける君、とこそおぼえしか。

朱買臣……家貧ニシテ好ミ二読書ヲ一不レ治メ二産業ヲ一。……妻羞テレ之ヲ求ムレ去ランコトヲ。買臣笑テ曰ク、我年五十當シニ二富

貴一ナル。今已ニ四十余矣《ナリ》。女《ナンヂ》苦日久シ。待ニテ我富貴一ヲ報イン女ガ功一ニ。（前漢書巻六四上　朱買臣列伝）

予年四十当レ貴ニ。今三十九矣。妻不レ听《キカ》遂ニ去ル。（蒙求中　買妻耻醮）

全編生彩豊かで、現代の職場での、流行語やゴシップをからめた男女の和やかな軽口応酬を見るが如くである。その話題がまた、高雅な朗詠や故事の、しかも必ずしも一般的とは言い難い章句の自在な引用から成っている所に、当代文化の粋を思わせるものがある。作者は「うれしき物」の一つに、

○我はなど思《おもひ》てしたり顔なる人、謀りえたる。女どちよりも、おとこは勝りてうれし。これが答《たう》はかならずせん、と思らむと、つねに心づかひせらるゝもおかしきに、いとつれなく、なにとも思ひたらぬさまにて、たゆめすぐすも又おかし。（二五七段）

と宣言している。その高度に洗練された好例として、『枕草子』朗詠享受の極北を示す一段であろう。

三　『源氏物語』における享受

1

『源氏物語』における朗詠享受は、あれだけの大長篇でありながら『枕』と同じ二三箇所で、性向も大きく異なる。すなわちほとんどが個人の独自で、これをそれとなく周囲に聞かせる意図を含む例は若干あるが、『枕』に見るような社交的機知的やりとりは皆無である。引用は『白氏文集』一四（『朗詠集』と重複六）、『菅家後集』二、『史記』一、『文選』一、『朗詠集』と重複三、『本朝秀句』と重複一である。

2

帚木、雨夜の品定めに、式部丞が語る。

○ある博士のもとに……、はかなきついでに言ひよりてはべりしを、親聞きつけて、酒杯《さかづき》もて出でて、「わが両《ふた》つの途《みち》歌ふを聴け」となむ聞こえごちはべりしかど、

主人会シ二良媒テ一　置酒満ツ二玉壷ニ一
四座且《シバラク》勿レレ飲ム　聴ケ二我ガ歌フヲ両途ヲ一
富家ノ女ハ易シレ嫁シ　嫁スルコト早クシテ軽ンズ二其夫ヲ一
貧家ノ女ハ難シレ嫁シ　嫁スルコト晩クシテ孝ナリ二於姑ニ一
聞ク君欲ストレ娶ラントレ婦ヲ　娶ルレ婦ヲ意何如《イカン》

（白氏文集巻二　議婚）

言うまでもなく、貧乏学者が娘の結婚に当って婿に贈る、懸命で無器用な愬えとして、まことに巧妙であり、特に「両途」をやわらかな和訓とし、助詞「を」を略して、「ふたつのみちうたふ」と朗詠として熟した表現にしている所、冒頭に述べた「和化した訓み」の妙味をさりげなく生かして、状況を髣髴とさせる。

○夕顔の最末段、九月末の夕暮、故人を偲んでの源氏の感懐、

耳かしがましかりし砧の音を思し出づるさへ恋しくて、「正に長き夜」とうち誦じて臥したまへり。

八月九月正ニ長キ夜　千声万声無シ二了ム時一

（白氏文集巻一九　聞夜砧、朗詠集三四五）

「八月十五夜、隈なき月影、……白栲《しろたへ》の衣うつ砧の音も、かすかに、こなたかなた聞きわたされ、……」に呼応する、自然で巧みな状況描写であろう。

末摘花。雪の朝、女君の赤鼻を見あらわしての帰途、「御車出づべき門」を「え開けやらぬ」翁を見ての口ずさみ。

○「ふりにける頭の雪を見る人もおとらずぬらす朝の袖かな　幼《わか》き者は形蔽《かく》れず」とうち誦《ず》じたまひても、鼻

の色に出でていと寒しと見えつる御面影ふと思ひ出でられて、ほほ笑まれたまふ。

夜深クシテ煙火尽キ　霰雪白クシテ粉粉タリ

幼者ハ形不レ蔽ハ　老者ハ体無レシ温ナル

悲喘ト与二寒気一　併セテ入レリテ鼻中一ニ辛シ

（白氏文集巻二　重賦）

「雪・老者・鼻」を下に含みつつも、さりげなく「幼者」云々の一節のみを示した詠吟が、「知る人ぞ知る」趣で皮肉な微笑を誘う。

賢木の巻に入ると、状況は一変する。

○大宮の御兄弟《せうと》の藤大納言の子の頭弁といふが、……「白虹日を貫けり、太子畏《お》ぢたり」と、いとゆるるかにうち誦《ず》じたるを……

昔者荊軻慕フ二燕丹之義一ヲ

白虹貫レク日ヲ　太子畏レル之ヲ

（史記巻八三　鄒陽列伝　二）

燕の太子丹の命を受けた荊軻が、秦の始皇帝暗殺を企てた時、天変によりその不成功を悟ったという故事により、源氏に異心ありと諷する場面。一方、圧迫に屈せぬ源氏が、心許した頭中将等との会合の中で、

○わが御心地にもいたう思しおごりて、「文王の子武王の弟」とうち誦《ず》じたまへる、御名のりさへぞげにめでたき。成王の何とかのたまはむとすらむ、そればかりやまた心もとなからむ。

我文王之子　武王之弟　成王之叔父

我於テ二天下一ニ　亦不レカラズ賤シ矣

（史記巻三三　魯周公世家第三）

自らを周公に比した、極く内輪の団欒での揚言と、その危うさを軽く諷する草子地の評語。優雅な物語としては

表現しにくい政治的危機と、その中の人物の対応とを、朗詠の短章によって鮮やかに描き出している。

さて須磨の巻に至り、「今夜は十五夜なりけり」以降、流謫の感懐を適切な朗詠に託する、本格的引用が展開される事になる。

○殿上の御遊び恋しく、所どころながめたまふらむかしと、思ひやりたまふにつけても、月の顔のみまもられたまふ。「二千里外故人心《じせんりのほかのこ》」と誦《ず》したまへる、例の涙もとどめられず。

銀台金闕夕沈沈　独宿相思テ在リ二翰林ニ一
三五夜中新月ノ色　二千里ノ外故人ノ心
（白氏文集巻一四　八月十五夜禁中独直…、朗詠集二四二）

○その夜、上のいとなつかしう昔物語などしたまひし御さまの、院に似たてまつりたまへりしも恋しく思ひ出できこえたまひて、「恩賜の御衣は今此《ここ》に在り」と誦しつつ入りたまひぬ。

去年ノ今夜侍ス二清涼ニ一　秋思ノ詩篇独リ断ツレ腸ヲ
恩賜ノ御衣ハ今在リレ此ニ　捧持シテ毎日拝ス二余香ヲ一
（菅家後集　九月十日）

○昔胡の国に遣はしけむ女を思しやりて、ましていかなりけん、……あらむことのやうにゆゆしうて、「霜の後の夢」と誦《ず》じたまふ。

胡角一声霜ノ後ノ夢　漢宮万里月ノ前ノ腸《モノオモヒ》
（朗詠集七〇二　朝綱）

○入り方の月影すごく見ゆるに、「ただ是れ西に行くなり」と独りごちたまひて

蓂発《ヒラキ》桂芳シク半バ具レ円《マドカナラント》　三千世界一周スル天
天廻ラシテ二玄鑑ヲ一雲マサニ将スレ霽レント　唯是西ニ行クナリ不ニ左遷ナラ一
（菅家後集　代レ月答）

やがて春、頭中将が訪問する。

○夜もすがらまどろまず文作り明かしたまふ。……御土器《かはらけ》まゐりて、「酔ひの悲しび涙灑《そそ》く春の盃の裏《うち》」とも
ろ声に誦じたまふ。

往時渺茫トシテ都テ似レタリ夢ニ　旧友零落シテ半バ帰レス泉ニ

酔悲シテ灑レク涙ヲ春ノ盃ノ裏　吟苦シテ支レフ頤ヲ暁ノ燭ノ前　（白氏文集巻一七　十年三月三十日……、前聯のみ朗詠集七四三）

朗詠されるのは第三句のみであるが、読者には当然「往時渺茫」が連想されようし、誦せられぬ第四句は「夜もすがらまどろまず文作り明かしたまふ」に当る。極めて巧妙な引用であり、ここでも助詞「を」を略して「なみだそそく」と一語に熟した形としている所に、「ふたつのみちうたふ」と同様の大和言葉的な、また音楽的な味わいが感じられる。

以上、須磨は全編中最も集中的に朗詠を活用、『源氏』中でもその技巧のハイライトをなす部分であろう。

3

このクライマックスを過ぎ、明石～朝顔に至る七帖には、朗詠にちなむ些細な文飾は若干認められるが、口に出しての吟詠は記されない。最大の悲嘆なるべき薄雲の巻、藤壺の死に際しても、「今年ばかりは」と『古今集』八三二岑雄詠を独りごつのみ。なお言えば御法の巻紫上の死においては、和漢いずれの吟詠もなく、ようやく約九箇月後、幻の巻に至って「窓をうつ声」「夕殿に蛍飛んで」の口ずさみ（後出）を見る。極度の悲傷に際しては、自らを客観視し得る故事吟詠の余裕などはあり得ず、やや心静まってから古歌、次にようやく朗詠、という順序で口の端にのぼせ得る、という事であろうか。

再びの朗詠登場は少女の巻。源氏ならぬ、内大臣（頭中将）の、大宮方を訪問、雲井雁を交えての団欒中においてである。

○大臣和琴ひき寄せたまひて、……乱れてかい弾きたまへる、いとおもしろし。……「風の力蓋《けだ》し寡《すくな》し」とうち誦じたまひて、「琴の感ならねど、あやしくものあはれなる夕かな。

落葉俟テ二微風ヲ一以隕ツ　而モ風之力蓋シ寡シ

孟嘗遭テ二雍門ニ一而泣ク　而モ琴之感以テ末《スクナシ》

（文選巻四六　豪士賦序一首　陸士衡）

吟詠の趣旨は、うたわざる本文第四句により、「私の演奏のせいではないが、まことに風情ある夕暮であるよ」という卑下自慢であろう。琴の名手、内大臣の面目躍如である。

次は玉鬘の、乳母と豊後介らが姫を連れ、筑紫から京へ逃げ上る舟旅の場面。

○豊後介、……「胡の地の妻児《せいじ》をば虚しく棄て捐《す》てつ」と誦するを、兵部の君聞きて、げにあやしのわざや、

涼原ノ郷井不レ得レ見ルヲ　胡地ノ妻児虚シク棄捐ス

没テハレ蕃ニ被レ囚テハ思ヒ二漢土ヲ一　帰テハレ漢ニ被レ却《オビヤカ》テ為ル二蕃虜ト一

（白氏文集巻三　縛戎人）

妻子兄弟も捨てての、故郷での生活のあてもない逃避行。乳母一行の悲痛な心境を代弁して間然するところがない。そしてやがて六条院に引取られた玉鬘に複雑な思いを寄せる源氏は、胡蝶の巻でその住まいを訪れ、

○御前の若楓、柏木などの青やかに茂りあひたるが、何となく心地よげなる空を見出だしたまひて、「和して且《また》清し」とうち誦《ず》じたまうて、

四月天気和ニシテ且清シ　緑槐陰合シテ沙隄平カナリ

（白氏文集巻一九　贈駕部呉郎中七兄）

微吟しつつ、思わずその手をとらえる。仮にも父子の仲で如何、と思われかねない状況を、この後の叙景、「雨はやみて、風の竹に生《な》るほど、はなやかにさし出でたる月影をかしき夜のさまもしめやかなるに……」が、同詩の後聯「風ノ生ズルレ竹ニ夜窓間ニ臥シ　月ノ照スレ松ヲ時台上ヲ行ク」を踏まえている事と併せて、当季にふさわしく清雅

な朗誦が救っている。

若菜上に至り、女三宮と新婚三夜を過し、夢に紫上を見て急ぎ立ち戻る源氏。

○雪は所どころ消え残りたるが、いと白き庭の、ふとけぢめ見えわかれぬほどなるに、「猶残れる雪」と忍びやかに口ずさびたまひつつ、御格子うち叩きたまふも、久しくかかることなかりつるならひに、

独リ憑二朱檻一ニ立テ凌レグ晨ヲ　山色初テ明カニ水色新ナリ
竹霧暁ニ籠ム銜レム嶺ヲ月　蘋風暖ニ送ル過レル江ヲ春
子城ノ陰処猶ホ残レシ雪ヲ　衙鼓声前未レダ有レラ塵
三百年来庾楼ノ上　曽テ経タリ多少望郷ノ人

（白氏文集巻一六　庾楼暁望）

紫上の女房達は、それと知りながら、「空寝をしつつ、やや待たせたてまつりて」格子を上げる。「猶残れる雪」はその間実景に則した口ずさみだが、言外に「独り朱檻に憑り立ちて」久しく無かった朝帰りに若き日をそぞろ偲ぶ源氏の思いが籠められて居よう。何気なく見えつつ、まことに心憎い描写である。

4

前半の須磨に匹敵する後半の朗詠活用の頂点は、柏木の死後、女三宮の所生、実は柏木の胤なる薫を抱いての感懐である。

○思ひなしにや、なほいとようおぼえたりかし。……あはれ、はかなかりける人の契りかなと見たまふに、……涙のほろほろとこぼれぬるを、……おし拭ひ隠したまふ。「静かに思ひて嗟《なげ》くに堪へたり」とうち誦《ずう》じたまふ。五十八を十とり棄てたる御齢なれど、末になりたる心地したまひて、いとものあはれに思さる。「汝が爺《ちち》に」とも、諫めまほしう思しけむかし。

五十八翁方《ハジメテ》有《リ》レ後　静《ニ》思《テ》堪《ヘ》レ喜《ニ》亦堪《タリ》レ嗟《ニ》
一珠甚《ダ》小《ニシテ》還《テ》慙《ヅ》レ蚌《ニ》　八子雖《モ》レ多《シト》不レ羨《マ》レ鴉《ヲ》
秋月晩《ク》生《ズ》丹桂《ノ》実　春風新《ニ》長《ズ》紫蘭《ノ》芽
持《テ》レ杯《ヲ》祝《フ》願《フニ》無《シ》二他語一　慎《テ》勿《レ》三頑愚似《ルコト》二汝《ガ》爺《ニ》一
（白氏文集巻五八　自嘲）

五十日の祝に華やぐ人々の前で、晩年の子へのいかにも適切な祝詞と見せつつ、さりげなく「喜ぶに堪へ」を略し、「嗟くに堪へたり」とのみ吟じて、その美しい面ざしに対し、顔も、また運命も、不義の父、柏木に似てくれるなと言外に呼びかける。活用の巧みさ、含意の深さ、まさに朗詠引用の極致である。

一方夕霧は、柏木室、落葉宮を訪問、

○「右《いう》将軍が塚に草初めて青し」と、うち口すさびて、それもいと近き世の事なれば、

天《ハ》与《クミスト》二善人《ニ》一吾《ハ》不レ信《ゼ》　右将軍《ノ》墓《ニ》草初《メテ》秋《ナリ》
（河海抄所引本朝秀句　紀在昌）

『本朝秀句』（藤原明衡編、一〇六六以前）は逸書で詳細は不明であるが、『河海抄』によれば藤原時平男保忠の死を悼んだ詩で、物語の季節「四月《うづき》ばかり」に合せ、原詩の「秋なり」を「青し」と引き直して吟じた点が賞せられている。保忠の死は承平六年（九三六）、四七歳。「いと近き世」に、物語の年代が村上盛代あたりの設定である事が暗示されているか。

楊貴妃物語を下敷きにはじまった『源氏』正編の終り、幻の巻が、周知の白詩の二朗詠をもって結ばれるのは当然でもあろう。

○おどろおどろしう降り来る雨に添ひて、さと吹く風に灯籠も吹きまどはして、空暗き心地するに、「窓をうつ声」など、めづらしからぬ古言をうち誦じたまへるも

宿《シテ》二空房一《ニ》　秋夜長《シ》　夜長《クシテ》無《ク》レ寝天不レ明《ケ》
耿耿《タル》残燈背《ケル》レ壁《ニ》影　蕭蕭《タル》暗雨打《ツ》レ窓《ヲ》声

（白氏文集巻三　上陽白髪人、朗詠集二三三）

○「夕殿に蛍飛んで」と、例の、古言もかかる節にのみ口馴れたまへり。

夕殿《ニ》蛍飛《ンデ》思悄然　孤燈挑《ゲ》尽《シテ》未《ダ》レ成《サ》レ眠《ヲ》

（白氏文集巻一二　長恨歌、朗詠集七八二）

5

宇治十帖中の朗詠引用は全篇二三箇所中五箇所。いずれも当事者の感慨を託した吟詠であり、東屋の薫対侍従、手習の僧都対浮舟を除いては、周囲に格別の反応を起さず、吟者自身もそれを期待してはいない。その点、正篇における程の重要性は負わされていないとも見られる。舞台が宮廷中心の社交生活から離れたための、当然の帰結でもあろう。

宿木の巻、中君と婚した匂宮が、薫との仲を疑う一方で一入愛情もまさり、琵琶・箏を弾き合せる、かの「源氏物語絵巻」の一場面の導入部。

○菊の、……いと見どころありてうつろひたるを、とりわきて折らせたまひて、「花の中に偏《ひとへ》に」と誦したまひて、

不《アラズ》二是《ハ》花《ノ》中《ニ》偏《ニ》愛《スルニ》一レ菊《ヲ》　此《ノ》花開《ケテ》後更《ニ》無《シ》レ花

（朗詠集二六七　元稹）

次に東屋の巻、三条の隠れ家から宇治に浮舟を連れ出した薫が、八宮の琴の音の、「をかしくあはれ」であった事を思い出して、

○琴は押しやりて、「楚王の台の上の夜の琴の声」と誦じたまへるも、……事こそあれ、あやしくも言ひつるかなと思す。

班女ガ閨ノ中ノ秋ノ扇ノ色　楚王ノ台ノ上ノ夜ノ琴ノ声　（朗詠集三八〇　尊敬）

八宮への回想から覚えず口にのぼせた朗詠句であり、聞く侍従も（浮舟も）全く心づかぬ事ながら、「班女秋扇」の不吉な故事を含む章句であった事を、薫一人あやしむ。情景に即しつつ、含意深い朗詠描写である。

蜻蛉の巻に至り、浮舟の死、匂宮の密通と病悩を知った薫は、怒りとともに、かくまで貴人二人の心を乱した浮舟の「さすがに高き」宿世をも思い、

○心をのどめん方なくもあるかな、さるは、をこなり、かからじ、と思ひ忍ぶれど、さまざまに思ひ乱れて、「人木石にあらざればみな情あり」と、うら誦《ずう》じて伏したまへり。

生ニモ亦惑ヒ　死ニモ亦惑フ　尤物惑ハシテレ人ヲ忘レ不レ得

人非ズ二木石ニ一皆有リレ情　不レ如カ不ランニハレ遇ハ二傾城ノ色ニ一　（白氏文集巻四　李夫人）

出典に不案内な後代読者からすれば、理に偏して詩的ならぬ一句として見過されようが、教養を同じくする当代人等は、このただ一句の口ずさみから直ちに右の詩句全章を思い浮べ、生にも惑い死にも惑う三角関係の葛藤、当事者それぞれの心情に思いを致すことができたはずである。さりげなく見えながら、宇治十帖中最も深刻な朗詠引用であろう。

秋、六条院に退出していた明石中宮が宮中に帰参される名残を惜しんで、匂宮・薫らが集り、女房らと雑談を交わす。薫はそしらぬ顔で、匂宮の女房あしらいぶりを観察、二人の間に対処して誤らない中君の生き方を、「ありがたくあはれ」と思う。その前段、

○東の高欄におしかかりて、夕影になるままに、花のひもとく御前の草むらを見わたしたまふ、もののみあはれなるに、「中に就いて腸断ゆるは秋の天」といふことを、いと忍びやかに誦じつつゐたまへり。

大抵四時心総テ苦シ　就レテ中ニ腸断ユルハ是秋天
（白氏文集巻一四　暮立、朗詠集二二三）

生れながらの憂鬱を持つ「薫」という人物を総括するような、意味深い詠唱である。

全編最終の朗詠は、手習の巻、浮舟の望みにまかせて得度した横川の僧都が、やさしく教えさとす言葉の中に見られる。

○「なにがしがはべらん限りは仕うまつりなん。……何ごとかは恨めしくも恥づかしくも思すべき。このあらん命は、葉の薄きがごとし」と言ひ知らせて、「松門に暁到りて月徘徊す」と、法師なれど、いとよしよししく恥づかしげなるさまにてのたまふことどもを、思ふやうにも言ひ聞かせたまふかなと聞きゐたり。

陵園妾　顔色如レク花ノ命如レシ葉ノ
命如二ク葉ノ薄一キガ将ニ奈何セン　……
松門到レルマデ暁ニ月徘徊ス　栢城尽日風蕭瑟
（白氏文集巻四　陵園妾）

表に出ない「栢城尽日風蕭瑟」を暗示して、

○今日は、ひねもすに吹く風の音もいと心細きに、おはしたる人も、「あはれ山伏は、かかる日にぞ音は泣かるなるかし」と言ふを聞きて、我も、今は、山伏ぞかし、ことわりにとまらぬ涙なりけり、と浮舟は思う。これまでの多彩な描法とは一味違うしめやかさをもって、本作の朗詠享受は終るのである。最終巻夢浮橋に至っては、薫はついに状況に適切な朗詠を思い浮べ、口ずさむ余裕なく、「人の隠しすゑたるにやあらん」と、まことに俗な邪推をもって口をつぐむよりほかなかった。朗詠にかかわる僧都の独白に触発された、浮舟の「我も、今は、山伏ぞかし」のけなげな自覚との対照の妙が、深い余韻を残している。

四　享受相の成果と相違点、その由来

如上の考察により、『枕』『源氏』における朗詠享受の成果とその様相の相違点は明らかであろう。『枕』にあっては極めて高級な社交的会話・行動の中にその粋が生かされ、『源氏』においては孤独にあると衆の中にあるとを問わず、自己一身のみの感慨を周囲に顧慮せず口に出せる、慰謝としての機能を強く持つ。もとよりこれは、生活随想であるところの『枕』、長篇物語であるところの『源氏』という、両作の性格的相違によるものであり、また開放的な清少納言、内省的な紫式部という、両作者の個性の違いから来るものである事明白であるが、同時に、両者の活躍した時代・環境の差異をも強く示すものであろう。

清少納言と紫式部。もとより同時代人ながら、微視的には時代的にも環境的にもかなりの相違がある。推定生年、清少納言康保三年（九六六）、紫式部天延元年（九七三）と仮定すれば、七つ違い。同年代と言うには、いささか微妙な年齢差である。共に父は受領階級、しかし清原元輔は梨壺の五人の中にも社交・祝賀詠にすぐれ、「物をかしう云」う翁（今昔物語集二八・六）。藤原為時は沈淪を愬える名文申文により越前国司となり（同二四・三〇）、息子より漢籍会得の早い娘に嘆じた篤学者（紫式部日記）。両者の女の、漢詩文に対する意識の差は明らかであろう。

加えて、それぞれの主家の気風が異なる。猿楽言に長けた道隆と、女ながら「まことしき文者」（大鏡）なる高内侍貴子の間に生れ育ち、ユーモア感覚豊かで女性の漢籍取得に抵抗感を持たず、一一歳の天皇の許に一四歳で入内、楽しい環境の中で少年天皇を教導した定子。これに対して、一三歳年長の兄の性向を批判的に見つつ成長、その覆轍にかんがみて著しく管理的性向の強い道長と、これにふさわしく賢明貞淑な倫子との間に生れ、すべてを知りながら知らぬ顔につつましく、と自ら規制する事強く、二〇歳の天皇の許に一二歳で入内、多くの年長競

争者を押えての一日も早い皇子誕生を至上命令とされた彰子。その各後宮の性格差、またこれを生み出したところの、一条天皇をめぐる政治社会の時代的変容のあり方が、朗詠享受の様相という全く些細な現象の中にも明らかに反映されている。

それでこそ、『枕草子』『源氏物語』それぞれの朗詠享受相は、単なる「引きごと」の域を越えて面白い。他時代の作品すべてをも見渡して、かくも各々に一貫した妙味ある、効果的な朗詠活用の文学というものは見出しえないであろう。諸注釈・諸研究において、それぞれの部分に出典をはじめ精細な言及考察は行われているものの、両作品を併せての、全体を見渡した総合的な論述は未だ行われていないのではないかと考え、あらゆる点で専門違いであり僭越な所行とは十分自覚しつつも、あえて一論をなし、各方面の批正を俟つ所以である。

〔参考文献〕

・稲賀敬二　物語作中人物の口ずさむ詩句「立教大学研究報告　一般教養部」第二号、一九五七
・大曽根章介『枕草子』と漢文学「国文学」一九六六・六　学燈社
・山崎誠　源氏物語の漢詩文朗誦――「白虹貫日太子之畏」と「風之力蓋寡」をめぐって――「国語と国文学」一九七三・九　至文堂
・天野紀代子　漢詩句朗詠に担わせたもの――柏木哀悼――『源氏物語と東アジア』二〇一〇・九　新典社

【付記】示教をたまわった坂本共展、漢文資料の確認に協力を得た今野鈴代・山田喜美子の諸氏に感謝する。

源氏物語と藤原氏の信仰——玉鬘の物語と八幡信仰——

鈴木宏昌

はじめに

左の三首の歌は、光源氏と玉鬘《たまかずら》の贈答歌と、その贈答を踏まえた光源氏の独詠歌である。はじめの歌は、源氏が玉鬘を六条院に迎えるにあたって、玉鬘の教養を確認する意図で贈ったもの。つぎの歌はそれに答えた玉鬘の返歌。最後の歌は、玉鬘と初めて対面したあとに詠んだ源氏の独詠歌で、玉鬘という呼称の由来となる歌である。

知らずとも尋ねて知らむ三島江《みしまえ》に生ふる三稜《みくり》の筋は絶えじを（源氏の贈歌「玉鬘」一二三）

数ならぬ三稜や何の筋なれば憂《う》きにしもかく根をとどめけむ（玉鬘の返歌「玉鬘」一二四）

恋ひわたる身はそれなれど玉鬘いかなる筋を尋ねきつらむ（源氏の独詠歌「玉鬘」一三二）

三首は一連のもので、「筋」という言葉が共通するキーワードになっており、玉鬘に関する「血筋」や「道筋」を問題にしている。注目したいのは最初の源氏の「知らずとも」の歌である。ここに、何故「三島江（摂津国の淀川中流域の古称。現在の大阪府高槻市三島江）」という歌枕が出てくるのだろうか。玉上琢弥も「なぜここで三島江が詠まれたのかもよくわからない」（『源氏物語評釈』第五巻・一一六頁）と述べている。

「知らずとも」の歌は、六条院の光源氏が京の九条に身を寄せる玉鬘に贈ったもので、摂津国の歌枕である「三島江」は歌の贈答の場とは無関係である。また、「三島江」は藤原公任の歌「思ひしる憂き三島江の水なればゆけどゆかれぬ心ちこそすれ」（『公任集』・四三八）のように、「三島江」の「三」に「憂き身」の「身」を掛けて歌意と融合させて詠まれる場合があるが、この歌では掛詞として用いられているわけでもない。この歌の主題は、源氏と玉鬘との「筋」を問題にしているところにあり、その「筋」から「三稜」が連想されて、「三稜」の生える歌枕として「三島江」が想起されたのだろう。つまり、「三島江に生ふる三稜の」は、「筋」という言葉を導き出す前置きで、「三稜の筋」という連結部分は意味的につながっているから、いわゆる有心の序詞ということになる。しかし、後述するように、「三島江」という歌枕が「三稜」と組み合わされて詠まれた例は、『源氏物語』以前にも以後にも一首もないのである。「知らずとも」の歌は、歌枕を詠み込んだ歌としては特殊な用例と言わざるを得ない。これには別の理由を考えてみる必要があるのだろう。

結論から先に述べると、「三島江」が詠み込まれたのは、玉鬘の流離の旅や玉鬘の出自を想起したからであろう。物語には明記されていないけれども、玉鬘は筑紫に下向するときも筑紫から上京するときも「三島江」を通過したはずである。また、無事に上京できたことの御礼参りに石清水八幡宮に参詣したが、石清水と言えば「三島江」といった連想が働いたのだろう。石清水と三島江は淀川の中流域にあって近接しているのである。玉鬘はそういう「筋」を通って源氏のもとにたどりついたのである。さらに、「三島」が、中臣鎌足《かまたり》以来、藤原氏のゆかりの土地であることも作者の念頭にあったのかもしれない。三島は、中臣藍《あい》ノ連・中臣太田連といった中臣一族の本拠地で、中臣鎌足が居住していたことがあり、鎌足の墓もあった。藤原道長一門の母系の祖で、藤原氏の氏神をまつる吉田神社を創祀した藤原山蔭《やまかげ》も、この地に一条天皇の勅願所となる総持寺（大阪府茨木市）を創建しているのである。(1) 玉鬘の物語は、玉鬘の幼名「藤原の瑠璃《るり》君」や、玉鬘を後見する豊後介《ぶごのすけ》の「兵藤太」といった呼称から明らかなように、藤原氏の「血筋」を引く人々の貴種流離の物語として構想されているのである。「三島江」が詠まれたのは、そのような玉鬘の流離の旅の「道筋」や藤原氏の「血筋」が問題になっているからではないか。

一　光源氏の玉鬘への贈歌

まず、問題の源氏の歌から検証していくことにする。

知らずとも尋ねて知らむ三島江に生ふる三稜の筋は絶えじを（玉鬘一二三）

〈訳〉今はご存知なくとも、そのうちどなたかに尋ねてお分かりになりましょう。三島江に生えている三稜の筋のように、あなたとわたしとは切っても切れそうにない縁のつながっていることを。

源氏は右近から玉鬘のことを聞いて六条院に引き取ることを決意する。しかし、地方で生長した玉鬘が、どの程度の教養があるのか心配だった。そこで、歌を贈って、どのように応ずるか試してみようとしたのである。岩波新大系は「源氏は歌枕などの表現に玉鬘がどう応ずるか試そうとしている」と注解している。しかし、前述したように、「三島江」が「三稜」の歌枕として詠まれた例はないのである。「三島江」は「葦《あし》」や「薦《こも》」と組み合わされるのが通例である。玉上琢弥もつぎのように述べている。

三島江にももちろん、「三稜草」はあったであろうが、歌に詠まれる場合、三島江の葦とはいうが、三島江の三稜草はあまり詠まれた例がない。またなぜここで三島江が詠まれたのかもよくわからない。

（『源氏物語評釈』第五巻・一一六頁）

玉上は「なぜここで三島江が詠まれたのかもよくわからない」と述べ「あまり詠まれた例がない」と記しているが、『新編国歌大観』で検索してみても「三島江」と「三稜」を組み合わせて詠んだ歌は一首もないのである。

「三島江」という歌枕は、「玉江の葦」「葦の根」「玉江の薦」「入り江の薦」などと一緒に詠まれるが、「三稜」の歌枕として詠まれた例は『源氏』以前も以降も見当たらないのである。

三島江の玉江の薦を標《し》めしより己がとぞ思ふいまだ刈らねど（作者不詳『万葉集』巻七　一三四八）

三島江の入江の薦を刈りにこそ我をば君は思ひたりけれ（作者不詳『万葉集』巻一一　二七六六）

思ひしる憂き三島江の水なればゆけどゆかれぬ心ちこそすれ（藤原公任『公任集』　四三八）

三島江につのぐみわたる葦の根の一夜のほどに春めきにけり（曾禰好忠《そねのよしただ》『後拾遺集』巻一　四二）

三島江の波に棹《さを》さすたをやめの春の衣の色ぞうつろふ（藤原定家『拾遺愚草』「内裏名所百首」一二一〇）

三島江や霜もまだひぬ葦の葉につのぐむほどの春風ぞ吹く（源通光《みちてる》『新古今集』巻一　二五）

風吹けば花咲く波の折るたびに桜貝寄る三島江の浦（西行『山家集』巻上・春　一一九一）

三島江のひしの浮葉にぬる玉を薦しか夏の月もさやけき（後鳥羽院『後鳥羽院御集』「外宮百首」　三三三）

「三稜」の歌枕として詠まれるのは、近江の「筑摩江《つくまえ》」（滋賀県米原市に「筑摩」の地名が残る）と河内の「狭山の池」（大阪狭山市）である。

近江にかありといふなる三稜くる人くるしめの筑摩江の沼（藤原道信『後拾遺和歌集』春上　六四四）

筑摩江のそこひも知らぬ三稜をば浅き筋にや思ひなすらむ（藤原伊尹《これただ》『一条摂政御集』）

筑摩江におふる三稜の水はやみまだねも見ぬに人の恋しき（『古今和歌六帖』第六「草」　三九五四）

恋すてふ狭山の池の三稜こそ引けば絶えすれ我は根絶ゆる（『古今和歌六帖』第六「草」　三九五五）

三稜というのは、『原色日本植物図鑑 草本編(3)　単子葉類』（保育社）、『日本の野生植物 草本I　単子葉類』（平凡社）、角野康郎『日本水草図鑑』「京都植物」（文一統合出版）等を参照してまとめると、次のような植物である。

沼沢地や流れの緩やかな水路などに生育する多年生の草本。高さは一・五メートルを越えることもある。水底に地下茎を伸ばして株を増やし、そこから茎を直立させて群生する。剣状の葉が三稜形（断面が三角形）なので「三稜」と表記され、果実が栗のイガを連想させるので「実栗《みくり》」と命名された。巨椋《おぐら》池ならびにその周辺（淀川水系）の水域はミクリの多産地であったが、干拓や護岸工事、水質の悪化で激減した。用途は、簾、薬用（根・茎）。生薬名はケイサンリョウ（荊山稜）、根茎を漢方で腹痛・産後の出血性腹痛の鎮痛などに用いる。

三稜は、「近江にか」の歌のように、その茎をたぐり寄せて採取することから「くる（繰る）」という言葉を引き出したり、「筑摩江に」や「恋すてふ」の歌のように、水底の地下茎の「根」が見えないことから「寝」に掛けて詠まれる。源氏の歌は、藤原伊尹の「筑摩江の」の歌と同様、「三稜」の茎の「筋」に注目したもので、三稜の茎の筋の、切っても切れそうにない性質を光源氏と玉鬘の関係のたとえとして詠んだものである。小学館新全集や岩波新大系が注解するように「源氏と内大臣は義兄弟」であるから、玉鬘―内大臣―葵の上―光源氏という「筋」でつながっているというのである。

この歌の前の場面でも、玉鬘と内大臣との「筋」、すなわち「血筋」「血統」のことが問題にされていた。「この君ねびととのひたまふままに、母君よりもまさりてきよらに、父大臣の筋さへ加わればにや、品高くうつくしげなり」（九二）とあって、玉鬘は、父内大臣の「筋」が加わっているせいか、気品があって可憐である、というのである。玉鬘に求婚した大夫監《たゆうのげん》も「このおはしますらむ女君、筋ことにうけたまはれば」（九六）と言って、貴い「筋」ゆえに妻にしたいと思ったのである。

源氏にとって、玉鬘は亡き妻、葵の上の姪である。藤原良房が姪の高子や甥の基経を養子としたように、源氏としても玉鬘を先妻の葵の上にかわって内大臣から養子として貰い受けるつもりでいたのかもしれない。「行幸」

の巻で、葵の上の母、大宮が「ふたかたに言ひもてゆけば玉櫛笥《たまくしげ》わが身はなれぬ懸子《かけご》なりけり」（三一二）と詠んでいるが、「ふたかた」とは、玉鬘が内大臣の娘であり、同時に、娘婿の源氏の養女であるということで、内大臣の子にせよ源氏の子にせよ、どちらにしても自分の孫であるから愛おしいと言って、玉鬘との血縁感情を強調しているのである。

二 玉鬘の返歌と源氏の独詠歌

光源氏の贈歌「知らずとも」に対する玉鬘の答歌はつぎのようなものであった。

数ならぬ三稜や何の筋なれば憂きにしもかく根をとどめけむ

〈訳〉人数にも入らぬこの身は、三稜が沼の泥の中に根をおろすように、どのような筋合いから、この憂き世の中に生まれてきたのでしょうか。

光源氏の贈歌の「三稜」「筋」の語句を受けて返し、「三稜」と「身」、「憂き」と「泥（うき）」を掛けて、「三稜」「泥」「根」といった縁語を用いている。小学館新全集は「縁故があると詠みかけられたのをはぐらかして、憂き身を嘆く意にすりかえ切り返した」と注解して、『細流抄』の注「詞つづき殊勝の歌なり。…筑紫に塩じみてありしことよと也」を引用する。岩波新大系も「源氏の贈歌の三稜・筋の語によりながらも、縁故だとする発想をさりげなく外して、わが身を不運と嘆く発想をもって切り返した」として、「返歌として完璧である」と評する。

源氏が、玉鬘とは切っても切れない「筋」があるのだと言ったのに対して、上の句では、どのような「筋」でつながっているのですかと問いを投げかけながら、下の句では、どのような「筋」から、「憂き」「泥」の中に「根」をおろすことになったのでしょうと、自分の運命を自らに問う形にしている。

玉鬘は、光源氏の消息文を受け取ったとき「実の親の御けはひならばこそ嬉しからめ（実の親の手紙だったら、さぞ嬉しいだろうに）」「いかでか知らぬ人の御あたりにはまじらはむ（どうして知らないお人のおそばに行けようか）」（一二四）と周囲に不満をもらしていたのである。しかし、右近が「あるべきさま（とるべき態度）」を教え、乳母たちも、「おのづから、さて人だちたまひなば、大臣の君も尋ね知りきこえたまひなむ。親子の御契りは、絶えて止まぬものなり（右近の言うようにして六条院に入って一人前の姫君となられたら、自然と父大臣の君もお聞きつけになられるでしょう。親子のご縁は、決して切れるものではありません）」（一二四）と諭したのである。そして、右近のような「数にもはべらず」といった身分の者でも、光源氏のもとにいて神仏に祈願してきたから、このような霊験にあずかることができたのだ。だから、ひとまずは光源氏のもとに身を寄せて、父内大臣に逢えるよう祈っていれば、必ず願いが叶うだろうと説得したのである。乳母は「仏神の御導きはべらざりけりや」（一二四）と神仏の加護を強調するのである。

そのような忠言を受けて詠んだのが「数ならぬ三稜や」の歌である。乳母が、右近のことを「数にもはべらず」と言ったのを受けて、玉鬘は、自分のほうこそ「三島江」に生えた「数ならぬ三稜」であって、どのような「筋」から、そのような「憂き」「泥」の中に「根」をおろすことになったのでしょうと自問する形をとっている。また、同時に、源氏のもとに身を寄せるのは、どのような「筋」にあるからなのでしょうかと問いを返す形をとっているのである。『細流抄』が「詞つづき殊勝の歌なり」と言うように、玉鬘の才が光る歌である。

源氏は、この玉鬘の歌と筆跡を見て「御心落ちゐにけり」と安心して、玉鬘を一旦、右近の里の五条の住まいに移してから、十月に六条院に迎え入れるのである。そして、初めて対面したとき、「親子の仲の、かく年経たるたぐひあらじものを。契りつらくもありけるかな」（一三〇）と言って、実の父親のように話しかけている。それに対して玉鬘は「脚立たず沈みそめはべりにけるのち、何ごともあるかなきかになむ（脚も立たないうちから地方を流浪するようになって、何ごとも頼りなく過ごして来ました）」（一三〇）と切り返す。これは「かぞいろはあはれと見ずや蛭《ひる》の子は三年になりぬ足立たずして」（『日本紀竟宴和歌』）を踏まえたもので、玉鬘は、自分を親に捨てられて流された蛭子になぞらえているのである。確かに玉鬘は蛭子のように三歳のとしに親から見放されたのである。それに対して、源氏は「沈みたまへりけるを、あはれとも、また誰かは（地方で苦労していらっしゃった、それをおいたわしいと、いまはこの私のほかにはどなたが身にしみて思ってあげられるでしょう）」（一三一）と、自分以外に玉鬘のことを理解して親身になって世話できる者はいないと答えている。そして、源氏は、自分の部屋に戻ると、玉鬘のことを紫の上に話して、「さる山がつの中に年経たれば、いかにいとほしげならんとあなづりしを、かへりて心恥づかしきまでなむ見ゆる（ある田舎に長年住んでいたので、どんなにおかわいそうなと見くびっていたのでしたが、かえってこちらが恥ずかしくなるくらいに見えます）」（一三一）と言って、「好き者」どもの心を乱す「くさはひ（種）」として「この籬《まがき》のうち（六条院）」に入れようと語るのである。このあたりの「山がつ」「くさはひ」「籬」といった表現は、「帚木」の巻の「山がつの垣ほ荒るとも折々にあはれはかけよ撫子《なでしこ》の露」や、「夕顔」の巻の「かの白く咲けるをなむ、夕顔と申しはべる。花の名は人めきて、かうあやしき垣根になむ咲きはべりける」といった、玉鬘の母、夕顔にまつわる情景を念頭に置いたものである。そして、源氏は、次の歌を詠むのである。

恋ひわたる身はそれなれど玉鬘いかなる筋を尋ねきつらむ（一三二）

〈訳〉亡き夕顔を恋しく慕いつづけるこの身は昔のままだけれども、この玉鬘はどのような筋をたどって私を尋ねてきたのだろう。

恋した女のゆかりのひとが長い年月を経て自分のもとに戻ってきたという感慨を詠んだ歌である。この歌でも「筋」が問題になっているが、ここでは「血筋」「血統」といった意味ではなく、岩波や小学館の訳にあるように、

「縁」や「道筋」といった意味で使われている。玉鬘が蛭子のように幼くして親と別れて地方を流浪して源氏のもとに辿り着くまでの「縁」や「道筋」である。

本歌は、つぎの源善《みなもとのよし》の歌である。

中将にて内にさぶらひける時、相知りたりける女蔵人《にょくろうど》の曹司に、つぼやなぐひ、緌《おいかけ》を宿し置きて侍りけるを、にはかに事ありて、遠き所にまかり侍りけり。この女のもとより、この緌をおこせて、あはれなる事など言ひて侍りける、返事に、

いづくとて尋ねきつらむ玉鬘われは昔のわれならなくに（後撰集　雑四、一二五三）

源善は、昌泰四年（九〇一）の菅原道真の左遷事件に連坐し、左近衛中将から出雲権守に左遷された（『延喜御記』『扶桑略記』）。歌の詞書によると、彼は近衛中将のときに宮中の女蔵人と交際していた。その女の部屋に壺胡簶《つぼやなぐい》と緌を預けて置いていた。その緌を女が出雲に送ってきて、「あはれなる事」を手紙に書いてきた。その返事として詠んだ歌である。緌とは「武官の冠の左右につけた飾り」（『広辞苑』）であるが、それをこの歌では「玉鬘」と言っている。「玉鬘」には二つ意味がある。

①（「たま」は美称。「かずら」はつる性の植物の総称）つたなどつる性の植物の美称。

②装身具。玉を緒で貫いて作った髪飾り。

（『日本国語大辞典』小学館）

源善の「玉鬘」は、あきらかに②であるが、光源氏の歌の「玉鬘」は、本歌の②「髪飾り」のイメージに、①の「つる性の植物」の意味を重ねている。それは、玉鬘の母、夕顔のことを思い浮かべているからだろう。「夕顔」の巻に「切懸《きりかけ》だつ物に、いと青やかなる葛《かづら》の心地よげに這ひかかれるに、白き花ぞ、おのれひとり笑みの眉ひらけたる」とあった。「恋ひわたる」の歌の前の場面でも、源氏は、玉鬘と初めて対面して、目元や声が母親の夕

顔に似ていると思ったのである。そして、その「玉鬘」を「好き者」どもの心を乱す「くさはひ（種）」として「この籬のうち（六条院）」に迎え入れようと語っていたのである。源氏が「恋ひわたる」の歌を詠じたとき、そばで聞いていた紫の上も「げに、深く思しける人の名残なめり」と感想をもらしている。源氏の歌は、母親の夕顔と、そのゆかりの玉鬘とを二重写しにして詠んでいるのである。斎藤正昭も「玉鬘（つる草類の総称）というネーミングは、母が夕顔（ウリ科の一年生のつる草）である親子関係を踏まえていると思われる」と述べている。(2) 倉又幸良も「新登場の女君に、美しくはかない母親と清楚な花を咲かせつつ伸び広がるつる草のイメージが導入されて」いるとし、「六条院にたどりついた美しい女君を、髪飾りあるいは足下まで伸びてきたつる草にたとえて」いると説いている。(3)

本歌の源善の場合は、京の都から出雲に下っていたところに「玉鬘」が送られてきたのだが、もはや武官ではない身の上にとっては無用の物であった。それに対して、源氏の場合は、夕顔の形見の「玉鬘」は、京の都から筑紫にくだり、長い年月を地方で送ったが、このたび九州を脱出して都に戻り、六条院の源氏のもとに辿り着いたのである。その玉鬘は、幼名の「藤原の瑠璃君」という呼称が象徴するように、「舶来の瑠璃のように貴重で輝きに満ちた存在」(4)であった。かくして、源氏は「いかなる筋を尋ねきつらむ」と詠嘆したわけだが、玉鬘がたどった「道筋」や「目に見えぬ縁」については、この巻の前半において詳細に語られてきたところであった。その貴種流離の物語の「道筋」には、いつも玉鬘を守護する乳母や乳母子たちの献身があり、彼らが信仰した石清水八幡や初瀬観音の霊験があって、そのような「縁」に導かれて「玉鬘」は、源氏のもとに辿り着いたのである。

三　源氏の歌の「三島江」の問題

さて、最初の源氏の歌の「三島江」の問題であるが、光源氏の念頭には、玉鬘の九州からの船旅の「道筋」が思い浮かんで、「三島江」が詠み込まれることになったのだろう。玉鬘は二十歳過ぎまで、九州の肥前国で暮らしていたが、大夫の監に結婚を迫られて上京を決意した。一行は肥前の「松浦の宮」（佐賀県唐津市）の渚から船出して、「響きの灘」を通過して、瀬戸内海を東上し、淀川の河口「河尻」に着いた。そこから淀川を遡って京の九条の知り合いの家に身を寄せて、石清水八幡や初瀬観音に参詣して右近と巡り会ったのである。物語には語られていないけれども「河尻」から淀川を上る途中、「三島江」を通過したはずである。また、源氏は、右近から玉鬘一行が石清水と初瀬に参詣したことは聞いている。「三島江」は淀川中流域にあって石清水と近接した土地であるから、その関係から「三稜の筋」に掛かる歌枕として想起されたのかもしれない。

少し時代が下がるが、上東門院彰子も、長元四年（一〇三一）九月、石清水・住吉・四天王寺を巡礼したときに、行き帰りに「三島江」を通過している。石清水に参詣したあと、「三島江」に船をとどめて食事をとり、巡礼の帰途には「三島江」のすぐ上流の「天の河」で歌会を催し、つぎのような「三島江」の歌を詠んでいるのである。

うち靡《なび》く葦の裏葉に問ひ見ばやかかる御幸《みゆき》はいつか三島江（伊勢大輔）

葦わけて今日ここにも暮さばやうち過ぎ難き三島江の波（弁の乳母）

住吉にまづも御幸はありけめどここは珍しき三島江の浦（小弁）

このときのことは『栄花物語』巻三一「殿上の花見」に「かくて長元四年九月廿五日、女院、住吉・石清水に詣でさせ給ふ」という書き出しで詳細に記されている。紫式部の娘の「越後の弁の乳母」（後冷泉天皇の乳母・のちの大弐三位）や伊勢大輔も随行している。

一行は、九月二五日、賀茂河尻から川船に乗りこんで、山崎で降りて、車で石清水八幡宮に参詣。御祓の儀、御幣、舞楽、御経供養があって、山崎の船に戻る。二六日、淀川を下り「三島江」で船をつなぎ食事をして、その美しい景色に感動したことを「心のみ水にうつりて、かかることをまだ三島江の浪にうち逢ふことはあらじかしと、をかしく見ゆるほどに」と書いている。その後、川を下って「江口」を経由して、二七日に摂津国の「くま河」に到着。二八日の早朝に住吉社に参詣し、続いて四天王寺に参詣して、夕刻に西の大門に車を停めて西日を拝している。そして二九日に帰途につき、河尻から淀川を上って三島江を通過して、十月二日に「天の河」（大阪府枚方市禁野）で歌会を催し、前掲の「三島江」の歌を詠んでいるのである。平安時代には、石清水や住吉大社、四天王寺に参詣する途中、「三島江」に停泊することが多かったらしく、藤原頼長の『台記』久安四年（一一四八）五月一七日条にも「宿三島江乍乗舟」とあり、藤原定家の『明月記』嘉禄元年（一二二五）二月一九日条にも「十七日宿于三島江」などと見える。定家が「三島江の波に棹さすたをやめの春の衣の色ぞうつろふ」（『内裏百首』春その二）と詠んでいるように「三島江」には「たをやめ」、すなわち遊女がいたようだ。

したがって、玉鬘が九州から上京したときも、川船に乗って「三島江」を通過したはずで、玉鬘と光源氏の「三稜の筋」を主題とする歌においては、近江の「筑摩江」や河内の「狭山の池」ではなくて、摂津の「三島江」を詠み込むのが物語の流れからして自然だったのだろう。

四　藤原氏の氏族伝承と八幡信仰

源氏が玉鬘との「筋」を問題にして「三島江」を想起したのは、「三島」が鎌足以来の藤原氏のゆかりの地であることに起因しているのかもしれない。作者は玉鬘が藤原氏の「筋」にあることを強調しているが、玉鬘の父内大臣は三位中将であった時代があり（葵〜明石巻）、母夕顔の父も三位中将であったとされているから（夕顔巻）、実は、両親ともに藤原北家摂関流なのである。荷田春満が『職原抄《しょくげんしょう》考証筆記』（『新編荷田春満全集』八）において「三位中将」について「兼家公以来執柄家也三位中将連綿ノ例也」と説いているように、三位中将は執柄家すなわち摂関家の者が就任して、藤原兼家《かねいえ》以来、済時《なりとき》、公季《きんすえ》、道隆《みちたか》と連綿と続いていたのである。幼名を「藤原の瑠璃君」と呼称され、「三島江に生ふる三稜」に喩えられた玉鬘は、そのような藤原摂関家の「筋」を引いているのである。

　藤原氏の祖、中臣鎌足は、摂津の「三島」に居住していたことがある。『日本書紀』の皇極三年（六四四）正月条に、中臣鎌子《かまこ》連を神祇伯に任じたが、再三固辞して就かず、病と称して「三島」に退居したとある（「以中臣鎌子連拝神祇伯、再三固辞不就、称疾退居三島」）。そして、翌年の大化元年に、鎌足は、中大兄《なかのおおえ》皇子らとともに、蘇我入鹿《いるか》やその父蝦夷《えみし》を倒して（乙巳の変）、軽皇子《かるのみこ》を帝位につけ（孝徳天皇）、中大兄皇子を皇太子に立てて、都を難波に遷した。その後、天皇を中心とする中央集権体制を推進して、天智八年（六六九）十月、死に臨んで、天智天皇から大織冠および内大臣の位を授けられ、「藤原」の姓を賜ったのである。

　鎌足の墓も摂津の三島にあった。平安中期頃成立の『多武峰《とうのみね》略記』に「最初は摂津国安威《あい》山に葬られたが、後に大和国の多武峰に改葬された」とある（「問言、大織冠御墓所何地哉、答曰、摂津国嶋下郡阿威山也」）。鎌足の長子の伝記「多武峰定恵《じょうえ》伝」にも、鎌足の墓が摂津の阿威山にあったことが明記されている。この安威山の墓所というのが、今の大阪府北部の三島地方にある阿武山《あぶやま》古墳で、昭和九年（一九三四）に発掘された埋葬人骨は鎌足本人のものであるとする説が有力である。阿武山の麓には阿威という地名が残り、延喜式内社の阿為神社が鎮座する。『新撰姓氏録』に「摂津国神別中臣藍《あい》ノ連《むらじ》、天児屋根命《あめのこやねのみこと》十世孫雷ノ大臣命《いかつおみのみこと》之後也」とある中臣藍ノ連は、この摂津国三島郡を本拠にした。その淀川沿岸には大字「三島江」という地名が残っており、藤原道長一門の母系の祖で、藤原氏の氏神をまつる吉田神社を創祀した藤原山蔭（仁和四年〈八八八〉薨去）が、この地に一条天皇の勅願所となる総持寺を創建したのである。摂津の三島は、中臣氏の本拠地であり、中臣鎌足を祖とする藤原氏にとって一族の発祥に関わる由緒ある土地であったと推定されるのである。

ところで、藤原氏は、鎌足や、その子不比等の時代から、神功皇后伝説における「武内宿禰《たけしうちのすくね》」を自らの政治的・宗教的地位と重ねていたようである。左の詔は、慶雲四年（七〇七）四月一五日、文武天皇が、藤原不比等の功績を讃えて、食封五千戸を与えたときのもので、「藤原大臣」すなわち藤原鎌足を「武内宿禰」に重ねて顕彰しているのである（『続日本紀』巻第三、文武天皇）。

> 難波大宮（なにわのおほみや）に御宇（あめのしたしらしめ）しし掛（か）けまくも畏（かしこ）き天皇命（すめらみこと）の、汝（みまし）の父藤原大臣（ふじわらのおほおみ）の仕（つか）へ奉（まつ）りける状（さま）をば、建内宿禰命（たけしうちのすくねのみこと）の仕（つか）へ奉（まつ）りける事と同じ事ぞと勅（の）りたまひて、治（おさ）め賜ひ慈（うつくしび）賜ひけり。（岩波新日本古典文学大系）

難波京の孝徳天皇の時代には鎌足が忠臣とされ、文武天皇の時代には不比等が忠臣とされて、神功皇后と応神天皇を補弼した武内宿禰に比して顕彰されているのである。そして、その後、天安二年（八五八）、清和天皇の時代に十陵四墓の制が定められたときに、鎌足は四墓の筆頭にあげられて太政大臣の位を追贈されるのである（「贈太政大臣正一位藤原朝臣鎌足多武峯墓在大和国十市郡」『日本三代実録』）。この時、清和天皇は八歳の幼少であったから、十陵四墓を制定したのは清和の外祖父で、当時、太政大臣であった藤原良房（藤原北家冬嗣の二男）であったとされる。そして、その藤原良房も自身を武内宿禰に擬していたようである。

京都の石清水八幡宮は、清和天皇の貞観二年（八六〇）に、奈良大安寺の僧、行教《ぎょうきょう》によって、九州の宇佐から八幡神を勧請して創建されたものであるが、その命を下したのは藤原良房であった。小倉暎一の論によると、良房は娘の明子と孫の清和天皇の母子を守護する宗教的保障として八幡神の神威を利用したというのである。すなわち、明子所生の清和は、嘉祥三年（八五〇）、生後九ヶ月で、惟喬《これたか》親王・惟条《これえだ》親王・惟彦《これひこ》親王の三兄を越えて皇太子となり、天安二年（八五八）、九歳で即位した。このような異例の即位を正統化するために、外祖父良房は八幡神の宗教的権威を借りたというのである。(5)

ちなみに、八幡神は、天応の初年（七八一）に「護国霊験威力神通大菩薩」という菩薩号を賜り、平安時代初期には、「品太天皇《ほむだのすめらみこと》の御霊」、すなわち応神天皇の御霊であるとされていた（『宇佐八幡宮弥勒寺建立縁起』、『住吉大社神代記』（十世紀頃成立）、『東大寺要録』（平安時代後期成立））。承和一一年（八四四）に上申された『宇佐八幡宮弥勒寺建立縁起』によると、欽明天皇三二年（五七一）に、三才の童子があらわれて「我是日本人皇第十六代誉田天皇広幡八幡麻呂也、我名曰護国霊験威力神通大自在王菩薩」と告げたという。以後、道鏡事件（宇佐八幡宮神託事件）を契機として、光仁天皇の天長一〇年（八三三）以来、歴代の天皇は、即位に際して即位奉告のための勅使を派遣しており、その神威は皇位継承が正当であることの宗教的保障とされてきたのである。

榎村寛之は、小倉の論を踏まえて、良房は、文武天皇の死後、明子・清和帝の母子と一体となって権力を掌握したが、この三位一体の形は、神功皇后伝説における神功皇后・応神天皇・武内宿禰のトリオに対応するものであったと指摘している。(6)

記紀によると、仲哀天皇の死後、三韓征討にあたって武内宿禰は神功皇后を補佐し、皇后が筑紫で誉田別皇子《ほむだわけのみこ》（応神天皇）を出産すると、皇子を後見して瀬戸内海を東進し、その異腹の兄たち、香坂王《かごさかのみこ》・忍熊皇子《おしくまのみこ》の反乱を鎮圧し、応神を皇太子（ひつぎのみこ）とした。そして、神功皇后は皇太后（おほきさき）となり誉田別が成人するまで摂政として政治を見ることとなった。

神功皇后伝説における三位一体の政治体制こそ、藤原良房が八幡神を重視した理由で、「藤原明子を神功皇后に比定することは藤原氏に連なる新しい皇后権威の象徴だった」と榎村は指摘する。藤原明子は嵯峨天皇の皇女、源潔姫《きよひめ》との間の娘で、藤原氏でありながら、天皇の孫という特異な存在であった。明子が立后したのは、夫文徳の死後、息子の清和の即位の時で、天皇の母として立后したのであるが、その点も、仲哀天皇の死後、立后した神功皇后の履歴と重なる部分があったのである。かくして、清和天皇―明子―良房の関係は、応神天皇―神功皇后―武内宿禰の関係に比定され、藤原良房（八〇四～八七二）は、人臣ではじめて摂政・太政大臣となり、天皇の後見人たる摂政関白が政権を握る藤原摂関体制の礎を築いたのである。

五　玉鬘の物語と八幡信仰

「少女」の巻に、太政大臣となった光源氏が、藤原良房の例にならって白馬節会《あおうまのせちえ》を盛大に執り行ったという記事があるが、源氏物語の作者も八幡神の信仰を玉鬘の貴種流離の物語に取り入れている。玉鬘を後見する母夕顔の乳母や乳母子の豊後介・兵部の君が、京都の石清水八幡宮はもとより、筑紫の地においても筥崎《はこざき》宮や松浦《まつら》の鏡の宮といった応神天皇とその母、神功皇后を祭神とする八幡社に参詣して多くの願を立て、その御利益にあずかったことを記しているのである。

神仏こそは、さるべき方にも導き知らせたてまつりたまはめ。近きほどに八幡の宮と申すは、かしこにても参り祈り申したまひし松浦、筥崎、同じ社なり。かの国を離れたまふとても、多くの願立て申したまひき。

いま都に帰りて、かくなむ御験《しるし》を得てまかり上りたると、早く申したまへとて、八幡に詣でさせたてまつる。（一〇三）

従来、玉鬘の物語は、初瀬観音の霊験譚として『住吉物語』との対比から論じられてきたが、玉鬘の物語がそれと大きく異なるのは、西国を舞台とする貴種流離の物語に仕立てていること、玉鬘の幼名を「藤原の瑠璃君」とし、玉鬘に仕える豊後介を「兵藤太」と明記するように、ヒロイン一行が藤原氏の「筋」にあることを強調していること、そして彼らが八幡神を信仰して、その御利益にあずかったことを語っていることにある。八幡信仰は、先述したように、神功皇后と応神天皇の母子神（聖母と童子神）と、母子神を補佐する武内宿禰といった忠臣との、三位一体の主従関係を特徴とするが、玉鬘の西国を舞台とする物語も、夕顔と玉鬘の母子と、母子に仕えて守護していく乳母一家の忠義の物語として語られているのである。

西国を舞台とする物語の前半は、母夕顔を恋い慕いながら旅する道行きの物語である。玉鬘、四歳の年、夕顔の乳母の夫が太宰少弐となって筑紫に下向することになる。乳母は旅立ちのとき、夕顔のことを思って「よろづの神仏」（八八）に祈願して「若君をだにこそは、御形見に見たてまつらめ」（八八）と玉鬘をその形見として守り育てていくと誓うのである。筑紫に向かう船路では、「母の御もとへ行くか」（八九）と尋ねる玉鬘に涙を押さえることができず、乳母の姉娘と妹娘は「舟人も誰を恋ふとか」「あはれいづくに君を恋ふらむ」と唱和し、鐘の岬を通過するときにも「我は忘れず」（九〇）と詠んで夕顔を追慕する。そして、太宰府に到着してから「この君（玉鬘）をかしづきものにて」（九〇）明かし暮らしていると、夕顔が「夢などに、いとたまさかに見えたまふ時」（九〇）もあったという。

西国の物語の後半は、玉鬘の生長と結婚と上京の物語である。玉鬘は、父親の血を受けて、気品があり、気立ても穏やかで、理想的に生長した。ところが、十歳になる年、乳母の夫、太宰少弐が重い病になって亡くなってしまう。少弐は臨終の床で「ただこの姫君、京に率てたてまつるべきことを思へ」（九一）と遺言を残す。乳母たちは「いかさまにして、都に率てたてまつりて、父大臣に知らせたてまつらむ」（九二）と「仏神に願を立てて念じける」（九三）のである。その神仏の代表として挙げられているのが、前掲の筥崎宮と松浦の宮である。

筥崎宮は、太宰府が置かれていた筑前国の一の宮（福岡県福岡市）で、『延喜式』「神名帳」に「八幡大菩薩筥崎宮一座」と記載されている。松浦宮は、玉鬘たちが移住した肥前国の鏡山にある神社（佐賀県唐津市）で、一宮が神功皇后、二宮は太宰少弐広嗣を祭神とする。玉鬘が、肥後の豪族、大夫監に結婚を迫られたとき「年を経て祈る心のたがひなば鏡の神をつらしとや見ん」（九八）と詠んで、救いを求めた神である。この鏡の神については、紫式部が姉とも慕う親友（肥前守平維時の娘）との贈答歌において「あひ見むと思ふ心は松浦なる鏡の神や空に見るらむ（式部）」「行きめぐり逢ふを松浦の鏡には誰をかけつつ祈るとか知る（友）」と詠んでいるのが留意される。紫式部が結婚前に越前にいた時期のことで、遠い空の向こうにいる筑紫の友との再会を願って詠み交わしたものであるが、物語の玉鬘一行も遠い京の都にいる父内大臣との再会を祈念して「松浦なる鏡の神」に祈ったのである。そして、神仏の御利益と乳母たちの献身があって無事に上京を果たし、六条院の光源氏のもとに辿り着いたという筋立てになっている（実の父との再会には、さらに藤原氏の氏神である春日神の神慮を得なければならないことになる）。

作者が八幡信仰を取り上げたのは、八幡神の勢力圏にあった西国を物語の舞台にしたことにもよるだろうが、夕顔と玉鬘の母子と、その母子を守護する乳母一家の物語にとって最もふさわしい神格だったからだろう。それに、玉鬘と乳母一家が藤原氏の血筋であることも関係しているのだろう。先述したように、八幡神は、鎌足や不比等の時代から、天皇家と藤原氏の連携を保障する重要な宗教的神威とされていた。神功皇后伝説における応神天皇―神功皇后―武内宿禰の三位一体の関係は、平安朝の宮廷においては清和天皇―明子―良房の関係に重ねられて摂関体制を維持していく信仰的基盤となっていた。そして、源氏物語の作者も、そうした信仰を玉鬘―夕顔―乳母一家という藤原氏の「筋」を引く人々の貴種流離の物語に導入したと考えられるのである。太政大臣となった光源氏が、藤原氏の「筋」を引く姫君を六条院に迎える際して「三島江」を想起したのも、以上のような藤原氏についての歴史と信仰が念頭にあったからではないか。

【注】

＊『源氏物語』の本文は『新編日本古典文学全集』（小学館）によった。引用文の括弧内は頁数。

（1）山蔭流藤原氏と信吉信仰、明石一族の栄華の物語との関連については拙稿「源氏物語と山蔭流藤原氏」（『源氏物語と平安朝の信仰』所収　新典社　二〇〇八年）を参照されたい。

（2）西沢正史『源氏物語作中人物事典』「玉鬘」の項　東京堂出版　二〇〇七年

（3）倉又幸良「『源氏物語』玉鬘の物語と漢文学―『詩経』王風「葛藟」の引用」『源氏物語の鑑賞と基礎知識』No.12）至文堂　二〇〇〇年

（4）河添房江『光源氏が愛した王朝ブランド品』角川選書　角川学芸出版　二〇〇八年

（5）小倉暎一「石清水八幡宮創祀の背景―十九世紀前後の政治動向を中心として」（『日本宗教の歴史と民俗』竹田聴洲博士還暦記念会編　隆文館　一九七六）。中野幡能編『民衆宗教史叢書』第二巻「八幡信仰」雄山閣　一九八三）

（6）榎村寛之『古代の都と神々』吉川弘文館　二〇〇八年

弁の中将——本文異同と古註釈と史実と——

高田信敬

一　左大臣家の公達

花宴巻の『湖月抄』を読むと、不思議な言葉に出会う。延宝元年（一六七三）初刻本[1]によって掲げれば、左の通り（句読点・振り仮名等原拠資料のまま、／は改行）。

ましてさかゆく春に立出させ給／へらましかば．世のめいぼくにや侍らましと／聞え給．弁の中将などまいりあひて．かう／らんにせなかをしつゝ．とりぐ〱にもの〱ね

右「弁の中将」の「の」は細字に刷られており、ここから『湖月抄』依拠本文が「弁の中将」ではなく「弁中将」であったことを推することも、可能であろう。しかし補入の形であれ、わざわざ「の」と刻したところに、北村季吟が「弁中将」をいかに理解したか、その読みは顕然と語られている。すなわち、弁官にして中将を兼任する人物と見たのである。当該箇所の書影を掲げておく。

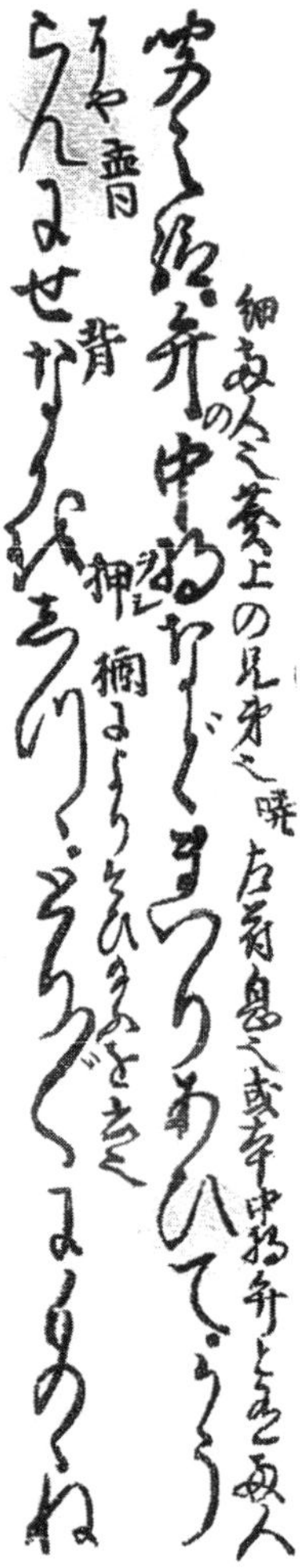

ところが、「まいりあひて、かうらんにせなかをしつゝ」合奏した人物は、文脈から大殿すなわち左大臣息の誰かと判断出来るものの、「弁の中将」を物語の他の箇所に検出しえない。念のため、左大臣一家の弁官関連記事を作中に求めれば、次のようになる。（　）内は巻名と大成の頁数、以下資料引用にあたっては表記を改めたところがある。

イ　御心地もなやましければ、人に目も見あはせたまはず、くら人の弁をめしよせて、まめやかにかかるよしを奏せさせたまふ（夕顔一三二）

ロ　大殿より、いづちともなくておはしましにけることとて、御迎への人々君たちなどあまたまゐりたまへり、頭中将・左中弁、さらぬ君たちもしたひきこえて……弁の君扇はかなううちならして（若紫一六八）

蛇足を加えると、蔵人を兼務する弁官「くら人の弁」となれば、少弁正五位下・中弁正五位上――正五位上は越階されるのが一般(2)――の官位相当規定により、イは六位蔵人ではなく五位蔵人となる。兄弟が蔵人所に頭中将として存在する以上、近親者同一官職・同一組織に在職することを避ける当時の慣例から見て(3)、五位蔵人ですら異数の殊遇に属する。まして頭弁とは考えにくく、ロ「左中弁」もまた同様に、蔵人頭を兼ねることはないと判断される。

諸本の異同が関連して人物比定の難しいところではあるが、右の「くら人の弁・左中弁・弁の君」は、後の巻に「左兵衛督・権中納言なども、こと御腹なれど故殿の御もてなしのままに、今もつかうまつりたまふ」（乙女六九〇）と大宮を見舞う権中納言か、「左衛門督、その人ならぬをたてまつりてとがめありけれど」（同六九八）の左衛門督、もしくは「左衛門督などにものせん、みづからひとよろひは書くべし……左衛門督はことごとしうかしこげなる筋を好みて書きたれど、筆のおきてすまぬ心地して」（梅枝九八四〜九八七）と書かれる別の左衛門督に当たるのであろう。(4)(5)

いずれにしても、イ・ロの「くら人の弁・左中弁・弁の君」が、若紫巻から花宴巻までの間に、弁官在任のまま近衛次将を兼ねる事態つまり「弁の中将」に至った、とは考えにくい。多くの事例を探し出せていないけれども、官途における弁官と近衛次将との関わりは、少将→中少弁あるいは中将→大中弁の道筋であり、弁官より中将に進むことはなさそうに見えるからである。繰り返せば、若紫巻「左中弁・弁の君」が花宴巻までに中将となり「弁の中将」と呼ばれた、とは判断しがたい。この点についてはまた後にふれるが、とにかく『湖月抄』に言う「弁の中将」は、花宴巻以外に姿を現さず、かつ昇進の結果どのような地位に至ったのかも不明な人物、とする他はない。「弁・中将」ならば、勿論イ・ロの「くら人の弁・左中弁・弁の君」相当官人が頭中将と共に再登場したのである。

さて、「くら人の弁・左中弁・弁の君」と問題の「弁の中将」の次の世代に、もう一人弁官経験者がいるので、花宴巻の理解には直接関係しない例ながら、同様に本文を引く。それは弁少将、後の紅梅大納言である。

ハ　中将の声は弁少将のにをさをさおとらざむめるは、あやしく有職どもおひいづるころほひにこそあれ（初

音七七五）
ニ　いかで聞きしことぞや……まことにや、と弁少将に問ひ給へば（常夏八三〇）
＊「少将と藤侍従とは」（同八三〇）、「少将・侍従など」（同八三二）、「少将のことのついで・少将のかの西の対に」（同八三八）、「少将も御供に」（同八四〇）の如く「少将」とのみ書かれる箇所あり
ホ　弁の少将、拍子打ちいでてしのびやかにうたふ声、鈴虫にまがひたり（篝火八五七）
へ　かの殿のきんだち、中将・弁の君ばかりぞほの知り給へりける……弁はよくぞうちいでざりけるとささめきて（行幸九〇六）
＊「弁の少将・弁の君・弁」以外に「中将・少将さぶらひ給ふに」（同九〇八）・「少将はかかるかたにても」（同九〇九）と「少将」の例も見える
ト　内の大殿の頭中将・弁の少将なども見参ばかりにてまかづるを止めさせ給ひて、御琴ども召す……弁の少将拍子とりて梅枝いだしたるほどいとをかし、童にて韻ふたぎのをり、高砂うたひし君なり……弁の少将、霞だに月と花とをへだてずはねぐらの鳥もほころびなまし」（梅枝九八〇〜九八一）
チ　例の弁少将、声いとなつかしくて芦垣うたふ（藤裏葉一〇〇三）、「唱歌の殿上人みはしにさぶらふなかに、弁の少将の声すぐれたり」（同一〇一八）
その他、「蔵人所より頭の弁宣旨うけたまはりて、めづらかなるさまにつかうまつれり」（若菜上一〇九二）・「おほいとのの君たち、頭の弁・兵衛佐・大夫の君など……弁の君もえしずめず立ちまじれば、おとど、弁官もえおさへあへざめるを」（同一一一二）も、同一人物か。

物語に初めて登場する時、「中将の御子の今年はじめて殿上する、八つ九つばかりにて声いとおもしろく、笙

の笛吹きなどするを、うつくしびもてあそび給ふ、四の君腹の二郎なりけり……高砂をいだしてうたふ、いとうつくし」（賢木三七三）と紹介され、「四の君腹の二郎……高砂をいだしてうたふ」が、遠く「そのころ按察大納言ときこゆるは、故致仕の大臣の二郎なり、うせ給ひにし右衛門督のさしつぎよ、童よりらうらうじうはなやかなる心ばえものし給ふ人にて」（紅梅一四四七）や「かむの君の御はらからの大納言、高砂うたひしよ」（竹河一四六六）と響き合い、途中ト「童にて韻ふたぎのおり、高砂うたひし君」の補強を得て、童殿上→弁の少将→大納言と進んだ人物であることが容易に理解される書き方である。そしてハ・ホ・ト・チにその美声が語られ、明瞭な輪郭と一貫した印象とを読み手に与えてもいる。この「弁の少将」に関しては再度述べることになろうから、『湖月抄』の問題へ立ち戻ることとする。[6]

二　異文管見

季吟の読み「弁の中将」は、勿論まったくの独創として立てられたものではない。根拠となる物語の措辞および理解に資する先行学説、すなわち本文と古註釈との支えに従ったであろうことは、容易に想像される。当該「弁の中将」の異同を大成所収本文で見ると、概略左の通り。

1　弁中将（青表紙本の大島本以下すべて同じ）
2　中将弁（河内本）
3　とう中将（別本）

三群相互に異文となるが、しかし青表紙本系統と一応分類されていても、三条西実隆奥書本[7]（宮内庁書陵部蔵、旧古典大系底本）は「頭中将」の本文なので、別本との共通要素を持つ。また江戸時代初期刊行の伝嵯峨本や寛永古活字十一行本が、右三様以外の「弁少将」に作り、その依拠本文の淵源はほぼ確実に室町時代以前書写の『源氏物語』であったろうから、対校の資料として採用されていないにせよ、「弁少将」の文言にも相当の由緒[8]を認めなくてはならない[9]。結局、花宴巻当該箇所には、中世へ遡るところの、少なくとも四通りの異同が見られることになり、その異同の背後に錯綜した読みの存在を窺知しうるのである。これらに書き入れ・注記の類まで含めると、問題はさらに多様化する。一例として、上記伝嵯峨本（鶴見大学図書館蔵）に朱の傍書が見え、比校した「一本」は「弁の中将」とあったらしい[10]。その箇所を左に示す。

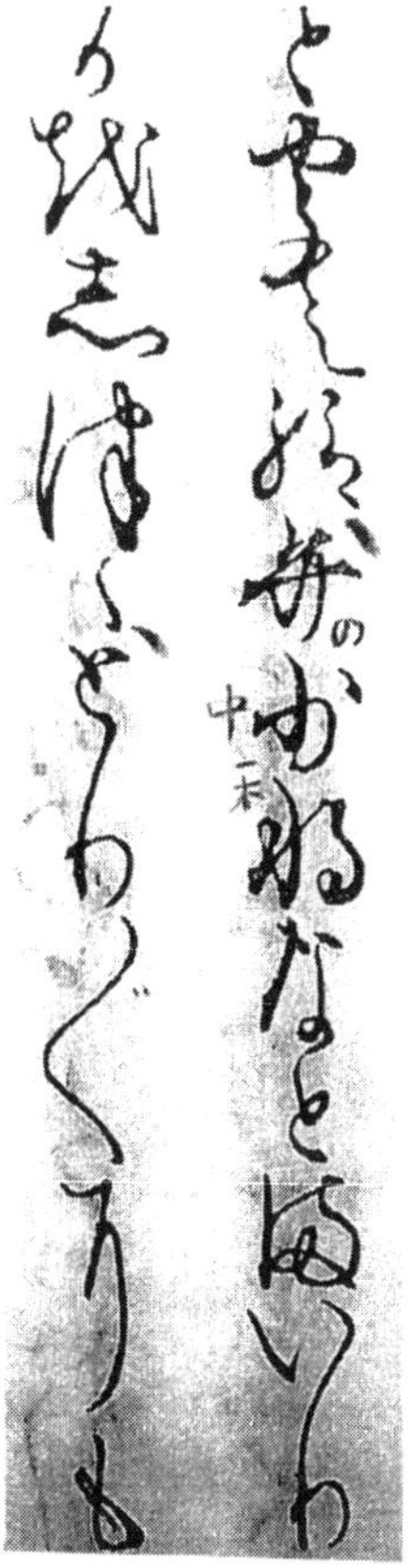

また、『源氏物語』の梗概書や作中和歌を抜き書きした集には、青表紙本・河内本・別本のいずれとも全同とならない措辞を持つもの[11]があり、これらの特徴すべてを、撰者の恣意的改変もしくは誤読と片付けてしまうのも、いかがなものであろう。むしろそれらの依拠した『源氏物語』のありようを、梗概書・源氏歌集が何らかの形で受け継いだ結果、と言う方向で一旦詮索してみるべきではないか。季吟の注も、「弁中将」ではなく「弁の中将」

の本文――必然的にそれは当該箇所の読みと密接に連動する――に支えられたものである可能性を、一概に否定し去ってよいものではない。また、『湖月抄』親本の形を1青表紙諸本の大勢「弁中将」と推測し、諸説顧慮の結果それを「弁の中将」の形としたと見る場合、前述の本文状況を視野に入れれば、単なる先行注への依存と言うだけではなく、多彩な読みの可能な箇所ゆえにことさら「の」を刻して「弁中将」の含意を「弁の中将」に特定した、と付注者の心理に踏み込む理解も出来るであろう。

三　古註釈

河内本「中将弁」によるならば、呼称の通例より見て、弁官と中将とを兼ねた人物たる「中将の弁」の理解は生まれず、「中将・弁」すなわち中将と弁の二人をここに読み取る以外、解の揺れはない。[12] したがってまた、河内本を礎とする『紫明抄』・『河海抄』・『花鳥余情』・『浮木』等には、「弁の中将」に関して有効な発言を期待しがたく、実際立項すらしないか、「いづれもおとゞの御子なり」（『浮木』二）と至って当然の注を付すかである。別本・三条西実隆奥書本の「とう中将」ならば、中将にして蔵人頭に補せられた人物か、「藤中将」を想定する他あるまい。他方、青表紙本を用いた古注釈の理解は、およそ次の二様に分かれる。

甲　弁・中将の二人と判断する

『細流抄』　両人也　葵上の兄弟也[13]

『岷江入楚』　箋秘両人也　葵上兄弟也　弁ノ中将わろし[14]

乙　左大臣の子とのみ説明、「或本」を参考に「両人」説を併記

『弄花抄』　左大臣息也　或本中将弁とあり　両人にや

『一葉抄』　左府息也　或本中将弁とあり　両人にや
『孟津抄』　弄左大臣息也　或本ニ中将弁とあり　両人にや
『万水一露』　弄左大臣息也　両人にや　或本中将弁とあり　細両人也　葵上の兄弟なり　閑頭中将兄弟也
『休聞抄』　左大臣息也　或本に中将とあり　両人にや弄
『林逸抄』　左大臣の息なり　或本に中将弁とあり　両人にや弄　弁は紅梅　中将は其弟也

ここで『紹巴抄』を検すれば、「弁の中将」と立項(15)しており、意味するところは、依拠の親本がその通りの表記であったか、もしくは「弁中将」の本文を弁官兼中将と見て、その解を明示したか、のいずれかであろう。どちらにしても読みとしては、「弁の中将」ただ一人。そのことを受けて注に「左大息　或中将弁とあり　両人にや」と説く以上、「左大息」は一人を指す語句と解され、「両人」と対峙する。そうであれば結局、如上諸説の大勢は「弁の中将」すなわち弁官と中将とを兼ねた左大臣の子息一名、と言うことになり、『湖月抄』の採用する説もこれであった。つまり季吟は、本文と先行注釈とを検討して、一応の筋を通し自らの理解を「弁の中将」の形で示した、と考えられよう。

なお前掲「弁少将」の異文ならば、「弁・少将」すなわち登場人物二名と「弁の少将」一名の、両様の読みが更に加わり一層複雑になるが、この本文に従った注は管見に及ばない。補足すると、『政治要略』第六十糾弾雑事一「検非違使雑事上（夾注「付出、大臣各弾㆓弁少将以上㆒、督㆓察殿上事㆒」）」や『九暦』天暦八年（九五四）十月十六日「子刻（横河へ）進発、少納言・外記・史依㆑例相従、弁少将等不㆑従」は「弁・少将」二官の意であり、両者が一括されるのは共に正五位下――近衛府の場合厳密な官位相当ではないにせよ――であるゆえか。

四　史実からの照射

光源氏の二条院へ来訪した左大臣の息「弁中将」は、つまるところ一人か両人か。『源氏物語』が書かれた時代にそれを尋ねるところから、始めてみよう。作品がその範型を採ったとされる延喜天暦より若干遡ったあたりを起点に、弁官と近衛府の将とを兼ねた貴族がいるかどうかの詮索である。左に人名・官職・（　）内に当該官職在任の期間・到達し得た最高官位の順で掲げた。多くを検出しえず、また見落としも否めないが、考索の手がかりとして示す。史実を項目化して考えることに対しては、当然批判も出されよう。しかし思弁に頼り高級な研究を装うよりは、事例を素朴愚直に拾ってみるのが実質的であり、また某の好みでもある。

1　藤原良縄　右大弁・左中将　（八五八―八六三）・参議正四位下
2　源　舒　左大弁・左中将　（八七八―八八一）・参議正四位下
3　藤原遠経　権左中弁・左少将　（八八六―八八七）・右大弁従四位上
4　藤原有穂　右中弁・左少将　（八八三―八八四）・中納言従三位
5　源　希　右大弁・右少将　（八九一―八九二）
6　同　右大弁・右中将(16)　（八九二―八九七）・中納言従三位
7　藤原済時　右中弁・左少将　（九六六―九六七）・大納言正二位
8　藤原為光　権左中弁・右少将　（九六八）・太政大臣従一位
9　源　俊賢(17)　右少弁・右少将　（九八八）・大納言正二位
10　藤原伊周　右中弁・左少将　（九八九―九九〇）・内大臣正二位

これ以降、弁官と近衛次将の兼任はごく希、確かなところは徳治元年（一三〇六）十二月、左少将のまま左中弁となった洞院公賢（一二九一―一三六〇）まで下る（『公卿補任』）のではあるまいか。付言すれば、公賢は延慶二年（一三〇九）九月左中将、同十月参議に昇り、弁官・近衛次将・参議を兼ねた。次いで花山院師賢（一三〇一―一三三二）が文保元年（一三一七）左大弁兼左中将に、洞院実夏（一三一五―一三六七）が建武四年（一三三七）左中弁兼左少将に任ぜられた[18]（以上『公卿補任』・『諸家伝』）。鎌倉時代末期以降では、「弁の中将」が目立つけれども、数の多少を云々出来るほど、事例が見つかるわけではない。

他の補任例あらば是非高教願いたいが、平安時代に「弁の中将」と呼ばれうるのは1・2・6の三名、「弁の少将」は3・4・5・7・8・9・10の七名――5・6は同一人の遷移――となる[19]。「弁の少将」が多いことは一目瞭然であるにせよ、なお重要な点は、前者「弁の中将」が一条朝よりほぼ百年遠く離れて延喜以前に任ぜられたこと、三公の家から出た人物のいないこと――4有穂父長良の太政大臣は元慶三年（八七九）の追贈――、5・6源希と7藤原済時の間に半世紀以上の大きな隔たりがあること、および中納言以上の昇進がないこと、であろう。他方「弁の少将」は、7藤原済時・8藤原為光・9源俊賢・10藤原伊周のいずれも『源氏物語』作者の十分な知見の範囲に生きた大臣家の息、特に藤原伊周はその人柄や行動を親しく見聞しえた貴顕[20]である。

ここで、先と同様の期間、弁官と近衛府官人との出身上の関わりがどうであったか、簡単に見ておく。弁と少中将兼官は省き、次将から弁に転じた事例を示す。人名・（　）内は異動年・近衛府と弁官局の職階である。

1　平　季長・（八八六）・左権少将→右中弁
2　藤原保忠・（九一三）・右中将→右大弁
3　小野好古・（九四二）・右少将→左中弁

4　藤原頼忠・(九五六)・右中将→権左中弁
5　藤原佐理・(九六九)・右中将→右中弁
6　藤原懐忠・(九七八)・右中将→権左中弁
7　源　俊賢・(九八七)・左少将→右少弁
8　藤原朝経・(九九七)・右少将→右少弁
9　藤原経通・(一〇〇六)・左少将→右中弁

逆に弁から次将へは、天慶七年(九四四)右中弁藤原師尹が左中将に転ずる一例のみ拾えた。すると、少将・中将のいずれであれ、近衛府より弁官局への異動を慣例とした如くであり、治安三年(一〇二三)藤原経輔が左少将から権右中弁へ、長久元年(一〇四〇)藤原資仲が右少将から右少弁へ移ったように、『源氏物語』以降もその大勢は変わらない。そして弁官と近衛府官の兼務例も、既に近衛次将である状態に弁官が加わっている。つまり、中・少将より弁への道筋である。このことを『源氏物語』花宴巻理解に援用すると、「くら人の弁・左中弁・弁の君」(夕顔・若紫)が、先行する弁官の地位から「弁の中将」すなわち弁官を兼ねる中将へと昇進する事態は考えにくい。「弁中将」の本文に従うならば、「弁の中将」より「弁・中将」と解くほうが自然であり、物語中に孤立した人物、すなわち花宴巻当該箇所にのみ現れる左大臣の息男と言う、流れの悪い読み方をする必要もなくなるのである。

五　再び「弁の中将」へ

花宴巻の「弁中将などまゐりあひて」を、『湖月抄』は弁官を兼ねる中将と理解し、本文として「弁の中将」を立てる。古註釈の多数説に依拠したところの、その意味では穏健な読みの披瀝であろうが、同時に「弁の中将」

と意味限定する表記の伝本を参看した可能性も、絶無ではない。いずれにしても、ここに登場するのは弁と中将とを兼ねる若公達となる。しかし前章で見た通り、「弁の中将」は『源氏物語』の時代から遠く隔たった、したがって当時の貴族達に馴染みの薄い存在であったろうし、また左大臣家の子弟に相応しい地位でもない。紫式部にとっても読者にとっても、「弁の少将」の方が遙かに親しみ深く、宮廷社会上層部の人物を描くのに適切な官職であったと思われる。さらに言えば、源希から藤原済時に至る半世紀以上の空白が、「弁中将」の後ろ姿を一層不鮮明にしたかもしれない。

かくの如くであれば、「弁中将」の本文表記に接した場合、これを「弁・中将」と見るのが当時、つまり『源氏物語』が書かれた時代の読者達の自然な読み、と推しうる。これは両官職兼務事例面からの判断であるが、近衛府より弁官局への異動慣行もまた、傍証として「弁・中将」を支えよう。

なお、但馬守女と婚約した『夜の寝覚』の弁少将、尚侍の二条殿で篳篥を吹く『とりかへばや』の弁少将、『松浦宮物語』の主人公橘氏忠が帯びる弁少将、散佚物語『露のやどり』の弁少将など(21)、弁官と近衛次将とを兼ねる事例が見られなくなった後代にも、文学作品の中に「弁少将」の名を検しうるのは、おそらく『源氏物語』に描かれた弁少将――前引の紅梅大納言――の影響によるものと考えられる。大仰に表現すると、紫式部は、弁少将の文学伝統を創出したのである。

さらに加えれば、先に掲げた青表紙本系異文「弁少将」の存在根拠を、摂関時代の人々にとってそれが「弁の中将」より馴染みがあり受け入れやすい呼称であったことに求めるのは、勿論一案として成立する。とすれば異文の由来は古い。また、『源氏物語』で多数回登場する弁少将に整合させた後人の賢しらとも説きうる。先述弁少将の文学伝統により、本文を校訂した可能性も絶無ではない。後二者ならば、異同の意味は軽くなる。そのいずれがより妥当かは、思弁に依存してではなく、伝本の地道な調査解析によって決せられるべき問題である。

折角の補入表記ではあるものの『湖月抄』説は肯定し難く、貧しい考証の結果は、世上一般に流布する注——その淵源は『細流抄』——と差のないものとなった。しかしながら、「弁の中将」の文字は『源氏物語』の官職と歴史との関わりにいささかの照明を当てる機縁の一つであり、季吟の存在はやはり大きい。

【注】

(1) 野村貴次「湖月抄」(『武蔵野文学』二一古註釈から見た源氏物語)により、版の前後と両者の差異が明快に説明された。葵巻に埋木修正が施されていない版、すなわち刊行書林四名中に「八尾甚四郎」を含む版が初出。ただしここで取り上げる部分に異同はない。

(2) この問題については、黒板伸夫「平安時代の位階制度—正四位上・正五位上を中心として—」(『平安王朝の宮廷社会』I王朝の官職と位階)が卓見を示す。

(3) 愚文「宮のあひだの事—官僚の言葉—」(『源氏物語考証稿』第一部)・今野鈴代「蔵人所の〝兄弟同職〟に見る一設定」(『源氏物語』表現の基底』第二編)が、これを国文学の問題として取り上げる。注(20)にも関連の文証を引いた。

(4) 大成所収本文では、どの系統も「左ゑもんのかみ・左衛門督・左衛門の督」等に作り、「左兵衛督」を見ない。大島本が孤立する一例に数えられる。

(5) 乙女巻の左衛門督を「藤大納言・春宮大夫など今はきこゆる子どもも、みななり出でつつ」(行幸八九七)の藤大納言に、権中納言を同じく春宮大夫に、各々引き当てるのが通説であろう。その場合、「藤大納言」は通常兼官を持たない時の呼び方であるがゆえに、梅枝巻まで左衛門督を兼任したとは考えにくく、遅くとも任大納言の行幸巻時には左衛門督を辞している。よって乙女巻の左衛門督と梅枝巻の左衛門督は、行幸巻での昇進を想定する限り、両者別人と見ることになる。もし同一人物ならば、梅枝巻の左衛門督は大納言の兼任であるが、行幸巻の藤大納言は大納言以外の官を持たないはずだから、ここに矛盾を生ずる。換言すると、乙女巻の左衛門督・行幸巻の藤大納言・梅枝巻の左衛門督を、直線的に繋ぐことは困難である。「若引入大臣子歟」（『河海抄』巻十二梅枝「兵部卿左衛門督などにも」の注）の説は、乙女巻の左衛門督が行幸巻において大納言（藤大納言）に昇ったのではない、と理解するならば、一応成り立つ。

（6）ただし、右大臣昇進や左大将兼任（竹河一四九七）など、宇治十帖での官位ついては疑問が残る。また大納言の前に「御前の遊びにはかに止まりぬるをくちをしがりて、左大弁・式部大輔また人々ひきゐてさるべきかぎり参りたれば」（鈴虫一二九九、別本「右大弁」）の「左大弁」に昇進していたかどうかも、確かではない。

（7）池田利夫「三条西家青表紙証本の問題点」（『源氏物語の文献学的研究』第一章）によれば、玉蔓・匂宮が河内本系、須磨・梅枝・柏木・宿木は別本となり、その他の巻は青表紙本系に属する。

（8）大成は、青表紙本・河内本の源泉へ遡及することを急ぎすぎた結果として、書写年時の下がる伝本群への配慮を欠くことになった憾みがある。室町時代書写の『源氏物語』本文はかなり多様であり、その多様性の内に古い本文の痕跡が残されていない、と誰が断言できよう。

（9）江戸時代前期写本（鶴見大学図書館蔵、色替外題本）・竹屋光忠（一六六二―一七二五）書写本（同、村井順旧蔵本）も「弁少将」に作る。これらの親本を伝嵯峨本以下の版本に限る必然性はなく、先行のしかるべき古写本においてすでに「弁少将」の異文があったと見たい。

（10）『湖月抄』の可能性も否定しえないので、他の写本の例を示しておく。長谷範量筆本（鶴見大学図書館蔵）は『湖月抄』に依ったとは思われない本文を持ち、かつ「弁の中将」の表記である。書写奥書「右源氏物語五十四帖／令書写畢／少納言平範量」の範量（一六七七―一七〇八）は、宝永三年（一七〇六）二月任少納言、没時もその官にあった。したがって宝永三年以降、同五年までの書写となる。

（11）たとえば『源氏一部抜書』（源氏物語古註釈叢刊一〇）・『源氏歌詞少々』など。それぞれ中野幸一「猪苗代兼載『源氏一部抜書』の資料的価値」（『源氏物語古注釈の世界』第二部）・愚文「源氏歌詞少々――別本の一資料――」（『源氏物語考証稿』第二部）を読まれたい。

（12）「中将弁」があたかも一人を指すかの如く読める例は、ある。『小右記』万寿四年（一〇二七）十二月十四日条に「参二法成寺一、左兵衛督（藤原経通）乗車後、中将弁資房別車相従」の「中将弁資房」は、一見すると、「中将を兼ねた弁官の資房」の如く解しうる。しかしこれは伏見宮本によって「中将并資房」と改めるべきであろう。すなわち「中将（藤原資平）と資房」の意。当時資房は右少将にして五位蔵人に補せられており、中将も弁官も帯びていない。

（13）『明星抄』も同文。

（14）当然「弁の中将」表記の本文か、もしくは弁官兼中将の説が、『岷江入楚』以前に存した。ただし次項「かうらんにせなかをしつヽ」には「かうらんの方へせなかをなしつヽ也　弄弁中将は左大臣息也　或本ニ中将弁とあり」の文言があり、「弁ノ中将わろし」の断案に比べ、『弄花抄』に配慮した分、一歩後退している。

（15）系統を異にする寛永古活字版・江戸時代初期写永禄奥書本（平安文学資料稿の底本）の両者とも、「弁の中将」に作る。

（16）寛平四年（八九二）正月左少弁兼右中将、翌五年右中将のまま権左中弁、さらに右大弁へ昇る。同六年正月左中将となったので、左右の違いはあっても、「弁の中将」の状態は寛平九年六月中将を辞するまで続く。

（17）源俊賢（九六〇―一〇二七）は、永延元年（九八七）九月二十六日左少将、翌二年正月二十九日右少弁（『公卿補任』）。同年「二月一日（左少将ヲ）止、転右少弁」（『近衛府補任』）との整合が難しいけれども、正月二十九日から二月一日のごく短い期間「弁の少将」であり得た。なお注（20）参照。

（18）　中御門宗綱（一四四五ー一五二五）が文正元年（一四六六）左大弁兼左中将に、一層下って中御門宗顕（一六五八—一七二八）が天和元年（一六八一）左大弁兼左中将に任ぜられたか。季吟に近い例である。

（19）　『義孝集』（伝覚源筆九大本）「ほりかはの中宮にてゆきのふりたるつとめて、れいけい殿のほそどのゝかれたるすゝきに、ゆきふりかゝりたるを、とのもづかさしてさしいれて、弁の少将のきみたてまつれたまふとて」（29詞書）の「弁の少将」は、「弁先少将」（九大本「の」に「先」と細字注記があり、これに従って他本本文を復元）・「先の少将」（榊原本「弁」に「先」と細字注記、同様に他本本文を復元）・「少将」（書陵部本・時雨亭文庫本）の異同を見る。今「弁の少将」に限れば、「ほりかはの中宮」藤原媓子（九四七—九七九）と藤原義孝（九五四—九七四）の生没年から、7藤原済時・8藤原為光が候補となる。しかし媓子は天延元年（九七三）七月立后しており、もし「ほりかはの中宮」が詠歌時点の呼称であれば、済時・為光とも弁官を辞していて該当しない。何より『義孝集』の「弁の少将」は女房名と判断されることが障害となろう。そしてまた女房ならば、藤原媓子へ出仕した「弁の少将」の親族に、弁官にして少将を兼ねた人物がいる、と推される。しかし、5源希では時代が上がりすぎて不適当なので、5源希と7藤原済時の間にもう一人の「弁の少将」を想定しなくてはならない。ただし以上の結論は、「弁の少将のきみたてまつれたまふ」の字句に従った場合にのみ通用する。なお片桐洋一他『海人手古良集・本院侍従集・義孝集新注』は、「少将ノタテマツリタル」の本文によって「少将」を義孝自身と説くが、この場合も女房名と解せないわけではない。なお女房名「弁少将」に関しては、注（21）も参照。

（20）　藤原伊周の行実に創作の材料を採ったとの説「伊周公を光源氏に擬するといふ」（『河海抄』料簡）が早くからあることのそれはそれとして、弁少将伊周の姿を『小右記』に追ってみる。

i今日競馬事、右衛門督（藤原道長）・修理大夫（藤原懐平）・余方人々相率向二北御厩一……右方毛付文、弁少将伊周奉之（永祚元年四月二十八日）

ii戊時着裳云々、摂政（藤原兼家）被レ結二裳腰一云々…内大臣（藤原道隆）奉二馬五疋於摂政・頭中将道頼・弁少将伊

周㆒、秉燭又有㆓種々贈物・御前膳㆒等（同十月二十六日）

ⅲ今日京官除目…今朝造門行事勧賞事令㆑啓㆓皇太后宮（藤原詮子）㆒、昨日令㆑申㆓摂政（藤原兼家）㆒、今朝弁少将告送云、可㆓勧賞㆒者（正暦元年八月二十九日）

ⅰは、永延元年（九八七）九月四日左少将に任ぜられ、永祚元年（九八九）四月五日右中弁となった、つまり弁少将となった直後の記事であり、祖父兼家第の競馬に奉仕する。十四歳の左少将は、異母兄道頼の十六歳右少将と共に、近衛次将若年任官の途を開くものである。ⅱは、姉藤原定子の裳着に参加し、父道隆から破格の引き出物を贈られた。伊周は七月十三日左少将から右少将に転じており、これは、道隆が左大将となったので父子同府を憚ったゆえである。『小右記』同日条「今日小除目…右少将伊周（夾注「元左近少将、依㆓大将忌㆒所㆑任也」）」はその文証。ⅲがやや問題となる。大日本古記録の当該箇所傍注は「源俊賢」とするが、注（17）に触れた通り俊賢は永延二年（九八八）二月一日左少将ではなくなっており、正暦元年（九九〇）八月時点では五位蔵人と右少弁を兼ねていた。伊周も七月十日弁官を辞している（『公卿補任』）ので、該当者がいないことになる。しかし伊周は同年十月十日まで右中弁兼右少将であったと解され（『近衛府補任』）、上掲記事は、実資から摂政兼家へ造門行事勧賞の具申があり、祖父の意向を孫「弁少将」伊周が伝達した、と言う趣旨か。当該「弁少将」に俊賢を引き当てるよりは、自然である。

（21）『風葉和歌集』巻十哀傷６９６「権大納言みまかりて後、をさなき子の侍りけるを見てよめる　露のやどりの弁少将母」による。松尾聡『平安時代物語の研究』が、「弁少将」について、故権大納言の子を産んだ女房の名と判断する通りであろう。しかし「をさなき子」の物語内の極官を弁少将とする可能性も、完全には消去できない。とすれば、「弁少将母」は故権大納言と交渉のあった女房その人となる。

もう一つの河内本源氏物語

――慶應義塾大学図書館蔵「末摘花」帖と伝良経筆切をめぐって――

佐々木孝浩

はじめに

源光行・親行父子の共同作業の成果である「河内本源氏物語」は、その東山御文庫本や吉川本他の奥書によれば、二一の伝本を集め、校勘を重ねて作成された「殆散千万端之蒙」じた本文を有するという。いわば二代にわたる努力の結晶なのであるが、現在の源氏物語研究者の間では、「今日からみれば、混成本文を作ってしまったことになる」（日本古典文学大辞典・「源氏物語」項）といささか評判が悪い。

しかしながら、校勘は正しく読みやすい本文をめざして行われるものであり、もともとあった本文では読みえない状況があったことを理解すべきであろう。校訂本文であるが故に不純であるのならば、今日一般に用いられている、同時代の「仙覚本万葉集」や定家の三代集も同様であろう。『万葉集』も『古今集』も平安写本があるのであるから、それに拠れば良いはずではないか。『源氏物語』には平安写本がないのでそれも叶わないが、それら歌集類で校訂本が用いられている理由を今一度考えてみるべきであろう。

河内本の最善本とされる、名古屋市蓬左文庫本のカラー版の影印本が『尾州家河内本源氏物語』（八木書店、二〇一〇〜一三）として刊行され、河内本研究の環境が各段に良くなった今こそ、先入観や固定観念を抜きにして、正面から河内本と向き合う必要があるのではないだろうか。

本稿では、尾州家本（以下「尾本」と略称）の位置を明らかにするための比較材料となりうる一伝本について考察することにより、今後の「河内本」再検討の一助としたい。

一　慶應義塾大学図書館蔵「末摘花」帖について

近時、「河内本」系の本文を有すると考えられる、「末摘花」古写本が慶應義塾大学図書館の所蔵となった。僅か一帖のみのものながら、注目すべき伝本であると思われるので、最初にその書誌について説明しておきたい。[1]

すゑつむはな〈原外題〉　綴葉装一帖　〔鎌倉中期〕写・伝藤原良経筆

後補白茶色地作土花兎文金襴表紙（二四・四×一五・七糎）。外題はない。見返しは後補の鶯色地金小切箔散らし。扉の位置に、薄茶色地金砂子銀野毛砂子散らしの押八双を有する原表紙を保存し、その左肩に「すゑつむはな第三のならひ」と本文よりやや後筆で記される。料紙は上質でやや薄手の鳥の子。全四折、順に五・一一・一一・二枚。墨付五八丁。初折第一丁は現表紙と見返しの間に入り、元は遊紙であったかと考えられる第二丁の表に原表紙が貼られている。第四折の二紙の左半の白紙は、折目を逆にして第一折と第二折の間に挟まれており、本文の途中に遊紙がくるという不自然な状態になっている。半葉八行書、一行一七字程度、歌の書き出しは一字半下げで、二行目は行頭から記し、歌末尾で改行する場合と、地の文が続く場合とがある。字面高さ約二〇・二糎。朱句読点・合点・声点の外、別筆と思われる墨書で主語を示す人名の書入れがある。朱合点は、『紫明抄』等の注釈箇所と一致するものもあり、講釈や注釈と関連するものと考えられる。さらにかなり後のものと思われる細字の校合と補入の書き入れもある（後述）。奥書もなく、印記もない。水濡の痕跡あり。表見返し中央に左記のような二枚の

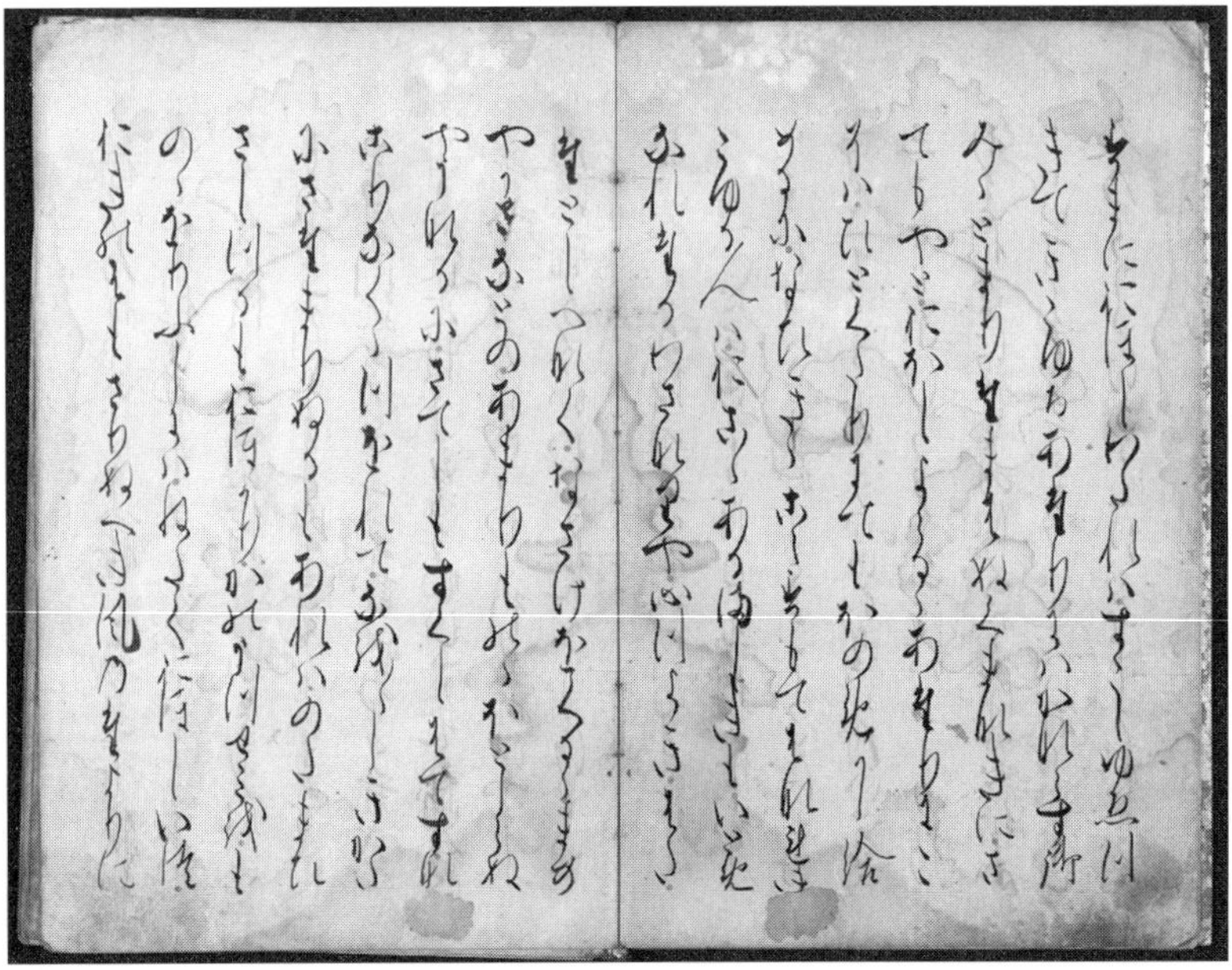

「慶應義塾大学図書館蔵『すゑつむはな』初丁裏・第二丁表」

極札を貼り付ける。

「すゑつむはな後京極殿良経公（「□庵」方朱印）」

（一三・一×一・九糎）

「すゑつむはな一冊後京極殿良経公御筆蹟外題書は二条家為忠（「弌楽軒」（角取長方墨印））」

（二四・〇×一・七糎）

近代のものと思われる桐箱入り。蓋表右下に「帖七号」・「後京極良経／すゑつむはな／歌集」と記した、角取の長方形と正方形の小紙片を貼付。蓋裏の中央には天地を逆にして、「すゑつむはな墨付五拾八枚」と墨書があり、その右に「後京極殿良経公御筆〈表紙〔弱〕後□白紙弐枚／奥ハ白紙三枚／墨付紙数五拾八枚〉」と記した貼紙がある。左側には、一行分の擦り消しがあり、その左下あたりに、細字で「末摘花巻校合了不足無之」とある。この筆跡は本文中の校合注記と同筆であるので、これらの書入れはかなり時代が新しいことは明らかである。それにしても校合識語が蓋裏にあるというのは、他に例を聞かない事例である。

伝称通り良経を祖とする後京極流の書風を示す能筆の筆跡で、ゆったりと丁寧に書写され、料紙も上質であることからしても、しかるべき貴顕が製作させたものと考えてよいように思われ、本文の素性の良さが期待できるのである。

そのことを確認するために、冒頭の一丁を翻刻し、尾本と校合してみたい。相違が認められる箇所の右傍に尾本の本文を示しておいた。本文中の「・」は朱句読点で、右傍のそれは当該箇所が存していないことを示している。また本文中の空白は右傍の尾本に存する部分がこの本に存在していないことを示している。

1　おもへとも・なを《ほ》ゆふかほのつゆにおく《を》／れしほとのこゝち・月日ふれとおもほし／わすれす・こゝもかし

2　こもうちとけす・け／しきはみ・こゝろにくきかたの御いとま／しさともに・けちかくなつかしかりし／あ

3　はれに・に《ゝ》るものなく・こひしくおもほ／しいてらる・いかて・こと〳〵しくはあらさらむ《ん》／人のらうたけ

4　ならんをみ《見》てしかなと・こり」すまにお　《も》ほしわたれは・すこしゆゑつ／きてきこゆるあたりにはかならす

5　・御／みゝとまりたまはぬくまなきに・さ／てもやと・おほしよらるゝあたりにこ／そは・ひとくたりにて

6　もほのめかし給《たまふ》／めるに・なひき、こえすもてはなれき／こゆる人は・おさ〳〵あるましきも・いとめ

7　／なれたるわさなりや・心《こゝろ》つよき・はた・』

「末摘花」の冒頭部は定家本（青表紙本）と河内本とでは異同が激しい箇所であるので、問題の伝本の本文が河内本系統に属するものであることは容易に判断できる。この部分は、加藤洋介『河内本源氏物語校異集成』（風間書房、二〇〇一）で対象とされた、尾本を含む八伝本間の異同も比較的少ない部分であるので、尾本に近いと言ってもあまり意味はないのだが、本文の素性が良いことは一応期待できるようである。それでも仮名遣いや「おもほす」と「おほす」の違いといった意味には影響しない異同の存在は確認できる(2)。

鎌倉後期頃の書写と思われる中山家蔵「末摘花」も複製(3)により比較してみると、1行目の「なを」・8行目「おさ」は慶応本（以下「慶本」と略称）と同じで、1行目「おくれ」・3行目「おほし」・4行目「おもほし」は尾本と共通しており、4行目「ゆゑ」を「ゆへ」とするのは独自であり、それぞれ微妙な異同が存していることが判る。ともかくも慶本の本文の優良性は確認できるのであり、存在が明らかになっていれば、『校異集成』の校合に加えられたであろうことは疑いない。

善本と校合して、本文の性格を知るのは当然の方法であるが、それと併せて検討が必要なのは、書物としての性格を把握することであろう。慶本と尾本・中山本は、冒頭のみながら非常に近い本文を有していることが確認できたが、形態的には大いに異なった姿をしているのである。主要な情報のみを整理して違いが判るように示してみよう。

慶　本　綴葉装（二四・四×一五・七糎）半葉八行
尾　本　結綴じ（三二・〇×二五・五糎）半葉一一行
中山本　綴葉装（一七・〇×一六・五糎）半葉一一行

三者三様で、大きさと形に随分と違いがあることに改めて驚かされるのではないだろうか。尾本は特大本として有名であるが、その大きさ故に結綴じとなっている。慶本と中山本はこの時代の写本としては一般的な綴葉装であるものの、前者は所謂「四半本」で後者は「六半本」である。『源氏物語』の鎌倉写本では、四半よりも圧倒的に六半の方が多いことが知られており、慶本は珍しく、中山本は普通の形ということになる。何度か指摘したことではあるが、(4)四半本の方が六半本よりもやや格が高い形であると考えられることからすると、慶本は形態的にも注目すべき伝本であると言える。さらに、半葉行数を見ても、尾本は別として、慶本は中山本よりもゆったりと記されていることは明らかである。

さらにこの三者の筆跡を比較すると、中山本は時代もやや後で手も劣っているのは明らかである。慶本と尾本は書風に共通性もあるが、強いて言えば前者は後京極良経筆との伝称のように後京極流に属し、後者は附属する古筆了意の折紙極には、「安嘉門院四条局阿仏」とあるものの、後京極流の祖となる法性寺流に一応は属しているように思われる。時代も先後関係を定めがたい程に近接していると思われるのだが、印象では慶本の方が少しだけ早いようにも思われ、且つ字もより能筆であると感じられるのである。

印象ばかりで恐縮だが、形態と筆跡から見ても慶本が河内本を代表する地位を占めてもおかしくない存在であることは確かなのである。尾本は鎌倉写の残存巻数が多いことと、伝来がはっきりしていることなどからも、河内本を代表する伝本として研究対象となってきたが、その素性については不明な点も多い。それを相対化するためにも、様々な河内本伝本との、本文の比較にとどまらない総合的な比較研究が必要であると考えられる。慶本は一帖のみながら、その材料としても重要な存在であると考えられるのである。

二　慶応本「末摘花」帖の僚帖を求めて

『源氏物語』の古写本は一帖単位で存在していることが多いが、その帖のみが製作されたとは考えられないことは言うまでもない。長い伝来の中で僚帖と離れ離れになり、たまたまその一帖のみが残存したに過ぎないのであり、別な場所に僚帖が存在している可能性もあるのである。それらが分割されて古筆切になっている場合も考えておく必用があるであろう。

慶本「末摘花」帖の僚帖やその断簡を探す意味は十分にあると思われるが、それはなかなかに困難であると考えられる。『源氏物語』は帖数が多いので、寄合書が普通であり、筆蹟が同一なものだけを探しても僚帖を見落としてしまう恐れがあるからである。とりあえずは大きさと半葉行数に注目して、その可能性のあるものを収集してから、具体的な検討を行って、篩いを掛けていくのが穏当な方法であろうか。

幸いというべきか、先にも記したように鎌倉時代の源氏写本は六半本が大半で、四半本はかなり少ない。また尾本と同様の特大本が他に存在していることも知られているが、(5)これも除外することになる。そうなると四半本の写本や古筆切はかなり限定されるので、それらの中から河内本系の本文を有するものを選り出していけばよいのである。

その際には、小林強「源氏物語関係古筆切資料集成稿」(『本文研究―考証・情報・資料六』和泉書院、二〇〇四)・国文学研究資料館「古筆切所収データベース」を活用させていただき、主として、小松茂美編『古筆学大成 一二三』(講談社、一九九二)、藤井隆・田中登編『国文学古筆切入門正・続・続々』(和泉書院、一九八五～一九九二)、田中登編『平成新修古筆資料集 第一～五』(思文閣出版、二〇〇〇～二〇一〇)、久曽神昇編『源氏物語古筆切集成』(汲古書院、二〇〇〇)、国文学研究資料館編『古筆への誘い』(三弥井書店、二〇〇五)等から収集した。猶、整理を判りやすくする為に、同一伝称筆者の場合は、『古筆学大成』の分類を踏襲させていただいた。

A　伝良経筆

先ずは慶本「末摘花」と同筆の可能性のあるものを集めてみたい。『古筆学大成 二三』(以下「大成」と略称)にも指摘があるように、良経筆と極められているものは、その息教家筆との異伝を有することが多い。言うまでも無く良経は河内本成立以前に没しているので、その筆者である可能性は皆無である。教家は良経二男であり、建久五年(一一九四)の生まれで、奇しくも七月七日に親行が河内本の校訂事業を終えた、建長七年(一二五五)の四月二八日に没しており、良経よりは可能性があるが、建長七年の親行奥書には何の言及もないので、やはり可能性は低いと言える。書流上では、良経・教家父子はそれぞれ後京極流・弘誓院流の祖とされているが、共に忠通の法性寺流を継ぐものであり、両者が近い関係にあることは言うまでもなく[(6)]、その厳密な切り分けが難しいもの無理はないように思われる。また後述するように、秀能筆と極められている例も存している。江戸時代の古筆見たちの鑑定を絶対視する必用のないことは勿論であるが、それでもそれを参考にすると、筆蹟や書流の共通性の高い切を集めやすいのは確かである。敬意と注意を併せ持って付き合っていくべきなのであろう。

大成で良経筆とされる源氏切は全部で五種である。内三種が河内本系で、一種が定家本系、残りが別本である。

別本の（三）が六半[7]である他は、全て四半であることは注目される。

その（一）とされ、十三世紀半ばの書写とされるのは「末摘花」と「椎本」二帖分の切である。以下に整理してみる[8]。

末摘花　（大成一二七・美保手鑑三七）伝教家　二〇四・四～八　八行　一八字程度

椎本　①（大成一三五・根津一号手鑑）伝教家　一五五二・一三～一五五三・四　八行　一七字程度

②（大成一二八・錦嚢）一五五四・九～一二　八行　一七字前後　朱点

③（入門八三）一五五九・六～九　二四・七×一五・二糎　八行　一七字程度　朱点

④（大成一二九・個人蔵手鑑）一五六二・一四～一五六三・四　七行　一六字程度　朱点

⑤（大成一三六・冷泉子爵家）一五六四・五～九　八行　一七字程度　朱不明

（四）とされ、やはり一三世紀半ば前後の写とされるのが次のものである。

絵合　①（田中登蔵[9]）五五八・五～九　二三・九×一五・一糎　九行　一八字程度　朱点

②（大成一三三・宮内庁保管手鑑）五六二・一三～五六三・二　九行　一八字程度　朱点

③（高城手鑑H・未見）伝教家　五六八・四～

（五）は鑑定者不明の切で、一三世紀半ばすぎ書写とされるものである。

花散里　（大成一三四・古筆帖）二七・九×一〇・九糎　五行　三八七・九～一二　五行　一九字程度　朱点

大成には収載されないが、伝良経とされる切には次の二帖分がある。「総角」の『源氏物語古筆切集成』所載のものは鑑定者印もない小紙片に「藤原秀能」とあるが、ツレと思われる高田信敬蔵切には、良経とする初代朝倉茂入極札が備わる。

総角　①（集成八）伝秀能　一六二三一・一三〜一四　二四・〇×六・一糎　三行　一八字程度　朱点

②（鑑賞と基礎知識二二）[10]　一六四四・三〜六　二四・二×一五・九糎　八行　一七字程度　朱点

須磨　（古今墨林二四）　四三二・四〜七　二三・四×一六・五糎　八行　一五字程度　朱不明

以上のように六帖分の伝良経筆切を一応は確認できた。ただし、「絵合」は九行書きであり、また「花散里」は高さが二八糎もあり、共々僚帖である可能性は低いものと考えられるので、ここでは本文の検討は行わないこととしたい。

さて古筆切の中でも興味深いのは「末摘花」切である。慶本には当該箇所が備わっており、ここから切り出されたものではない。筆蹟を比較すると、共に後京極流に属するものと判断できるが、慶本の方が線に鋭さがあるのに対し、切は丸みが強く同筆でないことも明らかである。あくまでも印象ではあるが、慶本の方がやや能筆であるように思われる。書写年代の前後を明らかにするのは難しいが、慶本が切に遅れることはないように感じられるのである。

ともかくも形態や書風が良く似た伝本が、ほぼ同時期に製作されたのである。それではその本文の関係はどうなのであろうか。尾本も加えて三本の本文を比較してみたい。本行は切の本文で、改行もそのままとなっている。その直ぐ右に慶本の、さらにその右には尾本との異同を、漢字仮名の宛て方や仮名遣いの違いにいたるまで掲げた。但しこの両本には切に無い朱句読点があるがここでは不問とした[11]。

尾　む　る｜
慶　む　る
切　かちには・へ・めるをみかうしもまいり

なむ《ん》かしまらうとのこん《む》とは・《むむ》へりつる
をいとひかほにもそは・《むん》へるとてなん《む》いま
心のとかにとてかへりぬ中〳〵《なかなか》なるほとにて
もやみぬるかなものきゝわくへきほとに
もあらてとのたま《給・》ふけしきお《を「お」》かしく
おほしたりお《をを》なしくはけちかきほとの
けはひたちきゝせさせよとのたま《給・》

この部分は、特に一行目の「はへめる」に河内本諸本間の違いが目立っている。加藤『校異集成』に拠れば、切と同じ形なのは岩国吉川家本で、尾本と同じものはなく、他に「は〔ん〕へめる」は中京大学大島本、「侍るめる」は中山本といった具合である。慶本と尾本の近さは注目できよう。三行目の「はへる」が「はんへる」とあるのは、尾本の他に高松宮家本と鳳来寺本であり、些細な違いではあるが、ここも慶本が尾本などに近いのである。仮名遣いの違いは定家本系でも良くあることであり、その一致がどの程度の意味を有するのかは未知数である。以上の例のみで慶本と尾本の方が切より古い形などと判断するのは早計であるが、慶本と共に伝良経筆切も河内本としてなかなか優良な本文を有しているらしいことは一応認められるのである。

この「末摘花」切の存在により、伝良経筆であるということだけで、慶本の僚帖であるとは見なしがたくなったことは確かであるが、良く似た伝本の存在を明らかにする目的も加えて、検討を続けてみたい。

切の「末摘花」は大成で（一）として「椎本」と同筆とされていることからしても、「椎本」も「末摘花」切の僚帖断簡と考えた方が良さそうである。また書風的には「総角」もこの僚帖である可能性が高いようである。「椎本」はツレも多いので、より多くの分量の本文の比較が可能である。(12)

①をみゆつるかたになくさめをく へきをさ
まてふかき心《は》にたつねきこゆる人もな
しまれ〱ははかなきた《又》よりにすきこ
ときこ《「え」》えなとする人は又《また》わか〱しき人
のこゝろのすさひにものまうてのなかや
とりゆきゝの道《みち》 のなをさりこと《事・》にけし
きはみかけてさすかにかくなかめ・給《たたまふ》 あ
りさまなとお《を》しはかりあなつらはしけ

②御あそひのおりにさふらひあい《ひ》たるなかにものゝ上すとおほしきかきりとり〳〵にうちあはせたるひやうしなとこと〳〵しきよりもよしありとおほえたへる女御かうゐ《い》のみつほね〳〵《「の」》の《の》をのかしゝはいとましく思うはへのなさけをかはすへかめるによふかきほとの人のけしめりぬるに心やましくかいし

③しわひそ心はかりはやりてあそひなとはし給へ何事《なにこと》もおも《思》ふにえかなふましき世をなおほしいられそなとかへりみかちにて出《いて》給ぬふたところい《ゝ》とゝ心ほそくもの思つゝけられておきふしうちかたらひつゝひとり〳〵なからましかはいかてあかしくらさましいまゆくすへ《ゑ》もさためなきよにてもしわかるゝ

④うさ《候》ふらひておはしましゝ《し》かたは佛を
かたみにみたてまつりつゝ時〳〵まいり
つかうまつりし人〳〵の御いみにこも
りたるかきりはあはれにおこなひて
すくす兵部卿の宮よりもたひ〳〵
とふらひきこえ給さやうの御返なと
きこえん心ちもし給はすおほつか
⑤しうお《思》もひしつめ給にはあらねと見《み》
わつらひ給て
　涙《なみた》のみきりふたかれる山　里《やまさと》はまか
きにしかそもろこゑになくゝ《く》ろ
きかみによるのすみつきもたと〳〵し
けれはひきつくろふところもなくふて
にまかせてお《を》しつゝみていたし給・《ひ》つ御つか
ひはこはたの山のほともあめもよにいと

①の三行目も尾州家本の見せ消ちの結果と切が同じ形なのは、先の「末摘花」切と同様である。七行目で尾本が「たたまふ」とあるのは、尾本の衍字と考えられ、②五行目の「おほえたへる」の「へ」も不要である。同じ行の尾本の「みつほねの」となる形は、「〳〵」を削った上に「の」を記し、続く「の」を見せ消ちするという複雑な操作で、河内本中の孤例となっているというものであるが、これらの切が概ね尾本と共通性が高いことは一目瞭然であろう。

続いてはやはり「末摘花」・「椎本」と筆蹟の共通性の高い「総角」の切である。

①となといひつゝひとのたゝすまひをもみ見
なれ給《たま》へるはものゝはつかしさもおそろ
しさもなのめにやあらんいゐに

②なすらふ人よにありなんやれんせい院
のひめ宮はかりこそ（御）御おほえのほとうち
〳〵うちの御けはひも心にくゝきこゆれとう
ちいてんかたもなくおほしわたるに
かのやま山さと人はらうたけにてあてな
るかたのおとりきこゆましきそかし
こひしくて
さのまさる

なとまつ思ひいつるにいと丶恋しくて《さのまさる》
なくさめに御ゐとものあまたちり

②を紹介した高田が、「河内本中屈指の善本と目される尾州家本当該箇所とよく一致し、殊に七行目見セ消チ訂正（中略）まで全同である点も注目されよう」と述べられる通りである。

「須磨」切についても、「椎本」③を紹介した藤井隆が、「尚、後京極良経と伝称する四半切には外に須磨の巻のものがあり、同じ八行詰であるが、一行の字詰が掲出切の十五～十七字に対して、十三～十六字と少なく、朱点もあるので別の本のようであるが、源氏物語には一筆書よりは寄合書の方が多いし、朱点も全巻にあるとも決まらないから、同本の連かもしれない」と述べておられる通りである。この部分は尾本の落丁箇所にあたり校合ができないが、加藤『校異集成』に拠れば、この切の本文に特に問題はないと思われる。翻字のみ掲げる。

よりめつらしくうれしきにひとつ
なみたそこほれけるすまふたまへる
さまいはんかたなくからめいたり
ところのさまあたりゐにかきた
らんやうなるにたけあめるか
きしわたしていしのはしまつの
はしらおろそかなるものからめつら

かにおかし山かつめきてゆるし

切として伝わる「末摘花」「椎本」「総角」の三帖が、一具のものであった可能性があることと、慶本「末摘花」帖となのか、一連の切と僚帖なのかは判然としないながらも、「須磨」切もその可能性があることがとりあえず確認できた。

B　伝為氏筆

寄合書きであったと考えると、他の書風でも伝良経筆類と形態や書写年代などが近い存在を探す必要がある。その点で最も注意されるのが伝為氏筆とされる一群である。「大成」には四種が掲載されており、三種が六半の定家本系であり、残りが四半の河内本系である。

唯一の河内本は（一）とされるもので、一三世紀半ば頃の書写とされ朱句読点を有する「松風」帖の切である。七葉のツレが確認でき、半葉八行ではあるものの、縦が二七糎を超えており、一行も二〇字以上あるので、伝良経筆本の僚帖である可能性はないものと考えられる。同じ程の大きさである伝良経筆（五）「花散里」との関係を考えるべきであろうか。やはり本稿では、一覧だけ掲げて本文の検討は今後を期したい。

松風　①（古今墨林四七）五八〇・七～一一　二六・七×一四・八糎　八行　二〇字程度
②（大成一七六）五八一・一四～五八二・二　三行　二二字程度
③（大成一七五）五八二・八～一二　七行　二二字程度
④（集成五六）五八八・一四～五八九・五　二四・七×一四・五糎　四＋四行　二二字程度
⑤（誘い四五）五九〇・一〇～一一　二五・三×五・一糎　字高二二・九糎　三行　二三字程度

⑥（大成一七七）五九二・一四～五九三・四　高さ二七・一糎　五行　二三字程度
⑦（集古帖二五）五九七・一〇～五九八・一　二六・五×一四・四糎　八行　二二字程度[13]

大成の四種には含まれていないのだが、伝為氏筆切には朱句読点のある「総角」と「宿木」の二帖も確認できる。これらは大きさ的には伝良経筆類の僚帖たりうるが、半葉一〇行であり、「続入門」でも鎌倉後期写と推定されていることからも、可能性はやはり極めて低いものと考えられる。これらも一覧のみ掲げて、本文の検討は今後を期すことにしたい。

総角　（思文閣一一八）[14]　一六七〇・一～六　一〇行　二〇字程度
宿木　①（集成九）伝教家　一七六六・一二～一七六七・四　二三・八×一五・九　一〇行　二三字程度
②（続入門八五）一七七六・一二～一七七七・三　八行　二三・五×一二・二糎　八行　二四字程度

為氏筆とされるもので最も注目されるのは、切ではなく、『弘文荘敬愛書目録』（一九八二）等に掲載されている「夕霧」帖である。同目録の解説によれば、鎌倉中期写の胡蝶装（綴葉装）で、後補「紺地に花文織出しの金襴表紙」（二三・〇×一五・〇糎）の中央に金紙の題簽があり、「夕霧」と墨書されており、厚手鳥の子料紙に半葉八行書きであるという。一行文字数は二〇字程度である。またその筆蹟については、「文字はやや細書き、書は気品高く優麗」、「古筆家畠山牛庵随世の明暦三年の鑑定書に「二条為氏卿之華翰無狐疑者」云々とあるが、為氏の真蹟より細めで且つ切れた感じ、品格に於て立ち勝って居る」等と説明されている。確かに、伝為氏筆とされるような古筆切とは書流が異なっており、良経あるいは教家筆とされるものとの共通性が高いと思われる。

縦寸法がやや短いのが気になるが、改装時に裁たれた可能性もあり、書写形式などからしても、慶本をはじめとする八行書の伝良経筆類の僚帖である可能性があると判断できようか。残念ながら本帖の現所蔵者は不明であ

るが、目録に首尾と途中見開きの四頁分の図版が存しているので、そこに見える本文を改行はそのままに翻刻し、
尾本と比較してみたい。

巻首（一三〇九・一〜五）

まめ人の名をとりてさかしかりたまふ
大將この一条の宮の御ありさまをなを《猶・》あ
らまほしと心にと丶めておほかたの人めには
むかしをわすれぬよういにみせつ丶いとね
むころにとふらひきこえたまふしたの心
にはかくてはやむましくなん《む》月日にそへて
おもひまさり給《たまひ》《はへ》[朱]けるみやす所《ところ》　もあはれに
ありかたき御心　にもあるかなといまはいよ〱

見開き（一三三五・八〜一三三六・四）

やわかならはしそやとさま〱に身もつらくて
すへてなきぬへき心ちしたまふやかていてたま
はんとするを心《こゝろ》　やすくたいめもあらしものから
人もかくのたまふいかならんかむ日にもありけ
りもしたまさかにおもひゆるしたまはゝいと

あしからんなほなかるへき事をこそと
うるわ《は》しき心におほしてまつこの御返をきこ
えたまふいとめつらしき御ふみをかた〳〵うれ」
しうみたまふるにこの御とかめをなんいか
にきこしめしひかめたる事にか
　秋のゝ《野ゝ》のくさのしけみはわけしかと
かりねのまくらむすひやはせしあきらめきこ〈こ〉
えさするもあやなけれとひとよのつみはひた
やこもりにやとあり宮にはいみしうおほくき
こえたまてみまやにあしとき御むまにうつし
を《お》かせ給て一夜のたいふをそたてまつれ給《たま》・ふ

巻尾（一三七五・一三～一四）

院もことよりはみなれ給ふていとらうたくし
たまふこの御なからひの事いひやるかたなく
とそ

巻首末尾行の「はへ」の見せ消ちは、加藤集成でも尾本のみに確認できるものであり、他の七本は本切と同様である。漢字仮名の違いの他は僅かな仮名遣いの違いがあるのみであり、やはりこの「夕霧」帖も尾本と極めて近い本文を有していることが判るのである。

伝為氏筆で可能性が確認できたのは「夕霧」帖のみとなった。

C　伝為相筆

為氏の他に可能性がありそうなのは伝為相筆切である。「大成」で伝為相筆とされる源氏切は実に十種にのぼるが、その内六種が定家本系で、三種が河内本、残る一種が別本である。三種の河内本で唯一の四半本が（六）に分類される、一三世紀末頃の写とされる「関屋」切である。ただしその書風は、解説でも「初代了佐の極札は、「為相卿」と鑑定するが、明らかに異筆である」と指摘されており、「きわめて闊達な筆致」とされるそれはやはり後京極流に属するものと思われ、一三世紀末よりやや引き上げてもよいかもしれない。現在確認できるのは次の一葉のみである。

関屋　（大成一九三・根津美術館手鑑）　五四九・九〜一二　八行　一七字程度　朱点

本文を同様に確認してみよう。

とたえもうゐ〳〵しくなりにけれと・
こゝろにはいつとなうたゝいまのこゝち
するならひになんすき〳〵しくそ
いとゝにく〈ま〉まれんやとてたまへれはか
たしけなうてもていきてなほきこえ
給《たま》　へなにかはむかしのやうにもあらす

すこしおほしのくこと《事・》もやあらんと
おもひたまふるにおなしやうなる御

ここでも尾本と仮名遣い程度しか変らない本文の素性の良さが確認できるのである。

大きさが確認できない点で不安が残るが、一行文字数からしても、僚帖の可能性のあるものと見ることは許されるであろう。

三　伝良経筆本の復元的考察

以上長々と述べ来たった割には成果の乏しい考証となってしまったが、慶大「末摘花」とほぼ同時期に作成されたと覚しい、二五×一六糎程度の大きさの半葉八行書で綴葉装の『源氏物語』写本が、少なくとも二セットは存在したことが明らかとなり、それに属する可能性のあるものとして、伝為氏筆「夕顔」・伝良経筆「末摘花」の二帖、伝良経筆の「末摘花」「須磨」「椎本」「総角」、伝為相筆の「関屋」の古筆切が浮かび上がってきた。それと共に確認できたのは、それらが河内本の善本として認識されてきた諸伝本に劣ることのない、良質の本文を有していることであった。

『源氏物語』の全体量からすればあまりにも僅かな残存量でしかないが、こうした形態の伝本が河内本成立期に存在していたという事実が確認できたことの意味は、決して小さくはないものと思われる。

尾本は、岡嶌偉久子『源氏物語写本の書誌学的研究』（おうふう、二〇一〇）や、影印の同氏解説で、従来の研究成果を踏まえて詳しく検討されているように、その本文は、多数存在している見せ消ちや擦り消し訂正の結果によって、河内本を代表しうる本文の形を獲得しているという問題を抱えており、その性格や位置付けが必ずしも明確になっているとは言いがたい。

先述した尾本と同様の大きさを有する他伝本との関係も、加藤の『校異集成』や、岡嶌の「天理図書館蔵 伝為家・為相筆『源氏物語 蓬生巻』:『尾州家河内本源氏物語』との対校から」(『ビブリア』一三六、二〇一一・一〇)、「天理図書館蔵「伝俊成筆源氏物語鈴虫巻」:「尾州家河内本源氏物語」との対校から 付稿「『大成』収録「俊」本再考」(同一三九、二〇一三・五)等から明らかになりつつあるが、性格の異なる伝本との比較も重要であるはずである。

尾本は、その「夢浮橋」帖末尾に存する正嘉二年(一二五八)の金沢実時の奥書の存在からして、実時の創始した金沢文庫との関係が想定されてきた。西本願寺本『万葉集』や、九州国立博物館蔵『栄花物語』の前半部等を始めとして、三〇糎を超える大型の写本が金沢文庫との関係が濃いらしいことからしても、蓋然性の高いことである。この特別な大きさは尾本の素性の良さを証明しているのである。

しかしながら、「東山御文庫各筆本」・「鳳来寺本」・「吉川家本」等に存する親行奥書を有してはいないのであり、親行自筆本であった可能性もある「鳳来寺本」[15]が現在行方不明であるのは返す返す残念であるが、親行自筆奥書本か、それに極めて近しい伝本の探索を諦めてはならないだろう。親行自筆奥書本の形態的な特徴が明らかな訳ではないが、「鳳来寺本」と同じく、六半本よりも格が高いと考えられる四半本で、しかも上質の料紙を使い、後京極流を中心とした能筆達により、半葉八行とゆったりと丁寧に書写された、本稿で検討してきたような伝本は、その可能性もありうると考えられるのである。そうでなくても、特別な清書本であることは確かであろう。先にも確認したように、後京極流は後嵯峨院時代まで流行の書風であり、また他筆の寄合書である尾本や九博本『栄花物語』前半部なども、その多くの帖がこの書風を示しており[16]、当時晴れの書物を清書するのに相応しいものであったと考えられる。更に言えば、尾本の筆跡よりも、本稿で取り上げた二帖や切の方が、書写も丁寧でより能筆であるように思われるのである。

同様な性格を有する帖や切を今後も収集して、より総合的に復元的な研究を行うことにより、河内本の伝本と本文の性格の解明が行えるものと期待するのである。

おわりに

古筆切一葉でも新たな発見がなされることはあるのであるから、河内本成立期の写本が一帖分でも新たに確認できることの意義は極めて大きいといえる。慶大本「末摘花」の全貌についても何れ紹介したいが、それに先だってこの一帖の性格の検討を試みたのが本稿である。古写本の有する価値は、切を含めて、本文のみに存するのではなく、その装訂や形態、書式や書風など、その存在のすべてにあると言ってよい。書物は実に多くの情報を保存しているのである。しかしながら、従来の研究は本文にばかり注意が向けられていて、そうした書物の有する情報、つまり書誌学的情報に対してやや無関心であったように思われる。様々な分野の研究に行き詰まりが感じられる昨今にあっては、このような従来用いられてこなかった情報を利用することは、新たな研究の可能性を開拓するものであると言えよう。

本稿の乏しい成果は、河内本成立期の清書的な伝本の残存部分である可能性が、伝為氏筆「夕顔」・伝良経筆「末摘花」の二帖と、伝良経筆の「末摘花」「須磨」「椎本」「総角」、伝為相筆の「関屋」の古筆切にはあることを指摘したに過ぎない。諸先学の御研究への目配りが不十分であることは自覚しているが、書誌学的な方法をより積極的に伝本研究に応用しようとした試みとして、御理解いただけると幸いである。

【注】

（1）『三田メディアセンターだより 知識の花弁』第二号（二〇一三・一〇）に「貴重書紹介」として簡単な解題を執筆した。見返しと古表紙の扉、本文第二丁裏と第三丁表の見開きのカラー図版がある。

（2）朱句読点の内、尾州家本では句点が右横にあることが知られているが、これは中央にあったものを後に移記したことが、影印の岡嶌偉久子「書誌的事項解説」に指摘されている。その違いを無視すると、5行目「あたりには」の後に尾州家本である朱句読点が無いのが、朱句読点の唯一の違いである。また6行目「おさ〳〵」に朱合点があるが、尾本にはこれがない。

（3）『中山家本源氏物語　若紫・末摘花』（日本古典文学会、一九七一）。

（4）拙稿「二つの定家本源氏物語の再検討―「大島本」という窓から二種の奥入に及ぶ―」（『大島本源氏物語の再検討』和泉書院、二〇〇九）、「書物としての歴史物語」（『國學院雑誌』第一一四巻第一一号、二〇一三・一一）。

（5）大内英範「尾州家本の本文様態と「伝為家筆本」」（『源氏物語　鎌倉期本文の研究』おうふう、二〇一〇）に、「「伝為家筆本」の伝存状況」が付されている。

（6）尊円入道親王の『入木抄』に、「法性寺関白出現之後、天下皆一向此様に成て、後白川院以来時分如此。剰、後京極摂政相続之間、弥此風盛也。後嵯峨院比までも此躰也。其間、弘誓院入道大納言等、躰かはりて人多好用之歟」と見えている。三者に違いがあるらしいことは判るが、一つの流れの発展的展開であったと思われる。詳しくは小松茂美『日本書流全史』（講談社、一九七〇）等を参照いただきたい。

（7）解説には一五・七×一一・四糎とあるが、左の余白が殆どないことからしても、本来は六半であったものが、八行目で切断されたと考えてよさそうである。

（8）以下の掲出に際しては、同帖で複数存在する場合は、本文の順序に従って〇数字を与えた。まず（　）に入れて掲載書名や手鑑名を示し、続いて異伝のある場合はその伝称筆者名を挙げ、『源氏物語大成校異篇』の当該頁行数を示し、判明する場合は大きさを、それから行数と一行のおおよその文字数、朱句読点のあるものはその旨を掲げてある。

(9) 田中登「源氏物語の古筆切」(『古筆切の国文学的研究』風間書房、一九九七)。

(10) 高田信敬「断簡―小さな窓から眺めた『源氏物語』」(『源氏物語の鑑賞と基礎知識 二一 花散里』至文堂、二〇〇三・六)、この切には白界があるという。図版では確認しづらい特徴であり、他の切の今後の精査が必要である。

(11) 校異の掲出の仕方は、「・」は当該部分が無いことを、空白は漢字仮名の宛て方の違いを示すためのもの、左傍線は見せ消ちされていることを(朱の場合のみ「[朱]」と付した)、「　」は擦り消し訂正であることを、〈 〉は箇所の指示のある補入を、︵ ︶は箇所の指示ない補入を示した。以上については、『源氏物語大成』に準じられた加藤『校異集成』を参考にさせていただいた。猶、校異箇所が無い場合には行を詰めることによってそれを示した。

(12) 以下は切と尾本のみの校合である。

(13) 『徳川黎明会叢書 古筆手鑑篇四』(思文閣出版、一九八九)の解説には「尾張殿切」と注記されている。『新撰古筆名葉集』為氏項の「尾張殿切　源氏巻物」に該当すると考えられたものと思われる。絵巻物でもないかぎり『源氏物語』の巻子本は考えがたいのであるが、尾本と同形態の写本で巻子に改装されているものも多いことから、このような注記となったのであろうか。今後の課題としたい。

(14) 『思文閣古書資料目録一一八』(一九八八・一一)所載の「七　古筆切手鑑帖」図版に拠る。

(15) 池田利夫「鳳来寺本源氏物語の親行識語と書誌―桃園文庫蔵模本を通して―」(『源氏物語回廊』笠間書院、二〇〇九、初出は『鶴見大学文学部論集 創立三十周年記念』一九九三)参照。

(16) 尾本のことについては、拙稿「尾州家本源氏物語の書誌学的再考察」(『文学・語学』第一九八号、二〇一〇・一一)で言及したことがある。

京都大学本系統『紫明抄』校訂の可能性

田坂憲二

はじめに

『紫明抄』といえば、常に京都大学文学部国文研究室蔵の写本が使用されている。現存する『紫明抄』の伝本のうち、唯一の完本であり、書写年代も古く、誤写誤脱も少ないとなると、この写本に拠るのが当然とも言える。されぱこそ、早く昭和初期に『未刊国文古註釈大系』(1)に翻刻収載された後も、より完璧な翻刻を目指して、玉上琢彌『源氏物語評釈』の刊行時に『河海抄』と併せて出版され、(2)更に容易に原文が確認できるように『京都大学国語国文学資料叢書』のシリーズとして影印も刊行されている。(3)一つの注釈書として、これほど同一の写本に基づくものが繰り返し出版されるということは、この写本の評価がそれだけ高いということである。

しかしたとえ最善本であっても、誤写誤脱というものは、少ないのであって、皆無ではない。こうした誤謬が明白な場合、それを修訂することが可能であれば、その作業を行うべきではないだろうか。もちろん安易な改訂は慎むべきである。無用な混態本文を生み出すことは極力避けなければならない。それでも様々な角度から考えて修訂すべきであると考えられれば、速やかな対応が求められる。一方に京都大学文学部本の厳密な翻刻と影印があるのであるから、修訂本文を対峙させても混乱は起こらないであろう。特に、研究論文などで『紫明抄』を引用する場合は、『紫明抄』のごく一部の箇所や特定の項目が言及されるであろうから、その部分についてだけでも、京大文学部本そのままでよいのか確認した上での引用が必要であろう。

たとえば、『紫明抄』の桐壺巻の最後から二番目の項目、京都大学文学部本では「内にはもとのしけいさをさうしにてこ御息所の御方の人〳〵まかてちらす候はせ給」の本文を見出しとして立てるが、ここは「みさうし」とありたいところである。『源氏物語』の写本を検する限り、[4]「みさうし」であって「さうし」とする伝本は見あたらない。ただ、素寂自身が誤脱したとすれば、『紫明抄』としての正しい本文は「さうし」となる。はたして『紫明抄』の本文としては「さうし」「みさうし」どちらなのであろうか。

本稿は、京都大学本系統『紫明抄』の本来的な本文を希求する試みである。

一　『紫明抄』の伝本と系統

現存する『紫明抄』の主要な伝本は以下のように分類できる。

一　原型本（初稿本）系統

内閣文庫蔵三冊本（内閣文庫丙本）

二　京都大学本系統

1　京都大学文学部国文研究室蔵本

2　京都大学附属図書館蔵本

3　内閣文庫蔵一冊本（内閣文庫乙本）

4　慶應義塾大学附属図書館蔵本

三　内閣文庫本系統

1　内閣文庫蔵十冊本（内閣文庫甲本）

2　龍門文庫本

3　神宮文庫本

4　東京大学附属図書館蔵本

5　島原松平文庫本

これらは、五十四帖すべての巻を有しているか、複数の巻を完全な形で残している写本に限った。内丙本は抄出本だが五十四帖を具備する。京大図書館本は全十巻のうち五巻が残存、内乙本と慶應本は桐壺巻から末摘花巻までの残存本。内閣文庫本系統はすべて若紫巻から花散里巻の部分を欠いている残欠本である。これら以外に古筆切や断簡の類の資料があり(5)、また若紫巻の一部ではあるが、鶴見大学本は京都大学本系統に属する貴重な古写本である。

この一二三の各系統を超えて校本を作成したり、校異を考えることはほとんど不可能であると思われる。たとえば桐壺巻から「一のみこは右大臣の女御の御はらにてよせをもく」の注釈の項目を掲出してみよう。引用に際しては、割注や傍書など細字表記を〔　〕で示した。

一　内丙本

ナシ

二　京大文学部本

一のみこは右大臣の女御の御はらにてよせをもくうたかひなきまうけの君とよにもてかしつき、こゆ

よせ　縁也

三　東大図書館本

一の御子は右大臣の女御の御はらにてよせをもく

縁也〔見日本紀〕

省略本、抄出本とも言われる内丙本はこの項目を欠く。京大本と東大本は引用本文の長さが二倍以上の分量の相違がある上に、注釈も、京大本は「よせ　縁也」と必要な部分を再掲して注釈をするのに対して、東大本は「縁也〔見日本紀〕」と漢字のみを宛てる注釈でしかも出典を示している。これらは転写の過程で生じた異同とは見なしがたいものである。

次に、「おとしめきすをもとめ給人はおほく」の項目を見てみよう。

一　内丙本

おとしめきすをもとめ給人はおほくわか身はかよはく物はかなきさまにて中〳〵なるもの思ひをそし給ふ

なをき木にまかれる枝もある物を毛を吹きすをいふかりなき

詠吹求疵〔漢書〕

所好則鑚皮求其毛羽、所悪則洗垢求其瘢痕、家語

好生毛羽悪生疵〔文集〕

二　京大文学部本

おとしめきすをもとめ給人はおほく

なをき木にまかれる枝もある物を毛をふききすをいふかわりなさ

これは高津のみこの述懐哥也
詠吹毛求疵文〔漢書〕
所好則鑽皮出其毛羽、所悪則洗垢求其瘢痕〔家語〕
好生毛羽悪生瘡〔文集〕

三　東大図書館本

おとしめきすをもとめ給人はおほくわか身はかよはくものはかなきさまにてなか〳〵なる物思ひをそし給ふ
なをき木にまかれる枝もある物をけをふききすをいふかわりなき
〔これは高津宮述懐哥　或みこ〕
詠吹毛求疵文〔漢書〕
所好則鑽皮出其毛羽、所悪則洗垢求其瘢痕〔家語〕
好生毛羽悪生瘡〔文集〕

ここでは内丙本と東大本の引用本文はほぼ同文であるが、これらの引用文の長さは京大本の三倍以上のものがある。内丙本と東大本は引用文では同じパターンだが、引歌として掲出する「なをき木に」の和歌が高津のみこ〔宮〕の和歌であるという注釈を持つという点では、今度は京大本と東大本が一致して、この注記を持たない内丙本に対して共通異文を形成する。注記本文自体は「これは高津のみこの述懐哥也」「これは高津宮述懐哥　或みこ」と微妙な相違がある。

以上のような例を見れば、系統を超えて校本を作成するのではなく、各系統別に本文研究を行い、その結果を踏まえて、『紫明抄』全体の見通しを得るべきであると考える。

系統別の『紫明抄』の研究という立場に立てば、抄出本であり、誤写誤脱の多い損傷著しい写本であるが、他の系統の伝本にはない情報をも有している内丙本（内閣文庫蔵三冊本）が注目される。稿者は、この伝本には『紫明抄』の成立期の姿が反映されていると考え、いくつかの論考を明らかにしてきたが、[6]最近では若手の研究者もこの写本に注目しているようであるから、[7]内丙本は今後更にその特性が究明されていくであろう。

四半世紀前に龍門文庫本の影印刊行はあったものの、研究が立ち後れていた内閣文庫本系統については、稿者自身が、東大本を底本にした翻刻を作成中であり、同一系統内の他本との比較や、京大本系統との主要な校異も付する予定であるから、[8]この分野については一応の基礎資料は整いつつある。

とすれば、残された課題は、京大本系統の再検討である。次節以降では、この問題に絞って考察してみよう。

二　京都大学本系統の本文の問題・桐壺巻から

京都大学本系統内の諸本に限定して本文を考える場合、出来る限り正確なデータを導くためには、比較できる写本が多い部分で考えなければならない。

一巻以上を完全な形で残しているこの系統の写本は以下の通りである。京都大学文学部本は全巻を具備している。次に多くの分量を持っている京都大学図書館本が、桐壺巻から夕顔巻、須磨巻から少女巻、橋姫巻から夢浮橋巻を伝えている。慶應義塾大学附属図書館本と内閣文庫蔵一冊本（内乙本）は桐壺巻から末摘花巻を残存させている。以上四伝本の共通部分、桐壺巻から夕顔巻までが、当面検討するに最もふさわしい箇所であると言える。猶、残巻状況から、慶應本と内乙本の親近性が窺えそうであるが、この問題については後述する。

以上四伝本の内、京大文学部本は別格であるにしても、早くからその存在が知られていて、東京堂『源氏物語辞典』、岩波書店『日本古典文学大辞典』等々の基本図書でも取り上げられている京大図書館本や内乙本と比べて、言及されることが少なかった慶應義塾大学附属図書館本について簡単に述べておく。

この資料については、唯一といって良い精緻な文献がある。斯道文庫の平澤五郎によって行われた厳密な翻刻と影印、考察がそれで、(9) 諸本との比較比校もかなり詳細に行われている。ただ、内丙本や内閣文庫本系統との比較もあるため、京大本系統に絞った検討が必要であると考える。猶、本書の伝来に関する発言についてまとめておきたい。

上記平澤論文では、当該本は「原装時に於いては（中略）紙質は潰破の寸前ともいうべき状況にあった。幸い古書肆村口氏による充全な補修改装が施され」云々と記されている。一方、龍門文庫本の影印解題で川瀬一馬は「本書（稿者注『紫明抄』）は古写本が古書肆村口四郎君の手に入り、本書（稿者注、龍門文庫本）と詳しく比較したが、本文はほとんど一致し、本書が古伝の善本文なるを証することを得た」と述べている。全く別個の証言であるが村口書房が介在している二つの『紫明抄』は同一の資料であることが証言されている。(10) 猶、川瀬が「本文はほとんど一致し」というのは、項目数の大幅な出入りなどはなく、ということであろう。前節で述べたごとく、京大本系（慶應義塾大学本）と内閣文庫本系（龍門文庫本）の項目の引用文の長短はかなり大きな相違がある。

更に、慶應義塾大学附属図書館本については、写真が附載された資料があるので、大学に購入される直前の動きを知ることができる。

まず、昭和五十五年十一月の東京古典会の古典籍下見展大入札会に該本が出陳されていることが確認できる。同目録の二番目に「紫明抄　第一」として掲出され「自桐壺巻至末摘花　素寂撰　鎌倉末期写」と解説があり、写真版九ページ下段に、巻頭の紫式部の系図の部分が載せられている。この時の入札の結果慶應義塾大学の所蔵に帰したようで、現在も筐底に秘められるように「昭和五五年度　№2　紫明抄第一　一冊三一八九〇〇〇円　東京古典会」の札が残っている。

ところが、三年前の同じ東京古典会の古典籍下見展大入札会にも古写本の『紫明抄』が出品されている。この写本は目録番号七の「紫明抄　巻一―三」で解説には「釈素寂撰　鎌倉時代写　源氏物語註釈　破損多し　大形」と記されている。写真版六ページ下段に序文の部分が載せられているが、写真を見る限り、一面の字配りも、文字そのものも、虫損の跡まで、慶應義塾大学附属図書館本に極めて酷似し、同一の写本かと推測される。さらに現在の慶應本は、前掲平澤論文が述べるごとく丹念な裏打ち補修がなされているが、この時の写真は修復前であるために次のことが分かる。序文本文の五行目と六行目の間、下から三文字あたり「よをいとふはかり事あさ〈く〉と「ねかふ心おろそかなるこ〈とを〉」の「事」と「な」の行間の部分が、現在は裏打ちされているが、五十二年の目録ではその箇所が破れていて次の丁の紫式部の系図の「紫」の文字が覗いているのが写真でも確認できるのである。現在の慶應本でも、丁をめくってみるとその箇所に間違いなく、紫式部の名前が記されている。要するに、東京古典会の五十二年出品の『紫明抄』と、五十五年のそれ、すなわち現在の慶應本とは同一の写本と断ずべきなのである。同一の資料が二、三年後にこうした入札会に再度出品されることは必ずしも奇とするにはあたらないが、(11)気になるのは「巻一―三」という記述である。この時点で巻三まであったか、とすれば残りの巻二、三はどこに行ったのか、あるいは単純な誤植か何かであろうか、当時の事情を知る人の証言を引き続き探してみたいと思う。

さて以上四伝本の内、桐壺巻における主要な異同についてみてみよう。

主要な異同の定義は以下のごとくである。まず、漢字と仮名の相違、音便や仮名遣いの違いなどの表記上の相違は採用しない。補入やミセケチの相違は採用しない。傍記か割注かの相違は採用しない。これらは転写過程で生じた可能性が高く、本文の本質的な相違と同列に扱うと、伝本の特性が分かりにくくなるからである。次に、京都大学図書館本と内乙本のそれぞれ一本のみの異文は取り上げない。この二本には、比較的誤脱が目につき、それは本文上の特質というよりも、ある段階の書写態度を反映していると考えるからである。慶應義塾大学附属図書館本は書写態度も極めて厳密であるようだから、この本独自の異文も参考のためにとりあげた。京大文学部本は従来底本として使用されているから、この本のみの独自異文は、修正しなければいけない可能性があるため、当然考察の対象となる。

異文掲出の方法は、京都大学文学部本の本文を最初に掲げ、傍線を引いて、異文を掲出するようにした。伝本名は、京文、京図、慶應、内乙の略号を適宜用いた。漢数字は巻ごとの京文本の項目の通し番号（本節は桐壺巻の通し番号）を私に付したものである。細字傍記や割注は〔　〕で示したこと、上記の例に同じである。表記の異同は取り上げないから、異文掲出に際しては最初の伝本の表記に従っている。

八　京文・この君うまれ給てのちは　光源氏　六条院　降誕事　―京図・慶應・内乙ナシ

九　京文・京図・坊〔春宮坊也〕―慶應・内乙・坊〔春宮居所〕

一三　京文・京図・〔古人説〕―慶應・内乙・〔古人注如此〕

二七　京文・京図・源氏君みつにてはゝにをくれ給―・慶應・内乙・源氏君みつにてはゝにをくれ給　例

二七　京文・京図・〔保明・文彦太子女　母左大臣時平女〕―慶應・〔保明・文彦太子一女　母左大臣時平女〕―内乙・保明・文彦太子一女　左大臣時平

二九　京文・おたきといふ所には―京図・慶應・内乙・おたきといふ所に

四五　京文・内乙・〔後撰兼輔卿〕ー京図・〔後撰兼輔朝臣〕ー慶應・〔拾遺兼輔〕

五一　京文・あまたゝひ見しほとにもー京図・慶應・内乙・あまたゝひ見し程に

五一　京文・京図・専使といふにー慶應・内乙・専使とはいふに

五一　京文・京図・内乙・にほひやかなるかたはをくれてー慶應・にほひやかなるかたはをくれ

六〇　京文・京図・陪善役人者殿上四位勤之ー慶應・内乙・陪善役人者殿上四位勤也

七六　京文・父母之情ー京図・慶應・内乙・父子之情

八二　京文・栄花物語八ー京図・慶應・内乙・栄花物語第八

八三　京文・盛折敷ー京図・盛柳筥ー慶應・盛折節（「柳筥歟」と傍記）ー内乙・折節（「柳筥」を抹消）

九一　京文・京図・冠者御座也ー内乙・冠者の御座也ー慶應・冠者也

一〇四　京文・京図・内乙・次伏左右左次取笏ー慶應・次伏左右左取笏

一一五　京文・さうしー京図・慶應・内乙・御さうし

最後の一一五の例でわかるように、「はじめに」でのべた、「内にはもとのしけいさをさうしにてこ御息所の御方の人〳〵まかてちらす候はせ給」の部分は、実は、京文本のみが「さうし」であって、京図本・慶應本・内乙本すべて「御さうし」である。ここは三本に従って「御さうし」と修訂すべきであろう。素寂自身の誤写の可能性は皆無ではないが、京文本は素寂自筆本ではないから、「さうし」をただちに『紫明抄』の本来的本文とすることは出来ないであろう。

それ以外の十六の項目についてみてみよう。五一の三番目、九一、一〇四の三つの項目は慶應本の独自異文、四五もこれに準ずるもの、以上四項目は京文本の本文のままでよい。

九、一三、二七の一番目、五一の二番目、六〇の四つの項目は、慶應本と内乙本一致して京文本に対して異文を形成するが、これら五項目では京図本が京文本と同文であるから、京文本の本文を改める必要はない。これらの箇所から慶應本と内乙本が親近性を持つことが推測される。書写年代は慶應本の方が圧倒的に古いが、九一や一〇四の例のように、慶應本が脱している文字が内乙本には見えることから、内乙本は慶應本の直接の末流の伝本ではない。また以上の例にはなかったが、一〇二「いときなき」の項目では、『紫明抄』諸本は「拾遺云、三善佐忠元服のゝち、能宣、ゆひそむるはつもとゆひのこむらさき衣のいろにうつれとそおもふ」云々の引歌を掲出するが、慶應本のみ「拾遺云、三善佐忠元服のゝち、能宣」の部分が次の一〇三の引歌の後に位置している。ここでも内乙本は、他の伝本と同様に本来的な正しい位置に記している。

残りの部分について考察してみる。

八は、もともと少し前の項目に「みこさへむまれ給ぬ　光源氏　六条院　降誕事也」とあり、重複していたことが明白な部分であったが、京図・慶應・内乙の三本が八の項目を持たないことから、京文本が転写の段階で鼠入した可能性が高かろう。

二九「おたきといふ所には」の末尾は、京図・慶應・内乙の三本「所に」とあるから修訂すべきではなかろうか。『源氏物語大成』などで検する限り「所には」とある伝本はない。意味的にも「は」はない方が理に叶っている。

五一の最初の項目も微細な例であるが、京文が「あまたゝひ見しほとにも」の末尾の「も」が、京図・慶應・内乙の三本にはなく、「ほとに」が『紫明抄』の本来的本文であった可能性が高い。

七六の京文「父母之情」も他本すべて「父子之情」、八二の京文「栄花物語八」も同じく他本が「栄花物語第八」

であるから、これらも修訂すべき箇所であろう。

以上に一一五の例を加えた、六例は、京都大学文学部本のみが孤立してやや不審な本文を持っている箇所であるから、これらは『紫明抄』の本来の本文とは言い難く、京大本系の本文として引用するときも、修訂して使用されるべき箇所であろう。

残る、二七の二番目、八三なども、京文本の本文に疑問なしとしないが、現在の伝本状況では、敢えて改訂することは慎重であるべきだろう。

猶、第五一項目の長文の注釈の冒頭近く「亡父大監物源光行」の部分、角川翻刻では「亡父大監物光行」と「源」を脱しているが、これは誤植であり、諸本すべて「源光行」で異同はない。些細なことであるが、異同の漏れではないかと誤解を与えてはいけないので付記しておく。

三　京都大学文学部本の修正・帚木空蟬夕顔巻から

前節で見たように、京大本系統内の諸本と対校することによって、京大文学部本の本文を改めることも出来れば、逆に京大文学部本の本文の正しさを認識することも出来るのである。この正反対の例を夕顔巻から掲出してみよう。

京大文学部本の六二番目の項目として掲出されているのは「みつわくみてなり」の本文であるが、この部分、京図本・慶應本・内乙本すべて「みつわくみて侍なり」である。『源氏物語』の本文を見ると河内本系統はすべての写本が「みつわくみて侍なり」であり、[12]京文本の脱字と見るべきであろう。一方七八番目の項目の京大文学部本は「猶こりすまに又もあたなはたちぬへき御心のくさはひなめり」でこの部分の末尾は慶應本・内乙本「くさはひなり[13]」とあるので前例に従って京文本の誤写かと考えたくなるが、ここでは京図本は京文本同様に「くさはひなめり」なのである。ここも『源氏物語』本文では青表紙本と河内本の対立があり、河内本諸本「くさはひなめり」で異同はない。今回は、慶應本・内乙本を見ることにより、京文本の本文の正確さが確認できるのである。

以下、京文本のみが孤立した本文で、他の三本が一致して共通の異文を持ち、京文本を修訂すべき可能性がある箇所を列挙しておく。

帚木第一項目「敦慶親王」の割注、京文本は「光玉宮」、他本は「玉光宮」。

帚木三一項目「かはらかなりや」の注、京文本「なまめかす（きよけなりといふ）」とある箇所、他の三本は末尾が「といふ歟」となっている。

帚木九〇項目「池の水かけ見えて月たにやとるすみか」の注、京文本「ふたつなき物と思をみなそこに山のはならていつる月かけ　古今　貫之」とある箇所、他の三本は詠者名が「紀貫之」となっている。

帚木一一〇項目「ひとやりならぬ」の注、京文本は「人やりのみちならなくにおほかたはいきうしといひていさかへりなん　古今　源実右近衛」とあるが、他の三本は「源実左近少将」である。

帚木一七一項目「ひきたて、わかれ給あとほと心ほそく」が京文本の本文であるが、他の三本は「わかれ給ほと」であり、『源氏物語』諸本も同文である。

空蟬巻一一項目「いよのゆのゆけた」の項目の注釈、京文本の翻刻は「伊与国のをしまの渡に」であるが、他の三本は「伊与国あをしまの渡に」である。京文本の当該箇所は判別に苦しむが「の」は「あ」の上に重ね書きをしているようにも見える。翻刻としては「の」で良いのであろうが、結果的に孤立した本文となっている。

空蝉巻一五項目「かせふきとほす」の項目の引歌「かせふくと人にはいひてとはさゝしあけんと君にいひてし物を」の出典が京文本のみ「六帖上」、他本は「六帖云」である。

夕顔巻三八項目「あしたのつゆにことならぬよに」の注釈を京文本の翻刻は「居累卯之花」とするが、他三本は「居累卯之危」である。京文本を見ると「花」か「危」か判別に苦しむような字体であり、京文本の書写者も「危」のつもりで書いているのかもしれない。

夕顔四六項目、京図・慶應・内乙の三本は「こたちいとうとましくものふりたり」であるが、京文本のみ「ものふたり」とある。ここは京文本の単純な脱字と考えて、改訂すべき所であろう。

次の四七項目京文本は「へちなうの方にも曹司なとして人すむへかめれ」とあるところが、慶應本・内乙本は「へちなうの方にそ」の本文である。京図本は「へちなうの方にて」と本行で書いて「て」の横に「そ」と傍記する。『源氏物語』の伝本すべて「へちなうの方にそ」の本文である。

既に言及したことがあるが、夕顔巻五七項目の京文本「神なひさわき」は京図本などによって「神なるさわき」と改めるべきもの(14)。

夕顔巻六二項目京大本は「みつわくみてなり」とあり、他の三本は「みつわくみて侍なり」。ここは青表紙本と河内本の異同のある箇所で、青表紙本が「みつわくみてすみ侍なり」、河内本が「みつわくみて侍なり」である。京文本が「侍」を転写の際に落としたと考えるべきであろう。

夕顔七二項目の「かの右近をめして」で始まる部分「ふくいと黒く」か「ふくりと黒く」かで古注釈書で意見の対立のある箇所である。この注釈の部分で、京文本の翻刻は「阿仏御前」とするが、京図本・慶應本・内乙本は「阿仏御房」の本文である。京文本を見ると「前」か「房」か判読に苦しむような字体である。ここは他の三本に従って「阿仏御房」が本来的な形であろう。

次に、単純に京文本の本文を修正するわけにはいかないが、伝本の関係を考える上で注意を要する箇所を帚木・空蝉・夕顔巻から掲出しておく。

帚木五項目の「かたの丶少将」の注釈「英明中将交野に一泊す」に関連して、英明の父斉世親王の傍記は慶應本・内乙本が「三品式部卿」、京文本・京図本が「三品兵部卿」で、京大二本と慶應・内乙本が対立することはしばしば見られるパターンだが、京文本は同じ傍記を本行の左右に持ち、京図本は通常のかたちの本文右の傍記のみである。「式部卿」「兵部卿」どちらの本文を取るにせよ、京文本は転写過程で二重表記をしてしまったものであろう。

二重表記からもう一例。帚木一〇項目の「おさ〳〵」の語釈では、諸本『日本書紀』成務四年二月の項目を引用するが、慶應本・内乙本は、その記事の後に「又治〔オサ〳〵シ〕又優〔オサ〳〵シ〕」との注を掲出するのに対して、京図本は成務紀の前に「又治〔オサ〳〵シ〕又優〔オサ〳〵シ〕」と記している。ところが京文本はこの二つを合わせたようなかたちで、成務紀の前にも後にも同じ注記を持っているのである。これなどは二重表記された形が最初で、どちらを削るかで、京図本と慶應本で対応が別れたと考えるべきであろうか。とすれば二重表記の京文本の形が先行することになる。

帚木一三六項目「こよひなか丶み内よりこなたはふたかり侍りと人〳〵きこゆ」では京文本・京図本「ふたかり侍り」だが、慶應本・内乙本「ふたかり侍りけり」である。この部分河内本内でも対立があって、七毫源氏が「ふたかり侍り」で、尾州家本・平瀬家本・大島本・高松宮本などが「ふたかり侍りけり」である。『紫明抄』の引用本文が河内本内のどの写本に近いかということが究明されれば、この部分も判断できるかもしれない。ちなみに青表紙本は「ふたかりて侍りけり」と助詞「て」を有している。

空蟬巻一四項目は、京文本・京図本ともに「人〳〵あかる、けはひなり　頒也」のかたちである。これが慶應本では注釈の部分「頓也」と記して朱で「頒」と傍記している。さらに内乙本では本文化しており「頓也　頒〔アカル、也〕」の形である。書写年代から内乙本が慶應本より下ることは明確であるが、これなど内乙本が慶應本の末流の要素を持っていることを示している。

同じく夕顔巻五九項目「ちとせをすくる」が慶應本・内乙本「すくす」でこの二本の親近性を窺わせるが、三五項目「八月九月正長夜」が慶應本のみ「八月九日」であるが内乙本は正しい本文で、常にこの二本が一致するわけではない。

四　分冊の問題など

京大本系統『紫明抄』は巻一の分冊にどの巻まで含むかによって二つの型に分かれる。この問題については先学も注目したところであるが[15]改めて考えてみたい。

京文本は、巻一が桐壺巻から夕顔巻まで、巻二が末摘花巻から花散里巻までである。（巻二の内題は「自若紫巻至賢木巻」だが花散里巻まで含む）。京図本も、巻一が桐壺巻から夕顔巻まで、巻二は伝わらないが、巻三が須磨巻からであるので、巻二は京文本と同じ巻々であったことが分かる。

一方巻一のみの残欠本である慶應本と内乙本はともに桐壺巻から末摘花巻までを含んでいる。以降の巻については詳らかにしないが、京文本と同様に全十巻の形であれば、巻三が須磨巻からで、巻二は紅葉賀巻から花散里巻までである。

ここで、全十巻を具備する京文本の巻ごとの墨付きの丁数を確認しておくと以下のようになる（末尾の遊紙の有無によって現在の丁数がこれより一丁多い巻もあるが、実際の分量を確認するために墨付き丁数によった）。

巻一	桐壺巻〜夕顔巻	五六
巻二	若紫巻〜花散里巻	四三
巻三	須磨巻〜関屋巻	二五
巻四	絵合巻〜少女巻	二五
巻五	玉鬘巻〜篝火巻	一九
巻六	常夏巻〜藤裏葉巻	一九
巻七	若菜上巻〜鈴虫巻	三八
巻八	夕霧巻〜竹河巻	二五
巻九	橋姫巻〜宿木巻	二七
巻十	東屋巻〜夢浮橋巻	二七

こうして見ると、巻一が他の巻に比べると群を抜いて多いことが分かる。巻二も四三丁とこれに次ぐが、巻七が三八丁であるのを考慮すると、それほどの違和感は感じない。どの注釈書でも、巻を追うごとに項目数も減少し、冒頭には紫式部の系図などもあるから、巻一の分量が多いことは極めて奇異であるというわけではない。ただ、この数値は巻一を夕顔巻までで区切った場合である。現在の京文本では若紫巻と末摘花巻は巻二のうち一六丁を占めている。もしこの二つの巻を巻一に綴じ込んだとしたら、単純計算で巻一は七二丁となり、最小の巻五や巻六の四倍近くの分量となるのである。十巻の構成を取る限り、極めてバランスの悪い分冊構造になると言え

よう。

とすれば、慶應本や内乙本のように、桐壺巻から末摘花巻までで巻一、すなわち第一分冊を構成している伝本はどのように位置づけたらよいのであろうか。

『紫明抄』は一回的な成立をしたものではない。残存資料を見る限り、河内方宗家の『水原抄』に対して独自性を打ち出すために、『水原抄』と共通の注釈を少しずつ削り、新たな引歌などを付け加えていく過程が確認できる。(16)また、当初は、具体的な引歌などを確定できない部分でも、なんらかの典拠があると推測される場合は、取りあえずその本文を書き抜き、項目だけを列挙しておいたようである。それらは項目だけの場合もあれば「未勘」と記されたものもある。(17)このうち具体的な解答を得られなかった項目の多くは最終的には削除されていく。このように『紫明抄』は加除修正の過程が存在するのである。いわば段階成立をした注釈書なのである。このような段階成立を考えると、分冊の問題も解決できるのではないだろうか。

すなわち、分冊分巻構成がバランスの悪いものから、均整の取れたものへと修正されたと考えることができるのではないだろうか。巻一を末摘花巻までとして一旦注釈書をまとめ始めた素寂であったが、このようにした場合、後続の巻の分量との割合が著しく均整を欠くということに気がついたのではないか。そこで分量の多い巻一を夕顔巻までにとどめて、若紫巻と末摘花巻を巻二に繰り下げたのではないだろうか。このように考えれば現在伝わっている『紫明抄』の巻一の分冊の形式が複数あることも解決できると思われるのである。

内閣文庫蔵三冊本すなわち内丙本が、注釈内容に初稿本的要素を残存させているのであるが、慶應本と内乙本は、分冊分巻の方法に初稿本的形態を揺曳させているのである。逆に言えば京都大学文学部本は、形式的にも本文的にも、最も整備された形の『紫明抄』の姿を示していると言えるのである。

おわりに

以上見てきたように、京都大学文学部本は『紫明抄』唯一の完本で、書写年代も古く、しかも本文的には極めて安定した写本である。しかしその京文本であっても、いくつかの誤写と思しき箇所は存在する。とすれば、その誤写を可能な限り修訂して、『紫明抄』の本来的な形（少なくとも、京大本系統の中の本来的な形）を希求することが必要であろう。

幸いこの系統には、書写年代が京大文学部本に匹敵する慶應義塾大学附属図書館本があり、多少下るものの室町時代書写の京大図書館本もある。これらに、江戸時代の書写ではあるが、内閣文庫乙本を加え、以上四本の共通する部分、すなわち桐壺巻から夕顔巻については、京都大学文学部本に対して、他の三本が共通異文を持つ場合は、孤立する京大文学部本を改める必要があるのではないか。特に、今日伝存する『源氏物語』の本文と照らしてみても京大文学部本のような本文がなく、しかも他の三本が通行の本文に一致するときなどは、『紫明抄』独自の異文として京大文学部本を立てることがはたして妥当であろうか。それは注釈書としての『紫明抄』の性格をわかりにくくしてしまうのではないだろうか。最善本であることと、修訂・校訂の可能性があることは別である。『源氏物語』そのものであれば、基本的に大島本に拠りつつも必要に応じて他本の本文をも参考にするわけであるから、注釈書だけが特定の本文だけで良いというのも不自然であろう。

もちろん本稿は京大本系統に限定しての作業である。これに内丙本、内閣文庫本系統の検討の結果を加えることによって、真の意味での『紫明抄』の本文が究明されたことになるであろう。

【注】

（1）帝國教育會出版部刊、第十巻。これをそのまま版面複製したものが日本図書センター『日本文学古註釈大成』の『源氏物語古註釈大成』版である。

（2）『紫明抄・河海抄』角川書店、一九六八年六月初版。

（3）臨川書店刊、上巻が第二七分冊で一九八一年四月刊、下巻が第三三分冊で一九八二年四月刊。

（4）『源氏物語大成』『河内本源氏物語校異集成』『源氏物語別本集成』などを参考にした。以下同。

（5）田坂「『紫明抄』の古筆資料について」『源氏物語享受史論考』風間書房、二〇〇九年。

（6）田坂「内閣文庫蔵三冊本（内丙本）『紫明抄』について」『源氏物語享受史論考』風間書房、二〇〇九年、「内閣文庫蔵三冊本（内丙本）『紫明抄』追考　―手習巻を中心に―」日向一雅編『源氏物語　注釈史の世界』青簡舎、二〇一四年二月刊行予定。

（7）二〇一三年一二月の全国国語国文学会冬季大会では、カラーヌワット・タリン「内閣文庫蔵三冊本『紫明抄』の注釈内容」の口頭発表が予告されている。

（8）『源氏物語古注集成』第十八巻、おうふう、二〇一四年六月刊行予定。

（9）「慶應義塾図書館蔵〔鎌倉末南北朝〕写『紫明抄』巻第一零巻　―本文篇　影印並びに翻刻」『斯道文庫論集』二九、一九九四年、「慶應義塾図書館蔵〔鎌倉末南北朝〕写『紫明抄』存巻一零本　―解題篇（一）―」『斯道文庫論集』三〇、一九九五年。

（10）慶應義塾大学附属図書館白石克氏の示教による（田坂「九州大学附属図書館蔵『紫明抄』について」『源氏物語享受史論考』風間書房、二〇〇九年）。

(11) 近代文献ではあるが、立原道造『萱草に寄す』宮地杭一宛署名本が平成二年と四年の明治古典会七夕大入札会に出陳された例などがある（川島幸希『私がこだわった初版本』人魚倶楽部、二〇一三年）。同じく、立原の詩稿「かろやかな翼ある風の歌」は、平成五年と十年の明治古典会に出陳されている（田坂「立原道造新収書簡と立原記念館のこと」『本の手帳』一〇号、二〇一一年一月）。

(12) 青表紙本の本文は「みつわくみてすみ侍なり」である。

(13) 内乙本は「くさいひなり」と本行にあり、「い」の横には「は歟」と傍書してあるから、慶應本と本質的に同じであるものと判断した。

(14) 田坂「対校資料としての京都大学図書館本『紫明抄』」（『源氏物語本文のデータ化と新提言』Ⅱ、二〇一三年）

(15) 注（9）平澤論文。

(16) 田坂「『水原抄』から『紫明抄』へ」『源氏物語享受史論考』風間書房、二〇〇九年。

(17) 注（6）拙稿。

『浜松中納言物語』鑑賞の試み

藤原克己

一　夢と転生

周知のように、藤原定家筆・御物本『更級日記』の定家識語に、「よはのねざめ、みつのはま松、みづからくゆる、あさくらなどは、この日記の人のつくられたるとぞ」とある。『夜の寝覚』を菅原孝標女作とみなすことには、なお根強い異論も存するようであるが、[1]『浜松中納言物語』に関しては、孝標女作である可能性が高いとするのが、大方の観方になっていよう。その理由の一つとしてよく挙げられるのは、この物語においても『更級日記』においても、夢がしばしば重要な役割を果たしているという共通点であるが、その夢とも関わって、転生というモチーフもまた重要な共通点であろう（もちろん、このことも従来指摘されていなかったわけではない）。『浜松中納言物語』の主人公の中納言は、亡父の式部卿の宮が唐土の第三皇子に転生しているということを夢で知り、渡唐を思い立つ。このことは、物語の散逸首巻で語られていたことであるが、[2]『無名草子』や『風葉和歌集』から知られるのである。『無名草子』には次のようにある。

父宮の、唐土《もろこし》の親王に生れたる夢見たる暁、宰相中将尋ね来て、

独りしも明かさじと思ふ床の上に思ひもかけぬ浪の音かな

と言ふよりはじめ、唐土に出で立つことども、いといみじ。(3)

『風葉和歌集』巻第十八・雑三には、以下のように録されている。

中納言のもとに、暁、立ち寄りて侍りけるに、いみじく尊く経を読み澄まして居明かしつるにや、と見えければよめる　浜松の宰相中将

独りしも明かさじと思ふとこの浦に思ひもかけぬ波の音かな(4)

また中納言は、唐土に渡って父宮の転生した第三皇子にまみえたのち、皇子の母にして帝の最愛の后である「河陽県の后」と相思相愛になり、山陰《さんいん》の春の夜のただ一度の逢瀬によって后は中納言の子を身ごもる。后が極秘裏に出産した男子は、中納言の帰国の際に一緒に日本に連れて帰るのであるが（以上巻一）、最終巻の巻五に至って、后は中納言の夢に現れ、吉野の姫君（実は后の異父妹、後述）の生む女君に転生すると告げるのである（ただし吉野の姫君の出産までは語られない）。

一方『更級日記』においても、二つのきわめて印象的な転生が語られている。一つは、「侍従の大納言（藤原行成）の御むすめ」が猫に生まれ変わって作者のもとに来たという話。藤原道長の息男長家の室となっていた行成の娘が十五歳で亡くなったのは、治安元年（一〇二一）、作者十四歳の年の三月のことであったが、直前に作者自身の乳母も亡くなっていたので、「殿（道長）の中将（長家）のおぼし歎くなるさま、わがものの悲しきをりなれば、いみじくあはれなりと聞」き、たまたま手習の手本にいただいていた「この姫君の御手」に「『鳥辺山谷にけぶりの燃え立たばはかなく見えし我と知らなむ』と、いひ知らずをかしげに、めでたく書き給へるを見て、いとど涙を添へ」たという。そしてその翌年の春、「花の咲き散るをりごとに、乳母なくなりしをりぞかしとのみ、あはれなるに、同じをりなくなり給ひし侍従大納言の御むすめの手を見つつ、すずろにあはれなる」思いを重ねて

いたのであったが、「五月ばかりに、夜更《ふ》くるまで、物語をよみて起きゐたれば、来つらむかたも見えぬに、猫のいと和《な》ごうないたるを、驚きて見れば、いみじうをかしげなる猫」がいた。姉と二人で可愛がっていると、猫もたいそうよくなついたが、姉が病臥した折、しばらく猫を、下人たちのいる北面に遠ざけていたところ、姉が、こんな夢を見たと語る。

夢に、この猫のかたはらに来て、「おのれは、侍従の大納言殿の御むすめのかくなりたるなり。さるべき縁のいささかありて、この中の君（作者）のすずろにあはれと思ひいで給へば、ただしばし、ここにあるを、このごろ下衆《げす》の中にありて、いみじうわびしきこと」と言ひて、いみじうなくさまは、あてにをかしげなる人と見えて、うちおどろきたれば、この猫の声にてありつるが、いみじくあはれなるなり。(5)

このあと、「世の中に長恨歌といふ文《ふみ》を、物語に書きてある所あんなりと聞くに、いみじくゆかしけれど、え言ひよらぬに、さるべきたよりをたづねて、七月七日言ひやる」という一節をはさんで、この日記のなかでもことに忘れがたい場面が続くのであった。

その十三日の夜、月いみじく隈《くま》なく明《あ》かきに、みな人も寝たる夜中ばかりに、縁に出でゐて、姉なる人、空をつくづくと眺めて、「ただ今、（私が）ゆくへなく飛び失《う》せなば、いかが思ふべき」と問ふに、（私の）なまおそろしと思へるけしきを見て、（姉は）異《こと》ごとに言ひなして笑ひなどして……

そして、このあとすぐに「そのかへる年、四月」の火事、猫の死、転居のことが記されたのち、「その五月の朔日《ついたち》に、姉なる人、子うみてなくなりぬ」と、姉の死が語られるのである。

いま一つの転生は、作者が三十二歳の年に、(6)自分の前世は清水寺の仏師であったという夢を見たというものであるが、これは割愛したい。

ところで『浜松中納言物語』の転生に関連して池田利夫は、新編日本古典文学全集『浜松中納言物語』（以下「全集」と略称）巻頭の「古典への招待 渡唐物語の周辺」で、亡父の転生した唐土の皇子に対面するという「希有な設定」に類似するものとして、『今昔物語集』巻十七の「律師清範知文殊化身語第三十八」をあげている。長保五年（一〇〇三）に入宋してかの地に没した寂照（大江定基）は、清範《しょうはん》律師と親交を結んでいた。律師が亡くなってから四五年の後に寂照は宋に渡ったのであるが、その際、律師からもらった念珠を携えていた。寂照が宋の皇帝に面会した折、「四五歳許《ばかり》ナル皇子」が走り出てきて、「其ノ念珠ハ、未ダ不失《うしな》ハズシテ持タリケリナ」と日本語で語りかけたという。皇子が律師の生まれ変わりであることを悟った寂照が、「此《こ》ハ何《いか》ニ此《か》クテハ御《おはし》マシケルゾ」と問うたところ、皇子は「此《こ》ノ国ニテ可利益《りやくすべ》キ者共ノ有レバ、此ク詣来《まうでき》タル也」とばかり答えて再び走り去った。寂照は、清範律師のことを人々が「文殊ノ化身ニ在《まします》ス」と言っていたのは、説経微妙にしてよく人に道心を発《おこ》さしめたゆえと解していたが、「実《まこと》ノ文殊ノ化身ニコソ在《まし》マシケレ」と思い、「哀レニ悲《かなし》クテ涙ヲ流シテゾ」皇子の走り去った方を拝んだという話である。(7)

まことに興味深い指摘であるが、私は、この物語の恋と転生のモチーフには、すでに雨宮隆雄の説いたとおり、(8)やはり白居易の「長恨歌」（『白氏文集』巻十二）とそれに添えられた陳鴻の「長恨歌伝」が、深い影を落としているように思う。中納言は帰朝後、「身を代へて」（巻三・二六一頁、巻四・三二九頁）(9)あるいは「生を代へて」（巻三・二六二頁）、つまり転生して再び河陽県の后にめぐり逢いたいと、后を恋い慕い続けるのであるが、先にもふれたように、最終巻の巻五に至って、后が中納言の夢に現れ、吉野の姫君の生む女君に転生することを、次のように告げるのである。

（あなたが）身を代へても（私と）一つ世にあらむことを祈りおぼす心にひかれて、（私は）今しばしありぬべき命尽きて、天にしばしありつれど、われも（あなたを）深くあはれと思ひ聞こえしかば、かう（あなたが）おぼしなげくめる人（吉野の姫君）の御腹になむやどりぬるなり。薬王品をいみじう保ちたりしかども、われも人も浅からぬあいなき思ひにひかれて、なほ女の身となむ生《むま》るべき。（三九七〜八頁）

一方「長恨歌」で、「七月七日長生殿／夜半に人無くして私語《ささやきごと》せし時」、玄宗皇帝が楊貴妃に言ったという「天に在らば願はくは比翼の鳥作《た》らむ／地に在らば願はくは連理の枝為《た》らむ[10]」も、転生による永遠の愛の成就を願う言葉であるが、「長恨歌伝」では、蓬莱山の仙宮に仙女となって生まれ変わっていた楊貴妃が、訪ねて来た道士に、この時のことを回想して、次のように語っている。

「秋七月、牽牛・織女相見《あひまみ》ゆる夕べ、……上（玄宗）は（私の）肩に憑《よりかか》りて立ち、因つて天を仰ぎて牛女の事に感じ、密かに心に相誓ひ、願はくは世世夫婦為《た》らんことを、と。言畢《をは》り、手を執りて各おの嗚咽す。此れ独り君王の之を知るのみ」と。因つて自ら悲しみて曰く、「此の一念に由りて、又た此《ここ》に居ることを得ず。復た下界に堕ち、且《まさ》に後縁を結ばんとす。或は天と為り或は地と為るも、決《かなら》ず再び相見えて、好合すること旧の如くならん」と。因つて言はく、「太上皇も亦た人間に久しからざらん。幸《こひねが》はくは、惟《た》だ自ら安んじ、自ら苦しむこと無からんのみ[11]」と。

河陽県の后が、天界に生まれ変わりながら、中納言への愛執に引かれてまた人間界に転生するというのは、楊貴妃が仙界に生まれ変わりながら玄宗皇帝への愛執に引かれて再び人間界に堕するというのと、同じである。

ちなみに『更級日記』にも、「世の中に長恨歌といふ文《ふみ》を、物語に書きてある所あんなりと聞くに、いみじくゆかしけれど、え言ひよらぬに、さるべきたよりをたづねて、七月七日言ひやる」という一節のあることは先に見たとおりであるが、その時に作者が相手に詠みおくった歌は、

ちぎりけむむかしの今日のゆかしさにあまの川波うち出でつるかな

というものであり、『更級日記』の作者もまさに「長恨歌」「長恨歌伝」の右のくだりに深い関心を抱いていたことが知られる。

なお『浜松中納言物語』でも、中納言の子を身ごもった河陽県の后は、「一の大臣《だいじん》」（五七頁）の娘である「一の后」からの迫害を口実にして父の住む蜀山に逃れ（七五頁）、秘かに出産するのであるが（八八頁）、七月七日、内裏で作文会が催された折、帝が河陽県の后をしのんで「天にあらば比翼の鳥となり、地にあらば連理の枝とならむ」と繰り返し誦して、「契りけむ昔の空にたとへても尽きせぬものはわが世とぞ思ふ」という和歌を詠む場面がある（八二頁）。

二　対中国意識

現存本『浜松中納言物語』の巻一は唐土が舞台であるが、およそ中国の地理に関しては、作者はまったく不案内なのか、それともあえて無視して書いているのか、ともかく荒誕と言わざるをえない。写本で「かうやうけん」「さんいふ」などと表記されている地名が、前者には潘岳の、後者には『蒙求』のいわゆる「子猷尋戴」の故事が結びつけられていることからしても、それぞれ河陽県と山陰であることは疑いを容れないのであるが、「三の皇子《みこ》は、内裏《だいり》のほとり近く、河陽県といふところに、おもしろき宮造りして、そこをぞ御里にし給へる。母后《ははきさき》ももろともに住み給ふ」（三四頁）などとあるのを見ると、いったいこの「内裏」はどこにあるのだろうか。一方で、内裏は「雍州」（四四頁）にあることになっているから、やはり長安にあるようではあるが、だとすると河陽県は容易に往還できる距離でない。しかも、「十月一日、ほかよりも紅葉《もみじ》のさかりすぐれたる、内裏の西に洞庭《とうてい》といへるところに、御門御幸《みかどみゆき》し給ひ」、中納言も供奉した「その又の日」に（三八頁）、彼は河陽県におもむいて、母后をかいま見るのである。そしてその翌年の春、后とただ一度結ばれることになる山陰も、現在の浙江省紹興県の山陰とはとうてい思われない。

こうした疑問の一挙に氷解するような明快な解答を提示したのも、池田利夫であった。全集頭注や「浜松中納言物語における唐土の背景―日本漢文学との交渉―」(12)によれば、この物語における中国の地名の多くは、平安朝漢詩文のなかで用いられたそれらのイメージによっているのだという。とくに嵯峨朝漢詩文においては、淀川北岸の山崎が河陽に見立てられていたわけで、それがそのまま物語にも引き写されているのだとすれば、「内裏」とも容易に往還できる距離にあるわけである。そうした観点に立って改めて読み直してみると、作者の中国本土に関する知識は乏しいにしても、平安朝漢詩文に関する知識は相当なものであることがうかがわれるのであって、その点でも、菅原孝標の娘が作者である可能性が高まることになる。

しかしながら、そうであればなおのこと、この物語の、唐土にまで舞台を広げながら、中国じたいに対する生き生きとした関心はもはや失ってしまっているような様相が、気になってくるところでもある。いったい唐土において、中納言が中国語を話しているようには思えない。また先にもみたように中国の皇帝が和歌を詠むのみならず、「一の大臣」の娘の五の君も、中納言を恋い慕う和歌を詠み、それを中納言は「才《ざえ》ある人と聞きつれど、……まことにかしこうありけるかな」（一一九頁）と驚いている。(13)あるいは河陽県の后に仕える「若き女房」が、『和漢朗詠集』所収の菅原文時の詩句を朗詠し、やはり和歌を詠む（四一～二頁）。ここには、作り物語のたわいなさと言ってすますことができないものがあるように思われるのである。

それは一つには、この物語では、全集四九頁の頭注でも指摘されているように、中国風＝「うるはし」、日本風＝「なつかしくなまめきたる」という形容がステレオ・タイプ化しているからである。たとえば中納言が、洞庭湖への行幸に供奉した翌日、菊をめでつつ琴を弾く河陽県の后をかいまみたところに、以下のようにある。

日本《ひのもと》の人は、（髪を）ただうち垂れ、額髪《ひたひがみ》も縒《よ》りかけなどしたるこそ、わがかたざまに、なつかしくなまめきたることなれ、と思ひ出づるに、（河陽県の后の）うるはしくて、簪《かむざし》して髪上げられたるも、人がらなりければにや、これこそめでたく、さまことなりけれ、と見るに、……（四〇頁）

しかしながら、后の母親は日本人だったのであった。唐の太宗の裔で「秦《しん》の親王《しんわう》」なる人が日本に遣わされて、「筑紫に流されたる皇子のやがてそこにてうせ給へりける御むすめ」と結ばれて生まれたのが、この后であり、彼女は五歳まで日本にいたのだという（四二～四頁、なおこの「筑紫にながされたる皇子」は、巻三・二〇二頁には「上野《かんつけ》の宮《みや》」とある）。だから、次のようにも語られている。

母宮（上野の宮の娘）の御ありさまに似て、もてなしありさま、ものうちのたまへるけはひ、日本《ひのもと》の人にいささかもたがはず、たをやかになつかしう、やはらかになまめき給へるありさま、……（四八頁）

また中納言は、唐土の「大臣上達部《かんだちめ》」から婿にと望まれるのであるが、それを承諾してはならないと忠告する三の皇子の言葉に、「かうこそ、ただうるはしき世界と見ゆれど、人の心いと恐ろしくて……」（五六頁）ともある。こうした「うるはし」と「なつかし」との対比は、言うまでもなく『源氏物語』桐壺巻の次のような言葉に淵源するものであろう。

（楊貴妃の）唐めいたるよそひはうるはしうこそありけめ、（桐壺更衣の）なつかしうらうたげなりしをおぼしいづるに、花鳥の色にも音にもよそふべきかたぞなき。

かつて中嶋尚は、『うつほ物語』と『源氏物語』における「唐」「やまと」の語例を調査して、後者になると「中国物をあげながら、和風の優越をとくといったあり方が出てくるようになる。すくなくともこういったあらわし方はうつほ物語にはない」と指摘したが、(14)右の例などもまさにそれである。また現存文献では、「大和魂」という言葉の初出は『源氏物語』少女巻であり、「大和心」のそれは赤染衛門の和歌であるが、(15)この頃、杓子定規でない、柔軟で現実的な思慮分別の意で、「大和魂」とか「大和心」といった言葉が用いられるようになったのであって、当然それは、中国人の物の考え方は「うるはし」きものであるという把握が前提になっていよう。そして『浜松中納言物語』の右にみたような唐と大和の対比も、その延長線上にあって、しかもそれをさらに推し進めたものと考えられる。しかしながらその推し進め方に私は、軽々に読み過ごせないものを感ずるのである。それは、次のような一節による。

（唐の帝が）題を出だして文《ふみ》を作り、遊びをしてこころみるにも、この国の人に（中納言に）まさるはなかりけり。この人（中納言）のことをこそ、見ならひともむべかりけれど、この国のこととては、何ごとをかは、中納言には伝へならはすべきと、御門もおぼしめしおどろきて、……（三四頁）

こうした叙述はこのあとも再三繰り返されるのであるが、もはや中国から学ぶものは何もないとでもいうかのようなかかる文言を、作り物語における主人公の理想化として受け流すわけにいかないのは、大江匡房（一〇四一～一一一一）の『江談抄』巻三巻頭「吉備入唐の間の事」にも、「吉備大臣入唐して道を習ふ間、諸道、芸能に博く達《いた》り、聡恵なり。唐土の人すこぶる恥づる気有り」（原漢文）(16)として、かの『吉備大臣入唐絵巻』のもとになった話が録されているからである。中国文化に対する日本文化の独自性の自覚は、右にふれたように、『源氏物語』が書かれた当時、とみに高まっていたと思われるが、『源氏物語』にはしかし、光源氏をして「なほ、才《ざえ》をもととしてこそ、大和魂の世に用ゐらるる方《かた》も強うはべらめ」（少女巻）と言わしむるような、中国文化尊重の思想があった。

ところが、平安後期の貴族社会は、唐物への崇拝は衰えなかったにしても、精神的には退嬰的になり、自らを内に閉ざすようになっていたことがうかがわれるのである。

三　中納言と式部卿の宮

『浜松中納言物語』は、中納言と河陽県の后との無限思慕の物語であるが、ほかに重要な人物として、式部卿の宮（中納言の亡父ではなく、今上の皇子）と尼姫君、それに河陽県の后の異父妹である吉野の姫君が登場する。この物語はこれらの人物によって緊密に織り成されている。ことに尼姫君は、この物語の「浜松」あるいは「御津の浜松」という題名にも関わる女君である。以下は散逸首巻に書かれていたはずの経緯であるが、尼姫君は、中納言の父が亡くなったのち、母北の方が再婚した左大将の故北の方腹の大君（姉君）であった。この大君には、今上のただ一人の男宮で（巻三・二六九頁）、色好みの式部卿の宮が求婚し、左大将も許していたのであったが、中納言が渡唐直前に大君と契りを交わした。中納言の渡唐後、大君は懐妊に気づき、煩悶のあまり出家する。式部卿の宮との婚儀も破談になり、宮は妹の中の君と結ばれる。しかし、中納言は大君の懐妊も出家も、帰国するまで知らずにいたのであった。

さて物語の巻一で、中納言が河陽県の離宮で菊をめでつつ琵琶を弾く后をかいま見し、后もまた中納言をひそかに深く慕うようになったことまでが語られたところで、中納言は大君の夢を見る。大君は「いみじくもの思へるさまにながめおぼし入りたる」様子で、中納言が慰めようと傍らに寄り添うと、

たれにより涙の海に身を沈めしほるるあまとなりぬとか知る（五三頁）

という歌を詠んだ。この「あま」には「海人」と「尼」が掛けられているのだが、もとより中納言には知る由も

ない。夢から覚めた中納言は、

日本《ひのもと》の御津の浜松こよひこそわれを恋ふらし夢に見えつれ（同右）

と詠じて、無事に帰国できたら「このほどの怨みとくばかり、いかで見えたてまつらむ。式部卿の宮おはしましにけむ、さらば、いとほしうもあるべきかな」と思いめぐらすのであった。この傍線部に留意したい。式部卿の宮は、もう大君のもとにおいであそばしたろうか、もしそうだとしたら「いとほしうもあるべきかな」の、この「いとほし」の意味合いは、私にはいささかつかみにくいのであるが、『源氏物語』の空蝉巻で光源氏が軒端の荻と契り交わしたあと、夕顔巻に「（軒端の荻は）蔵人の少将をなむ通はす、と聞きたまふ。あやしや、いかに思ふらむと、少将の心のうちもいといとほしく」とあるのを思い合せるべきところではないだろうか。「いとほし」は、気の毒だの意味になることもあるが、基本的には困惑感を表す言葉であって、式部卿の宮が大君と新枕を交わして、大君が処女でないことに気づき、大君も苦境に立たされるであろうといった事態を、「いとほしうもあるべきかな」と言っているのではないかと思う。

実際には先にもふれたとおり、宮と大君との婚儀は破談となり、宮は中の君と結婚したのであるが、その後もずっと大君に執心を抱き続け、中納言とは親密な間柄であったけれども、大君を奪われたことだけは、くやしくうらめしく思っていた。それが、物語終盤（巻四・五）の波乱と緊張を生み出す動因となるのである。以下、巻二以降の物語の内容をごく大まかにたどっておこう。

巻二は、帰国後の中納言と大君＝尼姫君との関係が中心に語られる。中納言は、彼女を不幸にした罪を深く悔いるとともに、「この世（日本）には、また、かけてもこの御ありさまにまさる人はあらじかし」と思われるその美しさに、河陽県の后と出会ったときの感動にも劣らぬほど心打たれ、「この人を心のとまり」と思い定めて、「わりなき心をしづ」めつつ清い仲を保ってゆこうと決意する（一七二～三頁）。「（尼姫君は）かかるさま（尼姿）にてしも、まことにさまことに、なまめかしううつくしげなる御ありさま」で、「（中納言は）夜もただ（尼姫君と）御座《おまし》を並べて、昔今のことどもをかき尽くし、泣きても笑ひても聞こえ尽くし給ひ、『今、行く末も同じ蓮《はちす》の上に』と、言ふかぎりなき御契りを尽くし給ひつつ」、月ごとの仏事も「もろともにし給ひて、まことに、これこそ妙荘厳《めうしやうごん》の御契り[17]なんめれと、かうてしもめでたくあらまほしきを、（尼姫君の父の）大将も胸あき、心地おちゐ給ひぬ」（一八〇～一頁）という一節など、ことに印象的である。

　巻三では、中納言の吉野訪問が語られる。河陽県の后の母親（吉野の尼君）は、后が父（秦の親王）に連れられて唐に渡ったのち、大宰の大弐となって筑紫に下ってきた母方の叔父に連れられて上京したが、帥の宮が忍んで通ってくるようになって、つくづく身の憂さを思い、尼となって姿を隠した。すでに帥の宮の子をみごもっていて、女児（吉野の姫君）を出産したが、その後完全に剃髪し、吉野の聖を頼って吉野で仏道修行に励んでいた（二〇一～四頁）。こうしたことは、聖が渡唐した際、河陽県の后にも告げていたので、中納言は后から、吉野の尼君への手紙を託されていたのである（巻一・一一四～五頁）。

　巻四では、十月十五日に吉野の尼君が逝去し（二九五頁）、中納言は尼君の四十九日の法要を済ませてから、吉野の姫君を京都の自邸に迎えるが、その際、聖から「（姫君は）二十がうちに妊《にん》じ給はば、過ぐしとほしがたうおはします人と見え給ふこそ、いとたいだいしけれ。今年《ことし》十七にやならせ給ふらむ、いま三年は、なほつつしみ給ふらむやよからむ」（三三一頁）と警告される。姫君はしだいに中納言を慕うようになり、中納言も河陽県の后に面影の通う姫君への思いを募らせるが、自制する。その理由は、聖の警告もあるが、しかしそれだけではなかった（後述）。翌年正月十余日頃より、中納言は河陽県の后が重く患って病臥している夢を頼りに見るようになるが、三月十六日、空に声だけ聞こえて、「河陽県の后、今ぞこの世の縁尽きて、天に生《むま》れ給ひぬる」と告げられた（三六一頁）。五月、姫君は瘧《わらわやみ》を患い、六月を過ぎても平癒しないので、中納言は姫君を伴って清水寺に参籠する。姫君に関心を抱いていた式部卿の宮は、姫君をかいま見してその美貌に驚き、盗み出す計略をめぐらす（三七二〜四頁）。

巻五は、吉野の姫君のゆくえがわからなくなって、中納言の悲嘆にくれるさまから語り起こされる。そして河陽県の后が中納言の夢に現れ、吉野の姫君の生む女君に転生することを告げた（三九七〜八頁）そのすぐ後に、式部卿の宮が清水寺から連れ出した吉野の姫君を内裏の宿直所の梅壺に隠して契りを結んだこと、姫君が「まだ世に馴れぬ」、すなわち処女であったことに驚きいぶかしむさまが語られる（四〇〇〜四頁）。姫君は衰弱して瀕死の状態になり、息の下から中納言に知らせてほしいと懇願したので（四一六頁）、宮は中納言に打ち明ける。中納言は、「心得ぬすぢは、いかなることぞと、（宮の）おぼさるるやうもあらむ」（姫君が処女であることを、式部卿の宮は不審に思われたろう）と思い、姫君を異母妹と偽る（四一七〜八頁）。吉野の聖の法華経読誦によって姫君は蘇生し（四二四〜八頁）、式部卿の宮は東宮となり、姫君の懐妊が明らかになって宮の愛情はいよいよ深まっていった。

中納言は、姫君に対して募る思いを自制し、「胸いたき」思いに苦しみながら、やがて東宮妃になるであろう姫君の後見に徹してゆく。姫君と結ばれないことを嘆く中納言の心が「胸いたし」と形容されるところは、この巻五に三か所あるのだが（三九八、三九九、四四六頁）、この物語における「胸いたし」の全六例の内、残りの三例はすべて、中納言の妻となった左大将の大君（尼姫君）に対する式部卿の宮のなお断ち難い思いを語るところに用いられているという辛島正雄の指摘[18]は重要であろう。尼姫君のことで式部卿の宮に「胸いたき」思いをさせた中納言が、今度は吉野の姫君のことで宮から「胸いたき」思いを抱かされる、という構図が、この物語を大きく枠づけているのである。

四　春の夜の夢──無限思慕の物語──

巻一に戻ろう。渡唐の翌春、中納言は山陰の地で、河陽県の后とただ一度の逢瀬を持つのであるが、その直前に次のような一節があること、とくにそこで詠まれる中納言の歌に注目したいのである。

そのころ、二位の中納言、昔このところに住みける王子猷《わうしいう》といふ人の、月の明かかりける夜、船に乗りつつ遊びし文《ふみ》作りけるところに、ゆかしうてものし給へるに、月いみじう霞みおもしろきに、花はひとつににほひ合ひたる夜のけしき、たぐひなきにも、住み馴れし世（日本）の空もかうぞあらむかし、と、（私を）今宵《こよひ》の月を見つつ思ひ出で給ふ人もあらむ、内裏の御遊びありし折々、去年《こぞ》の春、かやうに月の明かりし夜、式部卿の宮に参りたりしかば、いみじう別れを惜しみ給ひて、「西に傾《かたぶ》く」とのたまひしその面影、かたがた思ひ出づるに、涙もとどまらず。

あさみどり霞にまがふ月見れば見し夜の空ぞいとど恋しき（六五～六頁）

この中納言の歌とその直前の文章の傍点部が、『更級日記』で、源資通との春秋優劣論議の折、作者が詠んだ、

あさ緑花もひとつに霞みつつおぼろに見ゆる春の夜の月

と、その措辞、情景において酷似するところがあることは、これまでもよく指摘されてきたところであるが、私は、この春の夜の朧月のイメージが、中納言の河陽県の后に対する無限思慕を象徴するものになっていることに、この物語の深い美しさを感ずるのである。

朧月を詠んだ和歌は、周知のように大江千里の、『白氏文集』巻十四「嘉陵夜有懐」の「明ならず暗ならず朧朧たる月」を句題とした、

照りもせず曇りもはてぬ春の夜のおぼろ月夜にしくものぞなき（『千里集』）

を嚆矢としよう。しかし、『古今和歌集』はこれを採らなかった。ほとんど原詩句の翻案のような歌であるためでもあろうが、また美意識の問題もあったと思われる。春の夜の霞める空の趣がことのほか賞美されるようになったのは、『源氏物語』を一つの契機としているように思われるからである。それは、この千里の歌を、俊成がかの『六百番歌合』冬上十二番の判詞で『源氏物語』中「殊に艶なる」巻とした花宴の巻で、朧月夜が口ずさんだからだけではない。若菜下巻の六条院の女楽が終わったあとで、「心もとなしや、春の朧月夜よ。秋のあはれはた、かうやうなるものの音《ね》に、虫の声縒《よ》り合はせたる、ただならず、こよなく響き添ふここちすかし」という光源氏の言葉に応えた夕霧の次のような言葉に、春の朧月夜の美感が、このうえもなく精妙に言い表されているからである。

秋の夜《よ》の隈《くま》なき月には、よろづのものとどこほりなきに、琴笛《ことふえ》の音《ね》も、あきらかに澄めるここちしはべれど、なほことさらに作りあはせたるやうなる空のけしき、花の露も、いろいろ目うつろひ心散りて、限りこそはべれ。春の空のたどたどしき霞の間《ま》より、おぼろなる月影に、静かに（笛を）吹き合はせたるやうには、（秋の物の音は）いかでか（及ばん）。笛の音《ね》なども、艶に澄みのぼり果てずなむ。

笛の音も、秋の夜のように「澄みのぼり果て」ないのが艶だというのである。この春の朧月夜の美感が、『源氏物語』を愛読していた『更級日記』の作者によって深く受けとめられて、日記中の右の歌となり、それがまた新古今歌人たちにインスピレーションを与えたのではなかったか。『新古今和歌集』春歌上に、千里の「照りもせず」の歌と孝標女の「あさ緑」の歌が並んでとられ、またその少し前に定家の「大空は梅のにほひにかすみつつ曇りもはてぬ春の夜の月」の歌があるのを見ると、そのような想像を禁じ得ないのである。(19)

さて、山陰での河陽県の后とのたった一度の逢瀬は、その後も繰り返し「（山陰）の春の夜の夢」と回想されるのであるが、最も印象的なのは、前節でも「翌年正月十余日頃より、中納言は河陽県の后が重く患って病臥している夢を頻りに見るようになるが」として言及した、次の場面であろう。

…三月十六日の月、いみじうかすみおもしろきに、端近う簾垂《すだれ》捲《ま》き上げて、み吉野の君とながめ出で給ひて、今宵のことぞかし、さんいう（ママ）の夢は思ひ出づるに、（河陽県の后が）「雲居のほかの」とのたまひし御けはひ、いまも聞くやうにおぼえて、

見し夢はあはれ今宵の月のみぞそのをり知れるかたみなりける

うち泣き給ひて、添へ給へりし琴《きん》をかき鳴らしつつながむれば、更《ふ》けゆくままに、浮き雲たなびき、霞まされるに、つねよりも心くだくるねざめは、むなしき空に満ちぬる心地して、月の顔つくづくとながむるに、空に声のかぎり聞こえて、「河陽県の后、今ぞこの世の縁尽きて、天に生れ給ひぬる」と聞こゆ。（巻四・三六〇～一頁）

前節で、巻四の梗概をまとめたところで私は、「（吉野の）姫君はしだいに中納言を慕うようになり、中納言も河陽県の后に面影の通う姫君への思いを募らせるが、自制する。その理由は、聖の警告もあるが、しかしそれだけではなかった」とのべた。それは、尼姫君と吉野の姫君とに交互に通い、交互に夜を隔てるようになるのは、尼姫君に対しても吉野の姫君に対しても心苦しい（巻四・三四一～二、三五〇頁）という思いからでもあったし、また巻五になると、世間には吉野の姫君は中納言の異母妹ということになっているためということもあった（四四六頁）。しかし最も根本的な理由は、この物語が、中納言と河陽県の后との無限思慕の物語だからである。そのことが端的にあらわれている箇所を二か所ほど引用しておきたい。いずれも中納言の心中思惟である。

…この（吉野の姫君の）御けはひありさまは、やはらかになまめいたるなつかしさも、（河陽県の后も）ただかやうにこそおはせしかと、思ひなしにや、いとよく通ひ給へる、あはれに、こよなかるべきなぐさめなれど、いつしか世のつねざまに、（夫婦として）むつび寄らむなどはおぼえず、もろこしなど言へば、せちなる心のあまりは、風のつてにても、おのづから、（中納言は吉野の姫君と結ばれて）さてこそなぐさめてあんなれ、と（后に）聞かれたてまつらむを、いとそら恐ろしうはづかしう、また（后を）まぎらはすかたなう、一筋に心をとどめたてまつりて、この人（吉野の姫君）を、ただかの（后の）御かたみとかしづきて、おほかたの心はなぐさむとも、夢のやうなりし一筋の思ひは、うつろはむかたなく、身を代へても、かの（后の）御ゆかりの草木と、いまひとたびならむと念じても、わが心の底清くはこそ、げに（后も）あはれとわれをおぼす心もあらめ……（巻四・三一八〜九頁）

そしてこのような中納言の思いを端的に凝縮させたような言葉が、次のようにある。

（吉野の姫君と夫婦という）世のつねの（男女の）筋になりなば、わが心なぐさみなむことも、あかず口惜しくおぼえ、ひとすぢの思ひにしみてあらばや。（同右・三五〇頁）

ただ、これらはいずれも巻四のものであり、巻五で后が吉野の姫君の生む女児に転生することを告げる以前、中納言が転生して后の「御ゆかりの草木」ともなりたいと願っている段階のものである。物語はその女児の誕生までは語らないのであるが、中納言はその女児の成長を待って、妻とするのであろうか。近時、星山健は、中納言はその女児の成長を待たずに早世してしまうかもしれないという読みも成り立つ可能性を示した。[20] 中納言は在唐中、「かしこかりし相人ども」から、「二十四五六過ぐさむことなむ、いみじうかたげなり（ママ）」と観相されたといい（巻四・二八九頁）、じじつ、「巻四後半以降、にわかに中納言が自身の命のはかなさに言及し出す」のである。

河陽県の后が転生しても、中納言は彼女と結ばれることを待たずに亡くなってしまうのかもしれない、あるいは、二人が結ばれるためには、互いになお幾たびかの転生を繰り返さねばならないのかもしれない。「唐后転生後の二人の行方をさまざまに想像させつつも、結局は曖昧なままに幕を下ろしていくという『浜松中納言物語』巻末のあり方は、ある種の文芸的達成を示すものとして十分に評価しうるのではないだろうか」という星山の言に深い共感を表明して、この稿を閉じたい。

【注】

（1）『夜の寝覚』を孝標女作とする観点から考察した鈴木一雄『王朝女流日記論考』（至文堂、一九九三年）第十七章「『夜の寝覚』と『更級日記』の作者」に、この問題に関する研究史も整理されている。
（2）散逸首巻の内容については、池田利夫校注『浜松中納言物語』（小学館・新編日本古典文学全集）に「散逸首巻の梗概」として復元され、池田『源氏物語回廊』（笠間書院、二〇〇九年）にも収められている。
（3）引用は桑原博史校注『無名草子』（新潮古典集成）による。ただし、表記には私に改めたところもある（以下の引用についても同じ）。なお、同書には「式部卿の宮、唐土《もろこし》の親王に生れ給へるを伝へ聞き、夢にも見て、中納言、唐《たう》へ渡るまではめでたし」ともあるので、中納言は、夢だけではなく、伝聞によっても父宮の転生を知らされていたことが分かる。池田は前掲「散逸首巻の梗概」で、「唐土から帰朝した者を通して」伝えられたものとしている。
（4）樋口芳麻呂校注『王朝物語秀歌選』（岩波文庫）による。
（5）池田利夫校注・訳『更級日記』（笠間書院、二〇〇六年）による。
（6）池田前掲書巻末「更級日記年譜」による。

（7）『今昔』本文の引用は、小峯和明校注『今昔物語集四』（岩波・新日本古典文学大系）によった。平仮名ルビは校注者による。

（8）雨宮隆雄「「唐后」は何故二度転生したか―浜松中納言物語に於ける「長恨歌」の影響について―」『平安文学研究』五一、一九七三年一二月）。

（9）『浜松中納言物語』の引用は、池田利夫校注前掲書（注2参照）により、同書の頁数も付記する。

（10）引用は、石田穣二・清水好子校注『源氏物語一』（新潮日本古典集成）の巻末に付された金沢文庫本『白氏文集』の「長恨歌」の訓の復元による。

（11）「長恨歌伝」の引用も金沢文庫本『白氏文集』によるが、訓は私に施した。「且結後縁」の「且」は、金澤文庫本には「マタ」と傍訓がある。

（12）池田『源氏物語回廊』（注2所掲）所収。

（13）この五の君は、中納言が初めて逢った場面には、「十七八ばかりにて、白うをかしげにはあれど、（河陽県の）后の御ありさまにはたとへやるべきかたもなし。答《こた》へするも聞き知らぬ言葉がちにて、まことにあらぬ世の心地するに」（六二頁）とあるが、巻三で、中納言が今上に唐土の女性について語るところには、「真名《まんな》、仮名人にすぐれて、文《ふみ》の道暗からず」（二六五頁）と回想されている。

（14）中嶋尚「うつほ物語から源氏物語へ―漢と和と―」（『国語と国文学』一九七七年一一月）。

（15）拙稿「幼な恋と学問―少女巻―」（源氏物語講座3『光る君の物語』勉誠社、一九九二年）参照。

（16）引用は、岩波・新日本古典文学大系『江談抄 中外抄 冨家語』による（『江談抄』の校注は後藤昭雄）。

（17）「妙荘厳の御契り」は全集頭注に、「『法華経』妙荘厳王品第二七所収の、かつて異教徒であった国王の名。王はバラモン教を信じていたが、妻および二子、浄蔵・浄眼が諫め、法華経を聴いて仏法に帰依したという。尼姫君に従って仏道修行に励んでいく中納言夫妻の姿をたとえた」とある。

（18）　辛島正雄「交錯する「むねいたきおもひ」――『御津の浜松』読解のための覚書――」（『国語と国文学』二〇一二年七月）。

（19）　なお藤原定頼にも「曇りなくさやけきよりもなかなかに霞める空の月をこそ思へ」（『玉葉和歌集』春歌上）という歌がある。

（20）　星山健「『浜松中納言物語』、唐后転生を待つもの」（『中古文学』第九十一号、二〇一三年五月）

九条家旧蔵本の行方
――池田利夫「祖形本『浜松中納言物語』の写し手は誰」続々貂――

石澤一志

はじめに

鶴見大学図書館蔵『浜松中納言物語』（巻二）を巡る、池田利夫の論考に「祖型本浜松中納言物語巻二（零本）の新出―その影印本文に添えて―」と「祖形本『浜松中納言物語』の写し手は誰―『とりかへばや』と『恋路ゆかしき大将』と」がある。(1) 特に後者についてはその成稿に際して拙の関わったところがあり、その経緯については論考内に少しく触れられている。そしてこれを承ける形で、拙稿「九条家旧蔵本『歌合集』について―池田利夫氏「祖形本『浜松中納言物語』の筆者は誰　続貂―」(2) を発表したことがある。本稿はさらにその後を承け、旧稿発表以後これまでに明らかになった、九条家旧蔵本に関するいくつかの事柄について、報告するものである。

一　鶴見本『浜松中納言物語』と九条家旧蔵本

池田利夫「祖形本『浜松中納言物語』の写し手は誰」（以下、「写し手は誰」と略称）の中でも触れられているが、これまでの経緯と明らかにされてきたところについて、拙稿も含めて少し整理しておこう。

事の発端は、鶴見大学図書館に『浜松中納言物語』巻二のみの零本一冊（以下、鶴見本と略称）が、蒐蔵されたところから始まる。それは丁度、池田利夫が小学館『新日本古典文学全集』の『浜松中納言物語』の担当となっていたことの縁によると思われるが、鶴見大学の所蔵に帰した後、精査されたところ、該本はこれまでの系統分類上どれにも属さず、かつ現存諸本の上位にある本文を持つ善本である、という結論に達せられた(3)。稿者は、この事を鶴見大学図書館で開催された貴重書展示の場に於いて(4)、実物を前にしつつ「とてもいい本なのだが、零本なのが惜しい。この本のツレ(僚巻)を得たいと思っているので、どこかで見かけたら是非教えてほしい」と言われたことがあった。おおけなくも、その場で「分かりました。それでは、残りは私が見つけましょう」などと軽口を叩いたこともあって、それは稿者の記憶の片隅に、まるで酒の澱のようにゆっくりと沈んで残っていたのであった。

鶴見本(祖型本)『浜松中納言物語』を見た時、非常に印象に残ったのは、鶴見本の持つ、特徴的で独特なその筆跡であった。(図版①)

他の写本と比べると、その筆跡は全体的に線に肥瘦があり、「あ」「め」「の」、「ぬ」「ね」「れ」などの文字に共通する、平たく横にひろがった字形や、「能」を字母とする「の」の形などに特徴があるのだが、見開きになった書写面を一見して、やや奇異な感じのするその筆跡は、強い印象として共に私の記憶に残った。その時書写年代は江戸時代の初期というところか、この独特な筆跡はもしかすると、連歌師あたりに筆者を求められるのではないかなどと想像はするものの、未だ見出せていない、ということなども同時に話されていたように記憶する。そこで、いつか本当に見つけてやろう、そして先生を喜ばせよう、というような野望を、心中密かに抱いていたのである。

その後、二〇〇〇年一〇月、折しも国文学研究資料館で行われていた展示(5)の中で、『我身にたどる姫君』『恋路

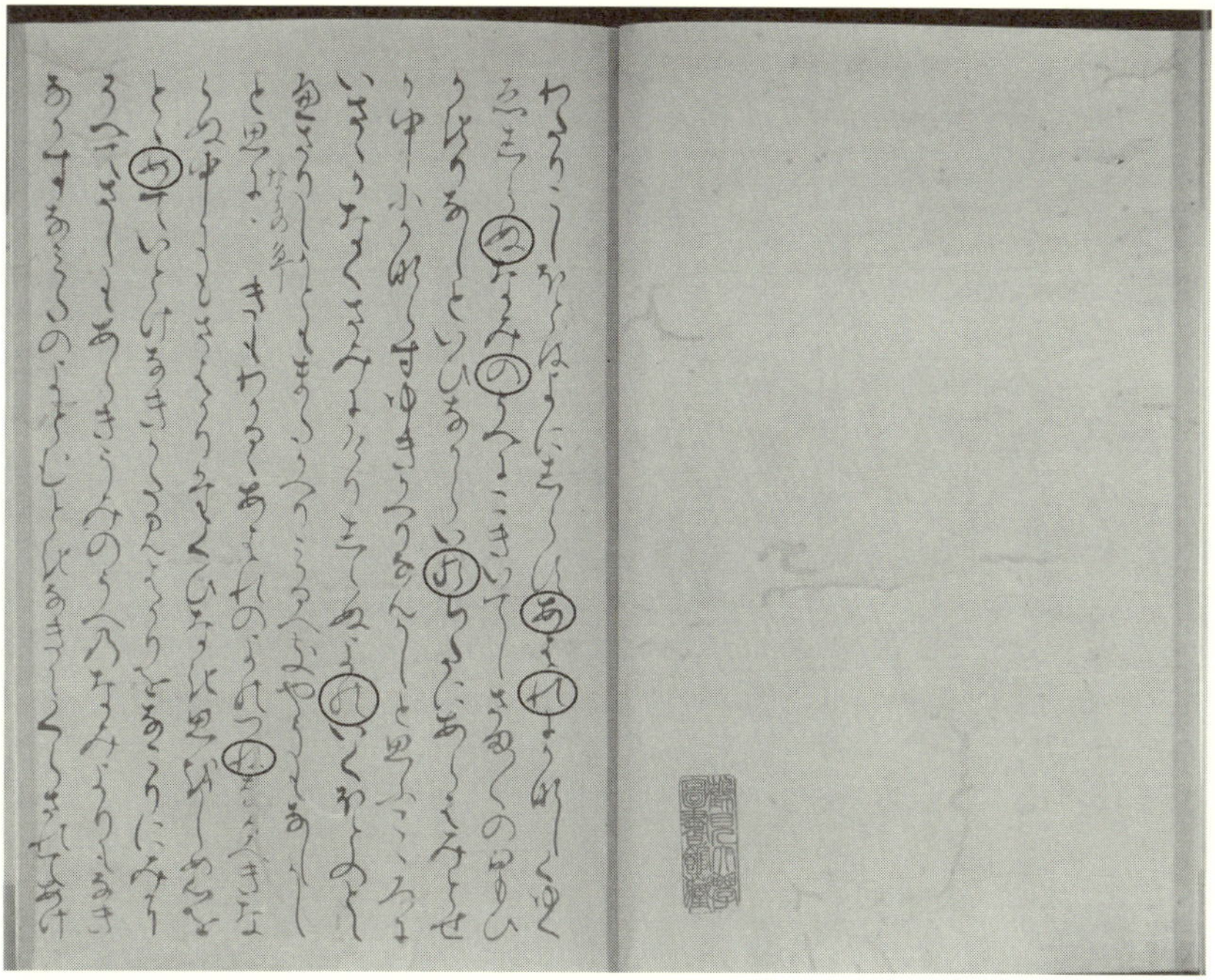

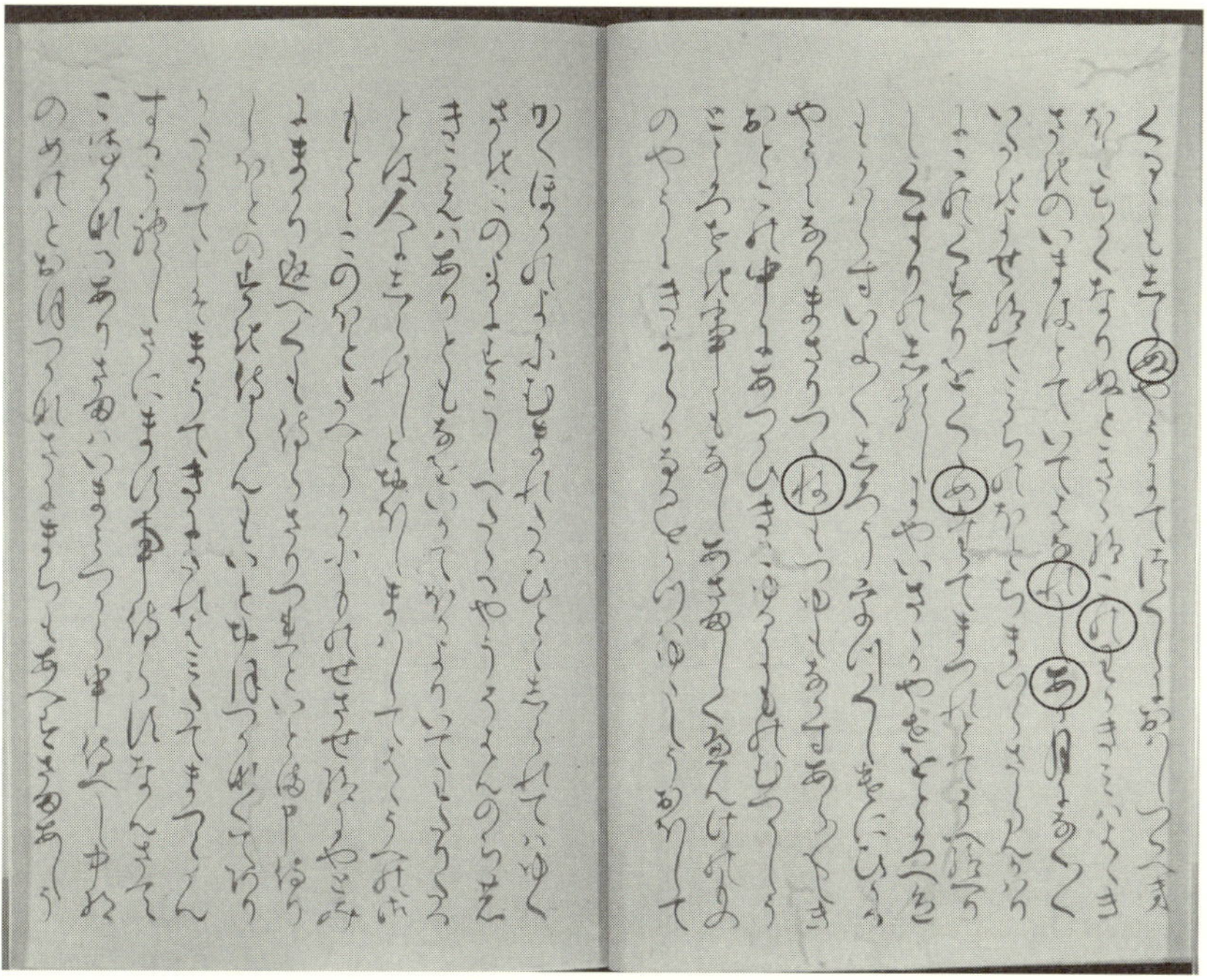

（図版①—１，２　鶴見本　浜松中納言物語・巻頭　１オ・２ウ）

ゆかしき大将』（金子元臣旧蔵寄託本）と『とりかへばや』（西下経一旧蔵初雁文庫本）とが、同筆ではないかとの教示を新美哲彦から受けて確認しに行ったのだが、これらを見て、相互が同筆であることを確信したのとほぼ同時に、この筆跡はどこかで見覚えがある、と思った。そして、どこだろう…と記憶の糸を手繰っているうちにふと、そうだ、鶴見の『浜松中納言物語』だ、あれと同筆かもしれない、と思い至ったのであるが、その瞬間の背筋が寒くなるような感じと、その直後に感じた、血が逆流して全身がカッと熱くなるような、感覚とその興奮は、今に忘れがたい。それ以降のことは、池田利夫論考および拙稿に記した通りであるが、[6]ここに於ける一番の問題は『我が身にたどる姫君』『恋路ゆかしき大将』が夙によく知られた九条家旧蔵本であり、それと鶴見本『浜松中納言物語』が同筆であるとすれば、鶴見本もまた、九条家旧蔵の可能性がある、というところにあった。

『我身にたどる姫君』『恋路ゆかしき大将』は、[7]昭和四年（一九二九）一二月一〇日、一誠堂書店を会主とした、九条家本の入札売立会で出品中随一の存在として注目されるところとなり、その後、金子元臣の所蔵となったことが知られるものであり、それと『とりかへばや』（初雁文庫・西下経一旧蔵）とは、同一の装訂・筆跡であると認められ、九条家本入札売立目録にも記載があるだけでなく、反町茂雄旧蔵の九条家本売立目録原簿資料によれば、関西の古書肆・佐々木竹苞楼が落札したことが判明し、西下経一が当時旧姓第六高等学校（現岡山大学）に居たことから推測して、『とりかへばや』もまた、昭和四年に九条家から放出された本の中にあった可能性が極めて高い、ということになる。そして、この三本がいづれも九条家本であり、それらと鶴見本『浜松中納言物語』とが同筆であるということは、鶴見本『浜松中納言物語』もまた九条家本であった可能性があり、少なくともその書写圏を九条家の周辺に想定することが可能となる。優秀な本文を持つものの、書承関係や書写経路などに関しては、それまで全く不明であった鶴見本『浜松中納言物語』にようやく一筋の光が射した訳で、池田利夫がこの発見をことのほかに喜ばれた理由は、まさにここにあった。

その後さらに、早稲田大学図書館蔵・小川寿一旧蔵『歌合集』二冊と天理図書館蔵『源承和歌口伝』(愚管抄)と同一冊とが、九条家旧蔵であることが明確に伝えられている上に、『我身にたどる姫君』『恋路ゆかしき大将』と同装訂・同一筆跡と見なされることが、明らかとなってきた。また装訂は異なり、伝来は不明であるものの、同一の筆跡と思われる京都大学附属図書館中院文庫本『古今序抄(三流抄)』も見出された。そして、久保田淳の教示により、実践女子大学附属図書館山岸文庫本『歌合集』の存在を知り実地に調査したところ、これが早稲田大学図書館本の僚巻であり、元々はその母体となる写本群であったことが判明したのであった。

以上、池田「写し手は誰」と拙稿発表までのいきさつと、ここまでに明らかになっているところを概観した。池田利夫は「写し手は誰」の中で「ここまで来ると枚挙にいとまがないとでも言うべきであろうか。祖形本『浜松』の写し手は誰か、判明するのは時間の問題かとさえ思いたい情況である」と、やや興奮気味に記されている。その当時には稿者も同様に考えていた。しかし一方で池田は「短期間のうちに祖形本『浜松』と同一筆跡本が次々と現われて、いまだに書写奥書が一つとして見当たらないのは歯がゆい思いもするが」ともされており、確かにこれらの、かなりの量の写本中に、どれ一つとして書写奥書を持つものが見出されないことについてはやや不審で、そこに一抹の不安が残ったことは事実だった。ただ、池田も私もまだ非常に軽く考えていた。まさかこれがこの後、延々と続くことになるとは、この時はまだ想像だにしなかったのである。

二　その後の九条家旧蔵本のゆくえ、あれこれ

前拙稿発表の後、池尾和也・小林強・久保木秀夫の諸兄から、天理図書館に九条家旧蔵本が多く所蔵されるこ

とを御教示頂いた。そこで、カード目録などに拠り調査を行ったところ、『源承和歌口伝』（愚管抄）の他にも、同様の装訂・筆跡を持つ歌書が、定数歌を中心として十数点所蔵されることが分かってきた。

また九条家の旧蔵本は、昭和四年および昭和二二年の二度の売立を中心として巷間に流出した後、諸所に蔵されるところとなり、それぞれに影印・活字翻刻化され、論文や単行本として刊行されて、さまざま形で研究に供されてきた。それらはかなり多数に上るが、それらをひとつひとつ閲していく中で見出したのが、広島大学に所蔵されている池田亀鑑旧蔵の『古今著聞集』であった。これは九条家旧蔵ということの確証こそないものの、全体が三人で書写されている内、前半部分は別の二人の人物により書写されているが、最後の二冊が『我が身にたどる姫君』『恋路ゆかしき大将』『とりかへばや』などと、同一の筆跡によるものであり、九条家旧蔵を窺わせるに十分なものである（詳細については後述）。さすがに全てを一人で書写する例ばかりでなく、いわゆる寄合書きの事例が見出されたことで、やはりこの筆者は、九条家に縁のある右筆と考えるのが自然であろうと思われた。『歌合集』のように、作品を類聚したものを除けば、単独の作品としては最も大部のものとなる。(8) また文学作品にしても、『歌合集』のような纏まりを書写しているとなると、単一作品でもっと規模の大きい作品を書写している可能性も、徐々に浮かび上がってきた。この時点で『我が身にたどる姫君』『恋路ゆかしき大将』と同一装訂・同一筆跡（一部は装訂は異なる）の九条家旧蔵本は、優に三〇点を超える数となっていた。しかしやはり一向に書写奥書などは出現せず、よって筆者も書写年代も不明のままであった。

ところがある時、海野圭介から吉報がもたらされた。当時、関わっていた調査先である小野随心院に、九条家旧蔵本と同じ筆跡を見出したというのである。示された写真を見ると、確かに筆跡は『我が身にたどる姫君』『恋路ゆかしき大将』などと一致するように見え、九条家旧蔵の一連の写本と同じものと思われた。ただ装訂から見ると、これまでには知られなかった種類の表紙が付されており、直ちに同一の書写と断定はできない。しかしながら、ここに新しい重要な知見として、その所蔵先である小野随心院が、近世初期の九条家と浅からぬ関係であることが明らかになってきた。そしてその書写年代も寛永二〇年頃であることが推測された。これによりまったく手掛かりのない状態から、ようやくその書写年代が、ある範囲内にまで絞り込めるようになったのである。(9)

ちなみにこの時点までに判明していた九条家旧蔵本はすべて文学作品であった。そして、新たに判明した小野随心院の蔵本も『後鳥羽院御集』『逍遥院実隆和歌集』『秋題廿首和歌并冬題十首和歌』(宝治百首)と全て歌書であり、文学作品である。しかしこれら写本群の存在が明らかになるにつれ、これだけの量の典籍を書写しているということからすると、これは必ずしも文学作品の書写だけには留まらず、もっと様々な、広い範囲の典籍をも書写している可能性があるものと想像されてきた。また文学作品にしても、『古今著聞集』や『歌合集』のような纏まりを書写しているとなると、単一作品でもっと大部の作品を書写している可能性も含め、その活動範囲は相当なものになることが予想された。

そんな中、九条家旧蔵本がまとまって所蔵される機関として、宮内庁書陵部の名前が挙がってきた。しかしこれまで知られるところでは、古記録・有職故実に関する諸書は多く所蔵することは分かっていたものの、書影などで確認できる範囲では『我が身にたどる姫君』『恋路ゆかしき大将』と同一筆跡のものは全く見出せず、かつては、まとまった目録なども備わっていなかったため、その全貌が掴めない不安から調査に入ることには二の足を踏んでいた。ところがある時、別の要件のため宮内庁書陵部で調査を行っていたところ、職員の方がある典籍の紙焼き写真作成のための、確認作業を行っているのに遭遇した。たまさかそれを横目に見たとき、偶然にもそこに『我が身にたどる姫君』や『恋路ゆかしき大将』と同一の筆跡を見出したのである。そこで、不躾にも職員の方にその本についてお尋ねしたところ、これがいわゆる書陵部に蔵される九条家本のひとつであること、これらの多くはまだ整理の途次であること、そしてこれらが江戸初期の九条家当主、道房により行われた書写・蒐書活動に拠ると見られるものであることなど、数々の貴重な御教示を得ることが出来た。そしてそれは、先に海野圭介が行った推定通りであったのである。

池田利夫の論考および拙稿の発表からは、ほぼ十年の時が過ぎようとしていたが、漸くここに至って、この九条家旧蔵本という巨大な纏まりの中から、近世初期の九条家当主道房の書写活動を中心とした辺りに狙いを定めて、本格的な調査を行う必要がありそうなことが明確になってきた。そこで、これまでにこの九条家本の発見と考究に関わった各位と相談し、稿者を研究代表者とした科研費を申請することにした。結果幸いにも、二〇一一年度に採択され、以降今日まで、近世初期の九条家本を中心とした調査を継続的に進めている。(10)

三　九条家旧蔵本補考（一）―『我が身にたどる姫君』『恋路ゆかしき大将』と『とりかへばや』

それでは以下に、新たに得た知見による旧稿の補訂を行っておきたい。まず最初に、事の発端ともなった、『我が身にたどる姫君』『恋路ゆかしき大将』と『とりかへばや』の三本の関係について見ていきたい。

先にも記した通り、この三本は筆跡が共通し、装訂も酷似する。しかし『我が身にたどる姫君』『恋路ゆかしき大将』の二本が、確実に九条家旧蔵本であったことが判明するのに対して、『とりかへばや』はその可能性は極めて高いものの、これが九条家旧蔵であることは、あくまで推測の域に止まっていた。

しかし、この西下経一旧蔵・初雁文庫本『とりかへばや』（国文学研究資料館蔵、一二―六一四）は、やはり九条家旧蔵本に間違いないものであることが判明したので、ここに報告する。（図版②③）

（図版②　国文学研究資料館蔵『我が身にたどる姫君』と『とりかへばや』前表紙）

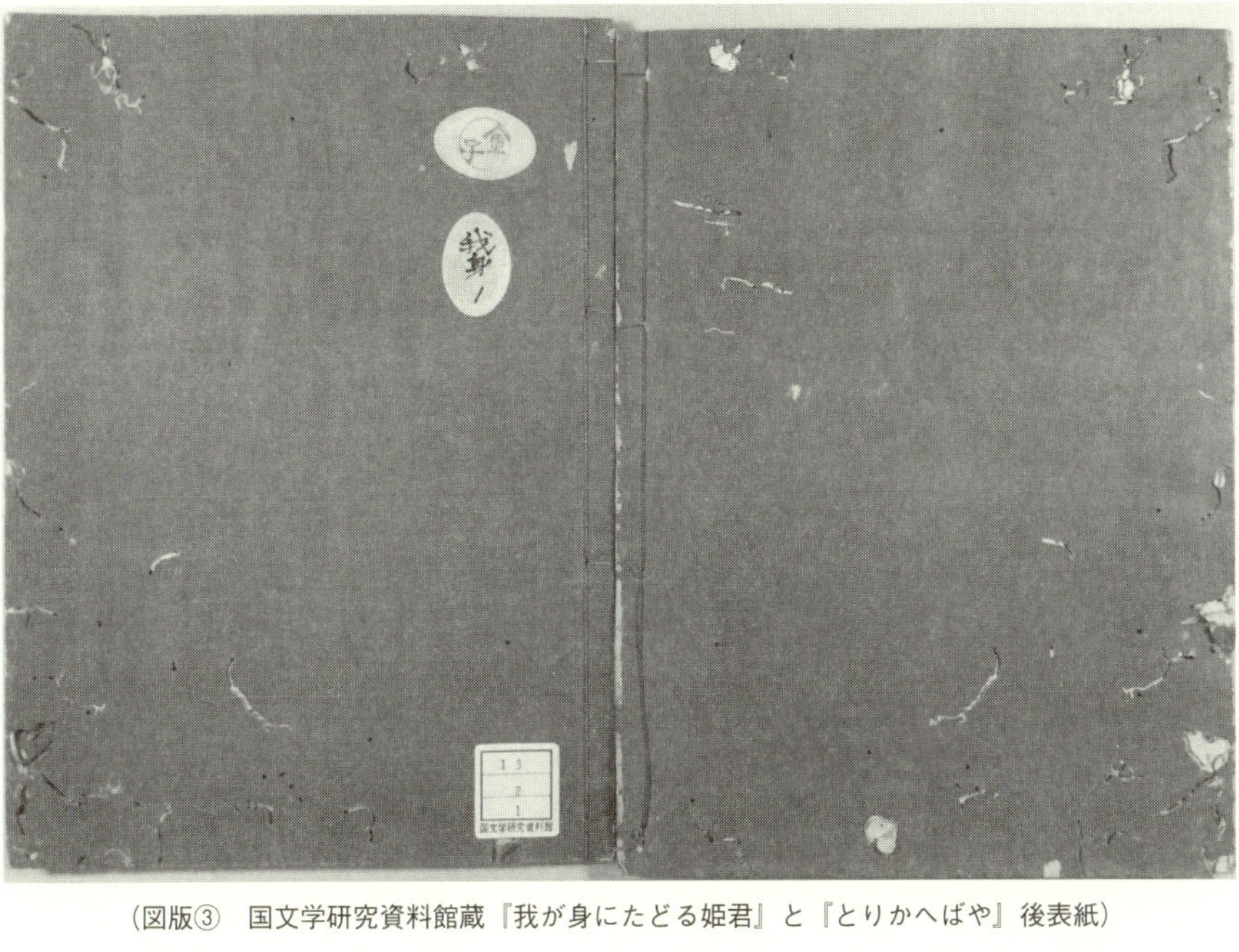

（図版③　国文学研究資料館蔵『我が身にたどる姫君』と『とりかへばや』後表紙）

②の写真に掲げたのは、『我が身にたどる姫君』(国文学研究資料館寄託資料、金子元臣旧蔵、一三一―二)と『とりかへばや』の表紙である。書型も表紙の色もほぼ同一であることが分かると思う。一方、③は同じ『我が身にたどる姫君』の前表紙と『とりかへばや』第四冊目の後表紙、である。おわかり頂けるであろうか。虫損跡が、明らかに左右対称になっている部分があるのである。この両者は、九条家を離れた後、金子元臣・西下経一が個別に所蔵してきたことは間違いないわけで、にもかかわらず、そこに本の背を中心として、左右対称になった虫損が見られるということは、これらがある時期まで表紙を接し、重ねて保管されていた、ということを端的に示す。それ以外に、この虫損跡は説明出来ないであろう。

ということは『我が身にたどる姫君』が九条家旧蔵であることが確実であるのだから、この『とりかへばや』もまた九条家に蔵されていたことは疑いようもなく、かの昭和四年の九条家本の入札売立ての際に佐々木竹苞楼によって落札され、その後の詳細な経緯こそ不明ではあるものの、最終的には西下経一の所蔵するところとなった。そして一度は九条家を出て互いに離ればなれになった『我が身にたどる姫君』と『とりかへばや』は、時を経て、場所こそ違えど、再び同じところに保管されることになった。それが為に、両者は並べて展示に供されることとなり、そこで初めて、この両者が一連の写本であることが判明した、ということからしても、やはり改めて、この両書の持つ奇縁を想うべきであろうと思うのである。

四　九条家旧蔵本補考（二）――実践女子大図書館・早稲田大学図書館蔵『歌合集』をめぐって

続いて、拙稿で紹介した実践女子大学図書館山岸文庫本『歌合集』および早稲田大学図書館蔵『歌合集』についての補考を行いたい。

拙稿の注で指摘しておいたのだが、山岸文庫本『歌合』一三冊（六〇一二）と『歌合』（五七五三）が元来ツレであった可能性は高く、後者は本来、山岸本『歌合集』が一五冊本のまとまりであった時の、第「一二」冊目であり、現在の『歌合』一三冊本のうち、「一二」とされているのは、実は「一一」[11]である。それは書写内容から見た歌合作品の成立年時と、なによりも実際に表紙に書かれた字をよく見れば、それは明瞭であった。これに関連して、もう一つ問題となるのは題簽の有無を含めた、作品の重複具合とその伝来過程である。

前稿では整理し切れていなかったところであるが、やはり大きな違いは題簽の有無に現れている。実践女子大学図書館山岸文庫本の『歌合』一三冊（六〇一二）と『歌合』（五七五三）および『五十四番詩歌合』（六〇一〇）は、題簽および題簽跡を表紙に持つものと題簽跡が全くないものとで大別すると、表紙に付された、朱の通し番号、九・一〇・一三および『五十四番詩歌合』には題簽跡がまったく見られず、外題は表紙左肩に直接墨書されている。これが、ひとつのまとまりを為しており、それとこれ以外の、黄蘗色の題簽およびその痕跡を持つものがもうひとつのまとまりを為し、それは早稲田大学図書館蔵の小川寿一に分与された『歌合集』二冊、をも含むものであったと見てよい。両者はごくごく僅かな差異ではあるのだが、題簽を持つものと持たないものの、後者の方が若干（五粍ほど）ではあるが、縦横ともに大きい。元々そうであったのか、山岸徳平の手によって修補が為された際に四辺を裁ち落としたものか、おそらくは後者であろうが、重ね揃えて比べてみれば、その違いはかなり明らかである。

そして前稿でも想定した通り、この『歌合集』はおそらくは複本であり、その一方は昭和四年の入札売り立てにより巷間に流出したが、もう一方は既に大正一一年の段階で、九条家の秘庫を出て諸家の分蔵するところとなっていたらしいことが、山岸の記した識語から想定された。今回、これを証するものとして『もくろく』（「公爵九條家御什器入札」大正一一年七月八・九日下見、一〇日入札）一冊を見出した(11)。これによれば、美術品を中心とした売り立ては、大正年間に既に一度は行われていたことがわかる。この中に見られる古典籍類はどれも美術品に準ずるものであり、正確なところは分からないが(12)、この時払い下げがあったとして、江戸時代の写本などはほとんど十把一絡げに処分されたものと思われ、おそらくはその中にこれらが含まれていたものと想像される。昭和四年の九条家本の入札売り立てに際しても、反町の残した手控えの資料に拠る限りこの『歌合集』（整理書名は「歌合」）は評価額を記したリスト(13)には、その名が見られ、添え書きとして「大虫入　一九」（「一九」は冊数）と記されるものの、肝心の入札会の一枚刷りの目録(14)には記載されていない。その後の経路は不明だが、最終的に山岸徳平の蔵するところとなり、現在に至る。またこれらは「歌合」という性格上、類聚された作品群に、当初からの明確なまとまりがあったかどうか、必ずしも判然としないところもある。よって、どのような作品が含まれるのかよく分からない上に、リストには「一九」とあり、現在の冊数とはどうあっても符合しない。ということは『歌合集』一部は、この売立の段階で分割・分売されたということになるであろう。

　そのような状況を想定していたところ、佐々木孝浩から、久曾神昇旧蔵本が慶應義塾大学に所蔵されるようになったが、そのうちのいくつかが、九条家旧蔵本の伝来を持っており、さらにその中の数点が『我が身にたどる姫君』『恋路ゆかしき大将』などと同筆であること、装訂も同一と見られるという情報がもたらされた(15)。そこで稿者も所蔵先の慶應義塾図書館に閲覧に赴いて調査を行ったところ、新たに四点の九条家旧蔵本を確認することが出来た。

①「遠嶋御歌合・仙洞歌合　宝徳二年十一月・歌合内裏　康正元年十二月廿七日・歌合〈文明九年七夕歌合〉・歌合〈文亀三年歌合〉」（110 x @ 642 @ 1）

②「影供歌合〈建長三年九月十三夜／仙洞〉・歌合【百三十番歌合】」（110 x @ 650 @ 1）

③「歌合　文永二年八月十五夜・仙洞歌合　乾元二年四月廿九日」（110 x @ 651 @ 1）

④「前摂政家歌合　嘉吉三年二月十日」（110 x @ 649 @ 1）

これらは、すべて久曾神昇の旧蔵にかかり、その時点での伝称としての「九条家旧蔵」ではあるが、先に記したように『我が身にたどる姫君』『恋路ゆかしき大将』と装訂が同一であり、筆跡的にも②④は全冊一筆で同筆、①は二筆による寄合書きだが、そのうちの一筆が『我が身にたどる姫君』『恋路ゆかしき大将』のそれと一致する。その中で、③については、装訂は同一と見られるものの、筆跡は異なっている。しかし表紙左肩に直接墨書された外題の筆跡が、実践本及び早稲田本の『歌合集』とは同筆と見られ、これも九条家旧蔵の「歌合」の一群に属する一本と考えてよかろうと思われる。また、①④は、③と同様、表紙左肩に外題を直書するが、②は黄蘗色地題簽にこれを記す。これらが久曾神昇の所蔵に帰した時期の詳細については不明という他ないが、先に推定したように、これらは本来別個の纏まりとして巷間に流出した、九条家旧蔵の「歌合」群の二種類の伝本であろうと思われるのである[16]。

以上、実践女子大学図書館山岸文庫本『歌合集』および早稲田大学図書館蔵『歌合集』について補考を行った。そして新たに慶應義塾図書館に、それらのツレと思われる写本四本が蔵されることを報告した。佐々木によれば、なお慶應義塾大学附属研究所斯道文庫にも、ツレと思われる写本が数本所蔵されている由であり、今後の報告が俟たれる。また、この『歌合集』の纏まりの全体像は不明な点も多く残されており、今後も装訂および筆跡から、この『歌合集』のツレと思われる写本は出現する可能性があり、さらなる博捜に努めたいと思う[17]。

五　池田亀鑑と九条家本（一）――東海大学附属図書館桃園文庫から

『我が身にたどる姫君』『恋路ゆかしき大将』の二本は、既に何度か見たように、昭和四年（一九二九）の九条家本入札売立に於いて、とりわけ国文学の研究者の間で、最大の注目を集めたものである。これを入手しようとした国文学者は多数いたが、中でも若き日の池田亀鑑はこの新出写本に特に執心していたことが知られており、その様子は反町『一古書肆の思い出』一の中に「全体を通じて、最も御熱心だったという印象を受けたのは池田さんでした。下見会以前に三度、店へ来られました。三度目には顔を合わせるなり、「どうも度々来てすみません」といって、大きな微笑を見せられました。来訪の度毎に、注文点数を追加されましたが、最重点を古写本の「79我が身にたどる姫君」に置かれたらしく、「これは私が是非とらねばならぬものですから、値段は最後に申します」といって保留し、下見の済んだ夕刻に、七十円から八十円くらいまでに、と指定されました。なるほど、思い切った御奮発、と私たちも納得しました」と、印象深く記されている。しかし、この本が金子元臣の許に納まったことは周知の事実であり、同時に、池田亀鑑はこの時、他にも相当数の典籍を注文はしたものの、全体的な落札価格の高騰の前に、ほとんど落札することが出来なかったと、反町は記している。(18)

池田亀鑑の蔵書である「桃園文庫」は、若干の散佚・流出は見られるものの、その大部分が現在東海大学附属図書館に所蔵され、その内容は『桃園文庫目録』（上・中・下、一九八六～二〇一三）により知ることが出来るが、その中で九条家旧蔵本は、五点ほど確認できる。これらを実地に調査したところ、紛れもない九条家旧蔵本であり、装訂および筆跡が『我が身にたどる姫君』『恋路ゆかしき大将』と同一であるものが、一点見出された。それは『弘安源氏論義』（桃九―六四）で、これは『源氏物語大成』に翻刻・収載されており、夙に知られた存在ではあった。

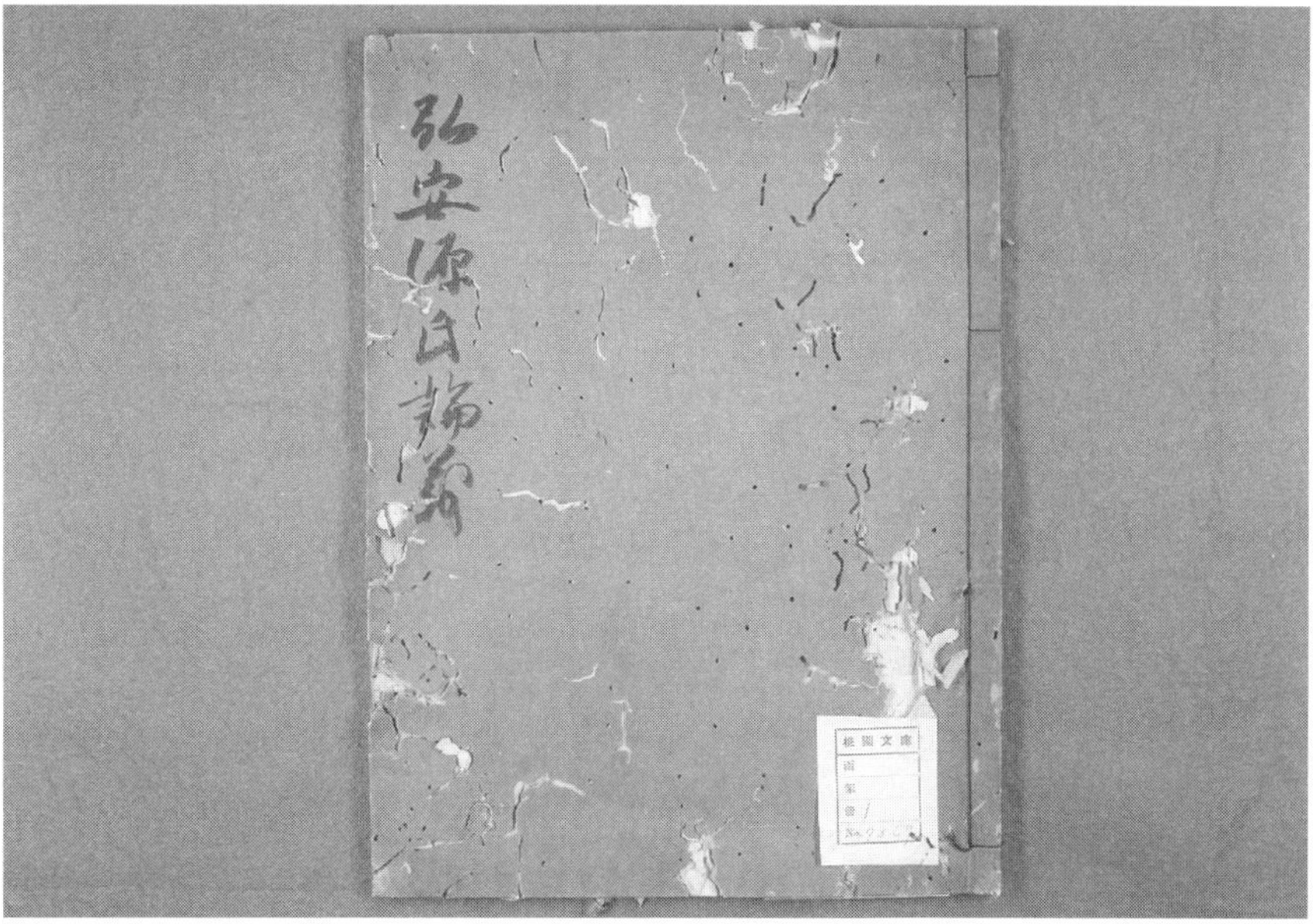

（図版④）

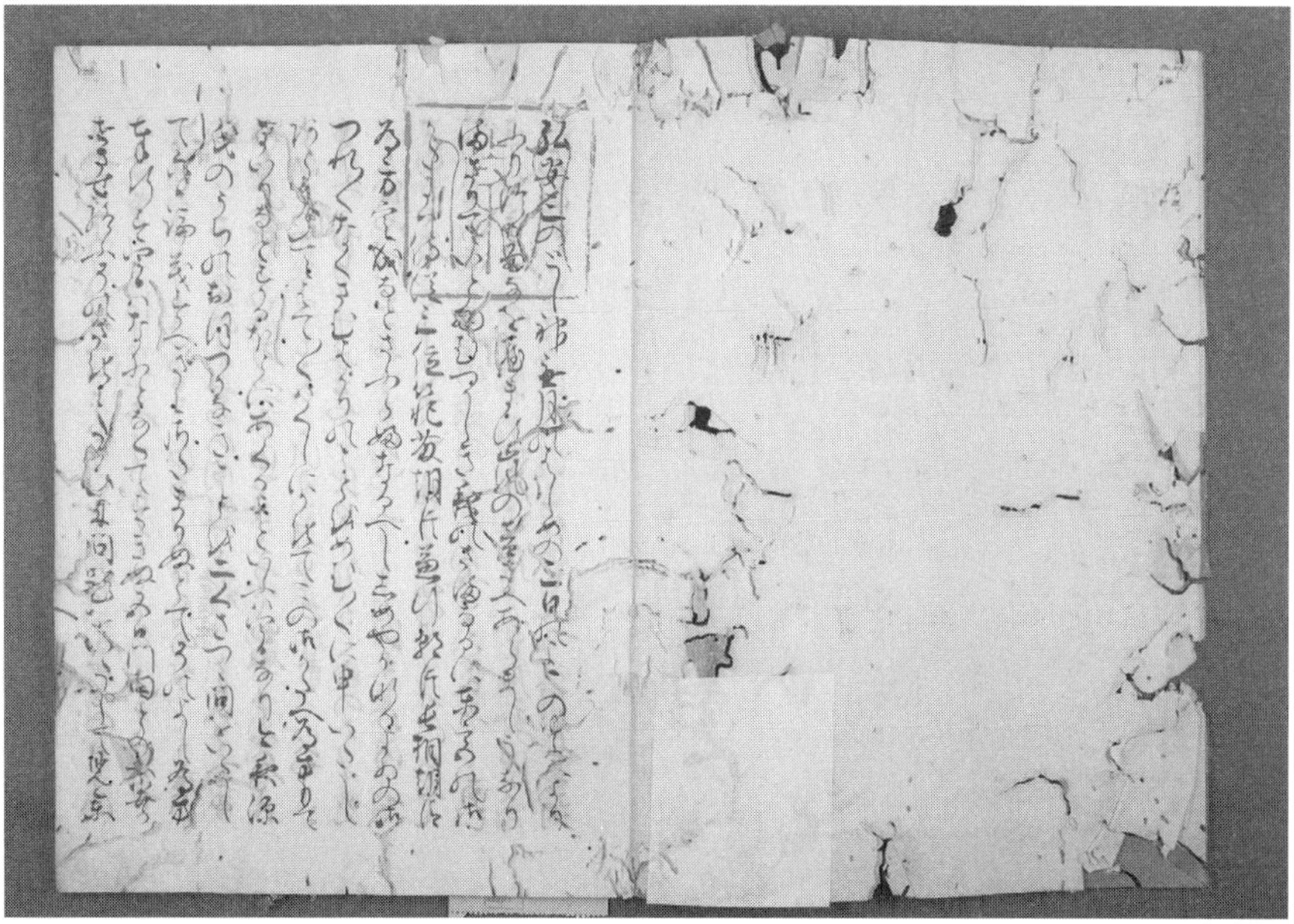

（図版⑤）

しかし残念ながらこれまでその書影等は全く知られず、書誌的な報告もなされたことがなかったために、ここまで見過ごされてきたものであろう。(19)大きさ・装訂・筆跡とも、『我が身にたどる姫君』『恋路ゆかしき大将』と同一であることは疑いがない。また巻頭に「九條」の大印が捺してあり、これは反町の証言によれば、戦後の九条家本の流出の際に捺されたものである可能性が高いことから、(20)池田亀鑑がこの本を入手したのは、戦後のことであると推定される。(図版④⑤)

他の九条家旧蔵本も、ほぼ戦後の売り立て以後の入手になるものと考えられることからも、反町の証言通り、初回の九条家本入札売立で入手されたものはほとんどないに等しい情況であったことが確認できる。しかし戦後の入手と思われるものの中に『我が身にたどる姫君』『恋路ゆかしき大将』と同一の書写になる『弘安源氏論義』があったことには、池田亀鑑も気付いていなかったことと思われるが、今ここにその事実を付け加えておきたいと思う。

六　池田亀鑑と九条家本（二）――広島大学図書館蔵『古今著聞集』をめぐって

前節に於いて、池田亀鑑が九条家旧蔵本のうち昭和四年の入札売立において入手したものはほとんどなく、『我が身にたどる姫君』『恋路ゆかしき大将』と同筆・同装訂のツレであると認められるものに、戦後になって入手したと考えられる『弘安源氏論義』があった、ということを述べた。

ところで、池田亀鑑と九条家本に関しては、以前より知られているもう一つの事実がある。それは、広島大学図書館に所蔵されている『古今著聞集』の存在である。これは、岩波古典文学大系本『古今著聞集』を担当した永積安明により言及されているところのものである。永積の諸本解題によれば、『古今著聞集』の諸本は、二部門・

四類・八種と別類に分類されるとし、その中で甲門第一類とされる伝本中、筆頭に挙げられているのが、「1.九条家旧蔵本　桃園文庫蔵　全十冊」である。それは「故池田亀鑑氏の蔵本で、各冊一面十行書写の袋綴本、氏によれば大永頃の書写、管見による現存本中最古の写本であるが、現在所在不明のため底本に使用できなかった。ただ、筆者（永積）の部分的な影写本と全体にわたる校合本とによって復元の可能な部分を、本大系の校合に、「九本」として使用した。なお、これと全く同種のものに神田本（「神田家蔵」の蔵印のある十冊本の欠本、袋綴五冊）があったが、これも現在は所在不明である。以上の二部は第一類の中でも、校合字面から同一伝写群に属し、現存本中おそらく最も原典に近い系統の本文と認められる。（追記　九条家旧蔵本はその後、広島大学文学部国文学研究資料室に収蔵されて現在にいたっている）。」というものであり、最後の追記にもあるように、所在未詳であったものがその後発見され、広島大学に所蔵されたということで、新潮古典集成の『古今著聞集』校注担当者であった小林保治と西尾公一に、底本としてこれを使用するよう慫慂したという。それにより、新潮古典集成はこの広島大学図書館本を底本として注釈を行っているが、この本に対する説明が、上巻と下巻とでは若干変化しているのである。凡例で見ると上巻は「一、本書は、広島大学附属図書館蔵の『古今著聞集』九条家本を底本とした。」とするが、下巻では「一、本書は、広島大学附属図書館蔵の『古今著聞集』九条家本系古写本を底本とした。」とされている。下巻の解説部分「九、本書の底本、対校本について」を執筆した小林保治は、底本についての書誌事項を記し、永積安明の本文系統分類について略述して、この底本の広大本が「甲門第一類第一種本」の諸特徴をすべて具備しており、この系統の現存最古の写本とされている「大永頃の書写」と言われ、池田亀鑑の許にあったという「九条家旧蔵本」と同類本とし、「本書上巻の凡例・解説において、この広大本こそ外ならぬその九条家旧蔵本であると紹介し、前記日本古典文学大系84の「解説」もその旨追記しているが（傍点ママ）、その後の調査検討の結果、

(1)広大本は「大永（一五二一〜一五二八）」ならぬ「寛永（一六二四〜四四）の書写本であり、しかもその「寛永」の「永」の字は最初に「文」とあったものに点画を加えて「永」に改めた痕跡が歴然としており、あるいは当初、「寛文（一六六一〜七三）」の書写本と見られていた可能性も濃いこと、(2)稲賀敬二氏の記憶するところによれば、氏が披見した桃園文庫に所蔵されていた九条家よりの所出本（いわゆる九条家旧蔵本）には、その巻首に「九條」という角印が捺されていたというが、この広大本にはその蔵書印が認められないこと、等によって、広大本は九条家旧蔵本そのものではないらしいことが判明した。ここに謹んで訂正させていただく。惜しいかな、同書は依然として所在不明ということになる」と、その理由を説明している。

確かに、広大本の書写年代は、まさに江戸初期の寛永頃と見られる。また稲賀敬二の証言を重く見るならば、巻頭に捺された「九條」の大印を持たないので九条家旧蔵本とも違う、ということとなる。しかし広大本は、池田亀鑑の付箋があることからその旧蔵であることは間違いなく、となると、池田亀鑑の許にはこれとは別の「九條」の大印を捺した本があったことになり、最低でも二点の『古今著聞集』が、池田の所蔵となっていたということになる。近年、妹尾好信が広大本『古今著聞集』を紹介した論考の中で行った推定はこれに属する。[21]だがこの広大本が、池田亀鑑の所蔵であった時期に、永積安明がその池田の許で書誌調査を行い、一部本文については影写をおこなったという、九条家旧蔵と伝えられる伝本そのものである可能性はないのであろうか。

問題は、永積安明が広大本を閲覧調査し、かつて自身が調査した時の本と同一であったかどうかを、確認したという証言を残していないことによる。広大本が、池田によれば「大永頃」の書写で、永積が見た中では現存最古の、九条家旧蔵『古今著聞集』であるかどうかについては、現時点では確認のしようがない。しかしながら、広大本の書誌的な特徴から判明することを言うならば、池田亀鑑・岡田真の旧蔵にかかる、江戸時代初期の写本袋綴一〇冊本、一面十行で書写されており、永積分類に拠れば、「甲門第一類第一種本」の諸特徴をすべて具備している伝本である。この本が九条家旧蔵たる証拠を持たない、ということがあるが、実は永積は、その本に「九條」の印記があったということに関しては、全く言及していない。ということは、この本が九条家旧蔵であるならば、やはり広大本は、永積安明が言うところの現存本中最古の写本、ということになるのではなかろうか。(22)

結論からするならば、これは九条家本と見てよかろうと思う。それは昭和四年時の九条家本入札売立に際して、確かにこの時、入札目録に『古今著聞集』十冊の記載があり、池田亀鑑は一誠堂を通じてこれを注文してもいるからである。広大本の大きさは、縦が二八・六糎と、他の九条家本と比べて若干大きいものの、横は二〇・二糎とほぼ同じであり、浅葱・縹色の無地紙表紙は共通している。そしてなにより、この広大本は、三筆による寄合書きではあるが、(23)一〇冊のうち、九・一〇冊の二冊の筆跡を見ると、これが『我が身にたどる姫君』『恋路ゆかしき大将』と同筆なのである。この点からも、広大本が九条家本であることを、積極的に疑う必要はないものと思われる。(図版⑥⑦⑧)

では池田亀鑑は一体いつこの本を入手したのか。それは昭和四年時の入札売立に際してと考えるのが一番妥当ではあろう。しかしその時には、希望価格であった二〇円ではこれを落札出来ずに涙を飲んでいる。反町手控えの資料によれば、九条家旧蔵十冊本の『古今著聞集』はこの時、本郷の齋藤琳瑯閣が六八円五〇銭で落札していることまでわかる。その注文主は不明だが、それが池田亀鑑であった可能性もない訳ではない。しかし池田は、この入札の目玉であった『我が身にたどる姫君』『恋路ゆかしき大将』を「七十円から八十円の間」で入札しようとしていたというから、それが落札できなかったからといって、それと極めて近い値段で、琳瑯閣から『古今著聞集』を購入したとはいささか考えにくい気がする。(24)残念ながらその辺りの詳細は不明としか言いようがない

(図版⑥)

古今著聞集巻第十九

草木第廿九

草木者有時以苑首偁榊諾伊弉尊事跪生木祖句ヽ遲馳次生草野丼於戯春有櫻梅桃李之花秋有紅蘭紫菊之花皆是錦繡之色酷似之急ヽ独而昨開今落蓬莱難異蓬風住落愛裏不遁似楽有焉可觀無吾中芙
延喜十三年十月十三日御記云仰侍集令新菊花各十か二三番相争勝芳踏以━━甲時各方領花伐入━番入自仙等次ヽ進花立庭中三番合鮑口

(図版⑦)

(図版⑧)

[cursive text with date 暦應二年十月十八日 and signature 若菜門]

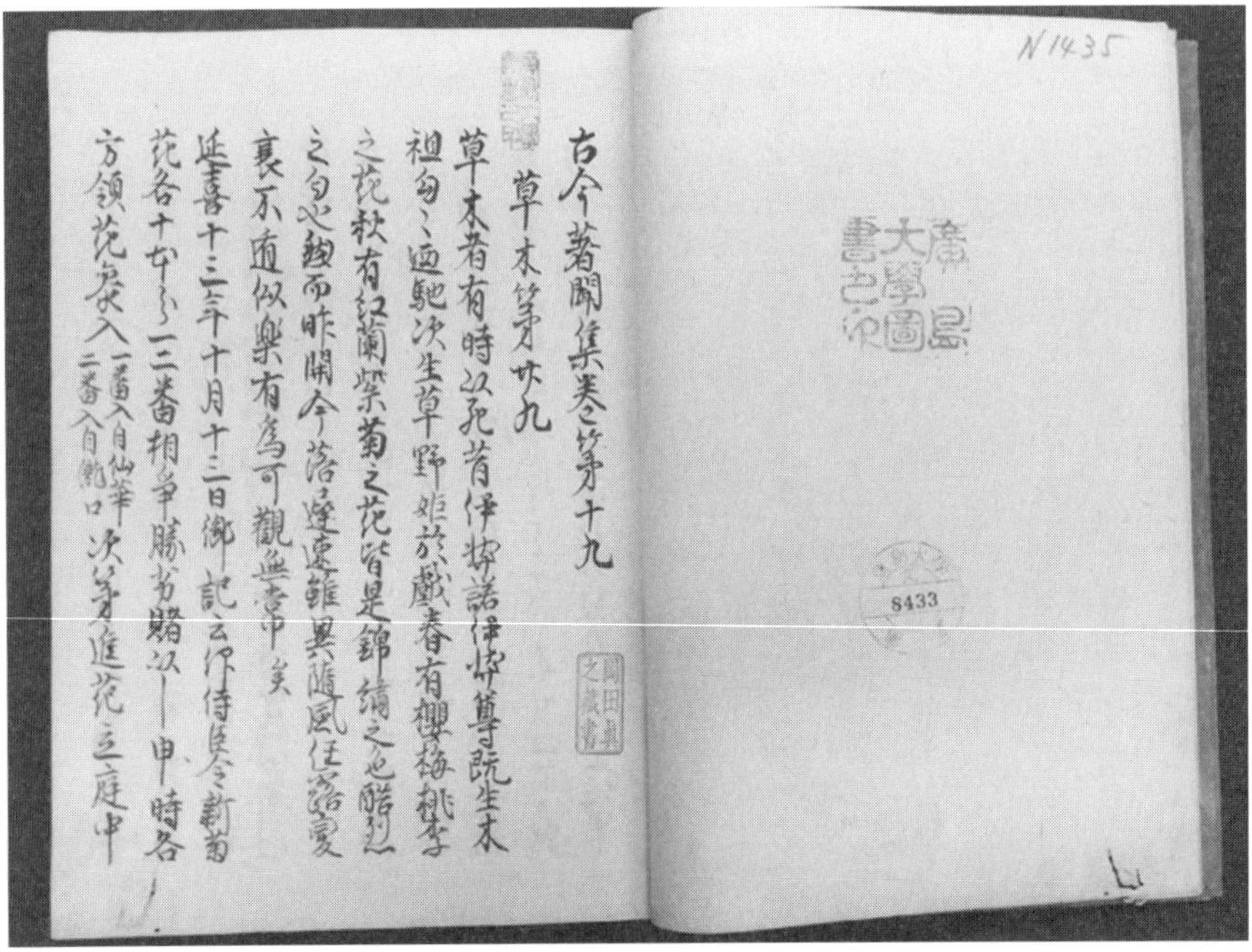

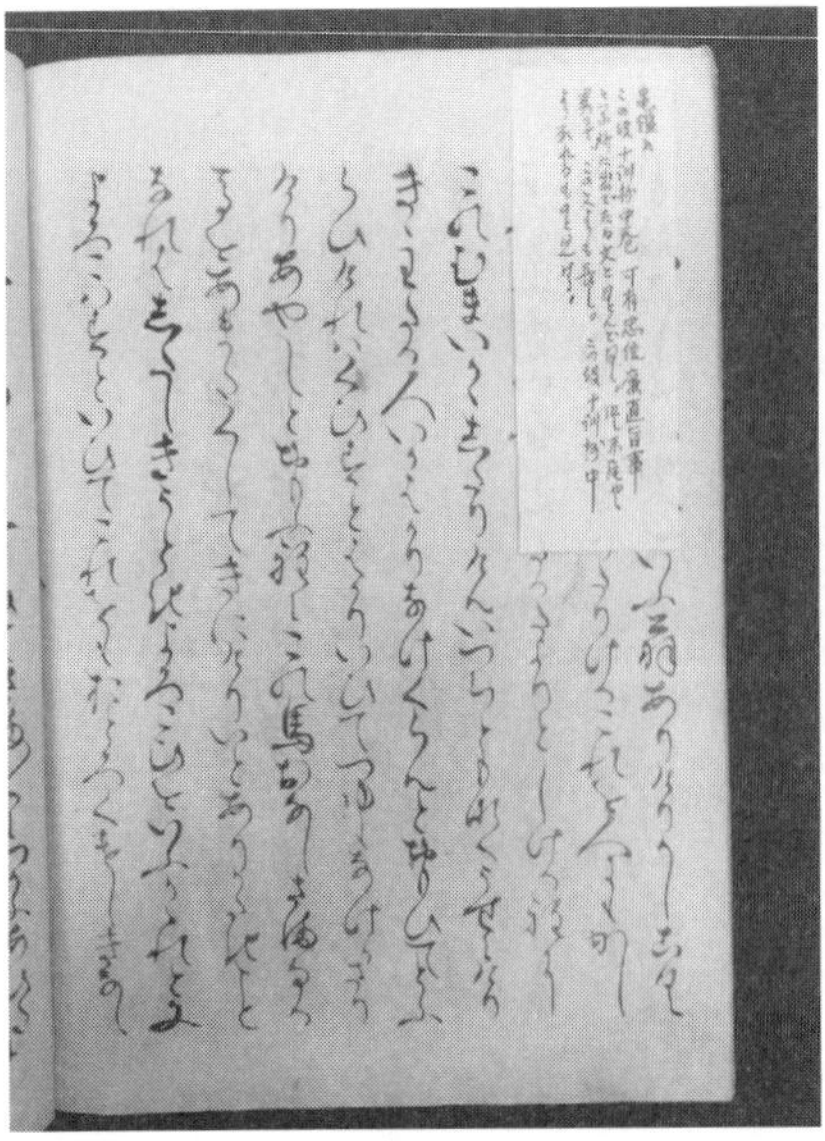

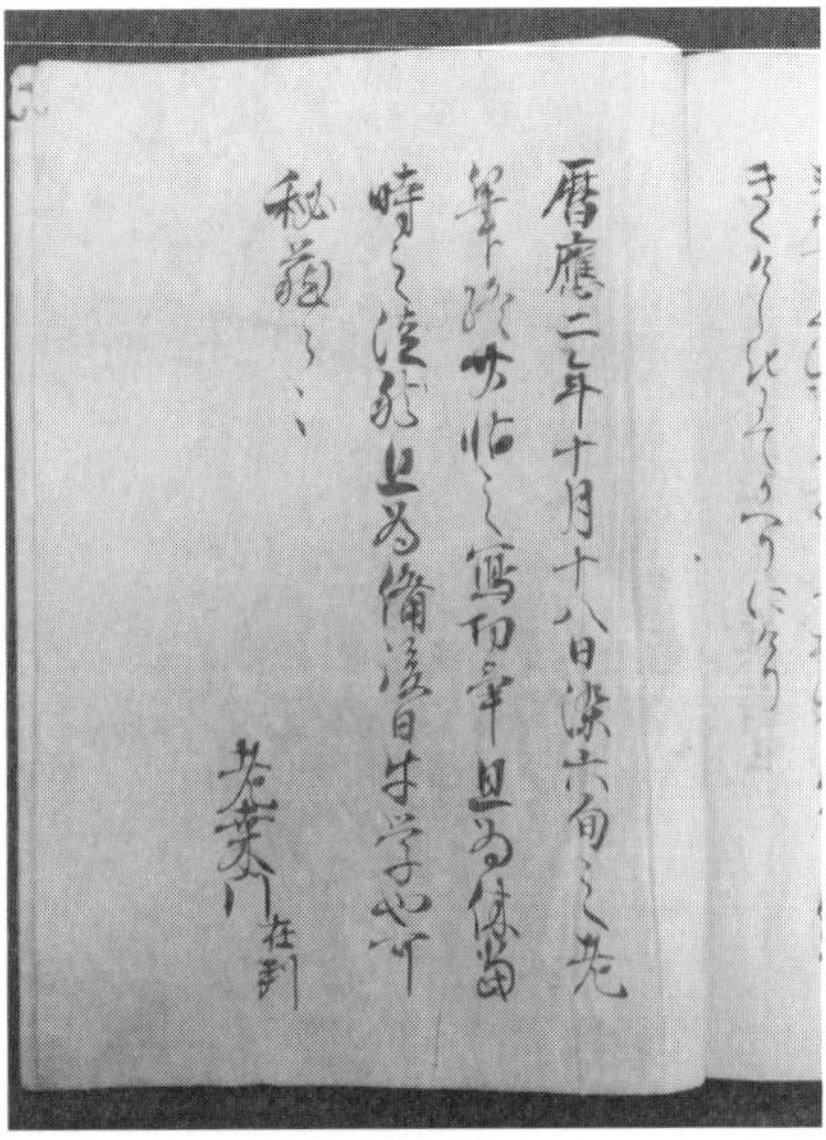

が、ともあれこの『古今著聞集』は、池田亀鑑の許に納まった。そして、それは永積安明の調査するところとなり、その後、池田亀鑑の手を離れて岡田真の所蔵となった。さらにそれがまた、反町弘文荘の手によって売立に付され、広島大学文学部国文学研究室の購入するところとなって、現在広島大学図書館に蔵される、という経路が想定されるのである。(25)

七　天理大学附属天理図書館と宮内庁書陵部蔵　九条家旧蔵本群

最後に、今後の九条家旧蔵本の大きな纏まりを所蔵する、天理大学附属天理図書館と宮内庁書陵部について、これまでに明らかになったことについて、いくつか報告しておく。

天理図書館に所蔵される九条家旧蔵本については、『天理図書館稀書目録』（和漢書之部一～四）に収載されたものを中心に調査を進め、五〇点ほどの九条家旧蔵本を確認し、調査を行っている。中で歌書（定数歌）を中心として二〇点前後の『我が身にたどる姫君』『恋路ゆかしき大将』と同時期に書写されたと考えられる写本を見出した。さらにそのうち『我が身にたどる姫君』『恋路ゆかしき大将』と同筆であるものを、一四点ほど見出している。これらについては今少しの調査を行った後に、別稿にて詳細を報告したいと考えている。

また、宮内庁書陵部に関しては、書陵部に所蔵されるカード目録に当たって、九条家旧蔵本を抽出する作業を行ってきたが、近年、小倉慈司「宮内庁書陵部蔵九条家旧蔵本目録（稿）二〇一一年現在」（『禁裏・公家文庫研究』四、思文閣出版、二〇一二）という労作が発表されて、調査の見通しがかなり明るくなった。しかしながら、これは九条家旧蔵本全体を把握されたものではあるものの、『我が身にたどる姫君』『恋路ゆかしき大将』と同筆の写本を特定するには、やはり目録に挙げられた書目を一点一点確認する必要があり、現在、その調査を進めている。

その中で海野圭介により指摘された、九条道房が行った書写活動に関わる寛永末頃の書写本から、いくつか『我が身にたどる姫君』『恋路ゆかしき大将』と同じ筆跡を持つものを見出している。それらは九点ほどあるのだが、奥書の一例を挙げれば、「借権大外記中原師定本用他筆令書／写之畢／于時寛永廿年三月十日／左大臣（道房花押）」（『御即位式』、九5093）「去年借東寺観智院本以他筆令書写之／寛永廿年七月十二日　　左大臣（道房花押）」（『東寺供養記』九5010）「寛永廿一年十一月申出仙洞御本以他筆／令書写之／左大臣（道房花押）」（『改元部類記』七冊の内「難陳勘文」、九5165）などほとんどが、寛永二〇年前後に集中していることがわかり、さらに言うならば、東寺観智院からの貸借が多いことは、非常に注目される。(26)と同時に重要なのは、『我が身にたどる姫君』『恋路ゆかしき大将』を写したのと同じ、その筆者について、である。この奥書によれば、九条道房はその筆者・書写者を「他筆」と呼ぶだけで、その姓名などを挙げてはいない。よって結局のところ、この独特の筆跡を示すこの人物が一体何者であるのかは未だ分からないまま、なのではあるが、少なくともこの人物が、寛永二〇年前後に九条家に於いて活躍した、書写活動に関わる中の一人であることまではなんとか明らかとなったのである。

ただし九条家旧蔵本は、九条道房が関係していることがわかるものだけに限っても、まだ相当の数があり、それらには未だ十分な調査が及んでいない。道房には自筆の日記が残るものの、奥書の記された年時の当該記事を見ても、これら書写活動については記していない場合も多い。(27)あるいは、書写に関する記録は別に存する可能性もあろう。今後とも調査を継続し、九条家本の形成過程とその全容の解明と、この『我が身にたどる姫君』『恋路ゆかしき大将』を書写した人物が誰であるのか、その特定を目指していきたい。

おわりに

以上、旧稿発表以後の九条家旧蔵本について、明らかとなったことを中心に、様々な面から述べてきた。盛り込み過ぎから文章全体が雑駁となり、より詳細に述べるべきところを端折った点も多い。それらは今後の課題とさせていただく。

猶、今後の九条家旧蔵本の調査についての展望を述べて本稿を閉じたいと思う。

今後についてはやはり、宮内庁書陵部蔵九条家旧蔵本の内容解明が、当面その中心となろう。しかしその調査範囲は、思っていた以上に広がってゆく可能性がある。近年、美術史の方面から、江戸時代初期の九条家当主が果たした役割に注目が集まっており、それらを明らかにした、五十嵐公一『京狩野三代　生き残りの物語』（吉川弘文館、二〇一二）などは、その貴重な成果のひとつである。また文学と美術の関わりでは、「幻の『源氏物語絵巻』」の研究も盛んであり、今後はそれらの研究も視野に入れてゆく必要があるだろう。そしてより大局的に見れば、田島公を研究代表者とする「目録学の構築と古典学の再生―天皇家・公家文庫の実態復原と伝統的知識体系の解明」（課題番号　一九GS〇一〇二）のような大掛かりな研究プロジェクトとのつながりも、必然的に生じてこよう。[28] 九条家旧蔵本の研究は、そういったより大きな問題へとさまざま展開してゆく可能性を多分に帯びている。しかし、いたづらに問題を拡散させることは避けなければならないだろう。現在の文学研究からの立場や方向性は維持しつつ、他の研究分野との連絡を図り、できるだけ多角的な方面から、九条家旧蔵本の様態を探ることが肝要であると思うのである。

それにしても、一冊の端本の未詳筆者の追求から始まって、随分と遠いところまで来てしまったようだ。これだけ大量に書写されたものが残っていながら、さっぱりその実態はわからない、江戸時代初期を生きた、独特の筆跡を示す、とある右筆のことは、今後もなかなか容易には分かりそうにない。まさに隔靴掻痒の思いとはこのことであろう。しかし、強く念じていれば「資料は向こうから歩いてくる」との、鶴見に於ける某先生からの教えを、私は信じたい。いつかかならず、この筆者の素性を明らかにするとともに、池田先生との約束である、祖形本『浜松中納言物語』の他の部分を見出し報告することを心中に期して、ひとまず、擱筆したいと思う。

【注】

（1）『源氏物語とその前後　研究と資料』（古代文学論叢第一四輯、紫式部学会編・武蔵野書院、一九九七）および『鶴見大学紀要』三八（第一部　国語・国文学編・二〇〇一・三）

（2）『国文鶴見』三六、二〇〇二・一二。猶、副題の「筆者は誰」とあるのは「写し手は誰」を誤って引用したものである。謝してここに訂正する。

（3）前掲、古代文学論叢・一四輯所収、影印解説、および小学館『新全集』解説等。現在までのところ、池田の見解に対する、有力な反論は見られない。

（4）鶴見大学図書館　第八八回　貴重書展示「王朝時代の物語」（二〇〇〇・六・一四〜二九）であったかと思われる。

（5）国文学研究資料館「源氏物語とその前後」二〇〇〇・九・二六〜一〇・一三。

（6）注（1）池田『鶴見大学紀要』三八、論考および注（2）の拙稿参照。

（7）「この本は、入札目録には「79　我が身にたどる姫君　古写本　五冊」と記してありますが、それは間違い。実は、その標題の本四冊と、他に『恋路ゆかしき大将』一冊と、合わせての五冊なのでした。二書は大きさ・体裁、それに本文の筆跡までが全く同一なので、仕分の際に一書と見誤ったのでした。これは内見中に、徳本正俊さんに教えられて、私たちも承知して居りました」（反町茂雄『一古書肆の思い出』一、平凡社ライブラリー版（一九九八）に拠る、以下同）とあり、二書が共に売られたことの事情が知られる。

（8）未確認だが、この筆跡で記された『源氏物語』を見た、との情報もあり、それが見出されれば最大の纏まりとなるであろうが、それもおそらくは一筆ではなく、寄合書きと考えるのが、普通であろう。「歌合集」も実は寄合書きであることは、注（2）の拙稿に於いても触れているところである。

（9）海野圭介「随心院門跡と歌書」（『日本古典文学史の課題と方法—漢詩　和歌　物語から説話　唱導へ—』伊井春樹先生御退官記念論集刊行会・和泉書院、二〇〇四）「随心院門跡伝来の歌書類と九条家」（平成一六年度大阪大学大学院文学研究科共同研究　研究成果報告書『小野随心院所蔵の密教文献・図像調査を基盤とする相関的・総合的研究とその探求』二〇〇五・三）。

（10）「近世前期における九条家蔵書の復元とその文献学的研究」（研究課題番号：23520237、基盤研究C、二〇一一年度～二〇一三年度）猶、一年の延長が認められ、二〇一四年度末まで。及び「中近世期における九条家蔵書の形成と流伝に関する研究」（研究課題番号：26370209、基盤研究C、二〇一四年度～二〇一六年度）

（11）札元は中村好古堂・伊丹信太郎・本山豊実（以上、東京）林新助・熊谷鳩居堂（以上、京都）戸田弥七・山中吉郎兵衛（以上、大阪）野崎久兵衛（名古屋）、最終丁に「合計三百点」と記される。反町は『一古書肆の思い出』一「九条家入札会の意味・時代的背景（一）」の中でこの入札が盛況であったことについて、その理由を「第一に九条家の名声の高さです。明治・大正・昭和（戦前まで）の三代を通じて、これほどの宮廷名家の大口の払い物は絶無でありますし「明治中期以後、昭和初年まで約四、五十年間に、堂上の名家の蔵書のまとまった売立は、筆者の今日までの調査では一回もありません」と記しているが、美術品も含めた什器類の売立までは、目が至らなかったということであろう。同様の売立はこの他にも行われている可能性もあり、今後とも調査を進めたい。

(12) 前出「もくろく」の中には、古今和歌集残簡（六巻）に、手鑑や和歌懐紙・掛け軸仕立ての古筆、八代集・源氏物語・栄花物語、絵巻各種（歌仙絵・源氏絵巻・寺社縁起など）が見られる。

(13) 千代田区立図書館蔵「古書販売目録コレクション」（入札会―二―六一一六）、『反町茂雄蒐集　古書販売目録精選集』四、昭和四年十二月～七年九月、ゆまに書房、一九九二、所収

(14) 同前「九条家御所蔵古版本古写本類入札書目」（入札会―三三―六一一五）、『反町茂雄蒐集　古書販売目録精選集』四、所収

(15) 『慶應義塾図書館和漢貴重書目録』慶應義塾大学出版会、二〇〇九（慶應義塾図書館和漢古書目録刊行委員会、ちなみに佐々木孝浩はその委員の一人である。

(16) 以下、各本の略書誌を示す。①縦二七・一、横一九・九糎、写本一冊、袋綴。縹色無地紙表紙、表紙左端に押八双あり。外題は表紙左肩に直書「謌合遠嶋御哥合 文亀三年々々　仙洞々々康正元年　七夕哥合」内題「遠嶋御歌合　後鳥羽院　嘉禎二年七月」（二オ）「仙洞歌合　宝徳二年十一月」（三五ウ）「歌合　内裏　康正元年十二月廿七日」（七六オ）「歌合／一番　海辺七夕」（九九オ）「歌合／一番　樹陰夏月」（一三六オ）。一面一一行から一二行。和歌一首一行書き。字高約二一・〇糎～二二・五糎。丁数一六〇丁、遊紙前後一丁、中に一丁で、墨付一五七丁。「久曾神／蔵書」「慶應義塾図書館蔵」の二顆を捺す（一オ）。歌合五作品の合写本で、二つめの「仙洞歌合　康正元年」が、『我が身にたどる姫君』『恋路ゆかしき大将』と同筆で、他は別筆。これのみ、一面行数が一二行で、字高も二一・〇糎、である。②縦二六・七、横二〇・一糎、写本一冊、袋綴。縹色無地紙表紙、左端には押八双あり。外題は黄蘗色地小短冊題簽（一七・五、三・八糎）を左肩に貼付し、墨書「影供歌合　建長三□」内題「影供哥合　建長三年九月十三夜 仙洞」（一オ）「歌合／題／早春（以下、題）」（七三オ）。一面一二行、和歌一首一行書き。字高約二一・〇糎。丁数・一二六丁、遊紙一丁（後）で、墨付一二五丁。印記「慶應義塾図書館蔵」（一オ）「久曾神／蔵書」（一二六ウ）の二顆あり。④と同一の書帙（後誂）に入る。③縦二六・二、横二〇・二糎、写本一冊、袋綴。縹色無地紙表紙、左端には押八双あり。外題は表紙左肩に直書「哥合　文永二年」内題「哥合　文永二年八月十五夜」。

一面一二行、和歌一首一行書き。字高、約二二・五糎。丁数、四五丁。遊紙一丁（後）、墨付き・四四丁。④縦二六・六、横二〇・〇糎、写本一冊、袋綴。縹色無地紙表紙、左端には押八双あり。外題は表紙左肩に直書「前摂政家謌合」内題「前摂政家歌合　嘉吉三年二月十日」。一面一二行、和歌一首一行書き。字高、約二一・〇糎。丁数、一三〇丁。遊紙なし、墨付き・一三〇丁。②と同一の書帙（後誂）に入る。

（17）この『歌合集』が、十巻本・二十巻本の『類聚歌合』のような、纏まった一つの集合体として存在したものか、散在していた歌合が江戸時代の初期に集成されたものであるのかは判然としない。ただ、個々の歌合作品の書承関係を丁寧に辿れば、ある程度の書写経路が明らかになる可能性もある。今後とも追求していきたい。

（18）原豊二「池田亀鑑の資料収集」（『もっと知りたい　池田亀鑑と「源氏物語」』一・二〇一一、新典社）の中で、池田亀鑑は昭和四年（一九二九）の九条家本の売り立ての際、「伊勢、大和、源氏、狭衣等の物語類を主に、数点の和歌を加えて四十八点。（「九条家本購入始末」『一古書肆の思い出』二）」を**購入した**、としているが、これは誤認である（『郷土出身文学者シリーズ⑧　池田亀鑑』（鳥取県立図書館、二〇一二）所収「一　池田亀鑑の資料収集」でもほぼ同文が見られる）。反町茂雄（古書肆弘文荘主）は、この時の売り立てのことを、他の本にも繰り返し書いており、「源氏物語蒐集と池田亀鑑さんと」（『定本　天理図書館の善本稀書』八木書店、一九八一）によれば「若い学者先生方からは、二、三点ずつ、（中略）最も点数の多かったのは池田亀鑑さん、十二、三点にも上ったでしょう。」（一五八頁）とあり、さらにその結果について、「従来の基準で、希望価格を入れられた池田さんは、お気の毒ながら敗北でした。十二、三点の内、とられたものは確か二つだけ、それも絵入り版本の『紫式部巻』一冊、外一点と云うみじめさ。三十を一つ二つ越えたばかり、お若かっただけに、失望のおももちをかくさず、『あゝそうですか。あゝそうですか』と記録的な落札価格を聞き取った後に、うすい書物二点だけの収穫を手にして、肩を落としてトボ〳〵と帰られる後ろ姿を見送って、同情を禁じ得なかったことを、ハッキリと記憶して居ります」（一五九、六〇頁）とある。注文数そのものに「十二、三点」と「四十八点」という違いがあるのは後者が正しいが（千代田区立図書館蔵古書販売目録コレクション「九条家旧蔵書入札会注文控エ」（入札会―二―六一一四））、これは注文数であり、少なくとも一誠堂注文分で「購入」出来たのは「二点」であったと、明記されていることを指摘しておく。

（19）　高田信敬『源氏物語考証稿』（武蔵野書院、二〇一〇）第二部第二章「『弘安源氏論議』異解―通説の再検討―」（初出は『源氏物語と文学思想　研究と資料』（『古代文学論叢』一七、「〈翻〉弘安源氏論議（管見・簡校）」武蔵野書院、二〇〇八）が『弘安源氏論義』に関する現在の研究の水準を示し、「四　伝本のことなど」の中で「Ⅲ　九条家旧蔵本の類」とした諸伝本についての言及はあるが、こと桃園文庫本に関しては、書誌情報などに関する一切の記載がない。他の報告も管見に入らないが、桃園文庫本自体は、江戸初期書写の一伝本として、全くの無価値ではないと思われるので、その書誌を報告しておく。縦二六・七、横一九・九糎、写本一冊、袋綴。縹色無地紙表紙、左端には押八双あり。外題は表紙左肩に直書「弘安源氏論義」本文とは別筆で、題簽の跡も見られない。内題はなく、途中に跋文があり、そこに「弘安源氏論義跋」とある。一面一二行。字高、約二二・五糎。丁数、二五丁。遊紙が前後一丁で、墨付き二三丁。奥書識語の類はない。一オ右上に、「九條」の大方印を捺す他、二五丁の紙の袋状になった中に「池田様／九條家本　寛永頃／金　百五十円／弘安源氏論義／印（東京市本郷區西方町十／書肆弘文荘／電話小石川六四一〇番）」と記した売り札が挿入されている。虫損は甚大であるが、幸いなことに本文の判読には支障を来さない。ちなみに、翻刻に誤字脱字と思われる部分はほとんどない。書写年代は江戸時代初期と推定されるが、『源氏物語大成』凡例には「原本ハ九條稙通ノ祐筆（草稿本孟津抄ノ執筆者）ニヨリ、ホボ永禄・文禄ノ間ニ書寫サレタモノト推定サレル」との、見解が示されているが、草稿本孟津抄と、その筆者が九条稙通の祐筆であったとの事実、またそれとこの九条家旧蔵本『弘安源氏論義』が同一筆者の手によるもの、同筆であるかどうかについては、現時点では確認が出来ていない。これがもし事実ならば、『我が身にたどる姫君』『恋路ゆかしき大将』およびこれらと同筆の九条家本の筆者が明らかになるのだが、おそらくはそこまで書写年代を引き上げて考えることは出来ないであろう。但しその見解自体は検証の必要があり、今後の課題としたい。調査にあたって、稿者の研究テーマに対して御理解をいただき、書影の撮影、また本稿への掲載許可に至るまで、種々さまざまに御高配を賜った、東海大学附属図書館の館員諸氏に、ここに記して、衷心より御礼を申し上げる。

(20)『一古書肆の思い出』三、Ⅱ―1「九条公爵家焼け残りの秘庫解放」中には「これら九条家放出本には、蔵書印は一つも押してありません。三条西家の御本には、多く「三條西」とした、かなり大きな丸い蔵書印が、巻首に押してありました。古写本には蔵書印がほしい。(中略)そうだ、江田さんから、あの印を借りて来て押そう。『中右記部類抄』ほどの稀覯本も、蔵書印がなければ、後世の人々に、九条公爵家伝来本である事が判らなくなってしまうでしょう。十七日の売立の中に、五十センチ立方もある大きな木箱の中に、大小さまざまの印が、無造作に押し込まれているのがありました。(中略)この一括を、江田文雅堂さんが落札して持ち帰りました。江田さんは、碑文の法帖や、印譜類の専門家です。すぐに文雅堂さんを訪問して、事情を話して、沢山の中から、「九條」と二字だけの、六センチ平方もある大型のを借り出しました。「二、三日貸してくださいね」「エエ、二、三日でも四、五日でも結構です」。ニヤニヤ笑いながら、「しかし反町さん、無暗に他の本に押しちゃあいけませんよ」。連れてこちらも頬をほころばせて、「大丈夫、九条家本でも、特に良い本にだけ捺します」。印肉も古い良質のものを厳選し、先にしるした二十点ほどのものなどと、『中右記部類抄』に押捺し、大印は数日後に返済しました。」との証言がある。

(21)「広島大学図書館所蔵の池田亀鑑旧蔵『古今著聞集』について」(『もっと知りたい　池田亀鑑と「源氏物語」』二、新典社、二〇一三)

(22)池田のいう「大永頃の書写」というのも確証はなく、あるいは池田の見立て違いではなかったか、とも思われる。また、稲賀敬二の証言によれば、「九條」の印記のある『古今著聞集』があった訳だが、もしあったならば、それは戦後の売立によるものと想像される。しかし現在のところ、反町とその周辺から、大永頃まで遡る『古今著聞集』が、戦後の九条家本の売立に際して取引された、との証言は見当たらない。戦後の九条家本売立については、柏林社・古屋幸太郎が中心となって行われたが、書目を記した目録すら存在しない(反町『一古書肆の思い出』三、参照)。よってやはり不明という他はなく、これについては、今後とも引き続き追求してゆく必要があろうが、少なくともそれは、永積が調査した本とは別物であることだけを確認するに留めておく。猶、後考を期したい。

（23）①第一冊、②第二〜八冊、③九・一〇冊の三手により、書写されている。

（24）注（13）（14）（18）に挙げた、千代田区立図書館蔵古書販売目録コレクション資料による。

（25）注（21）の妹尾好信の論考に詳細な考証があり、それに従うべきであろう。一つ付け加えるとするならば、小林保治が本文中に引用した新潮古典集成『古今著聞集』下の解説の中で底本・広大本について「旧桃園文庫本で、昭和三十一年三月に弘文荘より購入された」と記しており、その情報源は明らかではないものの、おそらくは購入記録ないしは、稲賀敬二からもたらされたものとすれば、不正確なものではあるまい。とするならば、岡田文庫の売立時期から考えて、九条家→池田亀鑑→岡田真、の順番で所在が移動したと考えて間違いないものと思われる。

（26）注（9）海野論文参照。

（27）松澤克行「寛永文化期における九条家文庫点描―九条道房の蔵書整理と貸借―」（『文学』一一―三、二〇一〇・五）が、道房の書写活動および典籍のやりとりについて纏めており、裨益される点が多い。

（28）本稿で引用した、小倉慈司「宮内庁書陵部蔵九条家旧蔵本目録（稿）二〇一一年現在」（『禁裏・公家文庫研究』四、思文閣出版、二〇一二）は、この科研の成果の一つであり、書陵部の九条家旧蔵本については、そのデジタル撮影も進行していると仄聞する。成果公開の時を期待する。

末筆ながら、これまでの調査に際し、お世話になった関係者各位および各所蔵機関の方々のさまざまなご厚情に深謝し、心より御礼を申し上げる次第である。

『堤中納言物語』高松宮本グループの諸本の関係

三角洋一

はじめに

私がここで取り上げようとする高松宮本グループの諸本とは、すでに影印複製本として公刊されている高松宮本、宮内庁書陵部蔵桂宮本、久邇宮本、広島大学本、島原本、榊原本の六本である（以下略称、高・書・久・広・島・榊とも。末尾の引用文献を参照）。考察も影印本の観察による不十分なものである。今は仮説の提示のためということでお許しいただきたい。

私にはすでに三角［二〇〇二］があって、高の解題を兼ねて、高を最善本と見る仮説を提示したことがある。現在では、前稿は最も重要な久を取り上げず、また広を不当に低く評価したため、見通しを誤ったと反省している。本稿では前稿には一切言及しないが、あの範囲内ではあのような仮説が立てられたということで、研究史的にはよい反省材料を提供していると思っていることをお断りしておく。

本稿の論述の方法としては、研究史的にすでに明らかにされている事実で、かつ私なりに追認したことを出発点とし、わずかに第一面の行取り、毎行の字詰めのほか、字母の異同、傍記などに注目して、高松宮本グループの六本の関係を、親子か兄弟か認定していき、系統図にまとめて、ご批判を仰ぐことにする。

一　問題の定式化とその根拠

池田［一九七九］とその増補版、池田［二〇〇六］の言葉を借りれば、「いま残されている六十余本が、中世末あたりにあった一本に発する」（二二八～九頁）のであり、「江戸時代初期に、禁裏を中心にして公家社会で写されたらしい十冊の伝本群には、謹直な書写の状態から見ても、いささかとは言え、善い本文が伝えられている」（同前）と認められる。最初に、この六本の関係について、私の作業仮説を定式化して示してみる。

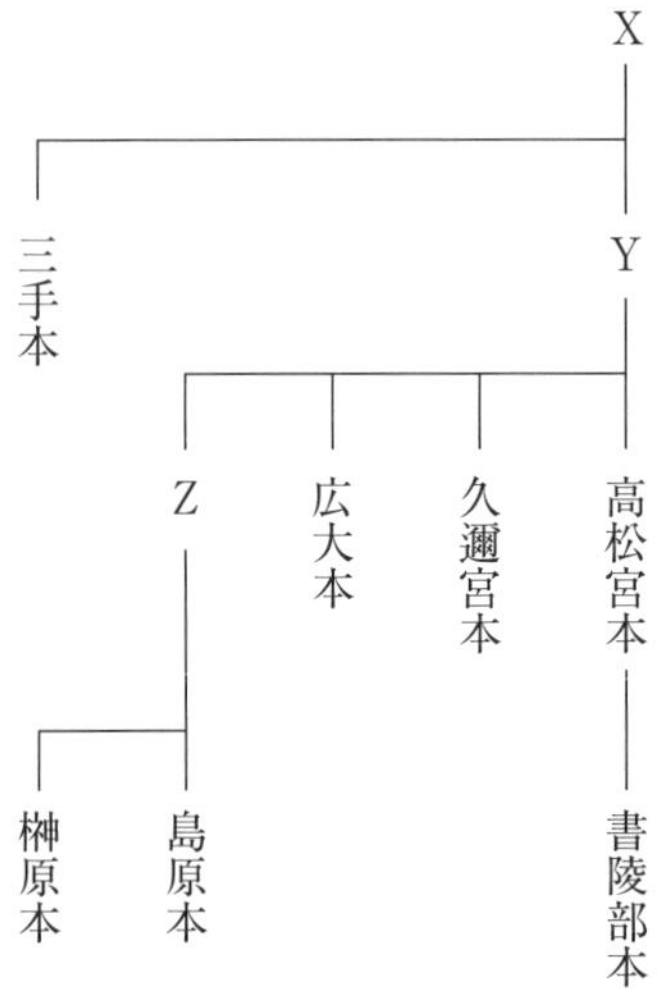

右の図で、Xは室町の戦乱期をくぐり抜けて伝存した一本、YはXかもしれないし、Yとして別に存在した一本かもしれないし、高でも久でもあり得る本としておく。Zは島と榊の共通祖本で、仮にこの位置にすえておく。

今井似閑筆賀茂三手文庫蔵本はXにもとづく写本と思われるが、定家仮名遣いに改め、和歌の記載形式をすべて独立字下げ、上下句二行分かち書きにするなど、書き換えがなされているので、ここでは扱わない。この仮説にもとづく系統図については、Yなる一本を想定することの利便性、高と久の優劣の判定に迷っていること、また高と書が親子関係にあると言えそうなことなどを盛り込むことができたので、この線で以下の作業を進めていきたい。

なぜこのような仮説が立てられるのかというと、私は池田［一九七九］に言う「謹直な書写の姿勢」をとらえなおして、高松宮本グループのうち島・榊を除く四本には、それぞれの書写者により判断基準は異なるものの、共通して親本そっくりの副本を作成しようとした意志が認められる、と見なしているからである。その手がかりとなりそうなことを具体的に幾つか、一覧表のかたちで掲げてよう。

まず、池田［一九七七］により高松宮本の書写が三筆になるというので、これをⅠ～Ⅲとし、池田［一九六八］により書陵部本も三筆というのでA～Cとし、島原本は寺本［一九九四］によれば、池田亀鑑により五筆に分けられるというので一～五とする（結果的に本稿で問題にすべきなのは高Ⅰ～Ⅲの区別のみであった）。

各物語の第一面の各行の字詰めについて、高松宮本と一致する本を○、異なる本を△、□、☆のように区別し、さらに高松宮本との字数の差を一行以内なら＋・－、それ以上なら＋＋・－－で示す。六本とも一面一〇行であるが、島原本・榊原本は首題をもつので、この二本に関しては九行で判定する。

和歌の記載法については、①は改行、一～三字下げで書き出し、次行は行頭から書き、そのまま本文を続ける形式または一行書き、②は改行、二～四字下げで上句を書き、次行も字高をそろえて下句を書く形式（上下二句分かち書き）とする。また、後に本格的に問題にする傍記のうち、三つの物語に存するイ注にかかわる異同も表中に掲げておく。

	高松宮本	書陵部本	広島大学本	久邇宮本	島原本	榊原本
1花桜折る	Ⅰ	A			三	
字詰め	○	○	○	○	□ ++	☆ ++
和歌記載	①	①	①	①	①	①
2このついで	Ⅱ	A			五	
字詰め	○	○	△ −	△ −	□ +	☆ +
和歌記載	①	①	①	①	①	①
3虫めづる	Ⅲ	A			二	
字詰め	○	○	○	○	□ +	☆ ++
和歌記載	②	②	②	②	①	①
4ほどほどの	Ⅰ	B			四	
字詰め	○	○	○	○	□ −	☆ −
和歌記載	①	①	①	①	①	①
イ注	○	○	○	○	本文	本文
5逢坂越えぬ	Ⅱ	C			一	
字詰め	○	○	△ −	△ −	□ ++	☆ ++
和歌記載	①②	①②	①②	①②	①	①

6貝合	Ⅱ	B			二	
字詰め	○	○	△ +	△ +	□ −	☆ +
和歌記載	①	①	①	①	①	①
イ注	○	○	○	○	本文	本文
7思はぬ方に	Ⅲ	C			五	
字詰め	○	○	○	○	□ + +	☆ + +
和歌記載	① ②	① ②	① ②	① ②	①	①
8はなだの女御	Ⅲ	B			三	
字詰め	○	○	○	○	□ + +	☆ +
和歌記載	②	②	②	②	①	①
イ注	○	○	○	○	○ 本文	○ 本文
9はいずみ	Ⅰ	C			四	
字詰め	○	○	○	○	□ − −	☆ +
和歌記載	①	①	①	①	①	①
10よしなしごと	Ⅱ	B			一	
字詰め	○	○	△ +	△ +	□ + +	☆ + +
和歌記載	ナシ	ナシ	ナシ	ナシ	ナシ	ナシ
11冬ごもる	Ⅱ	B			一	
字詰め	○	○	△ +	△ +	□	☆
和歌記載	ナシ	ナシ	ナシ	ナシ	ナシ	ナシ

最初に第一面の字詰めを通覧すると、高Ⅰの149と、高Ⅲの378にあっては、書ABC・広・久が一致し、高Ⅱの2561011にあっては書ABCが一致するものの、広・久とは対立している。この四本は高・書と広・久の小グループに分かれると見てよい。分岐の原因としては、高Ⅱの筆者が関係しているかもしれない。島・榊は首題を記すほか、字詰めの傾向も似ており、10「よしなしごと」に続けて一字も空けずに11「冬ごもる」を書き出すなど、別の一グループをなしている。

和歌の記載法を見ると、149において高Ⅰは①で、書ABC・広・久と一致する。26において高Ⅱは①で、書AB・広・久と一致する。38において高Ⅲは②で、書AB・広・久と一致する。57において書Cは①②の混淆で、高ⅡⅢ・広・久と一致する。高Ⅲは38の②か、5の①②の混淆かの記載法をとっていて、二行分かち書きを施した大元である可能性があるかもしれない。書Cも57の①②の混淆にかかわっているように見えるが、5「逢坂越えぬ」には歌合形式の和歌記載という特殊事情があるので、特別視しなくてもよいか。島・榊はすべて①のタイプとなっている。

イ注は468にのみ見え、いずれも書Bの筆者がかかわっているが、これは偶然だろうか。ここには、高以下の四本と島・榊との対立が見られ、これまで善本群の中でも島・榊が異文の本文をもつ写本として注目されてきたわけである。

以上、まだ何も具体的に取り上げたわけではないが、これら六本は高・書と広・久と島・榊の、三つの小グループに分かれるという見通しが得られたことと思う。

二　イ注の考察

では手始めに、島・榊を他の四本から区別するイ注の箇所から見ていく。本文の原状の記述方法としては佐々木［二〇〇九］の約束に倣うほか、傍記を加えて、

〈　〉…ミセケチ　　（　）内は訂正された文字、（　）が無い場合はミセケチのみ
「　」…補入
［　］…傍記　　ミセケチ訂正を除く右傍の傍書、勘注、ママ注など
右傍線…重ね書き　（　）内は下の文字、（　）が無い場合は下不明
太字、右傍線…擦り消し重ね書き　（　）内は下の文字、（　）が無い場合は下不明

とする。ただし、ここでは重ね書きは扱わない。テキストは順に池田［二〇〇七］、池田［一九六八］、塚原［一九五九］、久曽神［一九七四］、寺本［一九九四］とし、所在についてはとりあえず池田［二〇〇七］と大槻［二〇〇二］の頁数・行数とする。前遊紙を丁数に入れたり、入れない場合の丁数の混乱を慮ったためである。

高以下の四本に見えるイ注は計六箇所である。上段に高の本文（他の三本も一箇所を除き、同様）、中段に島、下段に榊の本文を掲げ、読みやすいように濁点を付した。

4「ほどほどの懸想」

①　55・10（47・8）

いづくのに「郷イ」かあらん　　いづくの郷かあらん　　同上

6「貝合」

② 96・7（80・11）

ようなきこと［ばイ］をいひて　　ようなきこと葉いひて　　ようなきことばいひて

8「はなだの女御」　＊広のみ③「そつ［行歟］殿」と「イ」を欠く

③ 130・3（105・10）

そつ［イ行歟］殿　　同上　　同上

④ 133・3（108・7）

こ［に歟本不分明イ］はひにものは　　同上　　同上

⑤ 137・1（111・2）

けはひをきゝつゝ［てイ］　　けはひをきゝて　　同上

⑥ 137・8（111・10）

かくもこ［うイ］そふかん　　かくもうそぶかん　　同上

私がまず不審に思うのは、『堤中納言物語』の本文には意味不通の箇所が少なからず存するのに、イ注がきわめて少ないことと、島・榊にも③④のイ注が存することである。島・榊は結局、③④は処理しようがなくてイ注を残し、①②⑤⑥では逆に親本のイ注を本文化したと解すべきではなかろうか。①の「郷イ」は、「いづくの」の次には名詞のあった方が落ち着きがよい、②の「こと」は「言葉」の「は」文字が脱落したのではないか、または「ようなきことをばいひて」かというのがイ注の意味であったと思われる。私が仮にこの指示に従うのなら、それぞれ「いづくの郷にかあらん」「ようなきことをばいひて」と改めたことと思う。つまり、「いづくの郷かあらん」「ようなきことばいひて」は本文的にも適切な、あり得べきかたちであるはずがなく、そもそも島・榊がそのような異文をもっていたとは考えられないのである。以上により、またその他若干の検討から、私は島と榊は兄弟関係で、イ注を本文化した共通祖本Zが想定されること、榊がやや上位、島が下位の本文なのではないか、と見当をつけている。

通常、イ注は異本（他本）と校合して本文の異同を記したものと考えられているが、『堤中納言物語』の場合には、書写した本行本文のままでも意味が通らないわけではないと認めてこれを一解とし、よりよい本文と考えられる異解（他解、別解）を傍記して、「イ」を付したものと見られないだろうか。そうだとすると、歟注とどこが違うのかとか、新たな疑問が湧いてくるが、私としてはとりあえず、ここに一説として掲げておきたい。

三　高I書写の「花桜折る中将」をめぐって

ここからは、高以下の四本の検討にはいる。もっぱら傍記を問題とし、併せて第一面を観察することにするが、慎重を期して高についてはⅠⅡⅢの筆者別に進めていく。考察の手順は、高と久の傍記の異同を中心とし、A高と久の傍記で一致するもの、B高のみの傍記、C久のみの傍記、Dその他とし、その後、第一面の字詰め、字母の相違など、必要があれば書や広の独自の傍記について指摘する。なお、以下、濁音は付さない。

最初に、高Iが書写した1「花桜折る中将」（よしとする作品名の表記）を取り上げる。

A　高と久の傍記の一致

3・9（11・7）と［こ歟］かけに　　書広も同様

4・1（11・8）こ〈え〉（こ）に　…　書「こゝに」、広「こえに」

4・3（11・10）しはふ気つ〈ら〉（つ）　…　書広「しはふ気つゝ」

4・7（12・2）もの〈を〉（せ）よ　　　　　　　　…　書広「ものせよ」

6・6（13・6）な〈り〉（る）へし　　　　　　　　…　書広「なるへし」

6・9（13・9）い［ゐ］て　　　　　　　　書も　…　広「ゐて」

8・5（14・9）はい〈ふ〉（しい）と　　　　　　　…　書広「はいしいと」

11・6（16・8）□□［二字不見］　　　　書広も

Aの異同だけを見ると、書と広の方がよい本文で、高Iと久は書き損じては訂正を繰り返していると判断しかねないが、じつは高Iと久が親本に忠実で、書と広が訂正後の本文を採用していることに気づくはずである。「い［ゐ］て」は仮名遣いについての覚えを傍書したもので、広は「ゐ」に改めている。その点で、書は高Iより、広は久より下位の本文であると思う。

もう少し丁寧に言うと、高Iと久の間で「こ歟」注、「二字不見」注と傍書「ゐ」が一致するのは、両本が親子か兄弟か同一の系統に属することを意味し、よくある事例であるのに対して、ミセケチ訂正が五箇所まで一致するのはきわめて稀な現象で、どちらの本もなのか、どちらかの本がなのかは不明ながらも、そこにはわざわざミセケチ訂正まで親本どおりに書写しようとした書写者の特別な意識がうかがえるのではあるまいか。

また、同じことの別な側面を意味するかと思うが、親本と目される本にはすでに注と傍書の書き込みがあって、またミセケチ訂正も多いことから、YはXそのものであっても差し支えないが、むしろそれよりも、Xをそっくりそのままに書写しようとしながら、傍記とミセケチ訂正を増やした新たな一本であった可能性もあるのではないか。

B　高のみの傍記

4・6（11・11）返［本マヽ］　書も　…　久「返」。広「返［通］」

5・10（12・14）はら［え歟］て　書も　…　久「はえて」。広「はらて」

10・1（15・12）〈さ〉（ま）うて　…　久広書「まうて」

11・7（16・9）〈さ〉（ま）かり　…　久広「さかり」。書「まかり」

12・1（16・14）なむヽ［本マヽ］かへて　…　久広「なむヽかへて」。書「なんむかへて」

12・10（17・9）ころ［本マヽ］　書も　…　久広「ころ」

13・3（17・12）つたら［え歟］す　書も　…　久広「つたえす」

13・4（17・13）こよひそ［よ歟］く　書も　…　久「こよひそよく」。広「こよひそかく」

13・6（18・1）はなは［本マヽ］　書も　…　久広「はなは」

C　久のみの傍記

10・8（16・5）女　書も　…　久「女［め］」。広「め」

13・3（17・12）みつすゑ　書も　…　久広「みつ［え歟］すゑ」

13・3（17・13）おもむけて　書広も　…　久「おもむ［む］けて」

D　その他

12・1（16・13）侍るなる　書も　…　久広「侍なる」

Bからは、高Iと書、久と広がそれぞれグループをなしていることが知られる。書の「まうて」「まかり」は高Iの訂正後の本文によると見てよい。ひとまず、新たにママ注と歟注を付加しているのが高I・書で、久・広では注を追加しなかったと判断しておこう。今は、C、Dについてのコメントは控えておく。

ところで、Bの高I「つたら［え歟］す」とCの久「みつ［え歟］するゝ」は、歟注の位置の移動と考えられる。傍記の書写はその行の本行本文を写した後に書き加えることが多い（場合によっては、その一面を写した後のこともあるか）ので、傍記の位置の移動は容易に起こり得ることとは思うが、さてどちらが本来のものであろうか。高Iのかたちなら、「つたらす…」は「つたえす…」で「伝へず。光季」と解されるが、久のかたちなら、「つたえず、みえず…」と読んでみようとしたとでも解するほかない。ここは、「え歟」注はYにも存していて、高Iの位置が正しく、久では記入する位置を誤ったものと判断しておく（Yでは久の位置に記入し、高Iの位置に移す指示があったことも考えられる）。以上、高Iと久との間には、私の重視する傍記等の異同という点では、わずかにBCDの約一三箇所の相違しか見いだせなかった。

ここで、高Iと久の第一面を見比べるとすぐに気づくことであるが、行取り、各行の字詰め、字母もほぼ一致し、物語一篇に広げてもわずか約一八箇所の字母の異同を見るだけである。ここでは大雑把に、親本はXかもしれないが、Aのごとき傍記の書き込みがあるので、Xを書写したYなる一本かもしれず、高Iと久はAのミセケチ訂正などの傍記まで忠実に保存する副本を作成した、高Iでは新たにBのごとき歟注、ママ注を加えた、Cの「え歟」注は久の方の誤りか、Dのごとき異同もある、とまとめておく。

ちなみに、書は高Iに対して字母に相違が多く、字母まで一致するように書写しようとはしなかったように見受けられる。しかも、歟注やママ注の増補の点において高Iと一致するので、高Iを親本とする子本であると考えられる。広の久に対する独自の傍記は「返［通］」のみで、久とは字母も含めてほぼ一致し、傍記された本文を採用する傾向がある。「え歟」注についての判断を保留することとして、Yか久かどちらかを親本として書写していると見ておきたい。

同じ高Ⅰの筆写にかかる4「ほどほどの懸想」、9「はいずみ」のうち、まず前者についてごく一部を例示すると、

A
55・9（47・7）たはふる「ル」も　書も　…　広「たはふる丶も」
56・9（48・7）さく［笏］　書広も

B
57・7（48・13）うせ給けるにをり［をりに歟］書も　…　久広「うせ給けるにをり」

となる。Aの脱字「ル」（おそらく親本は踊り字「丶」）の補入、振り漢字「笏」は、親本Yに由来するのであろう。Bには、高Ⅰのみの歟注、五例のうちの一例を挙げた。校訂本文を作成するうえでは、「をりに」も一案であるが、「に」を衍字と見なして「をり」とする別案もあり得よう。高Ⅰのみのママ注も五例ある。なお、久のみの傍記は一例もなく、また高Ⅰと久の間で字母の相違は一字もない。

「はいずみ」でも、全体的な傾向には変わりがないが、高Ⅰと久の間で字母の相違はやや多く、約二九箇所を数える。なお、広にも歟注がある。

161・4（127・2）とおき　書久も　…　広「とお［を歟］き」
163・1（128・6）かなして　書久も　…　広「かなし［く歟］て」

四　高Ⅲ書写の「はなだの女御」をめぐって

高Ⅱは後回しにして、先に高Ⅲの書写になる8「はなだの女御」を取り上げ、同様の分析を試みる。

A　高Ⅲと久の傍記の一致　＊イ注の四例を除く

129・9（105・4）ききやう［経］　書広も

132・6（107・14）はせをは［芭蕉葉］　書広も

134・6（109・6）みな人〳〵す［も］　書広も

136・5（110・11）をひなへし［女郎花］　書広も

138・6（112・4）ひと〈み〉（とこ）ろ　…　書広「ひとところ」

B　高Ⅲのみの傍記

129・6（104・14）き〈ふ〉（ほ）うし　…　久広書「きほうし」

131・8（107・5）をとらしかせ［本マ、］　書も　…　久広「をとらしかせ」

133・5（108・11）ま〈さ〉（さ）りて　…　久広書「まさりて」

142・3（114・6）いみしくしたの［本マ、］めて　書も　…　久広「…したのめて」

143・7（115・3）ありて［く歟］なる　書も　…久「ありてなる」。広「あり〈て〉（く）なる」

145・1（116・1）思〈こそ〉（こそ）　…　久広書「思こそ」

C　久のみの傍記

128・10（104・4）えんに　書広も　…　久「え〈へ〉（ん）に」

130・5（105・14）せんえう殿　書も　…　久「せん江［え］う殿」。広「せん江［は］う殿」

136・3（110・9）きえかへりつゝ　書広も　…　久「き〈む〉（え）かへりつゝ」

140・3（113・6）はらからの　書広も　…　久「はらから〈物〉（の）」

143・1（114・12）　みゆると　　　　　　書も　…　久広「みゆな［る］と」

Aでは、振り漢字の三例あることが目を引く。Xに後人が書き加えたのか、一本Yの段階で書き入れたのかが気になるところである。Bでは、やはり高Ⅲにおいてママ注、歟注が施されている。高Ⅰ、高Ⅲの別がないところを見ると、高の総括責任者（Ⅰ～Ⅲの誰かでもよい）のしわざであろうか。Cの久のミセケチ訂正と傍書は、親本を踏襲したものか（その場合、高Ⅲが傍記のかたちをとどめなかったことになる）、久独自に補正した痕跡なのか、判断に迷うところである。

高Ⅲと久とではBC以外はほとんど一致しており、字母の相違もわずか三箇所である。その点、書はやや杜撰で、第一面の第一行目でさっそく高Ⅲ「ころの」「人まね」に対して、「ころ」「ひとまね」の本文・表記の異同がある。広にも固有の問題があって、本行の不明瞭な文字を再度はっきり傍記するなどのほか、ここでは三例挙げるならば、

D　その他

141・3（113・14）　とらへつへき　　書も　…　久「としへつへき」。広「と〈ら〉（ら歟）へつへき」

141・5（114・1）　のみして　　書久も　…　広「のみして［此下一行十字衍歟］」

141・7（114・1）　ねふたし　　書久も　…　広「ねふ［イむ］たし」

の例がある。本稿の段階では、高Ⅲ書「ら」、久「し」、広「〈ら〉」の異同は、些細なことと考えて問題にしていないが、校本を作成する場合には取り上げる必要のあることは言うまでもない。広「ねふ［イむ］たし」は、正しくは「姤し」と解釈すべきところなのに、「ねぶたし」でもよいが「ねむたし」ならばなおよい、という別解を記入した結果と考えられる。

高Ⅲのかかわる3「虫めづる姫君」、7「思はぬ方に泊まりする少将」のうち、ここでは前者から若干の例を取り上げると、高Ⅲ・書と久は43・1〜11（38・13〜39・7）のみ一面十一行であるのに、広では十行取りを守り、以下すべて一行ずつ繰り下がるが、Yは十一行であったか。Bから二例挙げると、

31・6（31・5）〈ほん〉（ほん）［本マ、］ち　広も　…　久「ほんち」。書「ほん［本マ、］ち」

45・9（40・8）こく［う歟］ちき　書広も　…　久「こくちき」

のような例がある。ここはママ注はともかく、久が親本どおりにミセケチ訂正せず、また歟注を見落とした可能性があって、その場合、高も久も広もYを親本にしていると判断されることになる。久も全面的には信頼を置くわけにいかないところがあるように思われる。

五　高Ⅱ書写の「逢坂越えぬ権中納言」をめぐって

高Ⅱの書写した四物語に限って、久とは第一面以下、一行の字詰めに出入りがあり、字母の相違も少なくなく、どちらが親本Yの書式であったかが問題となるのであるが、まずは5「逢坂越えぬ…」についてA〜Dの一覧表を掲げるところから始めてみよう。

A　高Ⅱと久の傍記の一致

72・2（62・2）ち［持］　書広も

B　高Ⅱのみの傍記

69・3（60・1）きこえ〈ま〉（さ）すれは　…　久広「きこえさすれは」。書「きこえとすれは」

70・8（61・2）またきす［に歟］　書も　…　久広「またきに」

74・1（63・6）おほしめさゝ［る歟］れは　書も　…久「おほしめさ〈た〉（さ）れは」。広「おほし
めさゝれは」

75・2（64・4）あひ行〈へ〉（つ）き　広も　…久書「あひ行つき」

78・10（66・11）給へ〈る〉（る）　…久広書「給へる」

79・5（67・2）め［本マ、］たまへは　書も　…久広「めたまへは」

82・7（69・4）はつ［へ歟］らし　書も　…久広「はへらし」

C　久のみの傍記

66・10（58・4）まいり　書広も　…久「ま〈つ〉（い）り」

71・10（61・14）なまめかしき気　書広も　…久「なまめかし〈気〉（気）」

72・10（62・10）あいなう　書広も　…久「あいなら［う歟］」

74・1（63・6）おほしめさゝ［る歟］れは　書も　…久「おほしめさ〈た〉（さ）れは」。広「おほし
めさゝれは」

74・4（63・10）たはふれ　書広も　…久「た〈い〉（は）ふれ」

79・6（67・2）徒ゝきて　書も　…久「つ〈ら〉（つ）きて」。広「つゝきて」

79・10（67・8）はへれ　書広も　…久「は〈つ〉（へ）れ」

D　その他　＊／は行変わり

66・3（57・9）楚／そのかし　書も　…久広「そゝのかし」

69・7（60・6）おかしう　書も　…久広「をかしう」

75・9（64・12）はやり／かに　書も　…　久広「はやりに」
76・1（64・14）きこへす　書も　…　久広「聞えす」
79・2（66・13）こと登も　書も　…　久広「こと／登も」
82・8（69・6）なつころも　書も　…　久広「夏ころも」

Aからは、Yには振り漢字のあること、Bからは、高Ⅱには歟注とママ注があって、書に踏襲されていること、Cからは、久にも歟注が付加されていたことなどが知られるが、問題はDに存する。わずかここに掲げただけの事例から全体的な見通しを引き出すのは乱暴なことであるが、次のようなことが推測できはしまいか。すなわち、「はやり／かに」「はやりに」からは、高Ⅱは久を書写したのではないこと、「こと／登も」「こと登も」からは、久がYに忠実で、高Ⅱは字詰めを守らないながらも踊り字を用いず、字母「登」を保存していること、仮名遣いや表記にかかわる「おかしう」「をかしう」、「きこへす」「聞えす」、「なつころも」「夏ころも」の異同については、どちらか一方がYを承け継いでいて、もう一方は書き改めているであろうこと、などが推測される。

本来なら、本文異同その他さまざまな観点から総合的に見ていって判断すべきところであるが、準備不足と紙数の関係もあるので、既定の方針に従って残りの物語についても、Dの例を高Ⅱと久の異同から拾い出してみよう。

2「このついで」では、21・5（24・4）「秋の頃」「秋頃」、25・9（26・12）「袖をおしあて丶」「袖を丶しあて丶」、25・10（26・12）「おしはかられ」「をしはかられ」、6「貝合」では89・5（76・1）「たまは丶は丶「本マ丶」も」「給は丶は丶も」、96・7（80・11）「みあらさむ」「みあら「は」さむ」（ちなみに書「みあらさむ」、広「みあらはさむ」）、100・1（83・3）「ものくるおしければ」「ものくるをしければ」、10「よしなしごと」では、173・7（135・7）「おかしさ」「をかしさ」、175・1（136・6）「心ち」「心地」のようである。「お」「を」の異同が高Ⅰ・高Ⅲと久の間には見られないので、高Ⅱが書き改めた可能性が大きいと判断してよいのなら、他の異同や字詰めについても久の方がやや信頼性が高いことになる。

結論を急ぐつもりはないが、現時点で私の見通しをまとめると、もし本文を整訂するのならば、底本には久を選び、高と広を見併せるとともに、賀茂三手文庫本も参照することにより、YをさかのぼるXに近づいていくことができるのではないか、と考えている。本稿の結びとして、実用的な側面からこの考察の意義を述べてみた。私なりに時間をかけて慎重に検討してきたつもりであるが、仮説の根幹にかかわるような重大な異同を見逃してはいないか、別様の解釈を許す些細な事例なのに、一方的に決めつけてはいないか、不安がぬぐえないが、この辺で稿を閉じることにしたい。

引用文献　＊編者名ではなく、解題・解説執筆者名により掲げる

池田利夫［一九六八］『堤中納言宮内庁書陵部藏』笠間書院　昭和43年　（書）
［一九七七］『堤中納言』日本古典文学会　昭和52年　（高）
［一九七九］『現代語訳対照堤中納言物語』旺文社文庫、旺文社　昭和54年
［二〇〇六］『堤中納言物語』笠間文庫、笠間書院　平成18年
［二〇〇七］『高松宮本堤中納言物語』笠間書院　平成19年　（高）

大槻修［二〇〇二］『堤中納言物語』岩波文庫、岩波書店　平成14年

久曽神昇［一九七四］『堤中納言物語　久邇宮本』古典研究会叢書、汲古書院　昭和49年　（久）
佐々木孝浩［二〇〇九］「二つの定家本源氏物語の再検討」
中古文学会関西部会編『大島本源氏物語の再検討』和泉書院　平成21年
鈴木一雄［一九八〇］『堤中納言物語序説』桜楓社　昭和55年
塚原鉄雄［一九五九］『堤中納言物語』武蔵野書院　昭和34年　（広）
塚原鉄雄・神尾暢子［一九七六～七］『堤中納言物語　上下』新典社　昭和51～52年　三手文庫本
寺本直彦［一九九四］『堤中納言』東海大学桃園文庫影印叢書、東海大学出版会　平成6年　（島）（榊）
土岐武治［一九六七］『堤中納言物語の研究』風間書房　昭和42年
三角洋一［二〇〇二］『文学篇・第十八巻・物語三』
国立歴史民俗博物館蔵貴重典籍叢書、臨川書店　平成14年　（高）

【付記】池田［二〇〇七］の「解説」中の「桂宮本との異同とその吟味」は、三角［二〇〇二］に対する学問的に誠実な応答で、高と書が親子関係にあると簡単に決めつけてはならないと、慎重に精査、判断することを求めており、ありがたくうれしかった。私は『堤中納言物語』の諸本の関係を考えるには傍記、字詰め、字母などの観察を優先すべきであると確信しており、ここではその線で考察を進めてきたことをお断りしておきたい。

三校を終えて、詰めの甘さが気になったが、さらなる進展は望めないので、これ以上いじることはひかえた。

大英博物館所蔵「伊勢物語画帖」の染筆者

辻　英子

（八十段　衰えたる家の藤）①

〔絵〕

弥生のつこもりにその日
あめそほふるにひとの
もとへおりてたてまつらす
　　　　　　とて
　　　ぬれつゝそ
春は　　しゐて
いくか
　も　おりつると
あらし　　　し
とおもへは　　のうちに

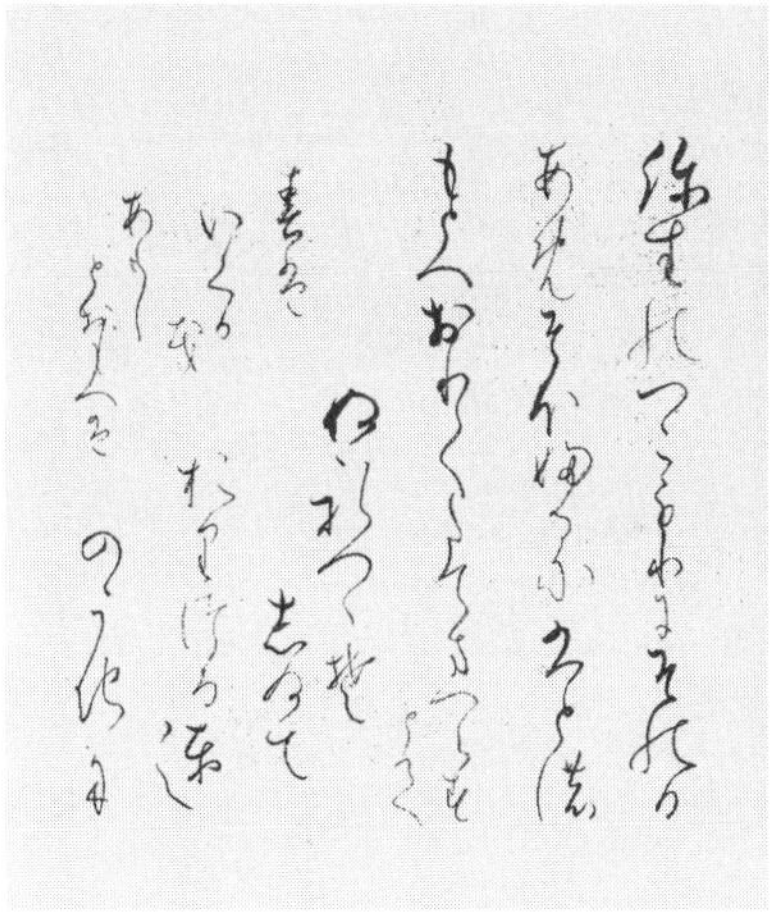

（二十三段　筒井筒）②

〔絵〕

つゝゐつのゐつゝにかけし
まろかたけすきにけらしな
いも見さるまに

かへし

くらへこしふりわけかみも
かたすきぬ君ならすして
たれかあくへき

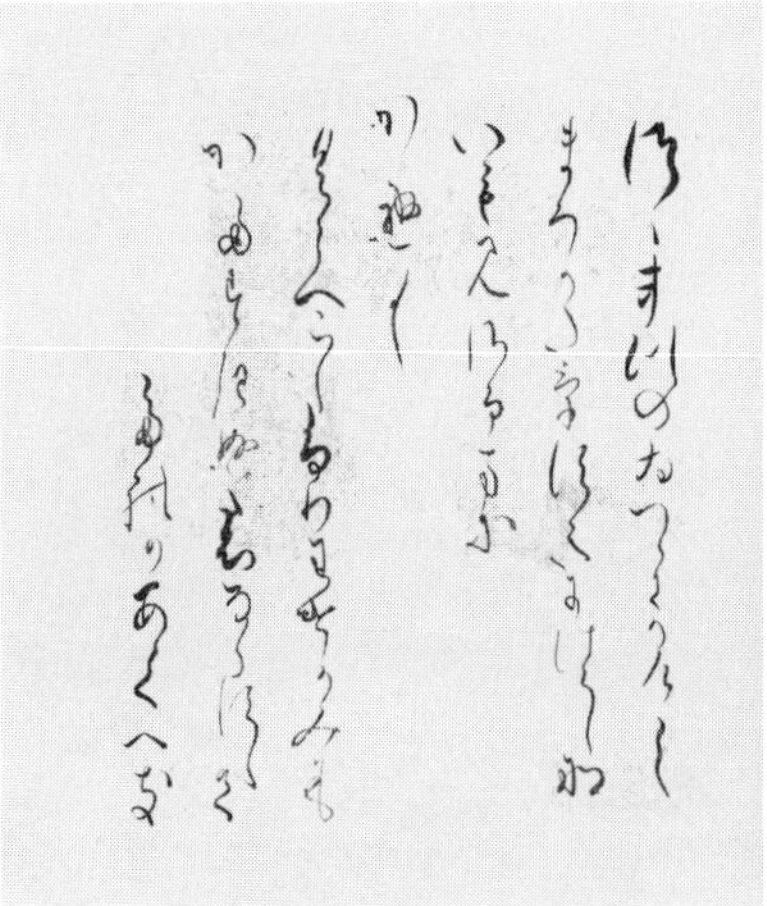

（二十三段　河内越）③

〔絵〕

此女いたうけさうして
うちなかめて
かせふけはおきつ
しら浪たつた山
よはにやきみか
　ひとりこゆらむ

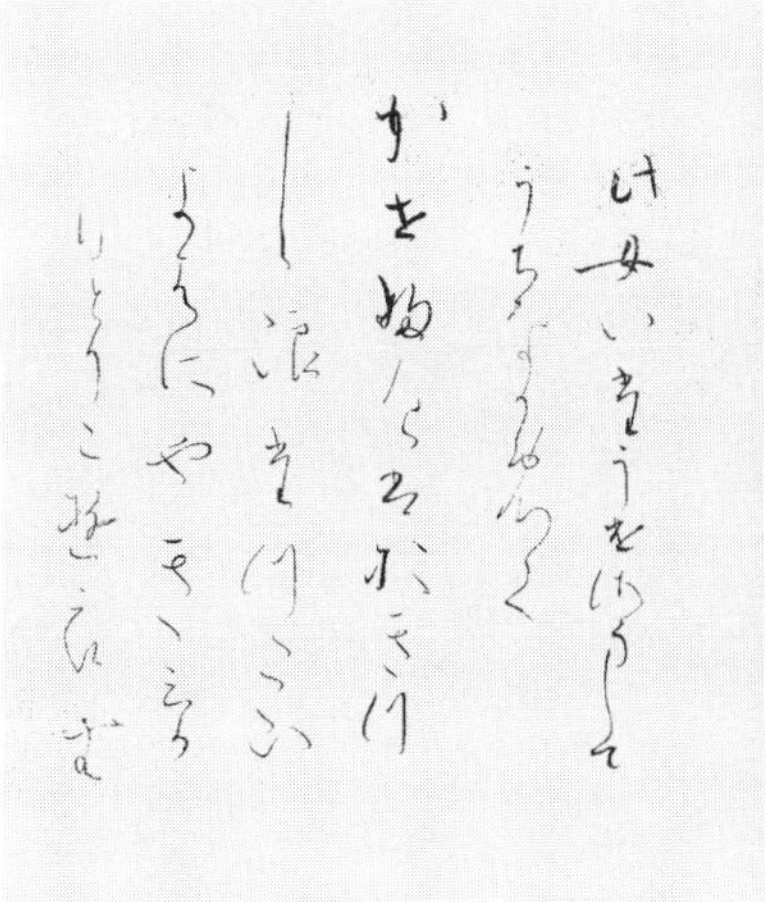

（四段　西の対）④

〔絵〕

あはらなるいたしきに月の
かたふくまてふせりて
こそを
おもひいてゝよめる
月やあらぬ春や
むかしのはるならぬ
わか身ひとつは
もとの身にし
て

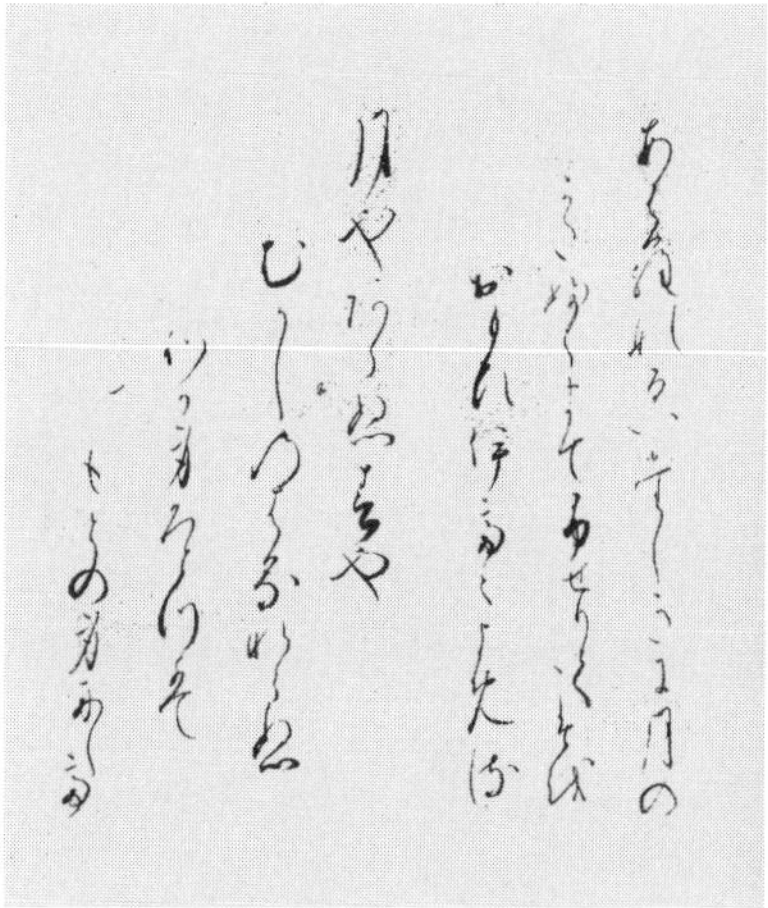

（一段　初冠）⑤

〔絵〕

その男しのふすりの
かり衣をなんきたり
　ける
春日野のわかむら
さきのすりころも
しのふのみたれ
かきりしられ
　す

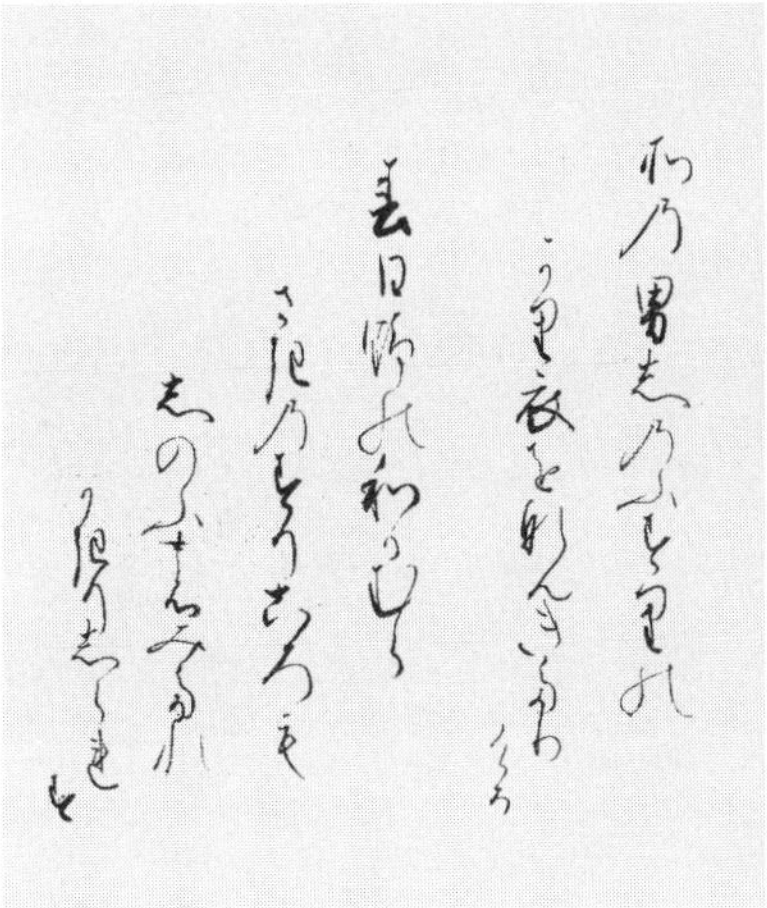

（九段　東下り・都鳥）⑥

〔絵〕

京には見えぬ鳥なれは皆人
しらすわたしもりにとひけれは
これなむ都鳥といふを聞て
　名にしおはゝいさ事
　　とはむ都とり我
　　　おもふ人はあり
　　　　やなしやと

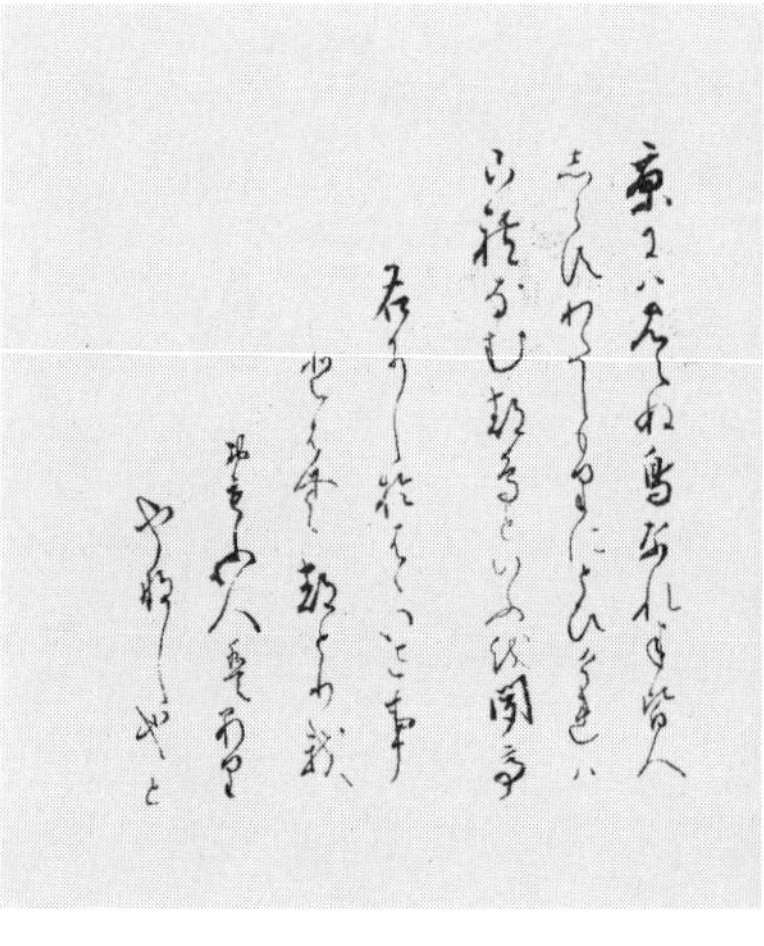

〔九段　東下り・宇津の山〕⑦

〔絵〕

京にその人の御もと
にとて文かきてつく

するかなるうつの山辺の
うつゝにも夢にも
人にあはぬ
なりけり

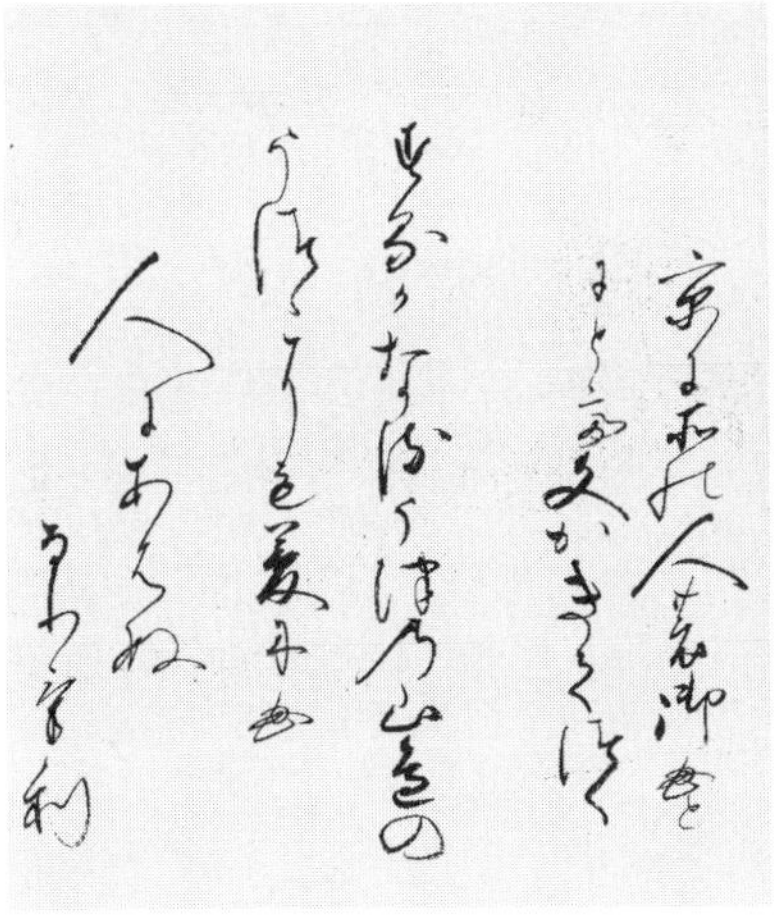

（九段　東下り・富士の山）⑧

〔絵〕

富士のやまを見れはさ
月の
つこもりにゆきいとしろ
う
ふれり
ときし
かのこ　らぬ
またら　やまは
に　ふし
雪　の根
の　いつとてか
ふる
らん

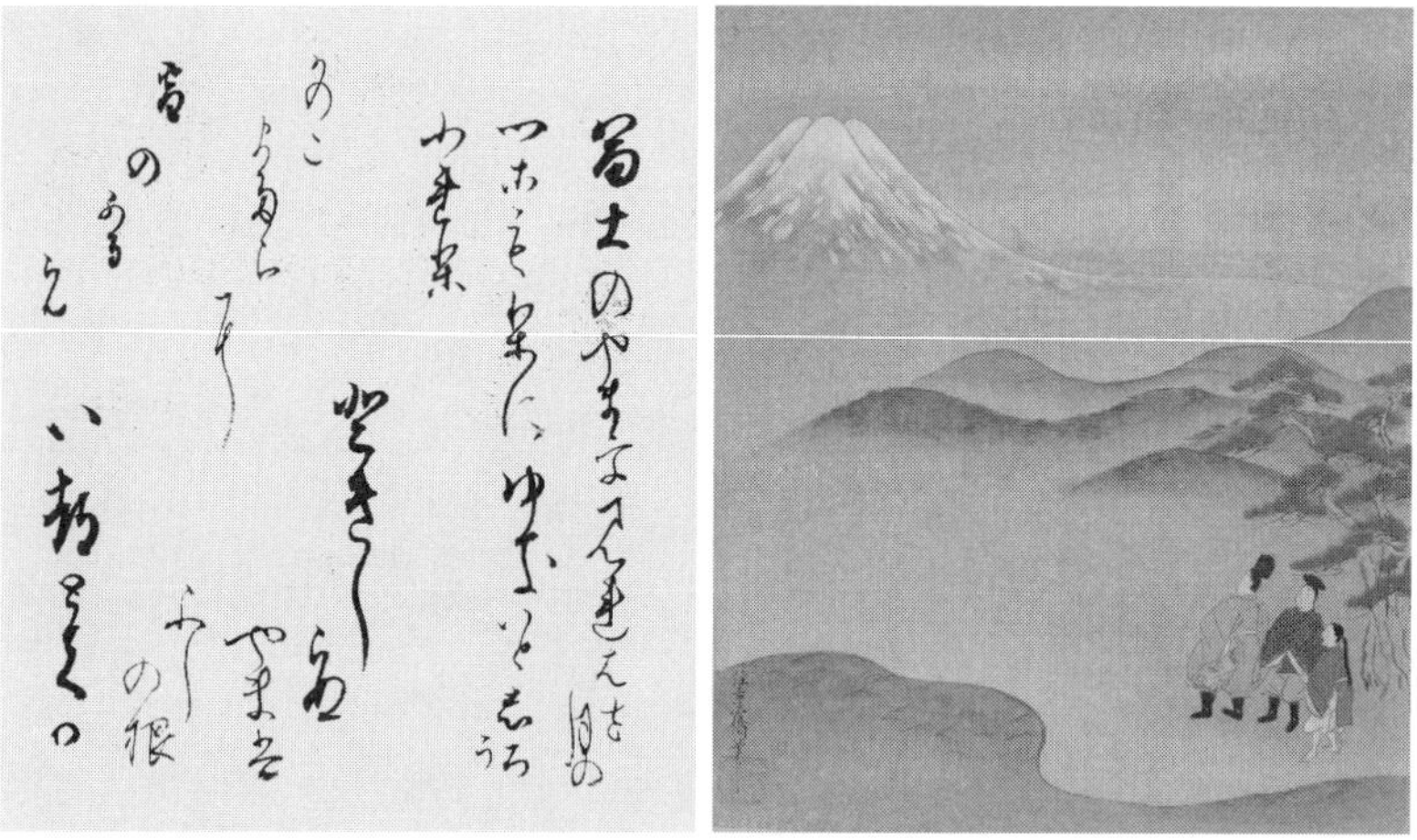

〔六段　芥川〕⑨

〔絵〕

ゆくさきおほく夜も更
にけれはおにあるところ
ともしらてかみさへいとい
みしうなりあめもいたう
ふりけれはあはらなるくらに女
をはおくにおし入て男弓やな
くひをおひて戸くちにをり

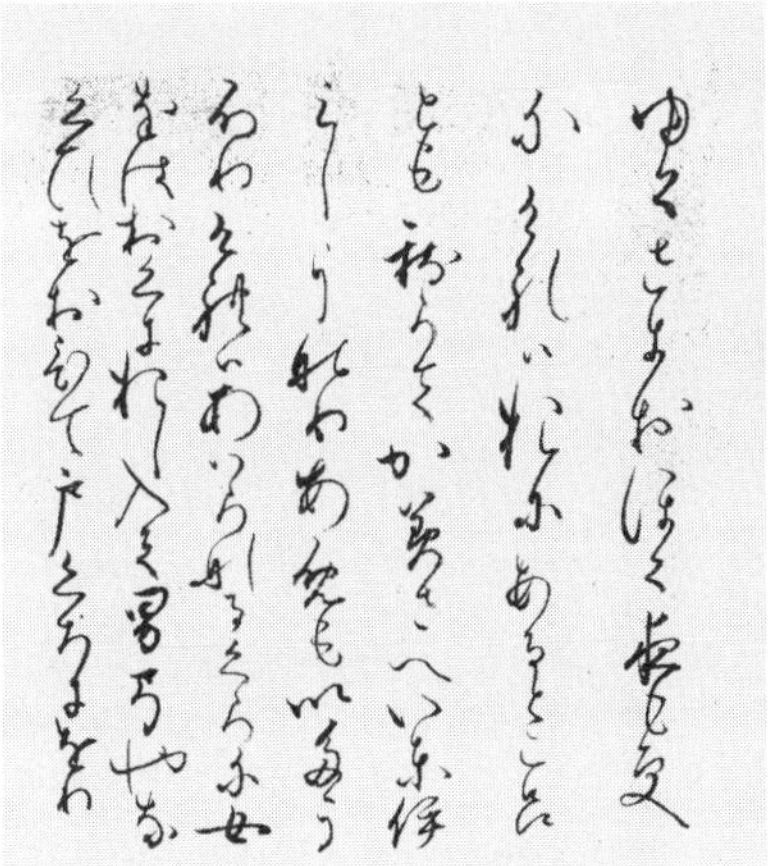

大英博物館所蔵「伊勢物語画帖」について

はじめに

『伊勢物語画帖』（Nos.187―195、一八八一年十二月一〇日入館）は、断簡九図と詞書のみの零本で、ウィリアム・アンダーソン（William Anderson 一八四二―一九〇〇）旧蔵である。二〇一一年九月九日に調査の機会を得、二〇一三年一月二十三日付で掲載許可を取得した。

本画帖は、住吉如慶（一五九九―一六七〇）筆、絹本着色、落款「住吉法橋筆」、印章「法橋」（白文方印）、明るく透明感のある色彩である。絵は、各縦一九・六糎×横一七・三糎、詞は、各一九・二糎×一七・三糎であり、縦三〇・八糎×横四六・二糎の厚手の台紙に貼られ、二つ折の形状をなし、『伊勢物語』の佳所の詞章を抜き出し左に、それに対応する住吉如慶画を右に配し、一対としたものである。通常の画帖の形態は本文を抄出した詞書を右手に、左にその内容を具体的に図示するのが一般的である。ところが本画帖は、その逆の配置を成していることから、これが画帖の原初形態であったのかどうかは分からない。むしろ糊づけが剥がれ、ばらばらになっていた各帖が、改装の際に現状のようにまとめられた可能性は高いであろう。現在所蔵されているのは、全九段九図であるが、原初の形状については不明である。

冒頭の上段に詞書の翻刻を、下段に画帖の影印を示した。詞書の染筆者は不明で、そのうち四名の染筆者の筆跡を書風分析により特定を試みるのが本稿の目的である。

一　先行研究

大英博物館日本部長ティモシー・クラーク「アンダーソンとモリソン—日本絵画コレクションの功労者」と題する論考によると、アンダーソンは、セント・トーマス病院の外科医（一八八〇年〜九一年）、王立学士院の解剖学教授（一八九一年〜）として活躍したが、その間も、美術と医学、そして解剖学に対する興味を持ち続けた。こうしてアンダーソンの経歴にエキゾチックな一幕をつけ加え、その幅を広げさせたのは、東京の海軍軍医学校の校長として日本に滞在した一八七三年から八〇年にかけての七年間である。(1)

『秘蔵日本美術大観　一一　大英博物館Ⅱ』には、画帖の九図と池田忍による解説(2)が掲載されている。この中には詞書の影印及び論及はない。したがって本画帖の全容を伝えるために、本稿では図と詞書の影印を挙げ、詞書の翻刻を示した。その翻刻部分に該当する大英博物館原本の登録番号を「注」に記し、合わせて『秘蔵日本美術大観　一一』の掲載番号とを併記した。(3)両者の番号にはかなりのずれがあるが委細は不明である。

全九画面の落款・印章については池田忍の詳細な紹介があり、「また、絵とともに、同じ場面に対応する段の本文を抜き出した詞書《ことばがき》が残っている。第二十三段の詞書裏に「烏丸光雄卿（一六四六〜九〇）筆の書き入れがある」とし、続いて次のように述べている。

　如慶は、名を広通（広道）、通称を内記といい、土佐光吉《とさみつよし》の門人として、土佐派の筆法を学び、京都、江戸の両都で、光則《みつのり》・光起《みつおき》と共に絵画制作に携わった。その後、寛文元年（一六六一）には妙法院堯然法親王門跡によって如慶の名を賜り、同年法橋に叙せられた。翌年には、後西天皇の命により住吉を名のり、江戸の住吉派の始祖となった。したがって、落款、印章に拠れば、この「伊勢物語画帖」の制作時期は寛文二年以降、すなわち作者の晩年と推定される。如慶の「伊勢物語絵」としては、他に、津軽家旧蔵の六巻本の絵巻（物語全段の詞と主要段を絵画化したもの）が知られている。本画帖断簡の図様は、旧津軽家本の絵巻と場面選択や基本的な構図についてはほぼ一致する。(4)

そして九画面の内容を説明しているが、本文を抜き出した詞書及び画図の配置や詞書及び筆者等については具体的に述べられていない。

ところで、大英図書館所蔵『源氏物語詞』の五十四帖画も如慶の一筆である。(5) 落款はない。印章は「住吉」（朱文印）「法橋」（白文方印）。制作時期は一六六三―一六六六ごろ。これについて榊原悟は「如慶の法橋《ほうきよう》叙任後、〃住吉氏〃を名乗る寛文三年以降、寛文十年に亡くなるまでの間」(6)としている。

このように、両画帖の制作時期はほぼ同じ頃で、最大値をとれば寛文三年以降寛文十年に如慶が亡くなるまでの間と考えられる。詞書の制作時期も並行して行われたとすると、制作時の染筆者のおよその年齢推定もできる。

二　詞書の染筆者

詞書の染筆者は各帖別筆、署名はなく先に述べたように今のところ筆者名は明らかでない。二十三段は周知のように「筒井筒」と「河内越」とから構成されている。先に述べた「烏丸光雄筆」の書き入れは、その両者を指すのか、いずれか一方を指すのかは分からない。本画帖を二〇一一年九月九日に、私が調査をした折には、色紙は台紙にしっかり貼られていてこの書き入れには気付かなかった。以前、同館所蔵の『源氏物語詞』（Add.179）の調査をした際に色紙のかなりの糊付がはがれていたため、色紙の裏面に染筆者名の記載のあるものを何枚も見た体験[7]がある。色紙裏に染筆者名が記されることはよくある。しかしその後、その詞書と筆者名との照合・点検等を私はまだ行っていない。本項では先ず落款のない染筆者名を明らかにしていくために、類推される筆跡の特徴を手掛りに「八十段」は鷹司房輔、「二十三段」は烏丸光雄、「四段」飛鳥井雅章、「六段」柳原資行と仮定して、その可能性を探っていきたい。

比較資料（対照文字を記号で表す）は、ウィーン国立民族学博物館所蔵『百人一首』（＊印で示す。万治三年（一六六〇）～寛文五年（一六六五）成立）、本画帖の右肩に貼られた極短冊の筆は古筆了延（古筆家七代、安永三年（一七七四）七月十五日没）の筆に近いと考えられる。大英図書館所蔵『源氏物語詞』（＋印。寛文五年（一六六五）後半～寛文六年（一六六六）後半成立）の右肩には、江戸時代前期の親王、公卿五十四名の染筆者名を記した極短冊が貼られているが、だれの筆かは不明。松井文庫所蔵『小倉山荘色紙和哥』（●印。寛文五年（一六六五）後半～寛文八年（一六六八）後半成立）、この和歌色紙には、寛文十年（一六七〇）飛鳥井雅章の筆者目録が付いている。宮内庁書陵部所蔵『禁裏御会始和歌懐紙』（○印。寛文十二年（一六七二）成立）および同書陵部所蔵『武家百人一首色紙帖』（☆印。寛文十二年（一六七二）～延宝七年（一六七九）成立）は自筆の作品である。これらの対照文字の全ては図版で明示すべきであろうが、本稿は紙数制限を大幅に超えているため対照資料としては拙著を参照されたい[8]。末尾に五図版のみを提示した。『短冊手鑑』[9]（△印）（講談社）および『むかしをいまに』[10]（◆印）（鉄心斎文庫伊勢物語文華館）については注記を参照、センチュリー文化財団所蔵（慶應義塾大学附属斯道文庫寄託）「飛鳥井雅昭筆和歌懐紙」（■印）は、同文庫の展示目録を参照されたい[11]。

それにしても同一人物であっても様々な形状の書き分けをしており、用いる字母や、太書、細書、あるいは連綿体等多様な書き分けがなされており、同一作品内でも字形は決して一様ではない。書風の変遷も各人により差異があるので、文字数の少ない一作品のみを以て筆者の特定をするのは危うさがともなう。したがって以下の対比に当たり、書様・形状ともに一致するものだけを選び、例えば「あ」（安）「や」（也）などでも形状の異なる場合は省いた。判定に揺れのある場合には（　）を付した。図版に代えて、対照文字を推察しやすいように字母を挙げる。

（八十段　衰えたる家の藤）①

弥生の（能）つ（川）こもり（利）に（尓）その（能）日／あ（安）めそほ（本）ふる（留）に（尓）ひとの／も（毛）とへ（部）おりてたて（天）まつらす／とて／ぬれつゝそ（楚）／しゐ（為）て（天）／お（於）りつると／し／の（乃）うちに／春は／い（以）くか（可）も／あ（安）ら（良）し（之）／とおもへは

大英図書館所蔵『源氏物語詞』（＋印）

鷹司前摂政殿房輔公

桐つほ

いみし（之）うしのひて（天）このみこを／鴻臚館につ（川）かはしたり（利）御う／し／ろみたちて（天）つかふまつる（留）／右大弁／のこの（能）やうに（尓）お（於）も（毛）はせてゐ（為）／て／たて（天）まつる相人おとろき／て（天）／あ（安）またゝひか（可）たふきあ（安）や／し（之）ふ（図版1）

松井文庫所蔵『小倉山荘色紙和哥』（●印）

鷹司左大臣房輔公

1秋の田の／かりほ●（本）の／いほの／とまをあら／み／わか／ころ／もて●（天）は／露に／ぬれ／つゝ　天智天皇

51かくとたにえやは／い●（以）ふきのさし●（之）も／草／さし●（之）もしら●（良）し●（之）な／もゆるお●（於）もひを　藤原実方朝臣
（図版2）

宮内庁書陵部所蔵『武家百人一首色紙帖』（☆印）

鷹司関白房輔公

1雲井なる人を／はるかに思ふ／には／わか心さへ☆（部）／空に☆（尓）こそ☆（楚）／やれ　経基王

『短冊手鑑』「92名所浦」および『むかしをいまに』「375残鶯」を載せるが、対照可能な文字は見いだせない。

右の点検をとおして、おそらく鷹司房輔筆であろうと思う。官職歴（『公卿補任』および『諸家伝』を併用する）に照らして、房輔公左大臣二十七歳から関白正二位三十三歳にかけての作とみられる。

鷹司房輔　ふさすけ　寛永十四年（一六三七）—元禄十三年（一七〇〇）

前左大臣教平男　母上冷泉為満女

寛文元年（一六六一）右大臣　正二位二十五歳　六月八日任

寛文三年（一六六三）左大臣　正二位二十七歳　正月十二日転任

寛文四年（一六六四）摂政　正二位二十八歳　九月廿七日詔。

寛文八年（一六六八）摂政正二位三十二歳　氏長者。三月十六日改摂政関白詔
寛文九年（一六六九）関白正二位三十三歳　氏長者
寛文十三年（一六七三）関白従一位三十七歳　氏長者

（二十三段　筒井筒・河内越）②・③

本段が烏丸光雄卿の筆であるかどうかについて考察してみる。

（1）つゝゐつのゐつゝにかけし／まろかたけすきにけらしな／いも見さるまに／かへし／
　くらへこしふりわけかみも／かたすきぬ君ならすし／てたれかあくへき

（2）此女い◆（以）たうけさうし☆☆（之）て／うちなか*○☆(△)（可）めて／
か●○（加）せふ(◆)（婦）けはお(◆)（於）きつ／し●☆☆（之）ら浪(●)たつた山●／よは*（波）に*☆(◆)（仁）や◆◆（也）きみ●(○)（三）
か**○○（可）／ひとりこ。（己）ゆらむ

ウィーン国立民族学博物館所蔵『百人一首』（烏丸前大納言光雄卿　*印）

文屋康秀

22吹か*（可）らに*（仁）／あきの／くさ／木の／しほるれ／は*（波）／むへ／山かせ／を／あらし／と／い

ふ／らむ

73たか*（可）さこ／の／おのへの／さくら／咲にけり／とやまのか*（可）す／み／たゝすも／あらな／む

共通文字はありながら、積極的に同形と言えるものが少ない。

松井文庫所蔵『小倉山荘色紙和哥』（烏丸頭弁光雄朝臣　●印）

42契きなか●（加）たみ●（三）にそて／を／しほりつゝすゑの松山●／浪こさしとは（図版3）

92我そてはし●（之）ほひにみえぬ／沖のいし／の／人こそしらね／かはくまも／なし

宮内庁書陵部所蔵『禁裏御会始和歌懐紙』（56―26）（○印）

めくみある君か○（可）み○（三）／か○（加）きの春風にたか／袖のこ○（己）すむめか○（可）／ゝもなし

書陵部所蔵『武家百人一首色紙帖』（烏丸中納言光雄卿　☆印）

34さためなきし☆（之）くれ／の／あめのいか☆（可）に☆（仁）し☆（之）／て／冬のはし☆（之）めを／空にし☆（之）る覧

『短冊手鑑』229時雨告冬（△印）

ふゆきぬと枕につけてあかつきのそらにさひしき村時雨か△（可）な　光雄

この歌には末句の「村時雨かな」の「か」の字に画帖にわずかながら共通するところがみられようか。

『むかしをいまに』178恋自我下人（◆印）

お◆（於）もへた丶賎の小た巻い◆（以）や◆（也）しきも恋てふ◆（婦）ものに◆（仁）へたてや◆（也）はある

光雄

以上の比較をとおして、二十三段の（1）「筒井筒」と（2）「河内越」とは別筆であろうと考えられる。（1）には、烏丸光雄の真跡資料に一致する文字は見出し得ない。光雄の書風は振幅大きく、比較が難しいが、確かに似たところはあると思う。（2）は烏丸光雄卿筆としてよいのではなかろうか。ことに、「河内越」に用いられている字母「よはにやきみ（三）か」に共通する文字を、「42かたみ（三）にそてを」（色紙和哥）および「君かみ（三）かきの」（和歌懐紙）が用いていることは、同人の用字の傾向を見るうえで注目してよいと思われる。

次の官位歴から、蔵人頭烏丸光雄卿十七歳から参議同卿二十三歳の間の作と推定される。

烏丸光雄　みつお　正保四年（一六四七）―元禄三年（一六九〇）

父正二位権大納言烏丸資慶　母内大臣従一位清閑寺共房女

寛文三年（一六六三）八月七日右中弁　○同年同月十日蔵人頭十七歳

寛文九年（一六六九）十一月二十六日参議（大弁如元）廿三歳

延宝二年（一六七四）二月八日任権中納言廿八歳

天和元年（一六八一）十一月廿一日権大納言卅五歳
元禄元年（一六八七）十二月二十六日　辞権大納言四十二歳
元禄三年（一六九〇）十月十日　薨四十四歳

（四段　西の対）④

あ*（安）は*■（者）らな■■（那）る*（留）いた+（堂）し*■（之）き++（幾）に*++（尓）月の+（乃）／か+■（可）たふ+（婦）くま+（末）て*++（天）ふ*（布）せり++（利）てこ+（己）そ+（曽）を／お+（於）もひ*■（比）いて■（帝）ゝよめる／月や+（也）あら++■（良）ぬ春や／む*（武）か（可）し*■（之）の*■（乃）は*■（者）る■■（累）な■■（那）ら■（良）ぬ／わか++■（可）身ひと*（止）つ+（川）は*+（盤）／も++（毛）と+++*（止）の+（乃）身に■（丹）し*+（之）て■（帝）

ウィーン国立民族学博物館所蔵『百人一首』（飛鳥井一（ママ）位雅章卿　*印）
20わひ*（比）ぬれは／今はたおなし*（之）／なにはなる*（留）／身をつくし*（之）て*（天）も／あ*（安）は*（者）む*（武）と*（止）そ／おもふ
71夕されは*（盤）／門田の稲葉／をとつれて／蘆の*（乃）／丸屋に*（尓）／秋風／そ／ふ*（布）く

大英図書館所蔵『源氏物語詞』（付箋剥落紛失／飛鳥井前権大納言雅章(12)　+印）
か+（可）ゝり火に+（尓）たちそふ恋の烟／こ+（己）そ+（曽）／よには+（盤）たえせぬほの+（乃）をなり+（利）

／けれ／いつ（川）ま（末）て（天）と（止）か（可）や（也）ふ（婦）すふるなら（良）て（天）も（毛）／くるし（之）き（幾）下も（毛）えなりけりと聞へ／給女君あやし（之）の（乃）有さまやと（止）／お（於）ほすに／行ゑなき（幾）空にけちてよ／か（可）ゝり火の／たよりに（尓）た（堂）くふ煙と（止）なら（良）は（図版4）

『短冊手鑑』に「177初恋・秋祝」の二首を載せるが詳述は省く。

センチュリー文化財団所蔵『飛鳥井雅昭筆和歌懐紙』（■印）

24春日同詠多年／翫梅和歌／左近衛権少将藤原雅昭
さくやこのは■（者）な■（那）は／にほひもとし■（之）毎に／あか■（可）ぬ色に■（丹）し■（之）なを／まさる■（累）ら■（良）む

25春日同詠飛滝音清／和歌／正二位藤原雅章／
みな■（那）か■（可）みの■（乃）ゆきけ／しられて■（帝）落滝つ／岩ねにひ■（比）ゝくをと／まさる■（累）なり

飛鳥井雅章は初名を雅昭、法名文雅。従一位権大納言に至る。後水尾院より古今伝授を受けた。本懐紙の詠について、展示目録『和歌のキャンバス—懐紙にしたためられた歌』に「24さくやこの」について次のように記す。

本懐紙の詠は『雅章卿詠歌』（旧大阪女子大学・現大阪府立大学蔵）に寛文6年（1629）2月19日の「禁裏御会始」のものとして見え、懐紙の大きさや端作と書式などからその折のものとみてよいと思われる。能書の誉れ高い雅章の19歳時の力量が窺える書例としても貴重であろう。(13)

また、「㉕みなかみの」についても次のように述べている。

本懐紙は没する2年前の67歳時のもので、（詠歌㉔との間）3、40年の開きがある。（略）㉔と比較すると筆跡の変化は明らかである。細身の線できれいに曲線を描くのが特徴で、鋭さとやわらかさを併せもった書風である。（略）雅章は非常に多くの写本を遺しているが、それらにもこの書風の変化を認めることができる。(14)

このことは、ほぼ同年時と推測される「おもひ（比）いて、」（西の対）の「ひ（比）」と「22わひ（比）ぬれは」（百人一首）、「岩ねにひ（比）、く」（㉕飛滝音清）の「ひ」は同形で、後年の筆跡に共通するが、雅昭十九歳の時の書とされる」「にほひ（比）もとし毎に」（㉔多年翫梅）の若年の筆とは異なる。「や（也）」も同様である。このように字形に若い時と差はあるが、雅章の十九歳時から六十歳代の書風と比較してみて、「西の対」の染筆者は飛鳥井雅章と判定する。なお、雅章自筆の書陵部所蔵『古今和歌集法皇御抄』（函号503―257）に照合すると、共通する字形は多い。その端正な筆跡は生涯を通して渝わらなかったように思われる。

本画帖の成立期に勘案し、飛鳥井雅章五十三歳から六十一歳にかけての筆と考えられる。

飛鳥井雅章　まさあき　慶長十六年（一六一一）―延宝七年（一六七九）

父従一位権大納言飛鳥井雅宣（実従二位権大納言飛鳥井雅庸卿三男（『公卿補任』『諸家伝』『公家諸家系図』に三男。『宮廷公家系図集覧』『国書人名辞典』に四男）兄雅宣（雅庸次男）の養子。雅昭　改雅章。

慶安五年（一六五二）四十二歳　十一月廿六日任権大納言

承応四年（一六五五）正廿五辞大納言四十五歳　同日辞賀茂伝奏
寛文元年（一六六一）五十一歳　月日為武家伝奏
寛文十年（一六七〇）九十武家伝奏被免

（六段　芥川）⑨
ゆくさ（左）き（支）おほ（保）く（久）夜も（毛）更／にけ（介）れ（礼）はおに（尓）あ（安）る（留）
とこ（己）ろ／と（止）もし（新）らて（天）か（加）みさへ（部）いとい／みし（之）うなり（利）あ（安）
めもいた（多）う／ふ（不）りけ（介）れはあ（安）はら（良）なる（留）く（久）ら（良）に女／を（遠）
は（波）おく（久）に（尓）おし（之）入て男弓やな（奈）／くひ（比）をおひ（飛）て戸く（久）ちに（尓）
を（遠）り（利）

ウィーン国立民族学博物館所蔵『百人一首』（柳原前大納言資行卿　＊印）
17ちはやふる（留）神代も／き（支）かす／たつた川／からく（久）れな／ゐに／水／くゝる（留）／とは
68こゝろに（尓）も（毛）あ（安）らて／この世に（尓）な／からへは／こひ（比）し（之）かる（留）へ
き／夜半のつき（支）かな（奈）

大英図書館所蔵『源氏物語詞』（柳原前大納言資行卿　＋印）
藤のうら葉

むらさ（左）きにかこ（己）とは（波）か／けん藤のはな／まつより（利）過てうれたけ（介）れとも／宰相さ（左）かつきを（遠）もちなから（良）／けし（之）きはかり（利）はいし（之）た／てまつり給つるさ（左）まいとよ／しあ（安）り／いく（久）か（加）へり（利）露け（介）き春を（遠）／過し（之）きて（天）／花のひもとく（久）おり（利）にあふ（不）らん（図版5）

松井文庫所蔵『小倉山荘色紙和哥』（柳原前大納言資行卿●印）

22ふ（不）く（久）か（加）らにあ（安）きの／くさきのし（新）ほ（保）／る（留）れ（礼）は／むへ（部）山かせを（遠）あ（安）らし（之）／と／いふ（不）らむ

72音にきく（久）たかし（之）のはまのあ（安）たなみはかけし（之）やそてのぬれ（礼）もこそすれ

宮内庁書陵部所蔵『禁裏御会和歌懐紙』（○印）

春　日同詠梅花薫砌和歌　正二位藤原資行

のと（止）けし（之）なえたもた（多）／まし（新）く梅つほのみき／りに（尓）匂ふはなのひ（飛）／かりは

このように見てくると、柳原資行の筆と考えられる。次の官位歴から、柳原前権大納言、四十四歳～五十歳の間の筆と考える。

柳原資行　すけゆき　元和六年（一六二〇）―延宝七年（一六七九）

業光卿男【母贈左大臣基任女い】

明暦三年（一六五七）十二六　権大納言卅八歳
万治四年（一六六一）正五正二位四十二歳　〇四月一日辞権大納言
延宝七年（一六七九）八月十一日従一位〇同十二日薨六十歳

まとめ

以上、大英博物館所蔵「伊勢物語画帖」断簡の紹介ながら、紙幅の許す限り染筆者四名の推定を試みた。四段（西の対）は雅章、六段（芥川）は資行に確定する。二十三段（河内越）は光雄でよいと思われる。八十段（衰えたる家の藤）は房輔としたが、検討の余地を残す。いずれにしても本画帖の詞書染筆者はいずれも後水尾院近習の公卿たちであろう。ここに取り上げられなかった他の筆者・筆跡については、別の機会に譲りたい。

今後新たに真跡を発掘・整理し、同一筆者の複数の筆跡を比較照合することによって、より確実な筆跡判定が可能になる。こうした筆者を確定していく作業を通じて、江戸前期の古典学の世界が明らかになることだろう。

【注】

（1）『秘蔵日本美術大観　二　大英博物館Ⅱ』一九九二年　講談社　一四頁
（2）注（1）に同じ。二四八―九頁
（3）①Rejistration number: 1881.1210.0.326/ Additional IDs: Jap.Ptg.187／『秘蔵日本美術大観　二　大英博物館Ⅱ』12-2

②Registration number: 1881.1210.0.327/Additional IDs: Jap.Ptg.188／12-1
③Registration number: 1881.1210.0.328/ Additional IDs: Jap.Ptg.189／12-9
④Registration number:1881.1210.0.329/ Additional IDs: Jap.Plg.190／12-4
⑤Registration number: 1881.1210.0.330/ Additional IDs: Jap.Plg.191／12-3
⑥Registration number: 1881.1210.0.331/ Additional IDs:Jap.PLg.192／12-8
⑦Registration number: 1881.1210.0.332/ Additional IDs: Jap.Ptg.193／12-6
⑧Registration number:1881.1210.0.333/ Additional IDs: Jap.Ptg.194／12-7
⑨Registration number:1881.1210.0.334/ Additional IDs: Jap.Ptg.195／12-5

（4）注（1）に同じ。二四八頁
（5）拙著『在外日本重要絵巻集成』【影印編】笠間書院　二〇一一年　七六―一三一頁
（6）『秘蔵日本美術大観４』一九九四年　講談社　九一頁
（7）拙著『在外日本重要絵巻集成』〔研究編〕笠間書院　二〇一一年　四二頁
（8）注（5）に同じ。【影印編】大英図書館所蔵『源氏物語詞』（七五―一三一頁）
　松井文庫所蔵『小倉山荘色紙和哥』（四〇九―五二二頁）
　拙著『在外日本重要絵巻選』【影印編】笠間書院　二〇一四年
　ウィーン国立民族学博物館『百人一首』一三六―二三九頁
　宮内庁書陵部所蔵『禁裏御会始和歌懐紙』二四四―三〇〇頁
　宮内庁書陵部所蔵『武家百人一首色紙帖』三〇四―三五四頁
（9）小松茂美編『短冊手鑑』講談社　一九八三年「229　時雨告冬」一七一頁
（10）鉄心斉文庫短冊研究会『鉄心斉文庫鉄心斉文庫短冊総覧 むかしをいまに』上巻　図版編

「178　恋自我下人」八木書店　六一頁

（11）慶應義塾大学附属研究所斯道文庫、慶應義塾大学アート・センター慶應義塾図書館主催『センチュリー文化財団寄託品展覧会和歌のキャンバス─懐紙にしたためられた歌』（二〇一三年（平成25年）十月）所収24「飛鳥井雅昭筆和歌懐紙　35・0×46・6㎝　1794。一八頁

（12）注（5）に同じ。三七・三八頁

（13）注（11）に同じ。一八頁

（14）注（11）に同じ。㉕「飛鳥井雅章筆和歌懐紙　32・0×33・8㎝　2044」二〇頁　㉔・㉕の解説は、佐々木孝浩。

参考　図版1～5は、辻英子編著『在外日本重要絵巻集成』【影印編】（笠間書院　二〇一一年）からの引用である。典拠と所収頁を挙げる。

図版1　大英図書館所蔵「源氏物語詞」七七頁

図版2　松井文庫所蔵『小倉山荘色紙和哥』四七三頁

図版3　「図版2」に同じ。四六四頁

図版4　「図版1」に同じ。一〇三頁

図版5　「図版1」に同じ。一一〇頁

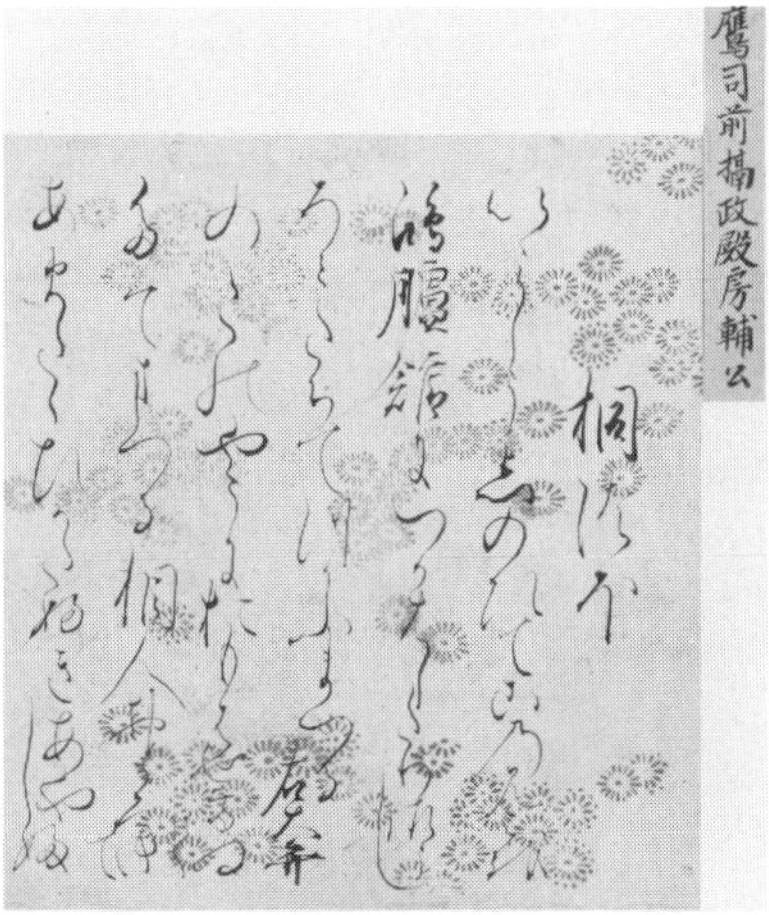

図版１

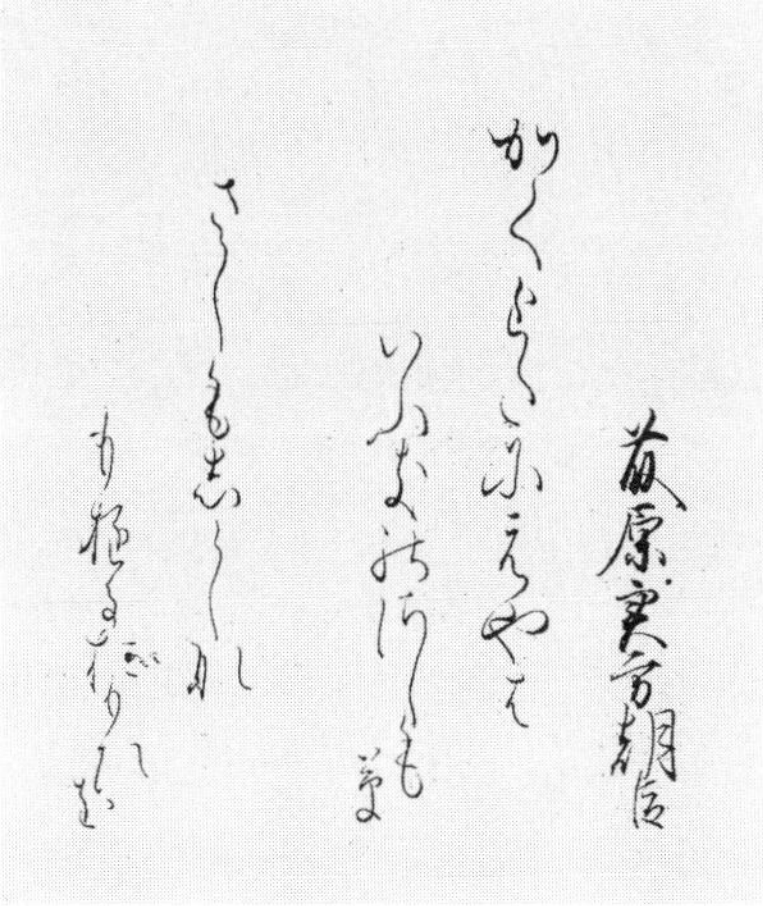

図版２

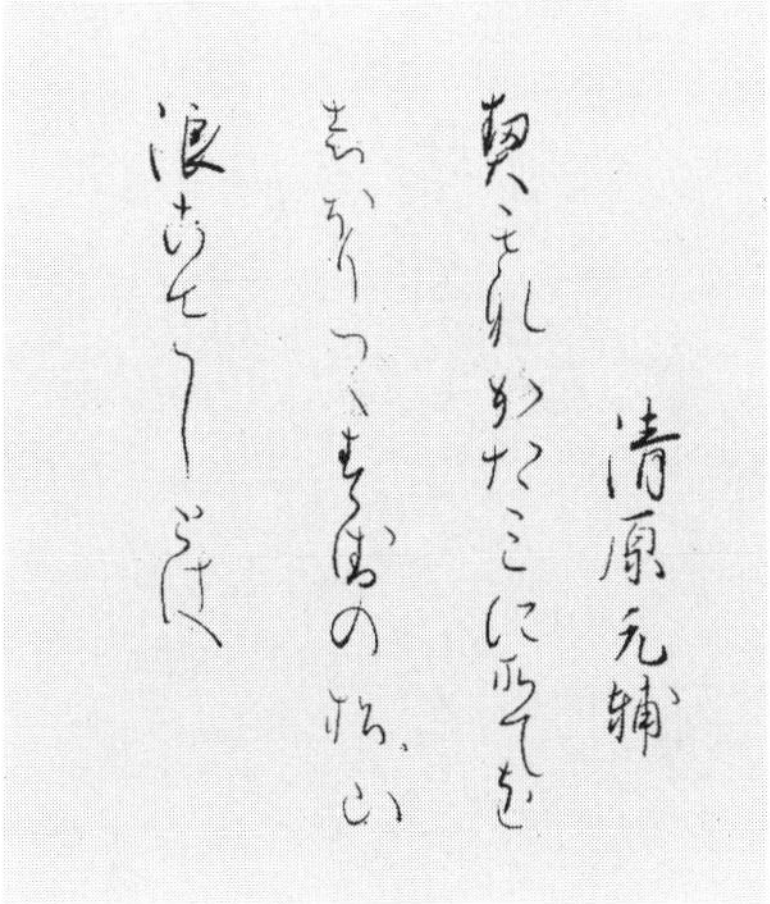

図版３

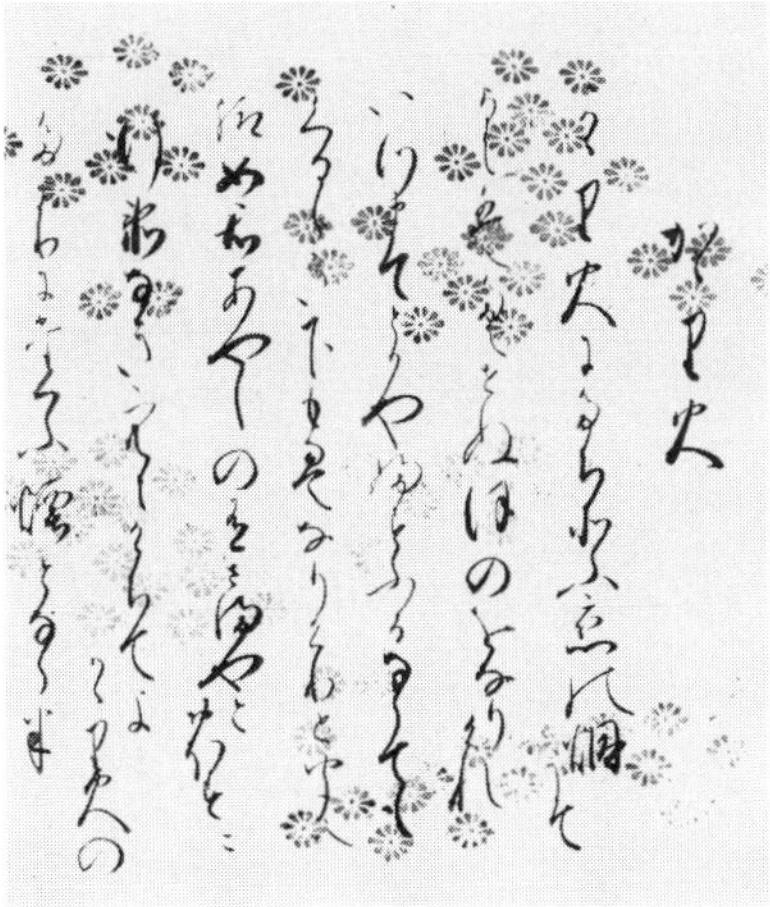

図版４

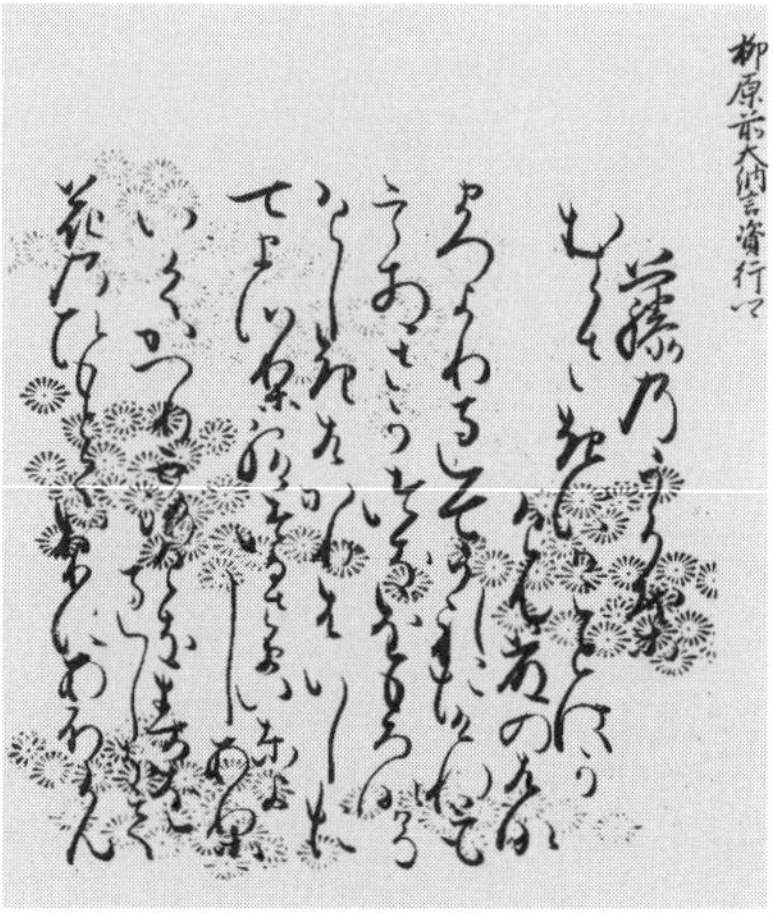

図版5

平安文学と絵入り本

石川　透

一　はじめに

池田利夫先生がお亡くなりになってから、二年半が経った。ちょうどニューヨークにいる時に訃報に接し、三月一四日の御通夜には、成田から駆けつけることができた。その二〇一二年から遡ること十年前に、池田利夫編『野鶴群芳』（笠間書院、二〇〇二年一〇月）が刊行されている。たまたま私が池田先生に教えを受けた者としては真ん中へんの世代であり、なおかつ、慶應義塾に勤めていることもあって、池田先生から「池田利夫講義内容一覧」を編むように仰せつかっていた。私も、『野鶴群芳』に一編の小論・翻刻を収めさせていただいているのであるが、その内容は忘れていても、池田先生の慶應義塾における「講義内容」を編集したことはよく覚えている。

池田先生は、一九七七年度から一九九一年度まで、慶應義塾大学文学部と大学院文学研究科において、教鞭を執っておられる。当時の講義要項を見ると、『源氏物語』『浜松中納言物語』や『更級日記』等、平安文学の散文作品が中心で、大学院では漢文学作品や『源氏物語』等の注釈書も教えていらっしゃった。困ったのは、慶應義塾の講義要項には、何を題材にするのかが書かれていない年度が、いくつもあったことである。たまたま、それらの年度には私も出席していることが多かったので、家にしまってあったレジュメを見たり、後輩に確認することによって空白を埋めたのである。

基本的に大学院の授業は、修士課程設置の授業であっても、一度出たらなかなか止められなくなるのが慶應義塾の授業であった。私が池田先生の授業に出始めた時には、既に、石神秀美・佐藤道生・中川博夫の諸先輩がいらっしゃり、先輩方を見習うように、私も池田先生の授業に、単位修得後も出続けていたのである。もちろん、慶應義塾の授業をお引きになってからも、鶴見大学図書館の見学会を先生の誕生日近くの日に行っていたし、私を鶴見大学の非常勤講師に雇用していただいたので、その後もお会いすることは多かった。これまで、全く御恩に報いることはできていないが、深い感謝の気持ちは今も持っている。

本書に収める論文は、池田先生の研究にできるだけ近いものを書くようにとのことであったが、さすがに、直接関係するものは書けそうにないので、池田先生の研究の中心であった平安文学の散文と、今私が研究している絵本・絵巻の世界とが、どのように結び付くかについてを、具体的に述べてみたい。

二　平安文学作品と絵画

私は、この十数年は、奈良絵本・絵巻と呼ばれる、室町時代から江戸時代にかけて制作された、手彩色の美しい絵本や絵巻の研究をしている。基本的に、署名をほどこされることがなかったために、いつどこで誰が制作したかもわかっていなかったが、多くの作品の情報を集めることによって、さまざまなことがわかってきた。

その情報を集める際、いくつかの問題が出てきた。十数年前まで、いや、現在においても、奈良絵本と言えば、御伽草子のことだと考えられているのである。じっさい、さまざまな辞書を見ても、奈良絵本の題材を、御伽草子、あるいは、幸若舞曲とするものが多いのである。極端な話ではあるが、奈良絵本は御伽草子とイコールであると考えている研究者が今でも多く存在している。

そして、絵巻は絵巻で独立したものとして扱われていた。残念ながら、国宝『源氏物語絵巻』は別として、日本美術史の研究者は、誰がいつ制作したかもわからない作品は研究対象とはしない。一方、日本古典文学の研究者は、かつては、多くの大学・短大に国文学科があったために研究者の数は多く、変わった絵本や絵巻の研究を始め出す者も多くいたのである。ただし、問題は、国文学という、かなり細分化された細かい研究を続けている中で、『竹取物語』や『源氏物語』の研究者が、それまで触ったこともない絵本や絵巻の研究を、それぞれの作品の中でだけ、研究を行うようになったことである。

とうぜんのことであるが、本来は、『竹取物語』や『源氏物語』の内容の研究していた者が、初めて絵本や絵巻を見ても、制作年代がわかるはずがない。しかし、論文は書く必要があるので、適当な時代判定を書いてしまう、ということが頻繁に起こり、ほぼ同じ作品に対して、制作の時代判定が四百年も違うという事例まで出てきてしまったのである。このような事例については、「絵入りテキストの物語史をめぐって」（『中古文学』第八六号、二〇一〇年一二月）等に記した。

私は、それらの問題を解決できる可能性があるのが、奈良絵本・絵巻の総合的な研究であると考えている。たとえば、『竹取物語』の絵巻や絵本の詞書筆者には、明らかに御伽草子の奈良絵本・絵巻と同じ筆者がいるのである。御伽草子だけの奈良絵本・絵巻でも、数多く見ていくと、希に署名があったり、制作年代が推定できる作品があったりする。もちろん、『竹取物語』だけではなく、それまでは奈良絵本・絵巻と呼ばれていない作品群でも、類似の絵本や絵巻として集めてみると、かなりの数にのぼり、それらを比較していくと、制作年代や制作グループが明らかになっていくのである。

そして、驚いたのが、『竹取物語』『伊勢物語』『源氏物語』『宇津保物語』等、平安物語作品群の、絵巻や絵本の数の多さなのである。さきほど記したように、それぞれの作品の研究者がいくつかの絵巻や絵本の紹介はしていても、その数倍、場合によっては十倍以上の絵巻や絵本が存在することが明らかになってきたのである。そのほとんどは、江戸時代以降の作品として、注目もされていなかった作品なのであろうが、これらが、意外にも、御伽草子ばかりだと考えられていた奈良絵本・絵巻と、同じタイプの物であったのである。

もちろん、現在では、新しい研究ができるということで、これらの絵巻や絵本は、注目され、つぎつぎとその報告や研究が発表されつつある。江戸時代の絵入り版本も含めて、これらを絵入り本と呼ぶならば、絵入り本は、多くが個性を有しているのである。本文だけのテキスト研究としては、おそらく、数多く存在する江戸時代の写本・版本の本文は、さほど意味が無いであろう。

しかしながら、絵入り本の挿絵は、特にそれが手書きの作品であるならば、同じ作品でも、どの場面を絵画化しているか、同じ場面でもどのように描くかは、相当に差があるのである。本文の差以上に、挿絵の差があるのである。こうなると、平安時代の問題ではなく、享受史の問題の一つになるのであるが、これらの研究は、現在盛んになっている注釈書研究と同じレベルであると私は考えている。それは、注釈書を作る人物は、本文の内容の解説を記しているが、絵入り本の挿絵は、本文の内容を絵画で説明しているに他ならないからである。

三　他ジャンルの奈良絵本・絵巻

これまで、奈良絵本とは考えられていなかった、平安物語の奈良絵本・絵巻がつぎつぎ紹介され始めていることを記したが、ここで、平安物語以外のジャンルではどうであるかを見てみよう。平安物語と同じように、近年、急に紹介が盛んになったのが、軍記物語の分野である。

軍記物語の代表である『平家物語』は、中学高校の教科書にもよく使用されている林原美術館所蔵の『平家物語絵巻』があるが、近年、『源平盛衰記絵巻』全一二巻が紹介され、話題となった。これは、水戸徳川家旧蔵の豪華絵巻で、現在ばらばらになり、各所に所蔵されている『太平記絵巻』と、全く同じ体裁の絵巻なのである。ばらばらになった『太平記絵巻』は、以前、美術史研究者によって、つぎつぎと紹介、研究され、その挿絵は海北友雪の手になるのではないかと論じられていたものである。もし、近年出現した『源平盛衰記絵巻』が水戸徳川家旧蔵であるならば、『太平記絵巻』も同じ場所にあった可能性が大きいであろう。その時代の水戸徳川家藩主は、水戸光圀と推測される。

この『源平盛衰記絵巻』『太平記絵巻』の詞書の筆跡は、『舞の本絵巻』や『保元平治物語絵巻』にも見られ、一七世紀半ばから後半にかけて、豪華絵巻や豪華絵本を専門とした筆耕のものと考えられる。その豪華さは、林原美術館蔵『平家物語絵巻』にも匹敵する。制作の時代も近いものと考えている。この筆耕は、豪華な絵巻や絵本ばかりを担当していた人物であるが、現在のところ、名前までは明らかではない。この筆跡は、いくつかの『竹取物語絵巻』にも見られ、これだけをとってみても、平安文学の一作品だけで奈良絵本・絵巻を考察するのは有益ではないことがわかる。

『平家物語』については、半紙本型の奈良絵本もつぎつぎと紹介されている。現在は、インターネットの時代であるから、出版をせずに、それぞれのホームページに紹介することも多い。それらの中で、三点の『平家物語』の奈良絵本の詞書筆者が、朝倉重賢という人物と考えられている。朝倉重賢は、無名な人物であるが、一部の絵巻にその署名が見られ、その筆跡と酷似している詞書の奈良絵本・絵巻が数多く存在しているのである。この人物の筆跡は、やはり、『竹取物語』の絵巻にも複数見られる。時代は、『源平盛衰記絵巻』の詞書筆者と同じく、一七世紀半ばから後半にかけてのものと考えられる。なお、『源平盛衰記』を中心とする『平家物語』の絵入り本の研究状況は、松尾葦江編『「文化現象としての源平盛衰記」研究』全四集（二〇一〇年度～二〇一三年度科研費報告書）に詳しい。

ところで、この朝倉重賢の筆跡は、半紙本型『保元平治物語』の奈良絵本にも見られる。この『保元平治物語』も、近年数多くの奈良絵本が紹介され、私も、「奈良絵本『保元・平治物語』について」（磯水絵等編『源平の時代を視る』、思文閣出版、二〇一四年二月）等を記している。

軍記物語以外では、随筆文学の奈良絵本・絵巻も近年紹介されている。まず、『徒然草』は、二〇一四年の展示として、金沢文庫とサントリー美術館において、奈良絵本と絵巻が紹介されていた。状況は、軍記物語と同じく、数々の奈良絵本が登場し、サントリー美術館で紹介された絵巻は、海北友雪の落款があるものであった。もちろん、海北友雪の落款は、絵画部分のものであり、詞書には署名がないが、明らかに朝倉重賢のものである。ということは、これらも、一七世紀半ばから後半にかけて作られた、奈良絵本・絵巻と同じ環境による作品群ということになる。

さらには、和歌の分野を見ると、基本的には和歌に挿絵があることは希であるが、和歌の作者像を描く作品は、多く作られていた。言うまでもなく、『三十六歌仙』と『百人一首』である。これらにも、朝倉重賢の筆跡は奈良絵本や絵巻に数多く存在している。ところで、『百人一首』については、半紙縦型の奈良絵本でありながら、装丁が袋綴じという珍しい物が多く存在していることがわかってきた。元来、半紙縦型の奈良絵本の場合には、綴葉装であるはずであるが、なぜか、袋綴じとなっており、そのような形である場合は、なぜか『百人一首』ばかりなのである。もちろん、これも奈良絵本という扱いはこれまでされてこなかったために、身近な慶應義塾図書館に同じタイプの『百人一首』が存在していたことに最近まで気が付かなかった。慶應義塾図書館という奈良絵本を数多く所蔵している機関であっても、奈良絵本と同じ環境で作られた本であるとは、とうてい考えられていなかったのである。

以上のように、平安物語以外のジャンルにおいても、奈良絵本・絵巻とは別物扱いされていたために、研究もほとんどされていないものが多く存在していたのである。

四　制作者・制作時期の問題

このように、平安物語と同じく、さまざまなジャンルにおいて、奈良絵本・絵巻の制作者と制作時期を同じくする作品が出てきたのである。奈良絵本・絵巻は、御伽草子・幸若舞曲だけではなかったのである。もちろん、奈良絵本という言葉には問題があり、じっさいには、奈良とはほとんど関係がなく、多くの作品が京都において、一七世紀を中心に作られていたのである。おそらくは、明治時代に奈良絵という郷土の土産物に似ている絵本群であるということで、名付けられたのであろうが、辞典類に見られるような、奈良絵本が奈良で作られたという俗説は、この命名から出てきてしまったのであろう。では、制作されたと思われる場所である京都を付けて、京都絵本と呼べば良いかというと、京都で制作された絵本は各時代にあり、適切な名前とも思えない。奈良絵本の名前は、現在、中学高校の教科書にも見られるようになってしまった以上、しばらくは、奈良絵本という名前を使用しようと考えている。

ともかくも、さまざまなジャンルの、制作年代も明らかにされていなかった作品群が、奈良絵本・絵巻の詞書筆者と同じ筆跡であることから、同じ時代に同じ環境で制作されていたことを明らかにすることができたのである。平安物語もこれらの時代の動きの中で、絵画化されていったのであろう。奈良絵本・絵巻だけを見るならば、その多くは、一七世紀に作られており、特に、一八世紀以降の作品は、きわめて少ないことがわかってきた。このことからしても、これらの奈良絵本・絵巻は、大名家を中心とする富裕層の注文品であることがわかる。記録は多くはないが、大名家の嫁入り道具として持参された例もあり、大名家が主な注文者であったことが推測できる。だから、大名家が豊かでなくなってくる元禄年間以降、すなわち、一八世紀以降になると、注文がなくなり、その京都の奈良絵本・絵巻の制作所も消えていった、と考えられるのである。

また、それぞれの作品の奈良絵本・絵巻を同じ題名の版本と比較したところ、かなりの割合で、版本の挿絵と関係することもわかってきた。ということは、一般普及書としての絵入り版本があり、その豪華本として、奈良絵本・絵巻が作られたということも想像できるようになった。おそらくは、京都の街中には、版本を制作する本屋の近くに、奈良絵本・絵巻を制作する絵草紙屋があり、その絵草紙屋が、大名家向けのブランド品作りを、絵入り版本を利用しながら行っていた、と考えられる。もちろん、奈良絵本・絵巻の方が、挿絵の数も多いし、絵入り版本のない作品もあるので、それらを補いながら、制作していたのであろう。

『竹取物語』や『伊勢物語』は、大名家の嫁入り道具としてもふさわしかったのか、多くの大名家に残されることになったのである。『源氏物語』は、さすがにその本文全文を入れた絵巻や絵本を作るのは大変だったのか、これまで、本文全文を揃えた絵巻は見付かっていない。奈良絵本は現存しているものの、『竹取物語』や『伊勢物語』の奈良絵本・絵巻の数に比べれば、きわめて少ない。その代わりに、絵だけの屏風や、一部の本文だけを記した画帖がよく作られたのである。

五　浅井了意と居初つな

最後に、私が奈良絵本・絵巻の制作者としてよく取り上げる、浅井了意と居初つなの制作物について、考えてみたい。なお、この二人については、拙著『奈良絵本・絵巻の生成』（三弥井書店、二〇〇三年八月）、『奈良絵本・絵巻の展開』（三弥井書店、二〇〇九年五月）等に、そのあらましを記している。

浅井了意は、仮名草子作家として著名であるが、比較的に若い頃を中心に、奈良絵本・絵巻等、豪華本の本文を書写する筆耕として活躍していた。しかしながら、『源平盛衰記』や『太平記』等の写本は写していても、平安時代の物語文学を写した作品は、まだ出てきていない。しかし、『古今和歌集』は写しており、また、『源氏物語』の注釈書の内容を作り上げていたと考えられている以上、やがてはそれらの写本も出てくるものと考えている。

一方、日本最初の女流絵本作家とも呼ぶべき居初つなは、平安文学作品の書写を最も得意としていた、と考えられる。居初つなの場合には、絵も描いている。さすがに本文を写す時には、本文を変えたりすることはできないが、挿絵は、きわめて個性的な絵を描くことができるのである。彼女が描いた全ての絵に見られるわけではないが、明らかに今日にも通用するかわいらしい顔の絵を描いているのである。

平安物語の作品としては、『伊勢物語』が最も多く、そのいくつかには「居初氏女書画」という奥書が記されている。また、『源氏物語』の本文全てを備えた奈良絵本が、ニューヨーク公共図書館に所蔵されている。一人で『源氏物語』の本文全文と挿絵を描くのであるから、はたしてどれくらいの日数がかかったのであろうか。『源氏物語』については、小さな雛本の奈良絵本も出現し、本文はごくわずかな二冊本である。この雛本には、その反故紙の存在から、『伊勢物語』も存在していたことが確実である。本年には、同じ雛本の『徒然草』の二冊本も出てきた。

他にも、『住吉物語』の奈良絵本や、『住吉物語』と同様に純粋な平安物語とは言いづらい『さごろも』の奈良絵本もある。さらには、元々挿絵のない写本として、『枕草子』が二作品見付かっている。そして、かわいらしい人物像を描いた、『百人一首カルタ』も出現し、居初つなの作品群は、かわいらしい絵とともに、かわいらしい形の本や絵巻の出現が相次いでいるのである。

居初つなは、貞享・元禄年間に刊行された女流往来物作家としても知られており、それらの往来物は、書道の手本として大きな文字を書くと同時に、その上部に注釈を付している。それらを見ると、注釈の部分に、『伊勢物語』や『源氏物語』、さらには、『枕草子』等の、彼女がよく書写していた作品の内容が頻繁に利用されている。居初つなは、平安文学の作品群をただ書写するだけではなく、注釈に利用する等、自分の知識として身に付けていたことがよくわかるのである。

六　おわりに

以上のように、以前はあまり考えられることもなかった、奈良絵本・絵巻と同じレベルの作品が、平安物語には多く存在していることがわかってきたのである。それらは、一七世紀に作られた絵入り版本を元にした作品が多いようであるが、特に挿絵部分にはかなりの個性が見られるのである。制作の中心は、絵入り版本とほぼ同時代であるとみられるが、教養書の豪華本として、大名家を中心に注文がなされ、京都の絵草紙屋がその注文を受けて豪華に制作したものと考えられるのである。それらが、そのまま現在も続く大名家の子孫の家に伝わっていることもあるが、多くは、転々として、日本だけではなく、世界中の機関に所蔵されているのである。

なお、平安文学の奈良絵本・絵巻については、「國學院大學図書館蔵の奈良絵本・絵巻」（針本正行編『物語絵の世界』、二〇一〇年三月）や、「慶應義塾図書館蔵『源氏物語絵巻』について」（慶應義塾大学メディアセンター『MediaNet』二〇号、二〇一三年一二月）等にも記している。それらを御参照いただければ幸いである。

〔漢学・学芸・仏教〕

養和元年の意見封事

――藤原兼実「可依変異被行攘災事」を読む――

佐藤道生

はじめに

本稿は、平安末期から鎌倉初期にかけて摂政関白として活躍した藤原兼実（一一四九－一二〇七）の読書生活を明らかにしようとするものである。(1) 兼実がその独自の精神・思想を構築形成する過程で、読書が何如なる役割を果たしたのか。この問題を私は先に兼実の日記『玉葉』に見出される書籍に関する記事を取り上げて考察したことがある。(2) しかし日記には一読した書名のみが挙げられていることが多く、これを十分に考察することができない限界があった。そこで今回は、兼実が自ら執筆した文学的作品の読解を通して、この問題を探ることにしたい。

一　執筆の経緯（七月十三日）

弟の慈円、息子の良経が和文・漢文を用いて多くの文学作品を残しているのに比べて、当の兼実の現存する作品は、和歌を除けば数えるほどしか残されていない。『玉葉』には合計五篇の文章を見ることができる。当然のことながら、何れも漢文体で書かれている。その中で最も読書の痕跡を色濃くとどめているのは次の二篇である。

「可依変異被行攘災事」養和元年（一一八一）七月十五日条

「哭子文」文治四年（一一八八）二月二十日条

前者は後白河上皇の下命を受けて、当時直面していた政治的問題にどのように対処するべきか、その方策を奏上した一種の意見封事である。(3) 後者は嫡男良通の突然の死に遭い、その哀悼の思いを赤裸々に綴った、文体名で言えば誄《るい》である。ともに倉卒の間に書き上げた文章で、十分な推敲を経ているとは思われないが、そのことが却って普段の読書の内実を浮かび上がらせる結果となっているように思われる。

ここでは前者の「変異に依りて攘災を行なはる可き事」を取り上げることにしたい。(4) 作品の読解に入る前に、この文章が書かれるに至った経緯を明らかにしておきたい。それは直前の『玉葉』治承五年七月十三日条及び十四日（この日、養和に改元）条に詳しく述べられている。まず十三日条を見ることにしよう。

酉刻、左少弁行隆為院御使来。余出逢之。行隆伝院宣云、近日衆災競起、所謂炎旱飢饉関東以下諸国謀反天変〈客星為大事〉怪異〈太神宮已下毎社有希代之怪異。又院中頻示之。又法勝寺有一茎二花之蓮。先例皆不快〉等也。廻何謀略、銷彼夭殃哉。朕已迷成敗、公宜奏所思、敢莫憚時議、努力々々者。余報奏云、依積善之餘慶、雖昇大位、以至愚之短慮、難測重事。早召有識之卿大夫、咫尺龍顔而可被献讜言歟。抑先以民為国之先、而去今両年炎旱渉旬之上、謂両寺之営造、謂追討之兵粮、計民庶之費、殆過巨万歟。豊年猶可泥所済。況及餓死之百姓哉。国失民滅者、雖誅賊首有何益哉。然則先省衆庶之怨、暫可従人望歟。此外之徳化、不可応時議。兼又猶可被祈請仏神也。御祈等沙汰、法之所指、全不可叶。殊被立御願、可被申請太神宮已下可然之霊神也。又仰含諸宗知法之輩、大法秘法等、随堪可被修歟。尋僧徒法器、正供料之不法、如法如説可被行也。各召阿闍梨於眼前、熟可被仰御願之趣也。如此有沙汰者、何無効験哉。又被行赦令如何。

但触謀叛之悪僧等事、能可有沙汰歟。至于追討之沙汰者、一向為大将軍之最、不能量申。但兵粮之間、能可有沙汰歟。課無責有之儀、不事行之基也。百千之計略、所詮無益。被休衆庶之愁気、是其詮也。於其中之子細者、専非思慮之所及、猶又廻愚案、退可奏歟。且以此等之趣、可被洩奏者。行隆条々有示事等、不能具記。大略法皇前幕下可被悔先非之趣歟。依有恐、余不口入。小時行隆退出了。

（酉刻、左少弁行隆、院の御使と為りて来たる。余れ出でて之れに逢ふ。行隆、院宣を伝へて云ふ、「近日衆災競ひ起こり、所謂る炎旱飢饉・関東以下諸国謀反・天変〈客星大事為《た》り〉・怪異〈太神宮已下毎社に希代の怪異有り。又た院中頻りに之れを示す。又た法勝寺に一茎二花の蓮有り。先例皆な快からず〉等なり。何なる謀略をか廻らし、彼の夭殃を銷さむ。朕已に成敗に迷ふ、公宜しく思ふ所を奏すべし。敢へて時議を憚ること莫かれ。努力々々」者《てへり》。

余れ報じ奏して云ふ、「積善の餘慶に依り、大位に昇ると雖も、至愚の短慮を以つて重事を測り難し。早やかに有識の卿大夫を召し、龍顔に咫尺して讜言を献ぜらる可きか。抑も先づ民を以つて国の先と為す、而れども去今両年炎旱、旬に渉るの上、両寺の営造と謂ひ、追討の兵粮と謂ひ、民庶の費へを計れば、殆んど巨万を過ぐるか。豊年すら猶ほ所済に泥む可し。況んや餓死に及ぶ百姓をや。国、民を失ひ滅ばば、賊首を誅すと雖も何の益か有らむ。然らば則ち先づ衆庶の怨みを省き、暫らく人望に従ふ可きか。此の外の徳化、時議に応ず可からず。兼ねて又た猶ほ仏神を祈請せらる可きなり。御祈等の沙汰、法の指す所、全く叶ふ可からず。殊に御願を立てられ、太神宮已下然る可きの霊神を申請せらる可きなり。又た諸宗知法の輩に仰せ含み、大法・秘法等、堪ふるに随ひて修せらる可きか。僧徒の法器を尋ね、供料の不法を正し、法の如く説の如く行はる可きなり。各おの阿闍梨を眼前に召し、熟くよく御願の趣きを仰せらる可きなり。此くの如く沙汰有らば、何ぞ効験無からむや。又た赦令を行なはるること如何せむ。但し謀叛に触るるの悪僧等の事、能くよく沙汰有る可きか。追討の沙汰に至りては、一向大将軍の最為《た》り、量り申すこと能はず。但し兵粮の間、能くよく沙汰有る可きか。無に課《おほ》せて有を責《もと》むるの儀、事行かざるの基なり。(5) 百千の計略、所詮無益なり。衆庶の愁気を休めらるること、是れ其の詮なり。其の中の子細に於いては、専ら思慮の及ぶ所に非ず、猶ほ又た愚案を廻らし、退きて奏す可きか。且つは此等の趣きを以つて、洩らし奏せらる可し」者。行隆条々示す事等有り、具さに記るすこと能はず。大略法皇・前幕下先非の趣きを悔いらる可きか。恐れ有るに依りて、余れ口入れせず。小時ありて行隆退出し了んぬ。)

この年の正月十四日、高倉上皇が二十一歳の若さで崩じた。これを受けて後白河上皇が国政の場に復帰、治承三年十一月の(平清盛による)政変以来停止されていた後白河院政が再開される。この時、安徳天皇の摂政は藤原基通である。一方、平氏一門では、清盛男の宗盛が正月十九日、五畿内及び伊賀・伊勢・近江・丹波の九カ国の惣官職に任じられる。惣官職とは、この時全国に拡大しつつあった内乱に対処するために設けられた軍事指揮官としての地位であり、また後白河・基通に対して平氏一門の意向を伝える役割をも担っていた。これ以後、政治は後白河、基通、宗盛の三者の合議によって動かされてゆく。

そのような政治体制の下で、七月十三日、後白河が蔵人左少弁藤原行隆を使者として遣わし、兼実に下した院宣は、「衆災」、多くの災いを消し去る手立てを奏上せよ、というものであった。因みに、この下問には兼実ばかりでなく、左大臣藤原経宗、左大将藤原実定、帥大納言藤原隆季、堀川中納言藤原忠親といった人々も関与し、意見を奏上していた(『玉葉』同年七月二十八日条)が、その内容は不明である。

ここで上皇の言う「衆災」とは、①炎旱飢饉、②諸国謀反、③天変、④怪異である。①の炎旱飢饉とは『方丈記』に、

また養和のころとか、久しくなりて覚えず、二年のあひだ、世の中飢渇して、あさましき事侍りき。或いは春夏ひでり、或いは秋、大風洪水など、よからぬ事どもうちつづきて、五穀ことごとくならず。むなしく春かへし夏植うるいとなみありて、秋刈り冬収むるぞめきはなし。（下略）

と語られているもので、これは治承四年の旱魃に端を発するものであった。②の諸国謀反とは、言うまでもなく治承四年四月の以仁王による平家追討の令旨を契機として、全国に広がっていった内乱を指す。③の天変とは、この直前の六月二十五日に観測された客星の出現（実は恒星の大爆発）(6)を指す。地上の政治が乱れると、それが天に異変となって現れるという相関思想から、この客星の出現は諸国の内乱に呼応するものとして捉えられていた。④の怪異もこれと同様である。

この院宣に対する兼実の答申内容は、「余れ報じ奏して云ふ」以下に示された、

一、人民の負担（興福・東大両寺の造営にかかる出費、内乱平定に要する兵粮米の徴収）を軽減すべきである。
二、（衆災を消すためには）神仏に祈請するべきである。
三、（衆災を消すためには）赦令を行なうべきである。
四、諸国謀叛の追討は、大将軍（平宗盛）に任せてよいが、兵粮米の徴収には慎重を期するべきである。

といったところであり、この中で兼実は特に一の人民の痛苦を和らげるべき事を主張している。

二　執筆の経緯（七月十四日）

さて、引き続いてその翌日、今度は蔵人左衛門権佐藤原光長が上皇の使者となって兼実邸を訪れ、院宣を伝えた。十四日条を見ることにしよう。

未刻、蔵人左衛門権佐光長為院御使来云、依天下不静、可被行赦令之由、日来思食之上、依客星変、可有非常大赦之旨、有其沙汰、被触前右大将之処、諸寺悪僧悉被免者、可為本寺之乱由、即所搊進之僧徒等所令申也。此条可被猶豫歟。但必可被行者、可在御定之由所令申也。依赦令雖不可必救天下之災、東大興福両寺灰燼、叡慮深痛思食。仍被赦除彼寺悪僧等者、自可有被謝其過之儀歟。而又前幕下申状、一旦非無其謂。仍被仰摂政之処、為寺僧之歎、進雖可申請、依思後恐、不能申出。今又同前也。偏可在勅定云々。此事何様可被定哉。宜令計申者。

余申云、先昨日聊有被仰下事〈依有憚、不能示子細〉、其次赦令事重申出了。所存不可過彼趣。然而依此仰、重廻思慮之処、各付師主、被致譴責之間、為遁当時之恥、不知所犯之実、只以搊出為先之間、無一塵之過怠輩、多以被獄定之由、世間所風聞也。此条豈非罪業哉。怨気定答上天歟。然者尋其為張本之輩、被寛免自餘、定叶折中之政歟。凡於赦令者、和漢所誡也。然而先例多存上。当時他徳化難被行之故、乍恐粗所驚奏也。悪僧之張本等之類被拘留、又何事有哉。不可必皆悉免事歟。愚案之所覃如此者。光長頗有服膺之気色歟。

（未刻、蔵人左衛門権佐光長、院の御使と為りて来たりて云ふ、「天下静まらざるに依りて、赦令を行なはる可きの由、日来《ひごろ》思し食すの上、客星の変に依りて、非常の大赦有る可きの旨、其の沙汰有り、前右大将に触れらるるの処、諸寺の悪僧悉くに免ぜらるれば、本寺の乱と為る可きの由、即ち搦め進らす所の僧徒等申さしむる所なり。此の条、猶豫せらる可きか。但し必ず行はる可くんば、御定に在る可きの由、申さしむる所なり。赦令に依りて、必ずしも天下の災ひを救ふ可からずと雖も、東大・興福両寺灰燼となること、叡慮深く痛み思し食す。仍りて彼の寺の悪僧等を除く者を赦さるれば、自ら其の過ちを謝せらるるの儀有る可きか。而れども又た前幕下の申す状、一旦其の謂はれ無きにしも非ず。仍りて摂政に仰せらるるの処、寺僧の歎きの為め、進みて申請す可しと雖も、後の恐れを思ふに依りて、申し出づること能はず。今又た前に同じきなり。偏へに勅定に在る可しと云々。此の事、何様《いかさま》に定めらる可きや。宜しく計り申さしむべし」者。余れ申して云ふ、「先に昨日聊か仰せ下さるる事有り〈憚り有るに依りて、子細を示すこと能はず〉、其の次いでに赦令の事重ねて申し出だし了んぬ。所存は彼の趣きに過ぐ可からず。然れども此の仰せに依りて、重ねて思慮を廻らすの処、各おの師主に付して、譴責を致さるるの間、当時の恥を遁《のが》れむが為めに、犯す所の実を知らず、只だ以つて搦め出すを先と為すの間、一塵の過怠無き輩、多く以つて獄定せらるるの由、世間風聞する所なり。此の条、豈に罪業に非ずや。怨気定めて上天に答ふるか。然らば其の張本為《た》るの輩を尋ね、自餘を寛免せらるれば、定めて折中の政に叶ふか。凡そ赦令に於いては、和漢誡むる所なり。然れども先例多く上に存す。当時他の徳化の行はれ難きの故に、恐れ乍ら粗あら驚き奏する所なり。悪僧の張本等の類の拘留せらるること、又た何事か有らむ。必ずしも皆な悉くに事を免ぜらる可からざるか。愚案の覃ぶ所、此くの如し」者。光長頗る服膺の気色有るか。）

十四日の院宣は、専ら恩赦の発令をするべきかどうかを内容としていた。後白河は、以前から赦令を出すことを考慮に入れていたが、客星の出現によって発令に踏み切ることを思い立ち、それを宗盛に諮ったところ、宗盛は、もし牢獄に繫いでいる諸寺の悪僧（これは平家追討に同心した、主として興福寺・東大寺の僧侶を指すと思われる）を放免すれば、それを捕らえて差し出した側の僧侶との間で混乱が起きる恐れがあるので、恩赦は思い留まった方がよいとの意見であり、摂政基通もまたこれと同様の意見であった。ただ両者ともに上皇の勅定に従うとのことであるので、どのように定めるべきか。これが後白河の下問である。

これに対して兼実は、獄に繫がれた者の中には、全く無実の者もいるとのことであるから、悪事の張本人を特定し、それ以外の者に恩赦を与えるのがよい。罪人に赦令を出すことは先例があるのだから、他に徳政を行なうことができない以上、恩赦を行なうべきである、と答えている。兼実が張本を除く悪僧に恩赦を与えるのがよいと発言した根拠は、恐らく院宣を伝えに来た蔵人二人との対話から、前年十二月の南都焼き討ちによって興福・東大両寺が焼失した責任の一端が上皇にあり、恩赦を与えれば、それが自らの過失を謝する意味合いを持つのではないかと上皇がひそかに考えていることを感じ取ったからであろう。

そして、その後、行隆から十三日に述べた意見を明日までに書面にまとめて奏上せよ、との指示が届き、十五日の午後に行隆に提出したのが意見封事「変異に依りて攘災を行なはる可き事」である。院宣に対して口頭で伝えた内容とそれを文章化した作品との両方が存在するのは、極めて稀なことである。直前の十三日条・十四日条は、この文章を読み解く上で極めて有益な資料と言うことができる。尚、意見封事の日付を七月十三日としたのは、文章の内容を行隆経由で上皇に伝えたのが十三日であったからであると兼実は十五日条に記している。しかし実のところ、兼実の主張しているのは恩赦であり、その恩赦は改元に際して発せられるものであるから、意見封事の日付は十四日の改元以前でなければならなかったのである。

三　内容の検討（第一段）

それでは意見封事の内容を見ることにしよう。(7) まず原文と訓読文とを三段落に分けて示そう。

可依変異被行攘災事（変異に依りて攘災を行なはる可き事）

〔第一段〕

右客星占文之中、有外寇入国之説云々。而当時関東海西寇賊姦宄也。倩案之、人事失於下、天変見于上、不可不戒慎者歟。但銷天譴済人物者、只在祈請與徳化。至于御祈者、遮雖有其沙汰、猶立殊御願、可被祈申太神宮以下尊崇之霊神歟。此外就顕密尤可被祈供。顕則仁王経最勝王経、古今効験不空。密又召東寺天台智法之輩、委尋法之深秘、詳訪道之奥旨、雖何秘法、可被計修歟。云僧徒之器量、云供料之沙汰、各止不法、勤行如説者、雖為末法、何無冥感哉。

（右、客星占文の中、外寇入国の説有りと云々。而るに当時、関東海西に寇賊姦宄あるなり。倩ら之れを案ずれば、人事 下に失へば、天変 上に見《あら》はる、戒め慎しまざる可からざる者か。但し天譴を銷し人物を済《すく》ふ者は、只だ祈請と徳化とに在り。御祈に至りては、遮《たと》ひ其の沙汰有りと雖も、猶ほ殊なる御願を立て、太神宮以下尊崇の霊神に祈り申さる可きか。此の外、顕密に就きて尤も祈り供へらる可し。顕は則ち仁王経・最勝王経、古今効験空しからず。密は又た東寺・天台の智法の輩を召し、委しく法の深秘を尋ね、詳かに道の奥旨を訪ひ、何なる秘法と雖も、計り修せらる可きか。僧徒の器量と云ひ、供料の沙汰と云ひ、各おの不法を止め、勤行 説の如くんば、末法為りと雖も、何ぞ冥感無からむや。）

〔第二段〕

徳政之条、今当此時、難及号令歟。聖人之道、察機応時之故也。但不救民憂者、其奈遁天譴何。夫国者以民為宝、既是古典之明文。近顧宋景之善言、豈不優恤哉。頃年以来、炎旱渉旬、饑饉累日。加之両寺之造営、兵粮之苛責、偏費人力、無息民肩。万人抱楚痛之悲、一天含荼苦之怨。然而両箇大営、一而難略。須定折中之法、被施恵下之仁歟。兼又諸人訴訟、委捜真偽、早任正道、可被裁断歟。是其詮歟。彼漢家明王摂后、以断獄廻治術焉、本朝聖徳太子、以理獄載憲法矣。凡天鑑不遠、避面咫尺。行善福来、取喩影響。然則下民忽休憂者、上天還降祥歟。抑依変異行赦令、其例多存。就中寛弘三年、依客星赦囚徒、果以消妖気、尤可謂吉例歟。但触神宮訴之輩及諸寺悪徒之中、其張本等可被拘哉否、宜決時議歟者。

（徳政の条、今此の時に当たりて、号令に及び難きか。聖人の道は、機を察し時に応ずるの故なり。但し民の憂ひを救はずんば、其れ天譴を遁るることを奈何せむ。夫れ国は民を以つて宝と為す、既に是れ古典の明文なり。近く宋景の善言を顧みれば、豈に優恤せざらむや。頃年より以来《このかた》、炎旱 旬に渉り、饑饉 日を累ぬ。加之、両寺の造営、兵粮の苛責、偏へに人力を費やし、民の肩を息《いこ》ふること無し。万人楚痛の悲しみを抱き、一天荼苦《とく》の怨みを含む。然れども両箇の大営、一《い》つにして略し難し。須からく折中の法を定め、恵下の仁を施さるべきか。兼ねて又た諸人の訴訟、委しく真偽を捜し、早やかに正道に任せ、裁断せらる可きか。是れ其の詮なるか。彼の漢家の明王摂后、断獄を以つて治術を廻らす、本朝の聖徳太子、理獄を以つて憲法に載す。凡そ天鑑遠からず、面を咫尺に避けよ。善を行なへば福来たること、喩へを影響に取らむ。然らば則ち下民忽ちに憂ひを休むれば、上天還りて祥ひを降すか。抑も変異に依りて赦令を行なふこと、其の例多く存す。就中、寛弘三年、客星に依りて囚徒を赦す。果して以つて妖気消えぬ、尤も吉例と謂ふ可し。但し神宮の訴へに触るるの輩及び諸寺悪徒の中、其の張本等の拘せらる可きや否や、宜しく時議に決すべし者。）

〔第三段〕

愚案所覃、大概如斯。猶仰有識之人、専可被豫議歟。微臣材智元来柴愚也。争献蓬星消没之謀慮、輒運華夏静謐之籌策矣。誠是謀軽薄諮重事之理也者。以此趣可被計披露之状如件。

七月十三日　右大臣在判

蔵人弁殿

（愚案の覃ぶ所、大概斯くの如し。猶ほ有識の人に仰せて、専ら豫議せらる可きか。微臣、材智元来《もとより》柴愚なり。争か蓬星消没の謀慮を献じて、輒ち華夏静謐の籌策を運らさむ。誠に是れ軽薄に謀りて重事を諮《はか》るの理なり者。此の趣きを以て披露を計らはる可きの状、件んの如し。

七月十三日　右大臣在判

蔵人弁殿

第一段では、まず「客星占文の中、外寇入国の説有りと云々。而るに当時、関東海西に寇賊姦宄あるなり」。六月二十五日に客星が出現したことを占ったところ、外敵が我が国に侵入すると占文に出たが、実のところ、関東と九州を中心に内乱が起きている、と述べる。「倩ら之れを案ずれば、人事 下に失へば、天変 上に見はる、戒め慎しまざる可からざる者か」。これは「人事が失われれば、天変が現れる」と言われるように、天が示した警告であるから、我々は慎まなければならない、と前置きする。ここで兼実が用いた「寇賊姦宄」の語は五経の一『尚書』舜典に「蛮夷 夏を猾《みだ》し、寇賊姦宄」（蛮夷が華夏を乱した。また暴動や殺人をして、外では姦を内では宄を働く者があった）とあるのをそのまま用いたものである。これ以降も、兼実は経書に見える言葉を多用する。
「人事 下に失へば、天変 上に見はる」。人事と天変とが相関関係にあるという発想は「政此に失へば則ち、変彼に見はる」（政治が地上で失敗すれば、異変が天に現れる）と『漢書』天文志にすでに見られるが、兼実の表現はそのまま『陸宣公集』に見える。唐の陸贄《りくし》の別集は我が国では『陸宣公奏議』の書名で、江戸時代には盛んに読まれた書であるが、平安時代に将来されていたかどうかは明らかにされていない。この兼実の用例はこの点を考える上で、興味深いものである。

天変が現れたのは政治の失策に呼応してのことだから、我々は戒め慎まなければならないと前置きをした後、兼実は「天譴を銷し人物を済ふ者は、只だ祈請と徳化とに在り」。天のとがめを消し去り、人民を救済するには、ただ祈請と徳化とに依るしかない、と結論を述べ、これ以下、それぞれのやり方について論じる。まず祈請については、「遮《たと》ひ其の沙汰有りと雖も、猶ほ殊なる御願を立て、太神宮以下尊崇の霊神に祈り申さる可きか。此の外、顕密に就きて尤も祈り供へらる可し」。たとい既にその措置が取られていたとしても、やはり改めて上皇による御願を立て、神仏に祈るのがよいとする。「遮」は「さいぎりて」と訓じ、前もっての意に取るのが通例だが、ここは文脈に従って「遮ひ～と雖も」と訓読してみた。神は伊勢神宮以下、然るべき神社。仏は顕教ならば、仁王経・最勝王経の読誦。密教ならば、東寺・天台の智法に習熟した僧侶に命じて、どのような秘法であっても、それをとりおこなうのがよい、と言っている。最後に「僧徒の器量と云ひ、供料の沙汰と云ひ、各おの不法を止め、勤行 説の如くんば、末法為りと雖も、何ぞ冥感無からむ。」とあるのは、仏教界の腐敗を批判したもので、十三日条の傍線部分「諸宗知法の輩に仰せ含み、大法・秘法等、堪ふるに随ひて修せらる可きか。僧徒の法器を尋ね、供料の不法を正し、法の如く説の如く行はる可きなり。各おの阿闍梨を眼前に召し、熟くよく御願の趣き

郵便はがき

料金受取人払郵便

神田局
承認

1330

差出有効期間
平成28年6月
5日まで

101-8791

504

東京都千代田区猿楽町2-2-3

笠間書院 営業部 行

■ 注文書 ■

◎お近くに書店がない場合はこのハガキをご利用下さい。送料380円にてお送りいたします。

書名　冊数

書名　冊数

書名　冊数

お名前

ご住所　〒

お電話

読　者　は　が　き

●これからのより良い本作りのためにご感想・ご希望などお聞かせ下さい。
●また小社刊行物の資料請求にお使い下さい。

この本の書名＿＿＿＿＿＿＿＿＿＿＿＿＿＿＿＿＿＿＿＿

本はがきのご感想は、お名前をのぞき新聞広告や帯などでご紹介させていただくことがあります。ご了承ください。

■本書を何でお知りになりましたか（複数回答可）

1. 書店で見て　2. 広告を見て（媒体名　　　　　　　　　　）
3. 雑誌で見て（媒体名　　　　　　　　　　）
4. インターネットで見て（サイト名　　　　　　　　　　）
5. 小社目録等で見て　6. 知人から聞いて　7. その他（　　　　　　　　　　）

■小社 PR 誌『リポート笠間』（年 2 回刊・無料）をお送りしますか

はい　・　いいえ

◎上記にはいとお答えいただいた方のみご記入下さい。

お名前

ご住所　〒

お電話

ご提供いただいた情報は、個人情報を含まない統計的な資料を作成するためにのみ利用させていただきます。個人情報はその目的以外では利用いたしません。

を仰せらる可きなり。此くの如く沙汰有らば、何ぞ効験無からむや」とある部分に対応する。以上、祈請の必要性を説いている。

四　内容の検討（第二段と第三段）

第二段は徳政の必要性について述べる。初めに「今此の時に当たりて、号令に及び難きか。聖人の道は、機を察し時に応ずるの故なり」。今のところその号令を出しにくい状況にある。それは聖人のやり方として、徳政は時機を察知し、頃合いを見計らって出すべきものだからである、と述べるのは、後白河上皇らがこれまで無策であったことを弁護しているかのようである。しかし、兼実は「民の憂ひを救はずんば、其れ天譴を遁ることを奈何せむ」。人民の苦しみを救済しなければ、天のとがめから逃れることはできない、として、その拠り所を中国の古典に求める。「夫れ国は民を以つて宝と為す、既に是れ古典の明文なり」。国家は人民を財宝とする、とは古典にに見える金言であるとするが、典拠不明。「国は民を以て本と為す」という似通った表現が『後漢書』の張奮伝に張奮の上表文の文言として見える。或いは「人民」の古訓「おほみたから」が「宝」を連想するところから生まれた本邦の俗諺であろうか。

「近く宋景の善言を顧みれば、豈に優恤せざらむや」。宋の景公が人民を第一に考えて発した善言を顧みれば、どうして人民を労らずにいられようか。この「近く」は「遠く」の誤りかと思われる。「宋の景公の善言」は、『史記』の宋微子世家に見える故事を踏まえる。

景公三十七年、熒惑守心、心宋之分野也。景公憂之。司星子韋曰、可移於相。景公曰、相、吾之股肱。曰、可移於民。景公曰、君者待民。曰、可移於歳。景公曰、歳饑民苦、吾誰為君。子韋曰、天高聴卑、君有君人之言三。熒惑宜有動。於是候之、果徙三度。

（景公三十七年、熒惑、心を守る。心は宋の分野なり。景公之れを憂ふ。司星子韋曰はく、「相に移す可し」と。景公曰はく、「相は吾が股肱なり」と。曰はく、「民に移す可し」と。景公曰はく、「君なる者は民を待つ」と。曰はく、「歳に移す可し」と。景公曰はく、「歳饑なれば民苦しむ、吾れを誰か君と為さむ」と。子韋曰はく、「天は高けれども卑きを聴く、君に人に君たるの言三たび有り。熒惑宜しく動くこと有るべし」と。是こに於いて之れを候ふに、果して徙ること三度。）

熒惑（火星）が心星と重なった。心星は地上に於いては宋の分野に当たる。宋の景公は災難が起こらないかと心配した。天文官の子韋が言った、「災難は宰相に移すことができる」と。景公は言った、「宰相は私の手足だ」と。子韋「国民に移すことができる」。景公「君主は国民あればこその君主だ」。子韋「歳に移すことができる」。景公「歳が不作であれば、国民が苦しむ。私を誰が君主と思ってくれよう」。子韋「天は高いけれども、卑い者の言うことを聴いてくれる。君は良き君たる言葉を三度述べた。熒惑はきっと移動するだろう」。そこで観測してみると、果たして三度先に移動していた。

これによれば、「宋景之善言」とは、宋の景公が、君主は人民あっての君主だと述べたことを言う。ただ『史記』には宋の景公の発言を「善言」とは表現していない。これを「善言」とした用例は本邦の『本朝文粋』巻二に収める菅原文時が執筆した恩赦の詔に見られる。兼実は『史記』ばかりでなく『本朝文粋』にも目を通していたことが知られる。

労るべき人民の置かれた情況は、その後に語られる。「頃年より以来《このかた》、炎旱 旬に渉り、饑饉 日を累ぬ。加之、両寺の造営、兵粮の苛責、偏へに人力を費やし、民の肩を息《いこ》ふること無し。万人楚痛の悲しみを抱き、一天荼苦《とく》の怨みを含む」。近年来、日照りが永く続き、饑饉が日増しに深刻化している。そればかりか、東大・興福両寺の造営、兵糧米の徴収は人民の体力を奪うばかりで、その負担を軽減することはない。今、万民は痛苦の悲しみを抱き、天下はおしなべて辛苦の怨みを噛みしめている。ここに見える「楚痛の悲しみ」は『史記』の孝文本紀に「刑の支体を断ち肌膚を刻み、終身息はざるに至る、何ぞ其れ楚痛にして不徳なる」（刑が肢体を断ち切り肌をきざみ、一生涯かたわにしてしまうとは、何と痛ましく、また不徳なことではないか）とあるのを、また「荼苦の怨み」は『毛詩』邶風の「谷風」に「誰か荼《と》を苦《にが》しと謂ふ、其の甘きこと薺《なづな》の如し。」（誰が荼《にがな》を苦いなどと言ったのか。私の辛さに比べたら、荼はなずなのように甘いものだ）とあるのを典拠とする。

「然れども両箇の大営、一《い》つにして略し難し。須からく折中の法を定め、恵下の仁を施さるべし。兼ねて又た諸人の訴訟、委しく真偽を捜し、早やかに正道に任せ、裁断せらる可きか。是れ其の詮なるか」。しかしながら、これら二つの大きな営み（両寺の造営と兵粮米の徴収）は、一つとして省略することはできない。だから（一日も早く）折衷の原則を定め、下民を恵む仁徳を施さなければならない。それとともに、諸人の訴訟については、真偽を明らかにし、速やかに正しいやり方で裁断するのがよい。以上が事に当たる者として肝要な点である、と述べる。

そして、兼実はこの段の最後に懸案事項である恩赦を出すべきか否かについて自らの意見を述べている。

「彼の漢家の明王摂后、断獄を以つて治術を廻らす、本朝の聖徳太子、理獄を以つて憲法に載す」。中国の明王明君は断獄を用いて治政の安定を図り、我が国の聖徳太子は牢獄の円滑な経営を図るべきことを憲法に載せた、すなわち中国・日本の別なく優れた為政者は、罪人を牢獄に繋ぐことを進んで行なったと述べている。一見、恩赦に対して否定的態度を表明するかと思わせる前置きである。しかし、ここが七月十四日条の傍線部「凡そ赦令に於いては、和漢誡むる所なり」に対応することを思えば、これ以下、十四日条と同様に論が逆説的に展開してゆくことが予想される。

次の「凡そ天鑑遠からず、面を咫尺に避けよ」とあるのがこの文章の眼目である。「天鑑遠からず」は『毛詩』の有名な「殷鑑遠からず」（殷が戒めとしなければならない先例は、それほど遠くない夏の滅んだ昔にある）に拠った表現で、天の示す鑑（この鑑とは、戒めとするに相応しい史実の意である）は遠からざる過去にある、の意。恩赦を行なうことによって政事が上手く運んだ先例がそれほど遠くない昔にあるというのである。その先例とは後掲される寛弘三年の例である。「面を咫尺に避けよ」とある「面」とは龍顔、後白河の顔面である。「咫尺」は僅かな距離。つまり、後白河に対して、面と向かっている者の意見を聞くのは避けた方が良いと言っているのである。ここで言う「咫尺」の者とは、後白河に恩赦の発令を思い留まるように進言している平宗盛に他ならない。兼実は、顔を身近な者にばかり向けずに、恩赦を行なって事態が好転した先例に眼を向けるべきだ、と主張しているのである。「善を行なへば福来たること、喩へを影響に取らむ」とは、善行を行なえば幸福がやって来るのは明白であり、（恩赦を行なえば）速やかに良い結果がもたらされるであろう、の意。来たるべき福とは、直後の「下民忽ちに憂ひを休むれば、上天還りて祥ひを降すか」を指す。下民は忽ちのうちに痛苦から解き放たれ、上天は一転して祥瑞を示すであろう、というのである。

そして、締めくくりとして「抑も変異に依りて赦令を行なふこと、其の例多く存す。就中、寛弘三年、客星に依りて囚徒を赦す。果して以て妖気消えぬ、尤も吉例と謂ふ可し」。恩赦の詔を下した先例として、寛弘三年、客星が出現したため囚人に恩赦を与えたところ、果たしてそれによって妖気が消え去ったという史実を挙げている。

第三段は兼実の謙辞である。拙い文章を綴ったと卑下する内容で、この類いの駢文の常套句である。「猶ほ有識の人に仰せて、専ら豫議せらる可きか」。この問題はやはり然るべき識者に命じて議論させるのがよい、とするのは、やはり宗盛や摂政基通ではこの問題を解決することはできないということを婉曲に述べているのであろう。「柴愚」とは、孔子から愚直と評された弟子の高柴を指す。謙辞に「高柴」を用いた先例は見当たらない。「蓬星消没の謀慮」とは、乱臣を亡ぼす名案の意。『漢書』天文志に、天に蓬星が現れるのは乱臣が出る兆しであるとする記述を踏まえる。「争か」以下は、どうして私に乱臣を亡ぼす名案を献上し、我が国を安定に導く策略を巡らすことができようか。これはまさに軽薄の徒に命じて重大事を処理させるような行為である、と謙遜する。末尾の「此の趣きを以て披露を計らはる可きの状、件んの如し」は、蔵人左少弁藤原行隆に宛てた文言で、このような趣旨を上皇に披露されたい、の意。以上、一通り兼実の文章に目を通した。

五　意見封事から窺われる読書の傾向

兼実は藤原忠通（一〇九七—一一六四）の三男である。鳥羽・崇徳・近衛・後白河の四代に亘って摂政関白の任にあった忠通は、政治に手腕を振るうと同時に風流韻事にも積極的に関わったことで名高い。忠通が特に心を傾けたのが詩作であり、『法性寺殿御集』という別集を自撰したほどであった。その彼の周辺には忠通詩壇とでも言うべき文化圏が自ずと形成された。忠通の周囲に集ったのは四位乃至五位クラスの文人貴族たちだったが、その中核にあって詩壇を牽引したのは藤原氏出身の紀伝道儒者である。式家の藤原敦光（一〇六三—一一四四）、北家日野流の藤原実光（一〇六九—一一四七）がその代表格であり、恐らく忠通はこの二人から読書の手ほどきを受けたものと思われる。

その忠通の息子である兼実が少年期にどのような教育を施されたかは必ずしも明らかではない。しかし右のような忠通の志向から推して、兼実も紀伝道の儒者を侍読として読書に励んだかと思われる。当時の貴族は必ず然るべき儒者と師弟関係を結ぶことを慣例としていた。兼実が師匠に選んだのは恐らく藤原敦光の次男、長光（一一〇三—一一八三生存）であったと思われる。それは『玉葉』安元元年（一一七五）六月十六日条に、長光の来訪に触れ、

午時許長光朝臣来。自去春比、風病屢侵、属今夏天、宿霧漸減。雖未復尋常、今日相扶所来也。優師優老〈生年七十五〉、故指入簾中、談雑事。雖有憔悴之貌、全無老耄之気。咄漢家本朝之故事、如明鏡。可仰可貴。師元已没、知我朝之旧事之者、只長光一人而已。此師若没、與誰問古昔之風。嗟乎惜哉々々。
（午の時許り、長光朝臣来たる。去春の比より、風病屢しば侵し、今夏の天に属《あた》りて、宿霧漸くに減ず。未だ尋常に復せずと雖も、今日相ひ扶けて来たる所なり。優師優老〈生年七十五なり〉、故《ことさら》に簾中に指し入れて、雑事を談ず。憔悴の貌有りと雖も、全く老耄の気無し。漢家本朝の故事を咄《かた》ること、明鏡の如し。仰ぐ可し、貴ぶ可し。師元已に没して、我が朝の旧事を知るの者、只だ長光一人なるのみ。此の師若し没せば、誰と古昔の風を問はむ。嗟乎《ああ》、惜しいかな、惜しいかな。）

と記す中に、彼を「師」と呼んでいることから推測される。兼実は長光が安元元年十月三日に出家して以後も、嫡男良通の密々に催す詩会・連句会に同座させていた（『玉葉』養和元年十一月二十二日条、寿永元年四月二十八日条、同二年三月十八日条など）。これは来たるべき良通の作文始（文治三年二月九日）に向けて、長光に作詩方法ばかりでなく、

行事の作法全般を指南させ、良通に学ばせる意図があったからであろう。兼実の長光に寄せる信頼の大きさが窺われる。また『玉葉』からは、兼実は長光のほか、その弟の成光（一一一一―一〇八〇）や藤原実光の三男である光盛（生没年未詳）を近侍させていたことが知られる。こうした紀伝道儒者の顔ぶれは父忠通の縁故をそのまま受け継いだものであり、兼実の学問の出発点が紀伝道の専門分野である中国の歴史・文学にあったことを想像させる。

そのことは意見封事に用いられた言葉の傾向にも色濃く現れている。語釈に示したように、兼実は紀伝道の教科である史書（『史記』『漢書』『後漢書』）を主要な典拠・用例として文章を成している。しかし、それだけならば何等特筆することもないが、兼実の優れている点は、言葉を断章取義的に用いるのではなく、どの言葉を用いれば最も効果が得られるのか、その典拠本文の持つ意味合いが活かされるように言葉をよく吟味して用いているところにある。例えば「宋景之善言」「息肩」「楚痛」などは、人民の労苦を言うのに相応しい典拠を持った言葉であり、これらの語を用いることによってその主張はより一層説得力を増している。用語の選択が的確なのである。

意見封事には用語の上で、もう一つの傾向を見て取ることができる。それは儒教経典の重視である。『尚書』『毛詩』『論語』を典拠に用いていることは語釈に示したとおりである。しかもその用い方は史書と同じく極めて的確である。兼実は紀伝道の儒者を重んじるのと同様に、或いはそれ以上に、経学を専門とする明経道の儒者を重んじた。風流韻事に耽り、紀伝道出身者のみを近侍させた忠通とはその点が大きく異なる。先に掲げた長光に関する記事には中原師元（一一〇九―一一七五）の名が見えていたが、兼実が最も高く評価していた明経道の儒者は清原頼業（一一二二―一一八九）であった。それは兼実邸を最も頻繁に訪れている儒者が頼業であり、彼に対する称讃の言葉を再三日記に書き付けていることから自ずと分かろうというものだ（治承元年五月十二日条、寿永二年十一月十四日条、文治三年四月十九日条、文治四年四月二十二日条）。こうしてみると、兼実の読書傾向、或いは学問的志向は、父忠通と共通する面を持ち合わせはするものの、むしろ叔父に当たる頼長や信西入道藤原通憲に近いものがあったと言えるのではなかろうか。

六　『貞観政要』と『帝王略論』

ところで、『玉葉』によれば、この意見封事が書かれる直前の治承年間（一一七七―一一八一）、兼実は特に『貞観政要』と『帝王略論』とを熟読している。

『貞観政要』十巻は唐の呉兢撰。唐の貞観年間、太宗皇帝と群臣とが交わした政事に関する議論を主題ごとに分類して示した書である（子部儒家類に属する）。『日本国見在書目録』には著録されていないが、我が国でも為政者の必読書として重んじられた。兼実はまず治承元年三月十一日、藤原長光からその訓説を授けられている。兼実は長光から学ぶだけでは慊らなかったのか、その三年後の治承四年八月四日には清原頼業に同書に訓点を加えることを命じている。

一方、『帝王略論』五巻は唐の虞世南撰。歴代帝王の事蹟を略述し、その興亡得失を軌範鑑戒の視点から論じた書で、『日本国見在書目録』雑史家に著録されている。本書は伝来極めて稀であり、敦煌出土でフランスの国立図書館所蔵の唐鈔本（内題は「帝王論」）と我が国の東洋文庫所蔵の鎌倉後期写本とが現存するに過ぎない。前者は巻一（首欠）、巻二（後半欠）を存し、後者は巻一、巻二、巻四を存する。兼実は本書をまず治承四年八月四日に清原頼業から借り出し、十一月二十九日に返却している。恐らく兼実は手ずからこれを書写したのであろう。そして翌年の治承五年閏二月から三月にかけてその読み合わせを日野流の儒者藤原光盛と行なっている（同年閏二月十七日条、三月十四日条）。

両書はどちらも初唐に成立し、鑑戒の視点から政道（政治のあり方）を論じた書である。兼実がこれらの書に関心を寄せたのは、激動混乱の時代に議政官としてどうあるべきか、その指針を漢籍の名著に学ぼうとしたからに他ならない。されば両書から得た知見は、何らかのかたちを取って意見封事の中に現れているのではなかろうか。

意見封事の第二段「両寺の造営、兵粮の苛責、偏へに人力を費やし、民の肩を息《いこ》ふること無し」の「民の肩を息ふ」は人民の負担を軽くするの意である。これは『帝王略論』巻一、秦二世皇帝に、

略曰、二世立、趙高譖殺李斯。以高為丞相。専任刑誅、用法益酷。於是境内万姓、敖々息肩無所。

（略に曰はく、二世立つときに、趙高、李斯を譖殺す。高を以て丞相と為す。専ら刑誅に任せ、法を用ふること益すます酷《から》し。是こに於いて境内の万姓、敖々として肩を息ふるに所無し。）


とある、秦の圧政を人民の負担と見なした用法に極めて近い。兼実が『帝王略論』を読んで得た知識をここに応用したと言えるのではなかろうか。但し、「息肩」を『帝王略論』と同義に用いた例はすでに『文選』に見える。張衡の「東京賦」に「百姓忍ぶこと能はず、是こを用つて肩を大漢に息《いこ》へ、高祖を欣び戴く」（秦の人民は苦しみに耐えられなかったので、漢に帰して負担を軽くし、高祖を上に戴くことを喜んだ）とあるのがそれである。したがって兼実の拠ったのが『帝王略論』であったとは断言できない。ここでは『帝王略論』に拠った可能性のあることを指摘しておきたい。尚、『帝王略論』を踏まえた表現はこれ以外に見当たらない。

それでは『貞観政要』はどうだろうか。兼実が意見封事で最も訴えたかったのは、前述の如く、赦令を出すべきことであった。『貞観政要』巻八にはその名も「赦令」と題する篇章がある。兼実がそこで得た知見を意見封

事に活かそうとしたことは十分に考えられることである。とすれば意見封事第二段の傍線部分に「彼漢家明王摂后、以断獄廻治術焉（彼の漢家の明王摂后、断獄を以って治術を廻らす）」、中国の明王明君は、天下を治めるに当たって、罪人に恩赦を与えることはせず、獄に繋ぐことを断行したとあるのは、次に掲げる『貞観政要』赦令篇の冒頭部分を踏まえた記述であるに相違ない。

貞観七年、太宗謂侍臣曰、天下愚人者多、智人者少。智者不肯為悪、愚人好犯憲章。凡赦宥之恩、惟及不軌之輩。古語云、小人之幸、君子之不幸。一歳再赦、善人暗唖。凡養稂莠者傷禾嫁、恵姦宄者賊良人。昔文王作罰、刑茲無赦。又蜀先主嘗謂諸葛亮曰、吾周旋陳元方鄭康成之間。毎見啓告、理乱之道備矣。曾不語赦。故諸葛亮理蜀十年、不赦而蜀大化。梁武帝毎年数赦、卒至傾敗。夫謀小仁者、大仁之賊。故我有天下已来、絶不放赦。今四海安寧、礼義興行。非常之恩、弥不可数。将恐愚人常冀僥倖、惟欲犯法、不能改過。
（貞観七年、太宗、侍臣に謂ひて曰はく、「天下に愚人なる者多く、智人なる者少なし。智者肯へて悪を為さず、愚人好んで憲章を犯す。凡そ赦宥の恩、惟だ不軌の輩に及ぶのみ。古語に云ふ、「小人の幸ひは、君子の不幸なり。一歳に再赦すれば、善人暗唖《いんあ》す」と。凡そ稂莠《らうゆう》を養ふ者は禾嫁を傷り、姦宄を恵む者は良人を賊《そこな》ふ。昔文王、罰を作り、茲れを刑して赦《ゆる》すこと無し。又た蜀の先主、嘗て諸葛亮に謂ひて曰はく、「吾れ陳元方・鄭康成の間に周旋し、毎に啓告せられ、理乱の道備はれり。曾て赦を語らざりき」。故に諸葛亮の蜀を理むること十年、赦《しゃ》せずして蜀大いに化す。梁の武帝、毎年数しば赦し、卒に傾敗に至る。夫れ小仁を謀る者は、大仁の賊なり。故に我れ天下を有《たも》ちてより已来《このかた》、絶えて放赦せず。今、四海安寧にして、礼義興り行なはる。非常の恩、弥いよ数しばす可からず。将に愚人常に僥倖を冀ひ、惟だ法を犯さむと欲し、過ちを改むる能はざることを恐れむとす」と。）

『貞観政要』では、愚人・小人が罪を犯せば、それは智人・君子・善人・良人を損なうことになるから、決して赦してはならない、とする。この太宗の主張を支えるのが、罪人に恩赦を与えることなく治政を安定させた周の文王及び蜀の先主劉備の善き先例であり、また恩赦を与えたために国を傾けた梁の武帝の悪しき先例である。そして、これを鑑戒とした太宗は「今、四海安寧にして、礼義興り行なはる」という結果を得たと述べている。

兼実の言う「漢家の明王摂后」が周の文王、蜀の先主、そして彼らに倣った唐の太宗を指していることは明らかであろう。しかしここで注意すべきは、兼実が太宗の説に盲従して、罪人に恩赦を下してはならないと述べているわけではないことである。たしかに太宗も恩赦の発令に例外を設けてはいる。しかしそれは「其周隋二代名臣及忠節子孫、有貞観已来、犯罪流者（其の周隋二代の名臣及び忠節の子孫にして、貞観より已来、罪を犯して流さるる者）」（北周・隋二代の名臣及び忠節の臣の子孫で、貞観以来、罪を犯して流刑となった者）の場合であり、今回の悪僧赦免の例には当てはまらない。そこで兼実はこれとは別に、恩赦を下したことで治世の安定が得られた本邦の先例を挙げて、太宗の説を退けているのである。

これを受け取った後白河上皇がどのような感慨を抱いたかは明らかではないが、間然する所のない文章に舌を巻いたことであろう。しかし、兼実がこれほどまでに力説主張した赦令も結局発せられることはなかったのである(8)。

七　結語

以上で作品の検討を終える。養和の意見封事には、彼がそれまで読書を通して修得した言葉が其処彼処に鏤められていた。これによって兼実の読書の傾向がある程度明らかになったかと思われる。兼実がその内容を咀嚼し自家薬籠中の物としていたのは、経書と史書とであった。逆に『文選』や『白氏文集』といった集部の書を読み込んだ形跡があまり見られないことも、その読書の特徴と言えるであろう。これは兼実に詩宴への出席が殆ど見られず、詩作も残されていないことと正に符合するのである。

意見封事には現政治体制に対する批判も見え隠れしていた。しかし、それが為にする批判に陥らなかったのは、ひとえに兼実の議論が現状に照らして道理に適っていたからである。その道理を支えたのが中国の経書・史書であったことは先に見たとおりである。経書・史書を典拠として用いるには、それらの書を正しく理解することが前提となる。兼実にそれができたのは、明経・紀伝両道の儒者を侍読とし、その指南に従って読書に励んだからに他ならない。兼実の批判的精神を支えるものとして、読書が大きな役割を果たしていたことが窺われよう。

兼実に史書を伝授した師は、前述の如く紀伝道の儒者藤原長光である。それでは経書の伝授に当たったのは一体誰なのか。兼実の重んじた明経道儒者が清原頼業であったことは第五節に述べたとおりだが、兼実は頼業に就いて経書を学んだのだろうか。それを考える上で示唆を与えてくれるのが、兼実がその息子たちに対して行なった教育である。兼実は良通・良経の侍読に頼業を抜擢し、良通には十七歳の寿永二年から十九歳の文治二年までに『尚書』を、文治元年から三年までに『春秋左氏伝』を、良経には二十歳の文治四年に『論語』を学ばせている。これらのことから推して兼実も少年時に頼業から経書の手ほどきを受けたのではあるまいか。尚、兼実がどのような経緯から経書に親しむようになったのかはよく分からない。これは今後の課題としたい。

【注】

(1) 兼実の読書生活については既に池上洵一「読書と談話――九条兼実の場合――」(『池上洵一著作集』第二巻、二〇〇一年、和泉書院。初出は一九八〇年)に詳しい考察がある。

(2)「九条兼実の読書生活――『素書』と『和漢朗詠集』――」(小原仁編『『玉葉』を読む 九条兼実とその時代』所収、二〇一三年三月、勉誠出版)。

(3) 意見封事とは、臣下が天皇に対して時の政治に関する意見を陳べる文章であり、公式令には密封して上奏することが定められている(後藤昭雄「文体解説」、新日本古典文学大系『本朝文粋』、一九九二年、岩波書店)。兼実のこの文章は蔵人左少弁藤原行隆を経由して後白河上皇に奏られたものであるから、厳密に言えば、意見封事ではないが、他に適当な呼称が見当たらないので、この語を用いた。

(4) 本作品については、森新之介「九条兼実の反淳素思想」(『摂関院政期思想史研究』二〇一三年、思文閣出版。初出は二〇一二年)に別の視点からの言及がある。

(5)「課無責有之儀、不事行之基也(無に課《おほ》せて有を責《もと》むるの儀、事行かざるの基なり)」とは、無に命じて有を求めても、事はうまく進まないの意。「課無責有」は陸機の「文賦」(『文選』巻十七)に「課虚無以責有(虚無に課せて以って有を責む」とあるのを典拠とする。文章を作る楽しさを述べて「虚無の中から形あるものを導き出す」と言ったものだが、これを実現不可能なことを強いる意味に転用したのである。当時の俗諺であろう。

(6) 斎藤国治「「客星」という名の超新星」(『古天文学の道』、一九九〇年、原書房)を参照されたい。

（7）私に語釈・現代語訳を施す。

▽可依変異被行攘災事　一種の意見封事。七月十三日・十四日の院宣に答えた内容を文章化したもの。儒者顔負けの駢文主体の文章だが、対句の破綻も見られる。▽寇賊姦宄　内外で暴動を起こしたり殺人を犯したりする者がいる。〔尚書、舜典〕帝曰、皐陶、蛮夷猾夏、寇賊姦宄。〔孔伝〕群行攻劫曰寇。殺人曰賊。在外曰姦。在内曰宄。言無教之致。（帝曰はく、「皐陶、蛮夷 夏を猾《みだ》し、寇賊姦宄」。〔孔伝〕群もて攻劫を行なふを寇と曰ふ。人を殺すを賊と曰ふ。外に在るを姦と曰ふ。内に在るを宄《き》と曰ふ。教へ無きの致せしを言ふ。）〔貞観政要、赦令〕養稂莠者傷禾嫁、恵姦宄者賊良人。（稂莠を養ふ者は禾嫁を傷り、姦宄を恵む者は良人を賊ふ。）▽人事失於下、天変見于上　人事が失われると、それに呼応して天変が現れる。〔漢書、天文志〕迅雷風祆怪雲変気、此皆陰陽之精、其本在地、而上発于天者也。政失於此、則変見於彼。（迅雷・風祆・怪雲・変気、此れ皆な陰陽の精にして、其の本 地に在り、上りて天に発する者なり。政此《ここ》に失へば、則ち変 彼《かしこ》に見《あら》はる。）〔唐陸宣公集 巻三、蝗虫避正殿降免囚徒徳音〕夫人事失於下、則天変形於上。咎徴之作、必有由然。（夫れ人事 下に失へば、則ち天変 上に形《あら》はる。咎徴《きうちよう》の作《おこ》り、必ず由りて然ること有り。）▽不可不戒慎者歟　〔墨子、天志下〕処人之国者、不可不戒慎也。（人の国に処る者は、戒慎せざる可からざるなり。）▽天譴　天のとがめ。▽済人物　人と物とを救済する。〔文選、與山巨源絶交書、嵆康〕又仲尼兼愛、不羞執鞭。子文無欲卿相而三登令尹。是乃君子思済物之意也。（又た仲尼兼愛して、執鞭を羞ぢず。子文は卿相を欲せざれども三たび令尹に登る。是れ乃ち君子の物を済はむことを思ふの意なり。）▽遮雖～　たとい～だとしても。「遮」は「遮莫」とあるべきところ。「遮」を「さいぎりて」と訓じ、前もっての意とする解釈があるが、ここでは取らない。▽国者以民為宝　〔後漢書、張奮伝〕永元六年、代劉方為司空。時歳災旱、祈雨不応。廼上表曰、……夫国以民為本、民以穀為命。（永元六年、劉方に代りて司空と為る。時に歳ごとに災旱あり、雨を祈れども応あらず。廼ち上表して曰はく、……夫れ国は民を以て本と為し、民は穀を以て命と為す。）▽近顧　「近」は「遠」の誤りか。▽宋景之善言　宋の景公の（君主たるに相応しい）良き発言。〔史記、宋微子世家〕景公三十七年、熒惑守心、心宋

之分野也。景公憂之。司星子韋曰、可移於相。景公曰、相、吾之股肱。曰、可移於民。景公曰、君者待民。曰、可移於歳。景公曰、歳饑民苦、吾誰為君。子韋曰、天高聴卑、君有君人之言三。熒惑宜有動。於是候之、果徙三度。〔景公三十七年、熒惑、心を守る。心は宋の分野なり。景公之れを憂ふ。司星子韋曰はく、「相に移す可し」と。景公曰はく、「相は吾が股肱なり」と。曰はく、「民に移す可し」と。景公曰はく、「君なる者は民を待つ」と。曰はく、「歳に移す可し」と。景公曰はく、「歳饑なれば民苦しむ、吾れを誰か君と為さむ」と。子韋曰はく、「天は高けれども卑きを聴く、君に人に君たるの言三たび有り。熒惑宜しく動くこと有るべし」と。是こに於いて之れを候ふに、果して徙ること三度。〕〔本朝文粋 巻二、046 減服御常膳并恩赦詔、菅原文時〕夫徳政防邪、善言招福。殷宗雊鼎之雉、昇耳之妖自消、宋景退舎之星、守心之変非異。〔夫れ徳政は邪を防ぎ、善言は福を招く。殷宗鼎に雊《な》くの雉、耳に昇るの妖 自から消え、宋景の舎を退くの星、心を守るの変 異に非ず。〕▽優恤 手厚く恵みを与える。▽息民肩 人民の負担を軽くする。〔文選、東京賦、張衡〕百姓弗能忍、是用息肩於大漢、而欣戴高祖。〔百姓忍ぶこと能はず、是こを用つて肩を大漢に息《いこ》へ、高祖を欣び戴く。〕〔帝王略論、秦二世皇帝〕略曰、二世立、趙高譖殺李斯。以高為丞相。専任刑誅、用法益酷。於是境内万姓、敖々息肩無所。〔略に曰はく、二世立つときに、趙高、李斯を譖殺す。高を以て丞相と為す。専ら刑誅に任せ、法を用ふること益すます酷《から》し。是こに於いて境内の万姓、敖々として肩を息《いこ》ふるに所無し。〕〔春秋左氏伝、襄公二年〕鄭成公疾。子駟請息肩於晉。〔杜預註〕欲辟楚役、以負担喩。〔鄭の成公疾《やまひ》す。子駟、肩を晉に息はむことを請ふ。〔杜預註〕楚役を辟《さ》けむと欲して、負担を以て喩ふ。〕▽楚痛 「楚」も痛の意。〔史記、孝文本紀〕十三年、……下詔曰、……夫刑至断支体刻肌膚終身不息、何其楚痛而不徳也。〔十三年、……詔を下して曰はく、……夫れ刑の支体を断ち肌膚を刻み、終身息はざるに至る、何ぞ其れ楚痛にして不徳なる。〕▽荼苦 荼《にがな》を甘く感じるほどの辛苦。〔毛詩、邶風、谷風〕誰謂荼苦、其甘如薺。〔誰か荼《と》を苦《にが》しと謂ふ、其の甘きこと薺《なづな》の如し。〕▽一而難略 一つとして省くことができない。〔抱朴子外篇、勖学〕蓋少則志一而難忘、長則神放而易失。〔蓋し少ければ則ち一《い》つにして忘れ難く、長ずれば則ち神放にして失ひ易し。〕▽恵下之仁 下に恵みを与える仁徳。〔三国魏志、高堂隆伝〕昔漢文帝称為賢主、躬行約倹、恵下養民。（昔、漢の文帝、称して賢主と為し、躬づから約倹を行なひ、下を恵み民を養ふ。）

▽彼漢家明王摂后、以断獄廼治術焉　中国の明君は断獄によって治政の安定を図った。「断獄」は罪人を牢獄に繋ぐこと。〔貞観政要 巻八、赦令〕貞観七年、太宗謂侍臣曰、天下愚人者多、智人者少。智者不肯為悪、愚人好犯憲章。凡赦宥之恩、惟及不軌之輩。古語云、小人之幸、君子之不幸。一歳再赦、善人暗唖。凡養稂莠者傷禾嫁、恵姦宄者賊良人。昔文王作罰、刑茲無赦。又蜀先主嘗謂諸葛亮曰、吾周旋陳元方鄭康成之間。毎見啓告、理乱之道備矣。曾不語赦。故諸葛亮理蜀十年、不赦而蜀大化。梁武帝毎年数赦、卒至傾敗。夫謀小仁者、大仁之賊。故我有天下已来、絶不放赦。今四海安寧、礼義興行。非常之恩、弥不可数。将恐愚人常冀僥倖、惟欲犯法、不能改過。（訓読文は論文第六節に掲げた。）

▽理獄　牢獄を営むこと。治獄に同じ。〔漢書、于定国伝〕于公謂曰、我治獄多陰徳。未嘗有所冤。（于公謂ひて曰はく、我れ獄を治めて陰徳多し。未だ嘗て冤する所有らず。）

▽載憲法　『憲法十七条』に牢獄の経営に関する条文は見当たらない。

▽天鑑不遠、避面咫尺　天の示す明鏡は遠からざる過去にある。龍顔を側近（宗盛を指す）にばかり向けずに歴史（天の示す明鏡）を省みよ、の意。後白河上皇に対して、宗盛の主張する断獄よりも恩赦を勧めた。〔毛詩、大雅、蕩〕殷鑑不遠、在夏后之世。〔鄭箋〕此言殷之明鏡不遠也。近在夏后之世、謂湯誅桀也。後武王誅紂。今之王者、何以不用為戒乎。（殷鑑遠からず、夏后の世に在り。〔鄭箋〕此れ言ふこころは、殷の明鏡は遠からざるなり。近く夏后の世に在りとは、湯の桀を誅するを謂ふなり。後に武王、紂を誅す。今の王者、何を以つてか用つて戒めと為さざる。）

▽取喩影響　影が形に従い、響が音に応じるように、速やかに良い結果がもたらされるであろう。〔本朝文粋 巻二、67 意見十二箇条、三善清行〕如此則聖主之祈、感速影響、公田之税、蓄如京坻。（此くの如くんば則ち聖主の祈り、感 影響《かげひびき》よりも速やかに、公田の税、蓄 京坻の如し。）

▽寛弘三年、依客星赦囚徒〔御堂関白記、寛弘三年八月二十六日条〕右頭中将来。仰云、依大星事、申可有免者由、而未被行、今日可行者、申承由。召別当被成勘文、被免云々。着鈦者九人〈六年者、三年者、遺二年、遺一年〉、未断者九人。（右頭中将来たる。仰せて云ふ、

大星の事に依りて、免す者有る可きの由を申す、而れども未だ行なはれず、今日行なふ可し者《てへ》れば、承る由を申す。別当を召して勘文を成され、免さると云々。着鈦の者九人〈六年の者、三年の者、二年を遺す、一年を遺す〉、未だ断ぜざる者九人。）▽豫議　あずかりはかる。〔文選、三国名臣序、袁宏〕委面覇朝、豫議世事。（面《おもて》を覇朝に委し、世事を豫《あづか》り議す。）▽柴愚　高柴（孔子の弟子）のような愚直な性格。〔論語、先進〕柴也愚、参也魯、師也辟、由也喭。（柴や愚、参や魯、師や辟、由や喭《がん》。）▽蓬星　星の名。〔漢書、天文志〕中元年六月壬戌、蓬星見西南。……占曰、蓬星出、必有乱臣。（中元年六月壬戌、蓬星西南に見はる。……占に曰はく、蓬星出づれば、必ず乱臣有り、と。）▽運～籌策　計略をめぐらす。〔史記、高祖本紀〕高祖曰、夫運籌策帷帳之中、決勝於千里之外、吾不如子房。（高祖曰はく、夫れ籌策を帷帳の中に運らし、勝ちを千里の外に決するは、吾れ子房に如かず、と。）

変異による災いを退ける手立てを講じるべき事

客星占文によれば、外敵が我が国に侵入するとのことである。ところが今、国内の関東・海西で暴動が起きている。これを思案するに、人事が失われたことに対して天変が現れた時には、これを天の警告と受け止めて、我々は戒め慎まなければならない。しかし、天のとがめを消し去り、人民を救済するには、ただ祈禱懇請と徳政教化とに依るしか方法はない。祈請については、たとい既にその措置が取られていたとしても、やはり殊更に（上皇による）御願を立て、太神宮以下然るべき神社に祈りを捧げるのがよい。このほか、顕教と密教とに従って祈りを捧げるのがよい。顕教ならば、仁王経・最勝王経を読誦させることが昔から効験あらたかであるとされ、密教ならば、東寺・天台の智法に習熟した僧侶を召し、法の深秘を尋ね、道の奥旨を訪い、どのような秘法であっても、それをとりおこなうのがよい。実力ある僧侶が正しく勤行し、供養料も不法を止めて沙汰すれば、末法の世であっても、どうして仏の感応のないことがあろうか。

徳政については、今のところその号令を出しにくい状況にある。それは聖人のやり方として、徳政は時機を察知し、頃合いを見計らって出すべきものだからである。しかし、人民の憂苦を救済しなければ、天のとがめから逃れることはできない。「国家は人民を財宝とする」とは古典に見える金言であり、宋の景公が「君主は人民あっての君主だ」と述べた善き言葉を顧みれば、どうして人民を労らずにいられようか。近年来、炎旱が永く続き、饑饉が日増しに深刻化している。そればかりか、東大・興福両寺の造営、兵糧米の徴収は人民の体力を奪うばかりで、その負担を軽減することはない。今、万民は痛苦の悲しみを抱き、天下はおしなべて辛苦の怨みを噛みしめている。しかしながら、これら二つの大きな営み（両寺の造営と兵粮米の徴収）は、一つとして省略することはできない。だから（一日も早く）折衷の原則を定め、下民を恵む仁徳を施さなければならない。それとともに、諸人の訴訟については、真偽を明らかにし、速やかに正しいやり方で裁断するのがよい。以上が（当事者として）肝要な点である。漢家の明王明君は断獄（断罪）を用いて治政の安定を図り、本邦の聖徳太子は治獄を図るべきことを憲法十七条に載せた。天の示す鑑戒はそれほど遠くない過去にある。龍顔を身近に居る者にばかり向けずに歴史に目を向けよ（罪人に対する恩赦を行なうべきだ）。善行を行なえば幸福がやって来るのは明らかなことで、（恩赦を行なえば）速やかに良い結果がもたらされるであろう。されば、下民は怨ちのうちに痛苦から解き放たれ、上天は一転して祥瑞を示すであろう。天変の出現によって赦令を発布することには、良き先例が多くある。中でも寛弘三年、客星の出現によって囚徒に恩赦を与えたところ、果たして妖気は消え去った。これが最も吉例であると言えよう。しかし、神宮の訴えに触れる者及び諸寺の悪僧の中で、暴動の張本人を獄中に拘束し続けるべきか否かは、議論して決定するのがよかろう。

愚案の趣旨は大体以上のとおりだが、この問題はやはり然るべき識者に命じて議論させるのがよい。というのも、私は才智が生まれつき高柴のように愚直である。そのような者が、どうして乱臣を亡ぼす名案を献上し、我が国を安定に導く策略を巡らすことができようか。これはまさに軽薄の徒に命じて重大事を処理させるような行為である、とこのような趣旨を上皇に披露されたい。

七月十三日　　　　　　　　　　　　　　右大臣在判

蔵人弁殿

（8）『平家物語』巻六、嗄声には「同七月十四日、改元あつて養和と号す。……其日又非常の大赦おこなはれて、去る治承三年にながされ給ひし人々みなめしかへさる。松殿入道殿下、備前国より御上洛、太政大臣妙音院、尾張国よりのぼらせ給ふ。按察大納言資賢卿、信濃国より帰洛とぞ聞えし」と改元に際して赦令が出され、治承三年十一月十七日に解官配流となっていた松殿藤原基房・妙音院藤原師長、藤原資賢の三名が赦されたとしているが、これは史実に反する。三名は実際にはこれより早く赦され、基房は治承四年十二月十六日に、師長は治承五年三月に、資賢は治承四年七月十三日にそれぞれ帰洛している。

〔附記〕本稿は、二〇一三年六月十五日に開かれた第四一七回慶応義塾大学国文学研究会に於ける口頭発表に基づくものである。席上、堀川貴司氏から有益な御教示を得た。記して感謝の意を表する。

李嶠百詠の詩学的性格をめぐって

――『唐朝新定詩格』『評詩格』との関わりを中心に――

胡　志　昂

はじめに

平安・鎌倉時代に「幼学四書」の一つとして広く親しまれた『李嶠百詠』（『単題詩』ともいう。以下「百詠」と略称）は集中に収められた詠物詩一百二十首が十二部類に区分けられたため、注を得てから典故麗辞の類書として用いられた観がある。しかし初め詩注を有しない百詠は類書として制作されたものではなく、詩に故実典拠を盛り込み韻律を整えて仕上げる作詩の手本として作られたのが本来の意図であったと思われる。

『四庫全書總目』類書類、事類賦に次のように記す。

今所見者、唐以来諸本、駢青妃白、排比對偶者、自徐堅初学記始。鎔鑄故實、諧以声律自李嶠單題詩始。其聯而爲賦者、則自淑始。

唐代の類書で「駢青く妃白し」といった対偶表現を部類し収集したのは、徐堅『初学記』に始まり、典拠故実を取り込み、詩の韻律を整えるものは『単題詩』即ち李嶠百詠が先駆けであり、典故を盛り込んだ表現を連ね賦に仕立てたのは呉淑の『事類賦』が最初だという。このうち、『初学記』三十巻は各事項別に先ず叙事を並べ、次に事對を配し、末に詩文を挙げる体裁を取り、麗辞を取り入れた点で『芸文類聚』と異なるが、始めから類書であったことに変りはない。一方『事類賦』は詠物の賦を部類したもので、明らかに百詠を先蹤とするものの、賦は文体が長大な上、『事類賦』には著者の自注が付いて三十巻に及ぶため類書としても不足はない。対して百詠は僅か一巻、たとえ注が付くとしても類書としては不足を感じることは否めない。後に注を失って詠物詩集として受容されたのはそこに理由があったのであろう。

いったい詩文学が盛んな唐代で詩作りの手引書として故事麗藻を類聚した類書のほか、『詩格』や『詩式』といった作詩の格式手法を記述する著もあり、一、二巻本が多い。上官儀『筆札華梁』一巻、著者不明の『文筆式』二巻などがその類であるが、なかでも大型類書『芳林要覧』三百巻の編集に預かった元兢撰『詩髄脳』一巻と『古今詩人秀句』二巻との相関関係が注目される。李嶠らの活躍した「文章四友」の時代にも『三教珠英』一千三百巻の編集が行われ、崔融が李嶠をはじめこの大型類書の編纂に加わった当代の学士らの詩作を『珠英学士集』五巻に編集するとともに、『唐朝新定詩格』一巻（『文鏡秘府論』所引）を著述した。王夢鴎がこの書を『珠英学士集』の編集と関連させ、前者には後者の選定基準や詩学理論が用意されたという。(1) 両者の相関関係については具体的な考察が必要であるが傾聴に値する見解であろう。

当時『三教珠英』編修を実際に総領した李嶠にも百詠のほか、『評詩格』一巻（『吟窓雑録』等に収録）が伝えられている。後者は内容が崔融『新定詩格』と殆ど同じことから、後人の仮託であったとの見方があり、再考の余地が大きい。本稿は『新定詩格』と『評詩格』の関係に絡んで、百詠の詩学的性格につき些か考察を加えたい。

一　百詠と三教珠英

百詠制作の意図を解くにはその制作の契機とか背景を知ることが不可欠である。百詠が類書の体裁を取ること、則天武后が皇帝を称号する頃に作られたことは既に別稿で述べた(2)。そこから武后の勅命により編修された大型類書『三教珠英』と百詠との関わりが浮かび上がる。

『三教珠英』編修は久視元年（七〇〇）六月（通鑑）から大足元年（七〇一）十一月（唐会要）にかけて行われた。唐書張行成伝に拠れば、聖暦二年（六九九）に控鶴府が設置されたが、翌年五月に久視と改元される。同六月控鶴府が奉宸府に改られ、張易之が奉宸令となるともとに、文士の閻朝隠、薛稷、員半千らを奉宸供奉とし、宴集が開かれる度に、彼らに詩文を作らせ公卿を「嘲戯」し以って「笑樂」と為すという。

久視元年、改控鶴府為奉宸府。又以易之為奉宸令、引辭人閻朝隠、薛稷、員半千並為奉宸供奉。毎因宴集、則令嘲戯公卿、以為笑樂。若内殿曲宴、則二張諸武侍坐、樗蒱笑謔、賜與無算。時、諛佞者奏云、昌宗是王子晋後身、乃令被羽衣、吹簫、乗木鶴、奏樂於庭、如子晋乗空。辭人皆賦詩以美之。崔融為其絶唱。

また内殿で宴集が行われる毎に、張氏兄弟と武氏一族が坐に侍し、博打や戯笑諧謔などの乱痴気をやらかすが、時に諂う者が張昌宗を仙人王子晋の生れ変りだといい、武后が彼に羽衣を被い木鶴に乗り簫を吹いて楽を演奏させ、子晋が空を飛ぶ真似をさせた。そして詩人達に詩を賦してこれを褒め称えしめたという。その時崔融の作った詩が絶唱とされた。

そして則天武后が更に美少年を選んで左右奉宸供奉としようとしたが、右補闕朱敬則の諫言に遇って取りやめとなり、武后が張昌宗の醜聞を「美事」で覆い隠すため、彼に李嶠ら文士二十六人を率いて宮内で三教珠英を編修させたと記す。

以昌宗醜声聞于外、欲以美事掩其迹、乃詔昌宗撰三教珠英於内。乃引文学之士李嶠、閻朝隠、徐彦伯、張説、宋之問、崔湜、富嘉謨等二十六人、分門撰集成一千三百巻。

一方、資治通鑑・唐紀によれば、張昌宗を王子晋の生れ変りと諂ったのは武三思であり、文士らがみな詩を賦してこれを褒め称えたのも三教珠英の編修を勅命した後のことになる。だから、編修は張昌宗の醜聞を隠すためというより、内殿曲宴の無礼講や乱痴気を隠すためだとするのである。

六月、改控鶴為奉宸府、以張易之為奉宸令。太后毎内殿曲宴、輙引諸武、易之及弟秘書監昌宗飲博嘲謔。太后欲掩其迹、乃命易之、昌宗與文学之士李嶠等修三教珠英於内殿。武三思奏、昌宗乃王子晋後身。太后命昌宗衣羽衣、吹笙、乗木鶴於庭中。文士皆賦詩以美之。

ところで内殿曲宴の乱痴気を隠すのは大型類書編修の理由のすべてではむろんなかった。唐会要の記すところに拠れば、編修の理由として当時『御覧』及び『文思博要』等の類書はいずれも不備が多いことが挙げられている。だから宮廷図書館長の麟臺監（秘書監）張昌宗に新たな大型類書編修を勅命したのは当然の成り行きであったともいえる。

大足元年十一月十一日、麟臺監張昌宗撰三教珠英一千三百巻成、上之。初、聖歴中、以上御覧及文思博要等書聚事多未周備、遂令張昌宗召李嶠、閻朝隠、徐彦伯、薛曜、李尚隠、魏知古、于季子、王無競、沈佺期、王適、徐堅、尹元凱、張説、馬吉甫、元希声、李處正、高備、劉知幾、房元陽、宋之問、崔湜、常元旦、楊齊哲、富嘉謩、蔣鳳等二十六人同撰。於舊書外更加佛道二教、及親屬姓名方域等部。

ここに編修に選ばれた二十六人の学士が出揃うばかりでなく、今に伝わらない三教珠英の企画内容も大体において知られる。

旧唐書徐堅伝に三教珠英の編修経過をもっと詳しく伝えている。

堅又與給事中徐彦伯、定王府倉曹劉知幾、右補闕張説、同修三教珠英。時麟臺監張昌宗及成均祭酒李嶠總領其事、廣引文詞之士、日夕談論、賦詩聚會、歴年未能下筆。堅獨與説構意撰録、以文思博要為本、更加姓氏親族二部、漸有條彙、諸人依堅等規制、俄而書成。

よって当時、麟臺監（秘書監）張昌宗と成均祭酒（国子監）李嶠が編修事業を総領したこと（文苑伝も同じ）、そして広く文士を率いて日夜談論し、詩を賦し宴集をしたが、一年ほど経過しても完成せず、徐堅と張説が『文思博要』に基づき、要綱規則を作成して後、ようやく編修が進み完成した経緯が知られる。唐書及び通鑑に拠れば、李嶠が成均祭酒となったのは久視元年七月のことである。よって編修の発議は六月、実際に広く文士らを招集したのは七月であったと思えば、王子晋事件を巡る両書の齟齬が解消される。

そこで注目すべきことは文士達が内殿で日夜談論し詩を賦しては宴集をし、一年以上経っても編修が進まなかったことである。それは武后が臨む内殿曲宴の延長をも思わせるものだが、もっぱら談論賦詩をする点でそれと異なる。時に張昌宗が麟臺監であったことから宴集の場所は秘書省内であったに違いない。この間、もう一人類書編修を総領する李嶠が実は集会で賦詩談論をするかたわら、類書の体裁に合わせて後に「李嶠百詠」と呼ばれる詠物詩集を制作していたのである。その月詩に「願賠北堂宴、長賦西園詩」という北堂は即ち秘書省の後堂を指すにほかならない。かつて虞世南が隋の秘書郎にあった時、省の後堂で群書から詩文に用られる故事を集めて類書『北堂書鈔』百巻を作ったところであった。徐堅撰『初学記』天部月条「事對」に見える「北堂」と「西園」とはそれぞれ陸機詩「安寝北堂上、明月入我牖。」と曹植詩「清夜遊西園、飛蓋相追随。明月澄清影、列宿正參差。」を用いるが、後で触れる『新定詩格』十体の影帯体ならば、「北堂」は陸機詩によって月を指すと共に『北堂書鈔』の故事で秘書省の後堂を影帯することができるのである。百詠に「北堂」を凡て三度用いたが、いずれも秘書省の後堂を影帯するものであった。

ところで内殿曲宴で張昌宗を讃えた絶唱を作った崔融の名が三教珠英編修の関連記事に見当たらない。実は彼は久視元年（七〇〇）中頃、張昌宗の怒りに触れ、婺州（今の浙江省金華市）長史に左遷されたため、編修の選に漏れたのである。間もなく張の怒りが解け崔融が都に帰れたが、「盡く天下の文詞の士を収めて学士とした」（文苑伝）この編修事業にはほとんど加われなかったと見られる。崔融が『珠英学士集』を撰じたのは、長安元年（七〇一）張昌宗の要請により春官郎中知制誥事となった頃であろう。張昌宗が三教珠英編修の功により鄴國公に封ぜられ春官侍郎となったのに伴う人事であった。編修事業が完成したばかりで、文士たちが日夜文学を談論し詩を賦した作品や記録が張昌宗の手元にまとまってあったので、学士詩集を撰集する便があったのは固よりである。また天下の文士を悉く収めてのこの編修事業が武后の勅命によるものだから、学士らが議論し実践した詩格様式を集約したからこそ『唐朝新定詩格』という一つの時代を画したような名が付けられたのであろう。張伯偉が『新定詩格』に挙がる例詩は全て先人の作だと指摘する(3)。そこから当時学士らが先人の詩作を議論しつつ、自ら新たに詩を賦する状況が窺い知られる。学士らの詩作は学士集に、彼らの詩学議論は新定詩格にそれぞれ結実されるのだが、崔融は撰者で執筆者ではあったが、わけても新定詩格の著者といっても独創のものとは言い切れないのである。

唐書崔融伝に記す。

時、張易之兄弟頗招集文学之士、融與納言李嶠、鳳閣侍郎蘇味道、麟臺少監王紹宗等倶以文才降節事之。

あるいは『珠英学士集』編集も『唐朝新定詩格』撰述もそうした張昌宗兄弟の文学好きに迎合する一面があったかもしれない。しかし『新定詩格』が当時の詩学理論を集約したことは間違いない。李嶠は張昌宗よりも編修事業や詩学談論を実際に総領したので、学士詩集編集や新定詩格撰述に異存はないはずであった。が、崔融が編修当時の談論や賦詩にほとんど参加できなかったから、伝聞や文字記録のみによって当時談論した詩学議論の細部にどこまで迫れるかという問題はのこる。この点後でまた触れる。

宋・朱翌撰『猗覺寮雜記』巻上に当時の文学議論を垣間見せる記事が一つある。

房融在韋后時用事、謫南海、過韶之廣果寺、今之霊鷲也。有詩云、「零落嗟残命、蕭條託勝因。方燒三界火、遽洗六情塵。隔嶺天花發、凌空月殿新。誰憐鄉國思、終此学分身。」融之文章見楞嚴經、詩止此一篇。李嶠、沈宋之流方爲律詩、謂之近體、此詩近體之祖也。

房融は張易之兄弟に事えた罪で嶺南の欽州に流謫された一人である。以降その名が再び唐史に現れなかったことから、文中「韋后」は「武后」の誤りであり、彼が律詩を一首作れたのは珠英学士の談論賦詩に加わったためではなかったかと思われる。また「李嶠、沈宋の流、方に律詩を爲る」というのも景龍二年以降を指すのではなく、三教珠英編修時の出来事をいうのではなかったかと考えられる。実際、当時賦詩・談論が盛んで、とりわけ李嶠の百詠に多数の律詩が存するから[4]、その時がいわば近体律詩運動の第一段階といってよいであろう。

二 『唐朝新定詩格』と『評詩格』

崔融撰『唐朝新定詩格』は元競の『詩髓脳』と同様、弘法大師『文鏡秘府論』によって初めてその存在が世に知られ、地巻「十体」が『新定詩格』を引くほか、東巻「二十九対」中の三対が崔氏説に出、また本注や三宝院本注にも崔氏説が三つ見える。その他、「文病」「調声」に渉る内容もあるが、ここでは李嶠撰『評詩格』との関わりに焦点を絞るため、他は省く。

現存『評詩格』は宋・陳應行『吟窓雜錄』等に収められているが、同書は古くから編纂の粗雑さが指摘されて

いる。四庫全書總目・集部詩文評類存目に『吟窓雑錄』に収められた唐代の詩格類を悉く「僞書」として退けている。(5)

前列諸家詩話、惟鍾嶸詩品爲有據、而刪削失眞。其餘如李嶠、王昌齡、皎然、賈島、齊已、白居易、李商隱諸家之書、率出依託、鄙俗如出一手。而開卷魏文帝詩格一卷、乃盛論律詩、所引皆六朝以後之句、尤不足排斥。可謂心勞日拙者矣。

ところが『評詩格』に見える内容が『文鏡秘府論』に引かれた『唐朝新定詩格』とほぼ相重なるので、唐人の詩論であったことは立証された。が、李嶠の作と未だ認められたわけではない。改めて考える必要があるであろう。私見ではやはり李嶠の作と認めてよいのではないかと思われる。理由は三つ挙げられる。

第一、唐代の詩格類の書はその後中国で全く伝わらずその存在すら知られなかったものか、概して「鄙俗」と退けられ「偽託」とされたものが多い。例えば元兢、王昌齢や皎然の著が『文鏡秘府論』の収録または近代学者の研究によってその真実性が認められたから、李嶠の作も同様に考えられてしかるべきであろう。いったい、詩格類の書は大抵初心者の学習に提供されるため記述が平易であり、また筆記、書写の段階で舛誤や纂入など初歩的錯誤が付き物である。

第二、詩格類の作者は大型類書など叢書編纂に参加し、詩学作法についての知識を蓄積した結果著述に及んだもの、もしくは本人が詩作りに優れその作品に人気が高く、作詩の心得が求められて著述したものが多い。前者に元競『詩髄脳』が当たるとすれば、上官儀『筆札華梁』が後者であろう。李嶠はそのいずれにも当たり正にその適任者であったといえる。

第三、『評詩格』はその書名通り、特定の「詩格」に対する「評」であり、独立した著述の体裁ではない。現存本は三本あるが、本文はほぼ同じく抽象的な概念を羅列するばかりで、具体的な説明に乏しい。それは批評の対象となる「詩格」に依存して「評」をしたためだと考えなければ説明がつかない。そしてその内容から「評」する対象が『唐朝新定詩格』であったことは一見して明らかである。

以下『評詩格』を実際『新定詩格』と比較してみる。現存『評詩格』には「九対」と「十体」しかないから、まず「九対」を掲げておく。

詩有九対

切対一。謂象物切正不偏枯。

切側対二。詩曰「魚戯新荷動、鳥散餘花落。」

字対三。詩曰「山椒架寒霧、池篠韻涼飈。」

字側対四。謂字義倶別、形体半同。詩曰「玉鶏清五洛、瑞雪映三秦。」

声対五。謂字義別、声名対也。詩曰「疏蝉韻高柳、密蔦掛深松。」

双声対六。詩曰「洲渚近環映、樹石相因依。」

双声側対七。詩曰「花明金谷樹、菜映首山薇。」

畳韻対八。詩曰「平明披黼帳、窈窕歩花庭。」

畳韻切対九。詩曰「浮鐘霄響徹、飛鏡晩光斜。」

『文鏡秘府論』二十九種対の中、『新定詩格』に出るものとして挙げられたのは「切側対」「双声側対」「畳韻側対」の三種で、それぞれ二六、二七、二八に並ぶ。

切側対。切側対者、謂精异粗同是。詩曰「浮鐘宵響徹、飛鏡暁光斜。」「浮鐘」是鐘、「飛鏡」是月、謂理別文同是。

双声側対。双声側対者、謂字義別、双声来対是。詩曰「花明金谷樹、葉映首山薇。」「金谷」与「首山」字義別、同双声対。又曰「翠微分雉堞、丹気陰檐楹。」「雉堞」対「檐楹」、亦双声側対。

畳韻側対。謂字義別声同、名畳韻対是。詩曰「平生披黼帳、窈窕歩花庭。」「平生」、「窈窕」是。又曰「自得優游趣、寧知聖政隆。」「優游」与「聖政」、義非正対、字声勢畳韻。

また「側対」は元兢『詩髄脳』に出るが、注に崔氏がこれを「字側対」と名付くとあることから『新定詩格』「字側対」も次のように復元される。

字側対。字側対者、謂字義倶別、形体半同是。詩曰「忘怀接英彦、申劝引桂酒。」「英彦」与「桂酒」、即字義全別、然形体半同是。又曰「玉鶏清五洛、瑞雉映三秦。」「玉鶏」与「瑞雉」是。又曰「桓山分羽翼、荊樹折枝条。」「桓山」与「荊樹」是。如此之類、名字側対。

また『文鏡秘府論』注に「的名対」の別名として「切対」を記す。現存詩格類で「切対」の初出は『評詩格』なので、『新定詩格』も同じく、「切側対」に対置する概念としてあったことは明白である。また「声対」や「字対」も三宝院本の注記により推定され、これで『新定詩格』九対はほぼ間違いなく復元されるといってよい(6)。『文鏡秘府論』二十九対を参照すれば、新定詩格は「切対」によって様々な一見して明白な対句を集約するとともに、「側対」の概念を拡張し「切対」からはみだす表現を広く対として細く規定するところに特色があったことが知られる。この点、評詩格も全く同じであるが、『新定詩格』と照合すれば、現存『評詩格』九対に誤脱と錯簡があったことが明らかになる。すなわち、「畳韻切対」は「切」が「側」の誤り、その詩例「浮鐘霄響徹、飛鏡晩光斜」も切側対の詩例であり、切側対の詩例「魚戯新荷動、鳥散餘花落」は切対の詩例であったはずである。また「畳韻対」の詩例「平明披黼帳、窈窕歩花庭。」も「畳韻側対」の詩例でなければならず、畳韻対の例詩が欠落している。いうならば、つまり『評詩格』九対に首尾二対ずつ誤脱と錯簡があったと思えば本来の形が分かりやすい。

一方、細かい詩例の表現では、『評詩格』声対の例詩「疏蝉韻高柳、密蔦挂深松」の「疏」が『新定詩格』の「初」より、畳韻側対の例詩「平明披黼帳、窈窕歩花庭」の「平明」が『新定詩格』の「平生」より優れることもさりながら、それればかりではない。字側対の例詩「玉鶏清五洛、瑞雉映三秦」は『評詩格』では「雉」を「雪」に作る。「玉鶏」と「瑞雉」とは「玉鶏」が津の名だから切側対の例詩となり、字側対になり難い。『新定詩格』字側対の他二例詩を見ればいずれも「形体半同」なのは一字のみだから知られる。ここに『評詩格』の『新定詩格』に対して「評」する一方式があったと見られる。つまり全体的に言えば、『評詩格』は『新定詩格』の複数の例詩から一例のみ取り挙げてその説を確認しつつ、細かいところで表現を少し変えることで評するというのが基本姿勢であったといってよい。このような細かい作業は後人の偽托ではとても出来まい。いうならば、『新定詩格』はそもそも李嶠の主導した文学議論や実践の総括だから、補正のないものに関して特に説明は要らず、詩例を一つ取り挙げて確認するか、少し訂正すれば事足りるのである。それが「評」の体裁といってよいであろう。

『新定詩格』の特色を尤よく示したのは「十体」である。『文鏡秘府論』注にも「十体」は崔氏『新定詩格』が開いたものだと明記している。これも『評詩格』によって掲げると次の通りである。

詩有十体

一曰形似、二曰質気、三曰情理、四曰直置、五曰雕藻、六曰影帯、七曰婉転、八曰飛動、九曰清切、十曰精華。

形似一、謂貌其形而得似也。詩曰「風花无定影、露竹有餘清。」
質気二、謂有質骨而依其気也。詩曰「霜峰暗无色」、「雪覆登道白。」
情理三、謂叙情以入理致也。詩曰「游禽知暮返、行客独未帰。」
直置四、謂直書可置于句也。詩曰「隠隠山分地、蒼蒼海接天。」
雕藻五、謂以凡目前事而雕妍之也。詩曰「岸緑开河柳、池紅照海榴。」
影帯六、謂以事意相愜而用之也。詩曰「露花如濯錦、泉月似沉鈎。」
婉転七、謂屈曲其詞、婉転成句也。詩曰「流波将月去、潮水帯星来。」
飛動八、詩曰「空葭凝露色、落葉動秋声。」
清切九、詩曰「猿声出峡断、月影落江寒。」
精華十、詩曰「青田拟駕鶴、丹穴欲乗鳳。」

右、前七体に説明があり、後三体には例詩のみである。それは、八、九は語意表現の特徴による命名で、例詩を見ればこと足りるし、十は例詩によって答えを出したからであると見られる。『新定詩格』十体は順番が少し違う。一から六までは順番も同じだから紙幅の関係で省略するが、七から十までの関係部分のみ掲出してみる。

七、飛動体。飛動体者、謂詞若飛騰而動是。詩曰「流波将月去、潮水帯星来。」
八、婉転体。婉転体者謂屈曲其詞、婉転成句是。詩曰「歌前日照梁、舞処塵生袜。」又曰「泛色松煙挙、凝華菊露滋。」（此即婉転之体。）
九、清切体。清切体者、謂詞清而切者是。詩曰「寒葭凝露色、落葉動秋声。」又「猿声出峡断、月彩落江寒。」（此即是清切之体。）

十、菁華体。菁華体者、謂得其精而忘其粗者是。詩曰「青田未矯翰、丹穴欲乗風。」鶴生青田、鳳出丹穴。今只言「青田」、即可知鶴、指言「丹穴」、即可知鳳、此即是文典之菁華。

『評詩格』十体は例によって『新定詩格』より説明が少なく例詩も一聯だけであるが、「飛動」と「清切」を並べるのは同じく詩語の特徴からの命名に過ぎず、『新定詩格』清切体の例詩「寒葭凝露色、落葉動秋声。」を下句によって飛動体の例詩としても不都合はない。また飛動体の例詩「流波将月去、潮水帯星来。」を『評詩格』では婉転体の例詩としている。それは「流波」と「潮水」、「月」と「星」がそれぞれ同一で、二句で月影の映る潮流の寄せ引きを表すためである。『新定詩格』婉転体の例詩「歌前日照梁、舞処塵生袜。」も「塵」は「梁」から落ちたものだから二句に渉って表現する点で同じだが、詩句の出来は「流波」のほうがよいこと明らかである。つまり、『評詩格』十体も新定詩格の例詩を借りながらそれに対する批評をした点で九対と同じく、それが評の実態であろうと考えられる。

そうした批評の意図を尤もよく示したのは精華体である。『新定詩格』菁華体の説明と例詩によりつつ、詩句を「青田といえば鶴を操るのに見立て、丹穴といえば鳳に乗りたいものだ。」と言い換えることによって、精華体の特徴を提示するものであって、作為が極めて明らかなものであったと言わざるを得ない。

以上のように『新定詩格』と『評詩格』の九対と十体を比較してみれば、『評詩格』は『唐朝新定詩格』を批評の対象とし、全体的にはそれと同じ詩学理論を有しながら、細かい点で例詩をアレンジしたりすることによって批評を加えたものと知られる。このような作業は『新定詩格』に対する深い理解と共感が必要なだけでなく、高い作詩能力を要することはいうまでもない。したがい、その作者はやはり崔融と同じ「文章四友」の一人、李嶠を置いて外にないのではないだろうか。

三　百詠と『新定詩格』

百詠は三教珠英の編修と時を同じくして制作されたので詠物詩集でありながら類書の形を取ったこと、崔融は類書編修の選に漏れたが、編修完成後に珠英学士集の編集に着手し、それと同時に『新定詩格』を撰じたことを既に述べた。そのため百詠に実践された詩学方法が『新定詩格』に反映されなければならない。以下実例を挙げて検討してみたい。先ず「九対」中から各「側対」について詩格から説明と例詩、百詠から詩句を挙げてみる。

切側対二。切側対者、謂精异粗同是。詩曰「浮鐘霄響徹、飛鏡晩光斜。」

東陸蒼龍駕、南郊赤羽馳。日

願陪北堂宴、長賦西園詩。月

銜書表周瑞、入幕應王祥。雀

字側対四。謂字義倶別、形体半同。詩曰「玉鶏清五洛、瑞雉映三秦。」

雲飛錦綺落、花發縹紅披。紙

葉生馳道側、花落鳳庭隈。槐

西秦飲渭水、東洛薦河図。龍

双声側対七。双声側対者、謂字義別、双声来対是。詩曰「花明金谷樹、菜映首山薇。」

百尺重城際、千尋大道隈。楼

妙伎遊金谷、佳人満石城。舞

參差横鳳翼、捜索動人心。簫

畳韻側対九。謂字義別声同、名畳韻対是。詩曰「平生披黼帳、窈窕歩花庭」。

馬記天官設、班図地里新。史

告善康荘側、求賢市肆中。旌

漢日五銖建、姫年九府流。銭

『新定詩格』九対は側対の範囲を大いに広げたが、百詠から実例を挙げてみれば、両者の指向が全く一致することが窺い知られる。

一方、十体のうち形似体と質気体は比喩的表現だが、前者は実物の比喩的描写、後者は性質の誇張的描写といえよう。情理体と直置体は従来からよく使われる作詩の基本と言ってよい。また飛動体と清切体は先述した如く詩語の意味による分類に過ぎない。対して「雕藻」「映帯」「婉転」「菁華」の四体はこの時代の詩風をよく反映したものである。後世たとえば旧題白居易『文苑詩格』にも「依帯境」「菁華章」「影帯宗旨」「雕藻文字」などが見え、その影響の一斑が窺える。以下「雕藻」など四体に的を絞り、詩格から説明と例詩、百詠から実例を挙げてみる。なお百詠に雕藻体をはじめ四体と見られる詩句が実に夥しく、紙幅の関係でそれぞれ三例のみ挙げておく。

雕藻体者、謂以凡事理而雕藻之、成於妍麗、如絲彩之錯綜、金鉄之砥鏈是。詩曰「岸緑开河柳、池紅照海榴。」又曰「華志怯馳年、韶顔惨驚節。」

帯川遥綺錯、分隰迥阡眠。原

草暗平原緑、花明入径紅。野

杏花開鳳軫、菖葉布龍鱗。田

『評詩格』「影帯体」例詩では「沉鈎」とあり「沉珠」に異なる。あるいは評が「沉珠」を「明珠浦」の複用と認めず、「月」と「珠」の複用のみ認めるため「鈎」に改めたのかとも考えられる。「珠」も「鈎」も「月」の「影帯」であるのに変りはない。

映帯体者、謂以事意相愜、複而用之者是。詩曰「露花疑濯錦、泉月似沉珠。」（此意花似錦、月似珠、自昔通規矣。然蜀有濯錦川、漢有明珠浦、故特以爲映帯。）又曰「侵雲蹀征騎、帯月倚雕弓。」（「雲」、「騎」与「月」、「弓」是複用、此映帯之類。）

東陸蒼龍駕、南郊赤羽馳。日
月動臨秋扇、松清入夜琴。風
蒼龍遥逐日、紫燕迥追風。馬

婉転体は「その詞を屈曲せしめ、婉転として句を成す」ところに特徴がある。『新定詩格』に例詩が二つある。一つは二句に渉って詞句を屈折させ、もう一つは一句内で詞を屈折させている。説明と例詩は前節で既に挙げた。実際雕藻体の例詩でも詞を屈折させるものがあり、両者の区別は専ら詞藻が華麗かどうかにあったといっても差し支えない。百詠から挙げた次の例詩などは雕藻体に入れてもおかしくないものも含まれる。

婉転体者、謂屈曲其詞、婉転成句是。詩曰「歌前日照梁、舞処塵生袜。」又曰「泛色松煙挙、凝華菊露滋。」（此即婉転之体。）

入宋星初隕、過湘燕早帰。石
逐吹梅花落、含春柳色驚。笛
雲薄衣初捲、蟬飛翼転軽。羅

『新定詩格』菁華体の説明と例詩の一部を前節で既に挙げたので、後半を掲げておく。詩格十体の中で菁華体が尤も重要なのは、作者が解説の末尾に「近代の学者、情感知識を表す表現の変通を知らなければ共に詩文を語れない」と言い切ったことからも知られる。

又曰「積翠徹深潭、舒丹明浅瀬。」（「丹」即霞、「翠」即煙也。今只言「丹」「翠」、即可知煙霞之義。况近代之儒、情識不周於変通、即坐其危険。若茲人者、固未可与言。）

『新定詩格』菁華体第一例詩「青田未矯翰、丹穴欲乗風。」は出所を知らず、『評詩格』はそれを「青田拟駕鶴、丹穴欲乗鳳。」に改めて精華体の特徴を示したこと既に述べた。ちなみに『百詠』詠鶴に「已憩青田側、時游丹禁前。」といい、詠鳳に「有鳥居丹穴、其名曰鳳凰。」と詠ずる。崔融が『新定詩格』を著述する時、百詠を強く意識したことは想像に難くない。だからこそ評詩格は精華体に説明がなく、詩格の例詩を改めて詩体の特徴を詠出したのではなかったか。これも「評」の一つの形であろう。

それはともかく、精華体は物事の名称を直接的に出さず、それを象徴する別の間接表現で表す手法だと定義するならば、『百詠』詠物詩百二十首のうち、詩題にあった物名を詩中に直接出さない作が八割以上に登り、背後にあった文典知識によって詩句表現を題に繋げるいわば精華体の手法によるものであった。一例挙げて見よう。

蜀郡霊槎転、豊城寶氣新。將軍臨北塞、天子入西秦。
未作三台輔、寧為五老臣。今宵潁川曲、誰識聚賢人。星

右、星詩の中、傍線部の名詞はいずれも星の間接表現で、文典に基づく「精華」である。このような手法は「甚だ題に着かず」と言い、後世の詠物詩に与える影響が大きかったことは既に別稿で述べた。(7)

ここでもう一つ注目したいことは、背後に文典知識が必要であった点で、精華体と影帯体が通底するところが

あることである。たとえば、風詩「月動臨秋扇、松清入夜琴。」二句はその用いる典拠により「月」と「扇」、「松」と「琴」それぞれ影帯関係にあり、また「風」の「精華」でもあったことが知られるのである。してみれば十体のうち、「婉転」「雕藻」体は表現の屈折により語順の自由が得られ、「影帯」「菁華」体は用いる文典により詩語代替の道が整えられた。ここに厳密な声律法則に則る近体詩制作の手法が大いに開拓されたことは疑いない。その意味で百詠と新定詩格により近体詩の実践と理論はすでに整備されたといってもよかろう。

おわりに

李嶠百詠は大型類書『三教珠英』の編修に伴い制作されたものである。ために詩題の部類編成が類書の形を取るが、実際は当代の文学者を総動員した編修の間に議論し試みられた近体詩を形作った詩学の書であった。また編集が始動した時、李嶠が成均祭酒（文部大臣）の職にあったため、百詠は科挙の受験者を読者に想定した性格をもつと考えられる。

崔融は当時地方に左遷され編集者の選に漏れたが、間もなく都に復帰し、李嶠ら類書編纂に加わった学士らの詩を『珠英学士集』五巻に編集するとともに、編修の際盛んに議論された新しい詩学理論を『唐朝新定詩格』一巻に纏め上げた。長安元年から二年（七〇二）にかけてのことと推定される。これが初唐の近体詩運動の第一段階といってよい。

神龍元年（七〇五）正月、張易之兄弟が誅滅され中宗が復位する。崔融、李嶠ら二張に親密な朝臣が左遷され、蘇味道が亡くなった。翌年、崔融も典麗な「則天哀冊文」を作るため心力を使い果して死去した。一方、復帰した李嶠は吏部尚書から中書令となり、翌年九月景龍元年に改元されると、修文舘大学士が加封された。そして景龍二年に修文館に大幅な人員拡充が行われ、大学士四員、学士八員、直学士十二員が置かれた。李嶠が大学士の筆頭となり、直学士に杜審言・宋之問・沈佺期等が名を連ねたが、間もなく杜審言も病死し、「文章四友」は李嶠一人のみ生き残ることとなった。唐書本伝によれば、彼は晩年諸人が没した後、「文章宿老」と目され、「一時の学者」が皆その作品を手本としたという。

その頃恰も中宗朝を飾る豪勢極まりない宮廷詩宴が頻りに催された時期であり、中宗紀景龍二年以降は殆どその記事で埋まった。皇帝が感ずる所有れば即ち詩を賦し、学士達は各々和詩を製作しては献上する。この雅で風流な遊びが当時の人々から至って「欽慕」される中、律詩が最終的に完成に至った。これを律詩運動の第二段階、普及段階といってよい。当時詩壇の指導者は外朝では李嶠、宮中では上官婉児であり、実作では沈佺期と宋之問の評判が高かった。詩学理論書に崔融『唐朝新定詩格』があり、学ぶ者は李嶠『百詠』を手本とした。『評詩格』が求められ作られたのはこの頃ではなかったかと思われる。

近体律詩は沈・宋に至って完成したという常識がある。(8) 新唐書文芸伝に当時の学者が二人を「沈・宋」と号し、語って「蘇・李前に居り、沈・宋比肩す」と言うと伝える。唐詩紀事はこの「蘇・李」を蘇武と李陵と解釈したが、文芸伝は唐一代を記すものである。唐代では武后朝の蘇味道と李嶠、玄宗朝の蘇頲と李乂が「蘇・李」と並び称され、蘇武と李陵に比定された。時人の語った「蘇李居前、沈宋比肩」とはやはり蘇味道わけても李嶠と沈佺期・宋之問をいうものと考えて差し支えあるまい。そして、これが先述した房融伝説にある「李嶠、沈宋の流方に律詩を為る」という言伝えに共通することはいうまでもない。

【注】

（1）王夢鴎『初唐詩学著述考』（八十七頁、台湾商務印書館、1977年1月）

（2）胡志昂「日本現存『一百二十詠詩注』考」（『和漢比較文学』第六号、平成二年十月）、後『日蔵古抄李嶠詠物詩』前言（上海古籍出版社、1998年8月）

（3）張伯偉『全唐五代詩格彙考』（一二八頁、江蘇古籍出版社、2002年4月）

（4）王運熙「寒山子詩歌創作的時代」（『漢魏六朝唐代文学論叢』上海古籍出版社、1981年10月）

（5）王士禎『漁洋詩話』巻下（四庫全書本）。

（6）王利器『文鏡秘府論校注』（中国社会科学出版社、1983年7月）。張伯偉前掲書。

（7）胡志昂『李嶠百詠』序説――その性格・評価と受容をめぐって――（『和漢比較文学』第三十二号、平成十六年二月）

（8）陳鉄民『論律詩定型於初唐諸学士』（『文学遺産』2000年10期）にこの常識に対する再考の論があり傾聴に値する。

五山版『三註』考

住吉朋彦

一　日本漢学と『三註』

梁の周興嗣が作った『千字文』は、隋唐時代の書法の流行とも相俟ち、日本古代の識字の初歩として、長く重んじられて来た(1)。その証跡は出土した西暦七世紀以降の木簡や、いくつかの『真草千字文』類の伝世によって知ることができる。これに伴い、本文の意味内容も日本語社会に移植され、早くに「文選読み」形式の、和訓と和音を附した訓法が成立して、梁の李暹の『注千字文』の解読が、その根拠とされた。但し中世になると、唐宋の間に増補された作者不明の『纂図附音集註千字文』またはその原形本が用いられ始め、近世初までに勢力が交替した。

一方、唐の李瀚が撰んだ『蒙求』は、日本では九世紀半ば、平安時代の前期に、皇族の「読書始」に用いられてから、貴顕子弟の就学の端緒とされ、漢土故事の出典として、李瀚自注の本文が参照された。その深い影響が、『源氏物語』を始めとする仮名文学に見え、作品そのものを翻訳した源光行の『蒙求和歌』を生んだことは、よく知られている。『蒙求』には、宋代に徐子光の『補註蒙求』が編まれたが、日本では中世後期に至るまで流布しなかった。

また『胡曽詩』は、「詠史詩」とも呼ばれる、唐末の詩人胡曽の作品集である。当初、作者と同時代の陳蓋の注を以て行われたが、前二者と異なり、この古注が日本に流布することはなかった。『胡曽詩』が日本で用いられたのは比較的新しく、南北朝以降の中世後期で、元時代に流布したと思しい、宋の胡元質の注を伴う『三註』本が行われ、室町期の軍記や説話集の中に、受容の痕跡が指摘されている。

『三註』とは、これらの『千字文』『胡曽詩』『蒙求』の注本を集めた初学者向けの叢書である。中国では元時代前後に流布したようであるが、中国には伝来せず、朝鮮と日本に証跡が残る。その『胡曽詩』注は胡元質の撰に係るが、『千字文』と『蒙求』の注には作者名を欠いている。両者とも古注を基礎としながら、初学書として多くの撰者に取捨された注と見られるが、著作としての規矩が弱い分、版本としての性格が強く反映した点も認められ、その本文は版種ごとに細動したようである。

日本ではこの『三註』が、南北朝から室町時代に至る中世後期に広く流布し、日本漢学の基礎課程として、その学習が行われた。『三註』流布の証跡は、元版や朝鮮版伝写本の伝来に最も明らかであり、他にも例えば、文安三年（一四四六）に釈長棟の定めた足利学校の学規三条の首に「三註、四書、六經、列莊老、史記、文選外、於學校不可講之段、爲舊規之上者、今更不及禁之」とあるように、経史子集の古典研究に先立つ課題として位置付けられていた。そうした『三註』流布の一翼を担い支えたのは、南北朝期に刊行された、いわゆる五山版の『三註』である。本稿ではその版本としての性質を検討し、成立の情況を考えてみたい。

二　現存の五山版『三註』

五山版の『三註』について、既に川瀬一馬氏『五山版の研究』（一九七〇、日本古書籍商協会）の著録があるが、本稿でも次に、版本の様子を記しておこう。

新板大字附音釋文千字文註

梁周興嗣撰　闕名注

〔南北朝〕刊

首題「新板大字附音釋文千字文註／〇千字文〈梁員外散騎侍郎周〉〈興嗣／次韻〉(大字跨行)」、次行より先ず本文(同)、句下夾注、出処墨囲(或いは黒牌陰刻)。一乃至二句毎に改行、間〻半張の末に空行あり(五四張)。左右双辺(一七・五×一一・六糎、或いは四周双辺)有界、毎半張十行、行二十字、三張掛け。版心、白口、双黒魚尾(不対向)、上尾下題「注一」、下尾下張数、下辺稀に工名「仲」あり。尾題「新板大字附音釋文註千／字文終(大字跨行)」。

〈東洋文庫　二・B-d・一四〉　一冊

姫路藩校好古堂　河合寸翁旧蔵

後補浅葱色艶出表紙(二三・五×一六・〇糎)左肩打付に「新板大字附音釈千字文註」と朱書、中央に別手墨筆にて「千字文」と大書す。虫損修補、首のみ裏打ち。

朱竪句点、校改、欄上音義、間〻朱墨返点、連合符、音訓送仮名、墨校注書入。巻首右辺外に「〔(破損)〕料借徳施之」識語あり。首に双辺方形陽刻等不明朱印重鈐、単辺方形陽刻「好古堂／圖書記」、双辺同「仁壽山荘(隷書)」朱印記(姫路藩校好古堂、河合寸翁所用）、単辺同「白水書院」朱印記、首尾に同円形不明墨印記、尾に同方形「雲邨文庫」朱印記（和田維四郎所用）を存す。

又　修

本版には首尾の題目を「新板[增廣]附音釋文」等と改修した伝本が多い。これらの版本では、巻首第三行、題署中「周興副」の字を「周興嗣」と正体に改めた他、後述のように、第一張前半第八行（以下「一前八」と略記）「兩儀既分」を「両儀〈兩儀／既〉分」と改める等、本文にも修刻がある。

〈国立公文書館内閣文庫昌平黌蔵書　別四九・五〉　一冊

篠屋宗礀　佐伯藩主毛利高標旧蔵

後補淡茶色表紙（二四・〇×一六・三糎）左肩題簽を貼布し「[　　]古注」と書す。或いは同剥落痕打付に「千字文古注〈□□〉[　　]〈全〉」と鈔補す。中央下方に内閣文庫朱文鉛印蔵書票を貼布し「（漢　書）／（類）／八六六三（號）／　一（冊）／二七八（函）・六（架）」と書す。焦げ跡あり。裏打修補。前見返し新補、本文末葉を後表紙に貼附す。朱ヲコト点（明経点）、竪点書入。首に単辺方形陰刻「多福文庫」朱印記（篠屋宗礀所用）(2)、同陽刻「佐伯侯毛利／高標字培松／臧書画之印」朱印記、前表紙右肩に同「昌平坂／學問所」墨印記、首に双辺同「淺草文庫（楷書）」朱印記を存す。

〈台北市・故宮博物院楊氏観海堂蔵書　故観四一〇四〉　一冊

小島宝素　向山黄村　楊守敬旧蔵

後補縹色艶出表紙（二五・五×一五・五糎）左肩に題簽を貼布し「千字文」と書す。五針眼。前見返しに楊氏肖像を貼布し、左右に単辺方形陽刻「星吾七／十歳小像」、方形陰刻「楊印／守敬」朱印記を存す。

間〻〔室町〕朱筆にて附訓、同墨筆にて欄上校注、稀に補注書入、〔室町末近世初〕朱筆にて本文に清濁声点、返点、訓送仮名、注に稀に句点、同墨筆にて稀に欄上補注書入あり。後見返しに双辺方形陽刻「瑞乾家蔵（楷書）」朱印記、首に方形陰刻「尚質／之印」、単辺方形陽刻「字／學古」、首尾に単辺方形陽刻「小島氏／圖書記」朱印記（以上三顆、小島宝素所用）、首に方形陰刻「向黄邨／弥藏印」朱印記（向山黄村所用）、同「飛青／閣臧／書印」「楊印／守敬」「宜都／楊氏臧／書記」、単辺方形陽刻「星吾海／外訪得／祕笈」朱印記（以上四顆、楊守敬所用）を存す[3]。

〈国文学研究資料館　九九・一一四〉　一冊

後補浅葱色布目艶出表紙（二一・六×一四・〇糎）左肩打付に「千字文注［　　］〈全〉」と書す。右肩別筆にて「益」と書す。裏打修補、天地截断。

首のみ朱竪句点書入、〔室町末近世初〕墨筆にて連合符、右傍音送仮名、左傍訓仮名、欄上校注書入あり。傍仮名別手を交う。前見返しに双辺方形陽刻「〈坂／本〉川喜多之章（楷書）」、大尾に単辺同「川喜多（同）」朱印記を存す。

〈カリフォルニア大学バークレー校東アジア図書館　PL1115.C48〉　一冊

大立目克明　土肥鶚軒　三井家旧蔵

淡墨渋引刷目格子文表紙（二〇・一×一四・五糎）左肩に題簽を貼布し「釋註千字文　完」と書す。右肩に鶚軒文庫蔵書票を貼附。改糸。裏打修補、天地截断。

〔室町〕朱筆にて句点、校改書入、〔近世初〕墨筆にて本文右傍に音仮名、稀に欄上校注書入、〔江戸前期〕朱筆にて本文左傍に行体、欄上校注書入あり。末葉左辺下に「居窮精舎蔵」朱墨識語。後補後見返し右下方に「大立目氏藏書」墨書。首に単辺円形中有界陽刻「守拙園」朱印記（大立目克明所用）を存す。(4)

新板增廣附音釋文胡曽詩註

唐胡曽撰〔宋〕胡元質注

〔南北朝〕刊

首題「新板增廣附音釋文註胡曽詩／〇詠史詩　盧　陵　胡　元質／（低三格）不周山」、次行先ず詩（以上大字）、首のみ直下より、以下は改行して注（中字）。出処墨囲、或いは黒牌陰刻。毎章改行（八〇張）。諸本第四十三張後に改冊。左右双辺（一七・二×一一・七糎、或いは単辺、四周双辺）有界、毎半張十行、行大十六字、中二十字、三張掛け。版心、白口、双線黒魚尾（不対向）、上尾下題「注二」、下尾下張数、下辺間〻工名「大」「仲」あり。尾題「新板增廣附音釋文註胡曽詩終」。

〈建仁寺両足院　第百二十六函〉　　　二冊

〔室町〕訓点校注、〔高峯東晙〕等補注書入

後補古淡茶色艶出表紙（二四・五×一五・三糎）左肩題簽を貼布し「胡曾詩註　上（下）」と書す。押し八双あり。虫損、水損修補。上冊前見返し〔江戸中期〕筆にて「唐才子傳第八云胡曾長沙人也」等と書し、後筆藍書補注、下冊貼紙、藍書補注。首三行下辺の原紙刪去。

〔室町〕朱竪句点、墨返点、連合符、音訓送仮名、欄上校注（首右辺外「〈或云〉／明本排字増廣附音釈文三註巻上」）書入、稀に〔室町末近世初〕朱墨にて欄上補注書入、〔江戸中期〕藍墨（〔高峰東晙〕等）校改、欄上貼紙補注書入、〔江戸後期〕朱墨藍行間欄上貼紙補注（用「大明一統志」）書入あり。

〈国立公文書館内閣文庫昌平黌蔵書　別六〇・八〉　　一冊

存前半　林羅山　林家旧蔵

後補淡茶色表紙（二六・〇×一七・八糎）左肩打付に「胡曾詠史詩〈〔二〕（擦消）全〉」と書す。右下方「別集　八ノ二」朱書蔵書票、中央に内閣文庫蔵書票を貼附し、「五四六九（號）・一（冊）三一二（函）・一九（架）」と書す。前後見返し、後副葉（別筆補注書入）新補。

朱竪点、左傍点、標鈎書入、〔近世初〕墨筆にて詩に返点、音訓送仮名、欄外に補注書入あり。首に単双辺方形陰陽刻「江雲渭樹」朱印記（林羅山所用）、単辺方形陽刻「林氏／藏書」朱印記、前表紙右肩に同「昌平坂／學問所」墨印記、双辺同「淺草文庫（楷書）」朱印記を存す。

〈宮内庁書陵部　五五六・一四八〉　　一冊

存前半　聖徒明麟　小島宝素旧蔵

後補栗皮表紙（二四・六×一五・七糎）左肩に題簽剥落痕、中央に「〈震旦／撰述〉詠史詩」と大書す。下方数字墨滅。虫損修補、一部裏打。前見返し新補。後補後見返しに「　　緱山／緱山崗翠孕仙霊（中略）／（低八格）存葉縣詩下〈異本〉」の校注を書す。

〔室町末近世初〕墨欄外補注、音義、校改書入、〔江戸初〕朱ヲコト点（紀伝点）、竪返点、連合符、朱墨欄上校注書入あり。首に単辺円形陽刻「聖／徒」、単辺方形陽刻「明／麟」朱印記、方形陰刻不明朱印記二種、大尾に単辺方形陽刻「松鷗庵（楷書）」朱印記、首に方形陰刻「葆素／所臧」、単辺方形陽刻「葆素堂／臧驚／人祕笈」、同「小島氏／圖書記」朱印記（以上三顆、小島宝素所用）を存す。

重新點校附音增註蒙求三巻

唐李瀚撰　闕名編

〔應安七〕（甲丙）年刊（〔陳〕孟榮）

首に「薦蒙求表／臣良言（中略）竊見臣境内寄住客前信州／司倉參軍李瀚學藝淹通理識／精究撰古人狀迹編成音韻屬／對類事無非典實名曰蒙求約∥三千言（中略）臣良誠惶恐／頓首頓首謹言〈或本云天宝五年八／月一日饒州刺使臣〉／（以下低一格）〈李良上表良令国《子／監》司業陸善／經為表表末行而良授賛事因〉」（二張）、八行十二字、柱題

「表」。

右の引文は後掲大東急記念文庫蔵三井家旧蔵、欠巻下二冊本に基づくが、その末尾双行注中の細字双行注は、後述のように改刻に係る可能性がある。

次で「註蒙求一部并序／／　趙郡李華／〈安平〉李瀚著蒙求一篇列古／人言行美悪参之聲律以授／幼童隨而釋之（下略）」（二張）、八行十一字、柱題「求序」。

巻首題「重新點校附音増註蒙求巻之上（中下）（大字跨行）／（低六格）〈安　平〉李〈瀚〉撰註（大字）」次行より先ず本文（大字跨行）、句下夾注。或いは出処墨囲。毎巻改行。

巻之上（四〇張）自王戎簡要至邊韶經笥

巻之中（三五張）自滕公佳城至伯瑜泣杖

巻之下（三一張）自陳逵豪爽至爾曹勉旃

左右双辺（一七・三×一一・六糎、或いは四周双辺）有界、毎半張十行、行二十字、三張掛け。版心、白口、双線黒魚尾（不対向）、上尾下題「求上（中下）」、下尾下張数、下辺稀に工名「大」「仲」あり。尾題「重新點校附音増註蒙求巻之上（中下）終（大字跨行）」。大尾末行、双花口魚尾（対向）間、十字符圏発下に「龍歳甲丙季　日　〈孟榮〉拝題謹置誌之」記を存す。

本版の刊記について、「龍歳甲丙」年というのは通常の干支と異なり不審であるが、「孟榮」とは、応安四年（一三七一）に『宗鏡録』の版本を刊行した陳孟栄を指すのであろう。この工人は貞治六年（一三六七）刊行の臨川寺版の『禅林類聚』序目を修刻した「孟榮」に同一と見られ、同族で貞治六年七月に来朝したことが知られる陳孟才、陳伯寿等、福州出身の刻工集団の一員と見なされる。そこで「甲丙」年についても、貞治六年より、来朝刻工の活動した嘉慶年間（一三八七–八）頃までの期間に入るであろうから、仮に「甲」を採れば、応安七年（一三七四）か至徳元年（一三八四）がこれに当たる。そして、前者の干支は「甲寅」、後者は「甲子」であり、従来は「甲丙」を「甲寅」の誤りと見て、応安七年刊と判定されている。今、対案を得ず、本版の刊年としては妥当と思われるため、通説に従った。(5)

〈大東急記念文庫　一〇七・三八・四〉　二冊

欠巻上

後補渋引表紙（二四・二×一七・〇糎）左肩打付に「蒙求中（下）」と書す。右下に識語あり、墨滅。第二冊前見返し背面に半截された中世期文書あり。

毎冊首尾に識語あり、墨滅。毎冊前見返し左下に「高原寺／　覚恵／（低四格）（花押）」（第二冊のみ首行下に方形不明朱印記）、剥離した後見返し背面中央に「明治四〈辛／未〉弥生十一日求之」識語。毎冊首に方形陰刻「澤□／覺」朱印記を存す。

又　修

本版には巻中第二張後半第二行（以下「中二後二」と略記）に、前掲本に「以續明／」とあったのを「以續〈明不／二志〉」と改める等、本文に修刻を加えた伝本が多い。

〈大東急記念文庫　一〇七・三八・四〉　二冊

欠巻下　三井高堅旧蔵

後補栗皮表紙（二三・五×一五・九糎）、一部裏打修補。表（首半葉欠）、序を存し本文。〔室町〕朱筆にて竪傍句点、傍線、傍圏、欄外行間校注、校改書入、別手〔室町〕墨筆にて欄外校注、校改、標題音仮名、行間返点、連合符、音訓送仮名書入、首のみ又別手墨補注書入あり。毎冊首に単辺方形陽刻「聽冰壬／戌以後／所集舊斬古鈔（古文）」、同「三井家鑒藏（楷書）」、序首並に第二冊首に同「聽／冰」、後見返しに同「大正十三年／所得」朱印記（以上四顆、三井高堅所用）を存す。

〈東洋文庫　二・B-e・三〉　三冊

後補縹色漉目艶出雲母引（後方墨染）表紙（二三・九×一五・三糎）左肩題簽を新補し「李瀚蒙求〈巻上（中下）〉」と書す。改糸。破損修補、天地截断。毎冊前副葉。表、序を存し本文。

巻下第二十八至三十一張（大尾）〔近世〕鈔補。〔室町末近世初〕墨補注書入、朱句点書入、〔江戸前期〕墨返点、連合符、音訓送仮名書入あり。首に方形陰刻不明朱印記、双辺方形陽刻不明朱印記、毎冊首に単辺同「資亀院政與（隷書）」墨印記（墨滅）、毎冊首並に第二、三冊尾に「雲邨文庫」朱印記（和田維四郎所用）を存す。

〈国立国会図書館　WA六・六三〉　一冊

南禅寺大寧院　小島宝素　向山黄村旧蔵

新補栗皮表紙（二三・九×一六・〇糎）虫損修補、天地截断。表、序（末張後半末尾五行、界線のみ陰刻の墨釘印刷）を存し本文。
巻下第十四張後半至十五張前半欄上に「無文云紕繆［　］當絶人者」墨書（転倒）、〔室町末近世初〕墨標題音注、稀に欄上補注書入、〔近世初〕朱ヲコト点（博士家点）、合返点、連合符、音訓送仮名、標題清濁声点、附音改正、欄上行間校改（用「補注」）書入、〔江戸初〕欄外補注（用「補注」）書入あり。首に双辺方形陽刻「大寧院」朱印記、大尾に単辺方形同「小島氏／圖書記」朱印記、方形陰刻「向黄邨／弥臧印」朱印記、爵形陽刻「佞／宋」朱印記、単辺方形陽刻「東京／圖書／館臧」、双辺円形同「（外）（横書）・明治二六・六・一六・購求・（内）圖（楷書）」朱印記を存す。

以上が伝存する五山版『三註』の版本の様相である。(6)

三　五山版『三註』の刊行とその版木

右の版本三種につき、一連の出版と見るべきものと、既に注（6）川瀬氏著書、注（3）阿部隆一氏著書に指摘があるが、本稿でもその点を確認して置きたい。まず管見の限り、同時に印刷されたことが確認される伝本は認められない。現在、台北の故宮博物院と日本の宮内庁書陵部、国立国会図書館に、小島宝素収蔵の三種を分蔵することは注意されるが、それぞれ旧蔵を異にし、江戸中期以前に伝来を一にしたとは確認されない。

そこで、版本そのものに着目すると、前方の『千字文』と『胡曾詩』の連属性については殆ど問題がないであろう。両者は書題の粉飾と版式を同じくし、『千字文』題目の「大字」から「增廣」と改修した箇所、『胡曾詩』では後者に合致し、その二字に改刻の痕がある他、尾題では「註」の字の位置を転倒し「註千字文」「註胡曾詩」とある等、排字が共通する。また版心に、それぞれ「注一」「注二」と題するのは、『千字文』と『胡曾詩』が『三註』の第一、第二であることを示唆する。

一方、『蒙求』との共通性は如何であろうか。前二者と後者は、版式が概ね一致し、左右双辺の十行二十字、本文の特色によって款式の少異が認められるものの、匡郭の大きさや、四周双辺の張を交える点まで同様で、いずれも三張掛けの版に依っている。版心も、全て白口に双黒魚尾を作り、刻工と思わしき工名に「仲」を検出する。

但し工名の「大」は、『胡曾詩』と『蒙求』に見えるが、『千字文』には見えない。また『蒙求』のみは「重新点校附音増註蒙求」と題し、前二者と相異がある上、版心は「求上（中下）」として「注三」とはしない。さらに『蒙求』のみ、末尾に陳孟栄の施入刊記がある。この場合、前二者の緊密さに比べ、『蒙求』の連属性には若干の疑いを存するであろう。そこで本稿では、まず三者に共通する「三張掛け」の版木の様相に着目し、この問題を捉え直してみたい。

版木の「三張掛け」とは、版木の一面に三張の連属する様相を指す詞であり、印本の匡郭左右の辺外に、隣接する張の辺欄または首尾行の文字が映っている現象を捉え、大抵は張の順序に沿って連属することから、該当の張が同じ版面に置かれた結果と推定されている。中国の版本では、版木の一面に一張を配し、一片につき表裏二張とする習慣であり、一面に複数張を配する徴証は認められないが、日本では巻子の版経を印刷した際の長版の形式が残り、冊子にも適用された事情から、こうした現象が生まれた。

日本の版木の実例では一面に二張、表裏で四張の、二張掛けの遺品が多く、同様の印本も認められるが、二張掛けの版では匡郭どうしの空隙が十分に取られ、隣接の匡郭が印紙に映ってしまうことは比較的少ない。これに対し、一面に三張を配した場合には、こうした故障が多く見られ、左張の辺字が映るもの、左右のそれが映るもの、右張の映るものと、三種が交替して顕れる。

現在まで中世の版木の遺品に、こうした三張掛けの実例を見出せないでいるが、いわゆる五山版の印本にはその証跡が数多く見出され、南北朝期刊行の『翻訳名義集』『祖庭事苑』『月江和尚語録』（応安三年）、『毛詩』『詩人玉屑』有跋本、『聯珠詩格』等に認められる。稿者は、このうちの『詩人玉屑』の例から、三張掛けとは、表裏三張ずつの六張一片の版木に依ることを推定し、『翻訳名義集』『月江和尚語録』の例を以ってこれを追証した。(7)

そして『千字文』『胡曽詩』『蒙求』註の五山版を見ると、いずれも三張掛けの現象が見られる上、別表に示したように、それぞれ六張一組と見るべき徴証が認められる。まず『千字文』について見ると、巻首では左右双辺である匡郭が、第七至二十四の十八張では四周双辺であり、その第七至十二の六張では、引文出処の標識が黒牌陰刻の形となっていて、他と異なる。続く第二十五至三十の六張では版心下辺に「仲」の工名があり、第三十一至四十二の十二張及び第四十三至四十四の二張と、第四十九至五十四（尾）の六張は、再び四周双辺の形である。要するに第四十三至四十四の二張の例外を除けば、全体を六張ずつの九片に、整然と分かつことができる。

次に『胡曽詩』を見ると、まず第一、三張に「大」、第二、四至六張に「仲」の工名がある。この六張は三張掛け二組からなるが、第三、二、一、また六、五、四と逆に連属している。また十二張を隔て、第十九張右肩と第二十四張左肩に版木の断裂があって相応し、この間の第二十二至二十四張は四周双辺に作る。再び十二張を隔て、第三十七至四十一の五張に工名「大」あり、第三十九、三十八、三十七、また四十一、四十と逆に連属する。後半には徴証に乏しいが、末尾の第七十三至八十張と第四十二張に「仲」の工名がある。第四十二張は、印本の書脳に映る隣接首行の文字から、第七十九至八十張の前に位して三張掛けを成す。これを要するに、全八十張を概そ前後二分した際の、それぞれの末尾を「大」「仲」が担当し、残る第三十七至四十二と第七十九至八十張を、一片と半面の板に刻したのである。

最後に『蒙求』では、表と序の各二張がそれぞれ連属する他、巻上は徴証に乏しいが、巻中では第七張と、第十三至三十張の十八張は四周双辺に作り、第三十一至三十二、三十五（巻中尾）と巻下第一の四張に「大」、巻中第三十三至三十四の二張に「仲」の工名があって、巻下は第十七至十九の三張を四周双辺とする上、第二十至二十五の六張に工名「大」のある形である。

これらを総合すると、三種ともに六張一片の原則に基づくと認められる他、稀に顕れる「大」「仲」の工名は、必ず六張の範囲内に連属して顕れ、想定される一片六張の範囲内で、張の排列を入り組ませる特徴が指摘される。従来、工名「仲」は、多くの五山版に存することが指摘され、(8)他に〔南北朝〕刊無跋本の『詩人玉屑』にも見え、刻工陳仲の略名と言われる。ただ三種版本の形を見ると「大」「仲」は必ず同一版木の刊刻に従事したことが推測され、両者は同一人物か、或いは極めて近い関係にある人物と見られる。そうすると、版刻の技法とその従事者に於いて、三種は概ね同一の基盤にあったと見られそうであり、三種が『三註』として刊行されたと見ることを妨げない。

四　五山版『三註』の修刻

さらに五山版の『三註』の特色として、修刻本の存在が挙げられる。既に『千字文』と『胡曽詩』の題目や巻首署名の問題に触れているが、『蒙求』についても修刻の事例が確認される。但し『蒙求』の未修本は、大東急記念文庫に蔵する渋引表紙、高原寺覚恵識語本のみであり、この本には巻上を欠いているため、その様子が窺えるのは巻中、下のみである。本版巻中の修刻について、既に西村清氏の指摘があるので(9)全部は挙げないが、一例を示せば、次の様な形である。挖改の疑われる文字は［　］で、細字は〈　〉で括った。

　二後一至二　鄰舍屋以續至崩／有一女子投之叔子令女執燭燭盡破屋以續至明／
　　　　　　鄰舍屋　　　崩／有一女子投之叔子令女執燭燭盡破屋以續至［〈明不／二志〉］／

これは「顔叔秉燭」注中の文字で、例えば国立国会図書館蔵大永五年（一五二五）写本『附音増広古注蒙求』に拠れば、全文は次のような形である。

　史記、顔叔子、魯人。曾獨居一室。夜大雨、比舍屋崩。有一女子、投之。叔子令女執燭。燭盡乃破屋以續。
　至明旦、明不二志。

五山版の形は、修刻を経てもなお不十分ではあるが、未修本「鄰舍屋」「崩」字間の「以續至」三字は、次行同格の「破屋」「明」字間から目移りの衍字で、修刻本末尾「不二志」三字を脱していた点を改めたものであろう。そして、西村氏の挙例により、さらに単純な字形の修正まで含めると、三十五張のうちに七十八例を数えるのであり、初印本はかなり杜撰な本文であったと言わざるを得ない。またその修刻の方法は当該文字の挖改に依り、脱文によって字数の足りない時は、行文の意義に関わらず双行注として、当初の款式を維持している。

このような『蒙求』の修刻は、未修本の伝わらない巻上にも存したことが推量されるが、現に以下のような細字双行の箇所に、挖改の痕が認められる。

十一後八至九　莫敢通〔噲〕乃〔排〕闥直／入見上枕一官者臥〔〈噲／疏〉〕涕曰

十二前三　〔〈毗為／侍中〉〕特／諫

十四後六　景公臺隕海水〔〈大／出〉〕

十六後三　王〔〈道辟爲據始到府／通謁導以其有勝〉〕會

二十六後七至八　議郊／〔〈祀制多以爲周／郊后稷漢當〉〕祀堯

二十七前九　而與〔〈之旣而與／公爲介〉〕倒戟以公從

二十九後十　負偉〔〈平至其家乃負郭窮巷以席爲門門／外多長者車轍負歸曰固有美如陳〉〕〃平而長貧者
者乎

三十一後七至十　〔〈新序〉〕曰魏／文侯問／羣臣曰我何如主也〔〈羣臣皆曰仁君也次至翟黄曰君非仁君也曰／子何以言之對曰君伐中山不以封君之弟而〉／〈以封君之子何謂／仁君文侯怒逐去〉〕

三十二前十　王命由基〔〈射／之〉〃〈由／基〉〕始調矯失

三十三前一至三　孫氏志怪／漢盧充家西〔〈四十里有崔少府女／墓充因獵忽見朱門〉〕官舍

このうちの幾つかの例も、一旦刊行の後に修刻されたのだとすると、本版の刊行当初の本文は、相当に故障が多かったものと推測される。

次に『千字文』について、東洋文庫本と、他の諸本を比較すれば、以下の修刻が認められる。

一前一　新板大字附音釋文千字文註

新板［增廣］附音釋文千字文註

同　二　周興副次韻
周興［嗣］次韻

同　八　是生兩儀既分其氣
是生兩儀［〈兩儀／既分〉］其氣

二後六　並羅列布於天上
並羅［〈列／張〉］布於天上

十後三　故書曰平章百姓百姓昭明也
故書曰平章百姓百姓昭明［〈是／也〉］

十一後九　及至草木無知而德無不及萬方
及［〈至／也〉］草木無知而德無不及萬方

十三後四　良善男子之中有才能有善良者（下略）
良［〈善／也〉］男子之中有才能有善良者（下略）

十七後八　而寸陰爲是竟惟恐須臾之間不在乎善道也
而寸陰爲是［競］惟恐須臾之間不在乎善道也

二十三前四　既不稱先生之
既不稱先生之［願］

四十二後七　言人身在於富貴察己身

言人身在［〈於富貴之／極當省　〉］察己身

以上の例が、題目を除き、単純な誤字脱文の修正であることは、贅言を要しないであろう。問題は、比較的短い五十四張の本文中に、当初このように明確な誤文を含みながら、いったんは印刷が行われてしまった点であり、『蒙求』の場合と同じく、本書でも十分な校刊を経ないままに出版の進められたことを意味しよう。その上で考えると、題名を粉飾する「大字」の二字を「增廣」に変更したことは、表面では、本文の見やすさから内容の豊富さを強調する形への改訂であるが、題目を変え、本文の一新を連想させることに意図があったのではないか、と疑われる。

『胡曽詩』に修刻の事実は確認されないが、題目に同じく「增廣」と挖改の痕があることは、前に記した通りである。同様に本文の印面を審さに観察すると、次のような文字も、改刻された疑いがある。

十二後九　子常歸［〈唐侯／〻〻〉］請拘／於司敗曰

二十六後一至四　苻常在王臥内［〈而／如〉］姫王最幸者／（中略）公子誠請如姫［〈如姫／必許〉］諾／得虎符

二十七前二　平原君家楼臨［〈民家／民家〉］／有躄者

六十　前十　爵関内侯［旣］至信都［〈追／斬〉］王郎

六十一後一　後人各其釣処爲［〈厳／陵〉］灘焉

六十五前四　輙向帳作妓女等樂［〈時／〻〉］登銅雀臺

六十七前五　乃自來［〈乗／輕〉］船從濡須口入公軍

他にも挖改の疑われる文字は多いが、ここでは不必要に双行の款式となっている所のみを挙げた。これらの事例では、わざわざ小字双行として同字を補っているのであるから、文脈上、近接して顕れた同字の片方を、当初は目移り等により脱していたのではないかと疑われる。そう考えると、『胡曽詩』にも、現存本とは異なる形の、未修本の存した可能性がある。もちろん書誌学的には、発行の前に改修を加えた可能性を捨てられず、即座に後修本と断定することはできないが、印面の様相は『蒙求』『千字文』の後修本と相似している。

このように、五山版『三註』の修刻の箇所を検討してみると、その本文は、当初極めて不十分な形で行われたことが判明する。そのために、現存諸本の中にも未修本は比較的稀で、刊行後間もなく不備が指摘され、改修に及んだのであろう。前章に見た版木の構成や、刻工の関与と同じく、修刻に関連する本文の質に於いても、この『三註』は共通の基盤に立つと見て矛盾がない。

五　鈔本及び朝鮮本『三註』と五山版

上記を踏まえ、五山版『三註』の題目の不統一につき考えて見ると、『千字文』『胡曽詩』と『蒙求』は、五山版の刊刻時に初めて合せられたのか、もともとの形であるのか、という問に逢着する。もし前二者と共通する『新板大字附音釈文蒙求註』、或いは後者と共通する『重新点校附音増註千字文』『(同)胡曽詩』といった題目の版本や、その伝写本が存在すれば、『三註』としての出版が企図された後に、補配が試みられたことになるが、実際は、いずれも五山版の題目に合致せず、鈔本にも想定のような伝本は存しない。知られる限り、今日に伝存する旧鈔本の題目を挙げれば、以下の通りである(いわゆる『補注蒙求』は除く)。

（千字文）
纂圖附音集註千字文
纂圖附音增廣古註千字文
（胡曽詩）
明本排字增廣附音釋文三註／詠史詩
（蒙求）
附音増廣古註蒙求

但し右の他、朝鮮朝の古活字本に『新刊大字附音釈文三註』を存する。以下に後掲の著録によって、その書誌を示したい。

新刊大字附音釋文三註　千字文　詠史詩　蒙求各一巻
（千）梁周興嗣撰　闕名注　（詠）〔唐胡曾〕撰　〔宋〕胡元質注　（蒙）〔唐〕李瀚撰
〔朝鮮前期〕刊（甲寅字）

巻首題「新刊大字附音釋文三註巻之上／〇千字文（隔三格）〈梁員外散騎侍郎周　興嗣　次韻〉」、本文毎句下夾注（小字双行、出処墨囲陰刻）、又「新刊大字附音釋文三註巻之中／〇詠史詩（隔六格）〈廬陵胡　元質　註〉」、先ず標題（墨囲陰刻）、直下より本文、毎篇後附注（小字双行）、毎篇隔圏、「新刋大字附音釋文三註巻之下／〇蒙求（隔六格）安　平　李　瀚　註」、本文毎二句下夾注（小字双行、出処墨囲陰刻）。

巻之上（二四張）千字文
巻之中（四四張）詠史詩
巻之下（五二張）蒙求

単辺（二六・五×一六・八糎）有界、毎半張十行、行十八字、甲寅字。版心、中黒口、双黒魚尾（対向）間題「千字（詠史詩・蒙求）」、下方張数。巻尾題「新刋大字附音釋文三註巻之上（中下）」。

〈慶應義塾大学附属研究所斯道文庫　〇九一・ト三五五・一〉　一冊

黄檗染雷文繋蓮華唐草文艶出表紙（三二・〇×二一・〇糎）左肩打付に「附音釋文〈全〉」と書す。表紙のみ裏打修補、改糸。書根「（毎字改行）附音釋文」と書す。

〈延世大学校中央図書館　貴七〇九、一三四二〉　二冊

首尾欠

新補藍色布表紙（三〇・七×一九・九糎）、破損修補。第一冊に巻之上中、第二冊に巻之下を配す。巻之上第一至七張、巻之下第四十九至五十二張（大尾）を欠く。

毎項朱標点、墨鈔補、千字文、欄上標注、本文傍点、詠史詩、欄上標点、蒙求、原文傍線書入あり。

〈ソウル大学校奎章閣　古貴・495.181・Si64〉　　一冊

存千字文一巻　首欠

後補黄檗染卍繋花卉文蝙蝠文空押艶出表紙（二九・二×二一・二糎）左肩打付に「新刋大字附音釋文三註」と書す。本文四周大破（ソウル大学校収蔵以後）、裏打修補。見返し新補。扉（単葉）左肩に「新刋大字附音釋文三註」とペン書。巻之上第五至十九張前半、第二十一至二十四張（尾）。

墨傍点、傍圏、傍線、欄上校改書入あり。巻之上尾題前に「秋風唯苦吟世路少知音窻外三更雨燈前萬里心」（崔致遠「秋夜雨中」詩）手習い書込み。

この朝鮮本『新刊大字附音釈文三註』巻之上中は、五山版『三註』のうちの『千字文註』『胡曽詩註』と、本文が類同する。今『千字文』の首四章を以て両者の異同を示すと、以下の通りである。先に五山版の本文を示し、該当箇所に＊符を傍記して、後方に朝鮮本に於ける異同を示した。参考のため、字体のレヴェルの異同をも表示する。[10]

天地玄黄

易曰、天玄而地黄。言天之色玄、地之色黄。陰陽二氣輕清者上爲天、重濁者下爲地。天形穹窿、地形磅礴＊。天有九重之霄。河圖括地象云、易有太極、是生兩儀。兩儀既分、其氣混沌。清濁既分、伏者爲天、偃者爲地。言氣之清者、上伏爲而天、其色玄。氣之濁者、下偃而爲地、其色黄。故纂要云、天地元氣之所生也。天謂之乾、地謂之坤。天圓而色玄、地方而色黄、是也。爾雅云、四天者、春爲蒼天。言萬物蒼蒼然生。夏爲昊天。言氣皓旰＊。秋爲旻天。猶愍也。愍萬物彫落。冬爲上天。言時無事在上、臨下而已。太元經云、九天者、一中天、二羡天、三從天、四更天、五睟天、六廓天、七咸天、八沈天、九成天。孝經云、用天之道、分地之利。言四時代謝、運行不息、謂之天道。土地所生、風氣所宜、萬物資以長養成遂、謂之地利。人生天地間、凡所運用、當上依天時、下隨地利也。

宇宙洪荒

宙、直又反。〇宇者天能覆萬物。形如屋宇、名之曰宇。又上下四方曰宇。宙者往古來今、曰宙。洪者大也。荒者荒服之外、人跡不到之處。神農歩天地、東西九十萬里、南北八十萬里、東海西海、相去二萬八千里。南海北海、相去二萬六千里。

日月盈昃

昃、爭色反。繫辭云、日中則昃、月盈則虧*。盈滿也。昃縮也。日中有三足烏、曰金烏。日色赤、出於扶桑、没於咸池。月爲玉兔。蟾、三蝦蟇也。日爲陽精、出於東方。月爲陰精、生於西方。

辰宿列張

宿、音秀。左傳、天有三辰。注、日月星、謂之三辰。天有二十八宿。四方各有七星。以東方七宿、角亢氐房心尾箕、成蒼龍之體*。南方七宿、斗牛女虚危室壁、成朱雀之形。西方七宿、奎婁胃昴畢觜參、成白虎之體*。北方七宿、井鬼柳星張翼軫、成玄武之身。並羅列張、布於天上。

〔校記〕

（天地玄黄）礴作礴、盰作肝

（宇宙洪荒）異同なし

（日月盈昃）虧作虧
（辰宿列張）體作体、體作体

このうちの「天地玄黄」の二例は朝鮮本の誤りで、「日月盈昃」の例は五山版の訛伝であるが、いずれも字体の混同による過誤、相異の域を出ない。この点は首のみでなく、以下の章にも同様である。

つまり、両者の異同は部分的なものに止まり、両本の過誤を互いに補い得る程度の相異であり、異同の殆どは標準とする字体の相異に過ぎない。これは朝鮮本が活字印本であり、既成活字の字体に規定されることが原因と見なされ、両者の本文は同系と判断される。そして、両者の基づけるであろう元明版は、現在参照ができず、日朝両本の相互参照を以てのみ、その本文を再構することができる。

六　五山版『三註』の性格

さてこの『三註』の本文は、『千字文』と『胡曽詩』に於いて、細部を除き、五山版とほぼ同一であるのに比べ、『蒙求』に於いては大いに異なっている。巻頭の「王戎簡要、裴楷清通」の項を挙げれば、次のような形である。

（重新点校附音増註蒙求）
晉王戎、字大仲。琅琊人。裴楷、字叔則。時吏部闕。文帝問其人於鍾會。會曰、裴楷清通、王戎簡要、皆其選也。於是用楷。及武帝登祚、探策以卜世數。既而得一、不悦。楷曰、天得一以清、地得一以寧、王侯得一以爲天下正。帝大悦、後累遷中書令。
（新刊大字附音釈文三註巻之下／蒙求）

晉王戎、字濬仲。琅琊人。裴楷、字叔則。時吏部闕。文帝問其人於鍾會。會曰、裴楷清通、王戎簡要、皆其選也。於是以楷爲吏部郎。

全般に『新刊大字附音釈文三註』本は、『重新点校附音増註蒙求』に比べ、同根とは見なされるものの注が簡略であり、『千字文』や『胡曽詩』のようには合致しない。今日、朝鮮本の来歴を溯ることが出来ないため断言はできないが、五山版の『三註』は、『千字文』と『胡曽詩』に於いては朝鮮本と根源を同じくし、『蒙求』に於いては、別行の版本に拠って配合した形であるように見える。

また『蒙求』の末尾にのみ、陳孟栄の「甲丙」の刊記を存することは、それが『三註』の全体に掛かるため、とも考え得るが、義堂周信の『空華日用工夫略集』康暦二年（一三八〇）九月十日条を見ると

検今刊行注千字文者、則曰、崑山荊州山名也。仍引尚書及晉書昆山片玉字。

と述べている[11]。これは『千字文註』の「玉出崑岡」に「崑岡在荊山、其地産玉。山之脊曰岡。晉人郤詵所謂崑山片玉、蓋本諸此」とあるのに拠っていよう。そうすると、『三註』のうちの『千字文』は、「今」即ち、康暦二年よりさほど溯らない時点の刊行と思われ、応安七年（一三七四）以前とは考えにくい。

一方、前章までに見たように、版本としての『三註』は共通の基盤の上にあるのであったから、仮に『千字文』の刊行が『蒙求』より後とすれば、五山版の『三註』とは、先に単行の『蒙求』が出版され、これを補う形で『新刊大字附音釈文三註』同系本の『千字文』と『胡曽詩』を重刊し、『三註』が構成されたのではないか、という推測が立てられる。

ただ『空華日工集』の「今」の語に十年ほどの幅を見るべきだとすれば、三種同時の刊行と見ることを妨げないであろう。その場合は、『蒙求』を欠く『三註』を底本とし『蒙求』を補ったか、『蒙求』についてのみ、より

広い注解を備えた『重新点校附音増註蒙求』を以って換えた、ということになる。いずれにせよ、本邦南北朝期に、別系統の本文を取り合わせた『三註』が再構成された、と見られる。

以上、縷々述べて来たが、結論として、五山版の『三註』は、福州方面より来朝した陳孟栄を代表とし、「大・仲」を実行者とする刻工集団の製作に係り、長版を前提とする日本の出版条件下に合理的精神を発揮した、表裏六張を一片とする特異な版木から印刷された。その本文は、朝鮮本『新刊大字附音釈文三註』に同系の『千字文註』『胡曽詩註』、別行の『重新点校附音増註蒙求』とを合したもので、応安七年（一三七四）頃、少なくとも康暦二年（一三八〇）以前に完成された。当初は十分な校訂を経ないままに発行されたが、修刻により弥縫され、室町期の『三註』の受容と、それを初歩とする中世後期の日本漢学の展開に資益する所があった、と言える。

この『三註』の場合に見られるように、来朝刻工の手掛けた五山版の本文は、彼等の有った商業的姿勢に影響を受けながら、日本の漢学情況との相互関係に於いて成立したものであり、校勘資料として完全な形とは言えない反面、東アジア文化交流の資料として、代わるもののない特有の価値を備えており、今後にさらなる版本の比較研究が期待される。

【注】

（1）本稿の全般に渉り、桃裕行氏『上代学制の研究』（一九四七、目黒書店、『桃裕行著作集』第一巻〈一九九四、思文閣出版〉再録修訂）、太田晶二郎氏「「四部ノ読書」考」（「歴史教育」第七巻第七号、一九五九、『太田晶二郎著作集』第一冊〈一九九一、吉川弘文館〉再録）、尾形裕康氏『〈我国における〉千字文の教育史的研究』（一九六六、校倉書房）、池田利夫氏『日中比較文学の基礎研究』（一九七四、笠間書院、一九八八補訂）、同『蒙求古註集成』（一九八八至九〇）、小川環樹、木田章義両氏『注解千字文』（一九八四、岩波書店）、神田喜一郎氏『扶桑学志』（『神田喜一郎全集』第八巻、一九八七、同朋舍）、山崎誠氏『中世学問史の基底と展開』（一九九三、和泉書院）、黒田彰、後藤昭雄、東野治之、三木雅博四氏『上野本注千字文注解』（一九八九、和泉書院）、黒田彰氏『中世説話の文学史的環境』（一九八七、和泉書院）、『胡曽詩抄』（一九八八、三弥井書店）を参考とする。

（2）本印記を拙著『中世日本漢学の基礎研究　韻類編』（二〇一二、汲古書院）に、先行の文献に従い大徳寺多福庵の所用と著録したが、その後、提示された長坂成行氏「篠屋宗礀覚書―近世初期、京洛の一儒生の事績をめぐって（上）（下）」（〈上〉「奈良大学紀要」第三十四号、〈下〉「奈良大学大学院研究年報」第十一号、二〇〇六）、「篠屋宗礀と多福文庫旧蔵本」（「汲古」第六十二号、二〇一二）に従い訂正する。

（3）阿部隆一氏『中国訪書志』（一九七六、汲古書院、一九八三増訂）。

（4）該本について、詳しくは拙稿「カリフォルニア大学バークレー校東アジア図書館蔵日本伝来漢籍目録解題初編」（「斯道文庫論集」第四十六輯、二〇一四）解題四を参考されたい。

（5）仮に「丙」を採ると、永和二年（一三七六）か至徳三年（一三八六）が該当するが、例えば応安四（甲）至永和二（丙）年と、幅を持たせて両字を採ることは、版木施入の年記として不適切であろう。

（6）川瀬一馬氏『五山版の研究』（一九七〇、日本古書籍商協会）は、他に『千字文』に阿波国文庫旧蔵本を著録するが、原本を確認することができなかった。また『増注蒙求』の尊経閣文庫蔵本について、注（1）池田氏『集成』下巻「諸本解題」参照。

（7）拙稿「『詩人玉屑』版本考」（「斯道文庫論集」第四十七輯、二〇一三）、「六張一版の説」（国立歴史民俗博物館特別展図録『時代を作った職人』、二〇一三）、「国立歴史民俗博物館蔵五山版目録解題」（「国立歴史民俗博物館研究報告」第百八十六集、二〇一四）。

（8）注（6）川瀬氏著書に陳仲のこととし、陳仲は応安四年（一三七一）陳孟栄刊『宗鏡録』、同七年刊『北礀詩集』『同文集』、刊年不明の『蔵叟摘藁』『十牛図』（大字本補刻）、『聚分韻略』（九行本補刻）、『金玉編』に見えるとされる。

（9）西村清氏「旧刊本に関する新発見」（「かがみ」第五号、一九六一）。同論文の存在について、村木敬子氏の指教を得た。

（10）慶應義塾大学附属研究所斯道文庫収蔵の〔朝鮮前期〕刊（甲寅字）本に拠る。

（11）注（2）拙著総説を参照されたい。

【附記】

本稿は二〇一四年三月十六日に行われた「東亜漢籍研究―以日本古鈔本及五山版漢籍為中心」国際学術討論会（於北京大学）に於いて発表した研究報告「五山版『三註』について」に基づく。席上、教示を賜った諸賢に感謝申し上げる。『新刊大字附音釈文三註』の調査について、延世大学校中央図書館の金永元氏、ソウル大学校奎章閣の金時徳氏、ソウル大学校の李鍾黙氏、蔚山大学校の盧京姫氏に協助を賜った。記して御礼申し上げる。

本稿は平成二十六年度日本学術振興会科学研究費補助金・基盤研究（A）「宮内庁書陵部収蔵漢籍の伝来に関する再検討―デジタルアーカイブの構築を目指して―」（課題番号二四二四二〇〇九）による成果の一部である。

千字文註	1		胡曽詩註	3	大		増註蒙求表	1	
	2			2	仲			2	
	3			1	大			40?	
	4			6	仲		序	1	
	5			5	仲			2	
	6			4	仲			40?	
	7	四周双辺・黒牌		7			上	1	
	8	四周双辺・黒牌		8				2	
	9	四周双辺・黒牌		9				3	
	10	四周双辺・黒牌		10				4	
	11	四周双辺・黒牌		11				5	
	12	四周双辺・黒牌		12				6	
	13	四周双辺		13				7	
	14	四周双辺		14				8	
	15	四周双辺		15				9	
	16	四周双辺		16				10	
	17	四周双辺		17				11	
	18	四周双辺		18				12	
	19	四周双辺		19		四周双辺・右肩断		13	
	20	四周双辺		20		四周双辺		14	
	21	四周双辺		21		四周双辺		15	
	22	四周双辺		22		四周双辺		16	
	23	四周双辺		23		四周双辺		17	
	24	四周双辺		24		四周双辺・左肩断		18	
	25	仲		25				19	
	26	仲		26				20	
	27	仲		27				21	
	28	仲		28				22	
	29	仲		29				23	
	30	仲		30				24	
	31	四周双辺		31				25	
	32	四周双辺		32				26	
	33	四周双辺		33				27	
	34	四周双辺		34				28	
	35	四周双辺		35				29	
	36	四周双辺		36				30	
	37	四周双辺		39	大			31	
	38	四周双辺		38	大			32	
	39	四周双辺		37	大			33	
	40	四周双辺						34	
	41	四周双辺		41	大			35	
	42	四周双辺		40	大			36	
	43	四周双辺		42	仲			37	
	44	四周双辺		79	仲			38	
	45			80	仲			39	
	46			43			中	1	
	47		(下冊)	44				2	
	48			45				3	
	49	四周双辺		46				4	
	50	四周双辺		47				5	
	51	四周双辺		48				6	
	52	四周双辺		49				7	四周双辺
	53	四周双辺		50				8	
	54	四周双辺		51				9	
				52				10	
				53				11	
				54				12	

55			13		四周双辺
56			14		四周双辺
57			15		四周双辺
58			16		四周双辺
59			17		四周双辺
60			18		四周双辺
61			19		四周双辺
62			20		四周双辺
63			21		四周双辺
64			22		四周双辺
65			23		四周双辺
66			24		四周双辺
67			25		四周双辺
68			26		四周双辺
69			27		四周双辺
70			28		四周双辺
71			29		四周双辺
72			30		四周双辺
73	仲		32	大	
74	仲		31	大	
75	仲	下	1	大	
76	仲	中	35	大	
77	仲		34	仲	
78	仲		33	仲	
		下	4		
			3		
			2		
			7		
			5		
			6		
			8		
			9		
			10		
			11		
			12		
			13		
			14		
			15		
			16		
			17		四周双辺
			18		四周双辺
			19		四周双辺
			20	大	
			21	大	
			22	大	
			25	大	
			24	大	
			23	大	
			26		
			27		
			28		
			31		
			30		
			29		

『松蔭吟藁』について——室町時代一禅僧の詩集——

堀川貴司

はじめに

琴叔景趣（慶趣とも書く）という禅僧がいる。詩集『松蔭吟藁』が続群書類従に入って流布しているが、つとに玉村竹二が指摘するように、国立公文書館内閣文庫蔵本には続群書類従本にはない作品も収められている。さらに、『翰林五鳳集』にも両本にない作品がある。これら諸本の関係を整理するとともに、詩集の編成について考察し、今後の作品研究の基礎としたい。

一　略伝

古く『五山詩僧伝』(1)『南禅寺史』(2)に略伝が載るが、生没年未詳とする。没年を永正四年（一五〇七）と指摘したのは玉村竹二である。(3)これは、景徐周麟『翰林葫蘆集』（『五山文学全集』四）巻七・文に収める「答青松和尚」が「龍山琴叔湙然」と彼の示寂を伝えることによる。文中、足利義満百回忌の自作法語に言及することから、法要のあった永正四年の作、したがって没年もその年と断定したものである。

生年はいつか。桜井景雄(4)は、『蔭涼軒日録』明応二年（一四九三）四月五日条に、琴叔の兄弟弟子である金渓梵鐸の言「当年六十二歳也。趣琴叔亦六十二歳也」とあることから永享三年（一四三一）生としたが、これは計算違いで正しくは永享四年（一四三二）となるはずである。作品中でも、続群本作品番号508（内閣本なし）「甲子年首口号」（甲子＝永正元年〈一五〇四〉）に「風花雪月無遺恨、倒用横拈七十三」とあるのが年齢を言うとすれば、永享四年（一四三二）生まれ、享年七六となる。なお、『翰林五鳳集』巻三十所収（続群本・内閣本なし）「謝蔭涼益之老人賀歳詩并序」の序文中に「龍集乙未（中略）諺曰、年五十富貴、即行年四十又七得富貴者、何太早哉」とあって、乙未＝文明七年（一四七五）に四七歳となると、永享元年（一四二九）生まれで、先ほどの推定より三歳年上になるが、これは誤写であろうか。

先行研究(5)によれば、近江出身で嵯峨聯芳院の用剛乾治（絶海中津の弟子）の法を嗣ぎ、詩文は希世霊彦に学ぶ。応仁の乱を避けて帰郷、同郷の梅陽章杲と同題の七言絶句を各自百首を詠じた『梅陽琴叔百絶』がある。京に戻った文明年間後半からは、蘭坡景茝のいた南禅寺正因庵内に松蔭軒を開いて本拠地とした。これ以後、蘭坡・希世に教えを受け、また景徐・横川景三ら相国寺の詩僧との交流も盛んになり、『蔭涼軒日録』にしばしば詩会等の参加者として名前が見える。延徳二年（一四九〇）一二月二日、蘭坡の推薦により、「功徳成」（金銭を支払って名目上の住持職を得ること）で南禅寺首座から山城景徳寺住持（諸山ランク）の公帖を受け（『蔭涼軒日録』同年一一月二一日条、一二月二日条）、延徳三年（一四九一）四月、今度は金渓の推薦で同じく功徳成で山城真如寺（十刹）へ昇住（『同』同年四月三日条、八日条、十日条）、明応七年（一四九八）南禅寺二五一世住持となる（史料纂集『鹿苑院公文帳』解説（今泉淑夫）所引『南禅寺前住籍』）。このとき天隠龍沢の代作で月舟寿桂が江湖疏を製作した（続群書類従『幻雲稿』）。その後もさらに何度か住持を務めた。

二　諸本

『群書解題』に挙げる三本は以下の通り。

国立公文書館内閣文庫蔵本　二〇五―一〇七

松蔭吟稾〔江戸初期〕写　大一冊

改装香色無地表紙（二五・八×一八・四糎）、外題左肩打付墨書「松蔭稾　全」、見返紙新補、冒頭に序五篇あり（後掲）、それぞれ1（1オ）2（1ウ）3（2オウ）4（3オウ）5（4オウ）と続いて、本文5オ「松蔭吟稾／（隔一行）／洛陽城北是菅家、一炷炉薫望拝除、便覚神霊来不速、／江村雖野有梅花　　春初寄題北野廟／……」、無辺無界一二行二一字、字高二〇・〇糎、題は本文のあと隔二格にて記す（長文のものは本文前低一格にて）。全体に朱句点・朱引を施す。一三オ～一九オ（後述の〔ウ〕の部分）、六一オ～七八ウ（同じく〔オ〕の部分）のみ朱合点・批点、墨批語もあり。全九三丁。書写は二筆で、前後半に分かれる。印記「江雲渭樹」（朱陰陽長方双辺、五・五×一・七糎、冊首）「林氏／藏書」（朱陽方、三・四糎、冊首上部）「昌平坂／學問所」（黒陽長方、四・五×三・〇糎、表紙右上および冊尾）「淺草文庫」（朱陽長方双辺、七・三×二・〇糎、冊首）。林羅山以来の林家本であることがわかる。

南禅寺天授庵蔵本（原本未見、一九五四年撮影東京大学史料編纂所紙焼写真六一三四―四五による）

〔松蔭吟稿〕（同所の命名による）〔江戸初〕写　大一冊

色不明無地表紙（およそ二六・七×一八・五糎）、外題なし、表紙右上朱書カ「午」、扉左肩墨書（本文別筆カ）「琴叔集完」、また右端に文字あるもノドにかかってほとんど読めず、木扁や禾扁が見えるので、「松蔭吟稿」とあるか（さらに下部にも二文字ほど見える）。冒頭に序三篇あり、内閣本の3（1オウ）・4（2オウ）・5にあたるものだが、5は3オのみで後半を欠く。本文冒頭3ウ「杭有西湖身未投今逢此景似曾遊晩風吹散跳珠雨／月色荷香秋一楼望湖楼／……」、すなわち内閣本の第六首に当たるもので、本来なら序5の後半部分半丁と、本文冒頭（内題と冒頭五首）半丁があるべきところ、欠けている。紙焼写真欄外に所員の筆跡であろうか、鉛筆書で「○コレ以前一紙分脱アルカ、／續類従所収本ニヨレバ、「春初寄題北野苗」以下、五首アルベシ、」と記す通りである。原本の脱落によるものか、撮影時に見開き一丁分飛ばしてしまったかは不明。無辺無界一二行二一字、字高おおよそ二三・〇糎、題の書式は内閣本に同じ。全九二丁（扉含む）。寄合書。誤写による異同はあるものの、体裁や所収作品、訂正注記などに至るまで、序1・2および一丁分の欠脱を除けば内閣本に酷似している。朱合点・批点らしきもの（白黒写真で薄く写っている）、墨批語も同様に存する。

宮内庁書陵部蔵本　四五三―二（続群書類従原本）
松蔭吟藁〔室町末近世初〕写　大一冊

改装栗皮表紙（二六・三×一九・二糎）、外題左肩後補題簽単辺「續羣書類従〈三百四十六上下〉」（枠とも刷り、ただし巻数表示は墨書）、中央に後補副題簽無辺墨書「松陰吟稿」、五つ目綴、見返朱書「續三百四十六〈上／下〉」、序なし、本文冒頭「　松蔭吟藁（隔十格）慶趣頓顙九拝／洛陽城北是菅家、一炷炉薫望拝賒、便覚神霊来不速、／江村雖野有梅花　　春初寄題北野廟／……」、無辺無界一二行二一字、字高二三・四糎、題の書式は内閣本に同じ。全体に朱句点、朱引、また作品冒頭にも朱点を施す。ウラノドに丁付、折り目上から一・五糎のところに墨点（行頭の位置を示す書写の目安か）が全丁にある。全六四丁。書写は二筆で、行草体能筆の一筆が冒頭・中間・末尾のみを、他の大部分が楷書体のやや稚拙な筆が担当する。後者の担当部分に前者による加筆訂正がある。上欄の訂正注記が化粧裁により一部欠損している。〔ウ〕部分に朱合点・批点、墨批語があるが、これらは活字本では省略されている。印記「□／衣」（あるいは衣扁の一文字か）（黒陰方一・七糎、冊首）、「和學講談所」（朱陽方双辺七・四×一・八糎、同上）

他に、『翰林五鳳集』に琴叔の作品を約七三〇首収める。(6)
また、断簡を二葉見出した。

断簡A　架蔵

二二・二×一二・五糎、楮紙、一行一八〜九字、朱句点あり。全八行。神田道伴の極札を付す。表「相國寺横川和尚　何順献窮《マヽ》（朱印「養／心」）」裏「切（朱割印「正筆」カ）乙酉二（黒印「定盤」）。

何時見面眼倶明、東嶺西嵐隔禁城、想得君家
一叢竹、夜深風葉答書声　和亀阜月屋美丈《春寧院孫》試筆
燕子今年負社公、茅簷春雨旧巣空、幾回決背
差池影、紅杏花西翠柳東　社後待燕
夏日聞君旬一休、探涼偶訪竹斎幽、初知此地無
炎熱、瀟洒侯勝万戸侯　竹斎官暇

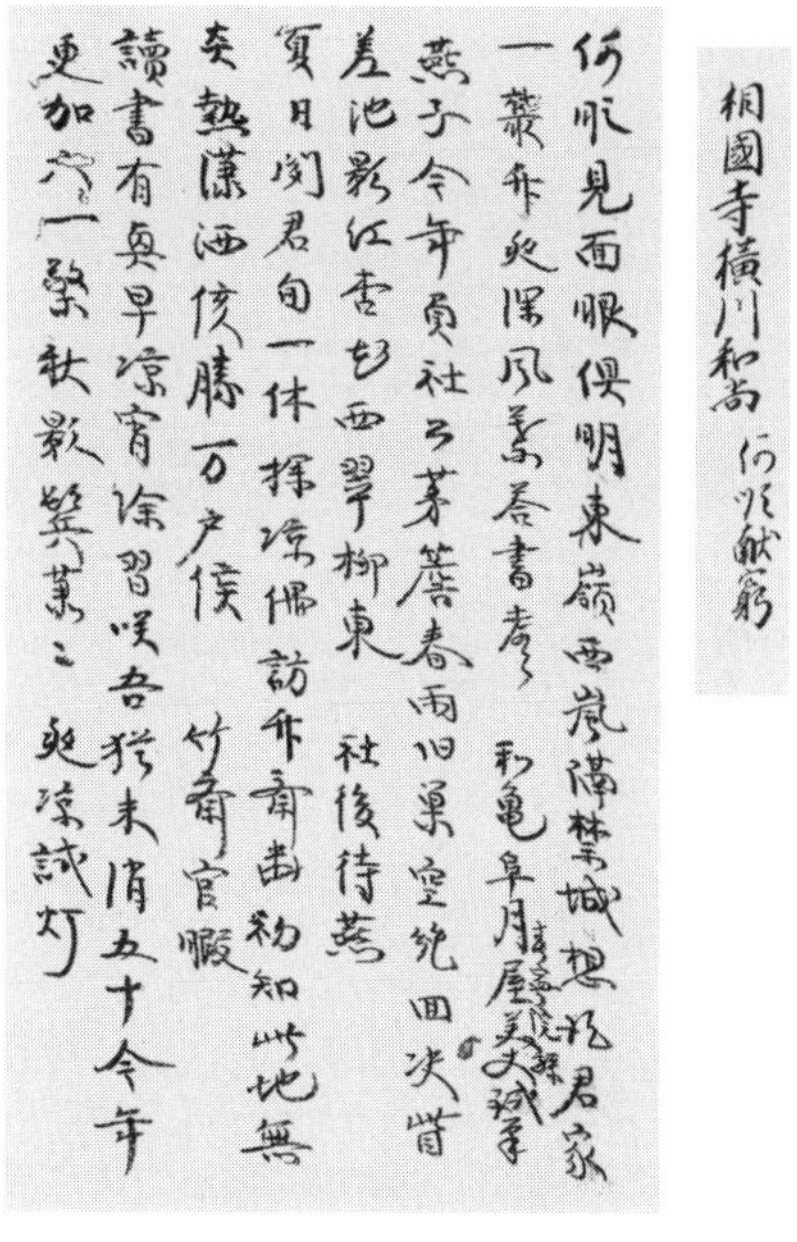

読書有興早涼宵、除習咲吾猶未消、五十今年
更加六、一檠秋影鬢蕭々　夜涼試灯（続群五五三頁下段、191～194）

続群本・内閣本とは、美丈ー年少、春寧院孫ー寿寧門流、除習ー餘習の異同がある。春寧は誤りで、天龍寺塔頭は寿寧院、除習もおそらく誤写であろう。

断簡B

『京都古書籍・古書画資料目録』九（二〇〇八・六）八六九番に掲載されたもの。その記述によると二一・三×一一・七糎。一行一八字、朱句点、墨同筆補入あり。全八行。

古筆了伴（分家三代）かと見られる極札「相国寺横川和尚　此去烏衣（印「守／村」）」あり。内容は続群五五七頁下段、「餞燕」から「懶」までの四首（238～241）。詩本文のあと一～二字空けて題を記す形式や、筆跡もAと同筆と見られ、ツレと認定できる。本文異同は続群本・内閣本間の異同の範囲内である。

A・Bともに八行であるのは、それが半丁分であることを示すか。

以上、配列は続群本・内閣本と一致、本文もほぼ一致しており、同系統の写本の断簡と言えよう。書写年代は三伝本より早く、室町中期から後期であろう。

三　内閣本と続群本の内容

南禅寺天授庵蔵本は内閣本と酷似し、一部欠損がある写本なので、両本は内閣本をもって代表させ、所収作品数が大幅に異なる続群本との比較を行う。大まかに言えば続群本は内閣本の序および一部の作品を欠く本であるが、続群本に存し、内閣本にない作品もある。それぞれに作品番号を付し、それによって対照させると次のよう

になる。便宜上ア～ケに分ける。

内閣本	続群本	備考
序1～5	ナシ	
〔ア〕		
1～21	1～21	
〔イ〕		
22～97	22～97	『梅陽琴叔百絶』のうち七六首
〔ウ〕		
98～163	98～163	希世批点巻カ（後述）
〔エ〕		
164～324	164～324	
325	594	内閣本324・325は同題の詩
326～364	325～363	
365・366	365・366	
367	590	
368～396	367～395	

397・398	398・399	
399	364	
400〜407	496〜503	
408〜414	400〜406	
ナシ	407〜419	
415〜490	420〜495	
ナシ	504〜514	
491〜555	515〜579	
ナシ	580	57と同一作
556〜564	581〜589	
565・566	396・397	
ナシ	592	
〔オ〕		
梅陽序	ナシ	『梅陽琴叔百絶』序
567〜766	ナシ	同本文
希世跋	ナシ	同跋（序2に同じ）

〔カ〕	767〜820	593〜646	偈頌
〔キ〕	821〜832	ナシ	
〔ク〕	833〜867	ナシ	七言律詩
	868	ナシ	五言律詩
	869〜874	ナシ	五言絶句
〔ケ〕	ナシ	647〜649	他人の作を末尾に付加したもの

このように、内閣本は全八七四首だが、梅陽の一〇〇首を含むのでこれを除き、また22〜97の七六首が『百絶』と重複するのでこれも除くと、六九八首となる。一方続群本は末尾三首の他人作と重複して収められる一首（57と580が同一）を除けば六四五首となる。続群本は七言絶句以外の詩体と『百絶』の一部、また内閣本の七言絶句の末尾（〔キ〕としたところ）を収めないが、中心部分である〔エ〕において内閣本にない作品が二五首含まれる。ちなみに407〜419と592は『翰林五鳳集』にも収めないが、504〜514は収める。一〇首以上にわたるまとまりで作品があったりなかったりするのは、落丁あるいは書写時のミス（二丁一緒にめくってしまい、見開き一丁分飛ばす）といっ

たことが原因であろう。ほかに細かな配列の異同はあるものの、これらも乱丁などが原因と考えられ、おおよそ同系統の写本と見てよいだろう。

続群本は七言絶句〔ア〕～〔エ〕および偈頌〔カ〕から成るもので、内閣本はそこに序文五篇、『百絶』〔オ〕、七絶補遺〔キ〕、他の詩体〔ク〕を増補したものと考えられる。〔オ〕は本来別の書物であったのを、どこかの段階で合綴あるいは合写したのであろう。

以上、琴叔の作品は、内閣本の六九八首に続群本のみ所収の二五首を加えた七二三首、それに『翰林五鳳集』のみ所収の作品（およそ六〇首）を足して八〇〇首弱が知られることとなる。

このうち偈頌は五四首、七言絶句以外の詩体は四二首で、その他七〇〇首ほどが世俗的な題材を詠む七言絶句である。室町中期の五山僧の典型的な詩集の構成と言えよう。

なお、『翰林五鳳集』のみ所収の作品は、詩会資料のようなものから採録した可能性もあるので、必ずしもすべて本書の伝本に収められていたとは限らないだろう。このことは『翰林五鳳集』全体の出典考究を行う中で明らかにすべき問題である。

四　序と本文との関係

序五篇を掲げる。

〔序1　文明一四年（一四八二）希世霊彦『村庵藁』下にも「書琴叔詩巻后」として所収、五山文学新集二・四九一〕

近来時世有詩人之名、甚夥矣。然而得古作者之風者、未之有也。毎益有識之歎而已矣。而今　琴叔自携詩巻来徴予評点。凡一百有余篇、句々清新、口之而不置、章々俊逸、手之而不釈。是謂在今世而存古風者。時有顧況、必曰「老夫前言戯之爾」。然琴叔所徴不已、故僣評者若干篇、巻而還之。文明壬寅臘月立春村菴霊彦八十歳漫書

この序は、琴叔が自作の詩一〇〇首あまりを持って希世を訪れ、評点を乞うたのに対し、その要求に応じたことを記すもので、本来はその「詩巻」の跋文として書かれたものである。諸本書誌のなかでも述べたように、本書のうち前章で〔ウ〕とした部分が該当しよう。ここに記される批語を抜き出しておく。

98 湖山春望　「望字雖去平相通、可見古人月処如何」
99 次韻畊月老人人日佳什　「興味不尽」
100 （同前）　「多少感慨」
101 奉答畊月老人早春偶作　「寓意不俗」
109 （畊月老人今春……）　「自然寓懐」
110 春陰　「即景即題」
116 榴花鳴禽図　「乱道也好」
135 次韻畊月重見寄　「詩酒有韻、羨々」
141 答畊月老人至日寓興　「看点易筆力、呵々」
419 書懐　「甚似老杜書懐」
152 倩人賒酒　「合報戻嫌酒」

153 倩人修籬　「有閑適意」

155 新築梅花　「語意自在」

〔序2　文明四年（一四七二）希世霊彦　同前・四七七「題梅陽・琴叔二公詩巻尾」〕

故人梅陽琴叔二公、頃避乱居湖陰。里巷偶相接往来多。暇日便相与撰顋《（題カ）》顋各賦詩一百篇。二公之詩、合二百篇。梅陽叙于編端、具道所由矣。琴叔持来京師、命余品評。相為謂曰、「二公乃蘭之孫蕙之子也。余芳襲人者夥矣。余雖老而願其見教耳。豈復有求於余乎」然余自得此詩、熟読玩味日久。頗知其規模意態之有家法矣。盖二公同賦一題而二詩共佳、則如其優劣何。譬如一双白璧並美而無瑕、則如其軽重何。是余品評所難矣。二公其図之、姑倩管城子、一任渠点頭。余在側拱手而已。

文明壬辰臘月廿日　村菴再拝

梅陽　琴叔二尊丈足下

これは〔オ〕の『百絶』に対して与えた跋で、応仁の乱を避けて近江に移った琴叔がたまたま近隣にいた梅陽と同題の百首を競作し、一巻にまとめてこれを携え上京、希世に批評を求めたものである。希世は優れた作品ばかりで批評は出来ないので「管城子」（筆を擬人化した名称）がうなずく（筆を下す）のに任せるのみ、とユーモラスに記している。

ここも批語のみ掲げる。

568 （立春）（琴叔）　「鴟字用得妙」

588（明皇並笛図）（琴叔）「又活句」
635護笋（梅陽）「二公即山王」
637野塘白鷺（琴叔）「群別恐易見矣」
656（鏡）（琴叔）「須憐者稀者」
660（読欧陽憎蒼蠅賦）（琴叔）「与宰相啼鵬共気格同矣」
678（食蓮実）（梅陽）「至孝不減潁封人」
680竹墅対床読書（梅叔）「何必登文選楼」
709嘗梨（梅陽）「末句令人感慨多矣」
713荊公読書堂図（梅陽）「第一句莫道有句法」
746東坡白鶴峰遷居図（梅陽）「第一句屈強」
754（看太宗飛白書）（梅陽）「唐一字剩」
765老人星（琴叔）「太平祥可賀々々」

〔序3　文明一六年（一四八四）蘭坡景茝『雪樵独唱集』巻四にも所収、五山文学新集五・二二〇、異同多いので末尾に掲げる〕

琴叔湖人也。文明之初、避乱於其地。感今懐古、陶冶風月、摸写煙雲、且至鳥之囀於春、虫之吟於秋、詠之記者殆五十章。偶与東山梅陽同其閭、以心志之同、気類之似、朝而往晡而来、々則必選題賦詩者各一百篇、併録為一巨帙。索印正於　村菴翁、々批之点之。出乎一手者是為砕金、出乎両手者是為聯璧。其価為之増重矣。一日持其藁、誇与于予要作序。予曰、「濯錦以魚則錦得其鮮、浣金以塩則金生其明。凡鄙之治貴、蓋有之矣。然魚餒而肉敗、塩苦而生疎、豈有補於錦之与金耶」辞之不允、輒告以世之諺、才不与気合、則士之徳無能行焉。学不与道合、則士之名無能称焉。具斯四者、而欲得志於天下。不得其知、則不能以為志。故唐九僧之詩、欧陽始顕矣。僧道潜亦自蘇仙以機杼為号之後、其名益尊。蓋得知之証不在茲乎。如　吾村菴、学渉三多、識照万微、然所吐之語、如天花無葉、余薫及物、過欧蘇也遠矣。今斯人而有斯誉、則可謂一眄之栄、超鄭璞周宝、十襲則可也。

　　旹龍集甲辰仲春日　　　雪樵景茝

（琴叔湖人也―琴叔首座、於其地―相羊于東湖山水之間、増重矣―成連城矣、唐九僧―宋九僧、僧道潜―抑呉僧道潜、学渉三多識照万微然所吐之語―詩語、（年時署名）―ナシ）

　これも『百絶』を読んでの感想なので、〔オ〕のみを対象とした文章である。おそらくは京に戻った後、希世の批点がある『百絶』を携えて蘭坡を訪ね、序を乞うたものであろう。

〔序4　文明一五年（一四八三）横川景三『補庵京華別集』にも所収、『五山文学新集一・五四七）〕

　薝蔔林間有一个吟仏、龍山風流琴叔是也。琴叔与予相識久矣。一日携其詩巻来、求作叙冠其首。予以不文辞不允。披覧数過、皆近作也。岩栖村菴師一々加批点着批語。吁尽美矣。而題其後曰、「句々清新、章々俊逸、是謂在今世而存古風者」。吁又尽善也。小子何言。不獲已則有一於此焉。前僧録北禅翁曾跋予拙藁、有謂曰、「昔時洛社全盛、人物如林。為詩祖師者唱於上、而為詩弟子者和於下。然得詩法而成一家者、不過両三人」

北禅諭予曰、「詩祖師、謂　蕉堅老師也。詩弟子、謂汝師養源与双桂諸老也」予退而書紳矣。琴叔其先　蕉堅也。而続詩燈伝燈《（詩）》派、不啻繋于法系而已矣。岩栖為双桂老門生而批点批語、上唱下和、世無異論、琴叔賞音一夔足矣。予雖承於養源、而不養源者詩也。琴叔何不袖絶絃手乎。盖曰詩祖師曰詩弟子。通家有好、是琴叔之所以有此求也。遂把筆書曰、「清新俊逸在今而存古者」岩栖云、予亦云。

歳舎癸卯臘月日　　小補子景三

序3と近接する時期であるが、こちらは文中に序1を引用しており、『百絶』ではなく、〔ウ〕に対するものである。琴叔が絶海以来の五山文学の正統を継承することを称える内容である。

〔序5　明応九年（一五〇〇）祖渓徳濬〕

展九苞之翼者、必出丹山、散千里之蹄者、必産赤水。顧吾邦雖処東海之裔、文物之盛与中華而抗衡矣。昔勝定老国師、徳合王臣、位居五岳之最上、蚤入大明国伝句法於全室、応明詔於三山、覧徳輝而試天歩也。則豈非吾邦之光華乎。琴叔禅師出国師百年之後、而位補其処、詩続其絃。可謂丹山好雛、赤水奇種也。遠寄吟藁見求斐詞。盖以同甲之好也、非以文也。矧村菴老師揮天下之筆批而点、小補禅師抗天下之辞序而褒。尽美尽善、誰不歆艶。寔信冀北之価於伯楽也、寧受東門之饗於文仲乎。吁予老矣。江湖日短。読此集慰此心、為貺不少也。東坡氏題友人詩巻云、「毎逢佳処輒参禅」他日編　禅師語録者、併按此集、林際正宗為果在禅耶、為果在詩耶。

庚申秋八月水拙道人徳濬書于海棠巣

序4とはかなり時間を隔てるが、希世の批点、横川の序に言及するので、これも〔ウ〕に対する文章であろう。

このように、序1（希世）4（横川）5（祖渓）が〔ウ〕、2（希世）3（蘭坡）が〔オ〕への序跋で、本来はそれぞれの前後にあったものを、内閣本は本書全体の序であるかのようにまとめて冒頭に置いているのであろう。

五　〔エ〕の配列

〔オ〕は戦乱からの避難生活という特殊な環境下での競作というユニークな性格を持つが、〔ウ〕は日常作り貯めた小規模な作品集で、そういったものを当時の有名詩人に見せて批評あるいは序跋を乞うという行為は、自己の詩人としての能力を五山詩壇にアピールするものであったろう。事実文明末頃から相国寺を中心として詩会や試筆唱和に琴叔の名が見られるようになる。そういった作品が〔エ〕に収められている。

ちなみに、〔ア〕についてはは年時を今のところ特定できない。〔ウ〕は内続136に「丁酉十一月十一日」すなわち文明九年（一四七七）、内続157に「庚子初夏」すなわち文明一二年（一四八〇）とあって、希世に評を乞うた文明一四年末までの作であることが一応確認できる。

では〔エ〕はどうか。作品そのもの、あるいは周辺資料等から、制作年時のわかるものを抜き出してみる。(7)

内続189和万年秀峰年少試筆　延徳元年（一四八九）正月
（内続190、内191も同様）
内続194夜涼試燈　長享元年（一四八七）秋（「五十今年更加六」）
内続228依三井柘菴老人韻　延徳元年（一四八九）一〇月

内続234和維山年少試筆尊韻　明応元年（一四九二）正月
内続244和万年東叔年少試筆　同右
内続249和亀阜関西年少試筆　明応二年（一四九三）正月
内続256和亀阜叔夏年少試筆　延徳三年（一四九一）正月
内続260春晩花過客至　長享二年（一四八八）三月
内続265和亀阜仙遊年少試筆　明応二年（一四九三）正月
内続276和万年月心少年試筆　明応三年（一四九四）正月
内347続346松声愈好　延徳二年（一四九〇）一二月
内続635和誤君年少試筆　明応七年（一四九八）正月
（内続366、内369続368も同様）
内371続370乙卯季秋……　明応四年（一四九五）九月
内375続374和万年以西年少試筆　明応五年（一四九六）正月
内379続378和万年叔實年少試筆　明応四年（一四九五）正月
内387続386和亀阜陽谷年少試筆　明応五年（一四九六）正月
内414続406和希由少年試筆　明応八年（一四九九）正月

（続407〜409も同様。この三首内ナシ）
内440続445和東山有慶年少試筆　文亀元年（一五〇一）正月
内453続458閏六月旦竹亭避暑　文亀元年（一五〇一）閏六月
内475続480和万年治山年少試筆　文亀三年（一五〇三）正月
内476続481和賢之年少試筆　文亀二年（一五〇二）正月
内477続482和亀阜惟川年少試筆　文亀三年（一五〇三）正月
続508（内ナシ）甲子年首口号　永正元年（一五〇四）正月
（続509・510も同様、この二首も内ナシ）
内496続520和伊陽梅嶺年少試筆　永正元年（一五〇四）正月
内511続535中秋喜晴　永正二年（一五〇五）八月（「七十四齢之老禅」）
内552続576和万年光室年少試筆　永正四年（一五〇七）正月カ(8)
内555続579乙未之秋……　文明七年（一四七五）秋
内864（続ナシ）一日月浦老人……永正元年（一五〇四）（「吾今七十加三載」）

内閣本・続群本ともに正確に年時を追った編成にはなっていず、部分的に行き来したり、同じ年の作品が分かれて入っていたりするが、全体の流れとしてはほぼ年代順に配列されていると見られる。親本までの段階で部分的な混乱があり、このような状態になったものであろう。なお内555続579は飛び離れて早い作品なので、その前の内552続576（永正四年が正しいとすると示寂の年の作となる）およびそれに続く内553続577・内554続578（ともに春の花を詠む）あたりまでが編年で、これ以降は補遺のような部分であろうか。

付言すれば、もう一箇所、〔キ〕（内821～832）も同様に補遺であろう。ここには、偈頌に入るべき道号頌などが中心で、そこに世俗的な作品がいくつか混じっている。おそらく〔ウ〕と〔カ〕に分類した後、すなわち続群本のような形が成立した後に加えられた部分なのであろう。

終わりに

おおよそ編年体で編纂された詩集があり、そこから偈頌や七言絶句以外の詩体の詩を抜き出し、末尾に置く――室町中期の詩集の編成は、もっとも単純にはこのように考えられるだろう。本書の場合、続群本が七言絶句以外の詩を（意図的にか）収めず、内閣本が本来別書であった『百絶』をも入れ込んだ形にしているため、共にやや不完全・不体裁な形になっているが、〔オ〕『百絶』を除いた内閣本を想定すれば、ほぼ完成形と見てよいのではないか。ただしそこに、続群本のみ、『翰林五鳳集』のみに収める作品（の一部）を補って考えるべきであろう。

【注】

（1）上村観光『五山詩僧伝』（民友社、一九一二、『五山文学全集』別巻、思文閣出版、一九七三に再録）。なおほぼ同内容が『五山文学小史』（裳華房、一九〇六、同前再録）にも載る。

（2）桜井景雄『南禅寺史』（南禅寺、一九四〇、法蔵館、一九七七）。

（3）『群書解題』二・文筆部（続群書類従完成会、一九六一初版、一九七二再版）所収「松蔭吟藁」解題。

（4）桜井景雄『正因庵史』（正因庵、一九七九）第一章第三節。

（5）主として注（4）書および玉村竹二『五山禅僧伝記集成』（講談社、一九八三、新装版思文閣出版、二〇〇三）による。

（6）花園大学国際禅学研究所「電子達磨#2」によって検索し、続群本・内閣本と照合した。詳細は別稿に譲る。なお、大日本仏教全書本では作者名を「琴敍」「琴鈞」「琴濟」などと誤るもの、別号の「松蔭（陰）」としているもの、全く異なる作者名や無表記のものもあるので注意を要する（ただしこのうちには原本において既に誤っているものもあろうが、今回はそこまでの検討はしなかった）。逆に「琴叔」とする中に、別人の作も混入している可能性もあろう。また、朝倉和「国立国会図書館蔵　鶚軒文庫本『翰林五鳳集』巻第五十一の本文（翻刻）」（『広島商船高等専門学校紀要』三〇、二〇〇八・三）に、大日本仏教全書本に収めない作品三首を見出した。いずれも五言絶句で内閣本871〜873に当たる。

（7）朝倉尚『禅林の文学　詩会とその周辺』（清文堂出版、二〇〇四）第二部第一章第一節「試筆詩と試筆唱和詩」において、唱和の対象となる少年僧および韻字の共通性から、横川景三・景徐周麟を中心として同時の唱和詩を集成していて、そのなかに琴叔作品も多数含まれる。これを中心に、同書の他の記述、また同「景徐周麟の文筆活動」（広島大学『地域文化研究』および『鈴峯女子短期大学人文社会科学研究集報』に連載中）をも参照した。

（8）注（7）書二二三頁によると、景徐による光室承亀への唱和詩は永正四年から六年にかけて詠まれ、そのうち四年は「加・涯・花」の韻字を用いている。当該琴叔詩は「霞・加・花」なので、この時のものの可能性があるかと考えた。

尺素往来の伝本と成立年代

小川剛生

はじめに

尺素往来は室町期の代表的な往来物である。作者は一条兼良（一四〇二～八一）とされている。成立年代は、永享～寛正（一四二九～六四）とされることもあるが、詳細は不明である。

往来物とは、進状・返状往復形式の手紙を何組か仮構し、そこにさまざまな学藝や文化の知識を盛り込むことで、書道の手本乃至初等の教科書としたものである。書名は古代の消息が一尺の幅の帛（素）に書いたとの説に因む。

もっとも、庭訓往来などが、事典的性格を帯びつつも、一年十二ヶ月の月単位の構成排列を堅持するのに対し、尺素往来は全編一通の形で、多くの語彙を蒐集羅列することに意を注いでいる。章段なく話題が次々と転じていくので、伝本によっては頭書を注したり、冒頭に目録を設けるものがある。ここでは五十八に分けて、内容を対照一覧した。本書の話題がきわめて広きに亘ることは察せられるであろう（以下この段番号を用いた）。

この時代の学藝・経済・風俗などの有益な史料として、しばしば利用されてきた。室町文化研究の先駆者内藤湖南(1)や平泉澄(2)も注目したが、石川謙・石川松太郎の研究が到達点であり、成果は日本教科書大系第二巻古往来2

に集成されている。解題では作者や成立年代のほか諸本にも触れ大永二年（一五二二）、橋本公夏の書写した古写本を底本として翻刻し、凡例の称に従えば阿波國文庫蔵天正十四年本・群書類従本・寛文八年刊本・謙堂文庫蔵文政七年写本（斑山文庫旧蔵）の四本と対校している。ついで川瀬一馬も、本書が南北朝期成立の新札往来と深い関係にあり、「その形式を襲っているのみならず、文章の内容までも、その儘そつくり踏襲してゐる部分が多く、いはゞ新札往来の改變大増補本と見られる」と述べるなど、重要な指摘をしている[3]。この点を襲った文化史的考察もある[4]。また国語学の領域でも伝本の影印の刊行や語彙を採取する試みも見られる[5]。

しかし、未解決の点は甚だ多い。本書は伝本が多く、かつ往来物という性格上、本文異同は夥しい。後に触れるように、本書の内容に基づいて成立年代を推定する試みはこれまでも二、三あるが、本文の問題に考慮していない。日本教科書大系は現時点では最も信頼できるが、公夏筆本の忠実な翻刻ではない。

まずは伝本を調査し、系統を腑分けしなければならない。橋本公夏筆本についても諸本間でどのような位置にあるか、吟味が必要である。いくつかの諸本対校の試みもこの点では不十分といわざるを得ない。本稿では本文批判を経て成立や作者について再考し、本書を学藝史の上に正確に位置づけることを目指す。

一　諸本の一覧と書誌

国書総目録によれば尺素往来の写本は二三本に上り、版本も寛文八年（一六六八）と刊年不明の二種が見える。そのほか調査の過程で新たに知り得た伝本も、センチュリー文化財団本・東京大学史料編纂所蔵徳大寺家本（二種）・福岡市博物館蔵本・飫肥伊東家本以下、かなりあった。今後も出現するであろう。

現存最古の写本は前掲の橋本公夏筆本である。一方、それより遡って、

番号	段の主題	徳A（東A）頭書	内Aの目録	版の条目	新札往来
1	年頭の祝言				◎
2	公家の新春		1 小朝拝事	1 小朝拝	
			2 三節会事	2 三節会	
3	武家の新春		3 椀飯事		
			4 御所的事	3 御所的	○
4	聖廟の法楽		5 聖廟法楽事	4 聖廟法楽	
5	北野参籠				
6	物詣遊山				◎
7	鷹狩	1 鷹狩事	6 鷹狩事	5 鷹狩事	
8	茶と道具	2 茶事	7 新茗事	6 新茗〈同茶具〉	◎
		3 同茶具	8 茶具事		
9	香と薫物	4 香事	9 諸香事	7 諸香〈并薫物〉	◎
		5 同薫事	10 薫物事		
10	鳥獣・魚貝と酒	6 四足二足事	11 四足二足事	8 四足二足〈付魚貝類〉	○
		7 魚類事	12 魚類事		○
		8 貝類事	13 貝類事		
		9 調味事	14 調味事	9 調味	
		10 酒事	15 名酒事	10 名酒	
11	風呂と遊興		16 囲碁事	11 囲碁将棋	○
12	祭見物	11 所々祭会事	17 賀茂祭事	12 賀茂祭	○
13	桂川の鵜飼			13 桂里鵜師	
14	祇園御霊会		18 祇園御霊祭事	14 祇園御霊会	◎
15	馬	12 馬事	19 馬事	15 馬事	◎
16	弓矢	13（弓事）	20 弓之事	16 弓〈同矢〉	○
		14 矢事	21 矢之事		
17	甲冑	15 甲冑事	22 甲冑之事	17 甲冑	◎
18	鍛冶	16 鍛冶事	23 鍛冶名作事	18 鍛冶作	◎
19	七夕の遊興				
20	勅撰集と歌書	17 勅撰事	24 勅撰事	19 勅撰	○
21	和漢の能書	18（手跡事）	25 手跡事	20 手跡	◎
22	漢籍	19 書籍事	26 書籍事	21 書籍	○
23	蹴鞠	20 鞠事	27 蹴鞠事	22 蹴鞠	○
24	犬追物と笠懸	21 犬追物付笠懸事	28 犬追物事	23 犬追物	◎
25	田楽猿楽				◎
26	懺法講				◎
27	八幡宮舞楽	22 舞楽事	29 神楽事	24 舞楽	◎
28	八幡宮神楽		30 舞楽事	25 神楽	
29	神木帰座	23 神訴事	31 神訴事	1 神訴	◎
30	医療と薬	24 薬事	32 薬種事	2 薬種〈同諸薬〉	○
31	天変地震	25 天変地震事	33 天変地震事	3 地震	○
32	内外典の祈祷	26 秘法事	34 秘法御祈事	4 秘法御祈	○
33	訴訟検断	27 訴陳事	35 訴陳事	5 本領相論	○
34	洛中条坊	28 九条名事	36 九重名事	6 九重名	
35	所務沙汰	29 成敗事	37 成敗事	7 成敗事	○
36	下地打渡				○
37	武家・僧侶の官途	30（武家人官位事）	38 武官事	8 武官	○
		31 僧官事	39 僧官事	9 僧官	
38	神領と課役	32 馬上役事	40 馬上役事		◎
		33 役夫工米事	41 役夫工米事		◎
39	二十二社	34 二十二社事	42 二十二社事	10 廿二社	◎

番号	段の主題	徳Ａ（東Ａ）頭書	内Ａの目録	版の条目	新札往来
40	顕密八宗	35（四ヶ大寺事）	43 四ヶ大寺事	11 四ヶ大寺	○
		36 八宗事	44 八宗事	12 八宗事	
			45 仏説法次第事	13 仏説法次第	
41	五山禅林	37 叢林五山事	46 三国五山事	14 三国五山	○
42	七堂と五家七宗	38 七堂并諸舎事	47 七堂事	15 七堂	
		39 会下事	48 会下事	16 会下	
43	新命の入院	40 新長老入院事	49 新命入院事	17 新命入院	○
44	観音懺法				○
45	前栽の草木	41（前栽事）草木事	50 前栽四季草木事	18 前栽〈四季草木〉	
46	山水と立石	42 泉石事	51 山水立石事	19 山水立石	
47	室内の器財	43 器財事	52 器財事	20 器財	○
48	書院の置物	44 禅録事	53 禅録事	21 禅録	○
		45 僧具事	54 僧具事	22 僧具	
49	唐絵と絵具	46 掛絵事	55 名筆掛絵事	23 名筆掛絵	○
		47 屛風障子事	56 屛風障子事	24 屛風障子	
		48 絵具事	57 絵具事	25 絵具	
50	禅僧の役職	49 請僧事	58 請僧事	26 請僧	○
51	粥菜と点心	50 粥事	59 粥事	27 粥	
		51 羹事付点心	60 羹点心事	28 点心	○
52	節供の食物	52 節供事	61 節供事	29 諸食物	
53	茶子と午齋	53 茶子事	62 茶子事	30 茶子	△
54	菓子	54（菓子事）	63 菓子事	31 菓子	△
55	布施物		64 僧道具事	32 布施物	
56	禅僧の堕落				
57	荼毘	55 荼毘事	65 荼毘事	33 荼毘	○
			66 忌日事	34 忌日	
58	歳暮の挨拶		67 歳暮事	35 歳暮	○

※私に主題別に段を分け名を付け、各伝本の頭書・目録と対応させた。新札往来を受けた段は記号を入れ、完全に合致する＝◎、修正がある＝○、大幅に増補＝△とした

a長享三夏五月日書之訖
b一條禅閤兼良公御作也

という本奥書を持つ写本がかなりある（形が崩れていたり、bだけのものもある）。長享三年（延徳元、一四八九）書写本は現存していないが、伝本はこの二つに大別されるようである。それぞれ第一類・第二類とした。第二類は本文改変の多寡によって、さらに二種に内分される。

現時点で本文を実見し得たものを以下に分類し一覧する。主要な伝本には【 】に本稿での略称を注記した。

第一類本

国立公文書館内閣文庫蔵大永二年写本（特一一九・二三）【大】

二四・五×一九・五。袋綴一冊。料紙は楮紙（裏打修補）。白地に紺青で点描雲形斜格子文表紙（改装後補か）、左肩に貼題簽「尺素往来橋本公夏卿筆本」と墨書。内題「尺素往来」。墨付四七丁、遊紙前一枚。本文七行書。朱の句点、墨の返点・傍訓、薄墨の声点あり。書写奥書は四七丁ウ、「大永第二壬午初冬中旬之比馳老／筆訖／桑下黄門閑翁藤臣（花押）」。印記「浅草文庫」。見返しに書名の由来故事の書き込みあり。「古楽府ニ云客遠方ヨリ来テ我ニ双鯉ヲ遺ル／童ヲ呼テ鯉ヲ烹ル魚中ニ尺素書ノ長キアリ」。橋本公夏の一筆書写。

東京大学文学部国語研究室蔵（室町後期）写本（二二A・九八）【東A】

二五・八×二一・八。袋綴一冊。料紙は楮紙（裏打修補）。土器色無文原表紙。左肩に「尺素往来」とうちつけ書き。内題なし。墨付二三丁。遊紙なし。本文一二行書。朱の合点・句点・首書。墨の返点・傍訓・縦点あり。

奥書なし。二三丁オに「朗俊」、二三丁ウに「白衣居士文盛」と署名。第一一丁以降筆蹟異なる。首書は後半部の書写者による。

東京大学史料編纂所蔵〔江戸前期〕写本（徳大寺〇九―四八）【徳A】
二九・一×二〇・八。袋綴一冊。料紙は斐楮交漉紙。後補香色表紙。左肩題簽剥落、その跡に「尺素往来」とうちつけ書き。内題「尺素往来」。墨付二八丁。遊紙前後各一枚。本文一〇行書、朱引、朱の句点、墨の送仮名・返点・縦点・傍訓あり。奥書なし。徳大寺家旧蔵。

第二類本

（1）第一種

神宮文庫蔵〔室町末期〕写本（第三門・一八二三）【神】
二五・二×一八・〇。袋綴一冊。共紙表紙、左肩に「尺素往来　全」とうちつけ書き（後筆）。内題「尺素往来」。墨付四五丁。本文七行書（第一丁のみ六行）。朱句点・返点・縦点。墨送仮名・傍訓。奥書なし。印記、「林崎文庫」「天明四年甲辰八月吉日奉納／皇太神宮林崎文庫以期不朽／京都勤思堂村井古厳敬義拝」。

早稲田大学図書館蔵〔江戸中期〕写本（へ一〇・八九二）【早】
二八・〇×二一・八。袋綴（紙縒結び綴じ）一冊。料紙は楮紙。丹表紙。左肩に貼題簽「尺素往来　全」と書く。内題「尺素往来」、尾題「尺素往来　終」。墨付三六丁。遊紙なし。本文九行書。朱句点、墨送仮名・返点・縦点・

傍訓あり。奥書なし。印記、「常徳寺了恵」「小澤文庫」「松下水流処」「執行蔵書」。小沢圭次郎・執行弘道旧蔵。

尊経閣文庫蔵〔江戸前期〕写本（三五二―一三）【尊】

二九・三×二一・三。袋綴一冊。料紙は薄斐。薄香色二重亀甲文艶出表紙。左肩に「尺素往来　全」とうちつけ書き。内題なし。墨付四三丁。遊紙後一枚。本文七行書。朱引、墨の返点・縦点。送仮名・傍訓は僅かにあり。本奥書、「長亨三夏五月日書之訖　一条禅閤兼良公御作云々／于時天文拾三年甲辰十二月廿日写訖」。印記、「学」。

センチュリー文化財団蔵〔室町後期〕写本（一三二七―一）【田】

二六・四×一九・三。袋綴一冊。料紙は斐楮交漉紙（裏打修補）。内曇表紙。後補緑糸による結び綴じ。外題なし。内題「尺素往来」、尾題「尺素往来之終」。本文七行書。墨付五六丁。遊紙なし。朱引・朱句点、墨送仮名・返点・縦点・傍訓あり。本奥書は本文別筆で五六ウ、「長亨三夏五月日書之訖／一條禅閤兼良公御作也」とあり（三条西公条筆か）。印記、「三柚書屋」「渡邊」「馬」。見返し右下に「日野角坊」蔵書票を貼る。田中教忠・川瀬一馬旧蔵。慶應義塾大学附属研究所斯道文庫寄託。

東京大学文学部国語研究室蔵〔江戸中期〕写本（二七・三〇九）【東B】

二八・一×一九・七。袋綴一冊。料紙は薄斐。柿渋引刷毛目文表紙。左肩に「尺素往来　全」とうちつけ書き。内題「尺素往来」。墨付三四丁。遊紙なし。本文八行書。墨の送仮名・返点・句点・縦点・傍訓、異文注記あり。本奥書「右尺素往来一条禅閤兼良公御作／此巻為崇也書写之所希蒙昧於此巻中矣／天正十七己丑仏降誕之前日／

文之玄昌書于易安軒下」。「文之玄昌」の左傍に「薩摩国之住禅僧　道春ヨリ先輩也　此人四書之訓点附ルト也」と朱書。印記、「東山文庫」「浅草」「東山文庫」「黒川真頼蔵書」「黒川真頼」「黒川真道蔵書」。

版本【版】

慶安版と無年号（寛文八年）版の二つがある。両者本文に異同なく東京大学史料編纂所蔵本（一〇二六・五九、一〇二六・六九）で調査した。

前者は二七・九×二〇・〇。袋綴二冊。料紙は楮紙。縹色地に卍繋ぎ唐草文様艶出表紙。左肩子持枠刷題簽「尺素往来上（下）」。内題はそれぞれ本文首に「尺素往来」「尺素往来下」。印面上下各四二丁、各冊首に「尺素上（下）条目」として目録を持つ。遊紙なし。柱刻なし。本文六行、条目七行。送仮名・返点・句点・縦点・傍訓附刻。刊記は下冊の本文末に「慶安四辛卯極月日／初板開之」とある。印記、「不忍文庫」「紀□□屋蔵書之記」。無刊記の版本はこの慶安版の後印本である。

後者は二六・二×一八・七。袋綴二冊。鉄色布目地窠文艶出表紙。左肩子持枠刷題簽「尺素往来上（下）」。内題・目録題慶安版と同じ。印面上五四丁下五七丁。遊紙なし。柱刻なし。本文五行、条目六行。送仮名・返点・句点・縦点・傍訓附刻。下冊の本文末に「寛文八年戊申初秋吉日／武藤氏書之」と版下書写の本奥書があり、続いて「書林　大坂順慶町壹丁目筋 田原屋平兵衛」とある。印記、「尚古齋匣蔵記」。この版は他に大坂紀伊國屋宇兵衛版・京都石田治兵衛版・京都村上三郎兵衛版の計四種確認されているが、いずれも同版である。

福岡市博物館蔵天文十三年写本（二〇〇四B四三四）【福】

二七・二×一九・〇。袋綴一冊。料紙は楮紙（裏打修補）。本文共紙表紙（修補）、左肩に「尺素往来」とうちつけ書き（後筆）。内題「尺素往来」。墨付五三丁。遊紙なし。本文有界六行書（界高二四・八、界幅二・三）。朱引・朱句点。墨送仮名・返点・声点・縦点・傍訓あり。稀に朱墨の異文注記。印記なし。奥書、五三丁ウに「長亨三夏五月日書之（一條禅閤兼良公作之）／（以下欄外）天文十三歳（甲辰）十月初五日於曹渓山書之旱」とあり。曹渓山は大隅国肝属郡高山郷（現鹿児島県肝付町）に所在した瑞光寺か。

(2) 第二種

東京大学史料編纂所蔵〔室町末期〕写本（徳大寺二六―五〇）【徳B】
二二・九×一八・六。袋綴一冊。料紙は楮紙、紙背文書あり、柳原資定（一四九五〜一五七八）の書状を含む（末柄豊氏の御教示）。後補香色表紙。左肩貼題簽、「尺素往来」と書く。内題なし。尾題「尺素往来　全」。墨付三七丁。遊紙なし。本文九行書、送仮名・返点・縦点・傍訓あり（朱墨）。奥書なし。徳大寺家旧蔵。

国立公文書館内閣文庫文庫蔵〔室町末期〕写本（古一七・三三九）【内A】
二三・五×一九・三。袋綴一冊。料紙は楮紙、紙背文書あり、いくつかは石谷兵部（光政）大輔宛、永禄五年〜十年の年記を持つ。本文共紙表紙（その上に後補保護表紙あり）、左肩後補子持枠貼題簽、「尺素往来　全」と墨書。内題は二丁オ「尺素往来」。墨付六四丁、遊紙なし。本文六行書。一オ〜四ウは墨の送仮名・返点・縦点・傍訓、五オ以降は朱に改め、さらに声点、朱引を加える。奥書なし、見返し〜一丁オに「尺素目録　書抜之□」として六七項目記事目録あり。石谷光政は室町幕府奉行衆、本文もその手にかかるか。蜷川家旧蔵。

国立公文書館内閣文庫蔵〔江戸初期〕写本（二〇四・二九九）【内B】
二九・三×二〇・四。袋綴一冊。料紙は楮紙（裏打修補）。茶色後補表紙。左肩に素紙貼題簽、「尺素往来　全」と書く。内題「尺素往来」、尾題「尺素往来終」。墨付二八丁、遊紙なし。本文九行書。朱句点、朱引、墨の送仮名・返点・縦点・傍訓あり。本奥書、二八丁ウに「于時長享三（ママ）夏月書之訖／一條禅閤兼良公御作」。紅葉山文庫本。

三次市立図書館平井文庫蔵〔室町末期〕写本（四〇三）【平】
二七・三×二〇・三。袋綴一冊。料紙は楮紙。黒塗栗皮表紙。左肩に後補貼題簽、「尺素往来」と書く。本文一二行書。墨付一九丁、遊紙なし。朱引、朱の句点、異文注記、墨の送仮名・返点・縦点・傍訓あり。本奥書は一九ウ、「于時長享三夏五月日書之訖／一條禅閤《後成恩寺殿》兼良公御作」とあり。表紙右肩に貼紙「尺素往来　長享三年写本「平井」（朱丸印）」と墨書。裏見返しに「此写本ハ足利時代の書写なり／大切ニ保存スヘシ長享三年ハ足利義尚薨去の年なり／珍本なり　在今莫愁書院主　「石本」（朱方印）」と書き入れ。印記、「平井氏書堂記」「莫愁書院」「玖侶社記」。

　このほか直接考察の対象としなかった写本にも触れる。国立歴史民俗博物館蔵高松宮家伝来禁裏本（H―六〇〇―七二三　ゐ函五）・宮内庁書陵部蔵谷村本（三五一・六七八）・国立公文書館内閣文庫蔵本（二〇四・二〇六）などが大の転写本とみなされる。
　第二類本では、石川武美記念図書館成簣堂文庫蔵元和三年写本、多和文庫蔵〔江戸中期〕写本（八・五）、龍門文庫蔵〔室町後期〕写本（二一九／一八八）・同〔室町末期〕写本（三一三／一九〇）などが第一種と判断される。(6) 日本教科書大系で校合に使用された東書文庫蔵（謙堂文庫旧蔵）文政七年写本（ア・二―二・四―三・五二）も同じである。
また伊東祐慶筆と伝える飫肥伊東家蔵本の本文も確認したが(7)、やはりこの系統であった。

また第二種としては、陽明文庫蔵〔室町末期〕写本（近・二三九・一五九）と、龍門文庫蔵天正七年写本（二―九／一八九）がある。陽明文庫本は**内A**・**徳B**に極めて近い。群書類従巻一四一所収本も同系統であるが、脱落が多く、本文も不純である。さらにこの系統に属しながら、増補改修が甚だしい特異な伝本が阿波國文庫本（易林本）で、日本教科書大系で校合に使用されている。原本は焼失したが、東書文庫に青焼写真が現存する（ア・二―二・四―二・五二）。易林本節用集の編者として知られる易林夢梅自筆であったらしい(8)。

彰考館本は戦災で失われた。静嘉堂文庫本は、六部類語（五〇九―一〇）と題する江戸末期写本に収められ、群書類従本を底本に語彙を採集しイロハ順に排列した索引である。

二　第一類本と第二類本

それでは諸本間の特徴的な異同を例示し、系統分類の規準としたい。なお、別に校本を編纂している。

最も分かりやすいのは、〔20〕であろう。勅撰集の書写を希望し、証本を借りたいと告げる設定で、各集の撰者と下命者とを列挙していく内容である。三代集の記述を掲げる（以下引用は**大**による。傍訓などは略した。）。

古今者、友則・貫之・躬恒・忠岑等、奉　醍醐天皇勅撰之、後撰者、順・能宣・元輔・時文・望城等、奉
村上天皇勅撰之、拾遺者花山院御自撰、以上三代集、先急速大切候。

第二類本第二種、**徳B**・**内A**・**内B**・**平**の四本は「大切」を「所望」とする。「所望」は一見分かりやすいが、「大切」は「是非欲しい」との意、南北朝・室町期の記録に見られ、むしろこちらの方が適切である。**内B**・**平**

は集名の下に「延喜五年」「天暦五年」「年月不分明」という割注を持ち、撰進の年代を増補している。ちなみに易林本は「古今集者延喜五年四月十八日奏之、紀友則・紀貫之・凡河内躬恒・壬生忠岑等、奉　醍醐天皇勅撰之、後撰集者天暦五年十月晦日被下宣旨源順・大中臣能宣・清原元輔・紀時文・坂上望城等謙徳公于時蔵人少将為和歌所別当、奉　村上天皇勅撰之、拾遺集者年月不分明花山院御自撰、已上三代集、先急速所望候。」として、同系の本文ではあるが、拾芥抄ないし代々勅撰部立等の別資料を用いて、さらに詳密になっている。

ついで後拾遺集と金葉集。第一類本、**大**・**東A**・**徳A**には、

次後拾遺者通俊卿奉白川院勅撰之、金葉者俊頼朝臣奉同院勅撰之、

とあるが、第二類本は傍線部を「堀河院」とする。もとより金葉集も白河院の下命であるから、第一類本が正当である。

同じく正安三年（一三〇一）に下命された新後撰集についても、第一類本は

新後撰者為世卿奉後宇多院勅撰之、

とするが、第二類本は下命者を「後二条院」とする。(9) これも第一類本の後宇多院が正しい。

総合すれば、第一類本が先出であり、第二類本は本文を改変し、第二種にその度合が甚だしいことが察せられる。この傾向は作品全体に及ぼしても認められる。異なる章段から十箇所を取り上げ、本文の異同を一覧表とした。増補改変ないし削除されたとおぼしき字句に傍線を附した。

①〔8〕木前・摘弛・脇＝A、木前・摘弛・脇茶・摘合＝B、木前・脇茶・摘弛・摘合＝C

②〔9〕手枕・御枕・中白・端黒・早梅・踈柳・岸枕・江柱＝A、手枕・中白・端黒・早梅・踈柳・岸枕・江桂

＝B、中白・端黒・早梅・踈柳・岸枕・江柱・手枕＝C

③〔10〕鶴・鷺・小鳥・卵子＝A、鷺・小鳥・卵子＝B、鶴・鷺・山雞・青鷺・小鳥・卵子＝C、鶴・鷺・山雞・青鷺・卵子＝D

④〔16〕梓弓・檀弓・槻弓・桑弓・四方竹之大弓＝A、梓弓・檀弓・槻弓・四方竹之大弓＝B、梓弓・檀弓・槻弓以下四方竹之大弓＝C

⑤〔26〕錫杖・神分・呪願等＝A、錫杖・表白・神分・呪願等＝B、錫杖・表白・呪願等＝C

⑥〔27〕万歳楽・春鶯囀・蘇莫者・還城楽・陵王・胡飲酒＝A、万歳楽・陵王・春鶯囀・蘇莫者・還城楽・陵王・胡飲酒＝B、万歳楽・陵王・春鶯囀・蘇莫者・還城楽・胡飲酒＝B′、万歳楽・陵王・春鶯囀・陵王・胡飲酒・蘇莫者・還城楽＝C

⑦〔28〕笛者洞院三位中将＝A、笛者洞院三位＝B

⑧〔30〕脳麝円＝A、脳麝円・沈麝円＝B、脳麝円・沈麝円・牛黄円＝C

⑨〔32〕随心院《三宝院イ》・理性院＝A、三宝院・理性院＝A′、随心院・三宝院・理性院＝B、仁和寺・勧修寺・大覚寺＝C

⑩〔35〕樗樹＝A、棟樹＝B、棟樹＝B′、棟木＝C、棟＝D

往来物の特色として、同種同類の事物を列挙する、所謂物尽くしが挙げられるが、そうした箇所は語彙の増補削除や入替転倒といった改変が常に行われ、かつ誤脱も生じやすいから、異同が集中する。たとえば⑧では薬名が増加していく過程が見てとれる。④も弓の種類を列挙したところ、第二類本では「桑弓」を闕く。**徳B・内A**

⑩	⑨	⑧	⑦	⑥	⑤	④	③	②	①	
〔35〕	〔32〕	〔30〕	〔28〕	〔27〕	〔26〕	〔16〕	〔10〕	〔9〕	〔8〕	
A	A	A	A	A	A	A	A	A	A	大
A	A′	A	A	A	A	A	A	A	A	東A
A	A′	A	A	B	A	A	A	A	A	徳A
B	B	B	A	B′	A	B	A	A	A	神
B	B	B	A	A	A	A	A	A	A	早
B	B	B	B	A	A	B	A	B	A	尊
B′	B	B	B	B	A	B	A	B	A	田
C	B	B	A	A	A	B	B	B	A	東B
C	B	B	A	A	A	B	B	B	A	版
B′	B	B	A	A	A	B	A	B	A	福
D	C	C	B	C	C	C	D	C	C	徳B
D	C	C	B	C	C	C	D	C	C	内A
B′	B	C	B	B	B	B	C	B	B	内B
B	B	C	B	B	B	B	C	B	B	平

は次の「四方竹之大弓」への連絡のためか「以下」を補った。同じ改変の道筋は⑥にも見て取ることができる。唐楽の舞曲を列挙し、第二類本では「万歳楽」の次に「陵王」を補ったが、「還城楽」の次にも「陵王」があるので、重複してしまった。**神**は矛盾に気づいて二番目の「陵王」を削除したのであろう。しかし、**徳B**・**内A**では、「蘇莫者・還城楽」を「胡飲酒」の次まで移動させ、「万歳楽・陵王・春鶯囀・陵王」という組み合わせを作り出した。

さらに①は銘茶を列挙したところ、はじめ「木前・摘弛・脇」となっていたのを、第二類本第二種が増補、**内B**・**平**で「木前・摘弛・脇茶・摘合」とし、ついでこれを**徳B**・**内A**が「木前・脇茶・摘弛・摘合」と順番を入れ替えたと推測される。

⑨は**大**に「随心院《三宝院イ》・理性院等可為東寺一長者之門跡」とあるが、**東A**・**徳A**に「三宝院・理性院」とあり、これにより異文注記を付けたのである。一方、第二類本第一種では「随心院・三宝院・理性院」と

なっている。この本文が一見合理的であるが、随心院は勧修寺の、三宝院・理性院は醍醐寺の門跡であるし、そもそも東寺一長者はこの三院の出身者に限定される訳ではない。ただ南北朝期から室町前期にかけて、三宝院の賢俊・光済・満済らが権勢を振るったことは著名で、報恩院・理性院ほか寺内の諸院家を管領下に置き、たしかに東寺一長者も三宝院・理性院に偏する傾向がある。[10] **東A**・**徳A**はこの事実を反映する可能性があろう。ところが義賢以後、幼少の門跡が続き、三宝院の権威は急速に低下する。明応三年（一四九四）には随心院門跡の持厳が三宝院門跡を兼帯する事態となり、天正期の義演の登場まで、随心院の影響力が及んだ。[11] 東寺長者を長期間占めたとは言い難い「随心院」が現れるのはこのことと関わるか（なお代々の門跡には、一条家の出身者が多い）。ところが、**徳B**と**内A**は「仁和寺・勧修寺・大覚寺」と、全く異なっている。特定の院家からの長者補任が解消された時代、あるいはその立場からの改変ではないか。このように時期が限定される歴史的事実を反映したとおぼしき本文異同は他にもあって、詳しく分析すべきである。

以上の考察の結果、第一類本→第二類本第一種→第二類本第二種→類従本・易林本という流れは動かない。

このほか、第一類本と第二類本とでの間での顕著な異同を挙げる。

〔5〕の段の冒頭は、消息らしく年始の挨拶で始まる。「年始御慶日新重畳、世上朴略之兆、寰中艾寧之期、可在於今歳候、承悦無極、祝着有余者也、仍自是可捧賀章之旨存候處、預芳問候」。傍線部、第二類本では「預芳問候」の次に来ている。いったい尺素往来は、はじめの数段では書状往復の形を守ろうとした形跡があり、このような挨拶文を置いて始めている。「承悦無極、祝着有余者也」は相手の年賀状に対する謝辞である。このため「こちらが賀札を献じようと思っていたところ、芳問に預かった」という句の後にある方がより自然だとして、九文字を移動させたのであろう。

このほか細かな字句の差違はかなり多い。〔12〕「看督長」、第二類本は「勘督長」とする。また〔28〕「人長者地下舞人」の傍線部を第二類本は「人杖」、同じく「郢曲之月卿雲客、或今様、或朗詠」を「詠曲」とする。いずれも第一類本の用字が適切である。これまでの本文異同の傾向から鑑みて、これらが第二類本で誤っていたものを第一類本で糺したのではないことも明らかであろう。

三　第一類本の性格――大永本の価値

第一類本は、**大**・**東A**・**徳A**の三本であるが、この中では大の書写年代が最も古く、かつ増補削除などの痕跡が少ないことが認められる。

たとえば〔20〕で続後撰集と続古今集について、**大**は、

続後撰者為家卿奉後嵯峨院勅撰之、続古今者内大臣基家公・為家・行家・光俊等朝臣奉同院勅撰之、

とする。続後撰は宝治二年（一二四八）、続古今は正元元年（一二五九）の下命でともに後嵯峨院の院宣による。後者は当初為家の単独撰であったものの、基家・家良・行家・光俊が追加下命されたことは著名である（家良は竟宴前に没したため撰者に数えないことが多い）。ところが、他本では「続後撰続古今者為家奉後嵯峨院勅撰之」となっている（**尊**・**内B**・**平**などでは下命の年号を傍書や割注の形で加えている）。恐らく為家以外の追加撰者の記憶も風化した時代、その情報を不要と判断して削除したのであろうが、一集ごとに「ーー集者ーー奉ーー院勅撰之」と、下命者と撰者を挙げる定形が崩れてしまっている。

ついで〔52〕に「新年之青州者、延齢之祝着、早旦之善哉者、修正之佳例、……」、これも他本は傍線部を脱して、「新年之善哉者、修正之祝着」としている。青州とは美酒の称。対句仕立てになっているから、**大**の形で

なければならない。

〔14〕の「大宿直」を、他の全ての本では「大舎人」とする。これは洛中洛外の町衆が祇園祭に豪華な山や鉾を仕立てた様子を述べる箇所である。「大宿直」とは、綾織物生産を独占した大舎人座で、前身は鎌倉期に春日神人が大内裏敷地内の「大宿直」の地に集住した「大宿織手」に遡る。この地がかつての大舎人寮の跡であったため次第に「大舎人」の表記が行われるようになったが、「おとのへ」と発音したらしい。室町中期以前の公家日記には依然「大宿」の表記が多く、**大**の本文の成立時期や背景を考えるのにも参考となろう。

〔17〕は「鎧并腹巻者、召寄和州紀州之細工左近次及源内等、所謂其実者宇知郡住人乗覚之所打」とある。傍線部、他本「宇和郡」と作る。宇知（智）は大和、宇和は伊予である。魯魚の誤りではあるが、「和州・紀州の細工を召し寄せ」と述べているのだから、「宇知」に分があろう。なお「左近次」「源内」は工匠に極めて多い名前であるから、「乗覚」も同様であろうか。

もとより**大**の本文にも独自の欠点が散見するが、これらは**東A**・**徳A**によって訂正することができる。一方、〔34〕で西京の条坊を順に挙げるところ、「八条以北者延壽坊、九条以北者開建坊」、**東A**と**徳A**だけが傍線部を脱落している。目移りによるものであろう。**東A**と**徳A**との共通の祖本に拠ることを証する。

以上、現存伝本では、第一類本、わけても**大**が最も古態であることを述べた。第二類本がすべて長享三年奥書本より生じていると推定されるのに対し、本文成立時期を示す外部徴証はないが、第二類本とはかなり距離があることから、別系統を辿って伝来したのである。この点に関わる**大**の書誌学的考察は別稿に譲りたい(12)。

四　第二類本の性格　附　易林本

第二類本第一種に属する諸本は、一六世紀、本書が急速に流布する中で書写されたと思われる。地方の寺院で書写されたとおぼしい写本が目立つ。**東B**の親本は薩南学派の著名な学僧文之玄昌（一五五五〜一六二〇）の手になる。龍門文庫本（三―三／一九〇）は寛永二年（一六二五）大隅国瑞光寺五十八世「天安藝老納」が「筒井公蔵」に附与した識語を持つが、天文十三年（一五四四）**福**が書写された「曹渓山」もこの瑞光寺らしく、はるか南九州の地でこの書が熱心に読まれた形跡がある。他の諸本間で互いの書承関係は認めにくいが、**早**が第一類本に近似する。**神**と**田**とはやや近い。**尊**は若干の字句の増補が見られる。また**東B**と**版**とがやや独自の異文を持ち、**版**の底本が**東B**の系統であると推定できる。但し**版**は〔28〕までを上巻とし、書き止め文言の「恐惶謹言」を入れたり、〔40〕の法華宗への激しい批判を削除するなど、独自の改編が見られる。

増補修訂を経ている第二種本も、その中で後出と見られる**徳B**・**内A**の書写年代が天文・永禄頃と見られるから、まず室町後期には成立していたであろう。

ところで、〔30〕で「和剤方・千金方・簡易方・百一方・直指方・撰奇方」と代表的な中国の医学書を列挙する。この箇所、第一種のうち**福**では「医方大成・医書大膳（ママ）」がさらに続く（飫肥伊東家本では「医方大成・医書大全」とする）。第二種本でも「聖財捴録・医方大成」の二書が増補される。聖財総録二〇〇巻は北宋徽宗の勅で政和年間（一一一一〜七）成立。靖康の変により版木が奪われ、金の大定年間（一一六一〜八九）刊本をもとにした、元大徳年間（一二九七〜一三〇七）重刊本を俟ち流布した。問題は医書大全と医方大成である。医書大全は明の熊宗立の編、正統十一年（一四四六）自序を持つが、成化三年（一四六七）版が大永八年（一五二八）、阿佐井野宗瑞の手で堺で覆刻されると、以後我が国でも急速に流布した。福などの「医書大全」はこの書を指す。一方、医方大成は「南北経験医方大成論」のことである。元の孫允賢の著とされ、至治元年（一三二一）の王元福の序を持つが、実はこれも広く読まれたのは、医書大全より「医論」の部分のみを独立させた、邦人某の著作であるらしい(13)。したがってこの両書の名が親しいものになったのは、やはり大永より後であろう。医書大全・医方大成が加えられたことは、増補修訂の時期を知る重要な目安となる。それも十六世紀以後、必要とされる教養の幅が拡大する中で、本書が変貌を遂げた過程を示すのであろう。

　そうした方向の、究極の姿が易林本である。本願寺の寺内衆であったと思われる易林は、きわめて学問に熱心であり、その研究は著名な節用集の改訂刊行のみならず、拾芥抄・倭玉篇といった類書・字書にも及んでいる。言経卿記によれば、天正十四年（一五八六）十月二十二日と十一月一日の二度にわたり「尺素往来条々不審」を尋ねている。易林本はその十二月下旬の書写である。彼が手にしていたのは第二類本第二種であり、さらに随所に新たな内容を加えた。〔20〕で他本は新後拾遺集で終わるのに対し、易林本のみが「新続古今者、当代永亨五年八月二十五日、被仰之、同十年（ママ）八月廿三日奏之同十一年六月廿七日返納之、権中納言雅世卿奉　後花園院勅撰之、尭孝助成、為和歌所開闔、」と、新続古今集まで記載する。さて、日本教科書大系を始め、尺素往来の成立時期をこの一文に立脚して考える論がある。すなわち新続古今集奏覧の永亨十一年（一四三九）から、「当代」こと後花園院の譲位寛正五年（一四六四）までの二十五年間とするものである。しかしこの記事は作者が関与したものでは決してなく、作品成立の徴証とすることはできないことは自明であろう。

五　作者について

以上の本文批判の結果をもとに、作者と成立年代について再考してみたい。

長享三年本奥書に「一条禅閤兼良公御作」とある。兼良没後八年であり、かつさほど胡乱な内容とも思えず、否定する材料もないため、肯定的に受け取られているようである。しかし内容について兼良の学問・思想との連関を考えたものは殆どない。「著者が後成恩寺関白であるだけに、大体公卿の生活に立脚しては居るが、又時代の影響を受けて自ら武家の事にも及び、その流布のあとが縉紳と武家の双方に見らるゝと併せ考へて、この書は公武二階級の教科書であったと云ひ得る」(14)といったところが現在でも水準であろう。

そこで〔2〕を検討したい。

元日・小朝拝、大閤御出仕、殿下并相国・三公・大樹以下、見任公卿三十余人列立、近来之壮観此事候、三節会、内弁左相府、外弁右内両府以下数輩、御酒勅使宣命使等参議・納言各勤仕之、其作法殊勝、就中太相国者聖上之外祖・武将之厳親、匪啻被蒙准三后之宣旨、依免朝列、毎度不被立于外弁参列、直昇殿、被着奥座第一兀子、寔可謂一代之元老、無双之重臣者歟、兼又朝覲行幸、去二日依雨延引、昨日被遂大儀候、随而将軍家、幕下・大理兼帯、御供奉事、貞信公之例尤稀事候云々、奉行之散状一紙令進覧候、

朝廷を舞台とし、儀式の故実に及ぶ（この箇所は新札往来に見えず、独自の内容である）。何か具体的な事実に取材したのではないかと疑わせる。また、この段に登場する「太相国（太政大臣）」が、「聖上の外祖、武将の厳親にて、啻に准三后の宣旨を蒙るのみにあらず」とされるのは、実際にそのような人が居たのかも知れないと思わせる。天皇の外祖父で「武将」（幕府の将軍）の父であった重臣といえば、九条道家（一一九三〜一二五二）が思い浮かぶ（但し極官

は左大臣である）。四条天皇の外祖父で、鎌倉幕府四代将軍頼経の父として、絶大な権力を振るった。その「将軍家」は近衛大将と検非違使別当を兼帯していたとするが、歴代の将軍で検非違使別当となったのは頼経だけである（但し近衛大将は経歴していない）。道家は兼良の曩祖である。しかし、これがそのまま道家―頼経の面影を描いているという訳でもなかろう。まず、往来物のなかの世界は、すべてが円滑に進行する理想的な状態、祝言的な内容を義務づけられている（但しこれは往来物が時代性とは無縁であるということではない。後述）。

そこで問題としたいのは、それぞれ節会で、傍線部の「朝列を免ずるに依り、毎度外弁の参列に立たれず、直に昇殿、……」という記述である。

節会に参仕した公卿はまず南庭に列立し、謝座拝を行って殿上に着座し、賜宴となるが、高齢・病気などの理由により、庭上に列立せず、陣の腋より殿上に着く事を認められる場合があった。この「免列宣旨」を蒙ったのは、仁和元年（八八五）の藤原基経から久安六年（一一五〇）の藤原実行まで、十二人が確認される。[15]いずれも高齢の太政大臣であり、この措置は朝の元老に対する実際的な栄誉でもあった。つまり尺素往来は、断絶して久しいこの措置をわざわざ復活させて描いたのであり、遙かな古儀を追慕する作者の思想も窺うことができよう。

ところで、兼良の祖父である二条良基の思ひのままの日記には、

関白の拝礼、辰のときばかりにはてて、まづ院に参りて拝礼あり。やがて上達部ひきつれて殿上に参りぬれば、小朝拝もよほさる。前関白大殿にて、嘉保よりこのかた、かしこき代々の跡をたづねて、小朝拝に立つ。牛車にのりて随身十人いとめづらかなる様なり。大殿殿上の奥につきぬれば、関白は端にさぶらふ。太政大臣・左右大臣・左右大将、数を尽くして卅人ばかり、殿上所せきまでつきならびたり。（中略）節会の儀式またつねの事なれど、立楽などふるきに任せて御膳のくさぐさ、まことの唐物どもをつくさる。さけのかみな

ど参りて、行酒の儀式などいとめでたし。よろづ昔をおこさせ給ふ故に内弁まへの物手まさぐりにとりてくらふもあるべし。三献の後諸卿ゑひすすみて、唱歌し哥うたひて、かは笛吹くもあり。天暦の古風いと面白し。太政大臣列にはくははらで、わきよりのぼりて奥の座にさぶらふ。これも古き例なるべし。かやうの事どもかずかず多けれどみなもらしつ。

とある。傍線部がまさに「免列宣旨」を得ている事を意味する。

この記事全体を比較しても、尺素往来との近似を指摘することができよう。思ひのままの日記とは、一年間の朝儀・年中行事の様子を空想して仮名文で描いたもので、応安六年（一三七三）頃、北朝の朝儀政務が殆ど停止していた時期、その復興を悲願として果たせなかった良基の理想が現れている。[16] 節会の場面では、宿老の特徴的な振舞である「免列宣旨」に強い執着を持っていたとおぼしく、このことを尺素往来が継承している点、やはり兼良が作者にふさわしいことにもなる。このほか、思ひのままの日記の影響はいくつか指摘できる。

もちろん、右の例ばかりではない。尺素往来に取り上げられた題材には、出典の記事を引き写した、機械的な「物尽くし」も多くあるが、一方、時代的・思想的背景を持つ内容もあり、出典の究明とともに、なぜ作者が取り上げたのかを明らかにする、注釈的研究が必要であろう。

六　成立年代

兼良は八十歳まで生き著作活動も六十年に及ぶ。その範囲で考証された成立年代の諸説は以下の通り。①享徳三年（一四五四）以降。②永享十一年（一四三九）～寛正五年（一四六四）。③応永十九年（一四一二）～正長元年（一四二八）。

①は、内藤湖南の示唆を受け、[7] 川瀬一馬が〔31〕の「四月二日之日蝕皆虧、白昼成闇夜、列宿悉見候、十月

十四夜之月蝕、熒惑犯天江、太白犯哭星候」という記事から、現実に日蝕月蝕がこの月日に起こった年を求めたものである。[18] 享徳三年は四月一日が日蝕（実際は観測されず）、十月十六日が月蝕であった。とはいえ、日蝕・月蝕は計算上ほぼ毎年のように起こる現象であり、この年の経験が反映されているとは断定できない。さらに川瀬は本書の行文が足利義尚の啓蒙のための著作と類似するとし、兼良の最晩年、文明十〜十三年と推定するが、享徳三年以降という限定は消えるのでこの説は採れない。

②は新続古今集の記事を根拠とするもので既に言及した。

③は田村航の新説で、[19] 前に取り上げた〔2〕の記事の登場人物、すなわち「聖上の外祖、武将の厳親にて、啻に准三后の宣旨を蒙るのみにあらず」とした「太相国」を足利義満とし、「武将」は義持、「聖上」は称光天皇に比定することで、成立は称光の在位期間の③とするもの。義満室の北山院日野康子が後小松天皇の准母に、義持の正室日野栄子が称光天皇の准母とされた事実をもとに、「父の准母の夫」ないし「准母の夫の父」、どちらをとっても称光にとり義満は祖父に当たるとするが、准母は当事者同士に限定される擬制的関係であって、准母の夫や父の准母にまで及ぼせるのか、疑問である（義満を称光の祖父として扱った史料は管見に入らない）。実在の人物を想起することはできるが、そこに虚実さまざまなイメージが重なりあい、一人の人物・事柄に絞り込むことはよほど周知確定した史実でなければ難しい。また、もし〔2〕の「太相国」が義満ならば、免列宣旨を賜うような宿老の筈であるが、三十八歳で出家しているので相当しない。

確実な指標となるのは勅撰集である。諸本は永徳三年（一三八三）成立の新後拾遺集に及び、新続古今集には触れていないから、成立の下限は永享十一年（一四三九）となろう。兼良の著作活動では、処女作と言われる公事根源が応永二十九年（一四二二）、二十一歳の時の成立であり、それより遡る可能性もまた低いであろう。室町殿では義持・

義教の時代ということになる。
注目したいのは本書に登場する「御所」である。以下に列挙する。

〔7〕去比両御所、為桜狩御出于金野・片野辺候、当道相伝練習之家々、園中将・坊門少将・楊梅侍従以下之若殿上人并御随身、秦・下毛野等之鷹師不論貴賤、蘇芳衫、錦帽子、付餌袋、居鷹而騎馬、

〔23〕近日於禁中可有蹴鞠之御会候、（中略）御所御出仕、與近衛殿可有御参会之間、御子左・飛鳥井・難波・賀茂人等、面々之出立可被折花之由承及候、

〔24〕又於六条河原可有御手組之犬追物候、御所於御桟敷御見物、可為尤晴候、

〔28〕此日御所、且為御敬神、且為御見聞、令通夜給之間、人定之時分、有御神楽、榊葉・其駒・庭燎等之数曲、本拍子者二条中納言、末拍子者中御門宰相、付歌者子息達、和琴者大炊御門大納言、笛者洞院三位中将、篳篥者楊梅二位、

「御所」はいずれも室町殿その人を指すと考えられる。〔24〕は新札往来を踏まえるが、そこでは「於六条河原辺御手組犬追物可有之、将軍家於御桟敷御見物、随分晴儀候歟」となっていて、尺素往来で「将軍家」を「御所」に改めたことが分かる。その用法はやはり義満以後に定着するものである。
〔23〕も新札往来と関係が深いが、「禁裏の鞠に御所が御出仕した」とするのが尺素往来の特色であり、禁裏仙洞の鞠会に室町殿が参仕するようになった事態を受けている。これも足利義満が劃期であった。しかも近衛道嗣が師範となって指導している。その事実を知っていれば、この段はより臨場感をもって理解できる。

〔28〕は〔27〕に続き、新札往来にはない内容で、六条若宮の左女牛八幡宮での神楽を記録する。幕府創設以来、歴代の将軍が石清水八幡宮と等しい崇敬を捧げたことは著名であって、室町殿の主催する行事としてふさわしい。さて〔7〕も尺素往来に独自の内容で、「両御所」が交野に鷹狩に出る設定で、鷹道故実を語り出す。室町殿の鷹狩は管見に入らず、むしろ摂関家が嗜んだ藝道である。しかし、二条良基は晩年、鷹道故実の書嵯峨野物語を著して義満に贈っており、この道に室町殿を熱心に誘掖したことを示す。

尺素往来の章段のいくつかは、室町殿の嗜むべき藝道や宗教儀礼、あるいは室町殿を中心とした行事のエッセンスを伝えるものなのである。義満を参照して書かれている内容が目立つが、義持以後の室町殿にとり、それは、いやでも先例として意識しなければならない。室町殿に捧げた書物という結論を導くことは慎重にならなければならないが、以上のことは成立事情を探る時に考慮に入れておくべきであろう。もう少し広く、室町殿（義持）とその周辺を対象に、幅広く公武僧、あるいは和漢雅俗にまたがる知識を分類して示すことは、良基の後継者を自認していた兼良の仕事としてふさわしい。禅林の知識が豊富であるのも義持の時代であれば頷ける。

ところで、〔28〕の神楽の場面には所作人の交名が記される。創作でありながら、きわめて具体的であり、ある時期の朝廷の雅楽の実態を反映している。ここで綾小路敦有・信俊父子の日記を抄出した、御遊部類記[20]・内侍所神楽部類記[21]などにより、検証してみたい。

「本拍子二条中納言」、権大納言藤原定能の子孫で、二条または平松と号する家を意識する。歴代音楽に通じ、南北朝期の中納言資兼は暦応二年（一三三九）十二月二十四日の内侍所臨時御神楽で本拍子を勤仕した。孫資敦も応永四年（一三九七）以後、内侍所臨時御神楽で本拍子を勤めている。応永二十七年頃早世したが、その子資継は中納言に昇った。

「末拍子中御門宰相」、有名な宗忠・宗能の末裔で、松木の号でも知られる一流を指す。やはり音楽に造詣深く、南北朝期の宗重・宗泰はしばしば末拍子を勤仕した。歴代参議を経歴し、たとえば宗量は応永十六年七月〜十八年十一月、宗継は三十年三月〜永享四年六月にその官にあった。

「和琴大炊御門大納言」、大炊御門家は和琴を家藝としたことは有名で、公宴での所作は枚挙に遑がない。かつ南北朝末期から室町前期にかけて、宗実・冬宗・家信・信経ら、みな権大納言を極官とした。

「笛洞院三位中将」、洞院家では満季・実熈父子が三位中将を経歴したことが注目される。満季が応永十六年十二月〜十八年閏十月、実熈も三十一年十一月から正長元年（一四二八）三月その官位にあり、かつ父子ともに笛を吹いている。

最後に「篳篥楊梅二位」、楊梅も平松と同族、鎌倉中期より篳篥を得意とし、殆ど独壇場の感がある。また歴代非参議の二位で終わっている。たとえば兼邦は応永二十七年二月に従二位に叙されて出家、まもなく薨去した。

以上、〔28〕は、応永二十年代後半から三十年代にかけての廷臣の官位や所作をそのままトレースしていて、仮構ながら頗る時事性に富む。登場人物が帯びる官位は、単にその個人にとどまらず、その家系・家格をも特徴づける、一種の社会的指標である。だから厳密に該当する者はいなくとも、「二条中納言」と記せば読者にはその家系がすぐに特定できたのである。後世にこの時期を回顧して記す必要は余りないから、まずこれより時日を隔てず成立していると見てよいであろう。

そして〔7〕に現れる「園中将・坊門少将・楊梅侍従」は、いずれも室町殿に随従する若い殿上人の姿を描いたものとなるが、楊梅兼邦の孫侍従兼重は、永享三年二月、内裏女官に密通懐妊させた結果、足利義教の勘気を蒙り、所領を没収され逐電した（看聞日記・薩戒記）。二百年にわたり独占してきた篳篥の所作の機会も奪われ、家門は終に復興しなかった。[22] こうなると、尺素往来が敢えて〔7〕や〔28〕で楊梅の一流を取り上げる意味はないから、この本文がそれより前に成立したことを示していよう。

その〔7〕に「両御所」とあるのは、当時の用法からして、室町殿とその嫡子を指す。応永二十年代後半から三十年代にかけては、義持と義量があてはまる。応永三十年三月、義量は十七歳で将軍となった。義持が義量の将来に期待を寄せ、兼良が義持の顧問に預かっていたことを考えあわせれば、[23] ここに成立動機の一端を求めてよいと思われる。頗る若書きの著作であった。

おわりに

往来物は一般的・祝賀的な知識を羅列するもので、具体的な歴史記述や思想的主張は認められないとされてきた。しかし、古往来の内容は普遍的な知識・教養とともに、時代的影響を顕著に蒙っている。作者が見聞した事件や出来事が大した潤色もなく取り込まれたり、あるいは著名人をモデルにした人物が登場したりと、時事的内容も目につく。後世長く読み継がれ、武家社会の知識を満遍なく蒐集した庭訓往来ですら、実は時代性を色濃く帯びている。

「往来物」としての評価に基づく、従来の研究には限界を感じざるを得ない。尺素往来の記事も、それぞれ対応する分野での研究状況や同時代史料に照らし、作者の構想や真意を明らかにする、注釈的研究が必須である。

本稿では尺素往来の本文批判を通して、その成立年代を足利義持の治世の末期、応永三十年前後と推定した。このことで本書の利用価値はおそらく変わってくるであろう。たとえば本邦への朱子学（道学）流入の時期、その首唱者は誰かという中世学問史の問題につき、しばしば〔21〕の一節が参照される。

伝註及疏正義者、前後漢晋唐之博士所釈、古来雖用之、近代独清軒健叟法印、以宋朝濂洛之義為正、開講席於朝廷以来、程朱二公之新釈可為肝心候也、

南北朝期の学僧玄恵を朱子学の首唱者とし、新注に基づく経書の講義を行ったとする説、続いて紀伝書でも玄恵が司馬光の資治通鑑、朱熹の宋朝通鑑という新しい歴史書に通暁して人々にも教授し、北畠親房がその「蘊奥」を得たと語る内容、これまで後世の出所不詳の臆説として斥けられていたが、(24) むしろ史実に基づいた知識であった可能性が高い。しかし、それらの問題を論ずる紙幅を失った。全て後日を期したい。

【注】

(1) 『日本文化史研究』(弘文堂書房　一九三〇年)「日本文化の独立と普通教育」。

(2) 『中世に於ける社寺と社会との関係』(至文堂　一九二六年) 第五章「精神生活」。

(3) 「新札往來と尺素往來—古往來の研究(其の一)」(『青山学院女子短期大学紀要』五　一九五六年三月)。なお新札往来の本文も、諸本間でかなり出入りがあって精緻な本文批判が必要であるが、ここでは、過不足ない本文を伝える、群馬大学附属図書館新田文庫蔵〔江戸前期〕写本に拠った。

(4) 三保サト子「古往来から見た武家の教養—書を学ぶ・書で学ぶ」(『島根県立大学短期大学部松江キャンパス研究紀要』五〇　二〇一二年三月)。

(5) 萩原義雄・西崎亨編『小特集古往来の世界—『尺素往来』』(武庫川女子大学関西文化研究センター　関西文化研究叢書別巻・往来物の研究5　二〇〇八年)。ここに、**大**・**早**・**内A**・**内B**・**平**・**版**の六本の影印、**平**の翻刻、**大**・

内A・内B・平の対校語彙索引を収める。

（6）川瀬一馬編『龍門文庫善本書目』（阪本龍門文庫　一九八二年）参照。

（7）九州大学人文系合同図書室蔵の写真版による（昭38・10・12入架スタンプ捺す）。表紙貼題簽に「尺素往来　祐慶筆」とあり、江戸初期書写と見られる。奥に「尺素往来終　一条禅閤兼良公御作」とある。但し現在飫肥城歴史資料館に蔵される伊東家本には含まれていない。妹尾好信「飫肥城歴史資料館所蔵和漢書分類目録」（『内海文化研究紀要』三五　二〇〇八年三月）、同「飫肥藩伊東家蔵書目録（三種）―解題と翻刻」（『同』三六　二〇〇九年三月）参照。

（8）森末義彰「易林本節用集改訂易林に就いて」（『国語と国文学』一三―九　一九三六年九月）の発見紹介にかかる。「長亨（ママ）三夏五月一條之禅閤兼良公作ト云々／旹天正丙戌蜡月下澣吉辰易林書写畢」との奥書がある。古活字版と見まがう整然とした楷書体で書写されている。ところどころ反切や字義などの字注が書き入れられている。

（9）天文十七年（一五四八）の運歩色葉集にも勅撰集の項目はあるが、奏覧時在位していた天皇を機械的に併記する。戦国期には歌壇史的事情の記憶が薄れた結果であろう。

（10）西尾知己「中世後期の真言宗僧団における三宝院門跡―東寺長者の検討を通じて」（『仏教史学研究』五五―二　二〇一三年三月）参照。

（11）藤井雅子『中世醍醐寺と真言密教』（勉誠出版　二〇〇八年）参照。

（12）大はもと禁裏本と考えられる。高松宮伝来禁裏本は大の臨写本で、四八丁オに本文と異筆（霊元院宸筆か）で「以公夏卿筆写之」と記す。播磨に在国して生涯を終えた公夏の蔵書は、子公松を経て、禁裏に入ったらしい。公夏の源氏物語注釈書浮木も、霊元院が書写させた禁裏本だけが孤本で伝わる。なお公夏の伝記は、井上宗雄『中世歌壇史の研究　室町後期』（明治書院　一九七二年〔改訂新版　一九八七年〕）、髙岸輝『室町王権と絵画　初期土佐派研究』（名古屋大学出版会　二〇〇四年）第十章第三節「橋本公夏の文芸活動と在国」参照。

（13）『医書大全　医方大成論』（和刻漢籍医書集成七　エンタプライズ　一九八九年）解題（小曽戸洋執筆）、小曽戸「『医

方集成』『医方大成』の書誌」（『杏雨』九　二〇〇六年四月）参照。

(14) 注2前掲平泉著書、三〇六頁。

(15) 末松剛『平安宮廷の儀礼文化』（吉川弘文館　二〇一〇年）第一部第二章「節会における内弁勤仕と御後祗候」（初出一九九六年）参照。

(16) 拙稿「『思ひのままの日記』の成立―貞治・応安期の二条良基」（『藝文研究』六八　一九九五年五月）参照。なお思ひのままの日記には兼良自筆本が存在した。

(17) 注1前掲著書。

(18) 注3前掲論攷。

(19) 『一条兼良の学問と室町文化』（勉誠出版　二〇一三年）第一編第二章「『尺素往来』の成立」（初出一九九六年）。

(20) 国立歴史民俗博物館蔵高松宮伝来禁裏本（H―六〇〇―一八四）による。

(21) 同右（H―六〇〇―九四一）による。

(22) 康富記文安四年十月八日条に家門再興の動きが見えるが、成就しなかった。

(23) 兼良は応永二十八年冬に義持の不興を買って籠居したが、三十年三月二十一日の北野一切経会の上　に指名された。他ならぬ義持の執奏であり（兼宣公記）、この間、兼良の才能を評価する契機があったとおぼしい。三十一年正月、義量を節会見物のため直衣で参内させようとした際、義持は二条持基と兼良にその可否を尋ね、兼良の意見を容れて衣冠に改めさせた（満済准后日記・書紳上）。

(24) 和島芳男『中世宋学史の研究　増補版』（吉川弘文館　一九八八年）は繰り返し尺素往来の史料的価値を否定したが、和島が依拠していたのは改竄の手の入った群書類従本であり、古態の本文によって改めて再検討すべきであろう。

『徒然草寿命院抄』写本考

小秋元　段

一　秦宗巴と『徒然草寿命院抄』の成立

『徒然草寿命院抄』は秦宗巴（寿命院立安）によって編纂された、『徒然草』最初の注釈書である。中世末期から近世初頭にかけて、『徒然草』は新たな古典として注目を集めていた。本書はそうした潮流のなかで誕生したもので、『徒然草』各章段の大意を簡潔に記し、語義注釈を行ったものである。その内容は林羅山『野槌』、松永貞徳『なぐさみ草』をはじめ、後続の『徒然草』諸注釈書に引き継がれ、『徒然草』享受史に多大な影響を与えた。なお、写本・刊本を含めて、すべての伝本に内題はなく、外題を「徒然草抄」「つれづれ私抄」等とする。本稿では便宜上、通例に従って『徒然草寿命院抄』の称を用い、以下『寿命院抄』と略称する。

宗巴は天文十九年（一五五〇）に丹波国の有力武士、内藤善秀の子として誕生した。吉田宗桂、曲直瀬道三に医学を学び、のちに豊臣秀次、徳川家康の侍医となる。『素問注鈔』十巻、『医学的要法』十五巻、『鍼灸参伍的法』一巻、『炮灸詳鑑』一巻、『本草序例抄』八巻の著作があるという（『寛政重修諸家譜』）。また、『慶長日記』慶長十二年十二月条に「壽命院（中略）十四日ニ死去、是犬枕紙作者也ツレ〳〵草モ此人初テ注ヲ作ル（右傍に「講談此人ヨリ始ル」）」とあることも早くから知られ、『犬枕』の作者[1]、『徒然草』講釈の始祖と目されてきた。

『寿命院抄』の編纂には、少なからぬ期間を要したようだ。高木浩明が指摘するとおり[2]、『言経卿記』慶長元年（一五九六）二月二十一日条には、山科言経が「世尊寺行房・唐橋一門之在兼卿等時代先祖」にかかわる宗巴の不審に答えた旨が記される。これは、宗巴が下・百段への注釈に必要な情報を収集していたことを示すもので、『寿命院抄』の編纂準備作業がこの時期、すでにはじまっていたことを物語る。その後、『言経卿記』には宗巴の問いに言経が教示を与える記事が散見される。また、松永貞徳『なぐさみ草』の跋文には、「くすしの寿命院もやさしき人にて、要法寺の本地院なとに、いふかしき事をたつね、はしめて抄を作りて板にちりはめ、世にひろめらる」と記される。宗巴は『徒然草』の不審を要法寺本地院（日性）にも問うていたとのことで、彼が諸方の人脈を生かしながら『寿命院抄』を編纂していった様子が窺える。

『寿命院抄』が一応の完成を見たのは、慶長六年十月九日以前のことである。『寿命院抄』の多くの伝本には、中院通勝（法名素然、也足軒と号す）によるつぎのような奥書が加えられている。

此抄者、壽命院立安法印淩醫家救療之暇、廣見遠聞而漸終篇、予披覧寂奇之餘、揮短毫聊録事状耳、

慶長第六辛丑孟冬初九　也足叟素然

通勝は『寿命院抄』を一見し、慶長六年十月九日に右の奥書を記したのである。『寿命院抄』はこの時期までに今日見る姿を成していたのであろう。その後、慶長七年三月九日、『寿命院抄』は山科言経の手を経て、後陽成天皇に進覧される（『言経卿記』）。古活字版として最初に刊行されるのは慶長九年のことで、その刊記は以下のとおりである。

慶長九暦閼逢執徐姑洗良辰

日東　洛陽　如庵宗乾刊行

「閼逢」「執徐」は甲辰のことで、慶長九年の干支にあたる。「姑洗」は三月。つまり、慶長九年三月に、京都の如庵宗乾と称する人物によって開版されたのである。古活字版には以後、無刊記のものが七種刊行される(3)。ただし、整版本はない。

二 『寿命院抄』諸本をめぐるこれまでの研究

慶長九年に開版された『寿命院抄』は古活字版の国書のうち、刊年のわかるものとしては初期の刊本である。しかも、慶長九年版には漢字・片仮名活字のほか、冒頭の数丁に平仮名活字も用いられており、古活字版研究の重要資料としても注目されてきた(4)。このように『寿命院抄』の存在は古活字版を通して認知されることが多かった。したがって、『寿命院抄』の写本が考察の対象になる機会は乏しかったといえるだろう。

しかし、そうしたなか、川瀬一馬は古活字版の諸本を博捜するだけでなく、写本の尊経閣文庫本、濱野知三郎蔵本書き入れ（大久保忠寄が慶長九年刊本に寿命院家伝来の写本との校合を行い、その書き入れを源滕賢が無刊記第三種本に転写したもの）の存在を紹介している。そして、尊経閣文庫本の本文が古活字版のものより古く、宗巴の稿本を忠実に伝写していると述べるとともに、濱野本の書き入れも尊経閣文庫本の本文に一致し、両書を通じて宗巴の原稿本の姿を思い浮かべることができると指摘した(5)。

また、藤井隆は家蔵本の影印・翻刻を刊行し、本文の詳細な研究を公にした(6)。それによれば、同本は古活字版に比べて本文が簡略で、慶長六年に中院通勝が奥書を加えた段階の、初稿本のかたちをとどめているという。その後、初稿本に改訂追補が施されて再稿本が誕生し、それが尊経閣文庫本や高乗勲蔵本（濱野本対校本と同系統の写本）、慶長九年版の原稿本になったと指摘する。藤井本は上を欠失するが、後述するように、下の本文は確かに古態をとどめている。『寿命院抄』の成立過程を一歩踏み込んで考察した論攷といってよい。

そして、近年の注目すべき成果として、高木浩明による京都府立総合資料館本の紹介があげられる(7)。高木は同本が中院通勝の真筆であることを明らかにし、あわせて慶長八年五月十五日、同十年九月十一日の日付をもつ通勝の追記が存在することを指摘する。そのことから、同本が慶長八年五月十五日以前に書写されたこと、通勝自身が注の追加を行っていることが明らかになった。また、通勝による追記は、慶長九年版以降の古活字版にも一部が反映されていることから、府立総合資料館本が慶長六年十月以前の『寿命院抄』の一応の成立から、慶長九年に刊行されるまでの中間の形態をとどめることも指摘された。この高木の論により、『寿命院抄』の成立から刊行までの状況は、府立総合資料館本の存在を通じて、より明確なかたちで把握できるようになったわけだ。

以上、『寿命院抄』写本の研究はおよそ右の三氏の論に尽きるといってよいが、それぞれ重要な指摘に富んでいる。三氏とも『寿命院抄』の成立から刊行までの経緯を、写本を通じて追究した。そのなかで、尊経閣文庫本、濱野本書き入れ、高乗本、藤井本、府立総合資料館本が研究の俎上にのぼったが、実際、『寿命院抄』の写本はこれ以外にも存在する。研究がここまで進展した現在、写本全体の本文を調査する機は熟したといえるのではなかろうか。そこで本稿では、現存写本の系統分類を行い、各伝本の位置づけを試みることとする。そのことによって、『寿命院抄』の成立から刊行までの書写の経緯は、より具体的に解明されるはずだ。そして、高木がとりわけ重視した『寿命院抄』への通勝の関与の姿も、この作業を通じてさらに考究できるものと考える。

三　『寿命院抄』の諸写本の書誌

まずは、『寿命院抄』写本の一覧を掲出する。

（1）京都府立総合資料館蔵本　慶長八年以前、中院通勝写　特大三冊（五三五）
（2）尊経閣文庫蔵本
（3）国文学研究資料館高乗勲文庫蔵本（仙台伊達家旧蔵本）　宝永四年写　大二冊（八九／七六）
（4）今治市河野美術館蔵本〔江戸時代初期〕写　特大二冊（一一八／四八四）
（5）天理大学附属天理図書館蔵本〔江戸時代前期〕写　大二冊（九一四・五／イ一一）
（6）藤井隆氏蔵本　存下　大一冊
（7）東海大学付属図書館桃園文庫蔵本〔江戸時代前期〕写　大二冊（桃一九／七一）
（8）伊那市立高遠町図書館蔵本〔江戸時代初期〕写　特大三冊（進徳図書／国〇九七）
（9）東京大学文学部国語研究室蔵本〔江戸時代前期〕写　大二冊（二四A／四二）
（10）鶴見大学図書館蔵本　有欠〔江戸時代前期〕写　特大一冊（九一四・四五／H）

ここには刊本の転写本は含まれていない(8)。また、（10）鶴見大学図書館本は（1）～（9）とは系統を異にし、慶長六年に通勝が奥書を据える以前の本文、即ち宗巴の草稿過程の本文を伝える重要伝本である。同本の紹介には別稿を準備しており、本稿では『寿命院抄』の成立以後に派生した諸本を考察の対象としたい。

つぎに、各伝本の書誌を記す。

（1）京都府立総合資料館蔵本　慶長八年以前、中院通勝写　特大三冊（五三五）

後補打曇り表紙（三〇・三×二二・一糎）、左肩薄紺色題簽に「つれ〳〵草上（中・下）」と書す。中・下冊には原共紙表紙が残り、左肩打付「つれ〳〵私抄乾ノ坤（坤全）」。十三行。字面高さ、約二五・五糎。注釈の追記も通勝筆。巻末に「此抄者、壽命院立安法印凌醫家救／療之暇、廣見遠聞而漸終篇、予／披覧寂奇之餘、揮短毫聊録事／状耳、／慶長第六辛丑孟冬初九　也足叟素然」との奥書あり。印記「也足」（円型墨印。中院通勝）。

上・二十五段のうち、「かねゆきかかける扉」の注に慶長八年五月十五日の日付をもつ通勝の追記があることから、本書の書写はそれ以前であることが確定できる。追記部分はいずれも本文と筆勢を異にしているため、一見すれば判断できる。また、追記には慶長十年九月十一日の日付をもつものもあることから、追記は一度に行われたのではなく、断続的に行われたことがわかる。

（2）尊経閣文庫蔵本

現在、所在不明。ただし、東海大学付属図書館桃園文庫蔵『徒然草抄』（桃一九／七三。高乗勲文庫蔵本〈伊達家旧蔵本〉の新写本）に尊経閣文庫本、古活字本との校異が丹念に書き入れられており、そこからその本文形態を知ることができる。また、当該桃園文庫蔵『徒然草抄』には、昭和二十五年七月七日の池田龜鑑の長文の奥書がある[9]。そこには尊経閣文庫本の考察が記されており、同本の表紙見返に「寛永蔵書松永昌三門人小平次書　壽命院立安法印抄也」と記されていたことや、中院通勝の奥書が存在しなかったことなど、貴重な情報が明記されている。

（3）国文学研究資料館高乗勲文庫蔵本（仙台伊達家旧蔵本）　宝永四年写　大二冊（八九／七六）

原装香色表紙（二七・二×一九・〇糎）、中央に題簽跡あり。上冊前遊紙に「徒然草抄」と書せる紙片を貼付。十行。

字面高さ、約二〇・〇糎。巻末に通勝奥書あり。さらに丁を改め、以下のとおりの書写奥書を有する。「右二冊之抄物者壽命院立安法印所作之本中院通勝卿被染／筆處也、今壽命院　所持／之本今度令恩借寫之／畢、永代之重寶不可過／之者也、／宝永四暦／晩夏中旬　羽林次将藤原（花押）」と、伊達吉村の奥書がある。印記「伊達伯／観瀾閣／圖書印」（仙台藩伊達家）。

奥書によれば、本書の底本は寿命院家に伝来した中院通勝の筆本であったという。慶應義塾大学附属研究所斯道文庫浜野文庫所蔵の古活字版（前述の濱野知三郎蔵本）に書き入れられた校異は、この高乗勲文庫本の底本のものによる。濱野本には大久保忠寄による詳細な識語があって、秦寿命院悰俊の話として、正親町院の命により中院通勝が清書し、奥書を加えたのが寿命院家蔵本であるという家伝が記されている。(10)

（4）今治市河野美術館蔵本　〔江戸時代初期〕写　特大二冊（一一八／四八四）

原装薄茶色地金銀草花文様表紙（三二・六×二三・五糎）、中央に朱地金銀草花文様題簽に「つれ〳〵抄上（下）」と書す。見返、金地刷出菊花文様。十二行。字面高さ、約二五・五糎。巻末に通勝奥書あり。印記「時習館／圖書／之印記」（熊本藩校時習館）「残花書屋」「賓／南」（陰陽二種）「殘華／書屋」（戸川濱男）。

（5）天理大学附属天理図書館蔵本　〔江戸時代前期〕写　大二冊（九一四・五／イ一二）

原装茶色表紙（二七・六×二〇・八糎）、左肩原水色地金銀泥秋草文様題簽に「つれ〳〵抄上（下）」と書す。十二行。字面高さ、約二四・〇糎。巻末に通勝奥書あり。上冊に「本書ハ光悦筆／外題は為和卿筆／□□□候　政斎」と記せる紙片が残る。

（6）藤井隆氏蔵本　存下巻　大一冊

慶長年中を下らぬ古写本という。古典文庫に影印・翻刻あり。

（7）東海大学付属図書館桃園文庫蔵本　〔江戸時代前期〕写　大二冊（桃一九／七一）

原装茶色表紙（二五・三×二〇・八糎）、中央原薄緑地題簽に「つれ〳〵草抄上（下）」と書す。全文、漢字平仮名交じり。八行。字面高さ、約二一・五糎。巻末に通勝奥書あり。

（8）伊那市立高遠町図書館蔵本　〔江戸時代初期〕写　特大三冊（進徳図書／国〇九七）

原装朱空押卍繋牡丹唐草文様表紙（三一・二×二二・六糎）、左肩打付「つれ〳〵草　巻の壱（弐・三）」。十三行。字面高さ、約二七・〇糎。巻末に通勝奥書あり。印記「高遠文庫」「長野縣／尋常師／範學校」。

本書には他本と同様、通勝の奥書があるが、その署名部分は「慶長第六辛丑孟冬初九也足叟素然判」とある。即ち、本書の底本には通勝の花押が据えられていたことになる。「也足」の墨印のある府立総合資料館本とともに、伝来上、注目すべき伝本といえる。

（9）東京大学文学部国語研究室蔵本　〔江戸時代前期〕写　大二冊（一四A／四二）

原装茶色表紙（二八・六×二一・七糎）。各冊、前後遊紙一丁。十行。字面高さ、約二一・五糎。巻末に通勝奥書なし。

『寿命院抄』の写本にはいくつかの共通する特徴が見られる。まず、最も注目するべきは、各段の注釈が終わると、丁または頁を改めてつぎの段の注釈をはじめる点である。稀に、注釈の分量が僅かな章段のときには、一頁に二段を記す箇所もあるが、全般に段ごとに十分な余白を確保して書写が行われている。これは各段の要語・人名において、後に知り得た事柄を追記するための配慮から起こったものと思われる。ただし、高乗勲文庫本のみ、各段のあと二行の空白のみを置いて次段を記す体裁となっている。これは後の整理された姿といってよい。また、要語・人名において、注釈を付けられなかった部分に空白を設ける措置も、多くの伝本でとられている。これも、もともと祖本の段階で、語義・伝記等が明らかになってから、追記を行う予定で空白としたものが踏襲されたのだろう。十分な余白や空白を設けることにより、『寿命院抄』は宗巴の草稿本の段階から、通勝の奥書を得たあとにいたっても、追記が適宜行われた。『寿命院抄』は成長してゆく注釈書という側面をもち、通勝が奥書を加えた慶長六年十月九日以後は、通勝の手による追記が行われ、それが各本に伝えられてゆくのである。

つぎに奥書の存在である。慶長九年十月九日の中院通勝の奥書が、右のうち、尊経閣文庫本、東大本を除くすべてに残されている。この点は、宗巴が脱稿し、通勝の検分を経た形態の本文を、これらの伝本が伝えていることを意味する。尊経閣文庫本に奥書がないのは一考を要するが、後出の本文を伝える東大本にそれがないのは、単に転写をしなかったためであろう。

表記についても一言しておく。『徒然草』本文は漢字平仮名交じりで表記され、注釈は漢字片仮名交じり、ただし、注釈内で引用する本文の原典が平仮名表記のものは平仮名で表記される。ただし、桃園文庫本のみ例外で、全文、漢字平仮名交じりとなっている。段数は朱筆で表記し、注釈は一ツ書きとする。朱引、朱句点、朱合点を施す。また、通勝の追記部分には「也足重考之」等の朱書が加えられている。

そして、『寿命院抄』の写本には大型のものが少なくない点も特徴といえるだろう。府立総合資料館本・河野美術館本・高遠町図書館本などは、縦三〇糎、横二二糎を超える堂々たる大きさをもつ。本稿では触れないが、鶴見大学本も同様である。貴顕に伝えられた本が多かったという事情があったものと思われる。

四　二系統の本文

鶴見大学本を除けば、『寿命院抄』の諸写本・刊本間の異同は大きなものではない。ただ、その本文は大きく分けると、二系統に別れるととらえることができる。

表1を参照されたい。これは『寿命院抄』における重要な異同箇所を表にまとめたものである。有無に差のある詞章を掲出し、各本がその詞章をもつ場合には○、もたない場合には×を付した。また、詞章そのものに違いのある箇所については、その旨を記述した。

このうち、最も規模が大きく端的な違いを示す箇所は、下・百五段「八になりし年」の注釈である。本段ではまず、「此段ハ、経仏先後ノ法門ヲ沙汰スル也」と、兼好の趣旨を説き、つづいて「釈氏要覧ノ中ニ曰」として、約八十字の引用を行う。河野美術館本・天理図書館本・藤井本は以上で終わるのであるが、他の諸本はその後、「天台証真私記略曰」として、約三百五十字に及ぶ引用を行う。『釈氏要覧』によって注釈を施したあと、さらに適切な資料を得て注を追加したことにより、こうした差が生まれたのであろう。この点に着目すれば、諸本は以下の二系統に分けることができる。

A系統　府立総合資料館本・尊経閣文庫本・高乗勲文庫本・桃園文庫本・高遠町図書館本・東大本・古活字

表1 『寿命院抄』の二系列の本文（○はアリ、×はナシ、をそれぞれ示す）

段	上						下			
	四十七	五十四	五十四	五十八	六十	百三	十三	八十三	百	百五
京都府立総合資料館本	ヤ、トハ、人ニ云カケタル詞也、ヤヨナド云類歟、やよ時雨ナド、イヘル心ニテ、呼カクル詞也、	藻塩草ニ曰、後京極殿、寄二破子一恋ト云題ニテ、引我をいとふいもか心やこま〳〵とへたてかちなるわりこなるらん	×	一 そのうつはもの 論語曰、子曰、汝器也、曰、何器也、曰瑚璉也、見二公治長一、	×	権大納言光忠正二位弾正尹〈六条内大臣有房公男、太平記ニアル／千種宰相中将忠顕ノ父也、〉	×	是無常ノ調子、	×	天台証真私記略曰、（以下約二百五十字の記事あり）
尊経閣文庫本	府立総合資料館本に同じ	○	×	○	×	○	×	×	×	○
高乗勲文庫本	府立総合資料館本に同じ	○	×	○	×	○	天性トハ生レツキ也、	○	×	○
河野美術館本	娘ノハナヲヒタル時也、	×	いひしろひて 互ニイフ義也、引しろふなと云、同心也、	×	能化ナド云同之、	×	○	○	×	×
天理図書館本	河野美術館本に同じ	×	○	×	○	×	○	○	×	×
藤井本							○	×	×	×
桃園文庫本	府立総合資料館本に同じ	○	○	○	×	○	×	○	相国寺之末寺、旧跡東山ニあり、	○
高遠町図書館本	府立総合資料館本に同じ	○	○	○	×	○	○	○	○	○
東大本	府立総合資料館本に同じ	○	×	○	×	○	×	○	○	○
古活字本	府立総合資料館本に同じ	○	×	○	×	○	×	○	○	○

本

B系統　河野美術館本・天理図書館本・藤井本

その他の箇所でも、諸本の異同は同様の傾向を示す。例えば、上・四十七段。「やゝはなひたる時」の注は、A系統では「ヤヽトハ、人ニ云カケタル詞也、ヤヨナド云類歟、やよ時雨ナド、イヘル心ニテ、呼カクル詞也」とあり、以下、『万葉集』『古今集』より「鼻ひる」の語を用いた和歌を引き、『瑣砕録』より「噴嚏」の占いに関する記述を引く。一方、B系統では「娘ノハナヲヒタル時也」とあるのみで、以下同様に『万葉集』『古今集』『瑣砕録』の引用を行う。B系統の内容では語義の説明として不十分の感は免れ得ず、それを修正したのがA系統の注釈ではないかと推測される。

このようにB系統が簡略または不十分な注をもつ例として、他に上・五十四段、五十八段、百三段があげられる。だが、これらによってA系統・B系統の先後を決することは難しい。B系統は常に簡略な形態をもつわけではなく、例えば、上・五十四段では「いひしろひて」の項を立て、「互ニイフ義也、引しろふなと云、同心也」との注釈を施している。これはA系統のなかでも古い本文を伝える尊経閣文庫本・高乗勲文庫本と、同系統の東大本・古活字本には存在しない。あえて削除するべき内容とは思えないから、この部分に関していえば、A系統に古態があるというべきだろう。上・六十段も同様の事例である。

また、これは表には掲出していないが、上・二十五段のうち、「京極殿、法成寺なとみるこそ」の注で、諸本が「法成寺ハ五条河原ナリ」とする部分がある。この箇所、A系統の高乗勲文庫本のみ、「法成寺、所未知之、可考」とあって、考証をいまだ行っていない段階の詞章を伝えている[11]。つまり、この部分においてはA系統に古態がとどめられていることがいえるのである。加えて、後述するように、B系統の伝本には慶長八年五月十五日の通勝の追記も反映されていて、この点でもA系統の古態が指摘できる。このように、『寿命院抄』の諸写本はA・B両系統に別れるのだが、そのどちらか一方が一貫して古態を保つ状態では伝えられていない。恐らく、宗巴による考証過程の異なる段階で二つの系統が生まれ、それぞれがさらに追補改修を行った結果、今日見る諸本の形態になったものと思われる。

五　通勝の追記との関係

先述のとおり、高木浩明は府立総合資料館本に慶長八年五月十五日（上・二十五段）と、同十年九月十一日（上・十四段）の日付をもつ通勝の追記の存在を指摘した。また、上・四十五段の「公世ノ二位」の「せうと」の項に対して、「実行」から「公世・良覚」までの系図が紙片に記され、余白に添付されていることも指摘している。こちらも年時・署名こそないものの、筆跡より通勝による追記であることがわかる。実際、このような追記は府立総合資料館本の他の箇所にも見られ、私見ではその数は十例に及んでいる。

表2は、府立総合資料館本における通勝の追記の内容を一覧にし、それが各伝本にどのように反映されているかをまとめたものである。掲出した追記と同じ記事がある場合には○を、ない場合には×を付した。ちなみに、上・二十五段の追記で府立総合資料館本が冒頭で「私勘」とする部分は諸本になく、○印を付した諸本では代わりに朱筆で「也足重考之」と記されている。通勝独自の増補部分は明示しておくという意識が、諸写本にはあったのだろう。詳述は控えるが、桃園文庫本・高遠町図書館本に特にその意識は強い。

この表からもわかるとおり、尊経閣文庫本と上を欠く藤井本を除けば、すべての伝本が通勝の追記を何らかの

表2　追記部分の異同（○はアリ、×はナシ、をそれぞれ示す）

段		京都府立総合資料館本	尊経閣文庫本	高乗勲文庫本	河野美術館本	天理図書館本	藤井本	桃園文庫本	高遠町図書館本	東大本	古活字本
上	十四	勘　高明公八世之孫、慶長十年九月十一日	×	×	×	×		×	×	×	×
上	二十五	私勘或抄云、法成寺額大納言殿行成卿　扉兼行阿弥陀堂内　南家人兼行大和守　延久四年七月任之、或抄云、延久三年三月十八日、大極殿額可使誰人書乎事、公卿僉議之時、兼行朝臣応撰已書大内殿舎額、今度尤可書之由、右大臣師―房公被計由之　系図追可勘加也、〈慶長八／五十五記之素然〉	×	×	○	○		○	○	○	○
上	四十五	「実行」から「公世・良覚」にいたる系図（貼紙に追記）	×	×	○	○		○	○	○	○
上	五十九	一　財をもすて、のかれさるそかし、遁避、	×	○	×	×		×	○	×	×
上	七十三	私曰、此儀コ、ニアハヌ、無愛儀也、	×	×	×	×		×	○	×	×
上	八十四	追勘實泰公也、実雄公守左大臣従一實泰也實泰也、	×	×	×	×		×	×	×	×
下	六	餒　奴罪切餓也	×	×	×	×	×	×	×	×	×
下	十九	追勘頼長、保延二年十二月九日任内大臣行大饗於東三條院云々、	×	×	×	×	×	×	×	×	×
下	六十七	追一　しもと　楉シモト　笞罪ノ事ナルヘシ、	×	×	×	×	×	×	×	×	×
下	九十五	追而考之、藻塩草曰、つまひき〈爪引也、ひわをはちならて／つめにてひく也、源氏にも、〉	×	○	×	×	×	○	○	○	○
追記反映箇所の総計			0	2	2	2	0	3	5	3	3

かたちで反映していることがわかる。そして、前節での分類をもとに諸本をさらに整理すれば、以下の三種に分けることが可能である。

Ａ１系統　府立総合資料館本・尊経閣文庫本・高乗勲文庫本
Ａ２系統　桃園文庫本・高遠町図書館本・東大本・古活字本
Ｂ系統　河野美術館本・天理図書館本・藤井本

まず、Ａ１系統から見てゆく。尊経閣文庫本には通勝による追記記事は一切反映されていない。つまり、尊経閣文庫本の本文は、通勝が追記をする以前の府立総合資料館本の本文に最も近いということができる。尊経閣文庫本の巻末には通勝の奥書がなかったというのだが、そのことは同本と追記が施される前の府立総合資料館本が、宗巴の最終稿で、通勝が奥書を加える段階の本文形態をもっていた可能性を示している。

これに対して、高乗勲文庫本には上・五十九段、下・九十五段の二箇所で追記が反映されている。高乗勲文庫本は上・二十五段「京極殿、法成寺なとみるこそ」の注で、「法成寺、所未知之、可考」と記し、未考証の草稿的記事をとどめていた。しかし、そうした比較的古い本文を土台にしながらも、通勝の追記を反映するという、後出の要素をもつのである。同本の底本は寿命院家の所蔵であったというが、その本文は宗巴の草稿乃至擱筆段階のものではなく、通勝の監修後のものが伝えられていたことになる。

Ｂ系統は下・百五段が簡略であるなど、一面で古態の要素をもっていた。しかし、Ｂ系統独自の記事もあって、Ａ系統との先後関係を単純に論じることのできないことは先述した。追記部分に着目してみると、河野美術館本・

天理図書館本とも、上・二十五段、四十五段の追記を有していることが目を引く。特に、上・二十五段の追記は慶長八年五月十五日のものだから、両本の本文はそれ以降の成立ということになる。藤井本は上を欠くが、下は河野美術館本・天理図書館本と同様の形態となっている。そのことから類推すれば、藤井本の上に該当する本文は、河野美術館本・天理図書館本と同じものであった蓋然性が高い。

A2系統の諸本は、上・二十五段、四十五段、下・九十五段の追記を反映する系統である。上・二十五段、四十五段の追記をもつ点で、A1系統とは明らかに異なり、後出の要素をもつ系統といえる。上・二十五段の追記が存することから、この系統もB系統と同様、慶長八年五月十五日以降の成立であることがわかる。なかでも最も多くの追記をもつのが高遠町図書館本で、計五箇所を反映している。東大本は**表1**に示した本文異同でも古活字本に同じであったが、追記の反映状況もまた古活字本に等しい。東大本は段ごとに改頁を行う写本系の特徴をもつため、刊本の転写ではない。したがって、慶長九年刊本の底本の系譜を引く写本と推測されるのである。

以上、諸本における通勝の追記の反映状況を見てきた。このなかでさらに注目すべき点は、上・十四段の追記がすべての本で反映されていないことである。上・十四段の追記は慶長十年九月十一日になされたものである。諸本にこれがないということは、慶長十年九月十一日以前に追補が行われた本より、現存諸本が影響を受けていることを示すのであろう。

六　『寿命院抄』の成立と通勝の関与

写本・刊本を含めて『寿命院抄』の伝本は、中院通勝の奥書をもつものが流布した。A系統・B系統と、系統を異にする伝本であっても、通勝の奥書は共有されている。これをもたないのは、宗巴の草稿過程の本を転写した鶴見大学本、宗巴による最終形態を示す可能性のある尊経閣文庫本など限られたものである。つまり、『寿命院抄』は宗巴所持の本から派生したものより、通勝の手を経た本から派生したものの方が圧倒的に多いといえるのだ。また、通勝による追記の反映状況には、各本に相応の差があった。このことは、通勝の手許にあって監修が行われていたいくつかの段階で、複数の本が転写され、流布していったことを表している。

『寿命院抄』に向けた通勝の関与とはどのようなものであったのか、さらに考えてゆこう。通勝が自身、『徒然草』の注釈を行っていたことは、臼杵市立臼杵図書館蔵『徒然草』奥書より知られている。(12)

文禄五丙申仲春念三、此上巻丹後田邊在國之間、於一如院連々不審事等尋申、也足軒少々注付了、今日終之日也　幸隆在判

右のように、文禄五年（一五九六）の年紀をもつ臼杵本の本奥書から、細川幸隆（幽斎の三男）が通勝に『徒然草』の不審を尋ねたことや、通勝が『徒然草』に注を付けていたことなどがわかる。また、松永貞徳の『戴恩記』にも、通勝が『徒然草』の講釈を行ったことが記されている。よく知られた資料ではあるが、確認のために引用しておく。

此入道殿（通勝）には、王代記、年代記のよみやう、亦〻二十一代集の真字仮字の序、幷哥の中、不審の事とも数ヶ条、又つれ〳〵草の御講尺を聴聞仕りたりき、

『徒然草』が新たな古典として注目を集めていた時代環境を考えれば、古典学者の通勝が『徒然草』の注釈・講釈を行っていたことは驚くにあたらない。一方、『慶長日記』には宗巴の死去を記し、「講談此人ヨリ始ル」とその事跡を紹介していた。この記事を信じれば、宗巴もまた『徒然草』の講釈を行っていたことになるのであるが、その内容がいかなるものであったのか、また、通勝の講釈とどのような関係にあったのか、窺い知ることは

できない。

ただし、『寿命院抄』の成立以降、『寿命院抄』は通勝の講釈の重要な拠り所となっていたらしい。天理図書館本の上・百一段には、同本にしか見えない注目すべき追記記事が存在している。

　也足重考之、
まかり　殿上の定器をはまかりといふ也、昨日或物の中ヨリ見出シ候、如此声ヲ指テ候、昔ハ四位五位六位殿上ニ日夜ツメ奉公シタル也、是ヲ殿上人ト云、朝夕臺盤ニ着テ食セシソ、ソレヲ臺盤ヲオコナフト云、其食ヲオコナフ事ヲ日給ト云ト見エタリ、殿上日給ト云簡ヲ立テ置ルルモ此事也、此簡ニ当時ノ殿上人ノ名ヲ悉記スル也、

上・百一段は、久我相国が殿上で水を飲む際に「まがり」を用いたという故実を語る一段である。『寿命院抄』の諸本では、その「まかり」についてつぎのように注している。

まかり　貝ヲミガキテコシラヘタル水ノミアリ、ソレヲまがりト云、田舎奥州辺ニ多シ、今堂上ガタヘ尋ヌレトモ、近年用ラレザル故ニヤ、シラレルカタナシ、貝ノ水ノミタルベキト云事モ、推量ナリ、追可考之、（府立総合資料館本）

宗巴は「まがり」を貝で製作した水飲みかとしながらも、あくまでもそれは推量であり、「追可考之」と記している。天理本では諸本と同じ記事を引用したあと、「也足重考之」として、右の記事をやや小さめの字で余白に書き入れている。通勝は「まかり」が「殿上の定器」であることを知り得て、これを追加したのである。その語法にも注目したい。「見出シ候」「声ヲ指テ候」「食セシソ」とあって、講釈の語法が保たれているのだ。「昨日或物の中ヨリ見出シ候」というのも、まさに講釈のような、生きた学問伝授の場に相応しい言葉のように思われ

る。加えて、「まがり」の説明から、「殿上人」「臺盤」「日給」「殿上日給ト云簡」に話が展開してゆくところも、講釈のあり方を反映しているのだろう。天理本のこの独自の追加記事が、講釈の手控えにもとづくのか、聞き書きにもとづくのかはわからない。しかし、通勝が『寿命院抄』を知嚢として、その不備を補いながら、自身の講釈に生かしていたことがわかるのである。

前述のとおり、府立総合資料館本には通勝の筆跡による十箇所の追記が存在する。この十箇所は、宗巴が完成させた『寿命院抄』に対し、通勝が増補を行ったことが最低限特定できる部分である。しかし、それ以外にも通勝が『寿命院抄』の増補に意欲的に臨んでいたことを窺わせる記述が残る。白拍子の由緒を語る下・八十八段のなかで、諸本には「かめ菊にをしへさせ給」と立項しながら、注を施していない箇所がある。だが、高遠町図書館本にのみ、「吾妻鏡可引入」という朱筆が存在している。『吾妻鏡』を引用して注を付すための覚書だが、高遠町図書館本が通勝の花押の据えられた奥書をもつ本を底本にしていたことや、諸本中、通勝の追記を最も多くもつ本であることを考えると、この朱筆は通勝によって施されたものを引き継いだのではないかと想像される。このように、通勝が『寿命院抄』に増補を行おうとしたことは、府立総合資料館本以外からも窺うことができるのだ。

宗巴によって編纂された『寿命院抄』は、通勝による奥書が加えられただけでなく、そのまま通勝の講釈の台本ともなり、通勝による増補も施された。こうした『寿命院抄』をめぐる宗巴と通勝との関係を考えるうえで、ある示唆を与えてくれるのが、通勝の著した『岷江入楚』の存在である。『岷江入楚』には細川幽斎による長文の跋文があり、そこでは同書成立の経緯がつぎのように述べられている。

……茲焉也足軒主素然老人、以余有識荊之素、避迹畈隠陋邦丹之後列　老人也種姓不凡才識高明、寔一時名

流也　加旃親炙三光内府勧侍講帷、究此物語之奥旨、依之就老人求果余素願、於是老人忽感其志、考之諸抄繁者芟、訛者正、缺者補、互有得失者両存之、十稔之間雪纂露抄畢五十五帖、可謂集大成也　乃題以岷江入楚矣　古云墨泰山、硯楚江、紙乾坤、令併案此抄豈多譲哉、比所謂入楚無底者老人之硯滴者也、

旹慶長第三歳在戊戌星夕之日誌焉

幽斎叟玄旨在判

これによれば、幽斎が自らの「素願」の実現を求め、その志を感じた通勝が、十年の歳月を経て成したのが『岷江入楚』であったという。幽斎が依頼をして、通勝が注釈書を著す。そして、その注釈書に幽斎が奥書を加える。この関係は『寿命院抄』の成立にも類似するのではあるまいか。元来、『徒然草』の本格的な注釈書の編纂を望んだのは通勝であって、宗巴はその意を汲んで『寿命院抄』を著した。そのため、通勝は『寿命院抄』に奥書を与えたと考えてみたいのである。無論、これは憶測に過ぎないが、『寛政重修諸家譜』の秦宗巴の条に記されたつぎの一文は、あながち根拠のない話ではないと思われる。

また一貴价の需に応じて徒然草の抄二巻を著す。

『寿命院抄』が「一貴价」の求めによって著されたことが、図らずも記されている。そして、ここでいう「一貴价」とは、いうまでもなく通勝が想定される。『寿命院抄』の大多数の伝本が通勝の奥書をもち、通勝のもとから派生していったことは、こうした経緯と大いに関係しているように思われる。

【注】

（1）野間光辰「假名草子の作者に關する一考察」（『国語と国文学』一九五六年八月号）、木村三四吾「犬枕 解説」（『ビブリア』第五十五号、一九七三年）参照。
（2）高木浩明『中院通勝真筆本『つれ〳〵私抄』―本文と校異―』所収「『徒然草寿命院抄』成立前夜―中院通勝真筆本『つれ〳〵私抄』の紹介を兼ねて―」（新典社、二〇一二年。初出、『国語国文』二〇〇九年六月号）。
（3）高木浩明注（2）前掲書所収「古活字版『徒然草寿命院抄』書誌解題稿」。
（4）川瀬一馬『増補古活字版之研究』（ABAJ、一九六七年）。
（5）川瀬一馬『日本書誌学之研究』所収「徒然草壽命院抄攷」（大日本雄弁会講談社、一九四三年。初出、複製『つれつれ草壽命院抄』所収「徒然草壽命院抄解説」松雲堂書店、一九三一年）。
（6）藤井隆編『徒然草寿命院抄 伝中院通勝筆本 下』（古典文庫、一九八七年）。
（7）高木浩明注（2）前掲書。
（8）刊本の転写本は以下のとおり。
天理大学附属天理図書館蔵『国籍類書』所収本　慶長九年版の写。
宮城県図書館青柳文庫蔵本　慶長九年版の写（未見。『青柳・今泉・大槻・養賢堂文庫和漢書目録』〈宮城県図書館、一九八四年〉による）。
法政大学図書館蔵本　慶長九年版の写
四天王寺大学図書館恩頼堂文庫蔵本　無刊記第一種本の写（同本には慶長十三年の識語があり、以て無刊記第一種本の刊行の下限を特定できる）。
陽明文庫蔵本　無刊記第四種本の写。
（9）東海大学付属図書館編『桃園文庫目録』中巻（一九八八年）に翻刻されている。

（10）この秦家の伝承については、藤井隆注（6）前掲書所収「徒然草寿命院抄成立の考察」（初出、『後藤重郎教授停年退官記念国語国文学論集』名古屋大学出版会、一九八四年）、小秋元段『太平記と古活字版の時代』第二部第五章「『徒然草寿命院抄』と『本草序例』注釈―序段を中心に―」（初出、関西軍記物語研究会編『軍記物語の窓』第二集、和泉書院、二〇〇二年）が考証を行っている。なお、浜野文庫本については、大沼晴暉『慶應義塾大学附属研究所斯道文庫蔵 浜野文庫目録―附善本略解題』（汲古書院、二〇一一年）参照。

（11）この点については、高木浩明注（2）前掲論文が指摘している。

（12）斎藤彰『徒然草の研究』第四章一「幽齋本系統つれ〳〵草の注の性格―中院通勝説と細川幸隆注の吟味―」（初出、『学苑』第六百十五号、一九九一年）参照。

釈迦の涅槃と涅槃図を読む

小峯和明

一 〈仏伝文学〉の世界

近年、日本と東アジアの漢字漢文文化圏をめぐって、〈仏伝文学〉を中心に取り組んでいるので[1]、その一環としてここでは釈迦の涅槃をとりあげたいと思う。〈仏伝文学〉とは、私に定義するもので、一般の「仏伝」即「釈迦の生涯」(一代記)だけにとどまらず、釈迦の前世の姿を語る本生譚(ジャータカ)をはじめ、目連や阿難らの仏弟子譚、涅槃後に荼毘に付された釈迦の舎利をめぐる話譚などもひろく含めて広く対象とする。それと同時に東アジアの漢字漢文文化圏における天竺世界の位置や意義をも射程に入れようと考えている。

〈仏伝文学〉は、主に漢訳の仏伝経典から訓読体の説話集(因縁集)へ、さらに和文の仏伝物語へ展開する、人間の生と死を語る〈物語〉の一大原点であり、私にいう〈法会文芸〉の一環としてある[2]。唱導における説教、経釈、歌謡の今様や和讃、絵画では絵巻や絵入り冊子本、仏伝図、釈迦八相図、涅槃図、涅槃変相図(壁画、掛幅図、障屏絵)など、造型はレリーフ、石像、木像、金属像等々があり、芸能、絵解き、パフォーマンスなどが混じり合うメディア・ミックスの様相を呈する。近代には、講談にも乗せられ、漫画や映画、アニメなどにもなる。総合性をおびているのが特徴である。

釈迦の生涯は、一般に「釈迦八相」といわれ、下天・託胎・出胎・出家・降魔・成道・転法輪・涅槃の八段階で説明する（『天台四教儀』他）。唐代の文人王勃の『釈迦如来成道記』は漢訳の仏伝経典に準ずる述作で、宋代の道誠による注解本が東アジアに流布し、そこでは以下の八相の名辞になる（道誠は『釈氏要覧』の編者）。

兜率来儀相・毘藍降生相・四門遊観相・逾城出家相・雪山修道相・樹下降魔相・鹿苑転法相・双林涅槃相

この方が最初にあげた『天台四教儀』などより全体のバランスがとれている印象を与える。十五世紀の朝鮮王朝で作られた『釈譜詳節』もこの型を踏襲している。

いずれにしても、仏伝の最終段階が涅槃であることはどの仏伝でも差異がない。涅槃は、梵語で「nirvana」（ニルヴァーナ）、漢訳で「泥洹」（ないおん）ともいう。仏教の修行上の究極の目標で、解脱、悟りの境地。煩悩の林から出る「出稠林」「無欲林」とも。生命の火が消え去る、寂滅、円寂、滅度、入滅の謂で、「大般涅槃」は完全な涅槃、釈迦の涅槃を指す。涅槃に関連の深い儀礼が涅槃会で、二月十五日に行われる。釈迦の入滅を慕う追悼報恩の法会であり、涅槃図が架けられ、『遺教経』を唱える。日本では新暦の三月十五日に行われる場合が多く、春を迎える行事の意味合いもある。

二　日本の〈仏伝文学〉

以下、まず日本の〈仏伝文学〉に関して概要を略述しておこう。古代においては、寺院や法会が中心で、七世紀から八世紀の法隆寺の五重塔内陣の涅槃像がある。横たわる釈迦のまわりで弟子の羅漢たちが泣き叫んでいる様子が立体感のある塑像で造られている。法隆寺には有名な玉虫厨子もあり、壁面に雪山童子や薩埵太子の本生譚の図が描かれており、これも西域や敦煌の石窟の壁画などでひろく知られる。アジア共有の話譚とその形象として着目される。
ついで八世紀の『絵因果経』がある。仏伝経典の代表である『過去現在因果経』をもとにした絵巻で、日本の絵巻史からみて最古の作例とされる。以下、九世紀以降の平安期から十二世紀の院政期にかけて、法会の唱導資料が残存し、『東大寺諷誦文稿』、『百座法談聞書抄』、金沢文庫本『仏教説話集』等々、断片的ではあるが、法会の場で語られた痕跡がうかがえる。これにあわせて、『李部王記』承平元年（九三一）条には、貞観寺堂内の柱絵の仏伝を僧が解説したとあり、絵解きの早い文献例とされる。『栄花物語』十七には、道長の法成寺御堂の扉絵に仏伝図が描かれていたという。そして説話集では、『三宝絵』永観二年（九八四）上巻に本生譚が集成され、下巻に展開される諸寺院の年中行事としての仏事法会の起源譚とも連関しあう。古代最大の〈仏伝文学〉は『今昔物語集』であり、その始発の天竺部は個々の説話集成による仏伝が展開される。仏の追究から人間の追究に超出するのが『今昔物語集』の基本の構図である。さらに一大歌謡集成の『梁塵秘抄』の今様法文歌にも仏伝の歌謡は少なくない。仏事や宴のなおらいなどでうたわれ、一般に浸透していったことをよくあらわしている。

ついで、日本中世の〈仏伝文学〉では、法会から読み物への変移もみられ、次第に日本の感性にかなった〈仏伝文学〉が成長し、掛幅図や絵巻の紙絵が発展する。永徳三年（一三八三）の本奥書をもつ『教児伝』は龍門文庫、金剛寺蔵写本がある。また、『釈迦如来八相次第』は完本に慶応大学、華蔵寺蔵写本があり、上巻のみの残欠に真福寺蔵本、石川透蔵本がある。華蔵寺本は天文二十一年（一五五二）奥書、康応元年（一三八九）本奥書をもち、南北朝期の成立であることが知られる。『釈迦八相』は栄西作とされ、西本願寺、龍谷大学等蔵、建武四年（一三三七）写本、文永十年（一二七三）本奥書をもつが、おそらく栄西仮託であろう。中世仏伝の代表は、何といっても『釈迦の本地』である。『釈迦如来出世本懐伝記』をはじめ書名は一定しないが、雪山童子譚からはじまり、四門出遊が四方四季とかさなるなどいくつかの特徴があり、天正九年（一五八一）写本をはじめ、室町期から近世初期の絵巻や絵入り本なども現存、絵画付きの伝本が多く、しかも説経や古浄瑠璃など語り物にもなり、古活字版や絵入り整版など刊本も多く作られた。近世にも享受、再生産され続けた点、特筆に値する。『釈迦物語』彰考館蔵本は、慶長十六年（一六一一）寿仙院日箋作で、日蓮宗系の『釈迦の本地』の異本とみなせる。

また、『釈迦八相略抄』龍谷大学蔵写本もあり、注釈書として注目されるが、ほとんど研究されていない。

近世になると、挿絵付の刊本が中心となり、創作性が高まり、語り物と読み物双方が流布し、一代記ジャンルにもなる。現象的には、十七世紀に集中し、十八世紀の作は今のところ不明、十九世紀になるとまた増えてくる。ひとまず代表例のみ列挙しておくと、万治四年（一六六一）『釈迦の御本地』は、説経節や古浄瑠璃本で、『釈迦の本地』にもとづく。語り物正本には挿絵もついている。仮名草子の『釈迦八相物語』は近世前期の仏伝の代表作で、寛文六年（一六六六）の刊本。寛文九年（一六六九）の『釈迦八相記』は古浄瑠璃で釈迦誕生前史の物語、『釈迦如来八相一代記』は天和四年（一六八四）刊の仮名草子。『釈迦一代伝記鼓吹』は貞享元年（一六八四）で、浅井了意とされるが現在では疑問視されている。『釈迦如来誕生会』は元禄八年（一六九五）の近松浄瑠璃である。

十九世紀では、文化二年（一八〇五）の『釈迦御一代記絵抄』、同年の『釈迦応化略諺解』。律宗系の『三世の光』は文化十年（一八一三）の作、文化十二年（一八一五）の『釈迦一代実録』もあり、天保十年（一八三九）の読本『釈尊御一代記図絵』は近世後期の代表作で挿絵は北斎であり、明治期には活字本も刊行されている。嘉永七年（一八五四）の『八宗起源釈迦実録』もあり、幕末から明治にかけての合巻『釈迦八相倭文庫』もベストセラーになった。弘化二年から明治四年（一八四五―七一）の刊行である。

仮名草子、浄瑠璃、説経、読本、合巻など近世を代表する諸ジャンルに〈仏伝文学〉は波及する。これ以外にも『釈迦如来八相談林』があるが書名のみで未詳。写本も『釈尊一代之事』『釈迦八相伝』『八相示現録』『釈迦如来八相伝』等々がある。テクストの質量に比してほとんど総合的な研究はなされていない。

ついで近現代になると、研究者や作家、文学者の仏伝が書かれる。特に欧米のサンスクリット語研究をふまえた原典に遡行した仏伝が指向され、西洋の仏伝研究の翻訳も出される。その一方で講談の速記本もあり、子供向け本や通俗本もあり、読者に応じた多様な伝記が記述されている。アジアと西洋を結ぶ中継地としてのインドが注目され、天竺世界が実態として視覚化され、岡倉天心らによって仏教美術の領域も確立する。仏伝も可視化され、立体感が与えられる時代が到来するのである。

映画、アニメ、漫画では、大映映画「釈迦」（一九六一年）、ハリウッド映画「リトル・ブッダ」（一九九三年）、手塚治虫のマンガ『ブッダ』（一九七二～八三年）が知られ、二〇一一年にはアニメも制作された。

三　東アジアの〈仏伝文学〉

東アジアに転ずると、まず中国では、先述の王勃の『釈迦如来成道記』があり、宋代の道誠注解本が普及した。漢訳仏典に準ずる東アジアの正典となり、高麗版・朝鮮版、和刻版、ベトナム版等々がある。ついで明の一五世紀、宝成による『釈氏源流』がある。仏伝主体の僧伝による仏法史で、「龍宮説法」のごとく漢字四字句の表題に出典を明示した十数行の本文に挿絵付の刊本である。後に皇帝憲宗の改編本や清朝の改編本『釈迦如来応化事蹟』も刊行された。これも朝鮮版、和刻版、ベトナム字喃本などがある。和刻本は挿絵がなく、書名も『釈迦如来応化録』であり、『釈氏源流』に先行する刊行とされるが中国での刊本を確認できていない。挿絵は墨印であるが、後から彩色を施した伝本が三点現存する（ワシントン議会図書館、ハイデルベルク民族博物館、東京古典会目録）。

また、『釈氏源流』をもとにする寺院の壁画も複数残存する。

さらに、近時、ベトナム刊本でやはり挿絵付の『釈迦如来応現図』なる伝本を見いだした。中国編と思われるが未詳で、ハノイ漢喃研究院蔵本に四点、ホーチミン市の恵光修院蔵本二点を確認している。

朝鮮半島では、高麗時代の『釈迦如来十地修行記』、『釈迦如来行蹟頌』の二作があり、いずれも一三二八年の刊行である。前者は本生譚、後者は仏伝の詩頌に仏典類で注釈を施したものである。朝鮮王朝時代には、世宗の命により後の世祖が編纂した『釈譜詳節』(一四四六年)、これをもとにした歌謡集の『月印千江之曲』、さらに『月印千江之曲』を『釈譜詳節』で注釈した『月印釈譜』(一四五七年)がある。世宗がハングル普及を企図した刊行の一環で、漢字ハングル交じり文である。『月印千江之曲』がどんなうたであったか詳細は不明だが、宮廷でうたわれた記録が『朝鮮王朝実録』にある。また、『釈迦八相録』は『釈氏源流』の抄出本であり、一八四五年版があり、ハングル文に改編されるに応じて変容しているようだ。これに加えて主要な寺院には八相殿があり、掛幅図や壁画の仏伝図がみられる。

四　涅槃の言説をめぐる

いささか前置きが長くなったが、涅槃の問題に移ろう。概要は、釈迦が最後に跋提河のほとり、沙羅双樹のもとにたどりつき、最期を迎える。二月十五日の満月であり、沙羅双樹が真っ白に枯れて遺骸を覆ったという。『平家物語』の冒頭「沙羅双樹の花の色」であまりにも有名な表現はこれにちなむ。

涅槃をめぐる逸話をまとめて語る『今昔物語集』を例にすると、物語の始発の天竺部は巻一から巻五に及び、天竺仏法史を指向し、巻一～三「仏法」(仏伝)に対し、巻四「仏後」、巻五「仏前」となる。「仏後」は涅槃後の天竺における仏法流伝を説き、「仏前」は釈迦下生以前の天竺世界を主題とし、必然的に本生譚が多い。『今昔物語集』が〈仏〉の追究から人間の探究へ踏み出していく起点に位置づけることができる。依拠した資料に関しては、『過去現在因果経』系が主体で仏伝類書の『釈迦譜』が典拠とされる。漢訳の仏伝経典類にもとづき、漢字片仮名交じり（片仮名小書き体）の文体に翻訳したとみなせるが、直接関係を言いがたい例も多く、漢文訓読体の資料や『宇治拾遺物語』などにもかさなる和文系の依拠資料も混在している。訓読調の強いものから和文にくだけたものまで多岐にわたり、時に日本の風景や風物に翻訳された説話例もみられる。『今昔物語集』以前にすでにそのような日本の風土にあうように改変され、習熟した表現をもつ資料が存在したとみなければならない。涅槃のくだりも同様である。

『今昔物語集』巻三の涅槃の説話群（第二八～第三五）を列挙すると、以下のようである。

第二八　仏、入涅槃告衆会給語
第二九　仏、入涅槃給時、受純陀供養給語
第三〇　仏、入涅槃給時、遇羅睺羅語
第三一　仏、入涅槃給後、入棺語
第三二　仏、涅槃後、迦葉来語
第三三　仏、入涅槃給後、摩耶夫人下給語
第三四　茶毘仏御身語
第三五　八国王、分舎利語

涅槃に入ることを周囲に告げ、純陀の供養を受け、息子ラゴラのことを気遣い、別れを惜しみ、棺に入り、涅槃後に弟子の迦葉が遅れて到着、母摩耶が天上界から降臨、釈迦が棺からやおら身を起こして再会、荼毘にふそうとしてもなかなか棺が燃えなかったとか、舎利をめぐる争奪戦から八国に分納、弟子の阿難らによる仏典結集へ、という一連の展開になる。後述の涅槃変相図などに描出される。涅槃会などでも語りに供される定番であったろう。第三三の母摩耶との別れの逸話は、訓読調の勝った文章で漢文の誤訳もみられるのに反し、息子のラゴラとの別れの話は『打聞集』と共通する内容で、息子を気遣う凡俗の父人間釈尊の心情が刻み込まれ、漢訳仏典から離れて法会などの場で自在に語られていた姿を映し出していると思われる。同じ話群に配列されていても、資料や語りにかなりの位相差が認められるのである。

いずれにしても、このような説話のあり方は法会唱導の場を除いて考えにくい。唱導といえば、従来、天台の安居院の澄憲や聖覚ばかりが注目されていたが、近時ようやく紹介された南都の東大寺尊勝院主弁暁の説草から、その様相がつぶさに見通せるようになり、仏伝の教説も少なからずみられることが判明した（以下、金沢文庫保管の称名寺蔵の弁暁説草による。）(3)

弁暁は、一一三九～一二〇二年、院政期から鎌倉初期の学僧。東大寺の中世復興期の中心人物の一人で、平家による南都焼き討ち後の復興に唱導活動を展開し、大仏殿再建後に東大寺別当となる。弁舌の才能に優れ、「能説」の誉れ高かった。金沢北条氏の菩提寺の称名寺に鎌倉後期書写の大量の「説草」が伝存（現在は金沢文庫に移管）、その一隅に弁暁草が発見されたのである。

「説草」とは、小型の枡形本、粘葉装（でっちょうそう）――料紙を二つ折りにして折り目の背中を糊付けする装幀で、学僧が法会で使用する簡便な冊子本である。法会のいわばマニュアル本であり、表白、説法、経釈、譬喩・因縁の説話、廻向句等々の多種多彩な内容で、項目ごとや用途に応じて別途に作成された。法会の次第や法則を記したものもある。大半は漢字片仮名小書き体の表記で、時に平仮名も混在する。この弁暁草と、東大寺にも学び、弁暁草をも転写している称名寺長老三世の湛睿（たんえい）草とあわせて、[4]南都の唱導活動の実体が明らかになってきた。

この弁暁草は、とりわけ漢訳仏典系の表現を離れた口語会話体の口説がきわだっており、語りの面からも注目される。涅槃にかかわる条でいえば、涅槃が近づいた釈迦がショックを受けている弟子の阿難を諄々とさとすくだり（三・三三「大集経釈」、表記は読みやすく私意であらためた）。

> あの釈迦仏の八十の御齢すでに廻りて、滅度、今日明日にまかりなりたりし。一大千界の一切衆生、幾許かは惜しみ奉り、叫び悲しむ事にて候ひしかば、まして迦葉等の常随給仕の御弟子達の心底と云うものは、そはとかう申すにやは及び候はじ。ただ苔の衣を涙にしぼて、悲みの声、朝夕休む時やはあれ、それを仏の御覧じ□□、実に哀れに見捨て難く思し食しけるこそ候めれ。阿難尊者を別に召し寄せて、仏の仰せらるる様や、「汝聞け、我はよな、化縁すでに尽きて、今日明日すでに滅度しなむずるにてあるぞ。されども、汝達いたうかう惜しみ悲しみあひたれば、いかでかは又無下にその情けしるしと云うもの無からむ。されば、我れ神通の力を定めらるるを以て、寿を延ばし、今一劫の間、世に住せんと欲す。汝はいかが、思ひ計い申せ」と仰せらる。

云々と、釈迦が阿難らの弟子達の悲嘆を知って、特別に寿命をもっと延ばそうかと話を持ちかける。しかし、これを阿難は喜んでしかるべきなのに黙然として応えなかったため、釈迦は即座に涅槃に入った、という。阿難の「其の時のうたてさ」で文章がとぎれているが、阿難の心情がまた切々と述べられたに相違ない。ほとんど釈迦と阿難の会話や心中思惟で展開される物語となっている。断片的にしか伝わらないにせよ、数ある〈仏伝文学〉

の中でも弁暁草がかなり特徴的な語りとなっていることがうかがえる。

また、別の弁暁草では、これと内容上呼応すると思われる帖が見られる（二・二三「大般若経」）。

さる時に仏滅度終りて後、迦葉等、諸大声聞、若干の仏弟子皆併（略）阿難尊者を責合たれ。「今汝はさばかんの事を仏の□仰せ合しに、阿難黙然不請仏経、御返事をば不被申、さればこそ仏はやがて滅度給□かし事にてあれ。さらざらましかば、かかる悲しみにあはざらましかば」と、異口同音に阿難尊者をせめ合ひて候ひし。それに阿難尊者申されし、「その事、是程の事をばなにと各仰せ合ひたるぞ。六万の魔縁、各我が心に入れ替りて、仏とう滅度し給□□□候ふ事に、久しくあらむとは思し食して、無量の御詞かなと思わせ候し」。（略）

釈迦のせっかくの申し出を阿難が無視したことを他の弟子達が非難するが、逆に阿難がそれを魔縁にとりついた言い様だと泣きながら反駁する。

このようなきわめて人間的な情愛にみちた釈迦の形象で思い当たるのは、つとに益田勝実が着目していた、[5]先述の『今昔物語集』や『打聞集』にみる釈迦の息子ラゴラへの恩愛の情の話譚である。この種の語りがすでに法会唱導の場で繰り広げられていたことが重視されよう。最近、荒木浩もこれを追認しているが、[6]これらの事例は決して『今昔物語集』系の説話圏に限ったことではなくなってくる。その一方で先の弁暁草の翻刻をめぐる解題で述べたように、釈迦が父浄飯王の臨終におもむく話題でも、湛睿草が比較的簡略な漢文訓読調であるのに反して、弁暁草は釈迦の主体に即した情愛の語り口調が強調されるように、弁暁草のおおきな特性でもある。

同様のことは、『大唐西域記』にもとずく、仙人が龍王の供養を受けるのにこっそり連いていった弟子が自分より師の方が上質の食物だったため、悪念を起こして毒竜になる説話でもうかがえる。同じ称名寺蔵の、『大唐西域記』をもとにする説草『西域記伝抄』がほとんど本文通りの抄出であるのに対して、弁暁草では龍と仙人とのやりとりや弟子の心理などを細かく語り、物語の興趣に富む語り口になっている(7)。

『三宝絵』にみる山階寺涅槃会の縁起譚をめぐる拙論でも引用したことがあるが(8)、これも称名寺蔵・金沢文庫寄託の、涅槃会に関する説草で、特異な内容の帖があったことが思い合わされる。涅槃に入りなんとする釈迦が地獄の衆生を救済するために、化仏を涅槃の現場にとどめて自ら本仏は地獄に赴くというもので、本仏と化仏に分かれて救済に当たるさまが語られる。弁暁草「釈迦地獄苦患事」(二・一五)にみる「大品経に、時に光を放つ。但、尺尊の滅度には何の光有るぞかし。実報、化身を留め置くと雖も、光の事」云々とある一節とも関連するだろうか。これも涅槃をめぐる法会唱導の教説から導き出された言説であるかと思われる。

五　涅槃の図像を読む

以上みてきた〈仏伝文学〉における涅槃の言説は、涅槃会などの法会の場を媒介にしないと考えにくく、その場でおおきな意義をもつのが涅槃図である(9)。大西広・太田昌子の「絵の居場所」論に即せば(10)、涅槃会などの〈会《え》〉に供せられる〈絵〉が涅槃図であり、法会全体の象徴となり、まさに〈会〉と〈絵〉の交響を形造っている。涅槃図はおおよそ堂内の本尊の位置か、もしくは背後に掛けられ、それ自体が法会の時空間の象徴的な意味をもつばかりでなく、細部の図像まで解読しうる一箇の宇宙(コスモス)としてあり、解読されるべきイメージの重層化した媒体としてある。

涅槃図像がいつ頃から作られ、いったいどれほど制作されたか。インドからはじまり、東アジアまであわせてみていくと計算の枠を越えそうであり、日本に限っても、先述の法隆寺五重塔の塑像にはじまり、実におびただしいものがある。掛幅の涅槃図に限れば、十一世紀後半、高野山蔵のいわゆる応徳涅槃図が最古とされるが、その歴史はさらにさかのぼることは明白であり、時代ごとに涅槃図は制作され続けている。有数の寺院なら必ずといってよいほど涅槃図は所持しており、かつて元興寺文化財研究所がまとまった成果報告を出したが[11]、実数は遙かに越えるはずで、近世まで視野に入れればかなりの数になるだろう。いずれは涅槃図の悉皆調査を実施し、データベース化して、時代別の図像の様式の変遷等々、様々な角度から考究する必要があるが、ここではひとまず涅槃会と涅槃図の相関を〈会〉と〈絵〉の交響という観点からみておきたいと思う[12]。

一般的に涅槃図といえば、涅槃に入った釈迦が沙羅双樹に囲まれた台座の上に身を横たえて、周囲を弟子や羅漢、菩薩、諸天、異類、動物等々が囲繞して泣き悲しんでいる図を指す。掛幅図の大画面に描かれる場合が多く、時代とともに動物の種類が増えてくることなどもすでに指摘される。

涅槃図の見方に関しては、すでに旧稿で述べたことがあるが、ポイントになるのはおおよそ以下の通りである。

①　釈迦は横臥か仰臥か（仰臥は古い作例にみえ、後世には少ない）
②　台座の角度が右斜か左斜か（頭側が見えるか足側が見えるか。後者は少ない）
③　摩耶の降臨の有無とその位置（右から降りてくる例が多い）、摩耶の一団の様相、仏弟子の阿那律の先導の有無など
④　月輪の有無とその位置（中央が多い）
⑤　沙羅双樹の位置と枯れ方（半分青で半分枯れる例が多い）
⑥　仏の周囲を囲む集団の位相、その多寡
⑦　異類、動物の種類、その多寡

図1　八相涅槃図

図2　涅槃変相図

⑧　跋提河の流れの有無

このうち、①②は時代差が比較的明瞭であるが、③以降は作例によって差異がおおきく、時代差がどの程度投影しているか、掌握しがたい。傾向としては、⑥⑦の周囲の人や動物などは時代が下がるほど増える傾向にある。近世の本草学や博物学の影響が考えられよう。ただし、近年発見された院政期の涅槃図には動物が少なからず描かれていたので、動物が希少な応徳涅槃図だけが尺度にならないことも明らかになった。⑧の河の流れも古い作例にはあまり見られないようだ。

ついで仏伝図と涅槃図の関係をみておこう。ここで主に問題となるのが「八相涅槃図」と「涅槃変相図」である。涅槃図も広い意味では仏伝図の範疇に入るが、一般的には仏伝図という場合は、釈迦の生涯全体を描く八相図をさす。涅槃図はその八相の最終段階を描いたものといえ、言い換えれば、八相のすべてを含み込むともいえる。涅槃の画面を通して、仏伝の全体を語ることができるからである。これをさらに絵画でも具体的にあらわそうとしたのが「八相涅槃図」である（**図1**）。涅槃図を中心に、釈迦八相の他の場面を、左右両端の縦枠をさらに細かくコマ割りのように区分けして小さく描く型をいう。八相の小さな枠の図相を順繰りにたどって最後は中央におおきく描かれた涅槃図にいたる。あるいは逆順に中央の涅槃図から遡行して天上界から像に乗って降臨する段階までたどることもできる。涅槃図を中心とした釈迦八相図の一種ともいえる。

一方、「涅槃変相図」は涅槃図を中心に、涅槃をめぐる一連の逸話をやはり左右の両端の縦枠に数段に小分けして描く図像をいう（図2）。「涅槃諸相図」の方が正確かと思われるが、ひとまずこの通称につく。この「涅槃変相図」は涅槃をめぐる逸話の数々を同一の画面に盛り込む手法で、極楽浄土曼荼羅図などに共通する。涅槃図が曼荼羅のコスモロジーの空間としての意義をもっているとみることができる。

中世にこの種の掛幅図が盛行するのは、法会の聴聞衆が多く参集できる寺院の堂内の構造の拡充をはじめ、高い視点の大画面から世界を俯瞰しようとする視覚文化の発展などがあげられる。日本の中世後期、一五、六世紀頃から洛中洛外図、社寺参詣曼荼羅、観心十界曼荼羅、極楽浄土曼荼羅等々、宇宙や世界を鳥瞰しようとする図像があらわれる。[13]世界地図などもこれに加えてよいだろう。仏伝図の掛幅も一連の動向の一端に位置づけうるもので、釈迦の生涯全容を一望に見通せる図像がもとめられた。これらの大画面の図像は細部の描写に関しては、あらかじめ知識がなければ読み取れないもので、必然的に絵解きを必要とする。そればかりか、法会という場をぬいて考えにくいから、法会の次第や法則にもとづく言説やパフォーマンスとも緊密にかかわっている。博物館や美術館の展示のごとく、ただ吊された絵画を客観的に対象化して鑑賞する類のものではありえない。堂のしつらいとしての荘厳でもあるし、それ自体、解読されるべき一編のテクストとして、文字通り織物状に複合し重層しあった絵画としてある。それと同時に蝋燭のほの暗い灯りのもとでの掛幅図は、細部の読解を可能にさせるほど鮮明に観ることはできないはずで、読みにくさがまた幻想性をもたらして、より掛幅図の神秘性を増す効果をもおびる。きわめてシンボリックな意義をも持っている。

とりわけ涅槃図に充溢する、釈迦を囲繞する群像は、そのままその絵を観る聴聞衆とかさなってくる。先引の大西・太田「絵の居場所論」に主張されるように、いわば、視聴衆もまたその涅槃図に同化できるようになっている。釈迦を取り囲む群像の一員として入り込み、一体化することを可能にするのがこの種の大画面である。その時空間を演出するのが法会の場にほかならない。涅槃会で展開されるであろうさまざまな言説や所作、パフォーマンスなど儀礼と絵画は切り離すことができない。展覧会などで静的、客観的に対象化して鑑賞するような見方とは根本的に異なる。

ついで涅槃図には、「双樹吉祥福地、縦広三十二由旬、大衆充満」（『涅槃像考文抄』五「如来告涅槃事」）とあるように、あらゆる存在、一切衆生が描かれるが、動物・異類の存在が目を引き、作例によってかなり差異が多くみられる。異類に関しては、龍王をはじめ、正体不明のモノがみえる。頭に龍を載せたのが龍王で、釈迦が誕生し、四方を歩いて「天上天下唯我独尊」と唱えた王子を祝福して香水をそそいでいた。それが再び釈迦の涅槃に立ち会う役割を持っていたし、舎利をめぐる争奪戦で龍宮にも舎利を納める役割をも示しているといえる。

どの涅槃図でも必ず描かれるのが象と獅子である。これは釈迦三尊像の両脇士である普賢菩薩と文殊菩薩のそれぞれ乗り物であることにちなむ。釈迦のイメージに欠かせないからであろう。それと同時に、獅子が預かった猿の子どもを鷲に奪われ、自らの腿の肉を切り裂いて交換して取り戻す、その獅子こそ釈迦の前生であるとする有名な本生譚（『今昔物語集』巻五第一四、『百座法談聞書抄』等）があるように[14]、さまざまな動物たちは釈迦の前生で釈あることをも示しているのではないだろうか。おびただしい異類、動物の存在は、一切衆生が救済を祈願して釈迦の遺徳を慕って集まるだけではない。彼等がまた釈迦の前世の存在や姿を示す、いわばすべてを包含する釈迦の全体にほかならない。釈迦は涅槃に入り、横たわる存在であるとともに、無数の前世の姿が取り囲むその存在すべてでもある。

図像学としては、これらの動物は近世に発展する本草学や博物学とのかかわりをぬいて考えにくい。動物、植物、鉱物の見分け、聞き分けをするのが本草学であり、今日の医学、薬学の基本となり、知の体系をめざす博物学に展開する。本草学は生物の対象を正確に記録するために、きわめて精密に写される。実態をそのまま写しとろうとする近代のリアリズムに近い。その全体をあますところなく写し出している。合理的な科学精神にもとづくもので、本草学の図譜は文化史からみても重要な意義をもつが、ここの涅槃図にもその意義をたどることができるであろう。わざわざ手前の左下段隅に河や海を配して、魚介類を描いたりする作例もある。跋提河を背景にした意味は消え、むしろ涅槃場面を普遍化して、魚介類まで介入させようとする。

先にも引用した浄土宗の学僧袋中の『涅槃像考文抄』八「十方来会事」には以下の一節がある。[15]

尒来無量無辺、禽獣魚虫、其形何悉同哉。異形、種類、名字、形相、不可悉知。或変相筆者可有具略。尒所所像不可一准、非図咎。問、海中魚貝等変相不露。答、大龍王皆来故、余誰不来矣。

動物類の図像にはほとんど様式や定見がないことが明示され、魚介類が描かれない理由を大龍王が代表しているから、とする。先述のように魚介類を描く作例もあるので、必ずしも袋中の見解は正解ではないが、一般的には言いうることであろう。

もはや涅槃図は一種の供養の場となっており、動物・異類が釈迦の遺徳を讃嘆し涅槃を悲嘆する、という以上に、涅槃に託して畜生の救済を企図した放生会に近い供養の意義をおびているようにもみえる。涅槃を契機に一切衆生が集結して救済供養の場が開かれているといえようか。

図３　まぐろ涅槃図

右の博物学の発展にも呼応するが、「変わり涅槃図」と呼ばれる一連の涅槃図のパロディがみられる。涅槃図の表現史として無視できないものであり、今まで指摘されたものばかりであるが、簡略にふれておこう。

まず人物に関しては、日蓮涅槃図や業平涅槃図が知られる。日蓮は釈迦に準ずるパターンの踏襲とみなせ、弟子達に囲まれて臨終を迎えるが、後者は色好みで名高い業平が多くの女性に囲まれて涅槃に入る図像で、仏教が否定する女色のきわみをあらわす点でもパロディ性がよく出ている。人以外では、伊藤若冲の野菜涅槃図が特に有名で、近年は飢饉の時の植物にかかわるとする説も出されている。[16] あるいは、錦絵に魚のまぐろ涅槃図もあり（図３）、まぐろを中心に他の魚介類が取り巻く図様も興味深い。

このように涅槃図は他の趣向に応用されるほどひろまっており、中心の人・物を焦点化しつつ周囲をも描き込む恰好の図様だったことがうかがえる。『栄花物語』で藤原道長の最期を釈迦の涅槃とかさねたりする

図４　大英図書館蔵・釈迦の本地絵巻
（辻英子編著『在外日本絵巻の研究と資料続編』笠間書院より）

ように、著名な人物が周囲を囲まれて臨終を迎える場面は、涅槃になぞらえられる。人の臨終を描く様式としてあり、それが動植物にまで転用される構図である。

六　『釈迦の本地』の涅槃図

絵巻や絵入り冊子本の別を問わず、せいぜい三十センチくらいの紙幅の書物に封じ込められた涅槃図、それが『釈迦の本地』にみる挿絵としての涅槃図である。『釈迦の本地』は最初にふれたように、お伽草子に含まれる日本中世の仏伝物語の代表作で、十五、六世紀から十七世紀以降も絵巻や絵入り本が制作され続け、十七世紀には挿絵付の刊本も出版され、語り物としても普及した。日本型の仏伝のひとつの完成を示し、母と子の恩愛、四門出遊と四方四季の結びつきなどいくつもの特徴がある。とりわけ絵入り本では巻末に涅槃図があることが見のがされている。(17)

絵入り冊子本では片面の挿絵に加え、両面見開きの画面が表現効果を持つのに対して、絵巻では横長に画面がひろがっていく。その利点をいかしたのが、ロンドンの大英博物館蔵の絵巻である。十七世紀後半から十八世紀初めの作と思われるが、精緻な筆致で描きこまれた逸品で、釈迦の生涯の局面ごとに描かれる桜や梅の花々がみごとである。とりわけ注目されるのは涅槃の場面で、釈迦が横たわる台座と周囲を覆う沙羅双樹を画面の中心に配するのが一般的であるのに対して、大英博本は涅槃の現場よりかなり手前から、跋提河沿いに動物たちが続々と駆け寄るさまが描かれる（図4）。また、空から雲に乗った摩耶夫人の一行も釈迦のいる場より手前に配される。つまり、右から左へ巻きながら見る絵巻の特性がいかんなく発揮されている。絵巻を見る者は、常に右から左へ紙を巻き取りながら広げていくから、必然的に絵は右から左へ動いていく。この絵の動きが絵巻の最大の特徴であり、画面構成もそうした観者の視点を計算して作られている。

したがって、釈迦の横たわっている、かなり手前から観者もその現場に参加することになる。歩み寄る動物たちの動きに観者もまた同化して、ともに涅槃の現場におもむくことになるのである。いわば、涅槃の場への道行きが描かれ、観者もまたそこに参画する構図である。あるいは、雲に乗った摩耶たちも河沿いに低い地点を飛んでいるから、より高い天界から降りてきて着地体制に入っているような描き方で、これも観者の目線に近い。しかも雲の背後に河の流れが描かれるから、いかにも浮上している感じがよく出ている。これら涅槃の現場に参集する衆生に即して、観者は彼らとともに歩を進め、期待や不安をもって涅槃の場に臨むことになる。背後の河の流れが巧みにいかされているといってよい。

いきなり涅槃の場が眼前にすえられ、その場に吸引されるのが冊子本の見開き画面とすれば、大英博本の絵巻は、より手前から涅槃に参集することで、臨場感の高まりが増すように仕組まれている。ただし、このような描き方になっているのは、『釈迦の本地』の数ある絵巻のなかでも大英博本だけである。

図５　金刀比羅神社蔵『釈迦の本地』絵巻

図６　ボドメール美術館蔵『釈迦の本地』絵入り本（フランス語訳本より）

今みた大英博本は涅槃への参入を意識化した画面構成で、巻きながら開いていくメディアとしての絵巻の特徴がよく出ていたわけだが、これも観者が涅槃の現場にどれだけ臨場感をもって臨めるか、という課題に応えようとしたものとみなせる。こうした課題はどのテクストでもいちように担っていたに相違なく、さまざまな対応をみせている。

十七世紀半ば頃の金刀比羅神社蔵絵巻は、詞書が朝倉重賢になる豪華本である。涅槃の画面はベッド式ではなく、独特の形状の台座に釈迦が座して最後の説法を行い、脇には厨子が置かれており（図5）、その厨子に入った釈迦が荼毘にふされる。焼かれた厨子の周囲を悲嘆する弟子たちが囲んでいる構図となる。この絵様は金刀比羅神社本だけであり、その出処をつきとめるところには至らない。

ついでジュネーブのボドメール美術館本は十七世紀初頭の大判の絵入り冊子本であるが、涅槃に続き荼毘にふす画面も描かれている（図6）。この本は別に述べたように、[18] 大半のテクストが天台系であるのに反して、阿弥陀如来を主とする浄土教系の内容であり、本文も成道の菩提樹下と歓喜樹下との混交がみられるなど他本にない混合態となる。絵画でも仏敵のダイバダッタを焦点化して描き、しかも装束が南蛮屏風様の西洋人的な図像になっており、きわめて特異な伝本である。ここでも涅槃図のあとに釈迦を荼毘に付した悲嘆の現場を描いている。涅槃の場面と同じように羅漢や弟子達が取り囲んでいるさまは変わらない。物語本文から絵画化すべき画面の選択、絵画の手法等々、テクスト間でもかさなる面とそうでない面とがあり、多種多様である。ボドメール本は種々の画面で変移がきわだっている。

さらに『釈迦の本地』の涅槃図で着目されるのは、何といっても筑波大学附属図書館の絵入り冊子本であろう。十七世紀初期頃と思われるもので、粗いタッチの古拙で素朴な画風が特徴的である。美術史からはほとんど相手にされない、箸にも棒にもかからないような稚拙な絵であるが、それがまた独特の味わいを出している。美術史が排除し、無視するようなレベルの絵は結局、文学研究の側が引き取らなくてはならないのだろう。

筑波大本は釈迦が横たわるさまがいかにも無造作に描かれ、『釈迦の本地』諸本や一般の涅槃図と似ても似つかない。台座も沙羅双樹もなく、平面的な構図である（図7）。比較すべき対象がないが、子細に見ていくと、当初の絵と明らかに異なる後代の別筆で手が加えられていることに気づく。それもほとんど落書きとしか言いようのない絵があちこちに見られるのである。その最たるものは、涅槃の参集者にまじって加筆された後代の僧の姿である（図8）。後代の僧が涅槃の現場に居合わせるかのように描き込まれている（その後方にはまた別筆で七福神の福禄寿が描かれる）。あたかも描いた当人の自画像のようだ。

およそ仏教を信奉する人なら誰しも、敬慕する釈迦の涅槃の場にみずからも立ち会いたいと思うに違いない。修行を積んで涅槃を観想して参入する方法もあるだろうが、何より涅槃図にみずから入り込んでいくのが手っ取り早いと考えられるであろう。そこで涅槃の場面に肖像を描き加える手段がこうじられたのではないだろうか。あるいは自画像でなく、敬愛する師や同朋を描いた追善の意味があったのかもしれない。そうなると、この涅槃の画面は追善供養の意義をおびていることにもなる。涅槃の場面より前段の釈迦が最後の説法をする場面でも、当代の僧がやはり描き込まれている。

いずれにしても、ここに加筆された僧の姿は自他を問わず、涅槃の現場に立ち会うようにし向けられている。釈迦の周囲を取り巻く羅漢たちに交じった一員としてある。それは決してたんなる戯れのいたずら書きではなく、一途に涅槃の現場に立ち会いたいとの篤い想いのあらわれとみるべきであろう。

さらに筑波大本には、鳥や虫なども後から書き足されている。これもまた衆生の参入であり、動物や異類を加

図７　筑波大学附属図書館蔵『釈迦の本地』絵入り本

図８　筑波大学附属図書館蔵『釈迦の本地』絵入り本

増していくあり方に対応する。絵画は決して一回性の個定化し、完結したものではない。描き込まれることで意味を変えていく動体としてもある。釈迦の涅槃図はそのような一切衆生を引き寄せる強力な磁場となっているのである。

涅槃図と絵解きに関して述べる余裕を失ったが、(19)涅槃図にはさまざまな物語内容が埋め込まれているから、どのような話題にもつらねていくことができる。涅槃図には釈迦の生涯ばかりでなく、人の生と死をめぐるありとあらゆる無限のドラマがひそめられているのである。院政期仏画の最高傑作である「釈迦金棺出現図」と『今昔物語集』とのかさなりについては繰り返しふれているので、ここでは省略する。「釈迦金棺出現図」もアジアで種々表象されてきた、涅槃図の一環としてあることにだけふれておく。また、新出の立教大学図書館蔵「釈迦八相図」(掛幅図四軸)についてもまたあらためて紹介の機会を得たいと思う。

【注】

(1) 小峯和明「仏伝と絵解き」(『絵解き—研究と資料』三弥井書店、一九八九年)
「仏伝と絵解きⅡ」(『絵解き研究』九号、絵解き研究会、一九九一年)
「釈迦如来八相次第について—中世仏伝の新資料」(『国文学研究資料館紀要』一七号、一九九一年)
「キリシタン文学と仏伝」(『文学』岩波書店、二〇〇一年九、一〇月)
「『釈迦の本地』の絵巻を読む—仏伝の世界」(『心』武蔵野大学日曜講演集、二〇〇四年)
「東アジアの仏伝をたどる—比較説話学の起点」(『文学』二〇〇五年一一、一二月)

「仏伝の物語と絵」（『CAHIERS』二号、アルザス日本学研究所、二〇〇五年）
「絵巻のことばとイメージ―『釈迦の本地』をめぐる」（石川透編『魅力の奈良絵本・絵巻』三弥井書店、二〇〇六年）
「『釈迦の本地』と仏伝の世界」（小林保治編『中世文学の回廊』勉誠出版、二〇〇八年）
「山階寺涅槃会と本生譚をめぐる―仏伝と〈法会文芸〉」（『三宝絵を読む』吉川弘文館、二〇〇八年）
「東アジアの仏伝をたどる　補説」（説話伝承学会編『説話・伝承の脱領域』岩田書院、二〇〇八年）
「『釈迦の本地』の絵と物語を読む」（『アジア遊学』一〇九号、勉誠出版、二〇〇八年）
「『釈迦の本地』の物語と図像―ボドメール本の提婆達多像から」（『文学』二〇〇九年九、一〇月）
「東アジアの仏伝文学・ブッダの物語と絵画を読む―日本の『釈迦の本地』と中国の『釈氏源流』を中心に」『論叢国語教育学』広島大学国語文化教育学講座・復刊三号、二〇一二年）
「釈氏源流を読む」（『図書』岩波書店、二〇一二年六月）
「摩耶とマリアの授乳」（『図書』二〇一二年七月）
「『釈迦の本地』の涅槃図」（『図書』二〇一二年一〇月）
「東アジアの文学圏をもとめて」（『文学』創刊八〇年記念、岩波書店、二〇一三年五、六月）
「〈仏伝文学〉・菩提樹の変移」『立教大学日本文学』（一一一号、二〇一四年）
「日本と東アジアの〈仏伝文学〉―『釈氏源流』を中心に」（『仏教文学』三九号、二〇一四年）

（2）小峯和明『中世法会文芸論』笠間書院、二〇〇九年

（3）神奈川県立金沢文庫編『称名寺聖教　尊勝院弁暁説草　翻刻と解題』勉誠出版、二〇一三年

（4）納冨常天「湛睿の唱導資料について（一）～（四）」（『鶴見大学紀要（第四部）』二九～三二号、一九九二～九五年）、金沢文庫編『学僧湛睿の軌跡』二〇〇七年

（5）益田勝実『説話文学と絵巻』ちくま学芸文庫、初版・一九六〇年

（6）荒木浩「メディアとしての文字と説話文学史―矜持する和語」（説話文学会編『説話から世界をどう解き明かすのか』笠間書院、二〇一三年）
（7）高陽「悪龍伝承の旅―『大唐西域記』と『弁暁説草』」（『アジア遊学』勉誠出版、近刊）
（8）注1・小峯「山階寺涅槃会と本生譚をめぐる」二〇〇八年
（9）竹林史博『涅槃図物語』大法輪閣・二〇一一年、赤沢英二『涅槃図の図像学』中央公論美術出版社・二〇一一年、渡辺里志『仏伝図論考』中央公論美術出版社・二〇一二年、中野玄三『日本の美術　涅槃図』二六八　至文堂・一九八八年、百橋明穂『日本の美術　仏伝図』二六七　至文堂・一九八八年
（10）太田昌子・大西広「絵の居場所」（『朝日百科・日本の国宝別冊　国宝と歴史の旅』朝日新聞社、一九九九年七月〜二〇〇一年五月連載）
（11）元興寺文化財研究所編『涅槃会の研究―涅槃会と涅槃図』綜芸社、一九八一年
（12）小峯和明「儀礼という場―法会を中心に」（『岩波講座・日本の思想第七巻　儀礼と創造』岩波書店、二〇一三年）
（13）佐野みどり・加須屋誠・藤原重雄編『中世絵画のマトリックスⅡ』青簡舎、二〇一四年
（14）小峯和明『説話の森』岩波現代文庫、二〇〇一年
（15）渡辺匡一「『涅槃像考文抄』『涅槃像一座談』翻刻と紹介（その一）」、「同（その二）」（『信州大学人文学部人文科学論集』四〇、四二号、二〇〇六年、〇八年）
（16）伊藤信博「擬人化され、可視化される植物・食物―室町から江戸時代を中心に」（『文化創造の図像学』勉誠出版、二〇一二年）
（17）注1・小峯「『釈迦の本地』の涅槃図」二〇一二年
（18）注1・小峯「『釈迦の本地』の物語と図像」二〇〇九年、同「〈仏伝文学〉・菩提樹の変移」二〇一四年
（19）倉田隆延「太岩寺「涅槃」図絵解きをめぐって」（『絵解き研究』三〇号、一九八五年）、注1・小峯「仏伝と絵解き」

一九八九年、同「仏伝と絵解きⅡ」一九九一年

＊小稿は二〇一二〜一四年度・学術振興会科学研究費・基盤(B)課題番号24320051「一九世紀以前の日本と東アジアの〈仏伝文学〉の総合的比較研究」(代表・小峯和明)の成果の一部である。また、鶴見大学国文学会主催の講演(二〇一三年一二月)を起点とする。

なお、ここではふれるいとまがなかったが、芭蕉の臨終を描いた芥川龍之介『枯野抄』をはじめ、著名な人物の最期を釈迦の涅槃とかさねてとらえる問題は近現代にも通底する。

［和歌］

〈景〉と〈情〉 ――後期万葉の歌表現――

池田三枝子

序 ――問題の所在――

江を泝る舟人の唱を遥かに聞く歌一首

朝床に　聞けば遥けし　射水川　朝漕ぎしつつ　唱ふ舟人　（巻十九・四一五〇）

右の歌は、天平勝宝二年（七五〇）三月二日の翌朝に大伴家持が詠んだ、所謂「越中秀吟」十二首の末尾の一首である。

この歌については、「朝床」の意味するところについて、寝覚めの床と見るか、眠れぬ夜を過ごしたままに臥せっている床と見るかで、多少、説が分かれるものの、独り寝床にあって遥かに聞こえる船人の歌声に聞き入ることを詠む歌と見る点で、概ね、解釈に揺れはない。

その際の作者の心情については、「何とも名状し難い哀愁」（鴻巣盛広『全釈』）、「ものうい一つの情緒の発見」（山本健吉『万葉百歌』）のごとき茫漠とした鬱情とされ、かかる繊細な心情こそがこの歌の高い評価の理由となっている。

そして、その心情を表現するのは第二句の「遥けし」であるとされ、「『遥けし』の一句は、その実状と、ほのぼのとした情趣を写すに適ひ、胸に浮ぶ複雑な思ひを微妙にぼかしあげてをる」（佐佐木信綱『評釈』）、「微妙で奥深く繊細な感傷を帯びている表現」「そこはかとない哀愁の余情、余韻をもたせた効果的表現」（青木生子『全注』）等とされている。

この「遥けし」については、芳賀紀雄に詳細な考察がある。(1) 第二句「聞けば遥けし」は、題詞の「遥聞」と対応し、詩語を歌語として摂取し、詩的雰囲気を漂わせることにより、「遥かなものに対する美意識を伴った聴覚的態度」を示したとするのである。至当な論である。

しかしながら、当該歌を〈景〉と〈情〉との関係性という観点から見た時、「遥けし」は必ずしも直接的な心情表現とは言い難いことに気づかされる。「遥けし」は、「射水川朝漕ぎしつつ唱ふ舟人」という〈景〉が、それを「朝床」で聞く〈我〉にとって遥かであることを述べているに過ぎない。「ハルケシというだけで、主観を露出していないので、趣が深くなつている」（武田祐吉『全註釈』）とあるように、明確な心情表現はないのである。

以上のように捉えた上で、当該歌の〈情〉が、〈景〉と如何なる関係にあり、どのように表出されるのか、考察してみたい。その上で、当該歌と同様の構造を持つ、家持周辺の人々の歌表現に言及し、後期万葉の詠歌の方法について考えてみたい。

一　「遥けし」

まず、心情を表現しているとされる「遥けし」について考えてみたい。

簡便に先行研究の解釈を把握するために、便宜上、諸注の口語訳を概観する。

逐語訳的な解釈（「遙かだ」の意の解釈）

a朝の床に居て聞けば遙かなることだ。射水川を朝船を漕ぎながら唱ふ船人よ。（『私注』）

b朝の床にゐて聞くと遙かなことだ。射水河を朝漕ぎしながら謡つている船人の声が。（澤瀉『注釈』）

c朝床で　聞くと遙かだ　射水川を　朝漕ぎながら　歌う舟人の声が（『全集』）

d朝の床に聞けば遠いよ。射水川を朝漕ぎながら歌う船人の声は。（『新大系』）

右のa〜dは第二句「聞けば遥けし」の部分を逐語訳的に解釈するものである。中でもaが最も直訳に近く、bcは何が「遥か」なのか、「舟人の声が」の形で補っている。dは「遥かだ」を「遠い」と言い換えているが、その対象を「船人の声は」と補っている点で、概ねbcと同類と見て良いだろう。このように何が「遥けし」なのか、その対象についてことばを補って解釈するのは意味が通りにくいからである。

「聞こえる」の意を補う解釈

e朝床で聞くと、遙に聞える。射水河を朝漕ぎしながら謡つてゐる船人よ。（窪田『評釈』）

f朝の床に聞けば遠くに聞える。射水川を朝船を漕ぎながら　歌う船人の声は。（『全註釈』）

g朝床の中でじっと耳を澄ますと、はるか彼方から聞こえてくる。射水川を朝漕ぎしながら謡っている舟人の声が。（『集成』）

h朝の寝床に聞いていると、遠くから歌が聞こえてくる。射水川で朝船を漕ぎつつ歌っている船頭よ。（『全訳注』）

i朝床で　聞くと遥かに聞こえてくる　射水川を　朝漕ぎながら　歌う舟人の声が（『新編全集』）

j朝床の中で耳を澄ますと遠く遥かに聞こえてくる。射水川、この川を朝漕ぎして　泝りながら唱う舟人の声が。（『釈注』）

更にことばを補って「遥けし」を「遙かに聞こえる」と解釈するのがe～jである。そうしないと、表現主体にとって舟人の声がどのような意味を持つのか、分明ではないからである。

「思われる」の意を補う解釈

k朝の床で聞いていると遙かかなたに思われる。射水川を、朝漕ぎしながら歌を歌っている舟人の声が。（『古典大系』）

そのような「遥けし」の語の解釈の難しさをよく表しているのがkの『古典大系』の訳である。あたかも歌句に「遥けく思ほゆ」とあるかの如く、「思われる」の語を補って意訳している。この解釈であれば、「朝漕ぎしつつ唱ふ舟人」という景に接して、表現主体がどのように感じたのか、その心情を第二句で表出し得ていることになる。

しかし、逆に言えば、ことばを補って意訳しないと、当該歌の「遥けし」は普通に考えただけでは心情の表出たり得ていないということになろう。

そこで次に、万葉集中の他の「遥けし」の用例を見てみたい。

(1)秋萩の　散りのまがひに　呼び立てて　鳴くなる鹿の　声の遥けさ　（巻八・一五五〇、湯原王）
(2)夏山の　木末の繁に　ほととぎす　鳴きとよむなる　声の遥けさ　（巻八・一四九四、大伴家持）
(3)ぬばたまの　月に向ひて　ほととぎす　鳴く音遥けし　里遠みかも　（巻十七・三九八八、大伴家持）
(4)今夜の　おほつかなきに　ほととぎす　鳴くなる声の　音の遥けさ　（巻十・一九五二、作者未詳）

「遥けし」「遥けさ」と詠む例は、当該歌以外に(1)～(4)の四例である。(4)の作者未詳歌を除くと、(1)は湯原王詠、(2)(3)は家持詠なので、後期万葉にしか見られない語ということになる。その中で、初出となるのが万葉第三期の

⑴湯原王詠である。この作品には、巻十に類歌があることが指摘されている。

⑸このころの　秋の朝明に　霧隠り　妻呼ぶ鹿の　声のさやけさ　（巻十・二一四一、作者未詳）

この⑸と比較して、⑴湯原王詠については次のl〜nのように「幽婉（幽艶）」という評価がなされている。

l霧の代わりに秋萩が加へられて幽婉の趣をなしてゐる事が注意せられる。（澤瀉『注釈』）

mこの歌には1010二一四一に類想歌があり、やはり幽婉な情趣をうち出している。ただし、二一四一はこの頃の朝明けの声であり、一五五〇は只今聞こえてくる声であるという違いがある。（『釈注』）

nそれとくらべ眼前の萩の花に遠く聞こえる鹿の声を配し、視覚・聴覚を対照させる幽艶な一首。（『和歌大系』）

かつては、

o鹿の遠い声を詠んでいるが、その鹿の鳴く様を、初二句で、視覚に訴えて描いているのは、不用意である。美しい情景の歌だが、前半と後半とに食いちがいがある。（『全註釈』）

というように、鹿鳴を主題としながら初二句で「秋萩の散りのまがひ」という視覚的な景を描いているのを「不用意」とする見方もあったが、現在では、n『和歌大系』や次のp『集成』のように視覚と聴覚とを配した新しさが評価されている。

p散りまがう萩の花と鹿鳴の遥けさを配した、新しい趣向の歌。（『集成』）

ところで、この⑴湯原王詠と⑸作者未詳歌とを比較した時、同じく鹿の声を詠みながら、新しさが指摘される⑴湯原王詠では「遥けさ」という語が用いられ⑸作者未詳歌では「さやけさ」と表現されていることに気づかされる。この「さやけさ」について、野田浩子が次のように述べている。(2)

〈さやけし〉は〈きよし〉と共に水（波や流れ）、水辺（磯・浜など）に対して用いられるものが圧倒的で、次いで月光に用いられ、他のものに用いられるのは総数の一割程である。この水のさまに用いられるということに留意したい。〈さやぐ〉と異なり、否定的な意に用いられた例は〈さやけし〉には見いだし難い。が、その対象とした水の様相は、その具象像を現す時激しいものを見せる。

即ち、讃美的な表現である「さやけし」は、多くの場合、水の激つさまを表現するのに用いられるということである。(3) それを用例から確認しておく。

聴覚的表現

(6)さざれ波　磯越道なる　能登瀬川　音のさやけさ　激つ瀬ごとに　（巻三・三一四、波多小足）

(7)～雲居なす　心もしのに　立つ霧の　思ひ過ぐさず　行く水の　音もさやけく　万代に　言ひ継ぎ行かむ　川し絶えずは　（巻十七・四〇〇三、大伴池主）

(8)見まく欲り　来しくも著く　吉野川　音のさやけさ　見るにともしく　（巻九・一七二四、島足）

(9)大君の　三笠の山の　帯にせる　細谷川の　音のさやけさ　（巻七・一一〇二、作者未詳）

(10)はね縵　今する妹を　うら若み　いざ率川の　音のさやけさ　（巻七・一一一二、作者未詳）

(11)住吉の　岸の松が根　うち曝し　寄せ来る波の　音のさやけさ　（巻七・一一五九、作者未詳）

右の(6)～(11)にあげたのは、明らかに聴覚的な表現であることが分かる例である。(6)「音のさやけさ 激つ瀬ごとに」とあるのが顕著な例で、激流の川瀬の音が「さやけさ」と表現されている。作者の波多小足については伝未詳であるが、歌の配列から万葉第三期の歌人であると考えられる。(7)の大伴池主は万葉第四期、(8)～(11)は年代未詳。よって、「さやけし」を聴覚的な讃美表現として用いるのは後期万葉に入ってからであると見てよかろう。

視覚的表現

⑿ますらをの　さつ矢手挟み　立ち向ひ　射る的形は　見るにさやけし　　（巻一・六一、舎人娘子）
⒀昔見し　象の小川を　今見れば　いよよさやけく　なりにけるかも　　（巻三・三一六、大伴旅人）
⒁やすみしし　我が大君の　見したまふ　吉野の宮は　山高み　雲そたなびく　川早み　瀬の音そ清き　神さびて　見れば貴く　宜しなへ　見ればさやけし〜　　（巻六・一〇〇五、山部赤人）
⒂今造る　久邇の都は　山川の　さやけき見れば　うべ知らすらし　　（巻六・一〇三七、大伴家持）
⒃〜布勢の海に　舟浮け据ゑて　沖辺漕ぎ　辺に漕ぎ見れば　渚には　あぢ群騒き　島廻には　木末花咲き　ここばくも　見のさやけきか〜　　（巻十七・三九九一、大伴家持）
⒄〜神ながら　我ご大君の　うち靡く　春の初めは　八千種に　花咲きにほひ　山見れば　見の羨しく　川見れば　見のさやけく〜　　（巻二十・四三六〇、大伴家持）
⒅うつせみは　数なき身なり　山川の　さやけき見つつ　道を尋ねな　　（巻二十・四四六八、大伴家持）
⒆大滝を　過ぎて夏身に　そほり居て　清き川瀬を　見るがさやけさ　　（巻九・一七三七、兵部川原）
⒇〜神風の　伊勢の国は　国見ればしも　山見れば　高く貴し　川見れば　さやけく清し〜　　（巻十三・三二三四、作者未詳）

一方、⑿〜⒇は、「見る」の語を伴い、視覚的表現であることが明らかな例である。万葉第二期の歌人である舎人娘子の⑿行幸従駕歌を初出とし、その多くが「見ればさやけし」「見るにさやけし」といった国見歌の様式を踏襲していることから、聴覚的表現よりも古層にあると推測できる。

これらの事柄を勘案すると、国見歌の様式に則って視覚的に土地讃めをする際に用いられる語であった「さやけし」が、後期万葉に至って聴覚的表現にも用いられるようになったが、その時も、水が呪的に活性化しているさま――即ち激つ様子――を讃美する表現として制約を受けざるを得なかった。その代わりに見出されたのが「遥けし」であったと考えられる。この語によって、鹿の鳴き声を激しいものとしてでなく、遠く響くものとして美的に表現することが可能になったのである。

(1)秋萩の　散りのまがひに　呼び立てて　鳴くなる鹿の　声の遥けさ（巻八・一五五〇、湯原王）

(2)夏山の　木末の繁に　ほととぎす　鳴きとよむなる　声の遥けさ（巻八・一四九四、大伴家持）

(3)ぬばたまの　月に向ひて　ほととぎす　鳴く音遥けし　里遠みかも（巻十七・三九八八、大伴家持）

(4)今夜の　おほつかなきに　ほととぎす　鳴くなる声の　音の遥けさ（巻十・一九五二、作者未詳）

(1)～(4)は前掲した「遥けし」の用例である。家持は、(1)湯原王詠に見られる「遥けさ」の語を継承し、(2)(3)のホトトギス詠をものしたと考えられ、当該歌の「聞けば遥けし」もその延長上にあると考えられる。さりながら、(1)～(4)の歌では傍線部のように「遥けし」とする対象がいずれも明示されている。その点で「聞けば遥けし」としか詠まず、何が「遥けし」なのか、ことばを補って解釈しなければならない当該歌とは歌の構造に径庭がある。

当該歌の〈情〉の表現の特異性は、解釈を難しくするこの不安定感にあると言えよう。

二　「聞けば」

次に「聞けば遥けし」の「聞けば」について考察してみたい。

万葉集中、「聞けば～」と詠む歌は枚挙に暇がないが、それらは聴覚的な〈景〉に接して表現主体である〈我〉

の心情がどうなったのかという内容により、二種類に大別される。

①悲哀・憂愁の念

(21)ほととぎす　いたくな鳴きそ　ひとり居て　眠の寝らえぬに　聞けば苦しも　（巻八・一四八四、大伴坂上郎女）

(22)ま幸くと　言ひてしものを　白雲に　立ちたなびくと　聞けば悲しも　（巻十七・三九五八、大伴家持）

(23)何しかも　ここだく恋ふる　ほととぎす　鳴く声聞けば　恋こそまされ　（巻八・一四七五、大伴坂上郎女）

(24)石走る　滝もとどろに　鳴く蝉の　声をし聞けば　都し思ほゆ　（巻十五・三六一七、大石蓑麻呂）

右の(21)〜(24)は聴覚的な〈景〉に接したことにより、「苦し」「悲し」といった悲哀・憂愁の念が表出される例である。(21)「苦し」、(22)「悲し」等の形容詞で表現されることが多いが、(23)「恋こそまされ」のように恋情が募ることや、(24)「都し思ほゆ」のように望京の念が募ることが詠まれることもある。

②景物に対する賞美

(25)毎年に　来鳴くものゆゑ　ほととぎす　聞けばしのはく　逢はぬ日を多み　（巻十九・四一六八、大伴家持）

(26)春過ぎて　夏来向へば　あしひきの　山呼び響め　さ夜中に　鳴くほととぎす　初声を　聞けばなつかし〜　（巻十九・四一八〇、大伴家持）

(27)さ夜更けて　暁月に　影見えて　鳴くほととぎす　聞けばなつかし　（巻十九・四一八一、大伴家持）

一方、(25)〜(27)はホトトギスへの偏愛の情を示す家持詠である。ホトトギスの鳴き声を賞美して(25)「しのはく」、(26)(27)「なつかし」という心情が表出されている。

万葉集中の多くの「聞けば〜」の例は、およそ右の①②に大別されるのであるが、稀に聴覚的な〈景〉に接して〈我〉がどうなったのかという心情の表現がない例がある。それが、(28)〜(30)である。

前件に心情表現がある

(28)隠りのみ　居ればいぶせみ　慰むと　出で立ち聞けば　来鳴くひぐらし　（巻八・一四七九、大伴家持）

(29)草枕　旅に物思ひ　我が聞けば　夕かたまけて　鳴くかはづかも

前歌に心情表現がある

大伴宿禰家持鹿鳴歌二首

山彦の　相とよむまで　妻恋ひに　鹿鳴く山辺に　独りのみして　（巻八・一六〇二、大伴家持）

(30)このころの　朝明に聞けば　あしひきの　山呼びとよめ　さを鹿鳴くも　（巻八・一六〇三、大伴家持）

ただし、これらの歌の場合、傍線部のように、「聞けば」という確定条件の前件や同一の題詞下所収の前歌に心情表現があったりするため、〈景〉に接してどうなったのか、ある程度推測可能である。(28)では「いぶせみ」という鬱情が「ひぐらし」の声を聞くことにより慰められたか／募ったかという振幅の中にあるはずである。(29)も同様で「旅に物思ひ」という旅愁が「かはづ」の声を聞くことにより慰められたか／募ったかの振幅の中にあるが、こちらは「夕かたまけて」とあるので、旅愁が募ったと見てよい。(30)は前歌に「独りのみして」という孤独感の表出が見られるため、妻恋に鳴く「さを鹿」の声に独り寝の夜明けの心情を投影していると言えるだろう。つまり概ね①の範疇にあると言ってよい。

ところが、当該歌の場合、「射水川朝漕ぎしつつ唱ふ舟人」という〈景〉に接して〈我〉の心情がどうなったのか、直接的な心情語彙とは言い難い「遥けし」の語によって表現されているため不安定なのである。

そこで次に、「射水川朝漕ぎしつつ唱ふ舟人」という聴覚的な〈景〉が、家持にとって如何なるものであったのか、考えてみたい。

三 「射水川 朝漕ぎしつつ 唱ふ舟人」

射水川の「舟人」を詠む例は他にないが、射水川周辺で船を漕ぐ「海人」を詠む次のような家持詠がある。

(31)かき数ふ　二上山に　神さびて　立てる栂の木　本も枝も　同じときはに　はしきよし　我が背の君を　朝去らず　逢ひて言どひ　夕されば　手携はりて　射水川　清き河内に　出で立ちて　我が立ち見れば　東風の風　いたくし吹けば　港には　白波高み　妻呼ぶと　渚鳥は騒く　葦刈ると　海人の小舟は　入江漕ぐ　梶の音高し　そこをしも　あやにともしみ　しのひつつ　遊ぶ盛りを～　（巻十七・四〇〇六、大伴家持）

(31)では、入江を漕ぐ「海人」の姿を聴覚的に捉え、「ともし」「しのふ」という語により賞美している。つまり、この鄙の〈景〉は、家持にとって本来的には賞美するに足るものであったはずである。

「朝漕ぐ」の用例は、当該歌を除いて万葉集中に次の三例しか見られない。

(32)年魚市潟　潮干にけらし　知多の浦に　朝漕ぐ舟も　沖に寄る見ゆ　（巻七・一一六三、作者未詳）

(33)名児の海を　朝漕ぎ来れば　海中に　鹿子ぞ鳴くなる　あはれその鹿子　（巻七・一四一七、作者未詳）

(34)志太の浦を　朝漕ぐ船は　よしなしに　漕ぐらめかもよ　よしこさるらめ　（巻十四・三四三〇、東歌）

しかし、「射水郡の駅館の屋の柱に題著せる歌一首」という題詞下所収の次の作品に、

(35)朝開き　入江漕ぐなる　梶の音の　つばらつばらに　我家し思ほゆ　（巻十八・四〇六五、山上臣）

「朝開き入江漕ぐなる」とあるように、「朝漕ぎしつつ」とは、朝になって活動を開始した「舟人」の様子を表現するものであろう。鄙の〈景〉ではあっても、もの寂しいというよりは、生気を感じさせるものと見ることがで

きる。

池田弥三郎『万葉百歌』は「唱ふ舟人」の原表記に注目して次のように述べている。

この歌の第五句は「唱船人」であり、詞書にも「船人之唱」とあって、唱の字が使ってある。普通には「うたふ」と訓じて問題はないわけだが、なお「となふ」とも訓めることも考えておくべきだ。「となふ」ならば、人に命じて整頓させたり、船頭が船子たちを揃えたりすることになる。「歌ふ船人」よりも、「となふ船人」の方が具体化してくる点はいいのだが、まずこれは通説通り「歌ふ」としておく。

また、『新編全集』も原表記「唱」について「中心となって指導して歌う意」とする。船頭が船子を揃えたり指導したりする朝の歌声だとすれば、更に躍動感のある〈景〉ということになろう。

四　当該歌の〈景〉と〈情〉

さて、以上に述べてきたことをまとめてみる。

表現主体〈我〉が聴覚的な〈景〉に接した時、「〜聞けば」という語に続いて表出される〈情〉は、①悲哀・憂愁の念か、②景物に対する賞美のいずれかであるのが通常である。

【図1】〈我〉と〈情〉の類型的な構造

また、「射水川朝漕ぎしつつ唱ふ舟人」という〈景〉は、家持にとって本来的には賞美するべきものであった。

【図2】〈景〉と〈情〉の類型的な構造

この二点を考え合わせれば、〈我〉が舟人の唱歌を「聞けば」と表現される場合、類型的にはそれを賞美する〈情〉がまず詠出されるはずである。或いは、「苦し」「悲し」のような悲哀・憂愁であっても不思議ではない。ところが、当該歌で表出される〈情〉は、「遥けし」という不安定な表現なのである。無論、呪的な讃美表現である「さやけし」に代わって見出された語であるからには、「遥けし」に賞美の念が含まれていることは間違いない。躍動感のある明るい朝景に対する賞美である。

しかし、〈景〉に接して「遥けし」(＝遙かだ)と表現する以上、そこには〈我〉と〈景〉との間に横たわる距離が意識されているはずである。前述の如く、当該歌以外の「遥けし」の用例は山野の鳥獣の声について詠む(1)〜(4)しかないが、「遥けし」と同根の語である「はろはろに」の例を参照してみたい。

(36)はろはろに　思ほゆるかも　白雲の　千重に隔てる　筑紫の国は（巻五・八六六、吉田宜）

(37)ここにして　そがひに見ゆる　我が背子が　垣内の谷に　明けされば　榛のさ枝に　夕されば　藤の繁みに　はろはろに　鳴くほととぎす　我が宿の　植木橘　花に散る　時をまだしみ　来鳴かなく　そこは恨みず　しかれども　谷片付きて　家居れる　君が聞きつつ　告げなくも憂し（巻十九・四二〇七、大伴家持）

(36)は平城京にいる吉田宜が大宰府の大伴旅人から書簡を受け取った時の返歌である。友人である旅人に会いたい気持ちを抱きつつも、遙かな距離に隔てられていることが詠まれている。(37)は越中守・大伴家持が、越中掾・久米広縄に贈った歌で「霍公鳥の怨恨歌」と題されている作品である。(36)とは異なり、広縄邸と家持邸はさほど隔たっていない。にも関わらず広縄邸で鳴くほととぎすについて「はろはろに」と表現するのは、ほととぎすの声を独りで賞美しながらそれを自分に告げようとしない(共に賞美しようとしてくれない)広縄に対して、家持が心理的な距離を感じていたからである。

こうした例を参考にすると、当該歌の「遥けし」も、明るく力強い〈景〉に対して、表現主体〈我〉が抱いた心理的距離感の表現と見ることができる。

【図3】当該歌の構造

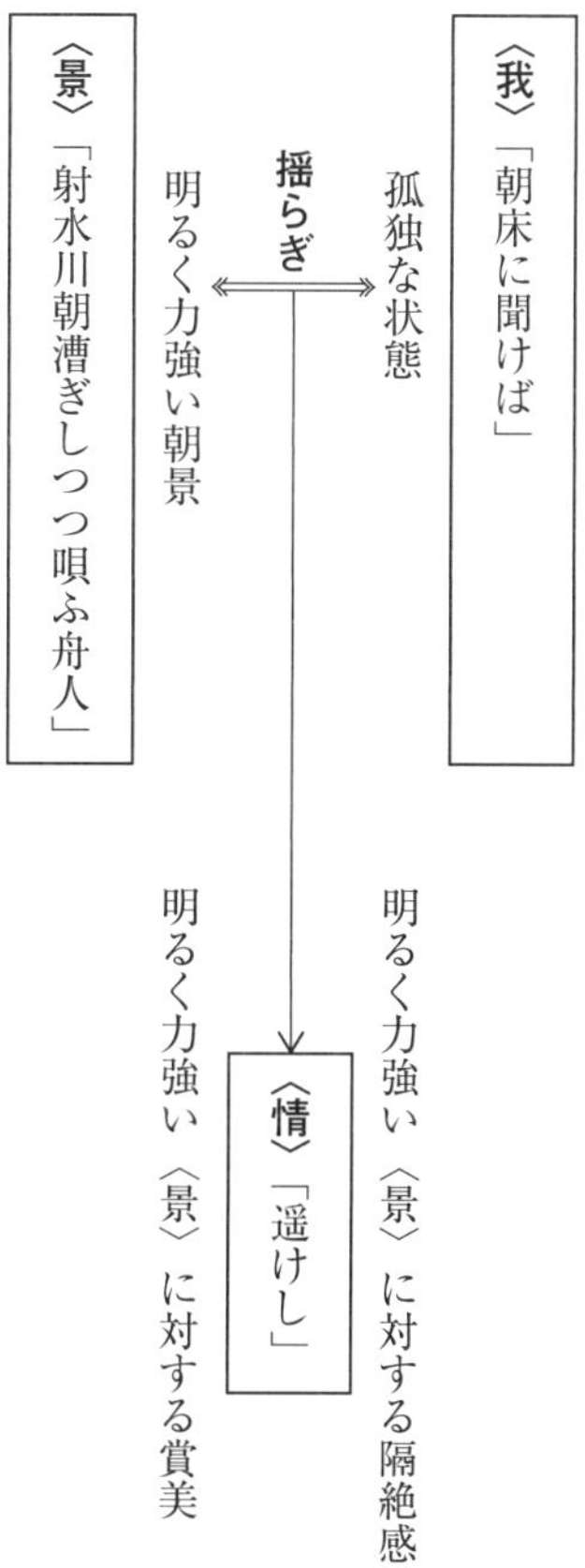

当該歌において、図1、図2に示したような〈我〉と〈情〉、〈景〉と〈情〉の類型的構造から逸脱し、図3のように隔絶感という〈情〉を表出せしめたのは、表現主体である〈我〉が「朝床」にあるという状態であったと考えられる。

多田一臣『全解』は「朝床の異常さ」について、次のように述べている。

ここは、朝床を迎えてなお覚醒しえぬまま、「朝床」にたゆたっている状態を示す。その中で、舟歌が耳に入ってくる。鄙にあることでみやびの世界を幻想し、望郷の思いにとらわれて眠れぬ夜を過ごした家持は、鄙びた越中ぶりでうたわれる舟歌を耳にする。新しい一日の始まりを迎えて、いまある鄙の外界が華麗な虚構の幻影を突き抜けて、あらためて知覚されたことを示す。「朝床」は、その転換を必然化する場であったといえる。

即ち、「朝床」の家持は、虚構の幻影と現実の躍動との狭間で、独りたゆたっているのである。明るく力強い朝景は、現実には賞美するべきものである。しかし、独り寝の床で眠れぬ夜を過ごした孤独な状態にあって、現実と同化できない〈我〉は同じ朝景に隔絶感を抱く。虚構と現実、幻影と躍動の間でたゆたい揺らぐが故に、表出される〈情〉も賞美と隔絶感との間で揺らぐ。その複雑な心情を表現する語が「遥けし」であったと考えられる。

多くの先行研究によって高く評価されている当該歌の繊細な〈情〉の表現は、叙上の揺らぎによって生まれたものであると考えられる。

結 ――〈景〉〈情〉の揺らぎ――

明るい〈景〉と孤独な〈我〉とが対比的な関係にあり、その間で揺らぐ不安定な状態から繊細な〈情〉が発生するとすれば、解釈を阻む〈情〉の不安定感や複雑さは、一義的に捉えることのできない、多義性と見ることができよう。かかる多義性を将来する〈景〉と〈我〉との対比構造を、家持詠の方法として捉えてみたい。

(38)うらうらに　照れる春日に　ひばり上がり　心悲しも　ひとりし思へば　（大伴家持　巻十九・四二九二）

右は、家持の春愁三首の中の一首である。この作品については、「うらうらに照れる春日にひばり上がり」という上句と、「心悲しもひとりし思へば」という下句とに明暗のギャップが著しいことが、多くの先行研究によって指摘されている。かつて述べたところであるが、この歌の表現を考察すると、図4に示したような対比構造が見て取れる。(4)

【図4】春愁歌の構造

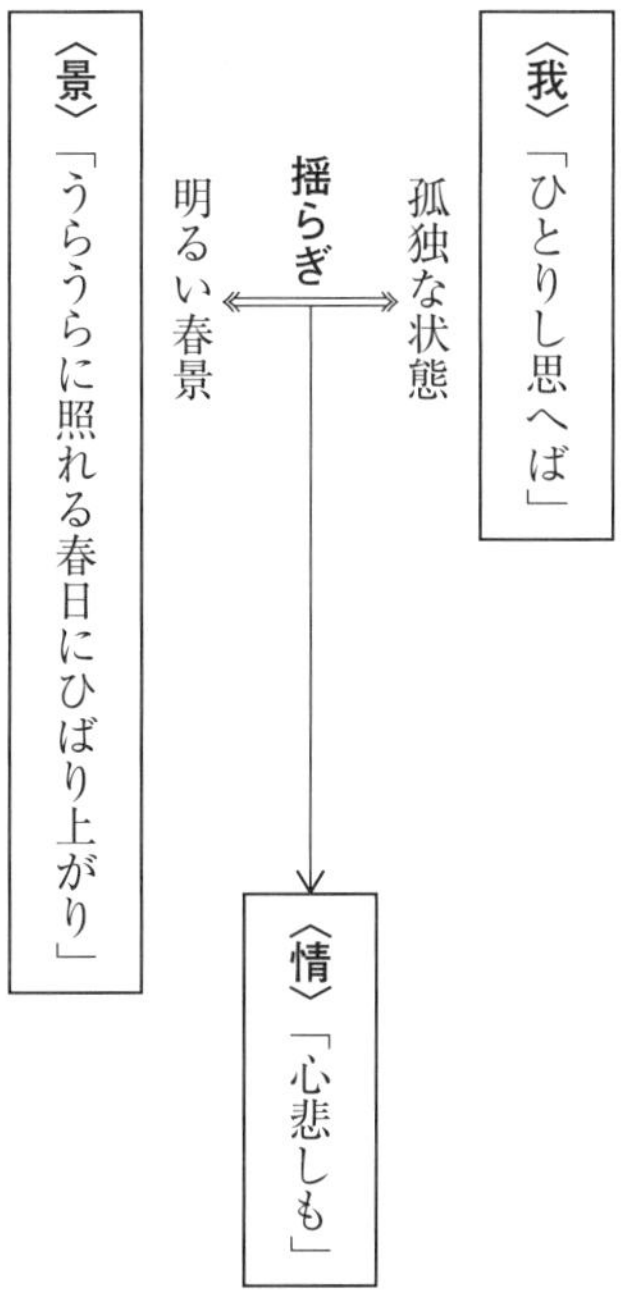

〈景〉が明るい春景であるのに対して、表現主体〈我〉は「ひとり」という状態にあり、その対比的な構造から生じる、揺れ動く繊細な心情が「心悲しも」という語で表現されている。
更に、この対比構造は大伴氏の歌人の歌に散見する。(5)　一例をあげてみよう。

(39)心ぐき　ものにそありける　春霞　たなびく時に　恋の繁きは　（大伴坂上郎女　巻八・一四五〇）

右の坂上郎女詠の場合、「春霞たなびく」という茫漠たる〈景〉と、「恋の繁きは」という激しい〈情〉の状態の間で、不安定に揺れ動く心情が「心ぐきものにそありける」と表現されている。(6)

【図5】坂上郎女詠の構造

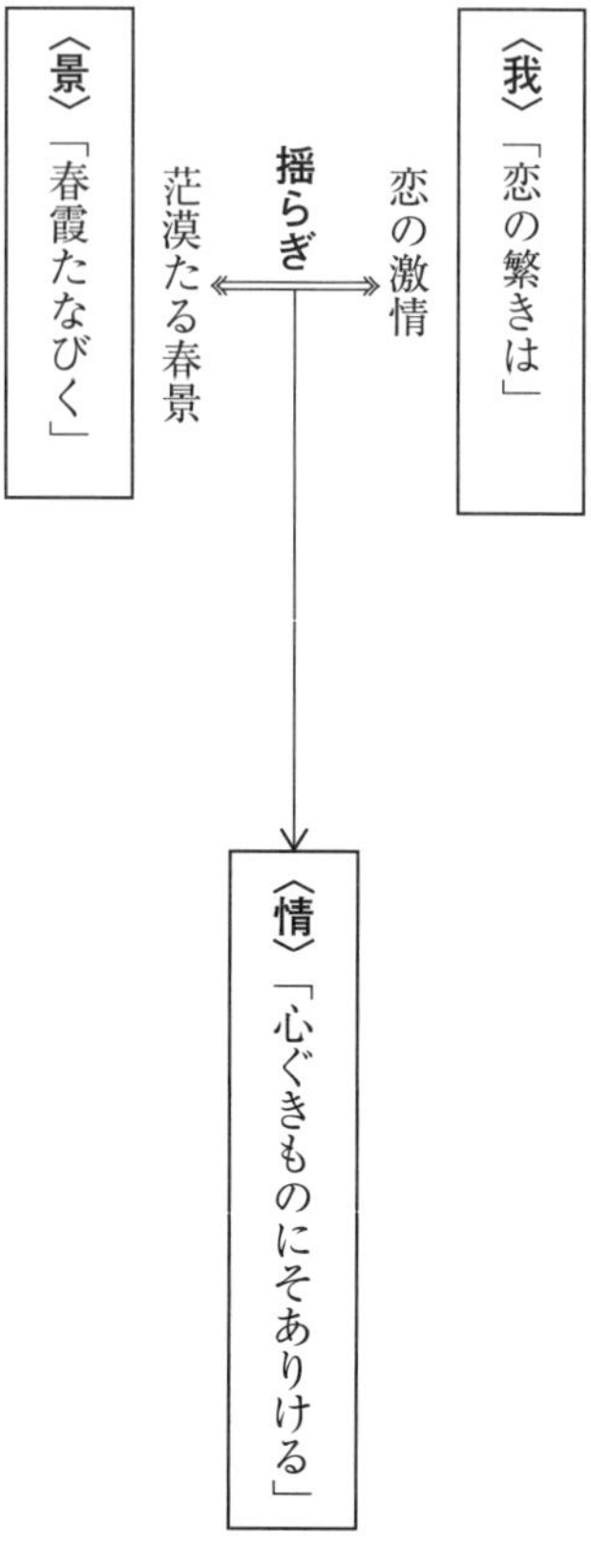

〈景〉と〈我〉の状態との対比構造から繊細な〈情〉を表出して行くという方法は、ひとり家持詠の方法というよりも、後期万葉の大伴氏の文学圏の中で洗練されていった方法であると考えられる。[7]

【注】

（1）芳賀紀雄『萬葉集における中國文學の受容』（塙書房、平成一五年一〇月）所収の諸論。

（2）野田浩子「『さやけし』の周辺―〈清なる自然〉試論2―」（『万葉の叙景と自然』平成七年七月、初出『古代文学』六四、昭和六〇年三月）

（3）万葉集中の「さやけし」三十二例のうち、川・海を詠むものが二十六例、月を詠むものが三例、その他が三例である。

（4）拙稿「景と孤愁―『万葉集』巻十九・四二九二番歌考―」（慶應義塾大学芸文学会「芸文研究」七七、一九九九年一二月）に詳述。

（5）本稿で触れた作品以外に、坂上大嬢詠（巻四・七三五）にも同様の方法が看取できることを拙稿「「心ぐく」―坂上大嬢詠の方法―」（『上代文学』一〇三、平成二一年一一月）に詳述。

（6）拙稿「坂上郎女の恋―巻八自然詠の恋情表現―」（高岡市万葉歴史館論集11『恋の万葉集』笠間書院、二〇〇八年三月）に詳述。

（7）大伴氏の文学圏が、湯原王の属する志貴皇子文学圏の表現と方法とを継承していることについては、拙稿「志貴皇子文学圏の形成と展開」（美夫君志会編『万葉集の今を考える』平成二一年七月）に詳述。

上東門院彰子と和歌
——人間像への一視点——

今野鈴代

はじめに

藤原道長むすめ、のちの上東門院彰子——以下彰子と称す——と和歌とのかかわりと言えば、まず、その入内屏風和歌がよく知られる。長保元年（九九九）二月九日、彰子の着裳の儀が盛大に催されたが、のち一一月一日に行なわれた一条帝入内を前提としたものであり、道長は権威づけのためにも最大限の支度をととのえた。

よろづしつくさせ給へり……屏風より始め、なべてならぬ様にし具せさせ給て、さるべき人々、やむごとなき所所に歌は読ませ給ふ……又花山院よませ給ふ。
（『栄花物語』かかやく藤壺）

と、能筆藤原行成が色紙形に筆を染めた屏風には、当時の歌詠みたちはおろか花山院までもが詠歌、その御製は「ひな鶴を養ひたてて松が枝の　蔭に住ませむことをしぞ思ふ」（同）と祝意に満ちた屏風歌であった。しかし自らは再三の催促にもかかわらず詠進しなかった藤原実資が、日記『小右記』に「上達部依二左府命一献二和歌一、往古不レ聞事也、何況於二法皇御製一哉」（一〇月二八日）と批判するように異例のことであった。

文治六年（一一九〇）、後鳥羽帝に入内する摂政藤原兼実むすめ任子のため一二帖の入内屏風が用意され、藤原俊成も詠進した。その旨を記す『長秋詠藻』には、「屏風の歌ひさしくたえたるを、上東門院御入内、長保の例にて、このたびおこされたるなるべし」（六五〇左注）と、右掲彰子の先例にならったとある。

彰子は一二歳で二〇歳の一条帝のもとに入内した。既に一条帝に中宮としてあった藤原定子は帝より四歳程年長であるから、八歳年少の彰子に対する、「あまりをさなき御有様なれば、参り寄れば翁とおぼえて、我恥しうぞ」（かかやく藤壺）と言う帝の言葉は、割引くとしても幼さは言うまでもなかろう。『源氏物語』若紫巻で「十ばかりにやあらんと見え」た紫の上は光源氏と八歳の年齢差をもつ。笛を好む一条帝が「御笛をえもいはず吹きすまさせ給へれば、候ふ人々もめでたく見奉る」のに、彰子ひとりがうちとけない様子でいるので、帝が「『これうち向きて見給へ』と申させ給へば、女御殿、『笛をば声をこそ聞け、見るやうやはある』」（同）と横を向く姿は、紫の上の無邪気さと重なってみえてもくる。

その彰子が二一歳となり敦成親王（後一条帝）を、続いて敦良親王（後朱雀帝）を出産、国母となり女院となって八七年の生涯を閉じるまでの歳月には実に多くの事が出来した。余人の及ぶべくもない彰子の人生に関しては、歴史学方面からの論考は少なくない(1)。しかしながら彰子の詠じた和歌という観点ではどうであろう。各詠の注解釈はみるものの、全歌を対象に捉えた先行論考は僅少で、中に松村博司「『栄花物語』における上東門院彰子の和歌」(2)は、各詠の典拠を論じて教示されるところが多いが、いま全歌を視野に論及する事跡は管見に入らない。本稿は、残された歌からその生涯を辿り、彰子の人間像への一つの視点とすることを目的とするものである。

彰子の和歌と考えられるのは二八首、『後拾遺集』以下勅撰集入集は二六首である。長期間にわたる彰子の姿を多様に描く『栄花』には、正編一二、続編五の計一七首が所収されるが、勅撰集との重出を除くと彰子詠は合計二八首となる。(3) 結局、勅撰入集二六首中『栄花』にみないのは一一首、重複一五首であり、最終的な『栄花』独自所載歌は二首ということになる。

父道長は『拾遺集』以降四〇首余入集の勅撰歌人であり『御堂関白集』をもつ。一条朝をはじめわが国文化史上輝かしい事績を残し人材を輩出した時代の支援者としても語られる。道長の長女として誕生の瞬間から待ち望まれた后がねであり、ふさわしい教育を受けたであろう彰子には和歌もその一環であるとは言うを俟たない。臨終近い道長が自ら書写した和歌の冊子を与える(『栄花』鶴の林)ことからも長年にわたる和歌との深いかかわりが窺える。彰子自身も紫式部をはじめ錚々たる女房たちを揃え、知的かつ優雅な文化圏を統べる教養のほども知られようし、後年にも「菊合」(4)などを主催、「彰子、頼通を中心とした和歌の催しはなお多かった」(5)と言われる。更に一条帝は好文の帝であり漢詩、和歌ともに作品が残る。そうした環境にあって、その立場からも彰子は折にふれ詠歌したはずである。しかし歌集は現存しない。「『栄花物語』に採られた彰子の歌の典拠はほとんどわからない。ただその内容から見て、彰子がそのつど詠んだ歌が歌反古として存在したり、またそのような歌反古乃至は他の歌人の集中から彰子の詠歌を抜書したものが集められて一冊の草子に仕立てられたりしたものが、『栄花物語』以下の採歌の原泉であったであろう。この事は『栄花物語』に採られなかった勅撰集所載歌についても同様であろう」(6)と考えられている。

以下彰子の和歌を『国歌大観』により、入集勅撰集順に番号を付して掲出、当該歌を所載する『栄花』巻名を〈 〉内に記し、最後に勅撰未入集二首を記す。紙幅の関係で校異には及ばない。彰子詠を含む贈答二首が連続して所載される場合は、相手詠も併記し詠歌状況を明らかにするが、矢印により贈答関係を示す。なお＊印は補足として付言したものである。

最後に（付表一）として「関連人物略系図」を掲げ、また（付表二）は「上東門院彰子略年譜」とし、彰子の歌をその略歴に重ねた。詠歌年次不詳歌はおおよその年代に記し、歌番号に「?」を付す。

表記は便宜私に変えたり、また引用本文を私に読み下したり返り点を施すことがある。

一　彰子の和歌（一）――『後拾遺集』～『新古今集』

①『後拾遺集』巻十　哀傷　五六九

一条院うせさせたまひてのちなでしこの花のはべりけるを後一条院をさなくおはしましてなにごころも知らでとらせたまひければおぼしいづることやありけん

見るままに露ぞこぼるる　おくれにし心もしらぬなでしこの花　〈いはかげ〉

＊父を喪った幼子が手にした〝撫子〟の花に胸つまり涙する母

②『同』巻十七　雑三　一〇三〇

御かへし

時のまも恋しきことの慰さまば　よはふたたびもそむかざらまし(7)　〈着るは侘しと嘆く女房〉

←後一条院うせさせたまひて世の中はかなくおぼえければ法師になりてよかはにこもりゐてはべりけるころ上東門院よりとはせ給ひければ　前中納言顕基

よをすててやどを出でにし身なれども　なほ恋しきは昔なりけり　（一〇二九）

＊子を亡くした母と、主を失い出家した臣とが交す二首

③『金葉集　二』巻六　別　三三九

これをご覧じてかたはらにかきつけさせ給ひける

わかれぢをげにいかばかり嘆くらん　聞く人さへぞ袖は濡れける

←経輔卿つくしへくだりけるにぐしてまかりけるとき、みちより上東門院に侍りける人のがりつかはしける

前大弐長房朝臣

かたしきの袖にひとりは明かせども　おつる涙ぞ夜を重ねける（三三八）

＊仕える女房との親和、そして慰撫

④『同』巻九　雑上　五六三

御返し

過ぎきける月日のほども知られつつ　このみを見るもあはれなるかな

←例ならぬことありてわづらひけるころ、上東門院に柑子たてまつるとて人にかかせてたてまつりける

堀河右大臣（頼宗）

つかへつるこの身のほどをかぞふれば　あはれこずゑになりにけるかな（五六二）

＊異母弟との長い歳月にわたるかかわり

⑤『千載集』巻九　哀傷　五五五

後一条院かくれさせ給うてのとし、郭公のなきけるによませ給うける

一こゑも君につげなんほととぎす　この五月雨はやみにまどふと

＊子の闇にまどう母の慟哭

⑥『同』巻九　哀傷　五六七

御返事

うつつとも思ひわかれですぐるまに　みしよの夢をなにかたりけん

赤染衛門

▲―上東門院にまゐりて侍りけるに、一条院の御ことなどおぼしいでたる御けしきなりけるあしたに、たてまつりける

つねよりもまたぬれそひしたもとかな　むかしをかけておちし涙に

（五六六）

＊夫に先立たれた主従が互いを思いやる

⑦『同』巻二十　神祇　一二五六

後一条院の御時、はじめて春日社に行幸ありけるに、一条院御ときの例をおぼしいでさせ給うて、よませ給うける

三笠山さしてきにけりいそのかみ　ふるきみゆきのあとをたづねて

〈本の雫〉

＊行幸に同輿した母后の感懐

⑧『新古今集』巻八　哀傷　七七六

御返し

思ひきやはかなくおきし袖の上の　露をかたみにかけむものとは

▲―小式部内侍、つゆおきたる萩おりたる唐衣をきて侍りけるを、身まかりて後、上東門院よりたづねさせたまひける、たてまつるとて

和泉式部

おくとみし露もありけりはかなくて　きえにし人をなににたとへん

（七七五）

＊供養の経の表紙に求める亡き人の唐衣。主従のかかわりを超えた心の交感、悲しみに寄りそう

⑨『同』巻八　哀傷　八一一

一条院かくれたまひにければ、その御ことをのみこひなげき給ひて、夢にほのかにみえたまひければ

あふこともいまはなきねの夢ならで　いつかは君を又はみるべき　〈日蔭の鬘〉

＊亡き夫を恋う悲痛な叫び(8)

⑩『同』巻十六　雑上　一四八四

御返し

唐衣たちかはりぬる春のよに　いかでか花の色をみるべき　〈疑ひ〉

──世をのがれて後、四月一日、上東門院太皇太后宮と申しける時、ころもがへの御装束たてまつるとて

法成寺入道前摂政太政大臣（道長）

（一四八三）

唐衣はなのたもとにぬぎかへよ　我こそ春の色はたちつれ

＊衣更えの装束を贈られて、法服の父への返歌

⑪『同』巻十八　雑下　一七一五

返し

まがふらむ衣の玉にみだれつつ　なほまださめぬ心地こそすれ　〈衣の珠〉

──上東門院、出家の後、こがねの装束したる沈のずず、しろかねのはこに入れて、梅の枝につけてたてまつられける

枇杷皇太后宮（妍子）

（一七一四）

かはるらむ衣の色を思ひやる　涙やうらのたまにまがはむ

＊出家し法具を贈られて、妹へ

⑫『同』巻二十　釈教　一九二六
　天王寺のかめ井の水をご覧じて
にごりなきかめ井の水をむすびあげて　心のちりをすすぎつるかな
〈殿上の花見〉
＊天王寺へ御幸して

二　彰子の和歌（二）――『続後撰集』～『新続古今集』・勅撰未入集歌

⑬『続後撰集』巻九　神祇　五四九
　後一条院くらゐにおはしましける時、賀茂社に行幸ありける又の日のあした、選子内親王の御返事のついでに
たちかへり賀茂のかはなみよそにても　見しやみゆきのしるしなるらむ
〈ゆふしで〉
＊賀茂社行幸に同輿の母后と大斎院選子との挨拶やりとり(9)

⑭『同』巻十六　雑上　一〇五一
　御返し
たちばなのにほひばかりもかよひこば　今も昔のかげは見てまし
権大納言長家
――上東門院に花たちばなたてまつるとて
はぐくみし昔の袖の恋しきに　花橘のかをしたひつつ
（一〇五〇）
＊父道長の面影を橘の花の香に慕う

⑮『続古今集』巻一　春上　三三　　〈本の雫〉
　雪のふりける日、鴬のなきけるを
うぐひすも花にまがふる雪なれや　をりもわかれぬこゑのきこゆる
＊景物をうたう唯一の詠。妹妍子への苦情を内包するとも(10)
⑯『同』巻四　秋上　三一〇　　〈かかやく藤壺〉
　七月七日東三条院にたてまつらせ給ひける
暮をまつ雲ゐのほどもおぼつかな　ふみみまほしきかささぎのはし　　東三条院（詮子）
→御返事　　（三一一）
かささぎのはしのたえまを雲ゐにて　ゆきあひのそらを猶ぞうらやむ
＊現存歌中最も若年の一首。親密な姑への甘えも
⑰『玉葉集』巻八　旅　一一一五
　和泉式部丹後国にくだりける時、ぬさなどたまはすとてそへられたりけるあふぎにかきつけさせ給うける
秋ぎりのへだつる天の橋立を　いかなるひまに人わたるらむ
＊地方下向の女房へ心のこもる餞け
⑱『同』巻十四　雑一　一九一七
　和泉式部はじめてまゐりて侍りける比、祭の日あふひにかかせ給てたまはせける
ゆふかけて思はざりせばあふひ草　しめの外にぞ人をきかまし

→御かへし、ゆふにかきて御帳のかたびらにむすびつけ侍りける　和泉式部
しめのうちになれざりしよりゆふだすき　心は君にかけてしものを　（一九一八）
＊今参り女房への深い心遣い(11)

⑲『同』巻十六　雑三　二二八七
　御返し
花ちりし道に心はまどはれて　このもとまでもゆかれやはせし　〈暮まつ星〉

→一品宮と申しける時、後冷泉院春宮におはしましけるに、まゐらせ給て、藤壺にすませ給うける比、上東門院内にまゐらせ給へりけるに、びんあしくて御たいめんなかりければきこえさせ給うける　二条院（章子内親王）
君はなほちりにし花のこのもとに　たちよらむとは思はざりけり　（二二八六）
＊鍾愛の孫宮からの親しい一首に返す、慈しみあふれるまなざし

⑳『同』巻十七　雑四　二三〇九
　後朱雀院の御ことをおぼしめしなげきて白河殿におはしましける比、四月ばかりに御前の花はちりはててあをばなる梢をご覧じて
をしまれし梢の花はちりはてて　いとふみどりの葉のみ残れる　〈根合〉
＊先立った子を哀惜、残された母の悲痛な嘆き

㉑『同』巻十七　雑四　二三九三
　一条院うせさせ給て後、つねにおはしましける所に月のさしいりたるをご覧じて
かげだにもとまらざりけり雲のうへを　玉のうてなとたれかいひけん　〈いはかげ〉

＊夫帝の影も見えぬ宮中を玉の台などと

㉒『続後拾遺集』巻二十　神祇　一三二二

一条院御時の例にて後一条院春日社に行幸ありける時、上東門院おなじくまゐらせ給うけるに、法成寺入道前摂政、「そのかみやいのりおきけんかすが野の　おなじ道にも尋ね行くかな」と申して侍りければ

くもりなき世の光にやかすが野の　おなじ道にも尋ね行くらむ

＊呼応する句、父娘の息の合った唱和

㉓『新千載集』巻七　離別　七三五

命婦乳母とほき所へまかりけるにかがみをたまはすとて

思ひいでよ雲ゐの波《月カ》はへだつとも　かたみにそふる影ははなれじ

＊旅立つ女房へのいたわり、餞け

㉔『同』巻二十　慶賀　二三一九

五月五日枇杷皇太后宮に菖蒲の根をたてまつらせたまふとて

底ふかくひけどたえせぬあやめ草　千とせを松のねにやくらべん

〈玉の村菊〉

＊妹妍子へ端午の節供を祝って

㉕『新拾遺集』巻十　哀傷　九〇一

後朱雀院かくれさせ給ひて後白川殿にかきこもらせ給ひて月日の行くもしらせ給はざりけるに今日は七月七日と人の申しける事をきかせ給ひて

けふとてもいそがれぬかななべてよを　思ひうみにし七夕の糸

〈根合〉

＊ただ悲しみ嘆く母の思い

㉖『新続古今集』巻九　離別　九一一

西宮皇后宮、上東門院とおなじ所にわたらせ給ひけるが外にうつらせたまふに、ちひさきうりをたてまつらせたまふとて、「思へどもなほつらきかなうりふ山　いかにせよとかたちはなるらむ」と申させ給ひたりける御返しに

いとへどもうき世の外にならぬ身を　たちはなるとは思はざらなん

＊小さな瓜に自身を准える孫宮馨子内親王をいとおしむ

㉗『栄花』巻十九「御裳着」

背けどもそなたざまにて月影に　ありふる里ぞ恋しかりける

←古里を出でにし後は月の夜ぞ　昔も見きと思ひやらるる　（道長）

＊「大宮前栽和歌」催行を耳にした、出家した父道長からの贈歌に応える

㉘『同』巻三十「鶴の林」

慰めも乱れもしつつ紛ふかな　ことのはにのみかかる身なれば

←風吹くと昔の人のことのはを　君がためにぞ書き集めける　（道長）

＊手ずから書写した和歌の冊子を臨終間近い父から贈られて

三　彰子の和歌の特性

前掲彰子詠のうち勅撰入集二六首を内容により私に分類大別すると次のようになる。

・哀傷　9　・挨拶やりとり　9（弟・妹4、孫2、父1、姑1、女房1）　・神祇・釈教　4　・別　3

・季節　1

行幸御幸に際しての詠は「神祇・釈教」に入って4首、晴れ晴れと誇らしさが勝る。対して、9首を数える「哀傷」は特異な歌数と言える。同じく9首と把握した「挨拶やりとり」は、立場に伴う肉親を中心とした長い人間関係の中でうたわれ、「別」は離京する女房への餞けなどであり、単に景物を歌材とするかと考えられるのは1首に過ぎない。

「哀傷」の対象と歌数は、夫一条院4、子である後一条院2、後朱雀院2首で、更に女房小式部内侍1となる。夫と子の三院に先立たれた彰子の悲嘆、慟哭が勅撰集に八首入集する。立場は当然各人各様であるものの、皇后定子、東三条院、選子内親王また徽子女王といった人々の和歌にみる哀傷歌はそれぞれ少数であり、彰子の場合とは異なる様相をみせる。

彰子詠はその立場から、近侍する女房が手を加える場合もあろう。しかしながら、主君をその想いを熟知、理会してのことであろうから現存詠は彰子自身の詠作と捉えて、彰子詠を構成する語句につき調査する。各句を中心とした調査の結果は、特殊特別ではないものの、古来広く用いられてきた歌句とは相違する様態が目につく。『国歌大観』「各句索引」で確認したその特性の概略は、

Ⓐ　先行詠に同一語句をみない独自句が多い

Ⓑ　先行例が僅少である語句が多い

Ⓒ　先行詠とは異なる、語句の活用や助詞助動詞の用い方により初出語句となる例をみる

Ⓓ　語句、言葉遣いの続き柄、取り合せに独自性をみる

Ⓔ　先行詠になく彰子の独自句と捉えられた語句が、直接的に及ぼした影響かは知らず、後出詠に取り込まれる例をみる

と言うことができる。各項関連もするが、以上の該当語句のおおよそを左記することとする。数字は歌番号である。

Ⓐ　②よはふたたびも／そむかざらまし　③げにいかばかり　④月日のほども／このみを見るも　⑥見しよの夢／なにかたりけん　⑧露をかたみに　⑨今はなきね　⑪なほまださめぬ　⑮をりもわかれぬ　⑱人を聞かまし　⑳梢の花　㉒世の光　㉔ひけどたえせぬ／根にやくらべん　㉕思ひうみにし／（七夕の糸）　㉖ならぬ身　㉗ありふる里

Ⓑ（先行例が一首のみの場合　↑は該当歌作者名など）

①おくれにし↑『万葉』　⑤君につげなむ↑忠見（解）　⑥すぐるまに↑朝光　⑦さして来にけり↑「京極御息所歌合」／ふるきみゆき↑是則　⑧袖の上の露↑道信　⑪衣の玉↑増基法師　⑫心のちり↑『宇津保』　⑭にほひばかり↑（読人しらず）　⑯ふみみまほし↑『宇津保』　⑰秋ぎりのへだつ↑高光／いかなるひまに↑高遠　⑱思はざりせば↑信明　⑳惜しまれし↑『宇津保』　㉗そなたざま↑実方／月影に・あり↑躬恒　㉘言の葉に・かかる↑『大和』／かかる身↑『宇津保』

Ⓒ　②（恋しきこと）なぐさまば↕なぐさまず　④すぎける↕すぎきにし　⑦あとをたづねて↕あとをたづねよ・あとをたづぬと　⑭かよひこば↕かよひなば　⑮花にまがふる↕花にまがひし・花にまがへて　⑲このもとまでも↕このもとに／ゆかれやはせし↕ゆかれざりけり　㉘まがふかな↕まがふ白雪・ま

がふらむ・まがふとや思ふ

Ⓓ　①見るままに⊕つゆ／おくれにし⊕心／心も知らぬ⊕なでしこの花　③聞く人さへ⊕袖は濡れける　⑤この五月雨⊕闇にまどふ　⑥うつつとも⊕思ひわかれで　⑦ふるきみゆき⊕あとをたづぬ　⑧かたみに⊕かける

⑩唐衣⊕たちかはる　⑪衣の玉⊕乱る／（なほ）まださめぬ⊕心地こそすれ　⑫かめ井の水⊕むすびあげて／心のちり⊕すすぐ　⑬みゆき⊕しるし　⑯暮を待つ⊕雲ゐの程／雲ゐの程⊕おぼつかな　⑲花散る⊕道

⑳いとふ⊕緑／葉のみ⊕残る　㉑玉のうてな⊕誰かいひけん　㉓かたみに添ふ⊕影ははなれじ

Ⓔ　②恋しきことのなぐさまば→俊頼　④すぎきける→良経　⑥見しよの夢→西行・公経・俊成女　⑦跡をたづねて→成尋法師・経信・良経　⑧露をかたみに→周防内侍・丹波　⑫心のちりをすすぐ→俊頼・永福門院　⑮をりもわかれぬ→西行　⑳梢の花→西行、定家　㉔ひけどたえせぬ→教長

以上を一覧して明らかなように、決して多くはない歌数ながら彰子詠の歌句に独自性が際立つ。それは、歌語としての先行の有無に捉われないかのような、使用語句の独自性とともに続け柄、取り合せを含めた自由な言葉遣いによる結果と考えられる。和歌を意識するまでもなく和歌という形式で胸中を吐露した結果と思われる。話し言葉との境界線が淡く、あたかも話し言葉、話しかける言葉を用いて一首を構築するかのようであり、その言葉に率直で誠実な個性が伝わる。

詠歌中の歌句からは〝師〟の存在は明白にならない。『古今集』時代から当代の歌人たち、例えば伊勢、中務、道信、朝光、元輔、実方、高遠、和泉式部、赤染衛門と言った人々、そして『宇津保』や『源氏』中の和歌と重なる語句を複数みるものの、特定の個人の影響を受けず、十二分に身につけた教養を土台に、自由に自分らしさ

を発揮するのが彰子の和歌と言えようか。立場上勅撰集や私家集の詞書に彰子の名があらわれる場合も少なくはなく、多くの人々とのかかわりが浮かび上がる。残されなかった歌の数々は、公を記す貴族日記などにみえる姿とは別の、日々に生活する、豊かな感情を有する人間的な彰子の様子を映し出していたことと推察される。

四　史料の中の彰子像

『御堂関白記』長和二年（一〇一三）四月一三、一四日条に道長は次のような彰子の姿を記す。三条帝中宮妍子が還啓の途次枇杷第で姉の皇太后彰子と対面した折に、妍子が春宮大夫藤原斉信から贈られた品を献上した。彰子は一旦受け取ったが、翌日「従二皇太后宮一中宮有二御使一、夜部所レ被レ奉送物被レ奉レ返、其詞云、人有レ志けるものをと云々」[12]。他者の気持を慮る后ぶり、彰子の人間性を表徴する逸話である。その二月二五日には道長が彰子の宮で一種物《いっすもの》を計画したが、彰子の反対にあって中止となった一件を『小右記』が記す。最近妍子が頻りに饗饌することがあり、参集する人々の負担を懸念し配慮した彰子の判断だと知った実資は、彰子を「賢后」と賞讃する。その他にも〝賢い〟彰子はさまざまに描かれている。しかしそればかりではない。同じ実資にのち長元四年（一〇三一）九月の石清水・住吉御幸の際の贅を尽くした行粧を非難されもするし、女房たちを美しく装わせたりと、ただ一貫して簡素であったわけでなく、時に応じ血の通った人間的なふるまいをする姿も映し出される。

藤原忠実の『殿暦《でんりゃく》』天永二年（一一一一）六月一七日条に「有二入内定一、上東門院入内定也、御返事云、吉例也、付二此例一不レ可二延引一」をみる。同日の『中右記』にも藤原宗忠は「是上東門院為二一家一、為二天下大吉例一也、件入内事、穢中有二件定一也」と記していて、彰子に関して「吉例、大吉例」の語を残す。摂政忠実は息男忠通と白河院猶子璋子、のちの待賢門院との婚姻を院の意向により七月二一日とし準備を進めていたところ、六月一一日に宮中大炊殿で下女が頓死し、死穢により三〇日間の触穢という事態になった。婚儀の延期を提示する院に対し忠実は予定通りに行なうべく、然るべき前例を求めて『御堂関白記』を繙いた。その結果、長保元年九月八日、一条院内裏に死穢が生じ三〇日の穢となったものの、その穢中の二五日に入内定を行なった旨の記事を見つけたのだった。それは彰子の入内定であり吉例となるものだったのである。藤原氏摂関家として「天下ノ大吉例」と称される先例であり、この由をもって忠実は白河院の延引の意向を翻意―結局は沙汰止みとなった結婚であるが―させたのである。

『中右記』にはまた、大治四年（一一二九）七月二〇日施行の故白河院二七日忌につき、「（万寿四年道長が薨じた折に）上東門院以二百七僧一被レ行……仰云、可三云二合権大納言一者、被レ尋之処、上東門院例凶事已吉例候、何事ヲ候哉と申了」と記されていて、ここにも彰子の営為を吉例と把捉する。更に『台記別記』巻三、久安四年（一一四八）八月九日条は、内大臣藤原頼長むすめ多子を従三位に叙す際に「今夜之儀依下長保元年二月十一日上東門院叙二従三位一之例上所レ行也」と、旧儀を尊重する頼長が彰子にならったと記すが、頼長は「定二入内雑事一専拠二上東門院例一」（一一月二六日）など、当入内に関して、「上東門院ノ例」を操り返している。

その他にも院政期以降の貴族日記には、前例を勘考する当時の慣習に従い、また当然ながら政治的背景もからむのであろう、折にふれ「上東門院ノ例」を参考にし、その「例ニ依」って事を決定する次第を多くみる。例えば、『後二条師通記』――中宮の院号定・上皇春日御幸・賀茂祭の神館装束、『殿暦』――（忠実母）一条殿叙位・官奏の数・五節舞姫装束、『中右記』――陽明門院葬送・廃朝固関・女院への拝礼・関白移譲・院崩御時の服喪期間、平信範『兵範記』――鳥羽院出家・後白河院出家、兼実『玉葉』――女院御所御渡定・故者院宮御給・践祚大嘗祭の童女御覧の有無、などと、その例は枚挙に暇ない。上東門院彰子その人が後世の故実となっていたのである。

本稿冒頭に掲げた入内屏風に関しても然り、文治六年次藤原任子の後鳥羽帝入内の折ばかりではない。鎌倉時代に入って寛喜元年（一二二九）一一月後堀河帝に入内の藤原道家むすめ竴子の際には、藤原定家が『明月記』に詳述する。まず名字に関して「上東門院彰字立早久、此字殊吉也」（一〇月二六日）、そして屏風歌については「今度只一向用二長保一如何、申二尤可レ然由一」（四月一六日）、「依二長保例一、公卿許可レ詠由、有二沙汰一者」（八月二九日）。また「姫君令レ参二春日社一給（南円堂、長保例云々）」（一〇月二二日）、「依レ為二長保吉例一」（一一月一九日）と彰子の「長保ノ例」が操り返される。無論彰子ひとりが吉例であるわけでなく、のち折ごとに他の人物も同様に示されるが、彰子の優位性は揺るがない。

中宮となり二人の帝所生の国母となり、更に孫帝の祖母でもあった彰子。三九歳で出家し上東門院となった後も、摂関家として政治の中枢にある頼通はじめ同腹異腹の弟たちを陰にひなたに支え続け、藤原氏嫡流の柱として繁栄に大きく寄与、また姑東三条院に次ぐ二人目の女院として太上天皇に准じた彰子の人生は、「吉例」という故実になっていたのである。

おわりに

一条帝に配された二后の、伝えられる人物像は対照的である。清少納言の憧憬のまなざしを一身に受け『枕草子』に描かれる定子、中関白家没落のゆえにひたすら明るく描かれねばならなかった定子像が、鮮やかな像を結ぶのに比して、彰子は全く相違した相をみせ、静かで地味な印象が強い。『栄花』「さまざまのよろこび」には若年の父道長が「たはぶれにあだあだしき御心な」く、とあり、その後も中関白家とは異なる比較的真面目な家風を形成したようである。彰子自身も、

宮の御心あかぬところなく、らうらうしく、心にくくおはしますものを、あまりものづつみせさせたまへる御心に、何ともいひ出でじ、いひ出でたらむも、うしろやすく恥なき人は、世にかたいものとおぼしならひたり。（『紫式部日記』）

また、思慮のない者のはしたない言動を耳にした幼少時の体験もあり、反面教師とすべき人物、物事は多く、控え目が第一と身に沁み、慎重でおとなしい状況をよしとした。華美を好まず自己抑制のきいた彰子像は、上述のように『枕草子』に躍如する、明るく開放的なサロンを形成する定子の姿と対比されもする。紫式部に「憂き世のなぐさめには、かかる御前をこそたづね参るべかりけれ」と讃美された二一歳の静かな彰子を、歳月が立場が堂々たる女院にした。『源氏物語』若菜上巻における、夕霧の紫の上礼讃の言辞、「しづやかなるを本として、さすがに心うつくしう、人をも消たず身をもやむごとなく、心にくく」以下は、立場が異なるとは言え彰子の姿に通底すると思われもする。紫式部、赤染衛門、和泉式部、伊勢大輔をはじめ粒揃いの多数の女房たちの心を掌握するばかりでなく、個よりも家の論理を優先する政治性を理解し、自らの立場に対する高い意識を有するとともに、人間性に富んでもいた。そうした彰子の姿勢は後世の説話作品にも語られる。『古事談』二ノ六一　頼通の関白移譲は息師実でなく弟教通にという意向、『続古事談』一ノ一　一条帝の聖帝たること、など。その他和歌にかかわる話柄なども『今昔物語集』『宝物集』『十訓抄』ほかに残る。

毀誉褒貶を伴いながらも大政治家としての立場を確立した父道長の栄耀も彰子の存在あってこそと言える。彰

子自身も中宮、国母、出家後も女院として歴史上に足跡を残し、貴族日記はじめ歴史物語、とりわけ『栄花』に、また説話作品ほかに多くその名をとどめるが、それらは極言するならば、他者が記し残したものと言えよう。対して和歌は、唯一彰子の生の思いをそのままに伝えるものと言うことができよう。その和歌を視座として彰子の人生を重ねてみた。彰子の濃密な長い生涯には余りに簡略にすぎないが、いま残されている和歌が詠じられた背景を辿りつつ、彰子の人間像への一視点として和歌を採り上げると、「吉例」の故実となった彰子とは全く懸隔をもつ姿があらわれてくる。同時に一条帝の后としてあった定子の残された七首のうち哀傷歌は三首、それは全て自らの死に臨んでの詠である。二五歳程で崩じた定子、一方、二四歳で夫帝に永別し八七歳で生涯を閉じた彰子。比較のしようもないが、彰子の人生は長寿ゆえに、道理とは言いながらも、愛する人々を見送る歳月だったと言える。(13)残された哀傷歌の数々がそれを物語る。

その立場に伴う華やかな栄耀栄華も事実である。また夫帝をはじめ最愛の二人の子、さらには孫帝にまでも先立たれた愁嘆も事実である。各種の文献が有する特性により、彰子像が異なる色彩を帯びることは当然とは言え、彰子の場合にはその相違が際立つ。後世藤原氏貴族日記中の「上東門院」は、ひたすら「吉例」の故実として捕捉される。記録類は基本的には個人の悲哀とは別次元にあって公の立場を重視する。長寿を得て大女院と称され政治的にも絶大な存在となった彰子は、毅然として自らの立場を受け入れたかにもみえる。多様な姿を映し出す種々の文献の中では、和歌が最も本人の肉声を表出すると考えられる。その和歌が、勅撰集入集歌に哀傷歌を多く残すことは、多くの愛する人々を見送ったという事実ばかりではあるまい。一人の人間としての素顔をみせる彰子の、衒いのない真率な言葉が伝える率直な悲しみが、立場を時を超えて共感され、強く人々の胸に響くからであろう。後世の各集撰者たちにも共有される思いが反映されたものでもあろう。そして「挨拶」歌には、人々に対する彰子の心遣いの深さ、日々の生活における人間関係のこまやかさを垣間見ることができる。

和歌は生活とともにあったはずの彰子であるが、最晩年にはどうであったろうか。現存歌中最終詠は七〇歳半ばと思われる、弟頼宗への返歌であろう。その後、孫後冷泉帝崩御、弟頼通出家、あるいは鍾愛の孫宮との交流など、折々に胸裏を和歌のかたちにすることはなかったであろうか。もう歌を詠むことはなかったであろうか。

【注】

(1) 中でも服藤早苗は「上東門院彰子—賢い国母」(『平安朝女の生き方—輝いた女性たち』小学館 '04年) その他、また高松百香も「院政期摂関家と上東門院故実」(『日本史研究』513 '05年) など、一連の彰子論をもつ。

(2) 『説話・物語論集』金沢古典文学研究会 '80年

(3) 勅撰集作者名と『栄花』中の詠者が相違し、詠者を特定できない場合には勅撰集作者名を採択する。

(4) 長元五年(一〇三二)「上東門院彰子菊合」は『国歌大観』巻五に所収される。

(5) 井上宗雄『平安後期歌人伝の研究』笠間書院 '78年

(6) 注(2)に同じ。

(7) 『栄花』は侍従内侍詠とし、「仰せ事めきてありけるなるべし」とする。彰子が信頼する女房に「仰せ事」し任せる代詠は他にもみる。近侍し主君の胸中を忖度、意を汲んで代弁する詠である。

(8) 長和元年(一〇一二)六月九日の『小右記』には、道長が病苦にある中、実資を呼んで語った様子が記される。

尤所レ嘆只皇太后宮御事而已、去年後二給故院一、哀傷御心不レ休二于今一、又有三非レ常深摧二心神一歟、悲思在レ之、

自余事不レ可レ嘆、

とあって、父道長が、夫帝を喪い深く悲傷する彰子を痛嘆している。

（9）選子内親王詠「みゆきせしかものかはなみかへるさに　たちやよるとぞ待ちあかしつる」は『後拾遺集』雑五一一〇九に所載。

（10）妍子からの贈歌は「花は雪ゆきは花にぞまがひける　鶯だにもなかぬ春べは」〈本の雫〉。焼亡した枇杷殿が造営され、妍子が遷る支度をしている折のことである。

（11）伊勢大輔が初出仕の際に、和泉式部から贈られそれに返した二人の、「思はむと思ひし人と思ひしに　思ひしことも思ほゆるかな」、「君を我思はざりせば我を君　思はむとしも思はざらまし」の二首は『伊勢大輔集』（八五、八六）に残る。彰子が仕組んだことと言われる。また「いとうちとけては見えじとなむ思ひしかど、人よりけにむつましうなりにたるこそ」（『紫式部日記』）と式部に語るように、個性に合わせた女房の心の掌握、親和に彰子の姿勢が伝わる。

（12）この折に彰子から妍子には、紫檀地螺鈿の筥に入れられた紀貫之筆『古今集』と源文正筆『後撰集』が贈られた。

（13）『栄花』に「我命ながさこそ恥づかしけれ」〈着るは侘しと嘆く女房〉、「命長くてかかる御事―後朱雀院崩御―を見る事」、「世に類なく心憂かりける身かな、とおぼしめ」〈根合〉す彰子の姿が描かれる。

（14）道長が「この世をばわが世とぞ思ふ望月の　欠けたることのなしと思へば」と誇ったのは当立后の宴でのことである。

（付表一）「関連人物略系図」

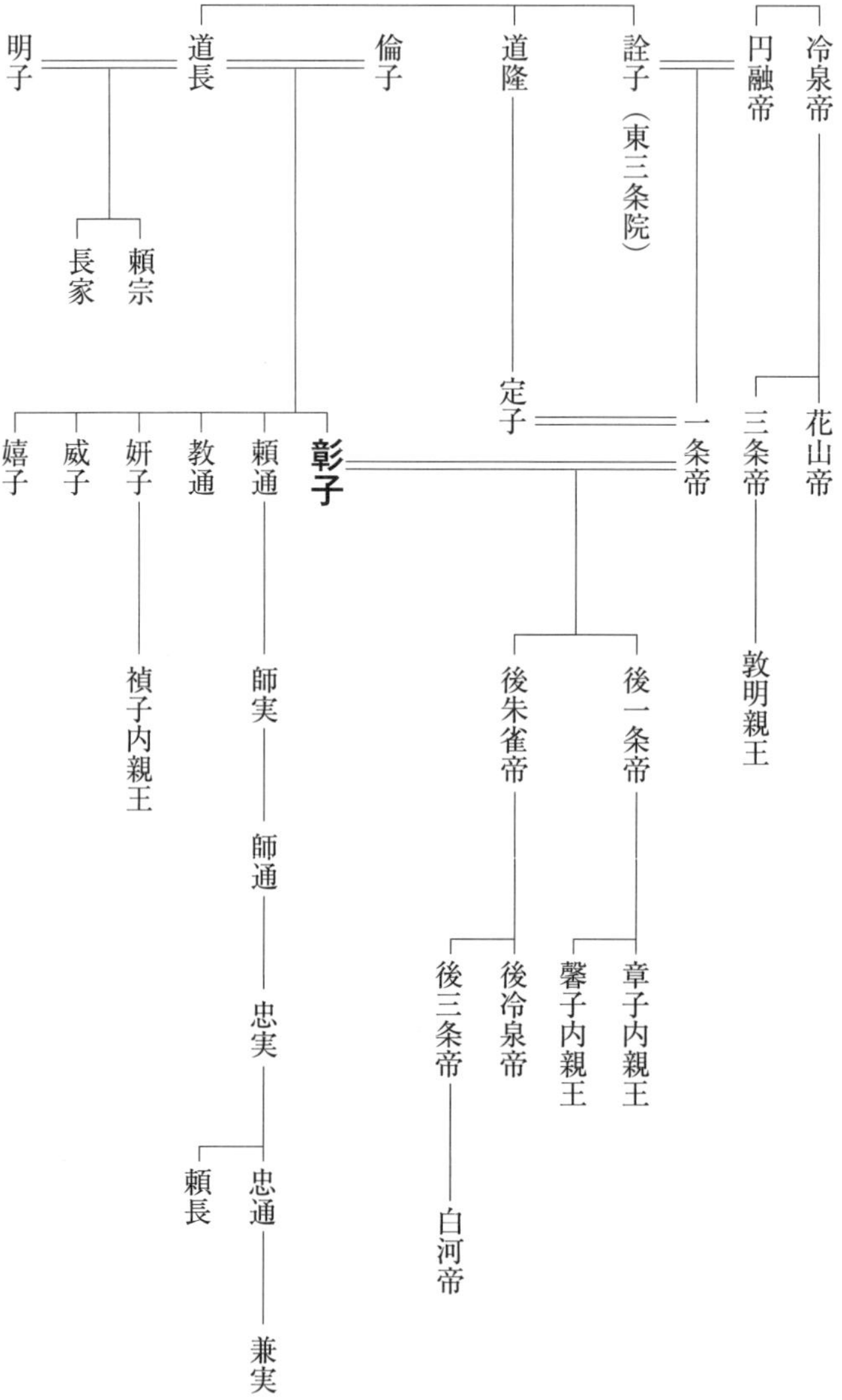
冷泉帝
円融帝
詮子（東三条院）
道隆
倫子
道長
明子
頼宗
長家
花山帝
三条帝
一条帝
定子
彰子
頼通
教通
妍子
威子
嬉子
敦明親王
後一条帝
後朱雀帝
禎子内親王
師実
師通
章子内親王
馨子内親王
後冷泉帝
後三条帝
忠実
忠通
頼長
白河帝
兼実

（付表二）「上東門院彰子略年譜」

帝	和暦	西暦	年齢	関連事項
一条	永延二	988	1	藤原彰子誕生（父道長・母倫子）
	正暦元	990	3	一条帝元服（11）・藤原定子入内・彰子着袴
	長徳二	996	9	道長左大臣に
	長保元	999	12	彰子着裳、入内、女御に
	二	1000	13	定子皇后に、彰子中宮に
	⑯	「暮をまつ雲ゐのほどもおぼつかな　ふみみまほしきかささぎのはし」		
				皇后定子崩（25カ）
	寛弘二	1005	18	彰子大原野行啓・道長四十賀
	四	1007	20	倫子所生道長四女嬉子誕生、七夜産養に彰子贈物・道長御嶽詣
	五	1008	21	彰子、一条帝第二皇子敦成親王（後一条帝）出産
	六	1009	22	和泉式部出仕始め
	⑱	「ゆふかけて思はざりせばあふひ草　しめの外にぞ人をきかまし」		
				彰子、敦良親王（後朱雀帝）出産
	八	1011	24	一条帝譲位・三条帝受禅・一条院崩御（32）

天皇	年号	西暦	年齢	事項
三条				①「見るままに露ぞこぼるるおくれにし　心もしらぬなでしこの花」
				㉑「影だにもとまらざりけり雲の上を　玉のうてなと誰かいひけむ」
	長和元	1012	25	彰子皇太后に
				⑨「あふこともいまはなき寝の夢ならで　いつかは君を又はみるべき」
				?⑥「うつつとも思ひわかれですぐるまに　みしよの夢をなにかたりけん」
	四	1015	28	彰子、道長五十賀を祝う
	五	1016	29	三条帝譲位・敦成親王受禅し後一条帝に・道長摂政
後一条				㉔「底深く引けどたえせぬあやめ草　千とせを松の根にやくらべむ」
	寛仁元	1017	30	道長、息頼通に摂政を移譲
				⑬「たちかへり賀茂の河浪よそにても　みしやみゆきのしるしなるらむ」
				三条院崩御（42）・三条院皇子敦明親王東宮を辞す・敦良親王立太子・道長太政大臣
	二	1018	31	後一条帝元服・彰子太皇太后に⑭・道長太政大臣辞す・三条院中宮妍子皇太后に・後一条帝女御威子中宮に・後一条帝ならびに道長むすめ三后、新造土御門第行幸行啓
	三	1019	32	道長出家
				⑩「唐衣たちかはりぬる春のよに　いかでか花の色をみるべき」
	四	1020	33	
				?⑰「秋ぎりのへだつる天の橋立を　いかなるひまに人わたるらむ」

後一条

治安元 1021 34 尚侍嬉子、東宮敦良親王へ参入

⑦「三笠山さしてきにけりいそのかみ　ふるきみゆきのあとをたづねて」

㉒「くもりなき世の光にやかすが野の　おなじ道にも尋ね行くらむ」

二 1022 35

⑮「うぐひすも花にまがふる雪なれや　をりもわかれぬこゑのきこゆる」

道長法成寺金堂供養

三 1023 36 妍子所生禎子内親王着裳、彰子腰結役・母倫子六十賀

㉗「背けどもそなたざまにて月影に　ありふる里ぞ恋しかりける」

万寿元 1024 37 法成寺薬師堂供養・彰子高陽院駒競行啓

二 1025 38 東宮妃嬉子、皇子（後冷泉帝）出産後薨去（19）・和泉式部むすめ小式部内侍没

⑧「思ひきやはかなくおきし袖の上の　露をかたみにかけむものとは」

三 1026 39 太皇太后彰子出家、「上東門院」に

⑪「まがふらむ衣の玉にみだれつつ　なほまださめぬ心地こそすれ」

四 1027 40 禎子内親王、東宮敦良親王に参入・東宮皇子親仁親王（後冷泉帝）着袴・皇太后妍子崩御（34）

㉘「慰めも乱れもしつつ紛ふかな　ことの葉にのみかかる身なれば」

道長薨去（62）

天皇	年号	西暦	年齢	事項
後一条	?㉓			「思ひいでよ雲ゐの波《月カ》はへだつとも　かたみにそふる影ははなれじ」
	長元四	1031	44	彰子石清水住吉御幸
	⑫			「にごりなきかめ井の水をむすびあげて　心のちりをすすぎつるかな」
	六	1033	46	彰子主催で倫子七十賀
	七	1034	47	彰子に朝覲行幸行啓
	九	1036	49	後一条帝崩御（29）・後朱雀帝受禅・中納言源顕基出家
後朱雀	⑤			「一こゑも君につげなむほととぎす　この五月雨はやみにまどふと」
	?②			「時のまも恋しきことの慰さまば　よはふたたびもそむかざらまし」
				後一条院中宮威子出家、崩御（38）
	長暦元	1037	50	禎子内親王、後朱雀帝皇后に・親仁親王（後冷泉帝）元服、立太子・一品宮章子内親王東宮に参入
	二	1038	51	
	?⑲			「花ちりし道に心はまどはれて　このもとまでもゆかれやはせし」
	三	1039	52	彰子剃髪
後冷泉	寛徳二	1045	58	後朱雀帝譲位・後冷泉帝受禅・後朱雀院崩御（37）・彰子白河殿へ渡御
	㉕			「けふとてもいそがれぬかなべてよを　思ひうみにし七夕の糸」
	?㉖			「いとへどもうき世の外にならぬ身を　たちはなるとは思はざらなむ」

天皇	年号	西暦	年齢	事項
後冷泉	永承元	1046	59	
	⑳			「をしまれし梢の花はちりはてて　いとふみどりの葉のみ残れる」
	天喜元	1053	66	倫子薨去（90）
	康平元	1058	71	
	③			「わかれぢをげにいかばかり嘆くらむ　聞く人さへぞ袖は濡れける」
	～七	1064	～77	
	⑭			「たちばなのにほひばかりもかよひこば　今も昔のかげは見てまし」
	？④			「過ぎきける月日のほどもしられつつ　このみを見るもあはれなるかな」
	治暦四	1068	81	頼通関白を教通に移譲・後冷泉帝崩御（44）・後三条帝受禅
後三条	延久元	1069	82	馨子内親王後三条帝中宮に
	四	1072	85	頼通出家・後三条帝譲位・白河帝受禅
白河	五	1073	86	後三条院崩御（40）
	六	1074	87	頼通薨去（83）・上東門院彰子崩御

俊成と紫式部歌をめぐる試論

――『千載集』入集の紫式部歌を手がかりとして――

伊東祐子

はじめに

『六百番歌合』における藤原俊成の判詞の一節、「源氏見ざる歌よみは遺恨の事也」(1)は、『源氏物語』を歌人必読の書と揚言したものとして知られている。俊成のこの発言は、藤原良経歌「見し秋を何に残さむ草の原ひとつに変はる野辺のけしきに」の「草の原」を、「聞きつかず」と評されたことに対するもので、「草の原」が、『源氏物語』中の表現であり、なかでもとりわけ「優(艶)」と評すべき「花宴」の巻に見える表現であることも知らないとは、歌人として残念としかいいようがない、という文脈に見える。実は、この俊成の判詞は、「紫式部、歌よみの程よりも、物書く筆は殊勝の上、花宴の巻はことに優(艶)あるものなり」につづく。源氏物語の作者としての紫式部を高く評価する俊成であるが、歌よみとしての紫式部、つまり紫式部歌についてどのように受けとめていたのか気にかかる。

『源氏物語』には、光源氏と女君たちの恋の歌をはじめとして七九五首(2)もの歌が織り込められており、「草の原」も、光源氏の問いに答えた朧月夜の歌「憂き身世にやがて消えなばたづねても草の原をばとはじとぞ思ふ」(花宴巻)に見出せる歌句であり、俊成の『源氏物語』に対する高い評価は作中歌を含めてのものと推定される。『源氏物語』のなかで八百首近い歌をよんでいる紫式部であるが、自分自身の生涯のなかでよんだ歌は、他の人物との贈答歌を含めても『紫式部集』『紫式部日記』などに百数十首が残されているにすぎない。[3]俊成はこれらの紫式部歌のなかから、自身が撰者をつとめた勅撰和歌集『千載集』に九首を選び入れている。この九首という数は、後述するように、紫式部歌のそれまでの勅撰集入集状況と比較すると、明らかに高い数値であるばかりか、それらの歌にはある傾向が認められるように思われる。本稿では、『千載集』入集の紫式部歌を手がかりとして、俊成が紫式部歌をどのようにとらえていたのかを探ってみたいと思う。

一　中古三十六歌仙の女性歌人の歌の勅撰集入集状況

紫式部は中古三十六歌仙の一人でもある。そこで、まず、紫式部歌の勅撰集への入集状況について、中古三十六歌仙の女性歌人と比較した結果を【資料1】として示そう。[4]中古三十六歌仙のなかの女性歌人は、紫式部を含めて九人である。なお、『古今集』『後撰集』の成立年代には、彼女たちはまだ生まれていなかったり、幼かったものと思われるが、便宜的に二十一代集を表示した。

【資料1】により、中古三十六歌仙の女性歌人たちの勅撰集入集歌数を見渡すと、『拾遺集』から少しずつ見えはじめるものの、おおむね『後拾遺集』から顕著になったといえよう。『後拾遺集』における入集歌数が最も多いのは、和泉式部の六八首で、以下、相模三九首、赤染衛門三二首、伊勢大輔二六首、馬内侍一二首、道綱母七首、上東門院中将五首、紫式部三首、清少納言二首とつづく。紫式部は三首であり、九人中八番目にすぎない。その後も、紫式部歌は、『金葉集』『詞花集』では入集は認められずゼロがつづくが、俊成が撰者をつとめた『千

【資料1】中古三十六歌仙の女性歌人の歌の勅撰集入集状況

歌人／勅撰集	和泉式部	相模	赤染衛門	伊勢大輔	馬内侍	紫式部	道綱母	上東門院中将	清少納言
古今	0	0	0	0	0	0	0	0	0
後撰	0	0	0	0	0	0	0	0	0
拾遺	1	0	1	0	4	0	6	0	0
後拾遺	68	39	32	26	12	3	7	5	2
金葉（三奏本）	8	5	4	1	3	0	3	0	1
詞花	16	4	9	2	0	0	2	0	2
千載	21	5	6	0	3	9	0	0	3
新古今	26	11	11	7	8	14	2	0	0
新勅撰	14	18	1	3	0	5	2	0	0
続後撰	16	5	6	1	1	4	1	0	1
続古今	3	0	3	2	2	7	1	0	1
続拾遺	6	1	4	0	0	3	0	0	0
新後撰	0	0	0	0	0	0	0	0	0
玉葉	34	8	7	1	1	8	8	0	3
続千載	7	4	2	1	1	1	2	0	2
続後拾遺	5	2	2	2	1	2	2	0	0
風雅	8	2	6	0	1	1	1	0	0
新千載	5	2	1	2	1	4	3	0	0
新拾遺	4	1	5	3	2	1	0	0	0
新後拾遺	4	1	1	0	1	0	0	0	0
新続古今	3	1	0	1	0	0	0	0	0
計	249	109	101	52	41	62	40	5	15

載集』では九首とはねあがっている。『千載集』の他の女性歌人たちの入集歌数を見ると、もっとも多いのは和泉式部の二一首だが、紫式部の九首は二番目に高い数値となっており、赤染衛門六首、相模五首、馬内侍三首、清少納言三首とつづき、伊勢大輔、道綱母、上東門院中将は一首も入集が認められないことがわかる。『後拾遺集』では、下から二番目だった紫式部歌が、『千載集』では上から二番目の入集歌数となっており、紫式部歌が、『千載集』において突出した扱いを受けていることがうかがえる。

もっとも、『千載集』（文治四年〈一一八八〉奏覧）の九首につづき、俊成の子・定家をはじめとする複数の撰者たちによる『新古今集』（元久二年〈一二〇五〉竟宴）に一四首、定家が撰者の『新勅撰集』（文暦二年〈一二三五〉奏上）に五首というように相当数認められることも看過できず、これらの勅撰集における紫式部歌の増加現象については、『千載集』の撰者である俊成の『六百番歌合』（建久四年〈一一九三〉披講、加判）の判詞の言葉「源氏見ざる歌よみは遺恨の事也」とともに、『源氏物語』の作者としての紫式部への評価の高まりが、紫式部歌の勅撰集への多数の入集をうながしたためと先学により解されてきた。(5) そのため、『千載集』での紫式部歌の数値の高さについても、「古典摂取としての源氏物語（特に優艶な巻）を尊重する態度と相通う意識に基づく為の評価であろう(6)」ともいわれている。確かに、『源氏物語』に対する評価が、その作者である紫式部歌への関心を強め、評価を高めたといった一面もあっただろう。しかし、俊成が選び入れた『千載集』の紫式部歌九首を見ると、別の一面もうかがえるように思われる。

二　『千載集』入集の紫式部歌

それでは、俊成が『千載集』に選び入れた紫式部歌の九首とは、どのようなものだろうか。『千載集』には、一条朝前後の歌人重視の傾向がうかがえることが指摘され、なかでも女性歌人の歌は、「摂関盛時における王朝女流文学の盛況の反映が見られ、後宮的な華麗優美な雰囲気の基盤になると思われる」(7)ともいわれている。また、雑上の巻頭は一条朝前後の歌人の歌で占められ、「藤原氏全盛時の明るさに満ちた日常生活の様を示して」おり、雑中の巻の当代歌人中心の暗い述懐の色調と対比されているともいわれている。(8)一条朝の女性歌人の一人である紫式部歌も、そのようにとらえることができるのだろうか。次に、『千載集』入集の紫式部歌九首を列挙しよう。(9)

1　おほかたの秋のあはれをおもひやれ月に心はあくがれぬとも（秋上・二九九・題しらず）

2　水鳥をみづのうへとやよそにみむ我もうきたる世をすぐしつつ（冬・四三〇・題不知）

3　なきよわるまがきの虫もとめがたき秋のわかれやかなしかるらん（離別・四七八・とほき所へまかりける人のまうできてあか月かへりけるに、九月つくる日、虫のねもあはれなりければよめる）

4　いづかたの雲ぢとしらばたづねましつらはなれけん雁がゆくへを（哀傷・五六四・とほき所にゆきける人のなくなりにけるを、おやはらからなど、みやこにかへりきて、かなしきことといひたるにつかはしける）

5　わするるはうき世のつねとおもふにも身をやるかたのなきぞわびぬる（恋五・九〇八・題不知）

6　たがさとの春のたよりにうぐひすの霞にとづる宿をとふらん（雑上・九六二・十二月ばかりに、かどをたたきかねてなんかへりにしとうらみたりける男、としかへりてかどはあきぬらんやといひて侍りければ、つかはしける）

7　露しげきよもぎがなかの虫のねをおぼろけにてや人のたづねん（雑上・九七七・上東門院に侍りけるを、さとにいでたりけるころ、女房のせうそこのついでに箏の琴つたへにまうでこんといひて侍りける返事につかはしける）

8　かずならで心に身をばまかせねど身にしたがふは心なりけり（雑中・一〇九六・題不知）

9　いづくとも身をやるかたのしられねばうしと見つつもながらふるかな（雑中・一一二六・題不知）

右の『千載集』入集の紫式部歌九首を見渡して、まず筆者の目をひいたのは、2「水鳥を」、8「かずならで」、そして9「いづくとも」(10)の三首である。2「水鳥を」は、何の物思いもなさそうに池に浮かび遊ぶ水鳥の姿を見て、思わず我が身にひきつけてしまう歌である。はた目には華やかな宮仕え生活を送りながらも、鬱屈した思いをかかえて日々を過ごしている紫式部は、あの水鳥も実際には水の中で足を休むことなく動かし、苦しい思いをしているのだと思う。8「かずならで」の歌は、人数にも入らない、取るに足らない自分ゆえ、思うようにならない我が身の上と、そんな境遇にいつのまにか我が心がなじんでいることに気づいたやりきれなさをよんでいる。9「いづくとも」は、どこにこの身をやったらいいのか、我が身の安住できる所がどこにあるのかもわからないので、「憂し」というやり場のない思いをかかえながらも生きていることをよんだ歌である。これらの三首は、紫式部が自身の内面をみつめた歌であり、紫式部の自己洞察のあり方をうかがわせる歌として、また紫式部の個性をうかがわせる歌として、先学により幾度となくとりあげられてきた歌である。(11)俊成は、こうした紫式部が自身の境遇と心を見つめた述懐的な歌に、いち早く注目していたことになる。

その他の『千載集』入集の紫式部歌にも目を向けてみよう。7「露しげき」は、琴を習いたいと言って寄こした人に紫式部が答えた歌で、相手への感謝の思いがよみこまれているが、式部は自身の琴を「露しげきよもぎがなかの虫のね」にたとえている。涙を連想させる露により、露がいっぱい置いた草深い所で、涙に沈みながら琴を爪弾いている紫式部の姿が目にうかぶ。3「なきよわる」は、弱々しげに鳴く虫の音を、過ぎ行く秋を止めることができずに悲しんでいるのだろうと思いやり、友との別れを惜しみ悲しんでいる紫式部自身の思いと重ねている。1「おほかたの」は、美しい月に心ひかれるとしても全体的な「秋のあはれ」にも心を向けてください、の意と解されるが、季節の「秋」に「飽きる」がかけられ、他の美しい女性に心を奪われても、取り残された私の悲しみを思いやってほしい、という思いがつぶやきのようにうたわれている。5「わするるは」は、人に忘れられることは「うき世のつね」だから仕方ないとは思うものの、忘れられた我が身のやり場のないことを嘆く。下の句の「身をやるかたのなきぞわびぬる」は、9「いづくとも身をやるかたのしられねば」の、我が身のやり場のないせつなさとも響きあう。4「いづかたの」は、遠くに行った友が、帰らぬ人となってしまった悲しさを、列からはぐれた雁にたとえた哀切な歌である。

6「たがさとの」の歌は、藤原氏全盛時の明るさに満ちた日常生活の様子を示すとされた雑上の巻頭の歌群に位置する。年末に紫式部に言い寄って来た男が、門を開けてもらえず、新年にまた言い寄って来たのに対して、男を浮気な鶯にたとえ、誰か別の女性の所を訪れるついでに立ち寄っただけではないの、と軽く切り返した歌とも解され、確かに平安貴族の日常生活をうかがわせる歌といえるだろう。しかし、紫式部は自身の住まいを「霞にとづる宿」[12]、つまり喪に服している宿であり、まだ夫を亡くした悲しみのなかにいると答えており、明るさに満ちたものとはみなしにくい。

以上のように、俊成が『千載集』に選び入れた紫式部歌は、2「水鳥を」、8「かずならで」、9「いづくとも」の歌をはじめとして、思うようにならない境遇や孤独な心を見つめた、述懐的色彩の濃い、紫式部の個性を際立たせるような歌であり、おしなべて明るさや華麗優美な雰囲気とは遠いものであるといえるように思う。

三 『新古今集』『新勅撰集』入集の紫式部歌

『千載集』入集の紫式部歌のこうした特徴は、『紫式部集』の歌が純粋な四季の歌や恋の歌が少なく、全体的に憂愁の色濃い歌が多いためではないかと思われるかも知れない。しかし、俊成が『千載集』に選び入れた紫式部歌の特徴は、『新古今集』『新勅撰集』入集の紫式部歌と比較すると、よりはっきりしてくる。

『新古今集』入集の紫式部歌の場合にも、「ふればかくうさのみまさる世をしらであれたる庭につもるはつ雪」（冬・六六一）のように、庭に降り積む雪を、つらさがますばかりの憂き世とは知らずに降り積もっているのかと、自身の鬱屈した思いと重ねずにはいられない、紫式部ならではの歌も認められる。また、亡き夫への哀悼の歌「みし人の煙になりし夕よりなぞむつまじきしほがまの浦」（哀傷・八二〇）、同僚女房の小少将の死を悼んだ沈痛な哀傷歌「たれか世にながらへて見むかきとめし跡はきえせぬかたみなれども」（哀傷八一七）なども見える。

しかし、これらの暗くさびしく悲しい歌にまじって、『新古今集』では、次のように多彩な歌が選ばれている。たとえば、「郭公こゑまつほどはかたをかのもりのしづくにたちやぬれまし」（夏・一九一）では、心待ちにしているほととぎすの声とともに、夏の木立の深い緑やきらめく朝露を、大津皇子の歌「あしひきの山のしづくに妹待つと我立ち濡れぬ山の雫に」（『万葉集』一〇七）を下敷きにさわやかによんでいる。「かきくもり夕だつ浪のあらければうきたる船ぞしづ心なき」（羈旅・九一八）も、空が一転かきくもり、湖がざわざわと波立ってくる、夏の夕立直前の情景が生き生きと描き出されている。「北へ行く雁のつばさにことづてよ雲のうはがきかきたえずして」（離別・八五九）は、前漢の蘇武が匈奴に捉えられ、その地から雁に手紙を結びつけ故郷へ送ったという故事（『漢書』）を踏まえたもので、惜別の思いが知的に表現されている。「めぐりあひて見しやそれともわかぬまに雲がくれにし夜半の月かげ」（雑上・一四九九）では、束の間の再会と別れを、雲に隠れてしまった月にたとえており、式部の才気が感じられる。後一条院の誕生を祝した歌「くもりなくちとせにすめる水の面にやどれる月の影ものどけし」（賀・七二二）も、葵祭の使者に散り残っていた桜の花をかざしとして与えた歌「神よには有りもやしけむ桜花けふのかざしにをれるためしは」（雑上・一四八五）も、華やいだ明るさが感じられる。さらに、道長との贈答歌「をみなへしさかりの色をみるからに露のわきける身こそしらるれ」（雑上・一五六七）、「白露はわきてもおかじをみなへし心からにや色のそむらん」（雑上・一五六八）のような軽妙なやりとりも見える。『新古今集』入集の紫式部歌が、『千載集』の場合に比してバラエティに富んでいることが見てとれるだろう。

つづく『新勅撰集』は、定家が単独で選んだものだが、『新勅撰集』入集の紫式部歌五首は、一首をのぞき、残りの四首はすべて贈答歌としてペアで掲載されている。内訳は、紫式部と同僚女房の小少将との贈答歌が二組、同僚女房の大納言三位との贈答歌が一組、道長との贈答歌が一組であり、紫式部が中宮彰子の女房としての宮仕え生活のなかで、よみ交わされたものとなっている。たとえば、「うきねせし水のうへのみ恋しくて鴨の上毛にさえぞおとらぬ」（雑一・一一〇五）、「うちはらふ友なきころのねざめにはつがひし鴛鴦ぞよはに恋しき」（雑一・一一〇六）は、里居の紫式部が大納言三位を恋しく思ってよみ交わされたものである。

実は、贈答歌として掲載されていない一首「菊の露わかゆばかりに袖ふれて花のあるじに千代はゆづらむ」（賀・四七五）も、九月九日の重陽の節句に、道長の夫人である倫子から、老いを拭いとりなさいと菊の綿が紫式部に届けられ、その返事としてよまれたものであり、返歌とみなすこともできる。同僚たちと交わした歌には小少将歌「雲間なくながむる空もかきくらしいかにしのぶるしぐれなるらむ」（冬・三八〇）に対する返歌、「ことわりのしぐれの空は雲間あれどながむる袖ぞかわくよもなき」（冬・三八一）のように、時雨に涙が重ねられ、物思いに沈む袖は涙のかわく時もないという鬱屈した思いがうかがえるものもあるが、それらの思いが友と交わされているという点で、『千載集』入集の紫式部歌のようにやり場のない思いをよんだ独詠歌とは異なるだろう。定家は、紫式部歌の魅力のひとつは折節に交わされた歌にあると思っていたかのようでさえある。ちなみに、複数の撰者による『新古今集』入集の紫式部歌にも、贈答歌が四組認められるが、撰者名注記[13]を見ると撰者名がはっきりしない一組をのぞく残りの三組すべてを定家は選び、そのうち二組は定家一人が選んでいる。

以上、『千載集』『新古今集』『新勅撰集』入集の紫式部歌についてながめてきた。紫式部の多彩な魅力ある歌を選んだ『新古今集』、折節に交わされた贈答歌を中心に選んだ『新勅撰集』の場合と比較すると、『千載集』の独自さが際立ってくるように思われる。さわやかな初夏の歌も、晴れやかな賀の歌も、華やいだ葵祭の歌も、道長との軽妙なやりとりも、親しい同僚の女房と心を通わせあった歌をも入れることなく、『千載集』に俊成が選び入れた歌は、弱々しげに鳴く虫の音が聞こえる草深い住まいで、涙がちに暮らす紫式部の姿が思いうかんでくるような歌であり、水鳥のように浮かびただよう憂き身であるという思いや、人数にも入らぬ我が身ゆえ、思うようにならない我が身の上と、そんな境遇にいつの間にか心がなじんでいることに気づいたやりきれなさや、この世を憂しと知りつつも生きていかざるをえないといった思いを表白した、述懐的性格の濃い歌々であった。『千載集』の紫式部歌が、そのような歌であったことを、あらためて確認しておきたい。

四　『定家八代抄』『古来風体抄』の紫式部歌

ところで、勅撰集では和歌を重複して入れることができない。もしも定家が、俊成より先に紫式部の歌を選ぶ機会を得ていたなら、これらの述懐的性格の強い紫式部歌を選んだのだろうか。定家は、建保三年（一二一五）頃、八代集から秀歌を抄出し、『八代抄』としてまとめているが、その『定家八代抄』にとられた紫式部歌は、次のように『後拾遺集』からの二首と『新古今集』からの二首であり、『千載集』からは一首もとっていない。

みよしのは春のけしきにかすめどもむすぼほれたる雪の下草（後拾遺集）

めづらしき光さしそふさかづきはもちながらこそ千代もめぐらめ（後拾遺集）

北へ行く雁のつばさにことづてよ雲のうは書かきたえずして（新古今集）

めぐりあひて見しやそれともわかぬまに雲がくれにしよはの月かな（新古今集）

この『定家八代抄』の結果は、定家が『千載集』入集の紫式部歌を、右に掲出した歌ほどには評価しなかったとみなせるだろうし、いいかえれば、『千載集』入集の紫式部歌に対する俊成の独自性が確認できるともいえようか。

実は、俊成は建久八年（一一九七）に、式子内親王と思われる高貴な人からの求め――「歌の姿をもよろしともいひ、ことばをもをかしともいふことは、いかなるをいふべきことぞ。すべて歌を詠むべき趣……のべて奉るべき」(14)――に応じて『古来風体抄』を執筆しており、そのなかで、『万葉集』および『古今集』以下『千載集』までの七勅撰集から秀歌を抄出しているが、『後拾遺集』入集の紫式部歌三首すべてを入れながら、『千載集』入集の紫式部歌九首からは一首もとっていない。

みよしのは春のけしきにかすめどもむすぼほれたる雪の下草（後拾遺集）

世の中をなに嘆かまし山桜花見るほどの心なりせば（後拾遺集）

めづらしき光さしそふさかづきはもちながらこそ千代もめぐらめ（後拾遺集）

ちなみに、『千載集』入集の中古三十六歌仙の女性歌人の歌を調べると、和泉式部は四首、紫式部より『千載集』入集歌数の少ない赤染衛門、相模、馬内侍も一首ずつ『古来風体抄』に入れられている。俊成は、自身が『千載集』に九首も選び入れた紫式部歌を、『古来風体抄』に何故一首もとらなかったのだろうか。

五　『千載集』の俊成歌の配列をめぐって

ここで、視点を変えて、『千載集』の配列について目を向けてみたい。『千載集』は当初より、「させる事なき人」の歌が何首も入っている例が多いという非難があったことが、『無名抄』[15]や『無名草子』[16]の記述からうかがえる。俊成自身、『古来風体抄』のなかで、「よろしと見ゆるをば、その人はいくらこそといふこともなく」[17]、つまり作者にこだわらずよいと思われる歌を選んだことをくり返し強調しているが、そのような強調は、かえって俊成が、誰の作かに配慮して撰集作業を行なったことをうかがわせる。[18]

勅撰集の歌の配列は、四季の季節順や恋の進行順といった大きな流れを基本とし、それぞれの歌の内容や発想、表現の響きあいなどが考慮されてなされることはいうまでもないが、『千載集』入集の俊成歌三六首の前後に並べられた歌の作者を調査すると、[19]歌の内容や表現などだけでなく、その歌が誰の歌であるのかについても、俊成が心を配っていたと思われる痕跡が認められる。次に、調査結果を【資料2】として提示しよう。ただし、俊成歌が巻末にある場合が四回、俊成歌が二首連続している場合が二回あるため、俊成歌の前後に位置する歌の総数は六四首である。なお、作者名の下の（　）内の数字は、『千載集』における入集歌数を示す。

【資料2】『千載集』において俊成歌と並べられた歌の作者とその回数
▼4回＝季通（15）、▼3回＝清輔（20）、円位（18）、親隆（16）、▼2回＝崇徳院（23）、道因（20）、実定（16）、公能（10）、季経（5）、待賢門院安芸（4）、▼1回＝俊頼（52）、基俊（26）、兼実（15）、待賢門院堀河（15）、覚性法親王（13）、顕昭（13）、慈円（9）、式子内親王（9）、守覚法親王（9）、紫式部（9）、重保（7）、

忠通（7）、長能（7）、良経（7）、公光（6）、寂然（6）、静賢（6）、雅通（6）、伊通（5）、道信（5）、頼輔（5）、花山院（4）、季能（4）、盛方（4）、公教（3）、摂政家丹後（3）、良清（3）、定長（2）、道性法親王（2）、時昌（2）、範綱（2）、定信（1）、定宗（1）、東三条院詮子（1）、有安（1）、基長（1）、蓮上（1）、よみ人不知（1）、読人不知（1）

右の【資料2】を見て、気づいた点を指摘しよう。まず、俊成歌と並べられた回数がもっとも多いのは、季通の四回で、清輔・円位（西行）・親隆が三回、つづいて崇徳院・道因・実定・公能・季経・待賢門院安芸が二回となっている。複数回並べられているのは、以上の十名、二十五首であり、その他は三九名で、すべて一回ずつとなっている。複数回並べられている人物を見渡すと、西行、崇徳院の場合、『千載集』入集歌数も多く、彼らに対する俊成の思いの深さをうかがうこともできるだろう。清輔の場合も、歌の家として対立していたにもかかわらず、『千載集』入集歌数も多く、清輔による『続詞花集』[20]を、『千載集』の資料として重視した俊成の姿勢を反映しているといえるかも知れない。また、公能、実定[21]のように俊成の姉の夫とその息子といった俊成の親族も目につく。最も回数の多かったのが季通[22]であるが、季通歌は『千載集』入集の一五首中一三首が『久安百首』の歌であり、俊成歌と並べられた四首もすべて『久安百首』の歌であることが注目される。さらに、そのうちの三首は、俊成歌も『久安百首』の歌となっている。季通歌に限らず、清輔、親隆の三首も、崇徳院、待賢門院安芸の二首も、公能の一首も『久安百首』の歌であり、そのうえ親隆の一首と崇徳院の一首の場合をのぞき、並べられた俊成歌もみな『久安百首』の歌となっている。『久安百首』は、久安六年（一一五〇）、崇徳院の命によるもので、この百首歌から『千載集』には一二七首もの入集が認められる。『久安百首』は『千載集』の有力な資料の一つであり、俊成も『久安百首』の作者であることを考えると、『久安百首』の歌が俊成歌と並んで入集する確率が高いのは自然のこととも言えそうである。ちなみに、俊成歌と並べられた回数が一回の作者の歌では『久安百首』歌は待賢門院堀河の一首のみで、複数回並べられた作者の場合と対照的でもある。ちなみに、待賢門院堀河歌と並べられた俊成歌も『久安百首』の歌である。

実は、筆者がもっとも興味深く思ったのは、これらの複数回並べられた人物たちではなく、その他の歌人たちが、ひとしなみに一回ずつであったという点である。たとえば、俊成が歌の師として私淑し、『千載集』入集歌が五二首と最多である俊頼も一回、俊成の直接の歌の師であるが、『千載集』入集歌は二六首と俊頼の半数にしか及ばなかった基俊も一回となっている。歌壇を牽引した摂関家の兼実も、兼実の父である忠通も、兼実の弟である慈円も一回ずつ、俊成を歌の師とした二人、後白河院の皇女式子内親王も、摂関家の子息良経も一回ずつ、天皇の皇子や孫王にあたる覚性法親王、守覚法親王、道性法親王も一回ずつとなっている。二人の和歌の師である俊頼と基俊、摂関家の人々、高貴な二人の和歌の弟子たちの歌が、すべて一回ずつ俊成自身の歌と並べられているという現象は、偶然の結果とは考えがたい。彼らのどのような歌が俊成のどのような歌と並べられているのかも興味深いが、俊成がもっとも高く評価していた俊頼歌について示すと、俊頼歌と並べられた俊成歌は、『久安百首』の歌「夕されば野辺の秋風身にしみてうづらなくなり深草の里」（秋上・二五九）である。この歌は、『伊勢物語』を踏まえた、物語情趣をたたえた歌であるが、『千載集』の俊成歌のなかから、俊成自身が『古来風体抄』に入れた唯一の歌であり、俊成の自讃歌でもある。俊頼歌は「なにとなく物ぞかなしき菅原や伏見の里の秋の夕ぐれ」（秋上・二六〇）であり、里の秋の夕暮れという共通項を有しており、内容の上からも表現の上からも俊成歌「夕されば」と響きあうが、俊成の自讃歌に並べるにふさわしい歌は、俊成がもっとも高く評価した俊頼歌でなければならなかったのだろうと思われる。ちなみに、「夕されば」に並べられた片一方の歌は、『久安百首』の季通歌「野分する野辺のけしきを見る時は心なき人あらじと思ふ」（秋上・二五八）である。俊成の自讃歌とともに季通歌も俊頼歌も、『古来風体抄』に三首並んで入れられている。

以上、見てきたように、俊成は『千載集』に歌を選び入れるに際して、その歌が誰の歌であるのかについて配慮しただけでなく、自身の歌との配列についても心を配っていたものと推察されるが、俊成歌と並べられた歌のなかに紫式部の歌がまじっていることは注目される。俊成歌と並べられている歌人たちの大半が俊成と同時代の人たちであり、(23) 中古三十六歌仙の女性たちはほかには誰も並べられていないなかで、紫式部歌が俊成歌と並べられている意味は小さくないと思われる。さらにその歌は、当代歌人中心の暗い述懐の色調をおびているとされる雑中の巻に位置している。(24)

六　『述懐百首』歌と紫式部歌

それでは、俊成歌と紫式部歌はどのように並べられているのか、二人の歌の前後の歌をあわせて示そう。『千載集』雑中、一一二五～一一二八番歌にあたる。

題不知　　　　　　　　　　　よみ人しらず
うきことのまどろむほどはわすられてさむれば夢の心ちこそすれ
　　　　　　　　　　　　　　紫式部
いづくとも身をやるかたのしられねばうしと見つつもながらふるかな
述懐百首歌の中に、夢のうたとてよめる　　皇太后宮大夫俊成

うき夢はなごりまでこそかなしけれ此世ののちもなほやなげかん

百首歌たてまつりける時、無常の心をよめる　藤原季通朝臣

うつつをもうつつといかがさだむべき夢にも夢をみずはこそあらめ

紫式部歌「いづくとも」は、前述したように、どこにこの身をやったらいいのか、我が身の安住できるところがどこにあるのかわからないので、「憂し」というやり場のない思いをかかえながらも生きている、という歌である。俊成歌「うき夢は」は、つらく悲しい夢は、夢からさめたのちも、夢のなかでのつらい思いがまとわりついて悲しいのだった、だとすれば、この「憂き世」の後の世も、やはり同様に「憂し」という思いは消えることなく、嘆きつづけずにはいられないのだろうか、という悲痛な歌である。この世を「憂し」と嘆かずにいられない思いが、二人の歌には共通している。

二人の歌をはさむ「よみ人しらず」歌は、疲れ果ててうとうととしたそのわずかの間だけは、つらい現実の出来事を忘れることができるが、目がさめると、このつらい現実こそまるで夢のような気がする、という意。もう一方の季通歌は、この目の前のつらい現実が本当の現実であるとどうやって判断することができようか、夢のなかで夢を見ないのならともかくも、夢のなかでも夢を見ることだってあり、本当の夢かどうか決められないのだから、と解される。季通歌は、「よみ人しらず」歌の答えのようでもある。

さて、紫式部歌と並べられた俊成歌は『述懐百首』の歌である。俊成は、藤原氏北家長家流の家系に生まれるが、十歳の時、権中納言だった父・俊忠を亡くす。俊成は葉室顕頼の養子となるが、官人としての出発は恵まれず、歌人としての才能を見せ、藤原基俊に入門するものの、それからまもなく、俊成二十六歳の時に母が他界する。『述懐百首』は、保延六、七年（一一四〇、四一）ごろに、母の死を契機としてよまれたものともいわれる。『述懐百首』

からは、右の「うき夢は」のほか、次の二首が『千載集』に入集する。

保延のころほひ、身をうらむる百首歌よみ侍りけるに、

虫のうたとてよみ侍りける

さりともとおもふこころも虫のねもよわりはてぬる秋のくれかな（秋下・三三三）

述懐の百首歌よみ侍りける時、鹿のうたとてよめる

世のなかよ道こそなけれおもひいる山のおくにも鹿ぞなくなる（雑中・一一五一）

右の俊成歌の一首目「さりともと」は、何度も願ってはかなうことがなかったが、そうはいっても今回は願いがかなうのではないかというはかない望みも、もはやもてないほどにすっかり弱った心を、冬の寒さを目前にした秋の暮れの弱り果てた虫の音に重ねた歌である。『千載集』入集の紫式部歌「なきよわるまがきの虫もとめがたき秋のわかれやかなしかるらん」と心細さが響きあうようにも思われる。「さりともと」歌には道性法親王の歌が並ぶが、道性法親王は以仁王の御子であり十八歳にて没してしまう。松野陽一は、道性法親王の心象風景のような歌「虫の音もまれになりゆくあだし野にひとり秋なる月のかげかな」（三三四）が、俊成歌の次に配されているのは、運命に父を奪われた悲運の少年孫王に対する俊成の配慮かとする。[25]「さりともと」歌の前に位置する歌「秋ふかくなりにけらしなきりぎりすゆかのあたりに声きこゆなり」（三三二）は花山院御製であるが、花山院も、兼家・道兼親子の策謀により退位を余儀なくされた悲運の人物でもある。

二首目の俊成歌「世のなかよ」は、円位法師（西行）歌「いづくにか身をかくさましいとひいでてうき世にふかき山なかりせば」（一一五〇）と、藤原良清歌「思ふこと有明がたの鹿のねはなほ山ふかく家ゐせよとや」（一一五二）と並べられたもので、歌意は、世の中よ、この世には憂しという思いから逃れる道はないのだな、世を厭って分

け入った山の奥にも鹿のなく悲しげな声がきこえてくる、と解される。西行歌、俊成歌、良清歌は、山の奥に入ってもこの世の憂さから逃れることができないという思いを共有する。実は、西行の出家は、保延六年（一一四〇）十月であり、ちょうど俊成が『述懐百首』をよんでいた時期でもある。失意のなかにいた俊成にとって、西行の出家は衝撃的な出来事だったに違いない。西行歌が、『述懐百首』の俊成歌「世の中よ」と並べられているのもゆえなしとしない。俊成の『述懐百首』の歌と並べられた道性法親王歌も西行歌も、それぞれの作者に対する俊成の特別な思いがあったと推測されるのであり、紫式部歌の場合もたまたま紫式部の歌が並べられたというようなものではないだろう。[26]

俊成の『述懐百首』には、右の『千載集』入集の三首に限らず、後ろ楯を欠いた俊成の、官位の停滞や身の不遇への嘆きとともに、前途への不安や絶望感もうかがえる。[27]「憂き身」「身の憂さ」「嘆く」「悲し」「憂し」といった語が頻出し、「数ならぬ（身・袖）」の語も見える。十歳の時に父を亡くし、思うような人生のスタートをきることができなかった俊成は、和歌の才能を認められはじめた二十七歳の時に、母も亡くす。紫式部も幼くして母を亡くし、少女時代に姉を亡くす。さらに結婚後まもなく夫を亡くし、幼い娘とともに残される。父母や、姉、夫といったかけがえのない人を亡くすというつらい出来事を、俊成も紫式部もくり返し経験している。この世は無常であり、思いどおりにはけっしてならないことを身にしみて感じたことだろう。俊成が『千載集』に選び入れた紫式部歌によみこまれた思い―人数にも入らぬ我が身という卑下のなかにみえる、不本意な境遇を受け入れがたく思う痛みや、身のやり場もなく、寄る辺ないままに、憂き世を生きていかざるをえないつらさ、等―は、『述懐百首』の歌と重なりあうものであり、俊成にとっても、かつて深く心に感じた痛みや嘆きであり、あるいは形を変えながらも、終生心にありつづけた思いであったのではないか。[28]俊成は自身の『述懐百首』の歌と響きあう思いを、紫式部の歌のなかによみとればこそ、紫式部の歌を自らの深い嘆きの歌と並べたものと思われる。

『千載集』が編まれた時代は、保元元年（一一五六）の保元の乱にはじまり、平治の乱、鹿ケ谷の変、以仁王の挙兵とつづき、寿永二年（一一八三）平家が都落ちをし、二年後に滅亡するという戦乱の時代であり、俊成は文治三年（一一八八）に撰進した『千載集』に、それらの事件に巻き込まれた時代的敗者の歌をいくつも入れている。実は、前掲の『千載集』雑中の巻の紫式部歌の右隣の「よみ人しらず」歌は、保元の乱に破れた新院、つまり崇徳上皇の歌として『保元物語』[29]に見える。行き場をなくした崇徳院は、強引に仁和寺の五の宮（崇徳院・後白河天皇の弟、覚性法親王）のもとを訪れるが、五の宮は後白河天皇に通報、すぐに天皇方から武士が遣わされる。退路をたたれた崇徳院は、悲痛な思いを二首の歌によむが、そのうちの一首が「よみ人しらず」歌である。黒川昌享[30]は、俊成はこの歌を崇徳院の歌と承知しながらも、『千載集』の勅命者が、保元の乱で崇徳院と争った後白河院であったために、『千載集』では「よみ人しらず」としたと推定した。

俊成と崇徳院との密接な関係は、崇徳院が配流の地、讃岐国にて四十五歳で亡くなったのち俊成に届けられた遺言とも言うべき長歌と、俊成の深い哀悼の思いのこもった返歌の存在（『長秋詠藻・下』五八一〜五八四）によってもうかがえる。俊成の『述懐百首』は、崇徳天皇に向けてよまれたものともいわれている。また、崇徳院主催の『久安百首』では、俊成は歌を詠進するとともに、崇徳院から部類を命じられており、院から絶対的な信頼を寄せられていた。こうした二人の親密さを考慮すると、保元の乱に敗れ、つらい現実におしつぶされそうな崇徳院の悲痛な嘆きの歌を伝え聞いた俊成が、激しく心を揺さぶられたであろうことは想像にかたくない。そう思ってみると、保元の乱に破れた崇徳院の悲痛な歌と『述懐百首』の俊成の深い嘆きの歌との間に配された紫式部歌の意味はさらに重くなる。[31]行き場をなくし配流の地で生きつづけなければならなかった崇徳院の嘆きは、紫式部歌

「いづくとも身をやるかたのしられねばうしと見つつもながらふるかな」と響きあう。

結び

以上、俊成が紫式部の歌をどのように受けとめていたのか、俊成が撰者をつとめた『千載集』入集の九首の紫式部歌を手がかりとして探ってきた。『新古今集』がさわやかな初夏の歌や、皇子誕生を祝した賀の歌や葵祭の折の華やいだ明るさが感じられる歌などバラエティに富んだ紫式部歌を選び入れ、『新勅撰集』が折節に同僚女房や道長と交わされた紫式部の贈答歌を中心に選び入れたのに対して、俊成が『千載集』に選び入れた紫式部歌は、人数にも入らぬ我が身ゆえ思うようにならぬ痛みや、この世を憂しと知りつつも生きていかざるをえない嘆きなど、紫式部が自身の境遇と心をみつめた述懐的な色彩の濃い歌々であった。

俊成は、『千載集』を編纂するにあたり、その歌が誰の歌であるのかについて配慮しており、俊成歌の隣に誰の歌を配するのかについても心を配っていた痕跡が認められ、紫式部歌も俊成歌と並べられており注目されたが、その歌は、当代歌人の歌を中心とした、「時代的苦悩呻吟の述懐歌が充ち満ちている(32)」とされる雑中の巻に位置していた。そして、紫式部歌と並べられた俊成歌は、俊成が若き日、失意のなかでよんだ『述懐百首』の歌であった。『述懐百首』によまれた俊成の嘆きは、俊成歌と並べられた紫式部歌「いづくとも」だけでなく、『千載集』入集の紫式部の歌々によまれた思いとも響きあう。さらに、紫式部歌「いづくとも」は、保元の乱において退路を断たれた崇徳上皇の嘆きの歌と俊成の『述懐百首』の嘆きの歌を結ぶ歌でもあった。俊成は『千載集』に紫式部歌を九首も入れながら、『古来風体抄』には一首もとっていなかったが、『千載集』に俊成が選び入れた紫式部歌は、和歌を学ぶ人に庶幾されるべきすぐれた歌というのではなく、俊成にとって共感とでもいうべき、深い嘆きの思いを呼び起こさせる歌であったためではなかったか。俊成はすでに『述懐百首』や『久安百首』においても『源氏物語』の作中歌を本歌とする歌をよんでおり、早くから『源氏物語』を詠歌の大切な糧にしていたことがうかがえる。(33)俊成も当初は『源氏物語』の作者としての関心から、紫式部の歌に目を向けたのかもしれないが、紫式部の歌のなかにみずからが深く感じた心の痛みと同じ痛みを見出したのではなかったか。俊成が『古来風体抄』に『千載集』から一首だけ入れた自身の歌が、定家が父の代表作とした(34)『述懐百首』の歌「世の中よ」(雑中・一一五二)ではなく、物語情緒をたたえた『久安百首』の歌「夕されば」(秋上・二五九)であったことも思い起こされる。『古来風体抄』には、『千載集』の秀歌例として、雑中の巻からは一首も入れられていないこともつけ加えておこう。

【注】

(1) 『六百番歌合』の引用は、小西甚一編『新校六百番歌合』(有精堂、一九七六年)一八八頁による。諸本により、「聞きつかず」に「聞きよからず」、「優ある」に「艶ある」などの異同が認められる。なお、漢字の表記など筆者により改めた場合がある。

(2) 七九五首のうち、空蟬巻の一首「うつせみの羽に置く露の木隠れてしのびしのびに濡るる袖かな」は『伊勢集』の歌であり、『伊勢集』からの引歌と推定されるため、紫式部が創作した歌は七九四首となる。ただし、『伊勢集』の諸本のなかにはこの歌を含まないものもあることから、『源氏物語』の歌が、後に『伊勢集』に入れられたとする見方もある(『新編日本古典文学全集』空蟬巻頭注一三一頁)。

（3）『紫式部集』の歌数は、もっとも少ない古本系の陽明文庫本で一一四首（巻末に「日記歌」一七首をもつ）、もっとも多い定家本系の実践女子大学本では一二六首である。『紫式部日記・紫式部集』（「日本古典集成」新潮社）等参照。

（4）女性歌人たちの勅撰集への入集歌数は、『新編国歌大観』（角川書店、CD-ROM版）をもとに調査したものである。宮崎荘平「紫式部の勅撰集入集歌をめぐる覚え書き」（『藤女子大学・藤女子短期大学紀要』第八号、第Ⅰ部、一九七一年）では、詠者名を紫式部とするなかに、誤まった歌が含まれているという指摘がある。なお、本稿でとりあげる『千載集』『新古今集』『新勅撰集』に問題はない。

（5）黒川昌享「作者から見た千載集の性格」（『中世文藝17』一九五九年七月）に詳しい。竹内美千代『紫式部集評釈（改訂版）』（桜楓社、一九七六年）二三四頁、南波浩『紫式部集全評釈』（笠間書院、一九八三年）七一一頁などでも論じられている。

（6）有吉保『千載和歌集の基礎的研究』（笠間書院、一九七六年）三〇九頁による。

（7）有吉著書（前掲注5に同じ）三〇七頁による。谷山茂『千載和歌集とその周辺』（角川書店、一九八二年）でも「拾遺初見作者群および後拾遺初見作者群中の実質的には拾遺時代に属する人々、とくにその女流歌人たちの薫高く上品優美な抒情」（一五三頁）とする。

（8）片野達郎・松野陽一校注『千載和歌集』（「新日本古典文学大系」岩波書店）の松野陽一による解説四四二頁による。黒川昌享「千載集雑部の二、三の問題」（『連歌とその周辺　中世文芸叢書　別巻Ⅰ』広島中世文芸研究会、一九六七年）三八六〜三八七頁に、雑上の巻と雑中の巻とを対照的にとらえた同様の指摘がある。

（9）和歌の引用は『新編国歌大観』（角川書店、CD-ROM版）による。なお、漢字の表記など筆者により改めた場合がある。

（10）「いづくとも」歌は、『紫式部集』の諸本のうち、陽明文庫本をはじめとする古本系には認められるが、実践女子大学本をはじめとする定家本系では欠くものが多い。南波浩『紫式部集の研究　校本篇・伝本研究篇』（笠間書院、一九七二年）一六三頁、等参照。

（11）秋山虔「紫式部試論」（『国語と国文学』一九四八年九月）、小町谷照彦「和歌という方法―『紫式部集』の憂愁歌をめぐって」（『紫式部の方法』笠間書院、二〇〇二年）、広田收「『紫式部集』「数ならぬ心」考」（『紫式部の方法』）、山本淳子『紫式部集論』（和泉書院、二〇〇五年）など多数。

（12）「霞にとづる宿」の解釈は、『源氏物語』椎本巻「いづくかとたづねて折らむ墨染めにかすみこめたる宿の桜を」が参考になる。中の君は、父八の宮の喪に服して悲しみのなかにいることを、霞におおわれている宿と表現している。

（13）久保田淳「撰者名注記・隠岐本合点一覧」（『新古今和歌集全評釈　九』講談社）を参照した。

（14）『古来風体抄』（『歌論集』「日本古典文学全集」小学館）二七六頁による。

（15）『長明無名抄』（『日本歌学大系　第三巻』風間書房）二八三頁による。

（16）『無名草子』（「新編日本古典文学全集」小学館）二六二頁による。

（17）『古来風体抄』（前掲注14に同じ）二九五頁による。四六四頁にも同様の記述がある。

（18）久保田淳・松野陽一校注『千載和歌集』（笠間書院、一九六九年）の解題による。なお、久保田淳『新古今歌人の研究』（東京大学出版会、一九七三年）に所収。

（19）調査は『千載和歌集』（「新日本古典文学大系」岩波書店）による。

（20）河内山清彦は、『紫式部集・紫式部日記の研究』（桜楓社、一九八〇年）のなかで、『千載集』入集の紫式部歌「水鳥を」（冬・四三〇）は、『続詞花集』を依拠資料としたものと推定している（四一～五八頁）。ちなみに、「水鳥を」歌は『紫式部集』の諸本のうち、陽明文庫本をはじめとする古本系では巻末に「日記歌」として記されているもので、実践女子大学本をはじめとする定家本系には認められない。

（21）実定歌の二首は、俊成歌をはさみ前後に配されている。俊成は甥にあたる実定と親交が深かったが、親交の深さを形にしたものか。

（22）久保田淳は『新古今歌人の研究』（前掲注18に同じ）のなかで、他の勅撰集での処遇に比して『千載集』での入集歌数が高く、甚だしく優遇されている人物には、作品の絶対的価値以外に、選者との何らかの関係を想像してよいのではないかと述べ、季通と俊成の間にも、何らかの関係があったのではなかったかと推定している（一二四頁）。

（23）紫式部とほぼ同時代の人では、道信、長能、花山院、東三条院、少し時代がさがって基良が認められるだけである。

（24）『千載集』雑中に、紫式部歌は二首見える。中古三十六歌仙の女性歌人のなかでは、他には和泉式部歌が二首見えるが、一首は紫式部歌と和泉式部歌が並べられている。

（25）『千載和歌集』（「新日本古典文学大系」岩波書店）一〇四頁による。松野陽一『千載集―勅撰和歌集はどう編まれたか』（平凡社、一九九四年）参照。

（26）藤原良清は右馬頭範綱の子で、皇太后宮少進に至る。治承二年（一一七八）の『兼実家百首』に出詠。勅撰集では『千載集』に三首入集が認められるのみ。

（27）『述懐百首』については、久保田淳『新古今歌人の研究』（前掲注18に同じ）、松野陽一『藤原俊成の研究』（笠間書院、一九七三年）、上條彰次『藤原俊成論考』（新典社、一九九三年）、川村晃生『長秋詠藻』（「和歌文学大系22」明治書院、一九九八年）等による。

（28）松野陽一は『藤原俊成の研究』（前掲注27に同じ）のなかで、『千載集』の撰集を終えた俊成がよんだ『五社百首』について論じ、『五社百首』の根幹には「沈淪の自覚」があるとし、「沈淪の自覚」こそ俊成の青年期以来の重要な詠作行為の源泉であったとする（七三二～七三七頁）。また、久保田淳は『新古今歌人の研究』（前掲注18に同じ）のなかで、「俊成の中には、中流貴族の通用性とも言うべき栄達、家門繁栄への願望が深く根を下ろしており、それが不遇者意識となって述懐百首その他の作品の重要なモチーフともなっている」とする（四六五頁）。ともに俊成の詠歌活動を考える上で参考になる。さらに久保田は、俊成の内面には「物語の世界の持つ艶な美への傾倒、浪漫的世界への傾倒」があり、この異なった次元の二傾向が共存していたと論じている。

（29）『保元物語』（「新日本古典文学大系」岩波書店）七七～七九頁による。

（30）黒川昌享論文（前掲注8に同じ）による。上條彰次『千載和歌集』（和泉書院、一九九四年）も黒川説を支持している。

（31）崇徳院と俊成の歌の間に紫式部歌が配されている点について、保元の乱に破れた折の崇徳院の嘆きの歌と自身の歌を直接並べることを、俊成がはばかったためと考えることもできなくはないだろうが、そうであったとしても紫式部歌が選ばれた意味は小さくないだろう。

（32）『千載和歌集』（「新日本古典文学大系」岩波書店）の松野陽一による解説四四三頁による。

（33）たとえば、『述懐百首』の「嵐吹く峰の紅葉の日にそへてもろくなりゆく我が涙かな」（一五五）は、『源氏物語』の「山おろしにたへぬ木の葉の露よりもあやなくもろき我が涙かな」（橋姫巻）を、『久安百首』の「五月雨はたく藻の煙うちしめりしほたれまさる須磨の浦人」（二一七）は、『源氏物語』の「松島のあまの苫屋もいかならむ須磨の浦人しほたるるころ」（須磨巻）を本歌とする。俊成の『源氏物語』受容については、寺本直彦『源氏物語受容史論考』（風間書房、一九六〇年）、久保田淳『新古今歌人の研究』（前掲注18に同じ）、松村雄二「源氏物語歌と源氏取り」（『源氏物語研究集成　第十四巻』風間書房、二〇〇〇年）等が参考になる。

（34）定家撰とされる『百人一首』に入れられた俊成歌は「世の中よ」歌である。なお、島津忠夫は、定家による『八代抄』『八代抄秀逸』には「世の中よ」歌も「夕されば」歌も選ばれているが、『遺送本近代秀歌』『自筆本近代秀歌』には「世の中よ」歌は選ばれているものの「夕されば」歌は見えないことから、定家は「夕されば」歌以上に「世の中よ」歌に「俊成作の神髄」を感じていると述べている（『百人一首』角川文庫、一九六九年。一七八頁、二二一頁）。

【付記】本稿は、平成十九年度中古文学会秋季大会（於山形大学）での発表をもとに加筆したものである。その折、種々ご教示いただいた諸先生方に厚く御礼申し上げる。

『源氏物語歌合』に関する若干の考察

中島正二

はじめに

『源氏物語歌合』とは、『源氏物語』の登場人物から三十六人を選び、左方、右方に分かち、各詠歌三首ずつ計一〇八首を五十四番の歌合にしたものである。勝敗や判詞等はない。撰者は未詳、通説では鎌倉時代成立と考えられている。

その伝本は、「仮名序」「作者一覧」「詞書」の三要素の有無や様態から、甲乙丙の三系統に分けられている。すなわち、「仮名序」「作者一覧」「詞書」を有する甲本、「仮名序」「作者一覧」がなく、「詞書」も甲本とは著しく異なり、また、収載歌が甲本と三首の異同があり、作者名の表記も相違する乙本、「仮名序」「作者一覧」はあるが、「詞書」はなく、収載歌は甲本と六十四首が相違し、絵を有し、また、番の形式が甲、乙本とは異なる丙本である。

『源氏物語歌合』を初めて学界に紹介したのは、久曾神昇による一九三八年の論考である。[1] 爾来、七十五年を閲するが、管見によれば、この作品名を冠した論文は、十に満たず、研究が順調に積み重ねられてきたとは言いがたいように思える。

小稿は、概ね通説の枠組みに沿いつつ、先学の説を補強し、併せて私見を少々述べるものである。

一　成立時期について

『源氏物語歌合』の成立時期に関しては、先学の見解は、鎌倉時代ということで一致している。『源氏物語歌合』研究の魁となった先述の論考において久曾神は、

図書寮御本（稿者注・甲本）のごときが先づなり、ついでその詞書を原文の如く改めたもの（稿者注・乙本）が出来たのであらうと推定されるのである。（中略）文永八年には風葉集も作られてゐるのであるが、その頃までには本歌合も作られていたであらう。確実な資料に接するまで、仮に鎌倉時代の作らしいと考へておく。

と述べている。また、池田利夫は、

（稿者注・⑤乙本尊経閣文庫蔵本の親本が「正親町公蔭（忠兼）」が書写した本であると推測されることを述べた後）公蔭は文和元年（一三五二）八月十二日に出家している。源氏物語歌合乙本が改篇であるとする見地に立って、その改篇の時代を鎌倉末ごろと推定する所以である。（中略）鎌倉時代に序の作者がまず甲本を制作したのであろう。乙本に序を欠くのは脱落したと考えるべきではなく、改篇者がみずからのものではないとして、除去したのであろう。そして、改編にあたって、甲本の詞書を青表紙本に改めたところに、改篇者の源氏物語の本文に対する鋭敏な態度を見ることができ、それと、さきの乙本の書誌を併せ考えると、乙本も鎌倉末にはやはり成立していたと推定したい。(2)

と論じ、樋口芳麻呂は、

歌仙絵も描かれていたと解すべきものであろうから、甲本イ（稿者注・甲本のなかの個人蔵絵巻）がもっとも

原撰本に近いと見てよかろう。…乙丙本は、それぞれ甲本を改変したと推測される。（中略）本歌合の成立は、『三十六人大歌合』などの成立よりは後であるものの、しかもそれほど後代ではないころ、すなわち『風葉和歌集』の撰定（文永八年（一二七一））や『女房三十六人歌合』（文永九年以降弘安元年（一二七八）以前か）が撰せられたころ、すなわち、鎌倉中期末と考えるのが妥当ではなかろうか。(3)

という見解を提出している。以上の如く、成立時期に関する先学の推定は、鎌倉時代で共通しており、久曾神論文、樋口論文では、下限を『風葉和歌集』（一二七一）成立頃としている。ただ、有力な外部徴証として指摘されているのは、池田が指摘する、「正親町公蔭」が文和元年（一三五二）に出家する以前に、乙本の親本を書写したゆえに、乙本の成立および乙本のもとになった甲本の成立はそれ以前となる、ということだけである。

稿者は、鎌倉時代成立という先学の推定に賛同するものだが、次の資料により、少々補強ができるように思う。冷泉家時雨亭文庫所蔵の写本に、『私所持和歌草子目録』というものがある。(4) そのなかの「歌合」には、次の作品が挙げられている。

千五百番歌合　　六百番歌合
九条前内大臣家百首歌合　　源氏歌合
百番歌合 源氏狭衣　　拾遺百番歌合 諸物語
（中略）
本三十六人歌合　　新三十六人歌合
新撰三十六人と　　拾遺三十六人と
後拾遺三十六人と　　中比三十六人と

三十六人撰歌合　後鳥羽院三十六人ゝ
真観房三十六人ゝ　当世三十六人ゝ
三十六人集　三十六人詠歌
三十六人撰集　歌仙落書

『私所持和歌草子目録』は、「ほぼ文保年間（稿者注・一三一七～一三一九）ころまでに成立したものと考えられている」[5]。ここに見える「源氏歌合」の系統は不明だが、いずれにしろ、先学の推定された鎌倉時代成立ということは確かだと思料される。

ただし、先学は、物語への関心が高まり物語歌合が作られ、その高まりの到達点を『風葉集』と考えているらしく、久曾神論文、樋口論文では下限をそこにおいているが、必ずしもそこに限定する必要はないのではないか。樋口論文でも貞和三年（一三四七）序の『釈教三十六人歌仙』が「三十六人歌合」の系譜のなかで挙げられており、『風葉集』以降すなわち文永八年（一二七一）以降の成立の可能性も捨てきれない。

二　撰者について

ここでは、『源氏物語歌合』の序を検討してみたい。まず、序の全文を挙げ[6]、内容から五つの段落に分けてみる。

I

それ人の心をたねとしてよろつのことのはしけき中にも、昔上東門院の女房むらさき式部ときこえしか、つくりいてたりける光源氏の物語に、なすらふるたくひはまれならむ、こと葉は春の花木ゝの梢ににほひをのこし、心は秋の月のちさとのほかまてもくまなかるへし、色をしりなさけをふくむ家に、いつくにかこれをもてあそはさる、たかきもくたれるも世にしたかふ人の、たれかこの心をまねはさらむ、遊宴のこと葉餞別のなこり、哀傷の詠風月の篇、いつれか此中にもれたる、九重の雲のうへよりいやしきしつかきぬたのをとまて、わか国のことわさのみにあらす、こまもろこしのふるきためしをもかきあらはせり、されは、はしめきりつほにいつれの御時にかとうちいてたるより、夢のうきはしにいたるまて、露ことに袖のいとまなく心をくたかすといふことなし、

Ⅱ

うき世をのかれかすならぬ身をすてゝも、思ひなれにしもとの心のなこりにや、物さひしかる柴の戸の、春のあけほのには、まつ北山の僧都のすみかにて、なみたもよほす瀧のをとかなとよみけんけしきおもひやられ、身にしむ風の秋の夕には、雲林院の律師の坊にて念仏衆生摂取不捨とうちつけむこゑの色きく心ちして、たうときにも、思ひ出れは妄心の床のほとりには観念のたよりをすゝめ、案しつゝけては貪着の窓の中にも発心の中たちとはなとかならさらむ、

Ⅲ

されは、あなかちにこれをいとふなけきもあるへからす、しゐてまたわすれむとしもなけれとも、雲にふしあらしにおくる身のもてあそひには、かすくのまきをまきてにしたかふることもいとたやすからぬによりて、この中にあまねく人のくちにうたひつねにわかこゝろにそめたる名たかききこえある男女三十六人えらひいたして、左右とさためてをのくよめる哥三首つゝをとりならへつゝ、五十四番にあはせて、そのかたはらになをあかすてかたきあまりにこと葉をさへいさゝかかきとゝめて、心あてにおかしきおもかけまてにたちそひぬるなるへし、

Ⅳ

三十六人といへる事は、公任の大納言はしめてのち世ゝにあつめそのかすしけしといへとも、かのよのをろかなる心ひとつをやりて、かしこかりし昔のあとをけかさむわさは、そのをそれをもくや侍らむ、道をまなふ今のさかしき人は、またもれぬるうらみもありぬへかめり、これはそのをこりいつはれるをもとゝすれは、たれかはよしあしのそねみをものこさむ、そのみなもとうきたるをさきとすれはたれかもれぬるとかをもかこたむ、

Ⅴ

たゝひとへに狂言綺語のあやまりなり、くらきよりくらき道に入なむことをのみなけくといへとも、返りてはまた讃仏乗のいむにあらすや、光にひかりをそへて山のはの月なとか長夜のやみをてらささらむ、かのりう女成仏の跡をたつぬるに唯有一乗ののりよりいてたり、いかてか紫式部かことはひとり邪正一如のことはりをそむかむ、このみちを信せむ人はをのつからあさむかぬこともやとて、もしほ草かきあつめてかたみの浦にはかなき鳥の跡とゝめ侍るものをや

第一段落では、『源氏物語』賞賛の言辞を連ねる。『古今和歌集』仮名序を踏まえているほか、寺本直彦により『源氏物語大鏡』『柿本講式』などを典拠としていることが指摘されている。[7] そして、「こと葉は春の花木ゝの梢ににほひをのこし、心は秋の月のちさとのほかまてもくまなかるへし」とか「色をしりなさけをふくむ家に、いつくにかこれをもてあそはさる、たかきもくたれるも世にしたかふ人の、たれかこの心をまねはさらむ」とかいうように、対句的な華麗な表現を用いている。

第二段落では、序の語り手が出家遁世の身であることが明かされ、その境遇から『源氏物語』の仏教と関わる

場面が想起され、『源氏物語』が発心のなかだちになりうることが述べられる。

第三段落では、山中に住まう出家者にとって、『源氏物語』の長大な巻々は手にあまるゆえに、『源氏物語』のなかで、歌が人口に膾炙し評価の高い三十六人を選び、左方右方を決め、各人三首ずつを番とし、五十四番の歌合を作ったこと、そして、それには詞書および絵が添えられることが述べられている。

第四段落は、三十六人撰は、「公任の大納言」が創始して以来、同様のものが多く作られたが、これは撰に漏れた歌人から恨まれる恐れがある、しかし、『源氏物語』はもともと作りごとなので、この三十六人撰（『源氏物語歌合』）では心配ないという内容である。

第五段落では、『源氏物語』は（したがって『源氏物語歌合』も）、「狂言綺語のあやまり」であるとし、しかし、それが「返りては、また讃仏乗のいむにあらすや、光にひかりをそへて山のはの月なとか長夜のやみをてらささらむ」というように、逆に「讃仏乗（仏法を讃嘆して人を教化すること）の因」となるとする。そして、「かのりう女成仏」は「唯有一乗ののり」すなわち『法華経』によって生じたのであり、『源氏物語』だけが「邪正一如」の道理（つまり経典も狂言綺語である物語も同じ）に反するはずはなく、このことを信じている人は、物語は仏道にとって邪道であるといった言説にだまされることはないと思うので、この『源氏物語歌合』を書きとどめるのである、と述べている。

さて、先学は、第二段落の傍線部に着目する。久曾神は「前述の序文によるも出家の手になつたことは知られるが」とし、樋口も、

『源氏物語歌合』甲本の撰者は、現存歌人を含め歌仙歌合の撰定の経験を持たぬ『源氏物語』愛好家で、しかも、河内本に近い別本の『源氏物語』を資料として本歌合を編んでいるから、非御子左派の歌僧とみて

よかろう。

と推定している。いずれも、第二段落の傍線箇所を事実と認め、序の語り手＝実際の撰者とし、彼（彼女）を出家者としているが、序文で述べられていることは本当にすべて事実であろうか。確たる証拠はないが、稿者には、序文は物語的な虚構（の交じった作品）に思えてならない。

まず、内容についての疑義を述べたい。第二段落の傍線部によれば、語り手はすでに出家遁世の身で「物さひしかる柴の戸」に暮らしている。そういった環境にいる彼（女）が、第三段落のように、『源氏物語』から三十六人を選び『源氏物語歌合』を作るということは、そこに『源氏物語』一部があるということであり、もともと「物さひしかる柴の戸」で読むために『源氏物語』を持参して遁世したということである。そういっておきながら、「かすヽのまきをまきてにしたかふることもいとたやすからぬによりて」ということを理由に、『源氏物語歌合』を作ろうと思ったというのは、こじつけめいていて不自然に感じられる。

また、『源氏物語歌合』の作成の手順として、序が語るように、歌人として評価の高い者三十六人を選んでから、その詠歌を三首ずつ選び出すというのは合理的ではなく、五十四番の歌合にするためには、初めに三首以上の歌を詠んでいる登場人物をリストアップしたはずである（このことは後にあらためて検討する）。

それに、「かすヽのまきをまきてにしたかふることもいとたやすからぬによりて」という理由付けに関しても、冊子本ではなく、巻子本の『源氏』を手で操りながら読むというのは、当時の現実の物語享受とは思われず、やはり物語的な虚構のように感じられる。ただ、そういう非現実的な姿は、『源氏物語』の作品世界から三十六人の歌人たちをスピンオフさせ、物語のなかでは出会うことのなかった者たちをも結びつける、時空を超えた歌合の場を現出させる導き手として、ふさわしいとも言える。さらに言えば、「かのりう女成仏の跡をたつぬるに」

と女性出家者を仄めかしていながら、(8) 序の文体は第一段落にあるように対句的表現を使い技巧的であり、また、第五段落に「いかてか紫式部かことはひとり邪正一如のことはりをそむかむ」とあるごとく、「だけ」という意味で「ひとり」を使うという漢文的言い回しをもちいるなど、あえていえば男性的で、ちぐはぐな印象を受ける。

もちろん、物語的な虚構があるといっても、すべてを否定するということではない。序の語り手がすべて現実の撰者の有り様を述べているとは限らないということであり、「撰者は出家者ではない」と断定するものではない。

さて、ここで寺本直彦の「弁内侍作者説」について触れておきたい。寺本は、序に見える「かたみの浦」という珍しい歌枕が、弁内侍の父藤原信実、姉の藻壁門院少将、妹の後深草院少将内侍そして弁内侍という父娘に係る歌のなかでも用いられていることをはじめ、序の表現の典拠となっている資料を容易に見られる環境にいたこと、彼女自身も晩年序の語り手同様に出家遁世していること、等々、詳細に多面的に検討し、『源氏物語歌合』は弁内侍老後の作であると論証している。これは作者に関する現時点における最有力の学説である（というよりも他の作者説は出ていない）。多くの状況証拠がほとんど十分といえる程度にそろっている説であることを認めるに吝かではなく、この説を否定する具体的な証拠はないのだが、弁内侍が撰者であるのなら、なぜ『源氏物語歌合』の作者として知られて来なかったのかという疑問が生じるということ、そして、前述のように男性的な文体であることから、全面的な賛同まではしかねているというのが、現在の稿者の立場である。

三　作者一覧および番の組み合わせについて

次に『源氏物語歌合』の作者一覧や歌合の結番を検討したい。甲本には、序の次、歌合本文の前に、以下のような作者一覧が存する。

左

きりつほの御門
朱雀院
冷泉院
六条院
うす雲の女院
ほたる兵部卿宮
宇治の八宮
にほふ兵部卿宮
女三宮
むらさきのうへ
あけまきのおほ君
むかしにかよふ中の君
花ちるさと
ちしの太政大臣
夕霧大将　左大臣　私
ひけくろの大将　大政大臣　私

「右」（書陵部本に「右」はナシ）

朝かほの斎院
おほ宮
あかしの中宮
六条の御息所
秋このむ中宮
玉かつらの内侍督
おちはの宮
おほろ月夜の内侍督
手ならひの君
かほる大将
かしはきの権大納言
夕かほのうへ
源内侍のすけ
紫のうへのうはの尼
あかしのうへ
紅梅右大臣

うつせみのうへ　　　　　あかしの入道
あかしのあま　　　　　　弁のあま

この作者一覧および歌合の結番に対して、先学は概ね否定的な評価をしている。たとえば、樋口は、

この『源氏物語歌合』の「作者」の一覧を、①藤原定家撰『物語二百番歌合』の「作者目録」と比べてみると、定家の「作者目録」が、まず男性歌人を身分の高下の順に並べたあと、女性歌人を同様なルールで並べているのに対し、『源氏物語歌合』では、左方についていえば、②「六条院」の次に「うす雲の女院」が来、次に「ほたる兵部卿宮」が置かれているというように、男女を整然とわけてはいない。また左右の組合せにしても、「きりつほの御門」（左）と「朝かほの斎院」（右）のように男女を結番したものが九番と最も多いものの、「むらさきのうへ」（左）と「かほる大将」（右）のように、女男の組合せ三、「うす雲の女院」（左）と「秋このむ中宮」（右）のような女女の組合せが五、「ひげくろの大将」（左）と「紅梅右大臣」（右）のような男男も一組あって、③結番が雑然としている感は否めない。「うつせみのうへ」（左）と「あかしの入道」（右）、「あかしのあま」（左）と「弁のあま」（右）の二組が末尾に置かれているのは、俗僧の順序で配列しようとしたからであろう。（中略）

六条院（光源氏）は六条御息所と組合わされている。同じものの歌を結番する場合、どのように組合わせると好取組になるのかは興味の深いところである（中略）。六条院と六条御息所も必ずしも悪くないかもしれない。ほたる兵部卿宮と玉かづらも、蛍宮が玉鬘に思いを寄せ、玉鬘も蛍宮に好意的であったから、妥当な結番であろう。④これに対して、花ちるさとと源内侍のすけは適切とも思われない。

選入される三首の歌は、「かほる大将」の第一、二首の順序が逆である以外は、すべて物語の進行に沿って

選抜されているから、各人の秀歌三首をまず選んでおき、機械的に順次結番していったことが推察される。⑤したがって、連想を主体とする『物語二百番歌合』（特に「百番歌合」）のような見事な結番・配列はとても望めない。

以上のように、藤原定家撰『物語二百番歌合』（特に「百番歌合」）と比較し、傍線部②「男女を整然とわけてはいない」③「雑然としている」⑤「見事な結番・配列はとても望めない」といった否定的な評価をされている。

では、『物語二百番歌合』の「百番歌合」の「作者目録」はどのようになっているのだろうか。

作者目録
左方　源氏
故院御製二首　哀二
朱雀院御製一首　雑一
冷泉院御製一首　雑一
六条院三十首　恋十二、別一、旅三、哀六、雑八
前兵部卿親王二首　恋二
兵部卿親王四首　恋四
第八親王一首　雑一
前太政大臣四首　旅一、哀二、雑一
右大臣三首　恋二、雑一
柏木権大納言五首　恋二、哀一、雑二　一首薨後夢中詠
右大将六首　恋三、雑三
明石入道一首　雑一
源朝臣名不見一首　雑一　葵蔵人右近将監、陬麻解官、菊尽蔵人使左衛門尉、松風叙爵
入道后宮二首　恋一、雑一
朱雀院第二内親王一首恋一
三条尚侍二首　恋二

玉鬘尚侍一首　恋一
桐壺御息所一首　別一
前坊御息所三首　恋二、旅一
紫上四首恋一、別一、旅一、哀一
兵部卿親王上一首　雑一
宇治親王姫君三首　雑三
右大臣上一首　恋一
明石上五首　恋三、別一、雑一

桐壺御息所母一首　哀一
夕顔女君二首　恋二
浮舟六首　恋一、哀一、雑四
明石尼公一首　雑一
藤典侍一首　恋一
空蝉尼公一首　恋一
伊予介朝臣女一首　恋一
六条院中将一首[9]　雑一

確かに、「作者目録」は「院」「親王」「臣下」「女性」というように整理された一覧となっている。しかし、その順番は、歌合の登場順とは関係なく配列されたものである。

また、「百番歌合」は、右の作者名の下の注記でもわかるように、「恋（一～四三番）・別（四四～四七番）・旅（四八～五三番）・哀傷（五四～六八番）・雑（六九～百番）」の部立てによって歌を分類したうえで、組み合わせており、その点は同題の歌の番を基本とする通常の歌合と同じである。

しかし、各人物の載録歌数は一定ではなく、最多は光源氏（六条院）の三十首、二位が薫（右大将）の六首、一首のみの人物は十五人で半数近い。これは一般的な歌合とは相違する（ただし歌人によって歌数の異なる歌合もある）。

それに対して、『源氏物語歌合』の場合、重視されたのは、『源氏』作品世界の中から三十六人の歌人を選び――

三十六歌仙のごとき――『源氏』の「五十四」帖にちなみ、「五十四」番の歌合を組むということであった。一般的な歌合形式によるならば、各歌人の詠む歌は同じであるから、36人×3首＝54番×2（左方・右方）となるので、一人三首というのは動かせない。

それから、『源氏物語歌合』の組み合わせであるが、物語の性格上、光源氏および彼と関係した女性たちが多く歌を詠んだから、当然、この三十六人の中にも選ばれている。物語内の人間関係を歌合の組み合わせに反映させなければならないとしたら、光源氏とて歌合では一回しか登場できないから、組む相手がいなくなる女性が生じる。ゆえに、原則的には、歌合の組み合わせは物語内の人間関係を反映させないということになろう（池田も「原則としては、それ（＝男女関係の反映）を避けたものと推定される」と述べている）。したがって、物語での関係にもとづいた結番を期待する樋口の評価は的を射たものではない。

また、『源氏物語歌合』の歌人一覧であるが、全く無原則というわけではなく、つぎのごとく、（少なくとも左は）方針が見えそうである。

樋口は傍線部①②において、「「六条院」の次に「うす雲の女院」が来、次に「ほたる兵部卿宮」が置かれているというように、男女を整然とわけてはいない。」という批判をしている。しかし、これは単に整序の論理の相違であって、『物語二百番歌合』の「作者目録」が先に男性歌人を身分の高下の順に並べたあと、女性歌人を同様なルールで並べているのに対し、『源氏物語歌合』の左方についていえば、「（真の）天皇・院」、「准太上天皇」（女院も上皇に准ずる存在である）、「親王・内親王」、「親王女」と皇統における序列の順に並び、「花ちるさと」を挟んで、「臣下」に続き、これまでの「俗人」を終えて最後に、これは樋口も指摘しているが「僧・尼」を据えているのである。

左

天皇・院
- きりつほの御門
- 朱雀院
- 冷泉院

准太上天皇
- 六条院
- うす雲の女院

親王・内親王
- ほたる兵部卿宮
- 宇治の八宮
- にほふ兵部卿宮
- 女三宮

親王女
- むらさきのうへ
- あけまきのおほ君
- むかしにかよふ中の君
- 花ちるさと

臣下
- ちしの太政大臣
- 夕霧大将
- ひけくろの大将

僧・尼
- うつせみのうへ
- あかしのあま

（むらさきのうへ・女三宮）← 光源氏の正妻格

（花ちるさと）← 桐壺帝麗景殿女御妹　夕霧の養母　光源氏の準正妻格

□は、続編の登場人物（あるいは主として続編で注目される人物）で、合計八名。左右に男女二名（計四名）ずつ配置されている。

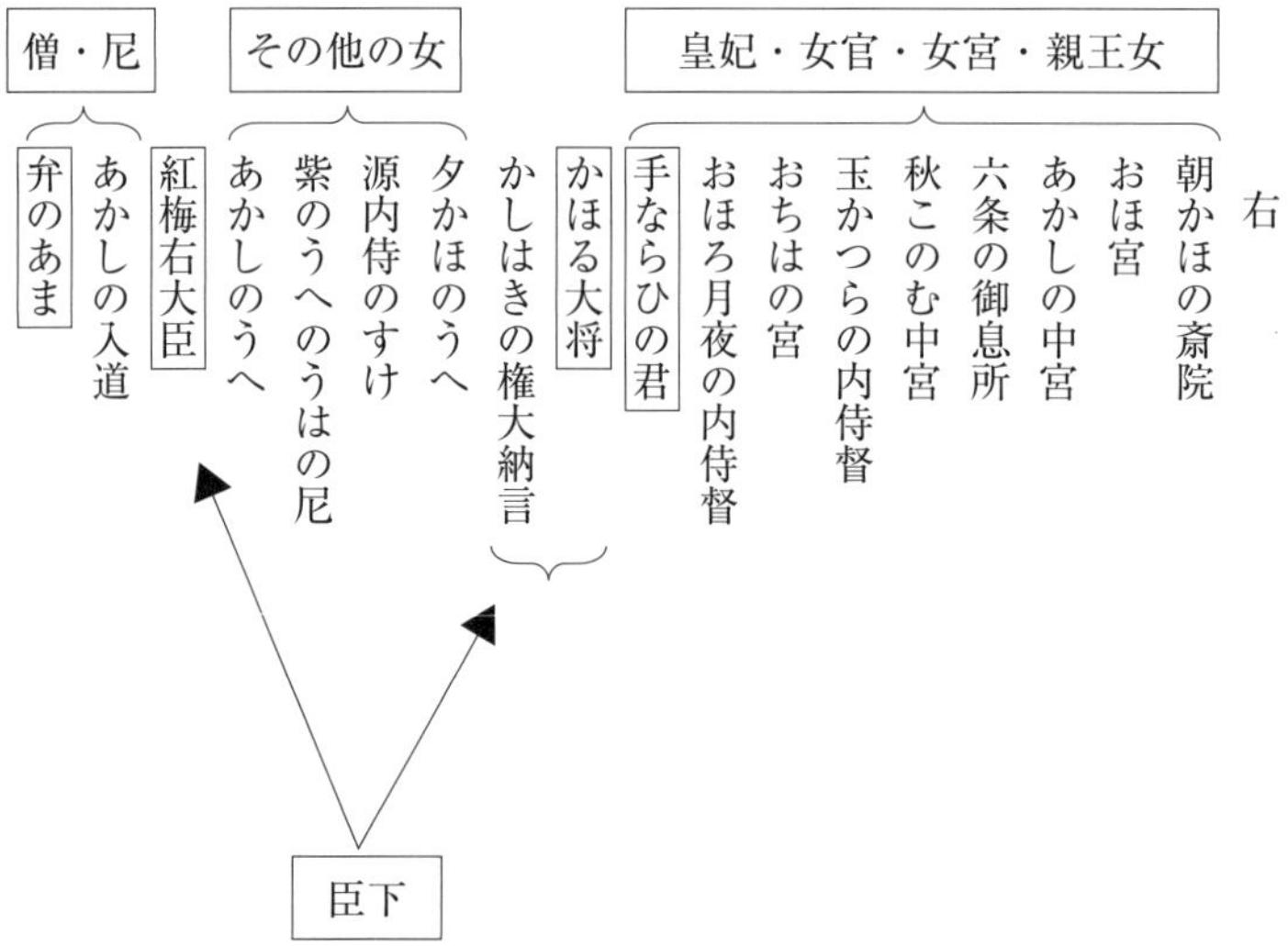
右
皇妃・女官・女宮・親王女
朝かほの斎院
おほ宮
あかしの中宮
六条の御息所
秋このむ中宮
玉かつらの内侍督
おちはの宮
おほろ月夜の内侍督
手ならひの君
かほる大将
かしはきの権大納言
その他の女
夕かほのうへ
源内侍のすけ
紫のうへのうはの尼
あかしのうへ
紅梅右大臣
僧・尼
あかしの入道
弁のあま
臣下

一方、右方はどうであろうか。

右方は、左方とは異なり、原則が不明瞭であるが、左方が「天皇・院」という男性で始まったのに対して、女性の皇族および宮廷関係者「皇妃・女官・女宮・親王女」を配したとも考えられる。神に仕える皇女である斎院が最初で、次に皇女の長老格である大宮が二番、次に中宮が続くところ、母である六条御息所に配慮し秋好中宮の前に置いたのであろうか。しかし、二人の「内侍督」の間に落葉宮が入れられている理由は不明である。その後、「臣下」を挟んで、「その他の女」が続く。源典侍は女官だが、尚侍と比較すると身分が落ちるのでここに入っていると思料される。その後、再び「臣下」があり、最後は左方と同様に、「僧・尼」となっている。

ところで、左方の「花ちるさと」を挟んで、「臣下」に続いている箇所や右方の「臣下」の間に「その他の女」が置かれているところは、少々奇異に見え、無原則のように思えるが、類似した並べ方は通常の歌合の作者一覧にも見える。たとえば、『千五百番歌合』の作者一覧の左方は次のようになっている。(10)

女房
左大臣正二位臣藤原朝臣
前権僧正慈円
従二位行権中納言臣藤原朝臣公継
参議正三位行左近衛権中将兼越前権守臣藤原朝臣公経
正三位行太皇太后宮大夫臣藤原朝臣季能
宮内卿
讃岐

小侍従

散位正四位下臣藤原朝臣隆信

散位正四位下臣藤原朝臣有家

散位従四位上臣藤原朝臣保季

正五位下行左近衛権少将臣藤原朝臣良平

従五位下左兵衛佐臣源朝臣具親

僧顕昭

最初の「女房」は後鳥羽院で、前天台座主の慈円が俗人のなかに入っているものの、高位の臣下から下位へと並んでおり、そのなかの、三位と四位の間に女性歌人が三人挟まれ、最後に僧が置かれている。

また、建保四年（一二一六）の『内裏百首歌合』の右方も、(11)

右大臣正二位兼行左近衛大将藤原朝臣

参議従三位行治部卿兼伊与権守藤原朝臣定家

二条院讃岐

女房越前

参議従三位行左近衛権中将兼備前権守藤原朝臣経通

前丹波守正四位下藤原朝臣知家

正四位下行右兵衛督兼伊与介藤原朝臣雅経

従四位上行丹後守藤原朝臣範宗

散位正五位下藤原朝臣行能

僧正行意

というように、「臣下」のなかに女性歌人が挟み込まれ、最後に僧が据えられている。

このように、『源氏物語歌合』作者一覧には通常の歌合を想起させるような部分もあるのだが、『源氏物語』の作品世界内の論理の反映も見られる。

先述のごとく、この三十六人で五十四番歌合を成立させるためには、各歌人三首ずつという制約が生じするわけだが、樋口も指摘するように、三首以上の歌を詠んだ人物でなければ、『源氏物語歌合』には選ばれないということでもある。したがって、桐壺の更衣や軒端荻、惟光などは歌数不足で選ばれない。

『源氏』には五百名近くの人物が登場するが、そのなかで三首以上の歌を詠んでいるのは、四十二人である。そのなかで、『源氏物語歌合』に選ばれていない者六名とその『源氏』収載の歌数を挙げる。

①中将（8）②雲居雁（7）③妹尼（7）④末摘花（6）⑤王命婦（3）⑥一条御息所（3）

この六名のうち、②④は物語のなかでの役割を考慮すると選ばれてもおかしくはない。ちなみに内本では、紅梅右大臣の代わりに雲井雁が、弁のあまの代わりに末摘花が選ばれている。

他の四名は、作品世界での役割の軽さのために選ばれなかったのであろう。

さて、既述のように、左方に比して右方の原則は不明瞭であるが、そうなったのは、先に左方に天皇、上皇、親王ら男性の貴顕を揃えたために、右方にその他の人が集まることになったためであろう。そういったなかで、左右の身分を考慮して結番を考えたと思われる。樋口は傍線部④「花ちるさとと源内侍のすけは適切とも思われない」と批判するが、左方のなかでは、花ちるさとは身分としては軽い存在であり、右方における源内侍のすけとのバランスがさほど悪いとは思われない。

それから、『源氏物語』のなかで、光源氏在世中の巻を正編（桐壺巻から幻巻）、その後を続編（匂宮巻から夢浮橋巻）とすると、続編の登場人物（あるいは主として続編で注目される人物）の八名（前掲「作者一覧」の中で□で囲まれた人物）が、左右に男女二名（計四名）ずつ配置されている。

また、左右方で、歌人たちの総力が同程度になるように配慮されていると考えられる。

巻末の表は、『源氏物語歌合』に参加した人物の物語の中での総詠歌数の多い順に並べたもので、左方の歌人に網掛けを施した。概ね偏らずに左右に配置されているといえる。左方の歌人の総詠歌数は四三二首、右方は二二一首で、これだけ見ると大きく異なるが、光源氏が一人で二二一首も詠んでいるためであり、彼を除くと、ほぼ同数である。ちなみに、左方総詠歌数四三二首から光源氏詠二二一首を除いた二一一首で残りの十七人の平均値を出すと約一二・四首、右方総詠歌数二二一首で十八人の平均値を出すと約一二・三首となる。

おわりに

以上、先学に研究に導かれて、若干の私見を述べてきた。まとめると、次のごとくである。

一・『源氏物語歌合』の成立に関しては、先学の鎌倉時代説は、冷泉家時雨亭文庫蔵『私所持和歌草子目録』の記載によって補強できるが、『風葉集』成立以前という限定には慎重にありたい。

二．先学は序文の記事から、撰者を出家者としているが、序文は不自然な点があり、また、物語享受作品（スピンオフ作品）として、枠組みに物語的虚構は似つかわしい。従って、序文の語り手は出家者であるが、実際の撰者は出家者とは限らないという立場を取りたい。

三．『源氏物語歌合』の作者一覧の配列は決して無原則ではなく、左方は身分優先の順序がある。右方は比較的不明瞭ながら、それでも身分（あるいは物語内の地位）による配慮がある。

四．左右で歌人としての力が総量において均等になるような配慮がなされていると推察される。

従来の研究は、『源氏物語歌合』がどのように成立したかを論じてきたが、『源氏物語歌合』を文学作品としての分類上、どう位置づけるか、より率直にいえば、どのように読むべき作品なのか、については、充分に議論してこなかったのではないかと思料される。もちろん、『物語二百番歌合』とともに「物語歌合」という分類名・ジャンル名は与えられているといってもよいし、また、岩波文庫では、『物語二百番歌合』『風葉和歌集』とともに、『王朝物語秀歌選』に収められているから、「王朝物語秀歌選」という扱いも可能かもしれない。ただ、この段階でとどまるとすれば、『源氏物語』と他の物語による歌合である『物語二百番歌合』と『源氏物語』内部で完結している『源氏物語歌合』との差異が現象しない。先学が指摘するように、『源氏物語歌合』撰者は、『物語二百番歌合』を受容できる環境にいたとおぼしく、また、その撰者が念頭においた読者もやはり『物語二百番歌合』を知っている人々であったろう。そうであれば、撰者は、『源氏物語歌合』には『物語二百番歌合』とは異なる妙味がなければならないと考えたはずである。

では、『源氏物語歌合』はどのような読みを要請する作品なのか。

それとともに考えるべきこととして、現存諸本の系統間に、別の作品とも思える差異のある状況をどう捉えるかという問題がある。

甲本が先行し、後に別人によって、別個に乙本、丙本が作られたとする通説（稿者も賛同するのだが）によるとしても、そのいずれもが『源氏物語歌合』であるし、その全体を包括するものとして『源氏物語歌合』の作品世界があるといってもよい。

『物語二百番歌合』は二つの「物語百番歌合」の集合体であり、『源氏物語』と他の物語との番をその形式とする。それに対して、『源氏物語歌合』は、

一．「三十六人撰」という形式。

二．『源氏物語』の巻数にちなんだ「五十四番歌合」という形式。

三．（一と二から計算上、二次的に生じることになる）「各人三首ずつの歌合」という形式。

といった形式を持つ作品のことであるといえる。それゆえに、内容が大きく相違する甲乙丙本が三本とも『源氏物語歌合』の範疇に入れられているのである（少なくとも別個の作品であるという議論がない）。つまり、詞書の異同や有無、序文の有無、絵の有無は問題にならず、また、丙本のように半分以上も歌を入れ替えても、二名の歌人を差し替えても、『源氏物語歌合』なのである。いわば、『源氏物語歌合』は固有名詞というよりは限りなく一般名詞に近いといえよう。絶妙な配列・結番を目指した『物語二百番歌合』（とりわけ「百番歌合」）がそれゆえにいかなる改変も容認しない一回的な作品であるのに対して、『源氏物語歌合』は、甲本から乙丙本へと大幅な改変をなされようとも、『源氏物語歌合』たりえているのである。

したがって、丁本、戊本…などの、さらなる別系統を生む可能性およびそれを許容する包括性をもったのが、『源氏物語歌合』なのだといえよう。

【注】

（1）「源氏物語の歌合上下」（『国学院雑誌』第44巻―3・4号　一九三八年三・四月。『源氏物語歌合』については主として「下」）。以下の久曾神の見解もこれによる。なお、傍線は稿者による。以下同様。
（2）「源氏物語歌合の伝本と本文」（『源氏物語と和歌　研究と資料Ⅱ　古代文学論叢第八輯』武蔵野書院、一九八二年）
→『源氏物語の文献学的研究序説』笠間書院、一九八八年）。以下の池田の見解もこれによる。
（3）「『源氏物語歌合』について」（『文学』第57巻―8号　一九八九年八月）。以下の樋口の見解もこれによる。
（4）冷泉家時雨亭叢書第四十巻『中世歌学集　書目集』朝日新聞社、一九九五年）。
（5）注（4）の解題（赤瀬信吾）。
（6）宮内庁書陵部蔵本による。通行字体に統一し、私に読点を施した。
（7）「『源氏物語歌合』試考―弁内侍老後の作か―」（『源氏物語の探求　第十四輯』風間書房、一九八九年）
（8）注（7）の寺本論文。
（9）引用は『新編国歌大観』による。
（10）引用は『新編国歌大観』による。
（11）引用は『新編国歌大観』による。

表『源氏物語歌合』参加人物の物語内総詠歌数

歌合の順番	左右	性	名前	歌数
4	左	男	光源氏	221
10	右	男	薫	57
15	左	男	夕霧	39
9	右	女	浮舟	26
8	左	男	匂宮	24
15	右	女	明石の君	22
10	左	女	紫の上	22
6	右	女	玉鬘	20
12	左	女	中の君	19
14	左	男	頭中将	17
11	右	男	柏木	15
11	左	女	大君	13
5	左	女	藤壷中宮	12
7	右	女	落葉の宮	10
4	右	女	六条御息所	9
8	右	女	朧月夜	9
6	左	男	蛍宮	9
5	右	女	秋好中宮	8
2	左	男	朱雀院	8
3	左	男	冷泉院	8
1	右	女	朝顔斎院	7
9	左	女	女三の宮	7
17	左	女	空蝉	7
18	左	女	明石の尼君	7
12	右	女	夕顔	6
13	右	女	源典侍	6
13	左	女	花散里	6
14	右	女	紫の上の祖母尼君	5
17	右	男	明石入道	5
7	左	男	八の宮	5
2	右	女	大宮	4
3	右	女	明石中宮	4
16	右	男	紅梅	4
18	右	女	弁の尼	4
1	左	男	桐壷院	4
16	左	男	鬚黒	4

藤原定家の百人一首歌

渡部泰明

はじめに

来ぬ人をまつほの浦の夕なぎに焼くや藻塩の身もこがれつつ（新勅撰集・恋三・八四九）

権中納言定家

いうまでもない、『百人一首』の藤原定家の歌である。『新勅撰集』に自撰し、『定家卿百番自歌合』にも選び入れてもいるから、たしかに定家自讃の一首ということになる。「有心・妖艶の最高を極めた歌であると共に、象徴の點からも最高の歌と言ってよく、晩年の定家の歌として最もすぐれたものといってよい歌だと思はれる」(1)と激賞するかどうかはともかく、晩年の定家の歌風、あるいは彼の好尚をよく示す歌として、好意的に受け止める理解が少なくない。ただし、どのように評価するのであれ、この歌の詠まれ方、すなわち方法を、しっかり理解したうえでなされるべきだろう。この歌の読み方そのものにも、まだ掘り下げる余地はあるように思われる。なお、和歌の引用は原則として『新編国歌大観』によったが、表記は私意に改めた。

一　「しるしの煙」

まず「来ぬ人を」の歌の、基礎的な事情を確認しておこう。『新勅撰集』では、この一つ前の歌に「建保六年内裏歌合、恋歌」の詞書が付されており、それがこの歌にもかかるわけだが、実は「六年」は誤りで、正しくは、建保四年（一二一六）閏六月九日に順徳天皇内裏で行われた『内裏百番歌合』での詠である。

一首について、大取一馬「新勅撰和歌集所収の歌一首」(2)は興味深い指摘を行っている。その論述をたどることを端緒としてみたい。大取論文は、江戸時代の祖能の注釈書『新勅撰和歌集鈔』（一八二三年刊）のこの歌の注釈に、「さて淡路には火によりて人を待つこと由緒ある事也」として、別の歌の注を見よ、とあることに注目する。「別の」とは、同じ『新勅撰集』の、次の歌である。

和歌所歌合に、海辺霞をよみ侍りける　前内大臣（源通光）

淡路島しるしの煙見せわびて霞をいとふ春の舟人（新勅撰集・雑四・一三三五）

この「しるしの煙」について、摂津国の須磨と淡路の岩屋とは渡し船が通っていて、淡路へ行こうとして便船がない時、須磨の浦で火を焚いて合図を送れば、岩屋の浜でもそれに応えて火を焚き合わせ、迎え舟を出す、これを「飛火」とか「飛火あぐ」とかいうのだ、と祖能の注釈では説明されている。また、この故実を踏まえて詠んだ歌として顕輔の歌があることを、『袖中抄』に依拠して引用してもいる。『顕輔集』によって示せば、

或所にあはぢといふ女房にたびたびせうそこすれど、かへりごともなければ

いかにせん飛火も今は立てわびぬ声もかよはぬ淡路島山（顕輔集・五一）

という歌である。淡路という名の女房に文を贈ったが返事がなかったので、その名から想起される右のごとき故

実にちなんで、「飛火」を持ち出したということになる。

さらに大取論文は、谷山茂「しるしの煙」(『いずみ通信』4、昭和五八・六)に導かれつつ、平間朝雅『百人一首鈔講談秘註』および大菅白圭『小倉百首批釈』を引用し、定家の歌が悲恋物語を基にして詠まれているとする秘伝があることを紹介する。淡路島と明石浦を隔てて言い交わした男女の話である。女は支障のない時は「印の煙」を立てるのでそれを見て通え、と約束した。ある時煙を立てても男が来なかったので、女は心変わりを恨んで海に身を投げて死んだ、という悲恋の物語であった(ただし『小倉百首批釈』では「明石」とは特定されていない)。これらの恋物語は、しかし定家以前にその存在が確認できず、むしろ定家の百人一首歌をもとにして作られたフィクションであろう、と推測されている。蓋然性に富む推測である。

たしかに定家は、右の恋物語に基づいて「来ぬ人を」の歌を詠んだわけではないのだろう。では、「しるしの煙」の故事と、この歌は無関係だということになるのだろうか。両者の関係については、今少し見当の余地がありそうに思われる。少なくとも定家が、「須磨と淡路との航行に関する合図の煙」である「しるしの煙」を知っていたことは間違いない。通光の「淡路島しるしの煙」の歌は、その故事への知識がなければ読み解けない歌だから、これを知らずに『新勅撰集』に入集させるはずもない。では、建保四年に「来ぬ人を」を詠んだ時には知っていたろうか。通光の歌は、建仁二年(一二〇二)二月の「和歌所影供歌合」で詠まれたかと推定されており[3]、その可能性は小さくないと思われるが、それだけでなく、正治二年(一二〇〇)、寂蓮の『正治初度百首』での、

淡路島通ふしるべに立つけぶり霞にまがふ須磨の明ぼの(正治初度百首・一六〇七)

の歌が、「しるしの煙」の言葉こそ含まないけれど、明らかにこの故事を詠み込んでいる[4]。通光も、そもそもは六条家の歌人から仕入れた知識であったかもしれないが、この寂蓮の歌に後押しされるところがあったろう。寂

蓮が詠み込むということは、定家の視界にも入っていたと考えるのが自然である。つまり、建保四年の段階でも知っていたはずである。

では、「来ぬ人を」の歌は、「しるしの煙」の歌と関係するのだろうか。ここで、定家歌がふまえた『万葉集』の笠金村の長歌を見ておこう。

笠朝臣金村作歌一首并短歌

なきすみの　ふなせゆみゆる　あはぢしま　ゝつほのうらに　あさなぎに　たまもかりつゝ　ゆふなぎに　もしほやきつゝ　あまをとめ　ありとはきけど　みにゆかん　よしのなけれ**（から）**ば　ますらをの　こゝろはなしに　たをやめの　おもひたわみて　たもとほり**（やすらはん）**　あ**（わ）**れはそ**（きぬ）**こふる　ふね**（な）**かぢをなみ（万葉集巻六 - 九三五）（廣瀬本本行訓）

現行の訓に対して、（　）内に、廣瀬本の本行の訓を太字で示した。廣瀬本は、定家所持本の流れを汲むと想定されている『万葉集』の伝本である。五月女肇志論文は、両者の本文の違いを重く見ている。現代の注釈が、現訓に基づいて、全体を男性の立場で統一して解釈するのに対して、廣瀬本の訓読に従えば、つまり定家の依拠したと思われる本文では、とくに「たをやめの　おもひたわみて　やすらはん」の部分は、松帆の浦にいる女性の心情を表している、とするのである。(5) この論説に従うとすると、定家歌が女性の立場に立って詠んでいるのは、定家独自の創意工夫ではなく、すでに『万葉集』にあった発想を生かしたことになる。ただそれゆえに、笠金村の長歌を仕立て直しただけで、これほど定家が自讃するだろうか、という疑問も湧いてくる。松帆の浦の待つ女性の心を深々と味わおうとする時、拠りどころが『万葉集』だけでは手応に乏しい、ということになってしまいかねない。感情移入を誘うには、深みに欠けるのである。

そこで、この「しるしの煙」が、一首の抒情に深みをもたらすために働いているのではないか、と考えてみたい。もとよりこの故事そのものを踏まえているといいたいわけではない。ただ、「松帆の浦」にまつわるイメージは、対岸との行き来を根幹とするのだから、須磨の浦と淡路を往来する話である「しるしの煙」は、イメージとして重なる所があることは確かである。しかも支障あって男が女の待つ淡路を訪れない、という点でも繋がる。加えて、火を焚いて煙を立ち昇らせることも——定家の歌に「煙」は直叙されていないが、もちろん藻塩火の煙がひどくくすぶっている——共通する。松帆の浦の女を思い浮かべる時、十分に連想されうるのである。「来ぬ人を」の歌を作っている定家の脳裏に、必ずや存在したことだろう。

連想されたとしても、あるいは定家の脳裏にあったとしても、作品の表現内容に組み込まれているとは言い難い、という反論も当然あり得るだろう。作品に付随するものと認められたとしても、作品世界そのものとは別個のものだ、と言われるかもしれない。ただし、これだけごく自然に連想される事柄が、もし一首の作品の内容と齟齬するものだったら、はたして定家はそういう歌を作っただろうか。仮に作ったとして、自信作として押し出すことをしただろうか。そういう連想がおのずと許容され、許容されるだけでなく作品の世界を豊かにすると思うからこそ、自負をもつのだろう。その意味で、作品から切り離された連想だといって済ませることはできない。だからこそ、作品を作る定家の連想の働かせ方に注目したいと思う。そしてさらに、「しるし煙」が連想されていたとすれば、それが次なる連想を呼び込む手助けをするのではないか、と考えてみる。

二　須磨の連想

「しるしの煙」の故事を確認するために、あらためて『袖中抄』第八「とぶひの、もり」を引いておこう。

又故六条左京兆あはぢと云女の許へ遣す歌云、

いかにせんとぶひも今はたてわびぬ声も通はぬ淡路島山

これは摂津国の須磨と淡路の岩屋といふ所とは、渡にてあるに、淡路へ下る急ぎの便船のなければ、須磨の浦にて火を焚くなり。それに淡路の岩屋の浜に火を焚きて合はするなり。さて迎へ船を遣すとぞ申。その火焚くをばとぶ火たつといふなり。うるはしきをばとぶ火あぐといふなり。（歌論歌学集成本による）

まずは「故六条左京兆」すなわち顕輔の歌を引き、ついでそれが基づいた「しるしの煙」について説明している。「しるしの煙」は、須磨と淡路の岩屋とを結ぶ烽の煙であった。「岩屋」は淡路島北部の地名であり、松帆の浦に近接している。「岩屋」は歌枕ではないから、歌でみやびに表すとすれば、顕輔や『正治初度百首』の寂蓮のように、淡路島と漠然と表すしかなかった。定家による『万葉集』笠金村歌の「松帆の浦」の発見は、それを新たな歌枕によって可能にしたともいいうる。

ここで注目したいのは、「しるしの煙」の一方の岸が、須磨であることである。寂蓮の歌は、そのことをはっきりと表現している。そもそも笠金村の歌は、播磨国の名寸隅の船瀬（現在の明石市魚住町か）から眺望して詠む設定がなされていた。「名寸隅」もまた歌枕ではない。つまり、本来王朝和歌の歌枕とは無縁であった金村の長歌は、「しるしの煙」の故事を補い合わせることによって、須磨――松帆の浦の往来をみやびな世界に転換することになるのである。そして、須磨が連想されることによって、一首の世界は格段に広がる。須磨と淡路は、和歌的に強固な観念連合を形成しているからである。同じ『百人一首』に入る源兼昌の、

淡路島通ふ千鳥の鳴く声に幾夜寝ざめぬ須磨の関守（金葉集・冬・二七〇）

などはもちろんこと、定家にも、

正治二年九月院に初度歌合、浦月

淡路島月の影もてゆふだすきかけてかざせる須磨のうら波（拾遺愚草・二二五七）

かざすてふ波もてゆへる山やそれ霞ふきとけ須磨の浦風（同・内大臣家百首・一一〇四）

などといった、須磨浦から淡路島を見やる歌がある。

そして何より、いま引いた兼昌の「淡路島」の歌が、『源氏物語』須磨巻の、

友千鳥もろ声に鳴くあかつきはひとり寝ざめの床もたのもし

という光源氏の歌と無関係ではないように――定家の連想の範囲に必ずやあったように――、須磨といえば、『源氏物語』須磨巻を想起することになる。では、「来ぬ人を」と『源氏物語』は結びつかないだろうか。

三　『源氏物語』との関係

ここで目を『新勅撰集』に転じてみよう。そこでは、「来ぬ人を」の歌を含む並びはこうなっている。

建保六年内裏歌合、恋歌　　前内大臣（通光）

松島やわが身のかたに焼く塩の煙の末をとふ人もがな（八四八）

権中納言定家

来ぬ人をまつほの浦の夕なぎに焼くや藻塩の身もこがれつつ（八四九）

題しらず　　権中納言長方

恋をのみすまの潮干に玉藻刈るあまりにうたて袖なぬらしそ（八五〇）

まず直前の八四八番歌を検討してみよう。『後拾遺集』道命の「しほたるるわが身のかたはつれなくて異浦に

こそ煙たちけれ」（恋一・六二六）に、松島を取り合わせた歌である。その結合の必然性が問題である。陸奥の歌枕「松島」は平安時代から詠まれており、とくに、

松島や雄島の磯にあさりせし海人の袖こそかくは濡れしか（後拾遺集・恋四・八二七・源重之）

が有名で、歌枕松島のイメージを強く規制していて、しばしば袖が濡れることが詠まれてきている。それだけに、塩を焼く煙を組み合わせるのは珍しい。この発想の先蹤と考えられる平安時代の例歌は、次の一首くらいしか見当たらない。

しほたるることを役にて松島に年ふる海人も嘆きをぞつむ

『源氏物語』須磨巻の藤壺の歌である。須磨の光源氏の、

松島の海人の苫屋もいかならむ須磨の浦人しほたるるころ

への返歌である。「海人」は「尼」を掛け、藤壺自身を指す。「役」には「焼く」が、「嘆き」には「投げ木」が掛けられていて、縁語を形成している。少なくとも言葉の上では、松島での塩焼きが示されているわけである。通光の歌の、松島―焼く塩の繋がりの背後には、『源氏物語』があるのではないだろうか。少なくとも定家は、『源氏物語』の匂いをかぎ取っていたのではないか。定家には、この松島で塩焼くことを詠んだ歌がすでにあるのである。百人一首歌を詠んだ前年である建保三年（一二一五）の、『内裏名所百首』のものである。

松島

ふくる夜を心ひとつに恨みつつ人まつ島の海人の藻塩火（拾遺愚草・内裏名所百首・一二七五）

この定家の歌は、『源氏物語』須磨巻の藤壺歌を響かせていると見るべきだろう。でないと、松島で塩を焼く心情が、深みに欠けてしまう。『源氏物語』では「松島の海人」とは藤壺自身のことを指すわけだが、夜が更け

ていくのを恨み、人を待つ一首の趣旨そのものは、藤壺には適合しない。だから物語の内容を踏まえたとはいえない。だが、藤壺の歌を触媒にして、須磨巻の愁いの情緒を流れこませるとき、この歌の心情は生き生きと立ちあがるだろう。そして、この「ふくる夜を」の歌の内容をよくよく見てみると、来ぬ人を待つ状況といい、「まつ」の掛詞といい、藻塩火に身を焦がすさまといい、かなり「来ぬ人を」の歌に似ていることに気づく。定家の『百人一首』歌は、この歌の改訂版のごとき位置にあるのではないだろうか。須磨巻を意識する点でも、受け継ぐところがあるのではないか。

そして通光は、定家のその方法を学んだのかもしれない。少なくとも『新勅撰集』に選び入れ、しかも自歌に並べた定家のつもりとしては、自分と同じ方法を用いていることがあったかと思われる(6)。

右のことが確かめられるのが、次の八五〇番「恋をのみすまの潮干に」である。自歌の直後に、須磨を歌った長方の歌を配置しているのである。長方は、定家の従兄にあたり、新古今時代が本格化する以前の、建久二年(一一九一)には没している。この歌は、新古今時代の物語取りのように、明確に『源氏物語』を踏まえたとまで言い難いが、須磨巻を思い起こし、重ねながら味わいたくなる歌である。少なくとも入集させた定家の意図はそこにあろう。八四八・八四九番歌も、同様に須磨巻を想起しながら読んでほしいと、あたかも定家は示唆しているかのようにも見える。

「来ぬ人を」の歌は、須磨巻を想起しながら作られたものであり、『源氏物語』を重ね味わうことで、作者の願う理解が得られるものだと考えたい。しかし、この歌で塩を焼いているのは松帆の浦の海人である。須磨の海人が塩を焼くというならまだしも、いかに航路の往返があるとはいえ、この歌で須磨を想起しなければならないというのは、人物の立場が違っている以上無理な注文である、ともいえそうである。その疑問に対しては、須磨巻の次の贈答をもって答えたい。

こりずまの浦のみるめのゆかしきを塩焼くあまやいかが思はん（光源氏）

浦にたくあまだにつつむ恋なればくゆる煙よ行く方ぞなき（朧月夜）

「こりずまの」歌は須磨の光源氏の歌でありながら、表面上の意味においては、須磨以外の場所にいる人物が、須磨を思いやっているかのようである。また朧月夜の「浦にたく」の返歌は、都にいながらも、須磨の藻塩火の縁で、自らの心情を「くゆる煙」によそえている。我が心を須磨の海人の心に引き比べ、その心を引き取るかのように。我々は、物語を思い浮かべる時、どうしても登場人物の立場に固執しがちである。プロットとの関係を考えるからである。しかし、歌の言葉を前提にする時、立場というものは存外に可変的である。肝心なのは、言葉の繋がりに導かれて形をなす心であり、それがそうでしかありえぬわが身の訴えかけとなることである。これも広い意味での連想の力であり、定家が触発されているのも、そういう人の運命を可視化するような連想の力であると考えたい。

四　連想の方法

既述のような定家の連想のあり方が本当にあるものなのか、あるにしてもそれを考察することが作品分析に有効なことなのか、当然疑問になるだろう。そこで、次の例から考えてみる。やはり建保三年（一二一五）に詠んだ『内裏名所百首』について自注する彼の言葉である。

「手染めの糸」は河内女が物にて候へば、さらぬものをだに手に取る心なれば、まして糸などはより候ひけむと、河内の山に思ひよりたるを、人の目見せよかしと存じ候。

これは、『内裏名所百首』での秋部の歌、

（名所百首哥之時与家隆卿内談事。『中世の文学 歌論集（一）』による）

生駒山

生駒山嵐も秋の色に吹く手染めの糸のよるぞ悲しき（拾遺愚草・一二四一）

が、『万葉集』の、

河内女が手染めの糸を繰り返し片糸にありとも絶えむと思へや（**ふな**）

（万葉集・巻七・一三一六・作者未詳、太字は廣瀬本本文）

を踏まえつつ、さらに『伊勢物語』二十三段の、いわゆる筒井筒の章段で、高安の女が「手づから飯匙とりて、笥子のうつはものに盛りけるを見て、心うがりて行かずなり」、それで高安の女が詠んだ歌、

君があたり見つつををらむ生駒山雲な隠しそ雨はふるとも

を、「河内女」を媒介にして連想し取り込んだ、と意図を語っているわけである。この場合、『伊勢物語』二十三段の歌を本歌、もしくはこの章段を本説としたと言えるかどうかは、微妙である。もしこの自作解説がなかったなら、我々は同段に依拠したと言い切ることに躊躇を感じたことだろう。生駒山は『伊勢物語』に拠らなくても歌枕として自立している。だから、『万葉集』一三一六番歌の「手染めの糸」を「河内」を媒介に取り込んだ季節の歌、と見る程度にとどめておくのを穏当な解釈として選んだかもしれない。定家の発言の中にある「人の目見せよかしと存じ候なり」とは、すでに指摘のあるように「人びとが注目してほしいと思います」の意であろう。[7] つまり、当時も説明されなければ『伊勢物語』を踏まえたとわからない人が多かった、あるいは理解できぬ人が多いと予想されたことが推測されるわけである。

定家は、創作過程における自らの連想のあり方を語った。これまで誰も注目しなかった万葉集歌を発掘し、それを媒介にして物語の連想を取り込んでいるのだと。読者にもそう連想してもらうことで、万葉集歌だけでは不十分なものにならざるをえない一首の心情も深まり、感情移入が可能になる。まったく同じ創作方法を、「来ぬ人を」の歌にも認めたいのである。

他に同様の方法が見られる歌がある。同じ『内裏名所百首』の定家の歌である。

野島崎

面影はひもゆふぐれにたちそひて野島に寄する秋の浦波（拾遺愚草・一二四八・内裏名所百首）

野島崎の所在に関しては、実は問題がある。淡路国説と近江国説の二説が当時存したのである。『千載集』にも両方の「野島」の歌が収められている。定家の歌の本歌でもある、『万葉集』の柿本人麻呂の歌、

あはぢ**（あはみぢ）**の野島の崎の浜風に妹が結びし紐吹き返す（万葉集・巻三・二五一・柿本人麻呂）

の初句の「粟路之」の訓読の仕方に起因するらしい。廣瀬本も「あはみぢ」である。『内裏名所百首』の主催者順徳天皇はどちらかといえば近江説に傾いていたようだ。『八雲御抄』「二十九　崎」の「野じまが」、「四十一　島」の「野島」ともに「近江国」だとされている。『内裏名所百首』の古写本にも「野島」の題に「近江国」の注記が付されているものがある。定家の歌も、琵琶湖の沿岸の風景と見られなくもない。しかし、『千載集』の、

あはれなる野じまがさきのいほりかな露おく袖に浪もかけけり（羇旅・五三一・俊成）

玉もかるのじまの浦のあまだにもいとかく袖はぬるるものかは（恋二・七一三・雅光）

しほみてば野じまがさきのさゆりばに浪こすかぜのふかぬ日ぞなき（雑上・一〇四五・俊頼）

などはいずれも海辺と見る方が自然であり——五三一番は海辺の歌群の中にある——、しかも定家の歌もこれら

の歌の情趣を継承する部分もあり、やはり定家は野島崎＝淡路国と見ていたと思しい。だとすれば、「野島」は淡路島の北西の地名で、松帆の浦はそのごく近くにある。

「面影は」の一首は「野島崎」を歌った柿本人麻呂の万葉集歌を本歌取りしている。しかし本歌は風を歌っているだけで、波は詠んでいない。この「野島に寄する秋の浦波」はどこから来ているのか。『源氏物語』須磨巻の、

恋ひわびて泣く音にまがふ浦波は思ふ方より風や吹くらん（源氏物語・須磨・光源氏）

ではなかろうか。思い人のいる野島崎の対岸から、打ち寄せてくる浦波が想像されるのである。これも放恣な想像にすぎないだろうか。しかし、ただ野島に波が打ち寄せるだけでは、どうして面影が「たちそふ」のかがわからず、「立ち」の掛詞がかえって浮いてしまいかねない。波や風に故郷を恋い慕う、須磨の光源氏のような心情が思い浮かべられることによって、「面影」も色濃く立ちあがるだろう。

光源氏の「恋ひわびて」をふまえた定家の、

袖に吹けさぞな旅寝の夢も見じ思ふ方より通ふ浦風（新古今集・羇旅・九八〇・定家）

なども思い出される(8)。定家の「面影は」の歌は、淡路の地名を歌った万葉の本歌を取りながら、そこに須磨で思い人の幻影をかき抱いている心情への回路を開いていると思われる。作中主体は、野島が崎に佇んで、打ち寄せる波とともに、対岸の恋しい人の面影を手繰り寄せている。定家の百人一首歌と一致する方法である。同じ夕暮時の心情ということもあって、二首の世界には重なるところが多いのである。

淡路とは無縁だが、万葉集歌を新たに再生し、しかも王朝物語につながっているという方法を、同じ建保三年に催された、『光明峯寺摂政家百首』での定家の歌で見てみよう。

やすらひに出でけんかたもしら鳥のとば山松のねにのみぞなく（一一六八、自歌合・続古今にも）

やはり、定家自讃の一首である。

白鳥の飛羽山松の待ちつつぞあが恋ひわたるこの月ごろを（万葉集・巻四・五八八・笠女郎）

本歌であるこの万葉集歌の発掘は、定家の功績と見てよいようだ。しかもそこに、『狭衣物語』で、飛鳥井姫君が乳母に欺かれて筑紫へと連れ出される時の歌、

天の戸をやすらひにこそ出でしかと木綿つけ鳥よ問はば答へよ（巻一・新編日本古典文学全集による）

が取り込められている。なるほど、狭衣大将にとって、行方も知れず失踪した飛鳥井姫君は、「出でけん方もしらず」というべきだし、「白鳥」「飛羽」は、飛鳥井の姫君に、表記の上からも適合する。というより、『万葉集』の原表記から、連想を働かせたのだろう。「音になく」も、もとより鳥の縁語であり、飛鳥井姫君歌の「木綿つけ鳥」にも響き合う。『万葉集』に埋もれていた恋歌の地名が、物語の滋養を得て、言葉の縁に手繰り寄せられつつ、生き返ったのである。連想の力によって、定家が生き返らせたのだ。

以上、藤原定家の『百人一首』の歌「来ぬ人を」の背後に、『源氏物語』須磨巻の世界があるのではないかと指摘し、それに端を発して、定家の詠歌における連想の方法を見てきた。主として建保三、四年ころの詠作に、『万葉集』の歌を新たに発掘して本歌に採用し、そこから連想を働かせて物語との回路をつなげ、歌の心情を深めるという方法を見たのである。連想という曖昧ともいえる視点を用いたのは、和歌を作り上げる創作の過程を知りたかったからにほかならない。語句の類似に基づいた本歌や参考歌を指摘するだけでは、どうしてその歌が作られたのか、どこに作品の良さがあるのか、十分に捉えきれない、と考えるからである。こうした連想のあり方を私に「縁語的思考」と呼んでいるが、それは創作の母胎となるものの一つだ、と考えている。創作だけではない。

作品世界の深みを、作者の意図に即して正当に理解するための媒介となるものだとも思っている。

【注】

（1）石田吉貞『藤原定家の研究』（文雅堂銀行研究社、昭五〇改訂再版）三四八頁。
（2）『龍谷大学論集』（四二六、一九八五・五）。
（3）前掲大取氏論文。
（4）中川博夫校注和歌文学大系『新勅撰和歌集』（明治書院、平一七）も、一三三五番歌の補注で、この寂蓮の歌を参考として掲げている。
（5）『藤原定家論』（笠間書院、二〇一一）第一編第三章。
（6）ただし定家は定家で、慈円の『正治初度百首』の一首、いとどしく我は恨みぞ重ねつるたれまつ島の海人の藻塩火（正治初度百首・六七八）の下句を密かに取り入れた可能性がある。
（7）久保田淳『藤原定家』（集英社、一九八四）、『久保田淳著作選集 第二巻』（岩波書店、二〇〇四）所収。
（8）拙稿安藤宏・高田祐彦・渡部泰明著『読解講義 日本文学の表現機構』（岩波書店、二〇一四）第五章「縁語的思考」参照。

自讃歌論のためのスケッチ

――おいそれと作歌の参考にできそうなほど生易しいものでもない――

石神秀美

一　糸口

しばらく前、三年間法政に出講、しまいの年は『自讃歌』（宗祇らの注付きのテクストによる）冒頭四人、後鳥羽院・式子内親王・後京極良経・慈円各十首計四十首分を講読した。筆者の直接的関心は注の方にある。とはいうものの、もちろん注だけ読んで歌を全く読まないわけにはいかない。当秀歌撰はおおむね全ての歌が『新古今集』から採られているので、複雑な味わいの『新古今集』歌を若い聴衆に紹介し、かたがた筆者自身も得心する良い機会でもあると考え、時間の大部分はオーソドックスに、作者小伝・眼目となる歌語の解析・本歌の指摘などについやした。基本的に歌解は、もとの部立のならびを踏まえたもの（これは契沖法師などの根本法なのだろうが、古くは宗祇らも「部立の建立」＝部立構成を重視、折々確認しながら読み進めるのをこととしている）。これらを読物風に纏めたレズメを配布し、即興を交えながらもほぼそれに沿って口述した。

『新古今集』の門外漢である筆者は、作者・歌意について新見を示す、などといった野望はキッパリと捨て、複数の参考書（古典大系・全評釈その他）と首っ引きでそろそろ読み進めることに終始した。ところどころにつけた口語訳には少しは独自なものがあったかもしれない。当世風のことばを使った、できるだけ思い切った俗語解である（ただし全てがそうでもないところ、いささか首尾一貫しない。かつこれも発想そのものは独創ではない。古く江戸時代の俗字解・俗語解に先蹤はあり、現代にも桃尻語訳のような秀逸な先行例がある。その流れに及ばずながら棹さしただけだ。望ましい格調などには程遠く、教師＝芸能民のいささかあざといサーヴィスの側面もないではなかった。しかし筆者はこれを全然悪趣味とまでは考えない。当世風なくだけたことばはなるほど野卑ではあるが、現代人の普段着の気分には適うはず）。

このようにして読み進める中で、いくつか気になったことを列挙してみよう。

1．撰ばれた歌には、一部何がしか回顧・記念・愛惜、大仰にいえば慰撫の意味を込めていそうだ。

2．いかにも恋の歌が多い。それも孤閨の恨み・忍ぶる恋といった、「あやにくな」恋を詠んだ歌が。

3．述懐詠も多すぎる。慈円の歌は過半がそうだ。

4．これは『新古今』歌人だから当然ながら、本歌取りの歌が非常に多い。しかも複数の古歌から句を取った歌が列挙されていて、定家らのいう規則などは、ほとんど在って無きがごとき有様である。

5．『自讃歌』に採られた歌の中に、古代憧憬の気分が濃厚に流れている。そもそも当代の古代憧憬は、まず『新古今集』に人丸や持統天皇、家持の古歌を採った、ということに窺える。併せて、当代歌人がさかんに古歌を本歌取りする、という形式でも顕われているようだ。

第5点は『新古今集』そのものの特徴ながら、ここで殊更気になった点だ。

そうして課題として残り、可能なら解決を与えてみたいと思われたことは、当秀歌撰の撰者に、なにかのはっきりした撰歌方針があるのかどうか、あるとするなら何だろうということであった。ひとしなみに、四季の歌と恋の歌を等分に雑ないし述懐を交えて十首、といった構成ではない。自ずから傾向性をもって、各人特徴ある歌が偏在しているようにも見える。このことに関しては、まだ突き詰めた論及はあまりなさそうである。

小論は上記諸点を廻って筆者の思い付きを纏めたものだが、『自讃歌』全篇の詳細な検討の後に書かれたものではない。スケッチの所以である。加えて後京極良経の数首を論及の中心的対象としたのは、紙幅の都合とともに、そこに端的に問題が集約されているようだからだ（以下は授業中に配ったレズメの一部を大雑把に整理したもの。時間に限りもあって論文の体への整序が充分及んだとはいえない。論の大筋目には無関係ながら乱暴な俗語解も多く残してある。筆者独特の何かといえばその口吻だけだからだ。材として参考書からの圧縮した孫引き多々、特に断らないことを許されたい）。

二　良経の本歌取りを少々…

良経歌に大胆な本歌取りが多いことはよく知られている。最初に『自讃歌』には収載しないが、有名な「きりぎりす鳴くや霜夜」（『新古今集』五一八・『百人一首』九一）を例にとって、その本歌取りの傾向のアウトラインを描いてみよう。『新古今集』中の詞書には、「百首歌奉りし時」と記され、正治二年（一二〇〇）、後鳥羽院の主催した「初度百首」に出詠の歌である。

きりぎりす鳴くや霜夜のさ筵に衣かたしき独りかもねむ（＝コオロギコロコロ鳴いてるよ、霜降る晩秋の夜寒に。さっむくて狭い筵の上には、こんやはオラがハア衣ばっかしを敷いて、独り寝すっことになんのかね、あの人来なくてョ）

それにしてもずいぶんと訛った口語訳、の自覚は無論ある。デフォルメしすぎかもしれないが、しかし多少ともこのような「やつし」の意識が働いていそうな感はある。

本歌の取り方は大らかで、誰でも知っている有名な古歌だといっても、全く物怖じせず、いわば遠慮なくドシドシ取る。これは後鳥羽院もそうだが、定家など、プロの歌人の課したやや細かいキマリなどには、従っていそうなものから全くそうでないものまであり、つまりは当初よりあまり拘泥していないのだろう。取りたいから取るといった趣だ。

本歌として「さ筵に衣かたしき今宵もや恋しき人にあはでのみ寝む」（『伊勢物語』63段。なお下の句「我を待つらむ宇治の橋姫」『古今集』六八九も有名な古歌だ。定家の本歌取りの法でいうと、本とは状況を変えなくてはならないわけだから、良経歌が女の立場での歌なら男の歌＝古今歌を本歌とすべきか、良経自身はその法に厳密に従うつもりは始めからなさそうではあるけれども、しかしそういう場合でも、教養の基礎である『伊勢物語』の歌が併せて意識されている、とは考えてもよさそうだ。上の句は常套的ないいかたとして当時みんなが口にしていたのではあるまいか。各自下の句を工夫すれば「孤閨を恨む」それぞれの歌が「一丁上がり」となるわけだ）と、同じく孤閨を恨む『百人一首』三、伝人丸歌「あしびきの山鳥の尾のしだり尾の長々し夜を独りかも寝む（＝独り寝の山鳥の長い尾っぽ、枝垂れた尾っぽみたく、長い長い独りねの夜、今夜のオラは）」の二首が指摘されている。伝人丸歌も女の立場の歌。これに同じような『古今集』一九六「きりぎりすいたくななきそ秋の夜の長き思ひは我ぞまされる」を付け加えよう。かたがた『毛詩』巻第八（国風　豳＝ヒン）の中の句「十月蟋蟀入我牀下」も念頭に存在したか、といわれている。『毛詩』の「国風」は本来各地の民俗歌謡なので、筆者の少々極端な俗語解はそれをも多少とも意識して、ないしこの点を「いいわけ」として考案したものだ。

さらにこれは本歌とまではいえなかろうが、『古今集』の有名歌四六九「ほととぎす鳴くや五月のあやめ草あやめも知らぬ恋もするかな（＝ムチャクチャなる思慕の念が沸き起こって）」とも、初句・二句、いいまわしが酷似している。キリギリス、キリギリスと口ずさむうちに、どことなく似た「ホトトギス」が思い浮かび、自然「鳴くや五月の」が手繰り寄せられて、そうだこれをいい換えて使ってやろう、と思いついた、というふうにも感じられる。

誰でも知っている、いわば古歌中の古歌を切ったり貼ったりしての、ほとんど糊と鋏でこしらえた歌だ。いえばはなはだ臆面もない。また安易にも思われるが、これだけたくさんの堂々たる古歌を取り込んで、なおかつ破綻をきたさないのはむしろ手だれの名人芸というべきだろうか。

どういうつもりなのだろう。アクロバットを披露して喝采を博する、という稚気も多少はあったかもしれない。しかし詮ずる所、古歌の時代ないし時代精神に、歌を介して接近する・その世界に浮遊する、といったこと以外、その目指すところが筆者には容易には思いつかない。当代一般に、王道のまだよく行われていた古代の帝王やその臣、延喜の聖代、才能ある女房が輩出した文運隆盛の一条朝、などが憧憬の対象となり、『万葉』や『古今』、『源氏』の歌が相当数本歌取りされているのは、そのよき時代に「あやかる」「身に帯する」「引き寄せる」ということが、ここに隠れた志向性なのではあるまいか。このような志向は多分に呪術的といおうか、いわゆる「類感呪術」的な傾向性を帯びているように感じられてならない。むろん自らの「現代」歌は古歌よりかはもっとずっと巧緻になっており、その自覚も彼らには充分すぎるほどあっただろうけれども（そして巧緻になるのは時代が堕落を深めているから、というのが『毛詩』的理解である）。

宗祇らはこの歌を絶賛、「ことごとく金言のみなり」という、ものすごい褒め方をしている。秋歌に部類されてはいても、気分としては孤閨を恨み・歎く歌で、男の訪れを待つ女の立場で詠まれたものだろう。しかも「狭筵」（プラス「寒し」の掛詞）の喚起する情景からは、高貴な女性というよりは、市井の女＝「賎の女」ないし「田舎娘」を想定しているように思われる。

（別解もあろうが）田婦の孤閨を恨む歌めかした、と見られる『百人一首』冒頭の天智天皇歌「秋の田の仮庵の庵の苫を荒み我が衣手は露に濡れつつ」と、その点で一脈通うものがある。すでに数首試みた、いささかくだけすぎヵの俗語解のやり方が許されるなら、さしずめ天智歌なども鄙びた民謡調が似つかわしくも感じられる。そのかみの天智天皇が、『毛詩』でいえば「国風」の詩篇風に田舎の民謡調で歌を作っている、という「遊び」「戯れ」「やつし」を交えながら、次に述べるように実はごく真面目な胸中をも「譬喩」的に吐露している、のかもしれないというわけである。

オラがハア、田の番小屋に夜っぴて坐ってヨ、イノシシだの見張ってたらば、藁の葺きが粗えもんだで夜露が垂れてヨ、オラの袖までビチョビチョだ。ううん、オラ泣いてねえよ、あの人こねからって…。

天智の歌を、『毛詩』の詩歌観（古代の聖王の理想的な政治が行われた時代の詩歌は「正風」＝大らかで安らかな風、一方下って政治が堕落を強める時代の詩歌は「変風」＝複雑で乱れた風。古代の民俗歌には譬喩法により政治的美刺の含意を込めてある、といった理解）の影響下にある宗祇らは『百人一首宗祇抄』の中で、「王道の御述懐の御歌」といっている。もちろん天智天皇歌は上古の風でないことはないが、『毛詩』の聖王の時と較べたら、やや下って多少変風も兆してはいる、つまり世の堕落傾向も少し兆している時代なので、そこでわが身の至らなさを反省し涙を流している、というのである。しかし同じ『百人一首』巻尾の、たぶんすでに「変風」もやや深まっていると思われていた、後鳥羽院・順徳院の有名歌ほどには、王道哀微の気分は強烈ではない。

本来民謡の歌に「王道述懐」とはいささか大仰ともいえよう。しかし古くはそう信じられていただろうように、歌の作者が本当に天智天皇なら、宗祇らの穿った歌解も全然不可ではなさそうだ。後に引歌する通り、伝天智天皇歌の本歌取りは『新古今集』に何例かあり、たぶん後鳥羽院と周辺が日頃馴染んで・口ずさんでいた有名歌群中の一つなのだろう。伝承歌を含め、頻繁に本歌取りされる『万葉集』ないし万葉歌人の何首かの有名歌は、同様のはやりの愛唱歌だったかと思われる。特に後に『百人一首』冒頭にも収載されることになる数首（持統歌など『新古今集』に歌自体が採歌されるばかりか）、また人麻呂「笹の葉は」などは、複数本歌取りされている。もちろん院の好みの反映であるとともに、院の主導する歌合・歌会などの、いうならば「教育」の機会が頻繁に存在し、その好み・古歌を取ることの目指す意味までが、共通理解として院近臣団に行き渡っていたと見てもよさそうだ。ところで繰り返すように、『自讃歌』には、あるいは『新古今集』には部立の限定を越え出してまで、忍ぶる恋・孤閨の恨みの歌・その気分を揺曳する歌がいかにも多いように思われる。筆者にはどうもよくわからない点だ。

時代の好み・趣味といえばそれまで。

ただしここで思い付きを強いていえば…、院やその叔母・人臣の第一人者が、例えば天智の歌を念頭に「孤閨を恨む」歌を詠む時なら、遠因の一つとして例えばこんなことがあってよさそうにも思う。つまり、多少とも宗祇らがいうような意味での、古代の帝王の田婦やつしに纏わる含意＝「余情」を意識していた、と。

たいへんに間接的ながら、なんらかの政教的な意識がその趣の歌を作る際に綯い交ぜになる、ということ。換言すれば、そういう歌に倣う・あやかるという形式で、はなはだ微かながら世を憂う・反省する、あるいは恋の歌を作っても、根幹のところでは世を憂うる気分と微かに繋がった気持になる、ということ。とすれば院や良経らの量産もそう不思議でもない。歌は間接にではあっても、理念として『古今』序のいうように「教誡の端」であらねばならないわけである。

なぜ恨むる恋を詠むのか、もう一つ関連していえば、密教でいうところの「調伏法」、つまり当代日常的に行ぜられていた「霊鎮めの法」に類するもの、という実質をいくばくか含有していそうにも思われる。

『古今集』仮名序冒頭に、「男女の中をも和らげ」るのが歌だ、と和歌の大事なハタラキの一つを説くところがある。一般的にいって、和歌のよきハタラキが最大に発揮されるのは、多かれ少なかれ呪術的な局面に於いてだろう。つまりは何かの願望を叶えるための「呪文」である。そのように『古今』序冒頭の一節、「力をもいれずして天地を動かし、目に見えぬ鬼神をもあはれと思はせ、男女の中をも和らげ、猛き武士の心をも慰むるは歌なり」は読めるように思う。

男女の意思疎通を助け、前の親密さを回復するための、いわば呪文ともなる。かたや室町の宗祇らは、この『古今』序中の「たけきもののふ」とは「心の強情」の譬喩表現、和歌は胸中のもののふをやわらぐるもの、と釈した。仲の回復が不可能だとしても、大いなる苦痛のもととなる恋の恨みの尖った感情は、和歌の絶大な和らぎのはたらきを受けて矯められ、次第に解消へと向かってゆく。いささかこじつけめくけれども、人臣の第一人者であるべき良経が手本を作って「垂範」するということならば、政教的な意味においてもけして許されない浮薄な遊戯などではなく、むしろ逆となる。実質どうであったかはともあれ、少なくともこの種の理屈が、量産のいわば「贖宥状」にはなるはずだ。

もう一首、有名な本歌取りの歌を挙げておこう。定家などに評価の高かった歌（『新古今集』夏二二〇）に、「うちしめりあやめぞかをるほととぎす鳴くや五月の雨の夕暮れ」。こんな夕暮の風情にはなんとなく人恋しくなる、という、上掲『古今集』四六九が本歌の、恋の気分を揺曳する歌である。

三　良経歌を解析してみよう

続いて『自讃歌』の良経歌中の何首かに即して、円環的に確認を繰り返しながら（＝論旨の重複が多いということ）憶測を進めてゆこう。算用数字は十首中の順。

1．『新古今和歌集』巻第一春歌上巻頭。詞書「はるたつ心をよみ侍りける」。治承題百首（建久六＝一一九五・七年ごろ。

それに先立つ治承二年＝一一七八に催された〈右大臣兼実百首〉の題によって詠んだ百首）の詠。

みよしのは山もかすみてしら雪のふりにしさとに春はきにけり（＝皇室ゆかりの吉野では、山にも里にも一面に霞が立ちました。それで冬は雪に降り籠められた、古くからのこの里に〈別解：冬は雪のちらつかぬ日とてなかった、この奈良の旧都に〉立春の今日は昨日までと打って変わって、マア春がやってきたというわけでございます、ハイ）

本歌は『拾遺集』壬生忠岑一「はるたつといふばかりにや三吉野の山もかすみてけさは見ゆらん（＝暦の上では春が来る今日立春の日。それだけでもう、今朝は故郷・吉野では、きっと野にも山にも霞が立って、あたりが霞んで見えることでしょう）」。吉野は知られた桜の名所。しかし雪といっしょに詠まれることも多い。『古今集』の冬歌には、読人不知三二一「ふるさとはよしのの山しちかければひと日もみ雪ふらぬ日はなし（＝旧都奈良は吉野山も間近なので冬ともなると雪がチラつかない日はいちんちもない）」、坂上是則三二五「みよしのの山の白雪つもるらしふるさとさむくなりまさるなり（＝どうも吉野では山にゆきが積もったみたいだね、だって旧都奈良では、寒さがどんどん高じているもの）」、壬生忠岑三二七「みよしのの山の白雪ふみわけて入りにし人のおとずれもせぬ（＝吉野の山に雪を踏み分け入った人は連絡もよこさないの）」、三二八「白雪のふりてつもれる山ざとはすむ人さへや思ひきゆらむ（＝白雪が積もった吉野の山里では、今頃は住むひとまでも私のことを思う、思いの火が消えてしまってんのかしら）」、坂上是則三三二「あさぼらけありあけの月と見るまでによしののさとにふれるしらゆき（＝ほのぼの明け初めるあけがた、あれは空に残った月末のうすい月の光かな？　と見まがえるほどの、吉野村にマうっすらと積もった白い雪でござんした）」などがある。

坂上是則の歌のうち、ことに後の歌は『百人一首』にも採られ、本歌と並んで有名だ。あるいはこの歌もまた本歌に数えてよいほどだ。

良経歌は『新古今集』の巻頭歌、続いて後鳥羽院「ほのぼのと春こそ空にきにけらしあまのかぐ山霞たなびく」、式子内親王「山ふかみ春ともしらぬ松の戸に絶々かゝる雪の玉水」、宮内卿「かきくらし猶古郷の雪の中に跡こそみえね春はきにけり」と次第する。後鳥羽院の歌は、持統天皇の、『新古今集』夏巻頭に採ってもいる「春過ぎて夏来にけらし白妙の衣ほすてふ天の香具山」を本歌とし、かつ伝人丸の『古今集』四〇九「ほのぼのと明石の浦の朝霧に島隠れ行く舟をしぞ思ふ」を参考にして作られたと思しい（ほのぼのと＝ほんのりと・かすかに、というのは明方の風情である。なおこの伝人丸歌もはなはだ有名で、何度も本歌取りされたばかりか、鎌倉後期にはすでに秘訣ある歌としてもっとも重要であった）。歌が後ろ向きであることは明白だ。論じ尽くされた後鳥羽院の「古代憧憬」は、ここにもはっきりと顕われている。繰り返せば多かれ少なかれ、院の近臣はそうした感情を共有していたのであろう。あるいは院の好みの奈辺に存するかの共通理解は、行き渡っていたのであろう。既出の伝人丸歌「あしびきの」を本歌にする歌も目立って多い。

『新古今集』巻一の巻頭は「吉野」・巻二（春下）巻軸は「滋賀」を読み込む。いずれも古代の帝王の縁の地であり、伝説や物語が纏わっている場所である。かついわれているように、全般にかなりの『万葉集』歌、あるいは『万葉』全盛期（天智・天武・持統あたり）歌人の伝承歌が採歌されるなど、『新古今集』が志向性の一つとして古代を向いていることは、一読誰でも気が付くことだ。これは後知恵めくけれども、古代讃仰・古代帝王讃仰にはしかし、『新古今集』の「古代性」「古代的な要素」、というよりは、詮ずる所、ミカドの権威と権力に民草が靡いていたように見える古代への復古、つまり複雑化した今の権力の分散ないし二重構造が解消された状態への復古を望む志向、を見て取るべきなのだろう。後にその想念は承久の乱として顕在化・現実化して、しかし宿願はあっという間に濁流に押し流され・潰え去ることになって、そこで王朝の権威までもが決定的に損なわれてしまった。

そういう意味では逆に新しい。古代性・古代的要素はその素材ばかりにあって、素材を組み替える意識は、後ろ向きながら当然新局面といわねばなるまい。ことばを借りれば「後ろ向きのアヴァンギャルド」。

2.『新古今集』巻第十六雑歌上一五四七。詞書「春日社歌合に、暁月の心を」。『春日社歌合』は元久元年（一二〇四）十一月十日和歌所開催、十三日奉納。

あまの戸をおしあけがたの雲まよりかみよの月のかげぞのこれる（＝そのかみ、この社の祭神さまが、天の岩戸を押し開け、かがやく天照大神の再臨を助け参らせた話がありましょう？　その開け、じゃないが明方の雲間より、あたかも神代の日の神の、余光にも似た月の光が覗いておりますです）

本歌は『新古今集』恋四、一二六〇「あまのとをおし明けがたの月みればうき人しもぞ恋しかりける（＝一晩中訪れがなくて起き明かし、代わりに明方の月が昇って来るのを見ると、つれない人なんだけど、モ逢いたくて）」。もとは『源氏物語』「賢木」に引かれた古歌。もう一つ、二条の后が大原野神社を参詣した折の業平の歌、『古今集』八七一「大原や小塩の山も今日こそは神代のことも思ひいづらめ（＝春日社を勧請したこの大原野神社を祀る小塩山。その名の通り、おしだまっていらっしゃいますが、祭神の天児屋根命さまはね、そのかみ天照大神が天岩戸からお出ましになるのを助け参らせたときのことを、きっと思い出していらっしゃいますよ、あなたの美貌を御覧になって）」も見ていただろう。良経歌は前の歌同様、はっきりとそのかみを想起して、いわば「あやかろう」また「神威にすがろう」としているもの。歌合自体が呪歌的傾向性を帯びているようだ。

3.『新古今集』巻第四秋歌上四一八。詞書「五十首たてまつりし時」。建仁元年（一二〇一）後鳥羽院主催『老若五十首歌合』に出詠の歌である。

雲はみなはらひはてたるあき風を松にのこして月をみるかな（＝雲をスッカリ吹き払った秋の夜風。今その風は、

僅かに松の枝を鳴らす、コウコウという音に残って、ホラごらん、夜空にはすっごく明るく澄んだ月が、見えてるじゃないか）

この歌を宗祇らは「当意」と評する。特に本歌もなく、嘱目詠と解している。ところが『新古今集』の周りの歌は、風が雲を吹き払い、秋の月がよく見える、という歌が集まった一群で、しかも有名な古歌の本歌取りが多い。まず四一一以下三首。「永承四年内裏歌合に　大納言経信　月影のすみわたる哉天のはら雲吹きはらふ夜はの嵐に」。「だいしらず　左衛門督通光　立田山夜はに嵐の松吹けば雲にはうとき嶺の月影（＝ホラ、『伊勢物語』の、風吹けば興津白波立田山夜はには君がって歌ね？　これに因んでいいますとネ、その山ではネ、夜中、峰の松をひゅーっと鳴らして、強い風が吹いたもんだから、峰の上の月光も、雲とは全く無関係になって、皓々と照らしてますよ）」。「崇徳院に百首歌たてまつりけるに　左京大輔顕輔　秋風にたなびく雲のたえまよりもれいづる月の影のさやけさ（＝秋風が雲を吹き払おうてんで空を吹きましてネ。すから、流れる雲の裾から今まさに外に洩れだした月の光の、まあ澄んで明るいことといったら）」。四一三は『百人一首』所収歌でもある。

次いでこの良経歌四一八に続く二首。四一九の良経歌は同じく松風を詠む。「家に月五十首歌よませ侍りける時　月だにもなぐさめがたき秋の夜の心もしらぬ松の風かな（＝我心慰めかねつ更科やをばすて山に照る月をみて、って『古今』や『大和物語』の歌ネ？　そのように、月を見てもオレの気持ちはちっとも慰まないんだョ。それなのに、秋の夜の悲愁も知らないで、ますます気を滅入らせる松風まで吹いちゃって）」。「定家朝臣　さむしろや待つ夜の秋の風ふけて月をかたしくうぢのはしひめ（＝ああ、きっと今頃はあの、さむしろに衣かたしきみたいに、小屋の中の筵にさ、独りで横になってまんじりともせず、オレを待ってるあの子。秋風が吹き夜も更けて、窓から高く差し込む澄んだ月の光ばっかを浴びてョ）」

二首も有名歌の本歌取り、実見というよりは田舎人にやつした想像の歌であろう。

いうなら「朴訥な田舎人やつし」や、撰者達の古代帝王の歌への「想起」を感じ取ってもよさそうな歌が、『新古今集』のこの近辺には配されている。四二六「風渡る山田の庵をもる月やほなみに結ぶ氷なるらん（＝風がぷーとふいてるこの山んなかの田圃ね。月の差し込む番小屋のなかからそとをみっと、なんだかハアそとでは稲穂に氷でもはったみたく見えんね）」。四二七「かりのくるふしみの小田に夢覚めてねぬ夜の庵に月をみる哉（＝おらがハア、郊外のこの伏見の田圃に小屋おっ建ててね、イノシシなんかの番してっぺよ。すっと、雁がガーガーって鳴きながら渡ってくもんだから、目覚めちゃってよ、こんだハアねらんなくなって、夜中の高く昇った、きれーな月をながめることになっちまった、ちゅうわけがらだす）」。四三〇「秋の田のかりねの床のいなむしろ月やどれ共しける露かな（＝この番小屋の筵で仮眠をとってたらよ、なんしろ適当に葺いた屋根の作りが、やっぱし荒いもんでよ、月の光が差し込むのは風流でいいんだけんども、夜露が洩れるっちゃねえのよ）」。四三一「秋の田に庵さすしづのとまをあらみ月と共にやもりあかすらん（＝実りの秋の田圃に建てた、粗末な番小屋の屋根が荒いもんだから、月の光が洩れて差し込むとともに、百姓は月と一緒に田守りをして、今頃は一晩中寝ず番をする、というわけかな）」。

どの歌も前出伝天智天皇「秋の田の」を本歌ないし下に踏まえる歌、と見られる。特に後の二つにはそれが顕著である。

以下、しばらくあやにくな恋の歌が続く。

5．『新古今集』巻第十四恋歌四、一二七三。一二七二ともども良経による同じ機会の歌で、詞書は「千五百番歌合に」。『正治二年院初度百首』『同二度百首』に続いて召した第三度百首を結番した歌合。

わがなみだもとめて袖にやどれ月さりとて人のかげは見えねど（＝溜まるほど袖にしとどに流した涙。その涙をさがして、わが袖に姿を映して御覧、月よ。とはいうものの、そうやって月影は宿るとしても、あの人ったら、ここんとこ影も形も、サッパリ見ないんですけど）

本歌は『古今集』五二八「恋すればわが身は影と成りにけりさりとて人にそはぬものゆゑ（＝恋をしてるもんだから、アタシもう影みたいな腑抜け状態。そういってもサ、あの人に影のように添ってる、ってわけじゃあないんだけどサ）」。ことばとしては「影」「さりとて人」が重なるが、歌の趣は変えてある。「影」と、ことに「さりとて人」が面白かったので使ってみた、ということであったか。

恋歌の四巻目の半ばなので、もう恋愛のサイクルの中では倦怠期に差し掛かるころか、という段階。男の訪れが間遠になった女の歎き・恨み。しかも月に託ける＝月と絡めて詠む歌（月に寄する恋）が一二五六からずっと連続している。既出良経の二首目「あまの戸ををし明方の雲間より神代の月の影ぞ残れる」の本歌として既に指摘されている『源氏』の古歌＝『新古今集』一二六〇「あまのとをおし明けがたの月みればうき人しもぞ恋しかりける」もそのうちの一首だ。そもそもこの歌も、記紀の神代の故事を踏まえており、良経歌はいわば二重の本歌取りの趣がある。歌群中一二五九は躬恒の「更科の山よりほかにてる月もなぐさめかねつ此のごろの空」で、古い時代の作ながら、早くも本歌取り的な歌。つまり前引の古歌「わが心なぐさめかねつ更科や姨捨山に照る月を見て」が踏まえられ、その山に出た月じゃない月ではあるが、恋の悩みで、このごろは月を見ても心が休まらない、と詠んだ。

6．『新古今集』巻第十四恋歌四、一二九三。詞書「百首歌たてまつりしとき」。『正治二年院初度百首』での詠。いはざりき今こんまでのそらのくも月日へだてものおもへとは（＝あんたは、いますぐいきますから、っていっただけ。でもその「いますぐ」とやらまで、待って待って待ち抜いて、鬱になっちゃいましたよ、わたしゃ。雲が月や太陽との間を遮って隔てる、それじゃないけど、あれから長い月日を隔てて、こんな物思いまでしろとかってこと、あんときたしかあんたはいわなかったんですけど）

本歌は『百人一首』にも採られてとても有名な、素性の『古今集』六九一「今こむといひしばかりに長月の有明の月を待ちいでつるかな（＝あんたが今晩行きますよ、なんていったのはいつ？　それが待って待って待ち抜いて、とうとう長月の二十日すぎ、明方に出てくる薄い月を待ち明かす、なんていうことになってしまいま・し・たッ）」が本歌として指摘されている。同七七一に類歌あり「今こむといひて別れし朝より思ひくらしの音をのみぞなく（＝また夜ネ、といって別れた後朝の別れ。それからあなたのことずっと思って、折りしも聞こえる「ひぐらし」よろしく、ひぐらし泣いてるわたしなの）」。前の歌が状況的には良経の歌に合いそうだ。歌題でいうと「久しく待つ恋」。ここでは特に「今こむ」という表現に面白みを感じているのであろう。口から出まかせのはなはだ調子のいい言葉であり、軽すぎる約束である。「日が暮れたらすぐ行きます、すぐですよ」あるいは「またすぐきますからね、ちょっとだけ待っててネ」。あるいは片目などつむりながら「じゃまた夜ね」。ところが悪いやつがいるもので…、というわけである。

部立でいうともう恋歌の五巻中の四巻も半ばを過ぎている。恋愛の状況的には、前の歌とほぼ変わらず、男の訪れが間遠なので歎いているところ。こんどは雲に託けた＝雲と絡めた。月や風に託けて詠んだ歌の多さと較べると、雲の歌はさすがに少なく、網羅のために若干無理して託けた印象もないではない。この歌もまたしても著名な『古今』歌が本歌取りされている。素性歌は皆の愛唱歌の一つだったと見られる。

8．『新古今集』巻第十七雑歌中一六〇一。詞書「和歌所歌合に、関路ノ秋風といふ事を」。

人すまぬふはのせきやの板（いた）びさしあれにしのちはただ秋の風（＝古代から連綿と続いた不破の関も、もはや廃され無人となって久しく、荒れはてた建物の、隙間だらけの板庇を吹くものといっては、ただ秋風があるばかり）

王道かどうかは知られないまでも、一首を覆う「衰微」の感は覆いがたいものがある。たとえば『百人一首』の後鳥羽院・順徳院の歌を読んでその後でなら、王道の衰微を歎く歌として読めないではない。歌題は詞書の通りだが、雑は述懐歌を多く収めるわけだから、「関に寄する述懐」の趣。不破の関は美濃＝岐阜にある。大海人皇子は東から近江に入り、亡兄の後継者・大友皇子一統を滅ぼした。古注指摘のこの故事、とまで断定できないとしても、どこか古代の物語を、あれこれ想定しながら読まれるべき歌、ということはあるかもしれない。

近くに読解のたよりになりそうな歌を捜してみるなら、一五九六「後徳大寺左大臣　くちにける長柄の橋をきてみればあしのかれはに秋風ぞふく（＝朽ち落ちた長柄橋跡にやってきてみたらば、あしの群れに折からの秋風が吹いているばかり、往時の俤はまったくない。とってもさびしい風情だったね。世の無常を感じたなー）」。これは『古今集』八九〇「世の中にふりぬるものは津の国の長柄の橋と我となりけり（＝古くなってダダ崩れなものといえば、長柄の橋ならびにアタシってこと？）」が本歌か。同じく『古今集』一〇五一「難波なる長柄の橋もつくるなり今はわが身をなにゝたとへむ（＝古くてダダ崩れなものっていえば長柄の橋。それがすっかりなくなっちゃったんですって。じゃこれからオバアチャンになっちゃったあたしのこと、いったい何に譬えたらいいの？）」も有名歌で誰でも知っていたろう。

10．『新古今集』巻第七賀歌七四六。詞書「家に歌合しけるに、春ノ祝のこゝろをよみ侍りける」。

かすが山都のみなみしかぞおもふきたのふじなみ春にあへとは（＝南都の春日山の神々に、かくお祈り申し上げる次第でございます、どうぞわれら北家藤原氏が、あたかも春の到来のごとくにときめきますように、と）

本歌は喜撰法師『古今集』序・九八三「わが庵は都のたつみしかぞ住む世をうぢ山と人はいふなり（＝拙僧のいおりはジャ。都の東南の宇治にあっての、これこのようにノーンビリやっておりますワイ。なになに？　世を憂し＝つらい、とて隠棲した宇治山だろうに、とな？　わははは、みなの衆。そないなアホなこと、おますかいの）」。

喜撰歌のほかに、『新古今集』巻十九神祇歌一八二五（巻頭から三首目。春日社摂社の榎本殿の神＝巨勢姫大明神が詠み給うた歌という）「ふだらくの南の岸に堂たてていまぞさかえん北のふぢなみ（＝われは託宣する、汝らは興福寺の一角に、観音浄土・ポータラカ山を模した南円堂の建立を、よくぞ発願した。自今以後、北家藤原氏はその功徳によっていやさかであろうぞ）」も「本歌」とされる。

賀歌中、良経に続く歌は「天暦御時大嘗会主基備中国中山」と詞書があり、以下天皇家の祭祀に関る歌となる。大嘗会の際歌人によって奉られた歌は、これからの統治の安泰を祈念する、いわば「呪歌」である。村上から土御門まで飛び飛びに九代の歌が集められ、いささか異様な感すらある。後鳥羽院に意図あり、と解すべきだろう。その直前のこの位置は、人臣の第一人者＝蕃塀としての摂関家の位置である。

例によって本歌がいくつもある歌。お得意の糊と鋏で作った歌だ。酷評すればまるで冗談のような本歌取り。だから歌自体は、鋏の使い方についてはなるほど「お見事」とはいいえても、抒情詩としては疑問符が付く。しかしわが北家の栄えを祷る、これもまた「呪歌」とすべき歌に重い意味を見出し撰歌し、しまいに置いたことに、『自讃歌』の撰者の何らかの意図的なものを感じないではいられない。

このあたりまで読み進めると『自讃歌』にも、特定の撰歌方針、といったものを想定しても可なるべし、の想いが強まってくる。余人の追随を許さぬほどハデに古歌を取りまくった、再び宗祇らのことばを借りれば「ことごとく金言のみ」の歌（そう評された「きりぎりす」は『自讃歌』には採られないが、良経歌一般にその傾向は顕著である）、もしくは勇気のない一般人には到底ありえない臆面もない後鳥羽院・良経らの本歌取りが、はたして彼ら以外の誰かの参考になるような歌なのであろうか。あるいはいうところの「古代憧憬」にしても、前に述べたような含みがあったとすると、後鳥羽院とその近臣という共通の了解のある仲間内だけで、籠められた本来的意味がある。後の人が手並み・形だけ真似ても、承久の乱の大失敗の後では、そこに院と近臣が古歌を取った本当の意味はもはや全くないわけである。

『新古今集』巻頭に据えられた名誉の歌からはじめて、はっきり古代を向いた歌、田舎人やつし、また女性の立場の「孤閨の恨み」の歌を経過し、最後は一旦衰微しそうになっている一族の、今後ますますの隆盛を氏神に祈る歌で終わる。任意の歌をただ無作為に撰び出しただけ、ではなさそうだ。ある構成意識が働いている。歌人の自撰でないならば、後人が歌人の胸中を忖度して撰んでいるらしく思われる。

四　顕徳院の宿願

後鳥羽院の場合も、簡単に真似出来そうな歌はないだろう。冒頭は有名な、

さくらさくとを山どりのしだり尾のながながし日もあかぬ色かな（＝見渡すとあの山の桜、モその綺麗なことといったら。山といえば、みんな分かるねェ、山鳥の尾のしだり尾の…。その山鳥の尾よろしく長い春日に、終日眺めていても、マ見飽きない景色どすなあ）

であって、『新古今集』「巻第二春歌下」巻頭歌である。詞書・作者表記には「釈阿、和歌所にて九十賀し侍りしをり、屏風に、山に桜さきたる所を　太上天皇」と記される。藤原俊成が九十を迎えるので、建仁三年（一二〇三）十一月、『新古今』撰集の真っ最中、この和歌グループの総師匠ともいうべき俊成に、院が賀宴を賜ったわけである。歌は長命を祝する語に充ち、前出『百人一首』にも採られる、歌聖・人丸の歌と伝える有名歌、本来『拾遺集』所収歌を本歌としているところも、この人に重ねるに相応しく、つまりこの機会に相応しくはある。前もって準備はしていたのだろうが、宗祇らなら「当座の頓作」と賞賛するかもしれない。「遠山」と「山鳥」とを掛詞で結び、伝人丸歌を半ば強引に引き出している。が、本歌取りの規則にも歌はよく適っているようだ。男の夜離れを嘆く歌＝孤閨の恨みの歌は、つまり恋の歌である。そこから二句取り、これを四季の歌に詠み変え、「夜」

を「日」に換え、テーマ的にも「嘆き・恨み」から「祝意」へ、秋の夜さむの暗さから春の陽光降り注ぐ浮き立つ明るさへと、いわば劇的に変じている。しかし接合の具合はかなりの荒業であって、このような傍若無人、大胆にして臆面もない本歌取りは、どう見ても院以外の他の誰にもありえない部類に属するのではあるまいか。

最後の二首は神祇歌である。

ながめばや神路の山にくもきえてゆふべのそらにいでむ月かげ（＝眺めたいもんでございますネ、伊勢内宮神苑の神路山に掛かった雲がスッカリ晴れて、澄んだ夜の空へ、山陰から顕れようとしている月の光を）

『新古今集』巻第十九神祇歌一八七五。四季・恋・雑と巻々は進んで集の終盤に差し掛かり、そろそろ閉じられようとしているわけだ。詞書・作者「大神宮の歌のなかに　太上天皇」。大神宮は伊勢大神宮。承元二年（一二〇八）二月「内宮三十首」より。これもまた切り入れ歌の一つだ。以下『新古今集』から数首を示してみよう。院の一八七六「神風やとよみてぐらになびくしでかけてあふぐといふもかしこし（＝伊勢神宮の威力によって吹き起される尊い神風。伊勢には神風が吹いて、外宮・豊受大神宮の立派な幣のシデが靡いております。これにこと寄せて、このような歌でもって、御神徳を仰ぐというのも、まっこと畏れ多いことでございます）」。続いて西行法師の三首一八七七「宮柱（ばしら）したつ磐根（いはね）にしきたてて露もくもらぬ日のみかげかな（＝宮の中心となる柱を、下の固い岩盤の上に建て、建物を建て広げて、内宮＝日神の御威徳と御護りは、一点の疑いもないことでございます）」。一八七八「神ぢ山月さやかなるちかひありてあめの下をばてらすなりけり（＝内宮神苑の神路山に掛かっている月の清らかな光のように、清浄な誓願をお立てになった伊勢の神さまが、天下をあまねく照らしていらっしゃいます）」。一八七九「さやかなるわしの高ねの雲井よりかげやはらぐる月よみのもり（＝お釈迦様が法華経や無量寿経をお説きになった、清らかな天竺霊鷲山の高峰から、お釈迦様が和光同塵してこの地に鎮まりましましたのが、月読の社でございます、ハイ）」。

このあたりは伊勢神宮関係の歌が集められている。一八七六は同じ年の「外宮三十首」の内の一つ。前の歌と併せ内・外一首ずつ揃えた。一八七七は祝詞に「五十鈴の河上の下つ岩根に、大宮柱以て広敷き立て」などとある。これをそのまま取っているようだ。一八七八は、かつては大日如来の和光同塵した姿が伊勢天照大神、と考えられており、大日如来は月輪（がちりん）や阿字を書いた月輪でシンボライズされる。一八七九は内宮の別宮の「月読社」の神「月読命」を詠んだ。

内宮の「アマテルオオカミ」＝天照大神を詠んだ後鳥羽院の歌を見るなら、皇威の衰えを歎く含意がある、と解していいのだろう。つまり皇室に仇なす悩み・障害がすっかり排除され、昔日の輝きを取り戻せたら、という願望の表現と解される。院最後の歌は、

みづかきやわが世のはじめちぎり置しそのことのはを神やうけけむ（＝長久を祈り、開始された余の治世であったが、そこで心に誓ったことを賀茂の神様はホント、ご嘉納あらせられたのやろか）

この歌のみ第十四勅撰集『玉葉集』巻第二十神祇歌の所収歌二七四八である。詞書・作者「承元元年鴨社歌合に社頭述懐といふことをよませ給うける　後鳥羽院御製」。賀茂社は神武天皇の母・玉依媛などを祭る、王城の地を護る要となる大事な神社だ。

後鳥羽の末尾二首とも、反復し述べている『新古今集』の本歌取りと、狙いは軌を一にしている。つまりは「王道復古」ということ。それを神に祈り・まだ実現していないことを恨んだ二首である。繰り返せば明白に呪歌の趣を持つ歌である。

ところで後世の人がこれを撰んだとなると、結果から遡って院の生涯を振り返り・見渡す、過去に後の事態の兆候を発見する、という引っくり返った観点（目的原因論）で撰者が「作者らしさ」を追求し、ちょうど『百人一

首』に後鳥羽の述懐詠を撰歌したことに似て、すでに完結した一生に相応しい歌を撰んでいる、ようにも感ぜられる。とすればそこになにがしか慰撫・鎮魂のつもりを込めた撰歌と解すべきなのではなかろうか。承久の乱平定後隠岐に流され、その島で帰京を熱望しながら十九年を過ごして崩じた後鳥羽院（＝顕徳院）は、過去いくたの精霊、特に古くは早良親王・菅原道真、間近くは崇徳院たちと同じく、祟り神＝「御霊」になった、あるいはなりそうで怖い、と考えられていたふしがある。

特に伊勢も賀茂も、皇室や都の長久にとっては最も大切な神々である。後鳥羽院が加護を冀った高位の神々に、（穿ちすぎかもしれないが）翻って、その名を出すことによって・その力を借りて霊威を宥めたい、できれば発動を封印したい、という微かな期待までもがこの撰歌には籠っているようにも見える、少し捩れた理屈ではあるが。いずれにせよ、二首とも院以外の誰かの真似のできるものとはとても考えられないだろう。

五　うらむ式子内親王・くどく慈円

式子内親王・慈円とも、簡単に触れる。

撰ばれた式子内親王歌はあやにくな恋の歌が殆どだ。

有名な『百人一首』の所収歌八九は『自讃歌』にも取られており、七番目の歌である。また『新古今集』巻十一恋一、一〇三四。詞書「百首の歌の中に、忍恋を」。題詠ながら詠作の時期は分からない。

玉の緒よ絶なばたえねながらへばしのぶる事のよはりもぞする（＝我が生命よ、いっそ絶えるのならはよう絶えてしまえ、と思うワタシ…。このまんまだと、じっと抑えてきた恋心の抑えがきかなくなって人から覚られ、いろんなイケズなこといわれそうなんやもの）

やはり「忍恋」の歌をもう一首。

夢にてもみゆらん物をなげきつゝうちぬるよひの袖のけしきは（＝今頃きっとあなたの夢かなんかに出てきてていいはずなんだけども…。何がって？　それはねえ、あなたに会いたくて会えないものだから、こんなふうに悲しみながら臥せって、泣きの涙で、今晩しとどに袖が濡れちゃっているひどい体たらくのアタシがよ）

『新古今集』巻第十二恋歌二、一一二四。詞書「百首歌中に」。『正治二年初度百首』の出詠歌。『新古今』の部立の建立からいうと、二人は手紙などではいい交わしている段階だろう。しかしみんなには知れ渡っていないし、まだ逢っていない。『新古今集』のこの歌の周りを何首か示してみよう。一一二二「恋の歌とてよめる　読人不知　忍びあまりおつる涙をせきかへしおさふる袖ようき名もらすな（＝我慢を重ね重ねても溢れ出た涙。それを受け止めている袖よ袖、へんなうわさのもとにならないよう注意だよ）」。一一二三「入道前関白太政大臣家歌合に　道因法師　紅に涙の色のなり行くをいくしほまでと君にとはばや（＝会いたくて流す涙は紅涙となり、拭う袖も染まりましたが、いったい何度染めれば会えるんでしょう、ってあなたに聞きたいもの）」。一一二五「かたらひ侍りける女の、ゆめにみえて侍りければ、よみける　後徳大寺左大臣　さめて後夢なりけりと思ふにもあふは名残のをしくやはあらぬ（＝君の夢から覚めて、ああ今のは夢だったのか、と思うときでも、君と逢うたあとは、名残おしいものじゃないか。君ゃーどうじゃな？）」。

夢で思い人に出会うという歌で有名なのは、小野小町の『古今集』歌だろう。恋二の巻頭以下の三首はことに有名だ。五五二「思ひつつぬればや人の見えつらむ夢と知りせばさめざらましを（＝あの人のこと考えながら寝たから、夢で会えたのかしらね。現実には会えないんだもの、これが夢だと分かっていたら、覚めないでおいたのに、その自覚がなくて起きちゃったのは残念無念）」五五三「うたた寝に恋しき人を見てしより夢てふものはたのみそめてき（＝トロっとしちゃったとき、好きなあの人が出てきた。夢の中で会いに来てくれたんだ、と思うとそれ以来、儚い・あてにならないものの代名詞である夢とかっていうのを、初めて信用する気になったの)」五五四「いとせめて恋しき時はむばたまの夜の衣を返してぞきる(=会いたくて会いたくてたまらなくなったときには、夜具をね、裏返して掛けるといいんですって。すると夢で見られるってサ)」。『伊勢物語』にも登場する藤原敏行の五五八「恋ひわびてうち寝るなかに行きかよふ夢のただ路はうつつならなむ(=この感情を持て余してどうにもならなくなって寝ちゃう中で、あの人のとこへ往還したまっつぐな道が、あ〜あ、ほんとにあればいいのに)」。同じく敏行の、『百人一首』にも入った歌、五五九「住の江の岸による浪よるさへや夢の通ひ路人目よくらむ(=住吉の浜にざざーっと寄せては返す波。その「寄る」に因んでいいますとね、夜であってさえ、そして夢路の上だというに、どうしても人目が気になって嫌なんでしょうか、君は私の夢にはちっとも出てきてくれません)」なども大変に有名であった。

恨みがましい語法では『拾遺集』右大将道綱母の九一二「歎きつつ独ぬる夜のあくるまはいかにひさしき物とかは知る(=あんたが来ないから、悲しみに暮れながら独り寝する夜の明けるまでって、どれほど長いか分かる? あんたもおんなじことやられてみたらわかるワ)」もいくらか参考になろう。これは『百人一首』の有名歌。

十首目の歌。

それながらむかしにもあらぬ秋風にいつかながめをしづのをだまき(=昔のままでありながら、でもナニカ昔とは違う気がする秋風のせいで、例の倭文の苧環繰り返しってやつ? この歌じゃないけど、昔の若いアタシに帰りたいって、繰り返し繰り返しボンヤリ物思いに耽るアタシなの。年をとって、ねえ見て? こんなオバアチャンになりました)

『新古今集』巻第四秋歌上三六八。本歌は『伊勢』32段「いにしへのしづのをだまき繰り返し昔を今になすよしもがな(=君とボク、前の仲に戻れないかな)」。

先行する三六五以下三首を示す。三六五の詞書は「秋歌とてよみ侍りける」。以下、式子内親王歌まで同じ詞書が掛かる。宮内卿三六五「思ふ事さしてそれとはなき物を秋の夕べを心にぞとふ（＝別に心配事があるわけじゃないんだけれど…、なんでこんなに悲しいの、って秋の夕方のこの特徴について自問しちゃったの）」。鴨長明三六六「秋風のいたりいたらぬ袖はあらじたゞわれからの露の夕ぐれ（秋風は天下あまねく吹く。ですから吹く袖・吹かない袖の別はあるまいのに、この夕暮、なんだかボクばっかし吹く秋風に傷心の涙を流し、我が袖をしとどに濡らしているみたな気がして…。それはやはりボクの心に原因があるんでしょうね）」。西行法師三六七「おぼつかな秋はいかなる故のあればすゞろに物の悲しかるらん（＝なんでだろ？　さっぱりわかんないナア。秋っていうのはどういう理由があって、こんなに今メチャクチャ心が痛いのか）」。

このあたりは秋の悲傷を詠んだ一群。もとは六朝詩や唐詩に多いテーマというが、『古今集』以来この心を読んだ歌はたくさんあって、例えば『古今集』一八四「木の間よりもりくる月の影見れば心づくしの秋は来にけり（＝月の光に我が心を痛ましめる秋が来たことを知った）」。一八五「おほかたの秋来るからにわが身こそ悲しきものと思ひ知りぬれ（＝みんなに秋が来てるのに、ボクばーっか悲しいワケっすよー）」一八六「わがために来る秋にしもあらなくに虫の音きけばまづぞ悲しき（＝ボクだけを悲しませよう、ってんで来てる秋じゃないけど、コオロギがコロコロ鳴くとね、すッごく悲しくなっちゃうんだ）」一九三「月見ればちぢにものこそ悲しけれわが身ひとつの秋にはあらねど（＝月を見るとね、あれもこれもと悲しい感情が湧いてきてさ。ボクだけの秋じゃないんだけど）」など。

「ながめ」はやはり小野小町の有名歌を意識しているか。即ち『古今集』一一三「花の色はうつりにけりないたづらにわが身世にふるながめせしまに（＝桜の盛りが過ぎるように、あの人の気持ちも私を去りました。春の長雨の間、ボンヤリ物思いなんかに耽って、無駄に過ごしている間に）」。「花の色」は中世後期には「容色」の譬喩として読まれていたようだ。すると「わが容色は変化し、オバアチャンになりました」。

式子内親王の歌には「歎老」の意を読み取るべきだろう。若くはない、といって実際にはまだ老女では全くない人でも、この種の「僻み」っぽいことを口にして、相手を悩ませたがる傾向がある。小町はすでに十重二十重の伝説（老婆になって諸国を流離し、死んでされこうべを野に晒した、などの）に包まれ、この有名歌も老いの歎き、とまではいかなくとも、おもむろに兆しつつある衰えへの恐れの歌として、当時もう読まれていたのではないだろうか。

式子内親王の十首を大急ぎで通覧してみると、だれしもほぼ恋の歌ばかりと気がつく。こんがらかったいい方で、こっちの思惑・都合の通りには運ばない恋愛を詠んだ歌もあり。それから、本歌や詠作の参考にしたらしい歌を辿ると、小野小町の歌との共感・共振のようなものも読み取れるように思う。多作には先述の政教的意識も混じていたか。

もう一つ。鎌倉後期の『古今』注・『伊勢』注に、在原業平と周囲の人々の恋の秘密相を暴き立てたものがある。およそ不道徳な乱倫ぶりで、たぶん妄想・捏造・こじつけ多々、筆者などにはあまりに極端すぎる印象がある。しかしそこに注の講者の、あるいは一部その時代人の人間観が露呈しているようでもある。つまり恋愛沙汰に人間性の根底、さらにいえば人の「業」のようなものを強く凝視しており、時にそれが歴史のうねりを生む・歴史の大事をも紡ぎ出してゆく、というような人間観である。このような「観」を有するならば、もちろん恋は人間としての永遠のテーマであるはずで、たとえ邪恋であっても是非もないこと、恥ずべきことでもない、堂々と詠まるべきもの、と考える人が出てきて不思議ではない。

最後は「歎老」の心の混じた歌なので、後鳥羽院を神祇歌二首で納めた（たぶん慰撫的意図がある）編者の意図が、ここにも何かあってしかるべきだろう。例えば、若干通俗だが、聞こえた美しく才能豊かで高貴な婦人、戦乱の続く不幸な時代の幸せでない一生への愛惜、といったものがである。

『百人一首』の慈円歌は、本歌取りは本歌取りでも、さすがに内容は、僧としての堂々たる気概に充ちた歌。「おおけなくうき世の民におほふかなわが立つ杣に墨染めの袖（＝これはいかにも分に過ぎたことではありましょうが、天下万民の安寧のために、もしくは仏教語でいうところの衆生済度の願いを胸に、わたくしもまたこの比叡山に、黒い衣を纏うた修行僧として住み初めた、という次第です。四百年前のむかしのこと、高祖伝教大師さまが入山の際、〈阿耨多羅三藐三菩提の仏たち我が立つ杣に冥加あらせ給へ＝アヌッタラサムヤックサムボーヂ、アヌッタラサムヤックサムボーヂ。至高最奥の悟りに達せられた諸仏に帰命し奉る。拙僧、この比叡山に入ったからには、只今このときから勉学修行に邁進いたしますので、なにとぞなにとぞ裏でご加護を垂れたまえ〉と、烈々たる決意を詠まれて以来、比類ない名僧知識を産み続けるこの山に）」。原点回帰というべきである。最澄の歌は『新古今集』釈教に入る（一九二一）。この時代が再発見した、まるで呪文のような強い覚悟をこめた古歌であり、「王道復古」に気分的には通うものがある歌だ。

ところが一転して『自讃歌』では後悔・悔悟の述懐が過半を越える。ここにも筆者は撰者の「目的原因論」的な目を感ずる。

さらに一首例示しよう。

よの中のはれゆくそらにふる霜のわが身ひとつぞをき所なき（＝晴れて行く空には、朝降り置いた霜もすぐ蒸発して、居場所がない。同様拙僧においても、この世に居場所がないようだ）

『新古今集』巻第十八雑歌下一七四〇。詞書「五十首歌たてまつりし時」。前出、建仁元年（一二〇一）、後鳥羽院主催『老若五十首歌合』中の詠。これも述懐歌だ。『新古今集』の周りの歌を詠むと、病中に死後を思う、といったことさら深刻な歌が配されている歌群中の位置にある。そこで大いに参考にしたいのは、これに続く同じ慈円歌である。それは病中の詠。一七四一「れいならぬ事侍りけるに、無動寺にてよみ侍りける　憑みこしわが古寺のこけのしたにいつしかくちんなこそをしけれ」。若いとき以来修学に投じ、叡山での根城としてきた無動寺。ここで死んで埋葬され土に化すや、かつての少なくとも文名は残した古人と異なり、わが名がいつしか廃ってすっかり忘れられてしまうのは、やはり残念なり、と詠んだ。これには本歌がある。先ず『後拾遺集』八一五の相模「恨みわびほさぬ袖だにあるものを恋に朽ちなむ名こそ惜しけれ（＝われながらうんざりするほど恨んで恨んで、泣いて泣いて、モコの袖はぐじゃぐじゃ。ダメになって着れなくなりそうだというのに、その上この恋のために、浮気な女のうわさまで立って評判も地に落ちる、なんていうことになりそうなのは、とても残念）」。これはもちろん恋歌である。しかし『百人一首』にも採られた有名歌で、内容よりもいい方を用いた印象はあるが、当然意識されていただろう。もう一つの本歌は、ことばだけでなく内容上にも、ある種共通点がありそうだ。詞書によれば、娘の小式部内侍が早世した直後、仕えていた主人・上東門院のところから、服の支給品が届いた。そこには「小式部内侍」と名札があった。そこで母・和泉式部が詠んだ。『金葉集』六二〇（三度本六一二）「もろともに苔の下にも朽ちもせで埋まれぬ名を見るぞ悲しき（＝娘と私とが、ともに含まれたような〈小式部〉という召し名。白楽天の詩句じゃないが、死んでも残っているこの名を見ることが、また悲しゅうて…）」。この歌、すでに本文のある歌である。『朗詠集』にも採られている白楽天の「遺文三十軸、軸々金玉声、龍門原上土、埋骨不埋名（＝わが友人・元宗簡は三十巻の詩文を残した。どれも唱えれば、金や宝石を転がす音のような、結構な響きを持っている。身は都の西南の山に埋葬され朽ち果てようとも、その名声は永遠に埋もれることはないだろう）」。慈円の歌は、昔の偉い人ならそうなのだけれど、自分は偉くないからそうならない、と逆を詠んだ。

今の歌には、このような本歌・本文はなさそうだが、内容的には同趣旨。身の不遇を詠んでいる、とは直ちに理解できる。

慈円歌の末尾も、述懐詠もしくはそれに通う趣旨の歌である。巻十九神祇歌一九〇二。

我が頼むななの社のゆふだすきかけても六の道にかへすな（＝信頼し奉る日吉七社の神々よ。みなさま方にお仕えするための木綿襷を袖に懸ける、それじゃないけど、一命を懸けてお願い申す次第です、なにとぞ六道輪廻の中に、拙僧を帰し給うな。しかしこのありさまじゃまたぞろ、人間かそれ以下に生まれて苦しみの中に生きるのか…）

『新古今集』にはこの神祇歌に続いて、『自讃歌』の慈円歌六首目の歌が配される。一九〇三「をしなべて日よしのかげはくもらぬに涙あやしききのふけふかな（＝自分ばかりは日吉の神様のご加護から漏れてるような気がして、あれへンだな、涙が流れてる）」。

出身は天皇の藩塀の家門、かつ後鳥羽を護らねばならない護持僧としてはあやにくな一生というべきなのだろう。そのような生涯を回顧した撰歌、と見ると腑に落ちるところが多い。つまり多くの個人的述懐歌を院の叡覧に供し、不遇を訴え、時に待遇改善を求める含意もあるはずの歌々によって、いわば同情を引こうとした十首なのではなく、各歌後世の撰者が前代歌人の生涯を振り返り、それに相応しい・いかにもの歌を集めたもの、という感を筆者も強く受ける。

実はこうした筆者の見方もまた「目的原因論」そのものなのであるけれども。

六　むすび――時代相

数年前、『百人一首』の中に在原業平と業平に関る一群、つまり業平の不義の子の伝説がある時期信じられていた稀代の暗君・陽成院や、一時の栄華の後道長の構えた陰謀のために急速に悲運に沈むこととなった、業平の血を引くとされる中関白家の人々など、が相当数含まれていることに着目し、歴史に暗い影を落とした精霊たちとその周囲の魂の慰撫、相似形としてある後の崇徳院や後鳥羽院を囲繞する一団を暫く慰めること、を基調とする秀歌撰、総じては数柱の歴史上の強烈な御霊を中心に左右に居流れる一団を、一つに纏めていささかなりと慰撫・鎮魂し、そのことによって霊的自己防衛の一助となるべきことを期待した歌集、というのが『百人一首』の本来であろう、と推測したことがあった。もちろんこれは、全てが筆者発明の独創的な見解、というわけではなく、拙論は前からいわれていたことを、筆者の考えの及ぶ限りで敷衍し、その範囲でなるべく全面展開してみようとしただけである。

その際に、仮説的推論の側面からの補強材として、中世前期の『古今集』注釈書『毘沙門堂本古今和歌集注（仮題）』に取り込まれた業平関連の話題を対置してみた。そこでは譬喩表現としての歌、特に相当数の題知らず・読人知らず歌の表面的な意味（＝字相）の内側に、譬喩的意味（＝字義）として、業平や関りあると注の祖述者が認定した人々の、妄執めくおよそ尋常ならざる恋愛の諸相を読み取ってゆく。今の注には、『伊勢』を通して『古今』を見る＝拡大された『伊勢』として『古今』の相当部分を見る、という基本方針が存在しているようである。いささか豪腕な「深読み」の底には、憶測すれば、『伊勢』登場の惟喬親王・業平・紀有常ら、皇位継承の争いに負けて、権力の表舞台から退出、（恨みを呑んで）時代の奔流に沈んでいった人々を、『伊勢』関係者圏内の一人である紀貫之を用いて書かせた仮名序の「力をもいれずして天地を動かし、目に見えぬ鬼神をもあはれとおもはせ、男女の仲をも和らげ、たけきもののふの心をもなぐさむる」という理念の下に、朝廷が公的に慰撫しようとしたのが『古今集』である、のような『古今集』観までが伏在しているかに思われた。換言するならその時代には、『伊勢』『古今』が御霊鎮魂に纏わる書としての、非常に深刻な側面をも有していたのではなかろうか。そうしてたぶんこの時代と『自讃歌』の編まれた時代は殆ど踵を接している。つまりそういう理解を共有していても不思議ではないだろう。

大きくいうなら、烈しい権力闘争に敗れ滅んだ、怨念に充ちた・皇統と国家に骨絡みの御霊集団（御霊として間近くは崇徳院がはなはだ大きい存在。直近でそうなりうるおそれが濃厚なのは後鳥羽院＝顕徳院だろう。なお「後鳥羽院」よりも「崇徳院」の号と同じような慰撫鎮魂の意図に出ている「顕徳院」の号の方が、当代的には通用していたらしい。たぶんとても怖がられていた）が、歴史の重要局面に立ち、天変地異や疫癘や戦乱という恐るべき災いを振り撒きながら、歴史の舞台を暗転させようと躍起になっている、それゆえ適切な方式で不断に鎮魂が図られねばならない、のようないうならば「御霊史観」を、その注の主要部を語った定家の孫、そればかりか既に定家自身も大筋では抱懐していたのではないか、と憶測したわけである。その胸中からなら、上記のような意味を包含する『百人一首』も生まれ出てきておかしくはないはずだろう。

ところで古今集の仮名序の件の一段が「さらり」と述べているのは、よりおどろおどろしくは、和歌の「呪術的効果」である、といいかえてもよさそうだ。

中世の顕密仏教の社会的役割は、呪術的方面に多くは集中している。大部な事相書大成である平安末期の『覚禅抄』（東密無比の大著である）を一瞥しただけでも、様々な役割を担った諸本尊を立てて行ぜられる呪術の方式・

本尊図像陀羅尼法具荘厳具などの「象徴」の意味についての巨大な体系が構築されていることが知られる（平安以降の優秀な頭脳をもつ僧達は、ねじり鉢巻でこういうものと日々格闘し、何事かを陸続と生み・孜孜として行じ続けていた。こうした複雑怪奇な一切を馬鹿げた無駄と見て、なるべく立ち入らないようにするという立場もあり得、事実あっただろうが、「文化史家」の態度としてはたぶん誤りだ）。これに日常的に浸されている中世前期の人々、その中で詩のマジカルな力を感じ取っている人々が、例えば和歌の力に陀羅尼（神々や仏菩薩に到達するためのマジカルな象徴言語）同様のハタラキを期待しても全く不思議ではない。慈円にはそうした和歌観が仄見える。

筆者がこれまで専ら考察の対象としてきた和歌伝授書にも、中世前期には和歌の呪術的効果をあからさまに説くものがある。両部曼荼羅の構図＝世界像（しかも両部を突き混ぜた＝差異を調和的に解消した「両部不二」の世界像）、その上に古来の神祇信仰などまでも厚く重ね合わせた世界像を下敷きにして、それらを適宜トレースしながら語りだされている『玉伝深秘巻』冒頭篇がまずそうである。所謂『玉伝深秘巻』なる伝書群の成立には、定家の孫の一人、東国を活動の場とした為顕が深く関っている。冷泉家（の為相カ）にも、為顕発の伝書が多数渡っていたと思しい。

さてところで、筆者の常位置から『自讃歌』を眺めるなら、少し違った色合いを帯びて見えるというのが小論の結論である。つまり、後鳥羽の下命下、院本人を含めた当代の代表歌人の自讃歌各十首を提出させた、という虚構によって、百年後の誰かが『新古今集』を代表する歌人の秀歌を任意に集め、作歌の参考に供しようとした、いわば「実用的な」秀歌撰、と見える表層の下には、そうした虚構をとりつつ、後鳥羽を核としてその周りを囲んだ・その息の掛かった一座（ここにはあたかも曼荼羅めいた、流出論的位階論的認識枠が仄見える。中尊つまり後鳥羽を頂点とし、周囲を同心円的に十重二十重と取り囲む、外に向かって位階を落とす一団の人々。述べたように同じような「ものの考え方」が、『新古今集』賀歌の部立建立には読み取れそうだ）＝後鳥羽の時代を代表し、一時代を画した数多の名人上手の、ある部分は慰撫を副次的効果として期待しながら、この一団を回顧した秀歌撰、という実質もあるのではないか。採られた歌に纏わり付く「傾向性」があるように思われる。そうして筆者の常位置に立脚しつつ、さらに飛躍して数段の憶測を逞しくするなら、古歌に「あやかろう」とする本歌取りに満ち満ちた『新古今集』には、込められた院のことばの「呪術」・院の期待した呪術的な効果、もなにほどかありそうに感ぜられてくるのだ。もちろん復古を庶幾・祈念する方向を向いていることは明白。リアルには大惨事になってしまったが、繰り返せば「後ろ向きのアヴァンギャルド」だ。

【補注】

古代に神々に近い純粋素朴な理想世界があり、人の歴史はその堕落過程として形成された、のような歴史観は、人類共通の思考の枠の一つで、どこにでも・いつの時代にも存在した。文芸にもそのような、いわば堕落史観を述べるものがある。室町期の禅林で講釈が行われた『毛詩』はその内容に、というよりは巻第編成を通じての詩篇の解釈に、そうしたものを込めた。

宗祇流の『古今集』注では、『老子道徳経』の「大道廃れて仁義あり」を引用しながら、剛毅木訥な古代の正しい大きな生き方が失われ、人間性が複雑・邪悪に傾いたために、それを矯め、理想時代を想起させる仁義の道徳が必要になった、同じく神仏の利生方便は末世の人々によき時代への「復古の道」を指し示している、と説く。『百人一首宗祇抄』でも同様の、上古の天智天皇の歌によい政治の行われていた古代の君のあり方を見出し、当代の後鳥羽・順徳に王道が廃れた末世の歎きを見る、といった歴史認識が短く語られている。

五山・清家経由の、たぶん『毛詩』講釈を入り口としての、『毛詩（毛伝鄭箋）』の知識のあった宗祇やその師・東常縁は、『毛詩』の巻第編成に込められた「堕落史観」の遠いこだまを、『百人一首』にも感じ取っていたように思われる。『宗祇抄』には筆者が想定したような「鎮魂」の観点は目立たない。しかし『百人一首』巻頭巻尾の比較によれば、おおむねでこの種の「堕落の歴史」的な時代認識は、現行『百人一首』撰述の際の撰者もはっきり抱懐していたはずと考えられ、この点に関する限り、『宗祇抄』の言はたぶん当っている。

（一言思い出を。池田さんの講筵に侍るを得たのは、慶応の修士一年の比のことで、三十五年近くも経ってしまった。出来のよい生徒ではなかったと思う。しかし古希記念論集にも、今度の追悼論集にも拙稿を収めることができた。池田さんの余光が鶴見のごく近い方々ばかりか、田舎暮らしで研究者というにはあまりに成果の乏しい私などにも及んでいる。今、肉体は失われてもなにかの方法で、なお昔の生徒になにごとか与えようとしておいでのようだ。私のお習いした諸先生方は、思えば碩学大家ばかりだ。中で一時最も深く関ったのは、斯道文庫の平沢五郎さんであったであろう。弟子の一人といっても許されるだろうか。池田さんの友人であり、時として学問上火花を散らすようなこともあったかに仄聞する。私の研究対象である古今集注・古今伝授などは、平沢さんの下で選んだことであり、そこから次第に伝書の思想史的な読み解きを目指すようになった。しかしこれは必ずしも平沢さんの希望に沿うものではなかっただろう。伝書にかかわればかかわるほど、虚実綯交ぜの泥沼のような混迷に脚を取られ、望まれた文献学の大道を行く体の論文が書けなくなってしまった。件の伝書の一部に対して、愚にもつかない、などの激しく厳しい評言が浴びせられることもあり、その批評の矛先はやがてそんなものにあくまでも拘泥してやまない人間に向かわざるを得ない。もっと画然とした・まともな対象を選ばせたい、という親心かと今にしては思う。かつ客観的で明澄な学問世界を、平沢さんは庶幾していたらしく感じられた。それが近代の学というものであろうか。しかし私は中世の混迷に一部それなりの筋道を付け、祈りや呪文が交響する摩訶不思議な中世人の暗い、いや極彩色の内面に、使えるものなら何でも使って肉薄してみたかった。両親の病気ということもあり、平沢文庫長の文庫長退任に併せ体制も一新されたので、阿部隆一このかた十数年学ぶとともに、そのうち六年を研究嘱託としてもお世話になった場所から田舎に戻った。いえばかへりなんいざ、のつもり。その実は平沢さんの膝下から「遁走」したのだ。それまで池田さんは平沢さんに、石神の好きなようにやらせてやれ、といった強談判をしてくれたことがあったようだ。火に油を注ぐことになって、あとで平沢さんにますます怒られたのは、今思うとなんだか懐かしくまた可笑しい。池田さんには鶴見の非常勤の時間を与えられた。これは平成元年から十七年まで長期間続いた。授業ではさまざまな試みができた。嘱託を離れた後に書いた数篇の論には、そのことが反映している。研究者の端くれを続けていられるのは、一定のテーマに対して頭脳を急速に働かせる時間を、このように長いこと持てたということが大いに与っている。池田さんは晩年ご自身の大小の著書が刊行されると送ってくださった。あまりに鄙びた返礼ではあるが、家の梅園でとれた梅の実の「梅干」とか、霞ヶ浦周辺特産のレンコン・佃煮などをお送りすると、とても喜ばれ直接電話を頂戴したりした。周りの方々にも「大きくて塩加減のよい梅干だった」と語っておられたそうだ。役者をさせたかったほどの二枚目の温顔に接し、朗らかな声をうかがう機会が永く失われたのは寂しい。文字通りの拙論であるけれど、感謝の念の証とする）

源季貞論続貂

平藤　幸

はじめに

室町前期の醍醐寺報恩院院主隆源（一三四二～一四二六）が醍醐寺の故事を雑録した『醍醐雑抄』に次のような文言がある。

一　平家作者事
或平家双紙奥書云、当時命世之盲法師了義坊〈実名如一〉之説云、平家物語、中山中納言顕時子息左衛門佐盛隆、其子民部権少輔時長書レ之。又将門保元平治上 上四部同人作云々。（中略）平家物語、民部少輔時長書レ之。合戦之事、依レ無二才覚一、源光行誂レ之。十二巻平家ハ、資経卿書レ之。

又鵠談集第七云
一　平家の物がたりは、民部少輔時長かきたりけるを、合戦の事をば、さいかくなしとて源光行にあつらへたりけるとなむ。十二巻平家と云物、資経卿書レ之。

「如一」（覚一〈一三七一没〉の平曲の師匠〈『臥雲日件録抜尤』『当道要集』〉）の説に拠れば、『平家物語』は民部権少輔時長の作で、合戦の事は時長にその才覚がないので、源光行に頼んで作らせた、ということである。如一の説に続けて『鵲談集』という書物の説を引くが、それもほぼ同内容を伝えている。

そのような奥書をもつ「平家双紙」も、『鵲談集』なる書物も現存せず、『将門記』『保元物語』『平治物語』『平家』を全て同一作者である、とする点には無理がある。「信濃前司行長」作者説を伝える『徒然草』二二六段同様に、伝承の域を出ぬ説と言えよう。けれども、「行長」が藤原行隆男だとすれば、時長とは従兄弟であり、従来、この一族すなわち「葉室家」が『平家』作者圏の中核にある、とする論が繰り返し提出されてきたこと(1)は、無視し得ない事実でもある。しかしそれは措いて、ここで注目したいのは、この時長作者説のうち、「合戦之事、依レ無二才覚一、源光行誂レ之」とする箇所である。近年刊行の『平家物語大事典』の『醍醐雑抄』項においても、光行は「『蒙求和歌』などの著作のある人物で、鎌倉に移住して将軍三代にわたって仕えており、その任にふさわしくはある」とされており(2)、時長との合作説の当否はさておき、『平家』成立に関与する一人として目されるに足る人物であると言ってよい。

小稿では、その光行の叔父に当たる「源季貞」という人物を取り上げてみたい（左掲源季貞略系図参照）。右の『平家』光行関与説を積極的に認め、光行が「合戦の事」に詳しかった可能性の背景に、叔父季貞の存在があったことを重要視する論があるからでもある。池田利夫『新訂 河内本源氏物語成立年譜攷』(3)は、次のように言う。

季貞が歴戦の勇士であったのは、『平家物語』にもしばしば見えるし、記録でも裏付けられるから、源平合戦の様相は細かく語る立場にあったろう。季貞は『千載和歌集』歌人であるばかりでなく、他にも秀れた和歌を詠んでいるから、表現能力は十分である。光行が長い関東暮しの中で面談しえたかどうかを知る手掛りはないが、季貞が生き永らえていれば、邂逅したと考えるべきであろう。（中略）承久の乱で光行が院宣の副状を書き、加えて『東士交名註進状』なるものを作成したのは、関東における主だった諸家と親交があり、それら相互の関係に精通していたことを示すものであろう。関東武士、すなわち源氏の側から、合戦の様子を知る機会は十分にあったと考えてよい。つまり光行は、源平双方の側から合戦抗争をつぶさに聞くを得た立場にあったといえるのである。（傍線は稿者による。以下同）

また、角田文衛『平家後抄』[4]も、「光行が政治的に親平家的立場にあったことは確実であり、その点でも、『平家物語』の執筆者の一人に擬されて然るべきであろう。彼は、壇ノ浦で戦った叔父の季貞―検非違使左衛門尉―などから戦闘の様子を詳しく聴いていたに相違ないのである」と言う。

この季貞の伝はすでに、池田・角田によって考察されていて、庭山積・多賀宗隼による言及もある。[5]また、『平家』諸本における季貞の人物像もすでに、久松宏二が延慶本を中心に詳細に検討を加えているところでもある。[6]よって、大きな新知見はないのだけれども、『平家』の登場人物の伝記研究にいささか従事している立場から、[7]それらを踏まえつつ、季貞の生涯を改めて整理した上で、『平家』の人物論をも再考察し、さらには、季貞が残したいくつかの和歌に解釈を施してその特徴を探り、伝記と『平家』に描かれる人物像との関わりを考えてみたいと思う。

【源季貞略系図】

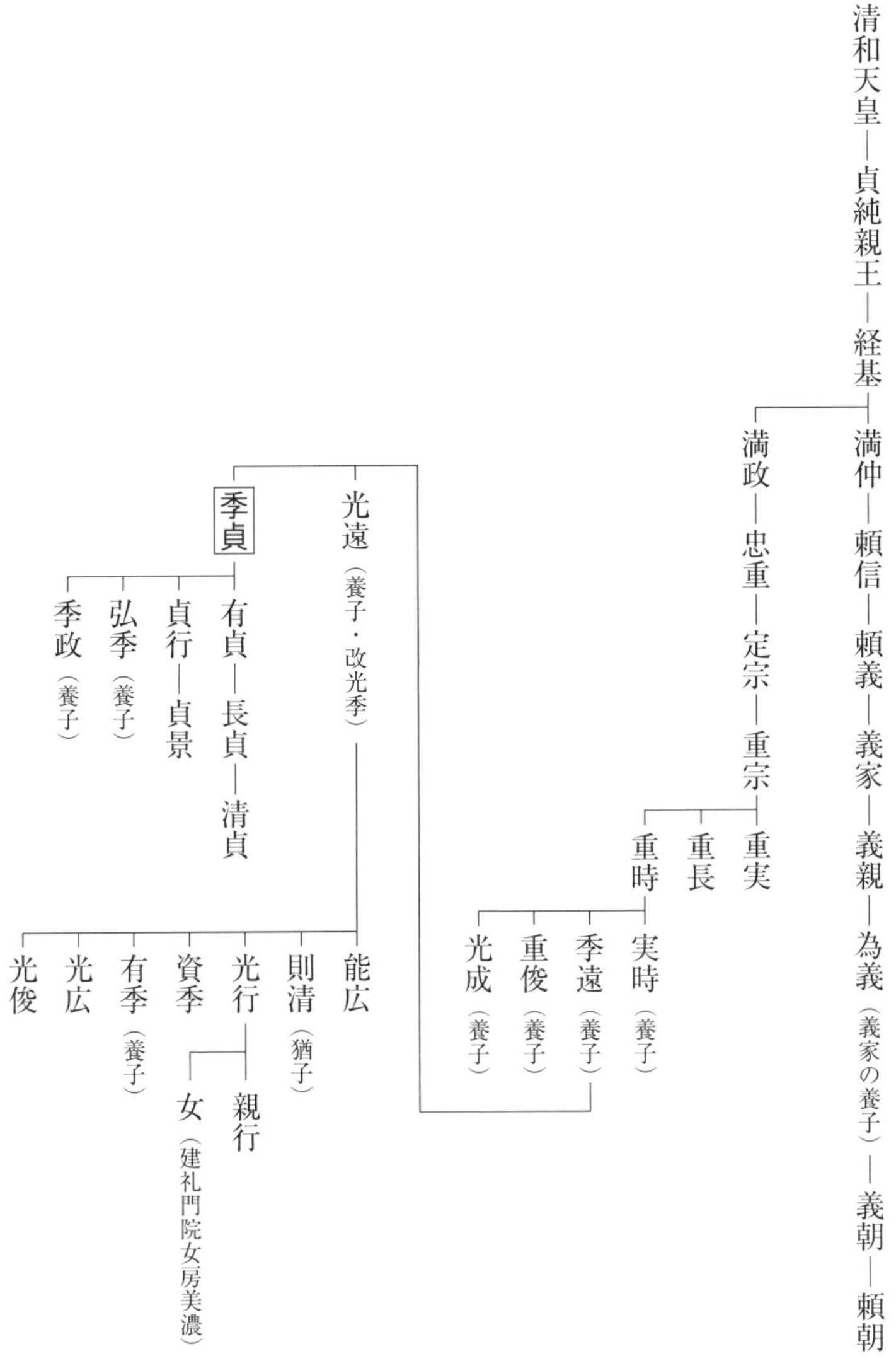

清和天皇
貞純親王
経基
満仲
頼信
頼義
義家
義親
為義（義家の養子）
義朝
頼朝
満政
忠重
定宗
重宗
重実
重長
重時
実時（養子）
季遠（養子）
重俊（養子）
光成（養子）
光遠（養子・改光季）
能広
則清（猶子）
光行
親行
女（建礼門院女房美濃）
資季
有季（養子）
光広
光俊
季貞
有貞
長貞
清貞
貞行
貞景
弘季（養子）
季政（養子）

一　源季貞の系譜と生涯

まず、季貞の略年譜を示しておこう。（関連記事は太字で記した）

久寿三年（一一五六）　二月　二日　右衛門尉となる（『兵範記』『山槐記除目部類』同日条）
保元三年（一一五八）　四月一七日　斎院（輔仁親王女〈後白河猶子〉怡子内親王）御禊に供奉（『兵範記』同月一七日条。二〇日が賀茂祭）
永万二年（一一六八）　正月一〇日　この頃には清盛（従二位権大納言・兵部卿・皇太后宮権大夫〈四八歳〉）に仕えており、左衛門尉であった（『平安遺文』三三七五号「後白河院庁下文案」〈丹生神社文書〉）
治承元年（一一七七）　一一月一五日　検非違使の宣旨を蒙る（『山槐記除目部類』同日条。記主中山忠親はこの時別当）
治承二年（一一七八）　正月　二日　侍所に出仕（『山槐記』同日条）
　　　三日　検非違使庁始に祗候し、雑犯を糺す（『山槐記』同日条）
　　　七日　北陣で捕らえた雑犯を二人弾ず
　一一月一二日　安徳天皇誕生。清盛の「近習者」である季貞は、立烏帽子姿で御産所六波羅泉殿の「東泉辺」に祗候（『山槐記』同日条）
治承三年（一一七九）　正月　三日　検非違使庁始に祗候（『山槐記』同日条）

二月　二日　中山忠親が参院すると、季貞は検非違使別当時忠と共に熊野精進屋にいた（『山槐記』同日条）

四月二一日　検非違使として賀茂祭の行列に列する（『山槐記』同日条）

一二月一二日　東宮大進藤原光長は季貞を通し、清盛に明年正月の東宮（安徳）御着袴魚味の雑事や、東宮八十嶋祭使を一九日に下向させることなどを相談する（『山槐記』同月一四日条）

治承四年（一一八〇）

三月一六日　園城寺大衆が発起し、延暦寺・南都の衆徒と語らって後白河院と高倉院を盗み出そうという計画があったという。夜、検非違使別当時忠は季貞を摂津国福原の清盛のもとへ馳せ遣わし、清盛の指示を仰いだ（『玉葉』同月一七日条）

一七日　季貞帰洛。計画されていた高倉院の厳島御幸は一九日に決行するという。鳥羽離宮にいた後白河院については縦横の説が飛び交っていた（『玉葉』同月一八日条）

五月一五日　以仁王・源頼政ら挙兵

二六日　宗盛の使として参院し、検非違使別当時忠に会い、官軍が源頼政一党をすべて誅殺したこと、以仁王の首は見ていないが討ったことなど他、事の詳細を報告した（『玉葉』同日条）

六月　二日　福原遷都

八月二五日　福原へ来ていた忠親が賜った土地を見廻っていると、同じく土地を賜った時忠と会った。時忠は季貞に福原の差図を持ってこさせ、内裏や人々が賜る土地を差図を開いて見た（『山槐記』同日条）

治承五年（一一八一）（養和元年）

閏二月　四日　**清盛没**

三月二六日　従五位下となる（『吉記』同日条）

一一月　**賀茂重保撰『月詣集』、賀茂社に奉納。**季貞歌、六首入集

養和二年（一一八二）（寿永元年）

三月二五日　宗盛は肥後国に季貞を使として遣わす（『吉記』（寿永元年）同日条。翌月一一日には追討使平貞能が肥後国豪族菊池氏の反乱を鎮めているので、その関連で派遣されたか）

七月　三日　後白河院の法勝寺御八講始に祇候（『吉記』同日条）

　　七日　法勝寺御八講結願。この頃には北面に祇候していた（『吉記』同日条）

九月一四日　後白河院賀茂社御幸に供奉（『吉記』同日条）

寿永二年（一一八三）

三月二六日　興福寺領の天山・和束両杣での兵士の調達を、季貞が興福寺に命じている（『平安遺文』四〇七九号「（寿永二年）三月廿六日源季貞奉書」〈興福寺文書〉）

七月二五日　**平家都落ち。**季貞も同行か。

寿永三年（一一八四）（元暦元年）

四月一四日　**甥光行、父光季が平家に属したことの許しを請うため、京から鎌倉に到着**（『吾妻鏡』同日条。光季は確かに平家に属したが、目立った活躍は

見られない）

元暦二年（一一八五）　**一五日**　**甥光行、頼朝に父光季の赦免を請う**（『吾妻鏡』同日条）

（文治元年）　**二二日**　**光行と光季を許すようにとの御書が義経に下される**（『吾妻鏡』同日条）

三月二四日　壇浦の戦いに敗戦し、甥則清と共に生け捕りとなる（『吾妻鏡』元暦二年四月一一日条。『醍醐雑事記』にも）

四月二六日　源義経に伴われて入洛（『玉葉』同日条）

五月一六日　宗盛父子とともに鎌倉に送られる。時忠以外の者の死罪の勅許はすでに出ていた（『吾妻鏡』同日条）

六月　五日　息宗季が季貞の身を案じて密かに鎌倉に下向した。宗季は武芸に優れ矢を作る名人でもあり、野箭を一腰作って頼朝に献上すると、頼朝の意に叶い、御家人に取り立てられた（『吾妻鏡』同日条）

文治四年（一一八八）　**四月二二日**　**藤原俊成撰『千載集』、奏覧。**季貞歌、一首入集

建久二年（一一九一）　**この年か**　**（あるいは翌年か）『玄玉集』成る。**季貞歌、三首入集

建久九年（一一九八）　**この年か**　**甥光行、鎌倉に移住**（池田前掲書の推定による）

元久元年（一二〇四）　六月一四日　死去。「季貞入道」とあるので、すでに出家していた（『仲資王記』（大日本史料所引）同日条）

七月一二日　**甥光行の『蒙求和歌』成る**（同書真名序）

（光行は承元三年〈一二〇七〉以降京へ移住し、後鳥羽院の北面武士となり、

承久三年〈一二二一〉の承久の乱で院方に従い斬罪と決まるが、嫡男親行の嘆願で許される。その後出家し、再び鎌倉幕府に仕え、寛元二年〈一二四四〉二月、鎌倉で没する）

この略年譜に拠りながら、季貞の系譜と主要な周辺人物についても略述しておきたい。

季貞は生没年未詳で、通称を「源大夫判官」といい、清和源氏満政（経基二男・満仲の弟・陸奥、武蔵守）流、季遠の子である。角田文衛は、「平家一門には数の少ない清和源氏流の武門」の家柄と言う[8]。季貞の父季遠は、もとは若狭国住人、満政の玄孫で、白河・鳥羽両院の北面に属した重時の養子となった。重時は鳥羽院の北面の武士の「四天王」の一人であったといい、従五位上大和守に至る（『本朝世紀』康治元年一〇月一四日条）。重時の四人の男子はいずれも養子で、そのうちの一人が季遠である。清盛の父忠盛の青侍であった季遠は、後白河院の武者所・北面に属し、忠盛と共に鳥羽院の北面の武士であった重時に「文武に秀でた素質を見込[9]」まれて、養子となったらしい。季遠は忠盛・清盛父子に仕え、東宮守仁（のちの二条天皇）の帯刀となり[10]、東宮践祚と同時に右兵衛尉となり（『山槐記』保元三年八月一三日条）、後白河院の北面の武士となる。極官の安芸守は清盛の推挽によるものとも推測されている[11]。

季遠の子には、実子季貞の他に養子の光遠（のち光季と改名）もいて、季遠・季貞同様に平家の家人であった。中宮徳子の侍をつとめ（『兵範記』仁安二年正月二七日条）、後白河院にも「愛顧」されたといい[12]、河内守在任中の治承三年（一一七九）一一月には、清盛によって解官（『山槐記』同月一七日条）、寿永二年（一一八三）一一月には木曾義仲によって解官（『吉記』同月二八日条）されたが、猶子則清（右馬允豊原章実の実子）が平家の家人として都落ちに従ったことから、おそらく元暦元年（一一八四）の二～三月頃に光季（光遠）は源氏方に捕らえられた。その息男が、「河内本源氏物語」を今日に伝えることになる源光行（一一六三～一二四四）である。

光行は和歌を藤原俊成に、漢学を藤原孝範に学び、定家とも親しかったという。[13]『吾妻鏡』に拠れば、三善康信と共に鎌倉に下り父光季の赦免を頼朝に嘆願し、頼朝ははじめ難色を示すが、後に聞き入れた（寿永三年〈元暦元年・一一八四〉四月一四・一五・二二日条）。光行女は「美濃」という女房名で建礼門院に仕えていた。光行は頼朝・頼家・実朝に仕え、その後都で後鳥羽院の北面に属し、承久の乱（一二二一）では院方に従って落命の危機に瀕し、すでに鎌倉幕府に地歩を築いていた嫡男親行の奔走により救われ、出家して幕府内に有職の人として居場所を得るのである。「河内本源氏物語」の成立は、この助命なくしてはなかったと言ってよい。光行には他にも、『蒙求和歌』『百詠和歌』『新楽府和歌』の著作があり、『東関紀行』『海道記』作者との説もあることは周知のとおりである。

さて、その光行に「源平合戦の様相」を「細かく語る立場」にあり、「表現能力は十分」であった（池田前掲書）とされる季貞の生涯はいかなるものであったのだろうか。

確認しうる季貞の官職のはじめは、久寿三年（一一五六）二月に右衛門尉となったことである[14]（『兵範記』『山槐記除目部類』同日条）。保元元年（一一五六）七月の保元の乱での季貞の動向は詳らかでない。保元三年（一一五八）四月には、賀茂斎院の御禊に供奉したらしいが（『兵範記』同月一七日条）、翌平治元年一二月の平治の乱における活動も不明である。永万二年（一一六六）正月頃には清盛に仕えていることが確認でき、左衛門尉になっていた（『平安遺文』三三七五号）。つまり季貞は、多賀も指摘するように、[15]清盛が治承五年（一一八一）に没するまで、少なくとも十五年程度は清盛に近い位置・立場にあったと見てよいことになる。

この後『山槐記』には、検非違使別当である記主中山忠親の下で働く季貞の姿が散見される。同記治承二年（一一七八）

一一月一二日条には安徳天皇誕生時の詳細が記されることで著名だが、同条で季貞は清盛の「近習者」とされている。『玉葉』治承四年（一一八〇）三月一六・一七日条からは、池田も指摘するところではあるが[16]、都が緊張状態にある中で季貞が都と福原との間を往復しており、重要な役割を担っていると言えよう。同記同年五月二六日条でも、官軍による以仁王・源頼政らの宇治での征伐につき、季貞が宗盛の使として参院し、時の検非違使別当平時忠に詳細を報告し、源頼政一党をすべて誅殺したこと、以仁王の首は未確認だが討ったことなど、事の詳細を報告しており、検非違使としてまた平家の侍として重要な役割を担っていることがわかる。

同年六月には福原遷都が行われる。忠親は、九条兼実とは違い、新都に内裏を造営することに、少なくとも表面的には反対はしていなかった。その忠親が、福原に賜った土地を八月二五日に見廻っており、同じく土地を賜った検非違使別当時忠と会い、時忠は季貞に福原の差図を持ってこさせ、内裏や人々が賜る土地を差図を開いて見たという（『山槐記』同日条[17]）。この時季貞は、単に時忠の命で図面を持ってきたのではなく、新都の図面を扱う役割を担っていた可能性があろうか。

治承五年（一一八一）閏二月には、季貞が長年「近習」として仕えていた清盛が没する。後述するが、この時季貞は清盛の死を悼む歌を詠んでいる（『月詣集』哀傷・九六八）。翌寿永元年三月、この頃には宗盛が平氏の武力を掌握していたが、恐らくは肥後国豪族菊池氏鎮圧のために同国へ季貞が遣され（『吉記』同月二五日条）、その一年後には季貞が興福寺に天山・和束両杣での兵士の調達を命じるなど[18]（『平安遺文』四〇七九号）、平氏の武士として働く姿も窺える。

寿永二年（一一八三）七月に平家は都落ちするが、恐らく季貞もこれに従ったのであろう。元暦二年（一一八五）三月二四日には、季貞は甥の則清と共に生け捕りとなる（『吾妻鏡』同年四月一一日条）。四月に義経に伴われて入洛し（『玉葉』同月二六日条）、五月には宗盛父子と共に鎌倉に送られる（『吾妻鏡』同月一六日条）。この時時忠以外の者の死罪の勅許はすでに出ていたというから、つまり季貞の死罪も決定していたわけである。同年（文治元年）六月、季貞息宗季は、季貞の身を案じて鎌倉に下向し、その武芸の器量によって頼朝の御家人に取り立てられた（『吾妻鏡』同月五日条）。宗季は矢の作製が上手く、野箭一腰を作製して頼朝に献上したところ、頼朝の意に叶ったのだという。これにより角田は、「季貞の身柄は釈放され、宗季に預けられたことは、充分に察知されよう」と推測する。[19] この後元久元年（一二〇四）まで季貞が生き長らえていることから考えると、角田の言うように、おそらく宗季によって助命嘆願がなされ、それが認められたと考えるのが妥当であろう。『大日本史料』所引『仲資王記』に拠れば、季貞は元久元年（一二〇四）六月一四日に死去したという。同記には「季貞入道」とあるので、釈放後に出家していたのであろう。この一族には助命嘆願宥免の連鎖がある。光行は平家に属した父光季の助命嘆願をし、これを許されている。その光行もまた、承久の乱で院方に味方して斬罪になるはずのところを、嫡子親行の懇願が功を奏して、助命されているのである。季貞も、「死罪」のはずであったのに、事情は不明確ながら、生き延びている訳である。父の助命に来た息宗季が武芸に優れ弓作りに秀でているという理由で御家人に取り立てられているところを見ると、恐らくは武士としての評価故に、言わば武徳故に、助命嘆願が叶ったのではないだろうか。

　壇ノ浦で生け捕りにされた家人の中には、断食して自ら命を絶った平盛国などもいるが（『吾妻鏡』文治二年〈一一八六〉七月二五日条）、例えば藤原（後藤）信康はその後鎌倉幕府の御家人になってもいるし（『吾妻鏡』建仁元年〈一二〇一〉九月一五日条、同三年九月二日条）、それより早く平時忠の息子時家は、上総介広常の娘婿となって頼朝に重用されてもいた（『吾妻鏡』養和二年〈一一八二〉正月二三日条）。消息がわからない者も多いが、いわゆる清盛の平家の一族以外は存外、平家家人であったことに拘わらず幅広く、鎌倉幕府側に雇用されていたのではないか、とも思われてくる。

少なくとも『吾妻鏡』は、そうした頼朝の姿勢を描こうとしているように見えることは確かなのである。

二　『平家物語』の季貞続貂

『平家』諸本の季貞関係記事は、久松宏二が延慶本を中心に対照表にしている。[20] 久松は、諸本を丹念に比較検討した上で、特に延慶本における季貞像について清盛側近・重盛側近としての面を中心に分析しており、これによって『平家』の季貞像は言い尽くされていると言ってよく、その後の『平家』研究の進展にも色褪せない価値を保っている。その久松論の要点を辿りながら、蛇足を付け加えるのに過ぎない私見を少しく記してみたい。

＊左掲の表は、1～12が延慶本の季貞登場場面の章段名で、その後に他本の季貞の登場場面を挙げ、いずれも下段に、季貞がどのような立場で登場するかを示した。

	延慶本の季貞記事	立場
1	第一末・一二「新大納言ヲ痛メ奉ル事」	清盛側近
2	第一末・一七「平宰相丹波少将ヲ申請給事」	清盛側近
3	第一末・二三「謀叛ノ人々被召禁事」	清盛側近
4	第二本・二一「小松殿熊野詣事」	重盛側近
5	第二本・二三「小松殿熊野詣ノ由来事」	重盛側近
6	第二本・二六「院ヨリ入道殿ノ許へ静憲法印被遣事」	清盛側近
7	第二本・二九「左少弁行隆事」	清盛の使
8	第二末・三三「園城寺ノ悪僧ヲ水火ノ責ニ及事」	検非違使
9	第四　・　二「平家一類八十余人解官セラル、事」	平家家人
10	第六本・一六「平家男女被多生虜事」	平家の捕虜
11	第六本・二一「平氏生虜共入洛事」	平家の捕虜
12	第六本・三〇「大臣殿父子関東へ下給事」	平家の捕虜

以下、延慶本にはない季貞記事

盛衰記・南都本	巻一七「祇王祇女」（南都本は巻一）	清盛側近（ただし盛・南の登場場面は異なる）
覚一本	巻五「物怪之沙汰」	清盛の使
覚一本・南都本	巻六「飛脚到来」	平家の侍
盛衰記	巻二五「小督局」	清盛側近
覚一本・屋代本・中院本	巻八「太宰府落」	平家の侍
南都本	巻一一「佐々木三郎藤戸渡事」	平家の侍

この表に見ると、季貞は清盛側近・清盛の使としての役割が多い。しかも、比較的重要な、配慮のある人物に設定されている場合が多い。例えば1では、鹿谷の陰謀発覚後、清盛の西八条邸に捕縛された成親に対し、「元ヨリ情アル者」であった季貞は、清盛が「アレ坪ニ引下シテ取テフセテ、シタ、カニサイナミテ、オメカセヨ」と命じても、拷問するふりだけをし、成親の耳元で「入道ノキカセ給候ヤウニ、只御声ヲ立テヲメカセ給へ」と囁いたのであった。この場面は、長門本は延慶本に類同だが、盛衰記は「恐シゲナル者二人」として成親拷問を装う者の名はなく、闘諍録は拷問を装うのは盛国のみで、屋代本・覚一本・中院本は経遠・兼康のみとなっている。四部本・南都本は記事を欠く。延慶本ではこの後重盛が「経遠、兼保（康）ナムドガ大納言ニ情ナク当リタリケル事、返々奇怪也。（中略）片田舎ノ者ハカ、ルゾトヨ」と叱責すると、経遠と兼康は恐れ入るのであった。この場面では、久松の言うように、「情」という点において、季貞と経遠・兼康とは対照化されている。経遠・兼康のような「片田舎ノ者」とも異なる存在として造型されているのである。また、覚一本・中院本では、清盛に「あの男とッて庭へ引き落とせ」と言われると、経遠・兼康はすぐには従わず、「小松殿の御気色、いかが候はんずらん」（覚一本巻二「小教訓」）と、重盛の意向を気にする。すると清盛が怒ったので、「この事あしかりなん」（同前）と思ってか、成親を庭へ引き落として拷問するふりをするのである。その後重盛が、経遠と兼康が成親に「情なうあたりける事」を叱責し（実際には拷問はしていないが）、「片田舎の者共は、かかるぞとよ」と言うと二人が恐れ入る、という展開は延慶本に同じである。[21]つまり延慶本の季貞は、覚一本・中院本の経遠・兼康とも対照的に、清盛をむやみに恐れるわけでもなく重盛の意向をも特に気にするわけでもなく、己の「情」から成親に拷問をしないという、意志をもった人物として造型されている。

また、2では、娘婿成経の身を請い受けるために西八条邸を訪れた教盛に対して、対面を拒否する清盛に代わって応対する役割、6では、後白河院の使として西八条邸を訪れた静憲法印に対して、やはり対面を拒む清盛に代わって院宣の趣を伝え聞く役割を担っている。いずれの季貞も、久松の指摘するとおり、清盛に代わって「いろいろな役目を担った人物と応対する者」「院側近（稿者注―成経・静憲）とを結ぶパイプ役」として造型されている。
なお、2は覚一本等でも同役割だが、そこでの季貞は取り次ぎの域を超える存在ではないのに対して、延慶本・長門本・盛衰記・闘諍録・屋代本では、成経の身柄を請い受けることを認めてもらえなければ出家をも辞さないという教盛の覚悟を聞き、季貞は「ニガ〱シキ事哉」（延慶本）と思って清盛に詳しく教盛の言を報告し、さらに「能々御計有ベクヤ候ラン」と自身の考えも述べている。はじめのうちは「ヨニ心得ズゲ」だった清盛だが、結果的には、一時的にではあるが成経を教盛に預けることに決めるのであり、そこには季貞の勧めが奏功していると言ってよい。多賀宗隼は、1と2において、季貞が「端なくも重要な立役者として立あらわれている」といい、その背後には「季貞の清盛に対する長年の忠勤を想わせるものがある」とも指摘する。(22)

さて、4での季貞は重盛側近として描かれている。重盛は死の間近、熊野に参詣して本宮証誠殿の御前で、父の悪心を和らげるか自分の命を縮めて来世の苦しみを助けてもらうかいずれかの願いを叶えてほしい、と一晩中敬白した。帰京時、岩田川で遊ぶ子息維盛らの衣服が濡れて浄衣の色に変じ、重盛は先の願いのうちの後者が熊野の神の請けるところとなったことを知るのであるが、その際に延慶本において、まずこの不吉に気づいて「見トガメ」るのが季貞なのである。(23) 彼の「君達被召候御浄衣イカニトヤラム。イマワシク見ヘサセ給候。召替ラレ候ベシ」という言葉によって重盛はそれに気づくので（第二本・二一「小松殿熊野詣事」）、重盛の願いを知らぬとはいえ、重要な役割を担っているのである。盛衰記・屋代本・覚一本・中院本はこれを貞能としており（四部本は「先達」）、延慶本でも、後の維盛の回想場面で「貞能ガ見認《トガメ》シ事」と維盛が思い出しているので（第五末・一六「惟盛熊野詣事付湯浅宗光ガ惟盛ニ相奉ル事」）、重盛の側近としての姿が多く描かれる貞能の方が、より相応しいとは言えよう。(24) しかしなんらかの錯誤によるものにせよ、季貞であることが不自然であるとも言えまい。久松はこの異同が生じた理由を様々に検討しているが、中でも、季貞が、清和源氏でありながら平氏の家人として最後まで一門の行方を見定める人物であること、季貞一族が、平氏の家人から、平家滅亡後は源氏（鎌倉幕府）の御家人に取り入れられていくことに求めている点は興味深い。重盛はそもそも、5で、三嶋大社へ詣でて頼朝の祈願によって清盛の首がとられる夢を見たから、平家の世の末を悟って熊野へ詣でたのだというが、その時に同じ夢を見た兼康が重盛邸を訪ねてきた際、取り次ぎをするのが季貞なのである（南都本では重盛と同じ夢を見るのが季貞である）。延慶本はその結末を頼朝の世を寿祝する「右大将頼朝果報目出事」で締めくくるが、久松はそのような延慶本の性格が、頼朝の登場と清盛の滅びを重盛が確信する夢想や岩田川の場面で重要な役割を果たす季貞に、積極的に反映されていると読むのである。だからこそこの岩田川の場面には季貞がふさわしく、延慶本の季貞は物語の行方を方向付ける、とも言うのである。『平家』諸本間の比較と本文の読解に立脚した整合性のある人物造型論として得心されるところである。

なお、付けたりとなるが、先に見たように『平家』成立に関与したとの説がある光行は、『平家』諸本では盛衰記と長門本に一箇所のみ登場する。以下に盛衰記のその場面を見ておきたい。

治承四年六月九日、福原ノ新都ノ事始アリ。上卿ハ後徳大寺ノ左大将実定、宰相ニハ土御門ノ右中将通親、奉行ニハ頭右中弁経房、蔵人左少弁行隆也。河内守光行、丈尺ヲ取テ輪田ノ松原西ノ野ニ宮城ノ地ヲ定メケルニ、一条ヨリ五条マデ有テ、五条已下ハ其所ナシ。「如何ガアルベキ」ト評定アリケルニ、通親勘テ、「三条ノ大路ヲヒロゲテ十二ノ通門ヲ立、大国ニモ角コソシケレ。吾朝ニ五条マデ有バ何ノ不足カ有ベキ」ト被申ケレ共、不二事行一シテ行事ノ人々還ニケリ。去バ「昆湯（陽）野ニテ可レ在歟、印南野ニテ可レ有歟」ト、公卿僉議有ケレ共、未定也。先里内裏可レ被二造進一トテ、五条大納言邦綱卿周防国ヲ給テ、六月二十三日ニ事始シテ、八月十日棟上ト被二定申一ケリ。（後略）

（巻一七「福原京」）

長門本は類同で、他本には新都事始の記事はあるが光行の名はない。光行はこの時民部大夫であって河内守ではない（当時の河内守は源康綱）。実際に「丈尺」を取る人物としては、先に見たように、この時福原に在って新都の差図を扱っていた季貞（『山槐記』治承四年八月二五日条）の方が、相応しいかもしれないのである。久松は、延慶本に光行自身が関与した可能性を見出だすことは難しいが、季貞関係説話が形成されていく際に「光行側の如き視点」が関与していることの想定は可能なのではないか、と指摘する。盛衰記に表される光行像と『山槐記』の伝えに窺われる季貞の活動との間にはわずかながら共通性が認められ、本記事に関しては、盛衰記・長門本にも「光行側の如き視点」が反映されている可能性があることも付け加えておきたい。

季貞については、諸本を通して、言わば悪い書かれ方、滑稽な描かれ方は一切無いのである。清盛・重盛に忠実で、特に延慶本ではそれが盲従的ではなく意志的であり、重要な役割を多く担っている。現実に、その後の季貞自身も後裔の一族も生き残って、頼朝の政権に取り立てられ、鎌倉の文化面に貢献することを考え合わせれば、文武の両面で能力を評価されて権力に重用された人々であったという側面を見逃すべきではないであろう。

三　季貞の和歌

季貞が、文事面でどのような素養能力を有していたかを直接に示す史料はないが、季貞が一廉の歌人であったことは、その事績から明らかである。季貞の現存歌を拾遺して注解を加え、そこに季貞の人物像を探ってみたいと思う。季貞の和歌は、次の各集に残されている。

千載集　1（首）／月詣集　6／言葉集　1／玄玉集　3

以下にこれら季貞の現存歌に若干の注解を加えつつ、考察を加えてみたい。

季貞の歌六首が入集した『月詣集』は、「撰者は賀茂重保で、寿永元年（一一八二）一一月、祐盛法師の助力を得て成立したといわれ、賀茂別雷社に奉納された」（新編国歌大観解題）という。なお、全集作者位置は「源季貞」。

①御垣守真手がふほどは郭公しばし雲ゐに名のりして行け（月詣集・四月・三三五）

現代語訳

御垣守の兵士が真手つがいの騎射をしているうちは（警護ができないので）、時鳥よ、暫しの間、宮中の名のりをするように、空に鳴いて行ってくれよ。

参考歌

時鳥雲ゐはるかに名のればや朝倉山のよそに聞くらん（高陽院七番歌合・郭公・一八・匡房）

雲ゐよりたそかれどきの時鳥問はぬさきにも名のり行くかな（行宗集・百首・夏・郭公・二〇五）

＊詞書は「左衛門の陣に侍りけるに、ほととぎすを聞きてよめる」。歌の「御垣守」は宮中諸門を警護する兵士であり、「左衛門の陣」と符合する。「真手がふ」は「真手番ふ（結ふ）」の略か。とすると、近衛府の官人が近衛の馬場で次将臨席下に騎射を行うことなので、詞書の「左衛門陣」や歌の「御垣守」と齟齬がある。「真手がふ」は用例が見えず、珍しい。「真手つがふ」も「あづさゆみまゆみはけふぞまてつがひあやめのねさへひきそへてける」（新撰六帖・第一・五日・八六・家良）が数少ない

作例で、これは「五日」題なので、五月五日に左近衛府が行う「真手つがひ」を詠んだものであろう。「雲ゐ」は、天空の意に「御垣守」の縁で宮中の意が掛かる。

②恋しさはただ一すぢになりぞゆく憂し辛しとはことにこそ言へ（月詣集・恋上・題知らず・三四二）

現代語訳

恋しさは、ただ一途になってゆくのだ。辛い、苦しい、とは口に出して言うけれど。

参考歌

とにかくに物は思はずひだたくみうつすみなはのただ一すぢに（拾遺集・恋五・九九〇・人麿）

またもなくただ一筋に君を思ふ恋道にまどふ我や何なる（千載集・恋一・六七四・伊通）

＊「憂し辛し」は、覚性の「うしつらし都はみじと思ひしはわかれぬほどのこころなりけり」（出観集・雑・七四三）や俊恵の「しばしこそうしつらしとも言はれけれ果ては恋しさ只ひたすらに」（林葉集・恋・七〇六）がが早い例で、季貞の歌もその前後に詠まれていて、俊恵の影響下にあるようにも見える。いずれにせよ、季貞の時流に対する敏感さを示すか。

③棚機のまれに逢ふ夜のむつごとは天の川波数も知らじな（月詣集・七月・六一九）

現代語訳

七夕が、年に一度稀に逢う夜の語らいは、天の川の波のように、数知れない程であるだろうな。

参考歌

彦星のまれに逢ふ夜のとこ夏は打ち払へども露けかりけり（後撰集・秋上・二三〇・読人不知）

七夕の夜も長月にあひみせばなほむつごとや尽きせざらまし（和歌一字抄・深・秋深夜長・四九七・行宗）

今日さへやよそに見るべき彦星のたちならすらん天の川波（拾遺抄・恋上・二八〇・読人不知。拾遺集・恋二・七七二）

君が世は末の松山はるばると越す白波の数も知られず（金葉集・賀・三一三・永成）。

＊総じて詞遣いは伝統的だが、結句「かずもしらじな」は珍しい。「かくとだにえやはいぶきのさしもぐささしもしらじなもゆるおもひを」（後拾遺集・恋一・六一二・実方）の「さしもしらじな」の語感が想起される。

④初声を我に聞かせよ時鳥待つかひありと人に言はせん（月詣

集・雑上・七二七）

現代語訳

初めて鳴く声を私に聞かせてくれ、時鳥よ。待つかいがある、とあの人に言わせるように。

参考歌

山がつと人はいへども時鳥まづ初声は我のみぞ聞く（拾遺抄・夏・六三・是則。拾遺集・夏・一〇三）

今年だにまづ初声を時鳥よにはふるさで我に聞かせよ（詞花集・夏・五七・花山院）

＊参考歌等を踏まえた常套の詠みぶりと言えるが、下句は、俗に傾いた直截的表現で、少し恋歌の気分も感じられる。

⑤春雨もおつる涙もひまなくてとにもかくにもぬるる袖かな（月詣集・哀傷・九六八）

現代語訳

春雨も流れ落ちる涙も、間断なく続いて、ともかくも濡れるこの袖であることだな。

参考歌

五月雨のそらだのめのみ暇なくて忘らるる名ぞ世にふりにける（金葉集・恋下・四八九・読人不知）

世の中は憂き物なれや人ごとのとにもかくにも聞こえ苦しき（後撰集・雑二・一一七六・貫之）

＊詞書は「六波羅入道太政大臣かくれ給ひて後のわざの夜、雨のふり侍りければよめる」。「六波羅入道太政大臣」は、平清盛であろう。とすると、その死は、治承五年（一一八一）閏二月四日である。清盛との関係を知る上で、参考となる一首である。間断のない春雨と涙を並列して、ただひたすら濡れる袖のさまにより、閏二月の清盛の死の悲しみを表出する一首であり、哀傷の常套・類型を出るものではないだろうが、もとより哀傷の和歌とはそこに真意を込める表現手段なのであろうから、季貞の真情が希薄という訳でもないであろう。

⑥東路に行きて住まんと言ひ置きし人もかくこそ悲しかりけめ（月詣集・哀傷・九九一）

現代語訳

東路に行って住もうと、言い置いたあの人も、（清盛が亡くなったことを知れば）、私のように悲しかったのだろうけれど。

参考歌

敦敏が身まかりにけるを、まだ聞かで、東より馬を送りて

侍ければ左大臣（実頼）
まだ知らぬ人もありける東路に我も行きてぞ住むべかりける（後撰集・哀傷・一三八六）
夏の夜を寝ぬに明けぬと言ひ置きし人はものをや思はざりけむ（和漢朗詠集・夏・夏夜・一五三）。

＊詞書は「平貞能東の方鎮めにまかれりけるが、入道おほいまうちぎみの隠れ給ひることを知らで、さまざまの事言ひ上げて侍りけるによめる」である。貞能は、平家累代の家人で、清盛と、先述したように重盛の側近でもあった。「東の方鎮めに」は、治承四年（一一八〇）一二月に、小松少将資盛に従い、伊賀から尾張に出張って、在地の逆賊鎮圧する任を言うのであろう。これは、兵糧の不足と、治承五年（一一八一）閏二月の清盛の死で成果があがらなかったらしい。「さまざまの事言ひあげて」は、清盛の死を知らずに、清盛方に兵事に関してあれこれと要求を言上した、というようなことであったろうか。詞書の事情も類似する参考の『後撰』歌を本歌のように踏まえたとも見られる。それにしても、全体に直截な表現である。

多賀はこの歌を「季貞が一介の侍にあらず、一箇《ママ》の教養人であったことを思わせるに足るとともに、「平家物語」えがくところの側近としての季貞の行動や心情、延いては入道と季貞との、長年に亘る君臣結合の状は、仮作や誇張にあらず却てよく事の真実に触れたものとして、遡って評価さるべきを想わせる。もとより行きずりの取次ぎや近習を以て目すべきではなく、二人の間にはおのずから阿吽の呼吸が醸成せらるるものがあったのである」とも言う。[25] 和歌に情意を汲み取ろうとした論であろう。しかしながら、右に記したとおり、これらの表現は先規に従ったものとも言え、多賀の言うとおりそこに作者の教養を認め得るにしても、むしろ和歌の類型の中で真意を表現し得ていることに価値を見出すべきであろう。

勅撰集には、『千載集』の次の一首のみが入集している。

⑦人知れずおもひそめてし心こそ今は涙の色となりけれ（千載集・恋一・題知らず・六八七）

現代語訳

人に知られることなく思い初めた心は、今は、涙の紅に染めた色となったのだな。

参考歌

恋すてふわが名はまだき立ちにけり人知れずこそ思ひそめしか（拾遺抄・恋一・二二八・忠見。拾遺集・恋一・六二一）。

＊「そめて」は、「初めて」に「色」の縁で「染めて」が掛かる。恋歌として破綻のない詠みぶりである。同時に「涙の色」を含む下句には、清新さもある。

平安時代最末期に惟宗広言の編んだ『言葉集』には次の一首が採られている。

⑧さきの世にいかに契りを結び置きてかくとげ難き人を恋ふらん（言葉集・恋上・四二）

現代語訳

前世でいったいどのように宿縁を結び置いて、このように本望を遂げ難い人を恋しく思　うのだろうか。

＊寿永百首家集の一つである刑部卿頼輔の家集に「さきの世の契りをいかに結びまつとけぬ人しも恋しかるらん」（頼輔集・皇太后宮大夫俊成卿家十首会・六四）という類歌があるが、先後関係は不明である。鎌倉時代成立という『石清水物語』にも「さきの世にいかに結びし契りにてとくる世もなく物ぞ悲しき」（三一・伊予の守）との類歌があるので、院政期末から鎌倉期にかけて、一つの類型が形成されたのかもしれない。なお、江戸時代の小沢蘆庵に「さきの世にいかに結べる契りとてかくとけ難き中の下紐」（六帖詠草・恋・不逢恋・一二二〇）がある。一見して詞遣いは酷似するが、これは「下紐」の縁で「結べる（男女の契りを結ぶ・下紐を結ぶ）」「解け・遂げ」を掛詞とする点で、趣を異にする。

建久二〜三年（一一九一〜一二）頃と成立と推定されている『玄玉集』には、三首が入集している。この撰者には隆寛や上覚が擬せられているが、確定し得ないという。

⑨いにしへにかはらぬ月の影みればともにながめし人ぞ恋しき（玄玉集・天地下・一七一）

現代語訳

過ぎし昔に変わらない月の光を見ると、かつていっしょに見つめたあの人が恋しいよ。

参考歌

古にかはらぬ花の色見れば花の昔の昔恋しも（公任集・又のとし同じ折、実方の中将・四七〇）

よもすがらおもひやいづるいにしへにかはらぬ空の月をながめて（続詞花集・雑中・八三七・清家）。

＊平明素朴な歌である。大枠では、「木の間よりもりくる月の影見れば心づくしの秋は来にけり」（古今集・秋上・読人不知）以来の、月光で心が動くという類型の中に入る。『散木奇歌集』の「女」の歌「なかなか大宮人の影見れば昔こひしき夜はの月かな」（秋・月明かりける夜、前中宮に詣でて人に物申しけるに、昔の事など申し出だして・五二七）は、「人」と「月」の関係が対照的だが、主旨は同様である。

⑩みそぎする川瀬の風の身にしむは明くるを待たで秋や来ぬらん（玄玉集・時節上・隔秋一夜と云ふ心を読める・三九一）

現代語訳

（水無月祓の）禊ぎをする川の瀬を吹く風が（涼しく）身に染みるのは、（六月晦日の）夜が明けるのを待たずに、秋がやって来てしまった　のだろうか。

参考歌

みそぎする川せにさよやふけぬらんかへるたもとに秋かぜぞふく（千載集・夏・六月祓をよめる・二二五・読人不知）

風の音の身にしむばかり聞こゆるは我が身に秋や近くなるらん」（後拾遺集・恋二・七〇八・読人不知）。

＊『玄玉集』成立から十年程度の後出の類歌に、通親の「まだきより川せの風のすずしきは秋のなごしのみそぎなりけり」（正治初度百首・夏・五三八）や保季の「みそぎするかはせにこよひおとづれて明くるを待たぬ秋のはつかぜ」（千五百番歌合・夏三・一〇四二）や丹後の「みそぎする河せのかぜのすずしきは秋にや神もこころよすらん」（同上・夏三・一〇二七）がある。第四句「明くるを待たで」は、先行例を見ない新奇な措辞であり、保季の一首は、あるいは該歌からの影響があるかとも疑われるのである。

⑪我が宿の梢の花を見るたびに吉野の山を思ひこそやれ（玄玉集・草樹上・五六八）

現代語訳

私の家の梢の桜の花を見る度ごとに、吉野の山を思いやるのだ。

参考歌

我が宿の梅にならひてみ吉野の山の雪をも花とこそ見れ（拾遺集・春・九・読人不知）

今は我吉野の山の花をこそ宿のものとも見るべかりけれ（長秋詠藻・右大臣家百首治承二年五月晦日比給題七月追詠進・花・五〇二）

＊詞書はなく、前歌は「公衡卿の中山の家にまかりて、花見侍りて後に申しおくり侍りける／隆寛法師／花の色の猶おくありて見えしかなよしのの山の春をうつして」である。この詞書は、季貞の歌の「我が宿の」とは整合しないので、かからないと思われる。参考に挙げた俊成の「今は我」詠は、該歌と逆の趣向の類歌だが、「俊成卿十首歌人人よみ侍りしに、花を」と詞書きする後徳大寺左大臣実定の一首「我が宿は吉野の山にあらねども花咲きぬれば雲かかりけり」（林下集・一八）という一首も併せて、該歌との先後関係は不明である。いずれにせよ、同

時代の詠みぶりには沿っている。

如上、源季貞は清盛に近い武士歌人として認識されていて、それが『月詣集』『言葉集』『玄玉集』といった、院政期末期頃の打聞類にその歌の数を見せていることに繋がっているのであろう。『千載集』への入集は一首だが、その恋歌は、「初め」「染め」の掛詞を「(涙の)色」の縁で仕立てていて、一定の水準を見せているので、俊成の評価するところであったと思しい。しかし、重代の歌人でもなく家集なく特筆すべき歌会・歌合等への参加の明確な記録上の痕跡もない歌人としての認知はやはり、清盛周辺に在った人であることが大きく与っているのではないだろうか。平忠度が名を隠されて入集した『千載集』には、確かに朝敵となった清盛に近い血縁者は不入集である(26)(あるいは他にも読人不知で採録された人がある可能性は否定されない)。しかし、正盛流の人は、清盛の父忠盛等、必ずしも同集から排除されている訳ではないのであって、忠度の隠名はむしろ俊成の、同流の歌人を歌人として評価して、なんとかその歌を勅撰集に留めようとする姿勢の表れと見るべきだと考えるのである。とすると、清盛に親近した武士ではあっても、季貞は、それ故に世に名を知られた歌人として俊成に評価されたものと見てよいであろう。

その季貞の僅かな現存和歌に見る限り、池田利夫が「秀れた和歌を詠んでいる」というとおり、一応は和歌の伝統に沿った破綻のない詠みぶりを示しているのであって、相応の和歌の素養は身に付けていて、同時代の傾向にも無関心ではないように見受けられ、本意をはずしていない作品を残している。しかし一方では、先例を見ないような比較的珍しい、あるいはやや俗に傾いた調子の詞遣いや平明率直な詠みぶりが目に付くところでもあり、そこにむしろ武士歌人としての特徴の一端を見ることができるかもしれない、と思うのである。

むすび

鎌倉幕府というよりはその実質的宰領者北条氏の立場を擁護する傾向が著しいとされる『吾妻鏡』の、元暦二年（一一八五）四月一一日条が、壇浦で生け捕られたとして記す「此外」の人物（美濃前司則清・民部大夫成良・源大夫判官季貞・摂津判官盛澄・飛騨左衛門尉経景・後藤内左衛門尉信康・右馬允家村）は、いわゆる阿波民部成良のほかは『平家』にさほど登場しないにもかかわらず、季貞は数多く登場しているのである。また季貞は、院政期打聞類に歌を相応に残し、俊成撰の勅撰集『千載集』にも名を顕されて載る歌人でもあったのである。そのことは、能力有る武人で歌人でもあった季貞という人物は、単に清盛の平氏に忠実な家人というにとどまるものではなく、『平家』の生成に季貞や光行が関わった否かは一先ず措いて、『平家』の中で歌人としては描かれなかった清盛と重盛の造型とは対照的な、当時の武士の一方の典型、それは実はその多くが歌を残した鎌倉幕府の中枢にあった北条氏をはじめとする武士の姿にも重なるのだけれど、即ち文武を兼ね備えた人物として評価されていたことを意味するのではないのだろうか。言葉を換えれば、文人でもある武士源季貞は、朝廷の育んだ和歌的価値を肯定する側に属するような人物として、当時の世上に認識されていたのではないか、と考えてみたいと思うのである。

【注】

（1）『尊卑分脈』は時長を『平家』作者とする。山田孝雄は『平家』六巻本作者を行長か時長かとした（『平家物語考』〈国語調査委員会、一九一一年〉)。渥美かをるは源平闘諍録を源光行作で成立は一二三〇年頃とし(『平家物語の基礎的研究』〈三省堂、一九六二年〉)、冨倉徳次郎は『徒然草』の行長・生仏合作説を、『醍醐雑抄』の時長・光行合作説を採り、前者を「語りもの系」の、後者を「読みもの系」の「芽生え」とし、二元的な成立を想定した(『平家物語研究』〈角川書店、一九六四年〉)。近年では五味文彦に行長作者説が受け継がれ(『平家物語、史と説話』〈平凡社、一九八七年〉)、佐々木紀一も『仁和寺文書』所収系図の注記から同説を評価している(「信濃前司行長『平家物語』作者説の為に」〈『文学』二―二、二〇〇一年三月〉)。

(2) 日下力執筆。同氏等編の同事典は、東京書籍、二〇一〇年一一月刊行。

(3) 池田利夫『新訂 河内本源氏物語成立年譜攷―源光行一統年譜を中心に―』(貴重本刊行会、一九八〇年五月〈初出は一九七七年一二月〉)。

(4) 角田文衛『平家後抄(下)』(講談社、二〇〇〇年九月)終章(初出は朝日新聞社、一九七八年九月)。

(5) 庭山積『平家物語と源光行(第一巻)』(発行者は著者と同一、一九八二年七月)、多賀宗隼「平清盛と側近―源大夫判官季貞―」(『日本歴史』五二九、一九九二年六月)。なお、光行については最近、岩田慎平「頼家・実朝における鎌倉幕府吏僚―源仲章・源光行を中心に―」(『紫苑』一二、二〇一四年三月)等の論攷も出されている。

(6) 「「延慶本」における源季貞―『平家物語』諸本における人名異同という視点から―」(『軍記と語り物』二四、一九八八年三月)。

(7) 拙稿「平時忠伝考証」(『国語と国文学』七九―九、二〇〇二年九月)、「『平家物語』「南都大衆摂政殿ノ御使追返事」をめぐって―摂政使忠成と親雅、有官別当のことども―」(『国文鶴見』四〇、二〇〇六年三月)、「平重盛―一門栄耀の反照」(元木泰雄編『保元・平治の乱と平氏の栄華』〈清文堂出版、二〇一四年四月〉)など。

(8) 角田文衛『平家後抄(上)』(講談社、二〇〇〇年六月)第二章(初出は朝日新聞社、一九七八年九月)。

(9) 注(8)所掲角田書。「文」については季遠の歌が『詞花集』巻一・一四に入集していることと季遠が(天治元年以前春」長実卿家歌合に参加していることに拠る。
(10) 注(8)所掲角田書は「時子との関係から」と推測する。
(11) 注(8)所掲角田書。
(12) 注(8)所掲角田書。
(13) 注(3)所掲池田書。
(14) 米谷豊之祐『院政期軍事・警察史拾遺』(近代文芸社、一九九三年七月)は、「季貞は父季遠とともに初め平姓を冒したが、季遠が白河院北面として院の寵愛を蒙った源重時の猶子となるに伴い、中年以後源氏を名乗るに至った」として『山槐記除目部類』仁平三年(一一五三)正月二二日条で右馬少允に任じた「平季貞」を、源季貞と同一と見る。同記や『兵範記』の久寿三年(一一五六)二月二日条には「源季貞」とあり、これを「中年以後」のことと見てよいのか稿者には判断がつかないので、本稿では保留としたい。
(15) 注(5)所掲多賀論攷。
(16) 注(3)所掲池田書。
(17) 『玉葉』八月二九日条に拠れば、「指図」は源雅頼が造進し、忠親が修正を加えたのだという。おそらくこれは『山槐記』同月二四日条にも記される「皇居差図」であり、『山槐記』同月二五日条の「福原差図」はもっと大きな地図であろう。なお、高橋昌明『平清盛 福原の夢』(講談社、二〇〇七年一一月)第六章は、同条の「大理(時忠)被来会、遺召季貞、具福原差図来」を「時忠は清盛側近の源季貞を召し連れ、「福原の指図」を持ってやってきた」と解しているが、「遺召」とあるので、本稿では、季貞が時忠の命で福原差図を持参したと解した。
(18) 五味文彦『平氏軍制の諸段階』(『史学雑誌』八八—八、一九七九年八月)参照。
(19) 注(8)所掲角田書。
(20) 注(6)所掲久松論攷。

(21) 覚一本の巻一「殿下乗合」で経遠と兼康は、「片田舎の侍どもの、こはらかにて、入道殿の仰せより外は、又おそろしき事なし」と思う者の代表として登場し(盛衰記もこの二人の名を挙げる)、清盛の指示通りに摂政基房の一行に乱暴する。この時清盛は事前に重盛に相談せず、顛末を知った重盛は、事に当たった侍を皆勘当した。事件前にはこの二人には清盛の「仰せ」しか恐れるものはなかったわけだが、巻二の成親捕縛の際には重盛をも恐れている。巻一と巻二を併せ見るならば勘当された「侍」に二人も含まれていたため、その後重盛も恐れるようになったと読むべきか。なお兼康は、この後成経が流罪になる際には、教盛が伝聞することを恐れて道中成経を気遣ったと描かれる。巻八「瀬尾最期」の兼康の英雄的な人物像との整合性の問題も検討すべきであろうがここでは措く。

(22) 注(5)所掲多賀論攷。

(23) 延慶本の「李貞」は季貞の誤りであろう。

(24) 貞能は平家都落ちの際には、延慶本では一門と離れて都に戻り、重盛の遺骨を掘り起こして首にかけて一門を追ったとされ(第三末・二八「筑後守貞能郡へ帰リ登ル事」)、覚一本では骨を高野山へ送り、宇都宮氏を頼ったとされる(巻七「一門都落」)。

(25) 注(5)所掲多賀論攷。

(26) 中村文『後白河院時代歌人伝の研究』(笠間書院、二〇〇五年六月)第一六章(初出は一九九六年一一月)は、季貞について「政治的立場はともかくとして、風雅面では後白河院周辺の地下と歌筵を共にしたか」と推測している。

【引用にあたり使用したテキスト】『玉葉』—図書寮叢刊本、『山槐記』—増補史料大成本、『吾妻鏡』—新訂増補国史大系本、『醍醐雑抄』—群書類従本、延慶本—勉誠出版刊本、盛衰記—三弥井書店刊本、四部本—汲古書院刊影印本、覚一本—武蔵野書院刊本。ただしいずれも読みやすさを考え、表記を一部改めた箇所がある。

〔付記〕本稿を成すにあたり、元木泰雄氏に種々ご教示を賜った。元木氏に厚く御礼申し上げる。

源親行の和歌の様相

中川博夫

はじめに

「源親行」について、『日本古典文学大辞典』第五巻（昭和五九・一〇、岩波書店）は、次のように記している。

鎌倉時代の和学者。法名は覚因。清和源氏満政流、河内守光行の男。母を藤原敦倫の女とする証跡もあるが、未確定。生没年未詳。文治四年（一一八八）ごろ出生。文永九年（一二七二）から建治三年（一二七七）を隔たらぬころ八十余歳で没したか。

元久二年（一二〇五）左馬允に任じられて以来、大炊権介・式部大夫・河内守などに任官されたが、鎌倉幕府に長く仕え、和歌奉行を勤めたという。承久の乱で院方に加担した父の助命に奔走したり、自身も幕府内の政争に連座して一時失脚したが、関東在住の歌人・源氏学者として重きをなした。少年時代より藤原定家を歌の師とし、父の『源氏物語』研究を扶け、『源氏物語』をはじめ『万葉集』『古今集』の本文校訂に力を尽した。特に『源氏物語』は二十年を費して諸本を比校し、建長七年（一二五五）にいわゆる河内本を整定した。また、その注釈書『水原抄』も父の業を継承して完成させ、孫の行阿に至って成る『原中最秘抄』の基礎を築いた。（後略）

この簡にして要を得た記述は、『新訂河内本源氏物語成立年譜攷―源光行一統年譜を中心に―』（昭五五・五、貴重本刊行会）を著した池田利夫によるものである。この源親行の現存する和歌45首を別稿「源親行の和歌注解(1)」（『鶴見日本文学』一八、平二六・三）に注解した結果を踏まえて、親行の和歌につき、表現の性向や表現史上の位置取りを探りながら、その様相を明らかにしてみたいと思う。

一　本歌取り

まず、親行の本歌取りの詠作を整理してみよう。注解を施した親行の現存歌45首については、文治四年（一一八八）頃という親行の推定生年と、所収歌集の状況即ち初出勅撰集が建長三年（一二五一）末奏覧の『続後撰集』で最も早い入集打聞が正元元年（一二五九）成立の『新和歌集』であることから、おおよそは建保・承久年間（一二一三〜一二二一）を上らない時期以降の詠作かと推測される。とするとそれは、親行の師でもある定家が詞は古きを宗として三代集歌人の用語を拠るべき古歌詞と定めた『近代秀歌』『詠歌大概』成立後の時期で、かつ真観が関東（鎌倉）で著した『簸河上』に本歌取りし得る古歌の範囲を『後拾遺集』まで広げることを容認してゆく時期にも重なるのであれば、親行が直ちに真観の考えに従ったという訳ではないにしても、同時代に関東に祗候した親行の詠作としては、本歌に取るべき古歌の範囲を三代集歌人および『後拾遺集』初出歌人の歌と見ることに一定の合理性があると考えるのである。その観点から認定した本歌取りの詠作は15首で、『源氏物語』を本説・本歌にした1首（後述）を加えると16首となり、全体の三分の一強である。本歌の所収歌集・部立・作者と親行歌の所収歌集・部立および本歌からどのように詞を取っているか（句の位置・字数）を一覧すると、次のとおりになる。

凡例　行頭の○囲み数字は、「源親行の和歌注解」で付した番号（以下同様にこれを用いる）で、その下に本歌の歌集名・部立新編国歌大観番号・作者名、隆弁歌の歌集名・部立・新編国歌大観番号。次行に、詞の取り方につき、本歌の第何句（算用数字）の何字分（字数）→隆弁歌の第何句の何字分、というように表す。＊に特徴を簡略に記す。

①古今集・恋三・六二〇・読人不知、続後撰集・雑上・一一〇二。
1・2句→1・2句（下3字語彙変換）。
＊五七句を取り、部立を変換する、定家の規制に適従する。

②後撰集・雑四・一二八一・忠国、続古今集・雑上・一六〇七。
4句→4句。
＊詞は第四句をそのまま取っただけだが、擬人化した物の涙の述懐を詠じる趣向も倣う。

⑥後撰集・恋一・五一五・伊勢、新千載集・恋三・一三三六。
1句→1句、4句上4字→2句上4字、5句中2字→3句上2字。
＊心（意味内容）も類似。

⑦古今集・春上・三九・貫之＋同・冬・三三四・読人不知、新和歌集・春・一六。

㉖後拾遺集・夏・二一二・輔弘、東撰六帖抜粋本・夏・一四四。
3句・4句中2字・5句→1句・5句中2字（活用語尾変化）・2句（句末助詞1字変化）。
＊句の位置は変えるが、部立は同じ。

㉚古今集・東歌・みちのくうた・一〇九二、東撰六帖抜粋本・夏・一五九。
2句・3句中2字→4句・1句下2字。
＊句の位置・部立を替え、内容も新しい、定家の準則に近い。

㊳伊勢物語・五十八段・一〇六・男、東撰六帖抜粋本・秋・三二一。

2句→2句（句末2字変化）、4句下4字・五句上2字→4句上4字（助詞1字変化）・1句下2字（語彙変換）。
＊本歌を展開させたような趣。

㊴新古今集・冬・六五七・人麿、東撰六帖抜粋本・冬・三八三（第五句五字分欠損）。

1・2句→3句・2句（句末助詞1字変化）、1・2句→3・4句。

＊二首の四句（内一句共通）を取る。

⑨古今集・春上・一三・友則＋同・春下・一〇三・元方、新和歌集・春・三〇。

1句上3字・2句→5句上3字・4句（助詞2字変化）、1句上3字・4句中2字・5句→3句上3字・4句上2字・5句。

＊本歌二首を綯い交ぜにしたような趣。

⑩新撰朗詠集・夏・一七一・道綱母＝拾遺抄・夏・六四、新和歌集・夏・一〇三。

3句・5句→3・5句（活用語尾1字変化）。

＊同位置に二句を取り、部立の変化なし。

㉒万葉集・巻三・雑歌・三二五・赤人＝五代集歌枕・一一九八、東撰六帖・春・二五二。

上句→上句（歌枕の「飛鳥川」を「吉野川」、「霧」を「波」に変換）。

＊本歌の序詞を叙景句に活かす（本歌に「恋」の語はあるもこれは懐古の情）。

㉕古今集・春上・四・読人不知、東撰六帖抜粋本・夏・九〇。

1句・2句上3字→4句（助詞変化）、3句→1句、4句上2字・5句上3字→2句上2字・下3字（語彙変換）。

＊句や詞の位置は変えるが、部立は同じ。

㊷古今集・雑上・九二九・躬恒、東撰六帖抜粋本・冬・四七一。

2句・3句→2句・1句（助詞1字変化）。

＊七五句を五七句に置換して、部立も替わる。定家の準則に近い。

㊸金葉集・冬・二五七・師賢、拾遺風体集・秋・一三七。

2句→5句（肯定形を否定形に変換）、4句上4字→2句上4字、5句上3字→1句上3字。

＊冬を秋に替えただけだが、本歌を踏まえた趣向を立てる。

㊹後拾遺集・冬・四一九・快覚、拾遺風体集・冬・一六九。

2句下3字・3句上3字→2句上3字（助詞1字変化）・1句上3字（活用語尾変化）、4句上5字→2句下3字（品詞変換）、5句→5句（歌枕「志賀」を「真野」に変換）。

＊句の位置は替え詞を細かく変化させるが、部立は同じで、内容も近い。

1句・4句上4字→1句・2句上4字（肯定形を否定形に変化）。

＊春を夏に替えただけだが、景趣は異なる。

右の本歌取りを所収歌集別にまとめると次のようになる。

古今集　6例（①⑦〔二首〕⑨〔二首〕㉕㉚㊷）。後撰集　2例（②⑥）。後拾遺集　2例（㉖㊹）。金葉集　1例（㊸）。新古今集　1例（㊴）。万葉集（五代集歌枕）1例（㉒）。伊勢物語　1例（㊳）。新撰朗詠集（拾遺抄）　1例（⑩）。

また、本歌から親行歌への部立の変換をまとめると次のとおりである。

同部立　②（雑）、⑥（恋）、⑦（春・冬→春）、⑨（春）、⑩（夏）、㉒（万葉集・雑→春）、㉖（夏）、㊴（冬）、㊹（冬）

異部立　春→夏（㉕）、冬→秋（㊸）、恋→雑（①）、恋（伊勢物語）→秋（㊳）、雑→冬（㊷）、東歌→夏（㉚）

全体の数が少ないので断定はできないけれども、本歌に取った古歌としては、『古今集』が主であることは疑いなく当然であろうが、それなりの散らばりもあるので、そこに親行が専門歌人たらんとした古歌習熟の痕跡を窺い得るようにも思われる。

本歌の内容（心）との相関については、部立が転換されて、例えば「いたづらに行きては来ぬるものゆゑに見まくほしさにいざなはれつつ」（古今集・恋三・六二〇・読人不知）を本歌にした①「いたづらに行きては返る歳月の積もる憂き身にものぞ悲しき」（続後撰集・雑上・一一〇二・年の暮によみ侍りける）のように、意味内容が古歌とは離れて新しくなっている場合もあるが（㉒㉕㉚㊷）、必ずしも（詞は古く）心は新しくという定家の詠作原理に従っている訳ではなく、本歌と親行歌の部立の相関に顕れてもいるように、まま本歌の内容（心）に類似した内容を詠じている（②⑥⑩㉖㊴〔結句本文欠損〕㊹）。その中には、「我ならぬ草葉も物は思ひけり袖より外に置ける白露」（後撰集・雑四・一二八一）を本歌にした②「暮れてゆく秋を惜しまぬ空だにも袖より外になほ時雨るなり」（続古今集・雑上・一六〇七・題不知）のように、取る詞は少なくても本歌の趣向をそのまま取るような場合も存しているのである。二首の古歌の本歌取りは二例（⑦⑨）あるが、これらも本歌の内容に沿った本歌取りで、こういった詠みぶりは同時代の他の歌人の傾向に大きく異なるものではないであろう。[2]

　詞の取りようについては、詞をそのままの位置に取っている場合もあるが（②⑩㉒）、句の位置を置換したり（⑨㉖㊴）、「さ夜更くるままに汀や氷るらん遠ざかりゆく志賀の浦波」（後拾遺集・冬・四一九・快覚）を本歌にする㊹「氷り行く汀も遠く風さえて尾花に残る真野の浦波」（拾遺風体集・冬・一六九）のように、詞を細かく分散・変化させたりする例もある。これは定家の本歌取りの（初学者向けの）規制細則に部分的には適っていることになる。もちろん、定家本歌取りの規制細則（句の位置と部立の変換）にそのまま適従しているような例（①㉚㊷）もあるし、季を移すだけであっても、本歌の肯定形を否定形に転換して景趣を異にし心を新しくしたり（㉕）、同様に肯否定の転換から本歌を踏まえた趣向を立てたりする（㊸）のは、心を新しくするという定家の原理に遠くはない。また、右に挙げた「志賀の浦波」を㊹「真野の浦波」とするように、鍵となる語彙や歌枕を変換する例もあるし、『万葉』の序詞を叙景に活かす例（㉒）や、『伊勢物語』の本歌を展開させるような例（㊳）もあって、これらも親行なりの、本歌の心から脱して新しい心を獲得しようとする試行や努力の結果と捉えられなくもないのである。

　総じては、定家の訓説に結果的には背反するような詠作も認められるけれども、それは、定家の高度な理想の中だけでは詠出しえないという、親行自身の力量の所以のみではない、当時の歌人一般にも当てはまる事象であって、親行の本歌取りの詠作には、師説に適従しようとするような傾きを汲み取ってよいように思われるのである。

ところで、一般的に本歌取りには他の先行歌が踏まえられていたり、それに似通っていたりする場合があり、親行の詠作も例外ではない。例えば、㊳「尋ね来て落穂拾はん方ぞなき田頭《たづら》の霧の秋の夕暮」（東撰六帖抜粋本・秋・秋田・三二一）は、「うちわびて落穂拾ふと聞かませば我も田面に行かましものを」（伊勢物語・五十八段・一〇六・男）を本歌にしつつ、「ながむれば思ひやるべき方ぞなき春の限りの夕暮の空」（千載集・春下・一二四・式子）にも拠っていると思しいし、②「暮れてゆく秋を惜しまぬ空だにも袖より外になほ時雨るなり」（続古今集・雑上・一六〇七・題不知）は、「我ならぬ草葉も物は思ひけり袖より外に置ける白露」（後撰集・雑四・一二八一・忠国）を本歌にしつつ、順徳院の類詠「暮れかかる秋を惜しまぬ宿やなきふるは涙にうち時雨れつつ」（紫禁草・同〔建保六年〕九月尽、雨、当座・一〇九二）にも通うのである。即ち親行の本歌取りの特徴は、古歌だけではなく、併せて『千載集』や『新古今集』の成立前後頃、即ち親行生年頃以降の比較的新しい歌に依拠したり触発されたり、学んだ結果が反映したりしていると思しい例（⑦⑨⑩㉒㉕㊳㊷㊸㊹）、あるいはそれら近現代の歌に依拠したとまでは推断し得ないまでも似通い類似する例（①②⑥㉚）が、まま見受けられるのである。これらは、近代から同時代までの歌の傾向に親行の歌が沿っていたことを示すのであり、後述するとおり、親行の時流に対する敏感さや適応する意志と能力を窺知させるものでもある。

二　『源氏物語』の影

『源氏物語』に基づいた親行詠がある。㉜「雲はなほ槙の尾山の嶺続き夕立すらし宇治の川浪」（東撰六帖抜粋本・夏・白雨・一八〇）は、『源氏物語』「橋姫」の「かの（八宮の）おはする寺の鐘の声、かすかに聞こえて、霧いと深く立ち渡れり。峰の八重雲、思ひやる隔て多く、あはれなるに、なほこの姫君たち（大君・中君）の御心のうちども、心苦しう、「何ごとをおぼし残すらむ。かくいと奥まり給へるも、ことわりぞかし」と（薫は）おぼゆ。／あさぼらけ家路も見えず尋ね来し槙の尾山は霧こめてけり（薫）」（六二六。尾州家河内本により表記は改める）を本説・本歌にした一首であろう。『源氏』の「峰の八重雲、思ひやる隔て多く」と和歌の「槙の尾山」を「雲はなほ槙の尾山の嶺続き」に集約しつつ、和歌の「霧こめてけり」を「夕立すらし」に転換していようか。他の本歌取りの詠作にも認められた手法である。同様にまた、この場面と薫の歌の「源氏取り」は、新古今歌人達が先行して行っていて、(3) 親行がこれらに触発された可能性も見ておく必要があるのである。

この傾向は、『伊勢物語』に基づいた親行詠にも認めらる。⑲「明けゆかば匂ひや袖に残るべき花の影洩る春の夜の月」（東撰六帖・春・春月・九八。同抜粋本・五二）は、「春月」題で、この「花」は、『東撰六帖』の配列上「梅」題の後「花」（桜）題の前であり、「春の夜の月」を後鳥羽院が「梅が香はながむる袖にかをりきてたえだえ霞む春の夜の月」（正治後度百首・春・霞・五。後鳥羽院御集・一〇五、三句「にほひきて」）、定家が「大空は梅のにほひに霞みつつ曇りもはてぬ春の夜の月」（新古今集・春上・四〇。御室五十首・春・五〇二）と用いていることにも照らして、梅と解される。とすれば該歌には、『伊勢物語』四段の「梅の花盛りに、去年を恋ひて行きて…／月やあらぬ春や昔の春ならぬ我が身一つはもとの身にして／とよみて、夜のほのぼのと明くるに、泣く泣く帰りにけり」（日本古典文学大系本）の世界が看取されなくてはならない。しかし、それぱかりではなく、該歌は、この『伊勢物語』四段を背景にした、『新古今集』（春上）の三首「梅の花にほひをうつす袖の上に軒もる月の影ぞあらそふ／梅が香に昔を問へば春の月こたへぬ影ぞ袖にうつれる／梅の花誰が袖ふれしにほひぞと春やむ昔の月に問はばや」（四四・定家、四五・家隆、四六・通具）に触発されたと見られるのである。

さて他に、親行の詠作に読み取り得る『源氏物語』の影としては、次のような例がある。まず、㉓「山吹の小島が崎に船とめて八十うぢ人もかざしなるらし」（東撰六帖・春・款冬・二七九（底本二七八））のように、「八十うぢ人」の「かざし」を詠むことは、親行が直接拠った歌は近現代歌であったとしても、[4]「かざしける心ぞあだに思ほゆる八十氏人になべてあふひを」（源氏物語・葵・一一三・光源氏）や、三条天皇の「長和元年大嘗会主基方」の「神楽歌」で丹波国の「ながむら山」（未詳）を詠じたという「君が御代ながむら山の榊葉を八十氏人のかざしにはせん」（栄花物語・ひかげのかづら・一〇三・兼澄。続拾遺集・賀・六二七）が基底になっていよう。また、㉟「置き迷ふ露の下荻乱れても末葉あまたに宿る月影」（東撰六帖抜粋本・秋・月・二七五）も、詠みぶりが似通う新古今歌人詠が存しているにしても、[5]荻の下の方特にその葉を言う「下荻」は、『源氏物語』「夕顔」で、光源氏の「ほのかにも軒端の荻を結ばずは露のかごとを何にかけまし」に対して、軒端荻が返した「ほのめかす風につけても下荻のなかばは霜に結ぼほれつつ」（四〇）に由来することは周知のとおりである。

なお、親行の⑥「思ひ河うたかた波の消え返り結ぶ契りは行方だになし」（新千載集・恋三・題しらず・一三三六）は、『河海抄』（真木柱・一五三七）に引かれている。[6]玉鬘の「ながめする軒の雫に袖濡れてうたかた人をしのばざらめや」の「うたかた」に対する注の末尾に、「水原抄／思河うたかたなみのきえかへりむすふ契はゆくゑたになく／此道祖師歌也　尤足潤色」（天理図書館蔵伝一条兼良筆本）とある。「此道」以下は、源氏学の祖たる親行の歌でいかにも（源氏の本文に）彩りを与えるのに十分である、というほどの意味であろうか。これに従えば、親行はこの玉鬘の歌を意識して該歌を詠じたということにもなるのであろうか。

河内本本文との関わりを跡付けるような事例は認められないが、現存歌に窺う限り、親行の『源氏』学者としての面影を感じさせる程度の例証はあると言うことはできようか。

三　依拠歌及び類歌の位相Ⅰ

本歌取りとは言えないまでも、親行の古歌や前時代歌への依拠と、近代・現代の歌への依拠あるいはそれらとの類似の様相をまとめておこう。

まず、親行の志向する和歌あるいはその学習範囲の大まかな傾向を把握するために、先行歌を念頭に置いた、先行歌の意想や措辞・語詞に学んだ、先行歌の詠みぶりに触発された、などと考えられる場合ばかりでなく、先行歌に特徴的に似通っている場合も含めて、つまりは直接・間接あるいは意識・無意識にかかわらず、表現の史的流れの中では、親行の歌が結果的には適従していると見なし得る、古歌から『新古今集』成立前頃即ち親行のおおよそ十代頃までの先行歌を整理して、歌集毎に番号で一覧してみよう。

万葉集　⑪三二七九・作者未詳、㉒九〇九・金村、㉕
　一九六三・作者未詳
古今集　㉑五四・読人不知、㉓一二一・読人不知
拾遺集　⑭五〇三・佐伯清忠、㊸九五五・人麿＝万葉集・

千五百番歌合　⑫九四一・俊成女、⑲四五三・良経、㉓
六百四十五番判歌・後鳥羽院、㉔五四一・兼宗、㉕
六四一・家隆、㉛九二七・寂蓮、㉜一四九五・通具、
㊲六百十一番判歌・後鳥羽院

二四三四・人麿歌集
後拾遺集　⑬六八〇・赤染衛門、㊱八一〇・経信、㊵
一〇二一・馬内侍、㊵後拾遺集國學院蔵伝定為法印本・
九の次・嘉言
金葉集　⑧一六七・内大臣家越後、⑭二一八・待賢門院
堀河、㉑金葉集・五四五・経信
詞花集　⑪七〇・花山院、㉜七八・好忠
千載集　⑰六五三・待賢門院堀河、⑱五四四・寂蓮、㉙
七〇二・俊成、㉜四〇九・師光、㊳一二四・式子
新古今集　③二三六・後鳥羽院、④三四六・人麿、⑨
八三六・寂蓮、⑯一三三六・定家、⑱九七四・雅縁、
⑲四四、四五、四六・定家、家隆、通具、⑳六〇・読人
不知、㉗五三三・俊頼、㉜二六六・俊頼、㉞五〇一・
西行、㉟二九八・雅経、㊱四三三・後鳥羽院、㊸
九八四・慈円、㊺五三・良暹
堀河百首　④六二九・顕季　㊱七二一・公実
御室五十首　㉑五九五・家隆
正治初度百首　①二二七二・信広、⑪一六二九・寂蓮、
㉜一四八九・家隆
正治後度百首　㊹二四八・雅経
六百番歌合　㉖八六三・良経

元久詩歌合　㉜二六・家長
散木奇歌集　⑭四二八、㊵恨躬恥運雑歌百首・一四二五
＝中古六歌仙・五六、㊷一三
忠度百首　⑮五五
公衡百首　③二一
山家集　㊱二八〇＝西行法師家集・二三三一＝宮河歌合・
三四
長秋詠藻　㉑二〇七
俊成五社百首　㉓三六五、㉗一二五
六条院宣旨集（俊成妻の家集）㉙七四
寂蓮結題百首　㉖六二三
拾遺愚草　㉘閑居百首・三二八＝定家卿百番自歌合・
三四
拾遺愚草員外雑歌　㊺三十一字歌・三三三五
壬二集　㊶二八一六（承元二年五月住吉社歌合）
拾玉集　㉗勒句百首・一一二七、㊶四四一八（元久元年
七月宇治御幸宇治御所五首会歌稿[7]）
秋篠月清集　⑩花月百首・二九、一〇八〇、㊹南海漁父
百首・五三八＝後京極殿御自歌合・八四
後鳥羽院御集　㉜元久元年十二月住吉三十首御会・
一三〇六、㊺建暦二年十二月廿首御会・一四七二＝百

水無瀬恋十五首歌合　㉔五四・雅経、㉟一四八・俊成女、
　㉟五一・後鳥羽院
三百六十番歌合　㊹五三七・忠良
老若五十首歌合　④二一五・定家

人一首・九九・続後撰集・一二〇二
蒙求和歌片仮名本（光行）㉞二四八＝平仮名本・
　二〇五＝百詠和歌・二四四

八代集と『万葉集』、院政期以降の主要な定数歌や歌合や主要歌人の家集といった、重要歌集（あるいはその出典）の歌に親行が学んでいたであろうことが窺われよう。中でも、新古今時代の定数歌や歌合及び新古今歌人の家集類が目立ち、親行の意識が特にそれらに向けられていたことが窺われるのである。それは、親行自身の生年が新古今前夜であり、幼少の親行を訓導したはずの父光行は『千載集』初出で『新古今集』にも一首入集しかつ定家より一歳年少という新古今撰者と同世代の歌人である、という時代相の必然ではあろう。また、承久三年（一二二一）の承久の乱以前から親行が地歩を占めていたと思しい[8]関東の歌人達には、頼朝の入集を見た『新古今集』を将軍実朝がいちはやく入手したこと[9]も与ってか、同集とその歌壇への相応の関心が認められるのであり[10]、その状況にも合致するのである。親行は、貞応二年（一二二三）七月に『新古今集』八本の異同を取りその用捨を定家に求めた結果を基に証本を清書した（国学院大学蔵伝親行筆本本奥書）のであって、『新古今集』そのものと、それを産んだ時代の和歌への関心は特に旺盛であったと見て過たないであろう。

前節にも述べたように、親行の歌は、『新古今集』所収の古人歌や新古今歌人の詠作に特徴が類似する傾向があり、総じては、これらを特に重要視して意識的に学んでいたのではないかと思われるのである。例えば、㊹「氷り行く汀も遠く風さえて尾花に残る真野の浦波」（拾遺風体集・冬・一六九）は、「さ夜更くるままに汀や氷るらん遠

ざかりゆく志賀の浦波」（後拾遺集・冬・四一九・快覚）を本歌にするが、同時に、良経の「真野の浦の浪間の月を氷にて尾花が末に残る秋風」（秋篠月清集・南海漁父百首・秋・五三八。後京極殿御自歌合・八四）や雅経の「霜氷る尾花が末も波の音も結ぼほれたる真野の浦風」（正治後度百首・冬・氷・二四八。明日香井集・一四一）あるいは忠良の「霜枯れの尾花が末に月さえて氷らで氷るる真野の浦波」（三百六十番歌合・冬・五三七）等にも通い、これらに触発されたのではないかと見られるのである。もう一点、象徴的事例を挙げておこう。親行の詠作には、後鳥羽院の正治の応制百首に倣った例が認められるが、その第三度百首でもある『千五百歌合』については出詠歌のみならず、後鳥羽院の判歌にも意を向けていたかと思しい例が存するのである。例えば、㉓「山吹の小島が崎に船とめて八十うぢ人もかざしなるらし」（東撰六帖・春・款冬・二七九〈底本二七八〉）については、万葉以来の歌句「船とめて」を「宇治」と併せて詠む先行例は、俊成の「氷魚の寄る宇治の網代に舟とめて氷をかくる月をこそ見れ」（俊成五社百首・住吉社・冬・網代・三六五）があり、かつ後鳥羽院の判歌にも「瀬瀬下す宇治の里人舟とめて波にすむ月しばしかも見よ」（千五百番歌合・秋二・六百四十五番判歌）がある。また、㊲「昨日今日打つ空蟬の唐衣夜寒になりぬ杜の下風」（東撰六帖抜粋本・秋・擣衣・三〇三）は、後鳥羽院の判歌「時ぞとや杜の秋風にはかにも夜寒になりぬしののめの空」（秋二・六百十一番）に倣ったかとも疑われる。とすればそれは、親行の、『千五百番歌合』への関心と、その歌壇の主宰後鳥羽院への傾倒とを示すものであり、親行の㊺「老いが身は後の春とも頼まねば花にあひ見ぬ人も恨めし」（隣女集・巻二自文永七年至同八年・春・一〇三六）が、後鳥羽院の「建暦二年十二月廿首御会五人百首中」の「述懐」の一首「人もをし人も恨めしあぢきなく世を思ふゆゑに物思ふ身は」（後鳥羽院御集・一四七二。続後撰集・雑中・一二〇二。百人一首・九九）の「人も恨めし」を取っていたことを裏書きすることになるのかもしれない、とも考えるのである。

右の様相を歌人別の視点から見れば、複数の事例が認められるのは、院政期の経信と俊頼父子、西行、俊成と定家父子に寂蓮や家隆や俊成女あるいは後鳥羽院や良経や慈円等である。特に俊頼並びにその父経信については、親行の師定家が俊頼の歌を讃仰する傾きがあったこと、経信・俊頼父子を二代の比類無き歌人と併称していたこと[11]の反映であろうか。また、師の定家とその父俊成は当然としても、親行の十代から二十代前半までに成ったであろう『新古今集』の当事者達即ち、下命者の後鳥羽院、撰者の通具・（定家）・家隆・雅経及び寂蓮、和歌所寄人の良経・慈円・（俊成）及び開闔の家長等、ならびに主要入集歌人の西行・式子・俊成女等、それらの和歌に親行が注目していたことは間違いなく、これらに学ぶことが、若年時の訓練方法の一つだったのではないかとも思われるのである。なお、父の光行の和歌から個別の影響は強く認められる訳ではないが、『蒙求和歌』のような作品に見える特殊な「あらはれやらぬ」（㉞）といった詞の一致は、もちろん父子関係の所以であろう。

四　依拠歌及び類歌の位相Ⅱ

親行の詠作には建保期頃の歌との類似も目立つのである。この当時二十代後半かと推定される親行の歌との先後は直ちに断定はし得ないまでも、『新古今集』成立前後から建保期頃までにかけて、親行が歌人としての修養を重ねていたことを表しているのではないか、とも思われてくるのである。親行詠と類似するこの建保期頃から鎌倉時代前中期までの歌について、歌集毎に番号で一覧しておこう。

新勅撰集　㉒一九一・道家、㊷一二七五・公経
続後撰集　㊺一〇四一・雅成

拾遺愚草　⑤内大臣家百首建保三年九月十三日・一一七二
＝定家卿百番自歌合・一五三、㉙〔建保四年後鳥羽院

建保名所百首　⑯五一八・行意、㉘三〇三・定家
道助法親王家五十首　⑩三一三・雅経、㉓二四五・実氏、㉜五九九・雅経
宝治百首　⑫一一一六・俊成女、㉘九二四・基家＝続後撰集・一九八、㉙一五五五・俊成女＝現存六帖・三〇九
新撰六帖　⑧四七・為家＝現存六帖抜粋本・一四、㉚一〇二三・知家
歌合建暦三年八月七日　㉚三四・俊成女
院四十五番歌合建保三年　㉘二六・家良
内裏百番歌合建保四年　⑮一四八・経通、⑰一八一・順徳院、㊶一五六・雅経＝新勅撰集・四三一
日吉社撰歌合　⑳二二一・為家

百首）・一三八六
拾遺愚草員外雑歌　⑮四季題百首・三五三五
壬二集　⑯〔寛喜元年〕為家卿家百首・一三二七
家隆卿百番自歌合　㊶八
明日香井集　⑳湯浅宮御会建保四年九月二十日・一二五七、⑳院百首建保四年・七三九
道家百首（建保四年後鳥羽院百首）㉒一、㉗二四、㉟四七＝新勅撰集・三三二
後鳥羽院御集　⑲遠島五百首・六五四
土御門御集　㉛詠百首和歌承久三年・四一
紫禁和歌草　②建保六年九月尽、雨、当座・一〇九二、⑥建保六年五月晦日内々歌合・一〇五八、⑧建暦元年三月五十首・八

厳密には、建保期には親行は二十代後半に達していたであろうから、建保期前後以降の歌々が親行の歌に全て先行すると即断することはできないけれども、少なくとも鎌倉前期の詠作状況に親行の詠作も沿っていたと言うことはできよう。例えば、㊶「はし鷹の夕狩衣白妙に雪降りしほる宇治の山風」（東撰六帖抜粋本・冬・鷹狩・四五〇）は、雅経の「狩衣裾野も深しはし鷹のとがへる山の峰の白雪」（内裏百番歌合建保四年・冬・一五六。新勅撰集・冬・四三一）に通い、「夕狩衣」の先例を通光の「草枕夕狩衣濡れにけり裾野の露も色かはり行く」（院四十五番歌合建保三年・行路秋・四一）に、「宇治の山風」の先例を家隆の「橋姫の霞の衣ぬきをうすみまださ莚の宇治の山風」（家

隆卿百番自歌合・春・三宮十五首・八）や「形見とて夢は都にとどめねど寝られで明けぬ宇治の山風」（壬二集〈新編国歌大観本〉・恋・同仙洞にて住吉歌合に、寄旅恋・二八一六）あるいは慈円の「君か代を幾千歳とかしらぶらん松よりつたふ宇治の山風」（拾玉集・短冊・山風・四四一八）に求め得て、新古今歌人が建保期頃までに詠出したと思しい比較的新しい措辞に従っている一首であると言うことができる。

右に一覧した歌の作者を見ると、先に整理した『新古今集』成立前後頃までの先行歌の場合に連続した同集の当事者達に加えて、その後継者達、即ち、後鳥羽院の皇子土御門院と順徳院、定家の男為家、良経の男で九条家の道家と基家及びその縁戚西園寺家の公経と実氏等が目に付くのである。これらは、当代の帝王、師家の嫡嗣、和歌にも関東にも通じた貴顕であり、親行が見習っていたとしても不思議はない歌人達である。また、それらの歌に親行の歌が無意識にせよ類似したのだとすれば、それは親行詠が中央歌壇の時流に沿っていたことを物語ることにもなる。『新古今集』成立前後頃以降から建保期までの時期は、親行十代から三十代以前までの言わば和歌の修行期であると言え、親行はこの時期の主要歌人達の歌をも積極的に学び取ろうとしていたと見ることができよう。さらに、それに続く鎌倉中期頃の歌との類似は、親行が壮年期に於いても京都中央歌壇の詠作に常に目を向けていたであろうことを窺わせるのである。

五　親行の詠作の断面——時流との相関、失錯と新味

前節までに見たような詠作態度を取る親行は、鎌倉前期の新奇で清新な表現をも積極的に取り入れたと思しい。例えば、⑧「青柳の陰行く水の深緑浅瀬も知らぬ春の川波」（新和歌集・春・河辺柳・二四）の「陰行く水」は、為家の「唐人も今日を待つらし桃の花陰行く水に流すさかづき」（新撰六帖・第一・三日・四七。現存和歌六帖抜粋本・第一・

三日・一四）と該歌とが、早い例なのである。「春の川波」も、鎌倉時代に見え始める歌句で、雅経の「霞むより緑は深し真菰生ふるみづのみ牧の春の川波」（明日香井集・詩歌合同〔元久元年〕六月・水郷春望・一一四二）が早い例で、実朝にも作例がある。時代と地域共に親行が属するところに重なって用例が残っている歌詞であり、親行の時流への敏感さを窺わせる事例と言える。[12] また、㉟「置き迷ふ露の下荻乱れても末葉あまたに宿る月影」（東撰六帖抜粋本・秋・月・二七五）の「露の下荻」の句形は、鎌倉前中期頃に、実氏の「我が袖の露の下荻とにかくに思ひ乱れて秋風ぞ吹く」（道助法親王家五十首・恋・寄草恋・九〇五）や為家の「夕暮の露の下荻そよさらにたまらぬほどの秋風ぞ吹く」（為家千首・秋・三六二）や俊成女の「消えわびし露の下荻しをれ葉に幾夜な夜なの霜結ぶらん」（宝治百首・恋・寄草恋・二八七三）等と詠まれるようになるのであり、親行詠もその時代の傾向に沿っているのである。さらに、㊶「はし鷹の夕狩衣白妙に雪降りしほる宇治の山風」（東撰六帖抜粋本・冬・鷹狩・四五〇）の「夕狩衣」は、万葉語の「夕狩」（夕方の狩猟）に「狩衣」を合わせた中世の造語かと疑われ、『院四十五番歌合建保三年』の通光詠「草枕夕狩衣濡れにけり裾野の露も色かはり行く」（行路秋・四二）が早い例で、『新撰六帖』の真観詠「ますらをが夕狩衣いと寒し末の原野の木枯らしの風」（第五・かりころも・一七四〇）がそれに続く、新鮮な歌詞であり、それを親行は詠み入れているのである。

一方親行の詠作は、本歌取りや先行依拠歌の様相から判断されるように、おおよそは、勅撰集や重要歌集に学び、有力な先達や定家を初めとする新古今時代の主力歌人に倣って、破綻のない詠みぶりを見せている。しかし一方で、やや詞足らずで意図が曖昧であったり意味が不明瞭であったりする歌、あるいは伝統的な通念や類型から外れるような歌も存しているのである。以下に列挙してみよう。⑰「限りあれば岩にくだくる白波もあらはれてこそつれなかるらめ」（新和歌集・恋上・寄浪増恋・五二〇）は、「限りあれば」が「あらはれて」にかかり、その「あらはれて」は、「顕れて」に「岩」「くだくる」「白波」の縁で「洗はれて」が掛かると見るが、全体の意図は分かりにくい。⑳「分け迷ふ雲の八重山跡もなし教へて帰れ春の雁がね」（東撰六帖・春・帰雁・一一二）の下句は、宗尊の「来し方にまた立ち帰る道知らば我に教へよ春の雁がね」（竹集抄・巻五・〔文永九年十一月比百番自歌合歌〕・帰雁・九四〇）と同様の趣旨だと見るが、新奇な趣向である分意味は不明瞭であろう。㉗「菖蒲ふく五月の今日や故郷の軒の忍ぶも露はらふらん」（東撰六帖抜粋本・夏・菖蒲・一四五）は、「露」は五月の節句の「薬玉」を連想させる傾きがあるので「露」が「（薬）玉」を暗喩し「はらふ」は「払ふ」に「祓ふ」が響くと見るが、一首の趣意は不分明である。㊸「紅葉葉の下照る水の影見ればほか行く波は時雨れざりけり」（拾遺風体集・秋・題不知・一三七）も、「神無月時雨るるままに暗部山下照るばかり紅葉しにけり」（金葉集・冬・二五七・源師賢）を本歌にしているにしても、詞足らずの感は否めない。また、⑯「武蔵野や落ちて草葉になほぞ置く分け行く人の袖の白露」（新和歌集・羇旅・野旅・四三五）は、観念的趣向が勝ちすぎていて、歌枕「武蔵野」の常套からは外れていようし、㊲「昨日今日打つ空蟬の唐衣夜寒になりぬ杜の下風」（東撰六帖抜粋本・秋・擣衣・三〇三）は、夏の涼風として「納涼」に詠まれ秋を実感させる風として「早秋」にも詠まれる「杜の下風」と、秋の末頃の「夜寒」（夜に感じる寒さの意）との詠み併せが珍しくはあるが、それはまた一般的な詠み方からは外れていることを意味しよう。㊴「有乳山嶺より寒《さ》ゆる松風に矢田野の浅茅霜〔も〕〔欠字〕」（東撰六帖抜粋本・冬・霜・三八三）は、本文の欠脱があり確言はできないけれども、「有乳山嶺より寒ゆる松風」が新奇な措辞ながら、「有乳山」と「矢田野」の伝統的な景趣からは外れていると言ってよいであろう。

　これらに窺えるように、伝統的な通念や類型（本意）から外れるということは、反面に新味を見せることにも繋がるであろう。㉘「長き日も夕暮待たぬ山陰になほ空閉づる五月雨の比」（東撰六帖抜粋本・夏・五月雨・一五三）

の「夕暮待たぬ山陰に」の句は、詞足らずの感はあるが、「夕暮を待つことなく暗くなる山陰に」といった意味で、新鮮な措辞である。㉞「明けぬとて横雲急ぐ山の端に顕れやらぬ初雁の声」（東撰六帖抜粋本・秋・雁・二六五）は、西行の「横雲の風に別るるしののめに山飛び越ゆる初雁の声」（新古今集・秋下・五〇二）に拠ってか、「横雲」と「初雁」の取り合わせが新味で、「横雲急ぐ山の端」の措辞も新奇である。㊶「はし鷹の夕狩衣白妙に雪降りしほる宇治の山風」（東撰六帖抜粋本・冬・鷹狩・四五〇）は、先に記したように新古今歌人が建保期までに詠出した比較的新しい措辞に従っているが、中でも「雪降りしほる」は清新な措辞である。

如上の親行詠の一面は、力量や個性の発現か、拠した関東の環境とそれに伴う意識の反映か、あるいは新しい局面を拓こうとした意欲がもたらした結果か、は直ちに判断できない。恐らくは、それらのどれもが少しずつ作用していると考えるべきなのであろう。

六　親行詠と関東歌人の和歌及び京極派の和歌

現存歌数の限界からか、親行の詠作と他の関東歌人との関係性を色濃く見ることはできないが、将軍実朝や宗尊親王及び宗尊の歌道師範として東下した真観あるいは他の関東歌人の和歌との関係を探っておこう。

まず、将軍実朝と親行の歌の関係性は強くは認められないが、次のような事例がある。⑧「青柳の陰行く水の深緑浅瀬も知らぬ春の川波」（新和歌集・春・河辺柳・二四）の「春の川波」は、前節に記したとおり、鎌倉前期頃から見える歌句で、親行は雅経歌に学んだ可能性が高いけれども、実朝にも「立ち返り見れどもあかす山吹の花散る岸の春の川波」（金槐集定家所伝本・春・山吹に風の吹くを見て・一〇二）と「立ち寄れば衣手涼しみたらしや影見る岸の春の川波」（同・雑・屏風に、賀茂へ詣でたる所・五四二）の作例がある。新古今歌人の新味を関東歌壇が受容した事例とは言えるのである。

他方で、親行から将軍宗尊親王への影響は少しく認めることができる。「白波の跡なき方に行く舟も風ぞたよりのしるべなりける」（古今集・恋一・四七二・勝臣）を本歌にした宗尊の「白雲の跡なき峰に出でにけり月の御舟も風をたよりに」（宗尊親王三百首・秋・一三二）は、その直前に成立した『新和歌集』に入集の親行詠⑨「白雲の跡なき峰の霞より風をたよりの花の香ぞする」（春・山花・三〇。東撰六帖・春・桜・一五〇）に倣ったかと考えられる。同様に次のA～Cは、宗尊が撰集を命じたと推定される『東撰六帖』に採録された親行詠に、宗尊が依拠したと見られる例である。A⑳「分け迷ふ雲の八重山跡もなし教へて帰れ春の雁がね」（東撰六帖・春・帰雁・一一二）→「来し方にまた立ち帰る道知らば我に教へよ春の雁がね」（竹集抄・巻五・文永九年十一月比、何となくよみ置きたる歌どもを取り集めて、百番に合はせて侍りし・帰雁・九四〇）、B㉓「山吹の小島が崎に船とめて八十うぢ人もかざしなるらし」（東撰六帖・春・款冬・二七九〔底本二七八〕）→「舟とめて誰ながめけん橘の小島の月の有明の空」（竹風抄・巻一・文永三年十月五百首歌・島・一〇三）、C㉘「長き日も夕暮待たぬ山陰になほ空閉づる五月雨の」比（東撰六帖抜粋本・夏・五月雨・一五三）→「さらでだに夕暮待たぬ露おきてあだし心に咲ける朝がほ」（竹風抄・巻五・〔文永八年七月内裏千五百番歌合百首〕・秋・八七一）。宗尊自身の詠作姿勢は古歌や近現代の先行歌に依存する傾きが著しいのであり、関東に在った親行の和歌も、宗尊の学習範囲に当然に入っていたということなのであろう。

親行と真観の歌の関係にも触れておこう。親行の⑪「葦垣の末越す風のにほひきて昔も近き宿の橘」（新和歌集・夏・一三四）の初二句は、「葦垣の末かきわけて君越ゆと人にな告げそことはたな知り」（万葉集・巻十三・相聞・三二七九・作者未詳。綺語抄・四九二。和歌童蒙抄・三八〇。袖中抄・三九五）に依拠していようが、真観もこの歌を本歌にして「逢ひ見むと君しも言はばあしがきの末かきわけて今も越えてむ」（新撰六帖・第二・かきほ・八〇〇）と詠じている。㉓「山吹の小島が崎に船とめて八十うぢ人もかざしなるらし」（東撰六帖・春・款冬・二七九〈底本二七八〉）の「八十うぢ人」「かざし」の併用の例は、真観にも文永二年（一二六五）七月七日の当座歌会詠『白河殿七百首』の一首「咲きにほふ小島が崎の山吹や八十うぢ人のかざしなるらん」（春・島款冬・一一六。続古今集・春下・一六三）がある。前節に取り上げたとおり、㊶「はし鷹の夕狩衣白妙に雪降りしほる宇治の山風」（東撰六帖抜粋本・冬・鷹狩・四五〇）の「夕狩衣」は、『新撰六帖』で真観も「ますらをが夕狩衣もいと寒し末の原野の木枯らしの風」（第五・かりころも・一七四〇）と用いている。親行より十五歳程年少の真観が関東に本格的に拠するのは文応元年（一二六〇）十二月以降であり、右の事例は関東歌壇内の影響関係ではないけれども、少なくとも時代を共有した両者の類似した詠作であると言うことはできるであろう。

鎌倉殿御家人で宇都宮氏の景綱は、親行の詠作に注目していたと思われる。次のD～Gは、いずれも親行歌の影響下に景綱歌があると思しい事例である。D⑧「青柳の陰行く水の深緑浅瀬も知らぬ春の川波」（新和歌集・春・河辺柳・二四）→「いと長き岸の柳の浅緑陰行く水も春風ぞ吹く」（沙弥蓮愉・遠江僧正題を探り侍りしに・六〇）、E㉟「置き迷ふ露の下荻乱れても末葉あまたに宿る月影」（東撰六帖抜粋本・秋・月・二七五）→「置きかふる花の千くさの露ごとに月もあまたの影ぞうつろふ」（沙弥蓮愉集・雑・六二四）、F㊵「池水の氷り残さぬ蘆間より空にうき立つ菅の〈村鳥〉」（東撰六帖抜粋本・冬・水鳥・四一八）→「池水の汀のまさごしき波に氷り残さぬ春風ぞ吹く」（沙弥蓮愉集・春・僧正公朝続歌よみ侍りし時・一九）、G㊺「老いが身は後の春とも頼まねば花にあひ見ぬ人も恨めし」（隣女集・巻三自文永七年至同八年・春・一〇三六）→「見るたびにのちの春とも頼まねば花にぞ老の袖は濡れける」（沙弥蓮愉集・平貞時朝臣三島社十首歌時、(13)曙花を・八〇）。宇都宮氏の打聞『新和歌集』と鎌倉歌壇の撰集『東撰六帖』に厚遇されている親行の歌に、景綱が学んでいたとしても不思議はない。広い意味の関東歌壇が自律した歌壇であることを示す、歌壇内の影響関係の事例でもある。

さて、関東歌壇の和歌の用語や詠みぶりが京極派のそれに通う場合がある。親行の現存歌45首の中にも、京極派との繋がりを僅かながら窺い得る。まず、前節に見たように為家や親行（⑧新和歌集・二四）が用いた比較的新奇な「陰行く水」の措辞の勅撰集の初出は、京極派の『玉葉集』に採られた「風月の才に富める人」（徒然草）という平惟継の「山川の同じ流れも常磐木の陰行く水は色ぞ涼しき」（雑一・一九四二）であって、関東歌壇と京極派勅撰集とに共有された措辞であることになる。また、二節に取り上げた親行歌⑲（東撰六帖・九八）の「花の影洩る」は、表記としては「花の陰洩る」が妥当で、良経の「明けはてば恋しかるべき名残かな花の陰洩るあたら夜の月」（千五百番歌合・春四・四五三・良経。秋篠月清集・八一五）かその影響下にあると思しい後鳥羽院の「咲きあまる花の陰洩るみ吉野のおぼろ月夜に匂ふ山風」（後鳥羽院御集・〔遠島五百首〕・春・六五四）に、親行が学んだかと思われる。一方でこの詞は、京極派の『歌合永仁五年当座』で「心こそあくがれはつれ夜もすがら花の陰洩る月にながめて」（春月・三・新宰相）と用いられている。勅撰集に採録されることのなかった歌句だが、新古今歌人から関東歌人を経て京極派歌人に繋がってゆく流れを見ることができる。さらに、㉝「白雨《ゆふだち》の涼しく晴るる山風に日影も弱き森の下露」（東撰六帖抜粋本・夏・白雨・一八一）は、真に親行詠かは存疑ではあるが、[14]関東歌壇の歌人の所為であることは間違いない。これは、二条院讃岐の「鳴く蟬の声も涼しき夕暮に秋をかけたる杜の下露」（新古今集・夏・二七一。正治初度百首・一九三七）や、これに倣ったと見られる俊成女の「雨晴れて雲吹く風に鳴く蟬の声に乱るる杜の下露」（影供歌合建仁三年六月・雨後聞・八〇。風雅集・夏・四二五）や後鳥羽院の「六月や一群過ぐる夕立にしばし涼しき森の下露」（後鳥羽院御集・同〔承元二年二月〕外宮卅首御会・夏・一三八九）といった、新古今歌人の「森の下露」の歌の延長上にあるような一首である。[15]総じては、新古今時代の清新な詠みぶりの影響下にあると見てよいであろう。その関東歌人の詠作が、『玉葉集』の「かれ渡る尾花が末の秋風に日影も弱き野べの夕暮」(雑一・二〇一一・読人不知)、あるいは『風雅集』の「村雨は晴れゆくあとの山陰に露吹き落とす風の涼しさ」や「一群の雲吹き送る山風に晴れても涼し夕立のあと」(雑上・一五一八、一五二五・読人不知、藤原秀治)といった、京極派を特徴付けるような叙景歌に似通っていることは見逃せない事実である。新古今歌人の新しい詠みぶりが、関東歌人の詠作を経て京極派にも連なっている、と捉えることができるのである。

むすび

親行は、恐らくは幼少期から父光行の薫陶を受けて、『古今集』を中心とする古歌に習熟していたであろうことは疑いないが、加えて、自身の初学期に成った『新古今集』とその時代に意識を傾注し、その下命者の後鳥羽院や撰者の師定家を初めとする同集の当事者達や主要作者達などの新古今歌人の歌には特に親昵していたのではないだろうか。その傾向は、他の関東歌人に共通してもいるが、さらに親行は、一方では師の定家に従う意識を反映してか経信と俊頼父子の歌にも目を向けていたであろうし、他方では後鳥羽院皇子の順徳天皇代の建保期歌壇の詠作にも少なからず関心を払っていたであろう。総じて親行は、伝統和歌に加えて、自身の幼少期以後三十歳頃以前に相当する、『新古今集』成立前後から建保期頃までの有力歌人の詠みぶりに習って、和歌の技量を養ったのではないだろうか。また、その後も、定家の後嗣為家や、和歌に堪能でかつ関東(鎌倉幕府)と緊密な貴顕・権門の歌に注意を払い、鎌倉中期頃の京都中央歌壇の詠風に随時適応しようと努めていたらしい節が認められるのであり、あるいは偶合ではあっても、当時の京都中央歌壇の詠み方に沿った歌を残しているのである。視点を変えると親行は、古歌に多くを依拠しながらも時流にも敏感に反応していたと思しく、結果としてその詠作は、師定家の訓説に従おうとした傾きが見られる本歌取りも、多くの場合、古歌を本歌にしつつ近現代歌にも拠っている方法が取られているのである。そういう方法の中で詠まれた『源氏物語』に関わる詠作は、源氏学者としての面影に背くものではない。一面で、親行の歌には、詞足らずの場合や意図が不分明の場合、本意を外す場合が見受けられるが、それと裏腹に、新奇新鮮な表現が認められる詠作も少しく存在している。そこに、親行自身の個性や志向と関東という環境の反映とを見るべきであろうか。その関東歌壇内では、親行の歌から宗尊親王や宇都宮景綱への影響が認められる。また、他の関東歌人の歌と同様に親行の歌も、新古今時代の新風を取り入れつつ京極派に通う側面も覗かせているのである。

親行の和歌の様相は、関東祗候の廷臣だけなく在地の武家歌人や僧侶歌人の特徴に重なり、承久の乱以前から鎌倉幕府内に地歩を固めていたと思しい親行の、関東歌人たる相貌を表しているのである。

【注】

（1）本稿でも、親行の和歌の本文はこの注解稿のそれに従い、即ち左記の諸本に拠る。歌頭の○囲み数字は、注解稿で付した番号。ただし、注解稿では本文の右傍に記した底本の原態は省略する。続後撰集＝時雨亭文庫蔵為家筆本。続古今集＝尊経閣文庫蔵伝藤原為氏筆本。続拾遺集＝尊経閣文庫蔵本（伝飛鳥井雅康筆）。新後撰集、新千載集＝書陵部蔵兼右筆二十一代集本（五一〇・一三）。新和歌集＝小林一彦「校本『新和歌集』（上、下）」（『芸文研究』五〇、五一、昭六一・一二、昭六二・七）本。東撰六帖＝島原図書館松平文庫本（一二九・一九）。同抜粋本＝祐徳稲荷神社寄託中川文庫本（国文学研究資料館データベースの画像データに拠る）、「祐徳稲荷神社寄託／中川文庫本「東撰和歌六帖」

（解説と翻刻）」（『国文学研究資料館紀要』二、昭五一・三）の翻印も参照。拾遺風体集＝島原松平文庫本（一二一九・一九）。六華集＝島原松平文庫本（一三二・八）。歌枕名寄＝万治二年（一六五九）刊本を底本とした新編国歌大観本。題林愚抄＝寛永十四年（一六三七）刊本（刈谷市立中央図書館村上文庫本の紙焼写真による）。引用の和歌は、特記しない限り、私家集は私家集大成本（CD-ROM版）、その他は新編国歌大観本に拠る。

（2）『右衛門督家歌合久安五年』（三番）の顕輔判詞や清輔『奥義抄』（盗古歌証歌）に見えるように、心を取ることを優先させる院政期の「古歌取り（本歌取り）」は、定家学書の成立以後も、順徳院『八雲御抄』がこれを一つの方法として認定しているし、鎌倉時代の詠作の多くも心を取っていることが実状である。

（3）挙例する。1家隆「厭ひてもなほ故郷を思ふかな槙の尾山の夕霧の空」（正治初度百首・山家・一四八九）、2通親「あさぼらけ槙の尾山に霧こめて宇治の河をさ舟よばふなり」（千五百番歌合・秋三・一四九五）、3後鳥羽院「嶺の雲槙の尾山に吹く嵐ふけぬ宿かせ宇治の里人」（後鳥羽院御集・同月〔元久元年十二月〕住吉三十首御会・秋・一三〇六）、4家長「隔てつる槙の尾山も絶え絶えに霞流るる宇治の川波」（元久詩歌合・水郷春望・二六）、5雅経「つれもなき槙の尾山は影絶えて霧にあらそふ宇治の河波」（道助法親王家五十首・秋・河霧・五九九）。

（4）親行の同時代では、承久二年（一二二〇）十月までに詠進完了という『道助法親王家五十首』の実氏詠「かざしをる八十うぢ人のあさ衣濡れて小島の山吹の花」（春・河款冬・二四五）や、文永二年（一二六五）七月七日の当座歌会詠『白河殿七百首』で真観が詠じた類似の歌「咲きにほふ小島が崎の山吹や八十うぢ人のかざしなるらん」（春・島款冬・一一六。続古今集・春下・一六三）がある。前者はあるいは該歌に先行するかもしれないが、後者と該歌との先後は判断がつかない。

（5）より直接には、雅経の「昨日までよそにしのびし下荻の末葉の露に秋風ぞ吹く」（新古今集・秋上・二九八・雅経。老若五十首歌合・秋・二一〇）や俊成女の「消え返り露ぞ乱るる下荻の末越す風は問ふにつけても」（水無瀬恋十五首歌合・寄風恋・一四八。若宮撰歌合建仁二年九月・三〇。水無瀬桜宮十五番歌合建仁二年九月・三〇）等の詠みぶりに通うのであり、これらからの影響は想定してよいのではないだろうか。

(6)「真木柱」では、玉鬘を思慕する光源氏が消息して「かきたれてのどけき頃の春雨に古里人をいかに偲ぶや」と詠んだのに対して、玉鬘が「ながめする軒の雫に袖濡れてうたかた人をしのばざらめや」と返した。『河海抄』（天理図書館伝一条兼良筆本。天理図書館善本叢書影印に拠る）は、この歌に注して、「未必　日本紀　宇多我多」と解し、「万葉十五或ウツタヘ／はなれそにたてるむろの木うたかたもひさしき年を過にけるかも」以下の「うたかた」の証歌を引き、「定家卿説云」という説を挙げる。

(7) 石川一・山本一『拾玉集(下)』（明治書院、平二三・五）参照。

(8)『吾妻鏡』承久三年（一二二一）年八月二日条に「本自在二関東一積レ功也」とある。

(9)『吾妻鏡』元久二年（一二〇五）九月二日条。

(10) 拙稿「藤原教定について（下）―関東祗候の廷臣歌人達（二）―」（『中世文学研究』一七、平三・八）、「後藤基綱の和歌について」（『中世文学研究』二三　平九・八）、「後藤基隆の和歌について」（『中世文学研究』二四、平一〇・八）、「後藤基政の和歌について」（『中世文学研究』二五、平一一・八）、『藤原顕氏全歌注釈と研究』（笠間書院、平一一・六）、「大僧正隆弁の和歌の様相」（『国文学叢録―論考と資料―』笠間書院、平二六・三）等参照。

(11) 例えば、『近代秀歌』では俊頼の「憂かりける人をはつせの」歌について、「これは、心深く、詞心に任せて、まなぶとも言ひ続け難く、まことに及ぶまじき姿なり。」（遣送本。日本古典文学全集本に拠る）と言う。また、『顕注密勘』では、俊頼の「とへかしなたまくしのはにみがくれて」につき「たまくし」に「わが身をかくる」と詠む証歌を求めんとする顕昭説を批判する中で、定家は「（前略）俊頼朝臣の歌より前の証歌はよも侍らじもの、尋ぬべしとも思ひ寄らず。先達のことは恐れあれど、誹るにはあらず。人々の好む所のくせぐせを申すなり。俊頼朝臣はすべて証歌をひかへ道理をただして歌をよまぬ人に侍るなり。其の身堪能到りて、言ひと云ふこと、皆秀歌之体也。帥の大納言の子にて殊勝の歌よみ、父子二代並ぶ人無きに似たり。又老いて後いよいよ此の道に傍らに人無しと思ひて、心の泉の湧くに任せて、風情のよりくるに従ひて、怖ぢず憚らず言ひつづけたるが、誇り難ずべき理も思ひ続けられず、あなおもしろ、かくこそは言はめと見ゆれば、時の人も後の人も許しつれば、やがて先例証歌になりて用ゐ侍るなり。（後略）」（日本歌学大系本。表記は私に改める）と記す。

(12) 次のような事例もある。親行の㉛「蚊遣り火の煙の末や曇るらん暮るるもやすき山の辺の」里（東撰六帖抜粋本・夏・蚊遣火・一六一）の「…もやすき」の形は、鎌倉時代以降に目立つが、信実の「おのづから時雨れてかかる浮雲の晴るるもやすき秋の夜の月」（続歌仙落書・六九）や顕氏の「真木の戸の明くるもやすき短か夜に待たれず出でよいざよひの月」（宝治百首・夏・夏月・一〇六一）等の同時代例があり、時流に沿った措辞を用いていることになる。

(13) 同集七九番歌の詞書「平貞時朝臣三島社十首歌時、曙花を」が掛かり、正応五年（一二九二）の北条貞時勧進「三島社十首歌」の一首であるのならば、親行の歌よりも後出だが、「曙花」の題にはそぐわないので、恐らく別機会の歌であろう。小林一彦「「正応五年北条貞時勧進三島社奉納十首和歌」を読む」（『京都産業大学日本文化研究所紀要』五、平一二・三）参照。

(14) 該歌は、『東撰六帖抜粋本』では作者名は無いが、作者を「親行」とする前歌に続く一首であるので、一応親行の歌と見られる。しかし一方で、『東撰六帖抜粋本』の「こほり行く汀も遠く風寒えて尾花に残る真野の浦浪」（冬・氷・四三三）に作者名は無く、前歌の作者は「芳家」だが、この歌は、『拾遺風体集』（冬・一六九）では、諸本一致して作者を「親行」とするのである。従って、『東撰六帖抜粋本』の作者名無表記歌の作者は、慎重に見定める必要があるのである。

(15) 後鳥羽院の別の歌「夕立の晴れゆく峰の雲間より入日涼しき露の玉ざさ」（後鳥羽院遠島百首・夏・三二）にも似通っている。「涼しく晴るる」の先行例は、慈円の「夏の雨に庭のさゆりば玉散りて涼しく晴るる夕暮の空」（拾玉集・四季題百首・草・二三三一）があるが、これは、西行の「よられつる野もせの草のかげろひて涼しく曇る夕立の空」（新古今集・夏・二六三。西行法師家集・雑・六二三）の「涼しく曇る」を変化させたと思しい。

小沢蘆庵の和歌表現

――歌ことば・歌枕を中心に――

久保田　淳

はじめに

小沢蘆庵の家集『六帖詠草』『六帖詠草拾遺』を読むと、「古人のよめる詞をだいにして、人みなによませ、みづからもよみける」「古人のよみたる詞をよみ入れ侍る」「旧詞をよまんとてよめる」などという詞書の作品にしばしば出会う。彼はさまざまな時代の古歌に親しみ、それらから多くを学んだ歌よみであった。それら「古人のよめる詞」「旧詞」は具体的にはどういうものであったか。彼はそれらをどのように取り込んでいるのか。彼と同時代、または少し前の時代の歌よみ達はそれらの「詞」に対してどのような態度を取っていたのか。本稿はそのような和歌表現の実態を、蘆庵の歌数首を例として検証しようとするものである。

一　「霞のみを」の消長

河上霞

水無瀬川霞のみをのあらはれて一筋深き遠の山もと（六帖詠草・春・五八）

歌の風景としては、後鳥羽院の、

見わたせば山もとかすむみなせがはゆふべはあきとなにおもひけん（新古今・春上・三六）

に通うものがある。表現の技巧としては、「川」「筋」「深き」の縁として、「霞のみを」という歌ことばを用いたことが注目される。

「霞のみを」という句の作例はかなりの数にのぼる。ただし、この句はさほど古くから詠まれてきたものではない。調べた範囲内では、最も早い作例は藤原家隆の初期の歌であった。

ふたもとのすぎのこずゑやはつせがはかすみのみをのしるしなる覧（玉吟集・三　初心百首、題「霞」）

次いで、寛喜四年（一二三二）三月二十五日『石清水若宮歌合』において、二人の歌人が「河上霞」の題を詠んだ歌で、「霞のみを」を詠み入れた。

水上や岸の柳のふかみどり霞のみをのしるし成けり（一六）　祝部成茂

朝まだき霞のみをも白浪の竜田の川をわたるかち人（一九）　藤原頼氏

判者藤原定家はこの二首ともに負と判した。成茂の歌については、題の「川字侍らねば」というのがその理由であった。一方、頼氏の歌では、「『霞のみをも白浪の』、ことばいうに聞え侍れど」と、この表現を評価しつつも、相手（右方）の源家長の歌を「姿非ズ二凡俗之躰ニ一、有リ三抜群之気一」と激賞して、これに勝を与えたのであった。この判詞によって、定家が「霞のみを」という表現を咎めていないことは確かめられる。そして、成茂と頼氏の二首はともに後年『夫木和歌抄』に、成茂の歌は巻二・霞・五三七、頼氏の作は巻二十四・河・一一〇二〇として、採られている。また、頼氏の詠は『歌枕名寄』（巻八・二四三六）に、成茂の歌は『高良玉垂宮神秘書紙背和歌』（二二五）にも見出される。

これに対して、「霞のみを」の初例である家隆の歌は、『高良玉垂宮神秘書紙背和歌』（二一三、出所を「桑門集」とする）、『三百六十首和歌』（春・三二）、『六華和歌集』（一〇一、出所を「玉吟」とする）、『六家集注』（春・二七）に載っている。

南北朝期の和歌では、二条為明が撰者となった『新拾遺和歌集』に自ら、

春雪　　民部卿為明

春きても霞のみおはさゆる日に降くる雪の淡ときゆらん（雑上・一五三一）

の一首を載せ、その弟為忠は貞治六年（一三六七）三月二十三日『新玉津島社歌合』で「浦霞」の題を、

わたつ海やしほのひるまのはまひさぎ霞のみをや又埋むらん（三二）

と詠んだ。この歌合は冷泉為秀が判者であったが、伝本に勝負判は付されていない。為忠のこの歌は後年『題林愚抄』（春・一八三）に採られた。

この他、二条為重が康暦二年（一三八〇）二月詠んだ当座三十首の「湖上霞」の題でこの歌句を用いている（為重集・二三）。

室町時代の和歌からは多くの「霞のみを」の例歌を拾うことができる。

成立年の知られるものとしては、まず冷泉為尹が応永二十二年（一四一五）、将軍足利義持に献じたという『為尹卿千首』に、三首の作例が見出される。ただし、それらのいずれも川との関わりで詠まれたものではない。

次に、嘉吉三年（一四四三）二月十日『前摂政家歌合』において、正徹が「中春」の題を、

花ざかり霞のみおも深き夜の春のも中ににほふ月影（四八）

と詠んでいる。この歌合は衆議判であったが、後日主催者の一条兼良が判詞を記した。彼は正徹のこの歌を、「霞のみおに春の最中の月影匂ふらん、艶にきこえ侍り」と賞した。

正徹はこの他、家集『草根集』に六例、「霞のみを」の句を含む歌を残した。また、その弟子正広の家集『松下集』からも五例を集めることができる。

その他、飛鳥井雅世（雅世集・八七二）、大内政広（拾塵和歌集・春・一七）、飛鳥井雅康（雅康卿詠草・一三）、下冷泉政為（碧玉集・春・三〇、三一）などの例を確かめた。

近世和歌では、蘆庵の他に七人の歌人がこの歌ことばを用いていることが知られる。蘆庵以前では、木下長嘯子（挙白集・雑・一四五三）、中院通村（後十輪院内府集・春・一七七）、松永貞徳（逍遊集・春・二九〇）、武者小路実陰（芳雲和歌集類題・春・四七二）の四人、蘆庵と同時代の歌人では本居宣長（鈴屋歌集・春・一八七）、加藤千蔭（うけらが花初編・春・一二九）の二人、蘆庵以後では蓮月（海人の刈藻・春・四五）である。

以上、『新編国歌大観』によって知られる範囲内で「霞のみを」の句を詠み入れた歌をすべて検討したが、蘆庵の「水無瀬川」の歌に確かに影響を及ぼしたと考えられる歌を見出すことはできなかった。しかし、勅撰二十一代集や『夫木和歌抄』『歌枕名寄』『題林愚抄』などは読む機会が多かったと想像されるし、家隆や正徹などにも関心を抱いていた歌人であろうから、蘆庵が彼等の作例を知っていた可能性も十分考えられる。近世和歌においてもこの歌句は生きていたのであるから、近い時代の作者を通して馴染んだ表現であったかもしれない。

そのようなことを考えると、蘆庵のこの歌の注釈に際して、もしも「霞のみを」の作例として一首だけ挙げるとすれば、頼氏の「朝まだき」の歌などが適当であろうか。現在知られる初例として家隆の歌を挙げたいところであるが、問題の歌を有する(1)『玉吟集』に蘆庵が接する機会があったかどうか、またこの歌を採録した諸歌書を読み得たかどうか、いささか疑問が残るのである。

水無瀬川の川面にかかる霞の中で、さながら一筋濃い水脈のように見えるのは、遠くの山の麓あたりだという、この歌の風景が、後鳥羽院の「見わたせば山もとかすむみなせがは」のそれに通うものがあると最初に述べたが、趣向としてこれに通じる歌を、蘆庵が意識することが少なくなかった先人が遺している。それは契沖の、

海辺霞

もしほやく難波のうらの八重霞ひとへはあまのしわざなりけり（漫吟集・春上・六四）

という一首である。正岡子規が「契沖の歌にて俗人の伝称する者に有之候へども、この歌の品下りたる事はやや心ある人は承知いたしをる事と存候」（五たび歌よみに与ふる書）と痛罵したけれども、契沖自身は愛着を抱いていたらしいこの歌(2)は、蘆庵の脳裏にも深く刻み込まれていたのではないであろうか。蘆庵の「水無瀬川」の歌の注釈に際して、性急に影響関係を論ずるのではなく、参考として、後鳥羽院の「見わたせば」の歌や頼氏の「朝まだき」の歌とともに、契沖のこの歌を掲げることは、見当外れであるとは思われない。

二　歌枕「ゆたのゝはら」

遊絲

春の日のゆたのゝはらに遊ぶ糸のいつくるべくもみえぬ空かな（六帖詠草・春・一二九）

「遊絲」は陽炎のこと、『永久百首』や『六百番歌合』で春の歌題として、「あそぶいと」「いとゆふ」などと詠

まれてきた。

「ゆたの、はら」は伊勢国の歌枕である。日本歴史地名大系24『三重県の地名』に説くところによれば、三重県度会郡小俣《おばた》町に湯田《ゆた》の地名が残るが、古くは小俣町南西部から玉城《たまき》町・伊勢市にわたる広野であったと考えられている。(3) 斎宮に近いことから歌枕となったのであろうが、作例は少ない。知りえた蘆庵以前の歌は次の三首にすぎない。

源俊頼

きみがためゆたのをわけてひろひつるちびきのいしにたれかあふべき（散木奇歌集・祝・七二七、伊勢斎宮石名取石合の歌。夫木抄・巻二十二・一〇二二〇。歌枕名寄・巻十八・四七八六）

鴨長明

たけかはやゆたのをみればはるばるとやまだのはらの松は雲なり（夫木抄・巻二十二・九八九八、詞書「家集」、左注「この歌は、長明伊勢へ下りけるに、ゆたと云ふ所にてよめると云云」）

度会元長

贄掛志狩之使之道絶天湯田野爾鴨之子雄屋養育天牟（神祇百首和歌、題「野」、注「昔湯田野ニテ鴨ノ子ヲ取テ贄ニ備ル事侍ルニヤ。彼勅使ヲ獵之使ト云。業平中将。此勅使ニテ下向。貞観年中ノ事也。兒手柏ニテ弓ヲ作リ。紅ノ糸弦ヲ掛。其弦ニテ鴨ノ子ヲ切調テ神前ニ備ヘケルト歟」）

右のうち俊頼と長明の詠は、契沖の名所研究書『類字名所外集』第六「湯田野」に掲げるものでもある。『夫木和歌抄』も『類字名所外集』も、共に蘆庵の親しんだ歌書であった。(4) それらを通じてこの歌枕を知った可能性は大きいと考える。

なお、蘆庵以後では熊谷直好が、

いとまある大宮人のかり衣ゆたののはらに日をやかさねん（浦のしほ貝・冬・九五七、題「連日鷹狩」）

と詠んでいる。「大宮人」の鷹狩りの場としてこの歌枕を選んだのは、この地が斎宮ゆかりの地であると知ってのことであろう。

三　複数の歌枕を取り合わせる問題

ことばの道のあらずなるをなげくころ

いこま山たかねを月の出るより難波入江は氷をぞしく（六帖詠草・雑上・一七五九）

この哥をよめるは、夫木に長方卿の、伊駒山高ねに月の入まゝに氷消ゆくこやの池水とよまれたるをのす、これは地理をしらでよまれたり、伊駒は河内大和のさかひにて、摂津国のひがし、こやは武庫郡にて、遥に西なり、いこまに月の入をみんは大和よりのことなり、すべて哥のことば花にのみながれて、無実浮華になれるより、このごときうたとがむる人さへなくなれるをなげくとて、ひとりごてるなり

『六帖詠草』雑上の終り近く、歌番号でいえば、一七〇五番あたりから一七六三番あたりまでには、和歌・歌道に関して思いを述べた歌が多く見られる。たとえば、右に掲げた歌の直前には、

今のよの哥は言えりのみして、常に見きくものもおほくはよまずなりにたり

いにしへはおほねはじかみにらなすびひるほし瓜も哥にこそよめ（一七五八）

という歌があり、直後には、

一ふしとおもふややがてすなほなる心のゆがむはじめならまし（一七六〇）

という歌が続く。一七五九番の「いこま山」の歌の後の「この哥をよめるは」以下の文章は詞書よりも一字下げて記されており、いうまでもなく「いこま山」の歌の左注である。『近世和歌集』はこの左注を一七六〇番の「一ふしと」の歌の詞書と見なして、「いこま山」の歌を抄出することなく、この左注本文と「一ふしと」の歌を抄出して加注しているが、(5)これは正しくない。「一ふしと」の歌自体には詞書がないのであるが、『六帖詠草』の一首として読む場合は、「いこま山」の歌の詞書「ことばの道のあらずなるをなげくころ」がこの歌にも掛かると考えるべきである。従って、抄出・加注する際には「いこま山」の歌と「一ふしと」の歌とをセットにして行うことが望ましかったと思う。ただし、左注（『近世和歌集』では「詞書」という）に加えられた補注では、一七五九番の歌を解釈する際にも参考になる指摘がなされている。

左注にいう「夫木」は『夫木和歌抄』、「長方卿」は藤原長方のことである。長方は平安最末期の貴族で、権中納言正二位に至った。平清盛の権威を恐れず、正論を述べたという逸話が伝えられている。九条兼実に「末代之才士也」とその死を惜しまれたという和漢兼作の人で、勅撰集では『千載和歌集』初出の作者であった。家集に『栂納言長方卿集』があり、左注に引かれる「伊駒山高ねに月の」の詠も、まずこの家集に次のごとく見出されるものである。

池上暁月

生駒山たかねに月のいるまゝにこほりきえゆくこやの池水（秋・八九）

そして、『夫木和歌抄』巻第二十三雑部五の「池」の項に、「こやのいけ、摂津」の例歌として収められた。夫木抄一〇八一五番の歌で、歌題・本文とも『長方集』のそれと異なるところはない。

蘆庵は長方のこの歌が地理的に矛盾することを咎め、それを正そうとして、「いこま山たかねを月の」の歌を詠んだ。この歌で一応注目される和歌表現は、「難波入江」と「氷をぞしく」であると考える。

まず、「難波入江」はいうまでもなく摂津国の歌枕であるが、歌枕としては「難波堀江」に比すれば遥かに新しいことに注意してよいと考える。「難波堀江」の作例は早く『万葉集』に求めることができるのに対して、「難波入江」のそれは調査した限りでは、鎌倉時代建保期頃からの歌人藤原光経の歌などが早い例で、以後鎌倉時代から南北朝、室町時代にかけて散発的に詠まれた歌枕である。蘆庵のこの歌に先行する十五首の歌の中で、出典や作者などから、彼が意識したかもしれない歌は、あるいは次の三首などだったであろうか。

水まさるなには入江のさみだれにあしべをさしてかよふ舟人（続後撰・雑上・一〇五六・平長時。歌枕名寄・三五六九にも）

ながめやる難波入江のゆふなぎによせてかへらぬ春の藤なみ（夫木抄・巻六・藤花・二〇九八・藤原為顕。弘長三年三月住吉社歌合・三二、題「江藤」）

涼しさも見せばや人に螢とぶ難波入江のゆふ浪のかげ（武者小路実陰・芳雲和歌集類題・夏・一四六九、題「江螢」）

次に、「氷をぞしく」は公乗億の詩句にもとづく王朝和歌以来の伝統的な表現であることは、この歌の注釈に際してもやはり抑えておくべきであろう。その詩句は『和漢朗詠集』の、

秦甸之一千余里　凛々氷鋪　漢家之三十六宮　澄々粉餝（秋・十五夜・二四〇）

である。この詩句の影響下にある歌は平安末期頃から現れ、西行もしばしば「氷をぞしく」の句を詠んだ。(6)

蘆庵の歌では、歌びとは生駒高嶺から昇った東の空を望み、眼前に沖まで遠く氷った難波入江を眺めうる地点に立っている。長方の歌のような地理的矛盾は確かに認められない。

けれども中世和歌の世界では、蘆庵の難ずる長方の歌も和歌的虚構として当然許容される範囲内のものであったであろう。

じつは長方の生駒山の歌を難じたのは蘆庵が最初ではなかった。契沖の名所研究書『類字名所補翼鈔』第八に、哥一首に、名所ふたつみつ取合せてよめる古哥は、古人そこをよく知てよめるなり。知らずしておしてよまば、あやまりいでくべきなり。

として、その「あやまり」の例を列挙した中で、次のように指摘されているのである。

夫木集に、長方卿の哥に

いこま山高根に月の入まゝにこほりきえゆくこやの池水

これは、西より月の出て、東へゆかんずるやうなり。また、伊駒より昆陽の方はいぬゐなり。こやの方にてよむ心なれば、秋の月の出る時、たつみにあるべき理なし。(7)

近世歌人に契沖の著述の及ぼした影響の少なくなかったことが知られる一つの事例であろう。

四　『源氏物語』の一場面を詠むこと

雪のふりたる夕べ

降つもる雪はうすゆき松竹もわかるゝほどの夕ぐれのいろ（六帖詠草・冬・一〇九七）

降り積もったといってもまだ薄雪なので、夕暮れの光で松と竹の区別もできる程度の色あいで立っているという風景を詠んだもので、解釈上とくに問題はない歌である。問題は、この歌は蘆庵が実際に「雪のふりたる夕べ」、たとえば自身の家の庭などを眺めながら詠んだだけのものか、それとも何等かの古典文学に拠るところのある作かという点に存する。

結論を先に述べれば、実際に確かにそのような体験があったかもしれないが、それとともに彼には明らかに意識していた古典作品があって、その影響力によってこのような状態の松や竹を見つめ、それらをこのように表現したのであろうと考える。その古典作品は『源氏物語』朝顔の巻の次の場面である。

　雪のいたうふりつもりたるうへに、いまもちりつゝ、まつとたけとのけぢめおかしうみゆる夕ぐれに、人の御かたちもひかりまさりてみゆ。

紫上の住む源氏の私邸二条院で、夕暮れ、源氏と紫上は庭の松や竹に降り積む雪を眺めている。そのうちに月があたりを白く照らし出す。興をそそられた源氏は、童女達を庭に下ろして「雪まろばし」をさせる。

おそらくこの場面は近世の歌文に携わる人々にはよく知られたものであったと想像される。元禄四年（一六九一）に板行された、名数和歌の類を集めた編者未詳の歌書『絵入鴫の羽掻』には「源氏八景」が収められているが、そのうちの「朝皃暮雪」は、右に掲げた「雪のいたうふりつもりたるうへに」から、雪まろばしに興ずる童女達のさまを「かたへはひんがしのつまなどにいでゐて、心もとなげにわらふ」と描き出しているところまでを切り取ったものである。(8)

蘆庵はもとより、『鴫の羽掻』を介してではなく、直接『源氏物語』に親しんでいたのであろうが、『鴫の羽掻』の「源氏八景」も知っていた可能性は十分にあると想像する。『鴫の羽掻』は元禄四年板の他に天明元年（一七八一）板も存し、広く流布した歌書であった。

では、蘆庵以前に『源氏物語』朝顔の巻のこの場面に着目し、それを和歌の表現に取り込んだ歌人はいなかったのであろうか。「松竹」「松と竹」などの語句を手懸りに捜してみると、室町時代から江戸時代までの歌集から次のような数首の歌を拾い出すことができるのである。

松下集（正広）

今朝みればふりかくせども松竹のけぢめおかしき雪のうち哉（五一七、題「雪」）

雪玉集（三条西実隆）

うづもれし松竹ながら夕日かげさすがわかるゝ雪のやまもと（巻九・三五一八、永正八年［一五一一］三月内裏着到百首、題「雪中眺望」）

夕ぐれの残るひかりも松竹のうへにことなる雪の色かな（巻十五・六四三一、天王寺五首、題「冬夕」）

衆妙集（細川幽斎）

降つむもよの間の雪は朝日影松と竹とのけぢめみえつゝ（六七、詠百首和歌、題「浅雪」）

後水尾院御集

有明の月とみしまに松竹のわかれぬいろぞ雪にわかるゝ（冬・六三六、題「暁雪」）

新明題和歌集

日野資茂

今一重つもれとこそは松竹のけぢめはうすき雪にみるより（巻四・二九八一、題「浅雪」）

霞関集（石野広通撰）

よみ人しらず

松竹につもるけぢめをけさ見ればおもひぞ出づる雪のふるごと（冬・六四八、題「雪」）

これらの歌が初めに示した『源氏物語』朝顔の巻における薄雪の景と無関係でないことは明らかであろう。蘆庵の「降つもる雪はうすゆき」の歌は、それらの延長線上にあるのである。ゆえにこの歌の注釈においては、『源氏物語』当該場面の指摘と、室町から江戸にかけての以上の和歌の作例から、二、三首の挙例はなされてしかるべきであろうと考える。

五　歌ことばとしての「薄暮」、「霧のまよひ」

二日の月を見て
あき立てふつかの月のかげもみつまだ薄暮の霧のまよひに（六帖詠草拾遺・秋・一一六）

二日月を詠んだ歌である。ことばとしての「二日月」は、たとえば、

陰暦で、月の第二日目の夜に出る月。特に八月二日の月をいう。（日本国語大辞典・第二版）

などと解説される(9)が、この歌は「あき立てふつかの月」だから、陰暦七月二日の月を見ての詠であろう。蘆庵は、

二日月をみて
にしとほくはれたるいほにすめばこそ二日の月の影をしもみれ（六帖詠草・秋・七九四）

とも詠んでいて、二日月には関心を抱いていたことがわかるが、他に二日月を詠んだ歌人がいるかどうかは知らない。『日本国語大辞典』で挙げている例は、『類柑子』『月の月』など、俳諧での作例である。

蘆庵のこの歌での歌ことばとしてまず注目されるものは、「薄暮」ということばである。『日本国語大辞典』はこのことばをも立項していて、「日没から暗くなるまでの間、はくぼ」と解説し(10)、『日葡辞書』と雑俳『紀玉川』

の用例を掲げている。前者を『邦訳日葡辞書』によって示すと、

Vsugure. ウスグレ（薄暮） たそがれ時のころ、日没から少し後で暗くなる前の時刻。

とある。(11) なお、このことばは同書の本編ではなくて、補遺に収められたものであるという。

次に、後者をかりに『日本国語大辞典』によって引くと、

薄暮は古歌のまま也宇治辺り

という句である。

この句によれば、「薄暮」は古歌にしばしば詠まれてきたことばのように思われるが、実際はむしろ極めてめずらしい歌ことばである。『新編国歌大観』によって検索できた例は、『弘安八年四月歌合』における京極為兼の歌一首にすぎない。この歌合本文を掲げると、左のごとくである。

十七番　山家

左持　為兼

さびしさもしばしはおもひしのべどもなを松風のうすぐれの空（三三）

右　大夫

うき世をばへだてはてにしやども猶雲のふもとは都なりけり（三四）

此番こそ、いとゞやさしう見え侍めれ。「しばしとおもひしのべども」といひて、「猶松風のうすぐれの空」とつゞける心詞、たくみにも優にも侍かな。ことに終句などめづらしくきこえ侍を、又「雲のふもとは宮こなりけり」と侍、まことに「うき世へだてしやど」、ながくもすみなれしかたはこひしくながめられ侍ぬべし。をろかなる心まよひて、いづれとさだめがたくなん侍。

この歌合の伝本としては、刈谷市中央図書館本、久曽神昇蔵本、今治市河野美術館本の三本が知られる。刈谷本は蘆庵が収集・校訂した『歌合集』（『歌合部類』とも）三十一冊の内に収められているものである。判者は未詳だが、東宮時代の伏見院かとする説がある。掲出した番の右の作者「大夫」は、弘安八年（一二八五）に春宮大夫の職にあった西園寺実兼であろうと考えられている。(12)

判詞で為兼の歌について「ことに終句などめづらしくきこえ侍」といっていることは注目される。「うすぐれの空」はめずらしい句だったのである。

さほど流布したとも考えられないこの歌合に蘆庵が親しんでいたことを思い合わせれば、「あき立て」の歌における「薄暮」という歌ことばは、三十二歳の為兼が詠んだこの「さびしさは」の歌から学んだと考えてもよいのではないであろうか。

次に、「あき立て」の歌の歌句として検討したいのは「霧のまよひ」である。この句も『日本国語大辞典』では「霧」の子項目として立項し、次のように解説する。

きりの迷（まよ）い　①「きり（霧）の紛（まぎ）れ」に同じ。②心が迷うさま。心が憂え、ふさぐさま。

用例は①が『源氏物語』野分の巻、『十六夜日記』、②が『源氏物語』橋姫の巻である。歌の作例は掲げられていない。一方、「霧の紛れ」については、「立ちこめた霧に隠れて、物や前後が見分けられないこと。霧の迷い」と解説し、『源氏物語』橋姫の巻の他、歌での例として『建長八年百首歌合』『夫木和歌抄』の二例を掲げる。(13)けれども、「霧のまよひ」も蘆庵以前にかなり多くの歌人が詠んできた歌ことばである。以下、ざっとその跡を辿ってみたい。

先に述べたように、『源氏物語』で「霧のまよひ」という句は和歌ではなく、散文で用られていた。たとえば『日本国語大辞典』の「霧のまよひ」①で掲げている野分の巻の例は、野分が吹き荒れた翌朝、六条院内の秋好中宮の御殿を見舞った薫が目にした、虫籠を持って庭をさまよう女の童の描写の部分に見られるものである。

四、五人つれて、こゝかしこのくさむらによりて、いろ〳〵のこどもをもてさまよひ、なでしこなどのいとあはれげなるえだどもとりもてまいるきりのまよひは、いとえむにぞみえける。

『源氏物語』中の和歌には「霧のまよひ」は用いられていないが、「霧立つ空のまよひ」という表現は見出される。すなわち、若紫の巻で、幼い紫上（若君）の住む「京の殿」を訪れた後、「夜深う出で」た源氏は「いみじう霧りわたれる空」の下、「いと忍びて通ひ給ふ所」を思い出し、門を叩かせたけれども、応答はなかった。それで、

あさぼらけきりたつ空のまよひにも行すぎがたきいもがかどかな

と詠んで、「声ある」供人に歌わせているのである。

歌ことばとしての「霧のまよひ」が用いられ始めたのは平安末から鎌倉初期頃だったのであろうか。現在のところ知りえた最も早い作例は、建久四年（一一九三）の『六百番歌合』における藤原兼宗の詠である。

いづかたへはねかく鴫のたちぬらんまだ明やらぬ霧の迷ひに（六百番歌合・秋中・四〇五、題「鴫」）

この歌は左方の歌で、右方の寂蓮の歌に勝っている。判者釈阿（藤原俊成）は、

左は、初五字などぞいかにぞ侍れど、勝とすべし。

と、「いづかたへ」の句を批判しただけで、「霧の迷ひに」の句には特に論及していない。想像をたくましくすれば、あるいはこの歌以前に歌ことばとしての市民権を獲得していたのであろうか。そして以後、新古今時代の歌人達の作例が集中的に見出されるようになる。それらを作品集ごとに掲げると、次のごとくである。

秋篠月清集（藤原良経）

たちいで、心ときゆるあけぼのにきりのまよひの月ぞともなふ（治承題百首・四六八、題「後朝恋」）
わするなよきりのまよひにひとよねてせきこぎいづるすまのとも舟（秋・一一三五、題「関路暁霧」）
あか月のきりのまよひにたちわかれきえぬるみともしらせてしかな（恋・一四二三、題「後朝恋」）
承元元年（一二〇七）最勝四天王院障子和歌

浜名橋　　　　　　　　　　　　　　源通光

なき渡る雲井の雁よしるべせよはまなのはしの霧のまよひに（三四三）
建保三年（一二一五）内裏名所百首

武蔵野　　　　　　　　　　　　　　藤原範宗

むさしのの霧のまよひの女郎花つまもこもれる煙とぞみる（五一六）
建保四年（一二一六）八月二十二日歌合

深山霧　　　　　　　　　　　　（藤原カ）資隆

山人もおのれしほれて帰るらむたつたの奥のきりの迷ひに（五三、二十七番左負）
承久元年（一二一九）九月七日日吉社大宮歌合

遠山暁霧　　　　　　　　　　　　　藤原知家

空もなを霧のまよひによをこめてまだ明ぐれの遠の山もと（七〇）

以上によって、二十数年の間に少なくとも六人の歌人が八首の作例を残していることが知られる。続く鎌倉時代歌人の作例は、以下のごとくである。

宝治二年（一二四八）百首

関霧

かち人の関のゆきゝももりわびぬ相坂山のきりのまよひに（一七六四）　藤原家良

こえかねてとゞめぬ人もとまりけり霧のまよひの足柄の関（一七九〇）　禅信（源俊平）

相坂や霧のまよひに関こえてしるもしらぬもえこそわかれね（一七九二）　鷹司院按察

建長三年（一二五一）九月十三夜影供歌合

霧間鴈

明わたる峯の明けのほのかなる霧のまよひに鴈はきにけり（二一〇八、百四番右負）　源家棟

建長八年（一二五六）頃か中臣祐茂百首

あけぬるかきりのまよひにたまくしげふたみのうらのあまのともよぶ（四六、題「海辺霧」）

文永二年（一二六五）七月七日白河殿七百首

霧底筏

筏しや岩間づたひはこころせよ山本くらき霧のまよひに（三一一）　京極為教

嘉元元年（一三〇三）百首

霧

たちとまり人のとへかしわが門の霧のまよひの明ぼのの空（六四三）　一条内実

伏見院御集
あけぬともしばしはしゐてやすらはんあまのかはとのきりのまよひに（一〇五七、詞書「徳治二年〔一三〇七〕七月七日、遊義門院よりよみてたてまつるべきよしおほせられし七首」）
夫木和歌抄
藤原家良
都をばけふぞ立ちける旅ごろもそでのかはらのきりのまよひに（一一〇四〇、巻二十四雑六・河、詞書「御集」）
六十年余りの間に八人の作者が詠んだ九首の作例が知られるのである。これらのうち、『嘉元百首』における内実の詠は、初めに述べた『源氏物語』若紫の巻の場面での、源氏の「あさぼらけ」の歌に対する、「たちとまりきりのまがきのすぎうくは草の戸ざしにさはりしもせじ」という、女の返歌を明らかに意識したものである。
なお、以上の他、擬古物語『いはでしのぶ』にこの語句を含む物語歌が一首存する。
では、南北朝期から室町時代にかけての和歌ではどうであろうか。
新千載和歌集
祝部成国
さを鹿のおのがすむ野に妻こめて霧のまよひにねをや鳴くらん
詠五十首和歌（宗祇）
打ちわびてたづぞなくなるさほ川や明けぬとも見ぬきりのまよひに（解二七、題「暁霧」）
柏玉和歌集（後柏原院）
なほざりの霧のまよひに風も吹く家路とや思ふ秋の花野を（秋上・七一一、題「秋野忘レ帰」）

雪玉集（三条西実隆）
おきつ舟いま行さきもいかゞさきいかゞ分らん霧のまよひに（巻七・二八九二、家着到、題「崎霧」）
ほどもなきわたせもとをしいづみ川いづことたどる霧のまよひに（巻十七・七六三〇、詠三十首和歌、題「渡霧」）
南北朝期から室町時代・戦国期までの和歌で検索可能な範囲では、以上の五首の作例を知るにとどまった。そして江戸時代に入ると、蘆庵以前に木下長嘯子・中院通村の二人が「霧のまよひ」の句を用い、蘆庵と同時代の歌人である土岐筑波子と加藤千蔭の二人もこの句を襲用していることが確かめられる。それらの作品は次のごとくである。
挙白集（木下長嘯子）
月のこるさやまがすその朝ぼらけ霧のまよひに鳴ぞたつなる（秋・一〇七九、題「月前鳴」）
後十輪内府集（中院通勝）
織女やあけ行くよはをうらみつつ霧のまよひも猶たのむらん（秋・五四八、元和九年［一六二三］七夕内御会、題「七夕霧」）
筑波子家集
夕ぐれの霧のまよひに鳴く雁はあやなくたれをとひ渡るらん（秋・七四、題「雁」）
咲く花はここらにほへど朝まだき霧のまよひにみず過ぎにけり（物名・一五三、題「らに　すすき」）
うけらが花初編（加藤千蔭）
ゆふぐれの霧のまよひにいにし人かへらぬ空にかりは来にけり（雑・一三七三、詞書「人の七年の忌に、暮天雁を」）
以上、「霧のまよひ」という表現を含む和歌を通観した限りでは、とくに蘆庵の「あき立て」の歌に影響を及ぼした先行歌として挙げることができるものは見当たらない。僅かに、良経の「たちいでゝ」の歌と長嘯子の「月のころ」の歌が素材の点で共通するといえる程度である。

しかし、やはり良経の「わするなよ」の歌や範宗の「むさしのの」の歌は『夫木和歌抄』に採られているし、為教の「筏しや」の詠は『題林愚抄』に載せられた。蘆庵が江戸時代に板行された『六百番歌合』『六家集』『夫木和歌抄』『題林愚抄』などに親しむ過程でこれらの作例に触れた可能性は大であろう。(15) そうであれば、蘆庵の歌の注釈者には、近世歌人の作例とともに、これら古典和歌の例をも一通り見渡しておく用意が求められるのではないであろうか。

おわりに

古代から近世に至るまで、近代を迎える以前の日本の自然には、さほど劇的な変化は生じていなかったのではないか。けれども、その自然を写し取った和歌、自然詠には、確かに時代による違いが認められる。時代が下るにつれ、明るく軽やかになってゆくという印象を与えられるのである。客観的な根拠によってそういった印象を裏付けることができるかどうかは全く見通しが立っていないけれども、近世和歌の特色を考えるためには、まず近世の歌よみ達が彼等以前の人々の歌から何を学び取り、それをどう変えていったかを、巨細にわたって確かめる必要があるであろう。本稿はそのための一つの試みである。

なお、同じような意図の下、以前「小沢蘆庵の歌二首」（短歌誌『礫』三一四号、二〇一三年二月）、「『六帖詠草』の山雀の歌」（同、三一五号、二〇一三年四月）の二編の小文を草した。

【付記】引用した和歌の番号は『新編国歌大観』に拠った。『六帖詠草』『六帖詠草拾遺』の本文は、嘉永二年（一八四九）板本に拠った。その他の和歌は『新編国歌大観』の他、『群書類従』や『新日本古典文学大系』で底本とした本などに拠った場合もあるが、煩を避けていちいち断らない。

【注】

（1）この歌を含む「初心百首」は江戸初期に板行された六家集本『壬二集』には収められていない。

（2）本稿で引いたのは竜公美本『漫吟集』の本文であるが、この歌は「延宝九年四月十八日沙門契沖四十二歳自集」という『自撰漫吟集』（契沖和歌延宝集）にも収められている。

（3）日本歴史地名大系第二四巻『三重県の地名』（平凡社、一九八三年刊）六一〇頁。

（4）拙稿「『六帖詠草』の山雀の歌」（『礫』三一五号、二〇一三年四月）

（5）日本古典文学大系93『近世和歌集』（岩波書店、一九六六年八月）の内、久松潜一・池田利夫校注「小沢蘆庵」、三一五頁。

（6）『山家集』三二六・五二二・五六一。

（7）『契沖全集』第十二巻（岩波書店、一九七四年二月）所収『類字名所補翼鈔』一〇四～一〇五頁。

（8）川平ひとし・大伏春美編『影印本鳴の羽搔』（新典社、二〇〇五年一二月）一四〇～一四二頁。

（9）『日本国語大辞典　第二版』第十一巻（小学館、二〇〇一年一一月）九一九頁。

（10）同右書第二巻（小学館、二〇〇一年二月）二二六頁。

（11）土井忠生・森田武・長南実編訳『邦訳日葡辞書』（岩波書店、一九八〇年五月）七三四頁。

(12) 谷山茂・樋口芳麻呂編『未刊中世歌合集』上（古典文庫、一九五九年三月）四二頁。
(13)『日本国語大辞典 第二版』第四巻（小学館、二〇〇一年四月）五七九頁。
(14) 久保田淳・山口明穂校注新日本古典文学大系38『六百番歌合』（岩波書店、一九九八年一二月）で、「霧の迷ひ」に「本歌合以後用いられ始める句か」（一五一頁）と注した。
(15) 鈴木淳・加藤弓枝著和歌文学大系70『六帖詠草・六帖詠草拾遺』（明治書院、二〇一三年七月）では、「霧のまよひに」の注に「参考」として、為教の「筏しや」の歌を、「白河殿七百首、題林愚抄・秋四」を出典として掲げる（四一四頁、担当は加藤弓枝）。

池田利夫氏　追悼の記

硬い骨を持つひと

永井和子

池田利夫氏は、肉体を持つ人間としての骨折を重ねるごとに、精神の骨をますます強固なものとされた研究者のお一人ではないだろうか。些か逆説めくが、池田氏の骨は生来脆弱なのではなく、むしろ並外れて硬いのであり、それが折れる度に再生して新しい意味を持ちはじめ、ますます堅固なものとなって、七重八重の骨折には伝説が付与され、その破骨自体が池田氏をたぐいまれな骨の人となしたものか。その屈折し堅固なものと化した自在な骨をこれまた堅固でしかも柔軟な精神がしっかりと支え、池田氏の根幹を成していたと言えるかもしれない。年を重ねられるにつれて「どこかの骨が折れている」のが常態であり、それに加えて重篤なご病気の連続であったかもしれぬが、池田氏はその状況を飄々とあしらい、権威や人を恐れず常に直言を憚らぬ硬骨漢として、また、凄まじい気骨の持ち主として過ごされた。

池田氏に対して私はいつも受け身であり、ご研究に対しても真剣に切り結ぶ機会をさほど持たなかったために、完結した池田氏の像を明瞭に結ばぬままにお別してしまった、という悔いが強い。そのかわり、溌溂と輝く眼の持ち主である解き難い謎の人として、独特の歩みの余韻そのものが鮮やかに残り続けている。従って私には池田氏のご研究や全体像を語る資格はない。ささやかな個人的な思いを記すにとどめる所以である。

池田氏に始めてお会いしたのは昭和三十三（一九五八）年ごろ、課外の学習院大学大学院松尾聰教授ゼミに加わられた時である。池田氏は自然科学系の学問を修められたのち文学に転じた慶応大学の大学院生であり、久松潜一先生の薫陶を受けられて、既に、日本にとどまらぬ様々な作品を広い視野と方法論のもとに研究しておられたが、当時は『浜松中納言物語』がその対象の一つであった。丁度そのころ岩波日本古典文学大系の『浜松中納言物語』に心血を注いでおられた松尾先生の許に、久松先生のご紹介もあって参加された、と伺う。

さすがに池田氏の視点は成熟して厳密を極めながら斬新であり、またその志の高さと潔さを一同は大歓迎したのだが、それ以上に、横浜育ちの快活な慶応ボーイは、「即席ラーメン」という新しい発明品をお土産に持ってきて下さる「異国」の若く眩しい研究者であった。一同は国文研究室の古びたストーブで薬罐にお湯を沸かし「舶来」扱いの貴重品にそのお湯をおもむろに用いて、不思議にも見事なラーメンと化した美味に感嘆し、謹んで賞味した。

ゼミには東洋大学の神作光一氏・早稲田大学の上坂信男氏も時々加わられた。一字一句をもゆるがせにしない松尾先生の厳しいご指導のもとに研究室の本を山ほど机上に盛り上げ、学問とラーメンの醍醐味を改めて堪能するのが常であり、このゼミは松尾先生のご退職後も形を変えて長く続くことになる。

新しく加わられた池田氏は、直ちにゼミだけではなく学習院そのものに溶けこまれ、中でも吉岡曠氏とは酒友としても意気投合し終生の友となられた。池田氏・吉岡氏と永井は、年齢も近く関心の対象も重なっていたせいかすぐに三人組めいた仲間となり、松尾先生のご指導のもとに研究面のみならずゼミ旅行・研究旅行・資料の調査、中古文学会の設立準備・紫式部学会その他に関する相談など、万般にわたり一緒であった。

ただし池田・吉岡組には会合の後に、次の本番が待っている。松尾先生が「まさか酔っぱらい達に付き合うつもりではないでしょうね」と気遣って下さるのをよいことに私はそのまま帰宅するのが普通であったから、その後のお二人については充分には知らない。しかし強引な酒豪方のお誘いにもぞもぞと困っていると、たまに、松尾先生は「軍門に降ったのね」と非行少女を憐れむ面持ちで私をお二人の世界に委ねられる。

同席すればそこは、寛いだ酒席どころか研究に関するすさまじい論争の場であった。屈託のない筈の池田氏の頑固さは並々ではなく、身も凍るような激しい応酬の連続である。のどかに見えた吉岡氏の日常の風情も盃が重なると共に吹き飛び、論旨は見事に冴え渡って断固たる態度で絶対に引かず、他者の介入を許さぬ。本気の真剣勝負である。研究者としての両氏の在りようと秘密を垣間見て私は、心底から畏怖するに至った。私が早々に退去してからの払暁に及ぶご両人のご様子を仄聞するに、それは些か伝説的でさえある。一人が倒れれば、硬い床に頭を打たぬようにもう一人がカバンをさっと差し出すこと常であったからこそ大過なく年月が過ぎた、とか。

なお、酒仙に附して言えば、池田氏・吉岡氏に加え、野武士の面構えを持つ近代文学の高橋新太郎氏も、酒席の仲間として加わられる事がしばしばであった。この少し年上の三人の男性は、それぞれにくせ者ともいうべき強烈な個を持ちつつ、内側には紛れもなく柔らかい清冽な魂を宿しておられ、私は如何に多くのことを教えられたか計り知れない。それぞれが悠々と生き、同時に真剣に対象とわたり合う見事な硬骨の闘士達であり、説明抜きに話が通じるかけがえのない敬愛する方々であった。この痛快な三人の方々に—とうとう池田氏にまで—お別れした今は、無念さが切実に迫る。

さて、若い池田氏・吉岡氏・永井は、ほぼ同じ頃に卒業し、仕事に携わり、論文を書き、家庭を持ち、ほぼ同じ頃に第一子を授けられた。松尾先生も三人の身の上が時間的に重なった偶然をとても喜んで下さったのだが、池田氏のお子様は間もなく風邪がもとで幼い命を失われ、このことには未だに深く胸が痛む。いま池田氏は、保土ヶ谷の大仙寺の墓所に愛嬢と共に眠っておられる。

池田氏は、私に多くの研究者とのご縁をも作って下さった。久保田淳氏に私を紹介して下さったのも池田氏である。或る時、打合せのために渋谷の西村フルーツパーラーに集まったことがあり、私は日程の調整がつかずやむなく幼い長男を連れて赴いた。池田氏と久保田氏は子連れの私を快く受け入れ、その上に、飽きてしまった長男に久保田先生はご自分のフルーツポンチに載った赤いさくらんぼを分けて下さった。さくらんぼを見ると現在でも私の思いは、池田氏や久保田氏に瞬時に翔ぶ。

池田氏はその後、鶴見大学日本文学科において、実証的な厳しい文献学と同時に洒脱を極めた「鶴見大学日本文学・学」ともいうべき学風を樹立される一翼を大きく担われた。大学という組織における重責を、どのように捌いて研究生活を充実させておられたのか、その骨の負担は定めて増大したものと推測する。因に、池田氏の『かたい話てんでん』なる瀟洒な一冊を手にとってご覧頂きたい。「装幀　水原沼埜鶴《すげぬまのづる》　刻印　高田南園」と銘打ったこの小冊子には「鶴見大学日本文学・学」の厳しさと同時に霊妙不可思議な遊び心が横溢している（平成十四

年三月　鶴見大学日本文学会発行)。

松尾先生、吉岡氏亡きあとは「我ら残党」と称して池田氏とよく同席したが、そこには身を切るが如き鋭い論争の代わりに、穏やかさと言いようのない寂しさのみが溢れた。

また或る時、某旧師の御葬儀の折のことである。教えを受けた私どもは悲嘆を胸に置きつつ互いに黙礼を交わすにとどめていたのだが、柩をお見送りした後にはさっと集まって驚きと悲しみをいっせいに語り始めた。まさにその時、眼をぴかぴか光らせながら池田氏が一同の真中に来られて「ちょっと、ちょっと。永井さんは、わたしと話がある人なの。あなた達はいつも会っていらっしゃるでしょう。わたしには滅多に機会がない。だからわたしの方が権利を持っているの」と断固として言われる。この非論理的な言草に友人たちは唖然とし、私も強く抗ったのだが、腕ずくでその場から強引に引き離された。近くの店で長時間にわたりお話を伺う。それは熱くて火の出るような内容であった。池田氏が長いあいだ難渋しておられた或る研究主題に関する構想が、たった今、悲しみの瞬間に、見事に整った、という、喪失と創造が同時に襲った激しい経験を些かの涙とともに語られたのである。その思いが燃え盛ったその時、私がちょうど目についた、ということのようだ。その後しばらく池田氏は私の友人達の間で「拉致する研究者」として語り継がれたことはいうまでもないが、私は、いざという時には、上手に場を工面するより先に、まず真正面から中心に切り込む気迫と眞情に、強く深く心を打たれた。これも硬い骨と柔軟な精神の所産と言うべきであろうか。

池田氏の研究は途方もない偉業に至るのだが、それは、追求せねばならぬ、一心不乱に努力して解明せねばならぬ、という力みよりも私には「興《きょう》」がどこからか飛んでくる瀟洒な趣として映った。そこには生き生きとした自然さが根底にあり、氏独特の美意識による表現があった。更に、単なる研究の次元にとどまらず、文人としての悠然たる楽しさを極められたことは「鶴見大学日本文学・学」の貴重な伝統というべきであろう。

近年はご自分の膨大な研究の現況と、その成果を表現する作業との間の橋をひらりと渡ることの困難と戸惑いを語られることが多かった。最後にお話したのは夏に退院された直後の電話であり、それは実に率直で動的な力に満ちていた。しかし春が来てまもなく、訃報が突然訪れる。永井荷風のこと、昭和初期における源氏物語の演劇禁止令のことなどは各方面にわたる長年の調査探求の途にあり、研究史の上からも惜しんで余りある思いである。

池田氏はご家族に格別の愛情を注いでおられた。ご遺族のご心労と永別のお悲しみは如何ばかりかと拝察申し上げる。氏は「研究者」「教育者」という面は当然ながら、人間として「在る」という事自体によって多くの他者を深く刺激されたと思う。

若年の頃から、幸いにも長い間にわたりその気骨と楽しさの一端に触れ得た者として、御礼と共に、ご冥福を心からお祈り申し上げたい。

辻英子（つじ・えいこ）
1936年・群馬県生。慶應義塾大学大学院博士課程単位取得退学。博士（文学）。元聖徳大学教授。著書『日本感霊録の研究』（笠間書院、1981）、『在外日本重要絵巻選』（笠間書院、2014）他。

永井和子（ながい・かずこ）
1934年・東京都生。学習院大学大学院人文科学研究科修士課程修了。学習院女子大学名誉教授。著書『寝覚物語の研究』（笠間書院、1968）、『源氏物語と老い』（笠間書院、1995）他。

中川博夫（なかがわ・ひろお）
1956年・東京都生。慶應義塾大学大学院博士課程単位取得退学。博士（文学）。現在鶴見大学教授。著書『大弐高遠集注釈』（貴重本刊行会、2010）他、論文「鎌倉期関東歌壇の和歌―中世和歌表現史試論―」（『中世文学』59、2014・6）他。

中島正二（なかしま・しょうじ）
1964年・福岡県生。慶應義塾大学大学院博士課程単位取得退学。現在洗足学園中学高校教諭。共著『中世王朝物語『白露』詳注』（笠間書院、2006）、論文「勅撰集の死」（『藝文研究』95、2008・12）他。

平藤幸（ひらふじ・さち）
1975年・山形県生。鶴見大学大学院博士課程単位取得退学。博士（文学）。現在鶴見大学非常勤講師。共編著『平家物語 覚一本 全』（武蔵野書院、2013）他、論文「新出『平家物語』長門切―紹介と考察」（『国文学叢録』笠間書院、2014・3）他。

藤原克己（ふじわら・かつみ）
1953年・広島県生。東京大学大学院博士課程退学。博士（文学）。現在東京大学大学院教授。著書『菅原道真と平安朝漢文学』（東京大学出版会、2001）、論文「「あくがる」再考―野分巻鑑賞のために―」（『むらさき』50、2013・12）他。

堀川貴司（ほりかわ・たかし）
1962年・大阪府生。東京大学大学院博士課程単位取得退学。博士（文学）。現在慶應義塾大学教授。著書『書誌学入門　古典籍を見る・知る・読む』（勉誠出版、2010）、『五山文学研究　資料と論考』（笠間書院、2011）他。

三角洋一（みすみ・よういち）
1948年・岩手県生。東京大学大学院博士課程中途退学。博士（文学）。現在大正大学特命教授。著書『王朝物語の展開』（若草書房、2000）他、論文「『方丈記』の古本系諸本の関係」（『国語と国文学』89―5、2012・5）他。

渡部泰明（わたなべ・やすあき）
1957年・東京都生。東京大学大学院博士課程中退。博士（文学）。現在東京大学大学院教授。著書『中世和歌の生成』（若草書房、1999）、『和歌とは何か』（岩波書店、2009）他。

他。論文「大津皇子の詩と歌ー詩賦の興り、大津より始れりー」(『埼玉学園大学紀要・人間学部篇』第十三号、2013・12)他。

小秋元段(こあきもと・だん)
1968年・東京都生。慶應義塾大学大学院博士課程単位取得退学。博士(文学)。現在法政大学教授。著書『太平記と古活字版の時代』(新典社、2006)他、論文「『太平記』における歴史叙述と中国故事」(『日本学研究』23、2013・12)他。

後藤祥子(ごとう・しょうこ)
1938年・島根県生。日本女子大学文学部卒・東京大学大学院修士課程修了。修士。日本女子大学名誉教授。著書『源氏物語の史的空間』(東京大学出版会、1986)、『袖中抄の校本と研究』(笠間書院、1985)、『元輔集注釈』(貴重本刊行会、1994)他。

小峯和明(こみね・かずあき)
1947年・静岡県生。早稲田大学大学院博士課程単位取得退学。文学博士。現在、立教大学名誉教授、中国人民大学講座教授。著書『説話の森』(岩波現代文庫、2001)、『中世法会文芸論』(笠間書院、2009)他。

今野鈴代(こんの・すずよ)
1943年・神奈川県生。鶴見大学大学院博士後期課程単位取得退学。博士(文学)。著書『『源氏物語』表現の基層』(笠間書院、2011)、論文「もう一人の一世源氏—允明の場合」(『国語国文』78-12、2009・12)他。

佐々木孝浩(ささき・たかひろ)
1962年・山口県生。慶應義塾大学大学院博士課程中退。文学修士。現在慶應義塾大学教授。論文「大島本源氏物語の書誌学的考察」・「二つの定家本源氏物語の再検討—「大島本」という窓から二種の奥入に及ぶ—」(『大島本源氏物語の再検討』和泉書院、2009)他。

佐藤道生(さとう・みちお)
1955年・東京都生。慶應義塾大学大学院博士課程単位取得退学。博士(文学)。慶應義塾大学教授。著書『平安後期日本漢文学の研究』(笠間書院、2003)、『和漢朗詠集・新撰朗詠集』(和歌文学大系、共著、明治書院、2011)。

鈴木宏昌(すずき・ひろまさ)
1953年・神奈川県生。慶應義塾大学大学院博士課程単位取得退学。博士(文学)。現在帝京大学教授。著書『源氏物語と平安朝の信仰』(新典社、2008)、論文「かけあひ」「階級」(『折口信夫事典』「折口名彙解説」大修館書店、1988)他。

住吉朋彦(すみよし・ともひこ)
1968年・東京都生。慶應義塾大学大学院修士課程修了。博士(文学)。現在慶應義塾大学教授。著書『中世日本漢学の基礎研究 韻類編』(汲古書院、2012)他、論文「国立歴史民俗博物館蔵五山版解題目録」(『国立歴史民俗博物館研究報告』186、2014・3)他。

高田信敬(たかだ・のぶたか)
1950年・岐阜県生。東京大学大学院博士課程中退。博士(文学)。現在鶴見大学教授。著書『源氏物語考証稿』(武蔵野書院、2010)、論文「橘道貞の下向—『赤染衛門集』管見—」(『国語国文』946、2013・6)他。

田坂憲二(たさか・けんじ)
1952年・福岡県生。九州大学大学院博士後期課程二年退学。博士(文学)。現在慶應義塾大学教授。著書『源氏物語享受史論考』(風間書房、2009)他、論文「『校異源氏物語』成立前後のこと」(『もっと知りたい 池田亀鑑と「源氏物語」』1、2011・5)他。

執筆者一覧

（五十音順）

秋山虔（あきやま・けん）
1924年・岡山県生。東京大学文学部国文学科卒業。東京大学名誉教授。著書『源氏物語の世界』（東京大学出版会、1964）、『古典をどう読むか』（笠間書院、2005）他。編著書『源氏物語大辞典』（角川学芸出版、2011）他。

池田三枝子（いけだ・みえこ）
1963年・東京都生。慶應義塾大学大学院博士課程単位取得退学。現在実践女子大学教授。論文「〈自然〉をつくる—宮都造営の表現—」（『古代文学』49、2010・3）「平城京—歌表現と政治理念—」（『国語と国文学』87-11、2010・11）他。

石川透（いしかわ・とおる）
1959年・栃木県生。慶應義塾大学大学院博士課程単位取得退学。博士（文学）。現在慶應義塾大学教授。著書『入門　奈良絵本・絵巻』（思文閣出版、2010）他、編書『中世の物語と絵画』（竹林舎、2013）他。

石神秀美（いしがみ・ひでみ）
1952年・茨城県生。慶應義塾大学大学院博士課程単位取得退学。自営農家。論文「古今和歌集の『伊勢物語』」（中世文学と隣接諸学5『中世の学芸と古典注釈』竹林舎、2011）他。

石澤一志（いしざわ・かずし）1968年・神奈川県生。鶴見大学大学院博士後期課程単位取得退学。博士（文学）。現在国文学研究資料館特任助教。著書、『京極為兼』（コレクション日本歌人選53・笠間書院、2012）、『為家卿集　瓊玉集　伏見院御集』（和歌文学大系64・明治書院、共著（担当：伏見院御集）、2014）他。

伊東祐子（いとう・ゆうこ）
1957年・長野県生。学習院大学大学院博士後期課程単位取得退学。博士（日本語日本文学）。現在都留文科大学非常勤講師。著書『藤の衣物語絵巻（遊女物語絵巻）影印・翻刻・研究』（笠間書院、1996）他、論文「平安時代の物語と絵の交渉について」（『講座源氏物語研究　第十巻』おうふう、2008）他。

岩佐美代子（いわさ・みよこ）
1926年・東京都生。女子学習院高等科卒業。文学博士。鶴見大学名誉教授。著書『京極派歌人の研究』（笠間書院、1974）『光厳院御集全釈』（風間書房、2000）他。

小川剛生（おがわ・たけお）
1971年・東京都生。慶應義塾大学大学院文学研究科博士課程退学。博士（文学）。現在慶應義塾大学准教授。著書『二条良基研究』（笠間書院、2005）、『武士はなぜ歌を詠むか—鎌倉将軍から戦国大名まで』、『中世の書物と学問』（山川出版社、2009）、『足利義満』（中央公論新社、2012）他。

久保田淳（くぼた・じゅん）
1933年・東京都生。東京大学大学院博士課程単位取得退学。文学博士。東京大学名誉教授。著書『新古今和歌集全注釈』全6巻（角川学芸出版、2011－12）他。論文「平安・鎌倉時代における二、三の名所について」（『日本学士院紀要』66－3、2012・3）

胡志昂（こ・しこう）
1955年・上海市生。慶應義塾大学大学院博士課程単位取得退学。博士（文学）。現在埼玉学園大学教授。著書『奈良万葉と中国文学』（笠間書院、1998）

●編者紹介

佐藤道生（さとう・みちお）

1955年・東京都生。慶應義塾大学大学院博士課程単位取得退学。博士（文学）。慶應義塾大学教授。著書『平安後期日本漢文学の研究』（笠間書院、2003）、『和漢朗詠集・新撰朗詠集』（和歌文学大系47、共著、明治書院、2011）他。

高田信敬（たかだ・のぶたか）

1950年・岐阜県生。東京大学大学院博士課程中退。博士（文学）。現在鶴見大学教授。著書『源氏物語考証稿』（武蔵野書院、2010）、論文「橘道貞の下向―『赤染衛門集』管見―」（『国語国文』946、2013・6）他。

中川博夫（なかがわ・ひろお）

1956年・東京都生。慶應義塾大学大学院博士課程単位取得退学。博士（文学）。現在鶴見大学教授。著書『大弐高遠集注釈』（貴重本刊行会、2010）他、論文「鎌倉期関東歌壇の和歌―中世和歌表現史試論―」（『中世文学』59、2014・6）他。

これからの国文学研究のために―池田利夫追悼論集

2014年10月30日　初版第1刷発行

編　者　佐藤道生
高田信敬
中川博夫

装　幀　笠間書院装幀室

発行者　池田圭子

発行所　有限会社笠間書院

東京都千代田区猿楽町2-2-3［〒101-0064］

電話　03-3295-1331　fax 03-3294-0996

NDC分類：904

ISBN978-4-305-70746-8

シナノ印刷

出版目録は上記住所までご請求下さい。

http://www.kasamashoin.co.jp